천국은
다른
곳에

# 천국은
# 다른
# 곳에 *The Way To Paradise*

마리오 바르가스 요사 지음
김현철 옮김

새물결

옮긴이 김현철
1961년 생으로 한국외국어대학교 스페인어과 대학원 박사 과정을 수료했다. 중남미 소설을 전공했고, 번역한 책으로는 『중남미 현대 단편 소설집』과 호세 호아킨 페르난데스 데 리사르디의 『페리키요 사르니엔토』, 마리오 바르가스 요사의 『세상 종말 전쟁 1,2』, 『리고 베르토씨의 비밀노트』 등이 있다.

천국은 다른 곳에

지은이 마리오 바르가스 요사 | 옮긴이 김현철
펴낸이 홍도균 | 펴낸곳 새물결출판사 | 편집 이현주 인우리
1판 1쇄 2010년 10월 8일 | 등록 서울 제15-52호(1989.11.9)
주소 서울특별시 마포구 연남동 565-31 1층 우편번호 121-869
전화 (편집부) 3141-8696 (영업부) 3141-8697 | 팩스 3141-1778
E-mail sm3141@kornet.net
ISBN 978-89-5559-295-7

일러두기

1. 이 책은 마리오 바르가스 요사의 *El paraíso en la otra esquina*(Alfaguara, 2003)를 우리말로 옮긴 것이다.
2. 표기는 브리태니커에 따랐으며 일부는 옮긴이의 방식에 따랐다.

| 차례 |

01  오세르의 플로라 _ 1844년 4월 ················································ 13

02  악마, 어린 계집아이를 훔쳐보다 _ 마타이에아, 1892년 4월 ······· 27

03  사생아와 도망자 _ 디종, 1844년 4월 ···································· 54

04  신비스러운 물 _ 마타이에아, 1893년 2월 ···························· 76

05  샤를 푸리에의 그림자 _ 리옹, 1844년 5월과 6월 ···················· 101

06  안나, 자바 아가씨 _ 파리, 1893년 10월 ······························ 126

07  페루에서 온 소식 _ 로안느와 생테티엔, 1844년 6월 ············· 148

08  알린느 고갱의 초상화 _ 푸나아우이아, 1897년 5월 ············· 173

09  바다 여행 _ 아비뇽, 1844년 7월 ········································· 198

10  네버 모어 _ 푸나아우이아, 1897년 5월 ······························· 224

11  아레키파 _ 마르세유, 1844년 7월 ········································· 248

12  우리는 무엇인가? _ 푸나아우이아, 1898년 5월 ················· 275

13  구티에레스 수녀 _ 툴롱, 1844년 8월 ····················· 293

14  천사와 싸우다 _ 파피테, 1901년 9월 ····················· 318

15  캉가요 전투 _ 님므, 1844년 8월 ······················· 343

16  쾌락의 집 _ 아투오나(히바오아), 1902년 7월 ·············· 371

17  세상을 바꿀 말들 _ 몽펠리에, 1844년 8월 ················ 340

18  늦바람 _ 아투오나, 1902년 12월 ······················· 424

19  괴물 도시 _ 베지에르, 카르카손느, 1844년 8월/9월 ········· 452

20  히바오아의 무당 _ 아투오나, 히바오아, 1903년 3월 ········· 481

21  마지막 전투 _ 보르도, 1844년 11월 ····················· 508

22  장밋빛 말 _ 아투오나, 히바오아, 1903년 5월 ·············· 534

내 평생의 친구 카르멘 발셀스에게

"존재하지 않는 것들의 도움이 없다면,
우리는 어떻게 될 것인가?"

폴 발레리, 「신화에 대한 짧은 편지」

# 1

# 오세르의 플로라

## 1844년 4월

새벽 네 시, 눈을 뜨고 생각했다. '오늘부터 세상을 뒤집어엎는
거야, 플로라.' 거대한 기계가 작동하는 모습이 보이는 듯했다. 이
제 몇 년 안에 불의는 사라지고 인간은 변화할 것이다. 플로라는
전혀 위축되지 않았다. 마음이 가라앉았다. 앞길을 가로막을 장애
물에 맞서기 위해 용기를 냈다. 10년 전 어느 오후와 같았다. 생제
르맹에서 생시몽주의자들과의 첫 만남, 프로스페르 앙팡탱은 장
차 세상을 구원하게 될 한 쌍의 메시아에 대해 이야기하고 있었다.
플로라는 그 이야기를 들으며 굳게 다짐했다. '네가 바로 그 여자
메시아가 되는 거야.' 멍청한 생시몽주의자 놈들. 그 어지러울 정
도로 복잡한 계급제도, 과학에 대한 광신적인 사랑, 기업인들을 정
부 요직에 앉히고 회사를 운영하듯 사회를 경영해나가면 진보를
달성할 수 있다는 그들의 신념. 넌 그놈들보다 훨씬 앞선 거야, 안
달루시아 아가씨.

13

자리에서 일어났다. 몸을 씻었다. 옷을 입었다. 서두르지 않았다. 어젯밤, 장도에 오르는 그녀에게 행운을 빌어주기 위해 찾아왔던 화가 쥘 로르가 돌아간 후에 짐을 다 싸서 하녀 마리-마들렌느와 물장수 노엘 타파넬과 함께 계단 밑까지 옮겨다 두었다. 최근에 발간한 『노동조합』 책자가 든 가방은 그녀가 직접 챙겼다. 계단을 내려갈 때는 숨이 가빠 잠깐씩 쉬어야 했다. 그만큼 무거웠던 것이다. 마침내 그녀를 선착장으로 데려가기 위해 뒤박 가에 있는 집에 마차가 도착했다. 잠에서 깨어난 지 한참만의 일이었다.

아직도 캄캄한 밤이었다. 길모퉁이 가스등은 모두 꺼져 있었다. 망토를 푹 뒤집어 쓴 마부는 눈만 내놓은 채 쉭쉭 소리 나게 채찍을 휘둘러 말들을 몰고 있었다. 생쉴피스의 종소리가 들려왔다. 인적이 끊어진 어두운 거리는 을씨년스러워 보였다. 그러나 센 강변 선착장은 출항을 준비하는 여행객, 선원, 짐꾼들로 들끓고 있었다. 명령소리와 고함소리가 들렸다. 드디어 배가 출발했다. 거무스름한 강물에 하얀 거품이 일었다. 봄 하늘에 태양이 빛났다. 플로라는 선실에서 뜨거운 차를 마셨다. 플로라는 서둘러 일기책에 적어 넣었다. 1844년 4월 12일. 그러고 나서 함께 여행하는 사람들을 살펴보기 시작했다. 오세르에는 저물녘에야 도착할 것이다. 플로라, 배 위에서 가난한 사람과 부유한 사람에 대해 지식을 쌓을 수 있는 시간이 자그마치 12시간이야.

부르주아 계급은 얼마 없었다. 대부분 선원들이었다. 즈와니나 오세르에서 난 농산물을 파리로 날라다주고 고향으로 돌아가는 중이었다. 선원들이 고용주를 둘러싸고 있었다. 고용주는 붉은 머리에 털이 많고 무뚝뚝한 50대 남자로 플로라와 격의 없는 잡담을 나누기도 한 사람이었다. 아침 9시, 고용주는 사람들 한가운데에 앉아 한 사람 한 사람에게 적당히 자른 빵 조각, 순무 일고여덟 개,

소금 약간, 삶은 달걀 두 개씩을 나누어주었다. 그리고 주석으로 만든 잔 하나가 손에서 손으로 건네어졌다. 사람들은 그 잔으로 국산 포도주를 한 모금씩 마셨다. 화물을 나르는 선원들은 일당으로 1프랑 반을 벌었다. 그리고 기나긴 겨울 동안에는 살아남기 위해 허리띠를 졸라맬 수밖에 없었다. 노천에서 하는 작업은 비가 많은 계절에는 힘겹기 그지없었다. 그러나 플로라는 선원들과 고용인 사이에서 영국 선원들이 보여주는 비굴한 면은 찾아볼 수 없었다. 영국 선원들은 고용주의 눈을 똑바로 쳐다보지도 못했던 것이다. 오후 3시, 고용주는 선원들에게 그날의 마지막 음식을 나눠주었다. 햄 몇 조각, 치즈, 빵. 선원들은 둥글게 둘러앉아 조용히 음식을 먹었다.

　플로라는 오세르 항에서 짐을 내릴 때 한바탕 난리를 치러야 했다. 열쇠공 피에르 모로는 플로라를 위해 시내에 있는 비좁고 낡은 여관을 예약해두었다. 여관에는 새벽녘에야 도착했다. 짐을 풀고 있을 때 먼동이 터왔다. 눈을 붙이지 못하리라는 것을 알고 있었지만 그래도 침대에 누웠다. 플로라는 잠시나마 침대에 누워 사라사 천 커튼 너머로 날이 밝아오는 것을 보고 있었다. 그동안에는 자신의 임무도, 고통당하고 있는 인류도, 노동조합에 가입시켜야 할 노동자들도 떠오르지 않았다. 오랜 세월을 지내는 동안 처음 있는 일이었다. 플로라는 자신이 태어났던 보지라르의 집을 생각했다. 파리 외곽, 지금 그녀가 증오하는 부르주아 놈들이 사는 동네였다. 플로라, 너는 그 '집'을, 넓고도 편안했던 그 집을, 잘 가꾼 정원과 바삐 돌아다니던 하녀들을 기억할 수 있겠니? 이제 더 이상 부자가 아니라 가난해졌을 때 어머니가 그려 보여주시던 그 모습을 기억할 수 있겠니? 의지가지없어진 어머니는 비가 새고 모든 것이 뒤죽박죽으로 켜켜이 쌓여 지저분했던 푸아르 거리의 두 칸짜리 집에서 살아가야 했을 때, 그 감미로운 기억을 위안으로 삼았었지. 너와 어머니는 정부가 보지라르의 집을 강탈한 이후 그곳에서 살아야 했어. 정부의 주장은 이랬지. 추방당한 프랑스인 신부의 주례로 빌바오에서 치러진 부모님의 결혼은 무효라는 거였어. 그리고 아버지 마리아노 트리스탄은 페루 출신 스페인인으로 프랑스가 전쟁 중인 국가의 시민이라는 거였지.

그럴 테지. 플로라, 너는 겨우 어머니가 들려준 얘기로나마 어린 시절을 기억하고 있을 테지. 정원이랄지, 하녀들이랄지, 비단이나 우단을 덧댄 가구랄지, 묵중한 커튼이랄지, 금붙이 은붙이랄지, 크리스털 제품이랄지, 거실과 식당을 장식했던 수제품 채색 도자기라든가를 기억하기에는 너는 너무 어렸었지. 트리스탄 부인은 보지라르의 그 찬란했던 과거로 종종 숨어들어 가곤 했어. 거렁뱅이들과 부랑자들과 삶 자체가 고단한 사람들로 들끓는 악취가 풍기는 모베르 광장의 그 궁핍함과 비참함을 보지 않기 위해, 술집으로 넘쳐나는 그 푸아르 거리를 보지 않기 위해 말이야. 그곳에서 너는 어린 시절을 보냈어. 그래, 그때 일은 생생히 기억하고 있을 테지. 물동이를 이고 오르내리고, 쓰레기 자루를 지고 오르내리곤 했었지. 좁고 가파른 계단, 닳고 닳아 삐걱거리던 층계, 그곳에서 불그죽죽한 얼굴에 주먹코 술주정뱅이를 만날까 두려워하기도 했지. 싸움꾼 주세페 아저씨, 음탕한 눈길로 너를 훑어보며 때로는 꼬집기도 했지. 모든 것이 모자라고 두렵고 배고프고 한스러웠던 시절, 그전까지 남편 ― 어찌됐건 하느님 앞에서 맺어진 정식 남편이었지 ― 과 함께 왕비처럼 살아왔던 어머니는 이 모든 불행을 견디지 못해 자포자기 상태로 빠져들고 말았지. 그때는 정말 힘들었어. 마리아노 트리스탄 이 모스코소, 스페인 왕 군대의 대령. 그러나 아버지는 1807년 6월 4일 급성 뇌일혈로 요절하고 말았지. 그때

16

너는 겨우 4년 2개월짜리 꼬마에 불과했지.

넌 아버지의 모습조차 제대로 기억 못하겠지. 둥그스름한 얼굴, 짙은 눈썹, 살짝 말려 올라간 콧수염, 약간 붉은 듯한 안면, 문장 반지를 낀 손, 긴 잿빛 구레나룻, 네가 기억하는 아버지의 모습은 살아생전의 아버지 모습이 아니야. 보지라르 집 정원의 꽃밭에서 나비들이 춤추는 모습을 보기 위해 너를 품에 안고 간 아버지, 때로는 너에게 젖병을 물리기 위해 애를 쓰던 아버지, 몇 시간이고 서재에 들어앉아 페루를 다녀온 프랑스 여행객들의 연대기를 읽던 아버지, 장차 베네수엘라 · 콜롬비아 · 에콰도르 · 볼리비아 · 페루를 해방시키게 될 젊은 시몬 볼리바르의 방문을 받았던 그 마리아노 씨가 아니란 말이지. 그건 푸아르 거리의 쪽방 침대 머리맡에 네 어머니가 걸어놓은 그림에서 본 아버지의 모습일 뿐이야. 그건 트리스탄 가문이 아레키파 산토도밍고의 집에 소장하고 있던 마리아노 씨의 유화 초상화들에서 본 모습일 뿐이야. 너는 그 초상화들 앞에서 저 잘 생기고 우아하고 부유한 남자가 너의 직계 선조라는 점을 확신할 수 있을 때까지 몇 시간이고 초상화를 쳐다보았지.

오세르 거리에서 하루가 시작되는 소리가 들려왔다. 플로라는 더 이상 잠을 잘 수 없다는 사실을 알았다. 약속은 9시부터 잡혀 있었다. 열쇠공 모로, 지역 상호 공제 노동자 조합 친구들에게 추천서를 써준 사람 좋은 아그리콜 페르디기에르 덕분에 많은 약속을 잡을 수 있었다. 시간은 충분해. 침대에 조금만 더 누워 있으면 최상의 몸 상태를 회복할 수 있을 거야, 안달루시아 아가씨.

마리아노 트리스탄 씨가 오랫동안 살아 있었다면 어찌되었을까? 가난이 무엇인지 몰랐을 테지, 플로라. 상당량의 지참금 덕분에 어느 부르주아와 결혼해 공원으로 둘러싸인 보지라르의 아름다운 저택에서 살았을지도 모르지. 허기로 뒤틀리는 창자를 안고 침대로 기어드는 상황이 어떤 것인지도 몰랐을 테고, 차별이랄지 착취랄지 하는 단어의 의미도 몰랐을 테지. 불의라는 것은 종잡을 수 없는 말이었을 테지. 어쩌면 부모님들이 교육을 시켰을 수도 있었겠지. 학교에 보낸다, 선생을 붙여준다, 후견인을 세운다 하면서 말이야. 그래도, 확실하진 않았겠지. 좋은 가문의 여자아이들은 단지 남편을 낚고 현모양처가 되기 위한 교육만 받으니까 말이지. 너는 반드시 배워야 했을 모든 것을 모르고 지나갔을 거야. 좋아, 그래. 철자법을 잘 몰라 평생을 부끄러워하며 살아야 할 경우는 피할 수 있었을 테지. 그리고 틀림없이 네가 지금까지 읽었던 책보다 더 많은 책을 읽었을 테지. 옷장에나 신경 쓰며, 손이니 눈이니 머릿결이니 허리둘레 따위에나 신경 쓰며, 야회니 무도회니 연극이니 간식이니 소풍이니 아양이니 하는 것에 팔려 평생을 보냈을 테지. 행복한 결혼 생활에 빌붙어 사는 아리따운 기생충이 되었을 테지. 아버지와 어머니와 남편과 자식들의 그늘에 안주해 편안히 사는 둥지 저편의 삶은 과연 어떤 것일지 생각해보지도 않았을 테지. 애 낳는 기계에다 행복한 노예가 되었을 테지. 주일이면 미사를 보러가고, 매월 첫 번째 금요일에는 성체를 받아먹고, 마흔한 살쯤이면 초콜릿이나 9일간의 근행 따위에 목숨을 거는 뚱보 여편네가 되어 있을 테지. 페루에 가보지도 못했을 테고, 영국도 몰랐을 테고, 올랭피아의 품에 안겨 희열을 느낄 수도 없었을 테고, 비록 철자법이 틀리긴 해도 지금까지 써온 책도 쓰지 못했을 테지. 그리고 분명 여성들의 노예상태에 대해 의식하지도 못했을 테고, 여성들의 해방을 위해서는 여성들이 반드시 다른 피착취 대중들과 결속해야 한다는 생각도 못했을 테지. 평화혁명, 인류의 미래를 생각해볼 때 1844년 전에 나타난 기독교에 버금갈 정도로 중요한 평화혁명을 이끌어내기 위해서 말이야. '일찍 돌아가시길 잘했어요, 사랑하는 아빠.' 플로라는 웃음을 터뜨리며 침대에서 뛰어내렸다. 피곤하지 않았다. 24시간 동안이나 어깨 통증도 생리통도 느낄 수 없었다. 가슴 냉증도 느낄 수 없었다. 지금 기분 최고야, 플로라.

아침 9시로 잡아놓은 첫 번째 약속은 어느 작업장에서 있었다. 플로라와 동행하기로 했던 열쇠공 모로는 가족 중 누군가가 죽는 바람에 급히 오세르를 떠나야 했다. 좋아, 혼자서 해보는 거야, 안달루시아 아가씨. 합의한 바에 따라 30여 명의 조합원이 그녀를 기다리고 있었다. 오세르의 상호 공제 조합원들은 그런 식으로 조직되어 있었다. '자유의 의무'라는 멋진 이름의 조합이었다. 거의 모두가 구두 직공들이었다. 의심에 찬 눈초리들이 불안한 듯 보였다. 찾아온 사람이 여자이기 때문일까, 조롱하는 듯한 눈초리도 있었다. 플로라는 이런 식의 접대에 이골이 나 있었다. 몇 달 전, 파리와 보르도에서 몇몇 사람들을 모아놓고 노동조합에 대한 자신의 생각을 펼쳐 보일 때부터 이런 식이었다. 플로라는 목소리도 떨지 않고 그들에게 말했다. 할 수 있는 한 최선을 다해 자신감을 보여주었다. 플로라가 설명해감에 따라 청중들의 불신감은 사라져 갔다. 플로라는 설명했다. 노동자들이 단결하면 그동안 염원해 왔던 목표 ─ 노동의 권리, 교육, 건강, 품위 있게 살 수 있는 권리 ─ 를 달성할 수 있다, 그러나 노동자들이 흩어지면 부자와 당국의 착취를 피할 수 없다. 플로라가 자신의 생각과 더불어 『소유란 무엇인가』라는 피에르 조제프 프루동의 문제작을 인용했을 때는 모두가 공감을 표했다. 4년 전에 출판된 이 책은 출판 당시부터 '소유는 도둑질이다'라는 당돌한 선언으로 파리에서 유명세를 떨치던 책이었다. 참석자 중에서 푸리에주의자로 보이는 두 사람은 플로라를 공격하기로 마음먹고 온 듯싶었다. 플로라가 아그리콜 페르디기에르에게서 이미 들은 바 있는 내용이었다. 노동자들이 그 보잘것없는 월급에서 몇 프랑을 노동조합 회비로 내야한다면, 자식놈들 입은 무엇으로 채운단 말인가? 플로라는 그들의 트집에 하나하나 침착하게 대답했다. 적어도 회비에 대해서는 그들을 설득시켰다고 믿었다. 그러나 결혼에 관한 한 그들의 저항은 완강했다.

"당신은 가족제도를 공격했고 가족제도가 사라지길 바라고 있소이다. 기독교인으로서는 못할 짓이오, 부인."

"아닙니다, 그렇지 않습니다." 대답했다. 얼굴이 달아오르는 것 같았다. 그러나 목소리를 가다듬었다. "가족이라는 성스러운 이름으로 여자를 사서는, 애 낳는 기계로 만들고, 짐 나르는 짐승으로 여기고, 게다가 후끈 달아오를 때마다 강제로 올라타는 짓거리가 기독교인으로서 못할 짓입니다."

모두가 눈을 크게 떴다. 방금 들은 얘기로 모두 얼떨떨해 하는 것 같았다. 플로라는 제안했다. 이 주제는 그냥 넘어갑시다, 노동조합이 농부들과 수공예 직공들 그리고 여러분과 같은 노동자들에게 가져다 줄 혜택에 대해 모두 함께 생각해 봅시다. 예를 들어, 노동자 회관을 생각해 봅시다. 통풍이 잘 되고 깨끗한 그 현대식 건물에서 여러분의 자녀는 교육을 받을 수 있을 것이고, 여러분의 가족이 치료를 요하거나 작업 중 사고가 났을 경우 그곳에서 훌륭한 의사와 간호사들의 보살핌을 받고 나올 수 있을 겁니다. 기력을 잃거나 혹은 일하기에 나이가 너무 들었을 경우에는 은퇴하여 그 안락한 곳에서 편히 쉴 수도 있습니다. 플로라를 쳐다보던 피곤에 절은 흐릿한 눈동자들이 생기를 띠며 반짝거리기 시작했다. 이런 일을 이룰 수 있는 마당에 그까짓 몇 푼의 회비가 뭐 그리 아깝겠습니까? 몇 사람이 고개를 끄덕였다.

그들 노동자 대부분은 너무 무식했고, 너무 멍청했고, 너무 이기적이었다. 질문에 대한 답변이 끝나고, 플로라 자신이 노동자들에게 질문을 던지기 시작했을 때 알 수 있었다. 그들은 아무것도 몰랐다. 호기심도 없었다. 짐승과 같은 삶에 단단히 길들어 있었다. 형제자매를 위해 시간과 에너지를 쪼개 싸운다는 것은 그들에게는 과분한 일이었다. 착취와 빈곤이 그들을 바보멍청이로 만들어 버린 것이었다. 때로는 생시몽의 생각에 맞장구를 치고 싶기도 했지, 플로라. 민중은 스스로를 구원할 능력이 없다, 오로지 엘리트만이 그들을 구원할 수 있다. 마침내 이 노동자들도 부르주아 놈들의 편견에 휩쓸리게 된 것이었다. 자신들을 행동으로 이끌 사람이 여자 — 달랑 여자 하나! — 라니, 노동자들로서는 받아들이기 힘든 일이었다. 조금은 깨인 듯 보이고 입이 험한 사람들은 참을 수 없을 정도로 거들먹거리며 고상한 척 했다. 플로라는 있는 힘을 다해 참아내야 했다. 프랑스를 순례하는 기간 동안에는 왈가닥 아줌마라는 별명으로 불리지 않도록 조심하기로 플로라는 다짐했었다. 사나운 성질머리 때문에 쥘 로르와 몇몇 친구들은 플로라를 그렇게 불렀던 것이다. 마침내 30여 명의 구두 직공들은 노동조합에 가입하기로 약속했다. 그리고 지금까지 들은 이야기를 '자유의 의무' 조합에 속한 다른 목수·열쇠공·세공사들에게 그날 오전 중으로 들려주겠다고 약속했다.

플로라는 오세르의 구불구불한 포장 골목길을 걸어 여관으로 돌아오는 도중에, 이제 막 하얀 새잎을 터뜨리기 시작한 네 그루의 포플러 나무가 서 있는 작은 광장에서 한 떼의 여자아이들이 노는 것을 보았다. 여자아이들은 달음박질치며 이런저런 모양을 만들었다 풀었다 하고 있었다. 플로라는 걸음을 멈추고 아이들을 지켜보았다. 아이들은 천국놀이를 하고 있었다. 어머니의 말이 떠올랐다. 너도 보지라르의 정원에서 이웃집 꼬맹이 계집애들과 즐겨 하던 놀이였어. 그 모습을 마리아노 씨는 흐뭇한 표정으로 지켜보곤 했지. 플로라, 기억나니? "이곳이 천국입니까?" "아닙니다, 아가씨, 천국은 다른 모퉁이에 있습니다." 여자아이 하나가 천국에 대해 물으며 이 모퉁이 저 모퉁이 돌아다니면 다른 여자아이들은 그 아이의 꽁무니를 따라다니며 깔깔거렸다. 아레키파에서의 어느 날 일이 생각났다. 1833년, 메르세드 교회 근처였다. 한 떼의 남자아이 여자아이들이 외딴집 현관을 뛰어다니고 있었다. "이곳이 천국입니까?" "천국은 다른 모퉁이에 있습니다, 선생님." 너는 이 놀이를 프랑스에서만 하는 것으로 알았지만 페루에서도 하고 있었지. 하긴, 이상할 것도 없지, 천국에 가고 싶기는 누구나 마찬가지 아니겠어? 플로라 자신도 두 아들 알린느와 에르네스트 카밀에게 그 놀이를 가르쳐주었다.

플로라는 마을이나 도시를 방문할 때마다 세심한 계획을 짰다. 노동자·신문기자·영향력이 막강한 사용자와 만났고, 교회 당국자들도 물론 빼놓지 않았다. 플로라는 부르주아들에게 설명했다. 사람들이 나에 대해 떠드는 얘기와는 다르다, 내 계획은 내전을 일으키자는 것이 아니다, 기독교 정신을 바탕으로 사랑과 우애를 추구하는 평화혁명을 이루자는 것이다. 정확히 말해, 노동조합은 가난한 사람들과 여성들에게 정의와 자유를 안겨줌으로써 폭력적인 사태를 방지할 수 있다, 지금과 같은 상황이 계속된다면 프랑스는 폭력적인 사태를 피할 수 없을 것이다. 한줌밖에 안 되는 특권층은 언제까지 수많은 대중의 비참함으로 살을 찌울 것인가? 남성들에게는 폐지된 노예제도가 언제까지 여성들을 옭아매야 한단 말인가? 플로라는 설득에는 자신이 있었다. 자신의 논리에 수많은 부르주아와 신부들이 넘어갈 것이다.

그러나 오세르에서는 단 한 명의 신문기자도 방문할 수 없었다. 신문기자라고는 전혀 없었던 것이다. 1만 2천 명이 사는 도시, 신문기자는 한 명도 없었다. 이곳의 부르주아들은 전부가 배불뚝이 멍청이들이었다.

성당에서 가진 주임 신부와의 면담은 싸움으로 끝나고 말았다. 포르텡 신부, 반 대머리에 땅딸막한 남자, 작은 눈에는 의심이 가득했고, 숨결이 거칠었고, 신부복은 기름기로 반질반질했다. 너무나 멍청하게 구는 바람에 플로라는 참을 수가 없었다( '넌 그놈의 성질머리 때문에 틀렸어, 플로라' ).

플로라는 성당 옆에 있는 사저로 포르텡 신부를 찾아갔다. 플로라는 넓고 잘 정돈된 사저에 기가 막혔다. 하녀, 머릿수건을 쓰고 앞치마를 두른 노인이 절룩거리며 플로라를 신부의 서재로 안내했다. 신부는 15분 동안이나 꾸물거린 후에야 플로라를 맞이했다. 마침내 신부가 모습을 드러냈다. 땅딸막한 체구, 힐끗거리는 눈초리, 불결한 차림새, 플로라는 처음부터 신부가 못마땅했다. 포르텡 신부는 조용히 플로라의 말을 들었다. 플로라는 상냥하게 보이려고 애를 쓰며 신부에게 오세르를 찾아온 목적을 설명했다. 노동조합이 무엇을 추구하는지 설명했다. 프랑스를 시작으로 유럽에서 그리고 장차 전 세계에서 모든 계층의 노동자들이 연합하게 되면 이웃사랑으로 충만한 진실로 기독교적인 인간정신을 벼려낼 수 있을 것이다. 신부는 못 믿겠다는 표정으로 플로라를 쳐다보고 있다가 점점 당황하기 시작하더니 플로라가 이렇게 주장했을 때는 끝내 경악을 금치 못했다. 플로라는 주장했다. 노동조합이 일단 조직되면 연맹 대표들은 당국 — 루이필리프 왕까지 포함하여 — 에 사회개혁에 필요한 요구 사항을 제출할 것이다, 요구 사항의 첫 번째 항목은 권리에 있어서 남성과 여성의 완전한 평등이 될 것이

23

다.

"하지만, 그건 완전히 혁명을 하자는 것이잖소." 신부는 침을 튀기며 더듬거렸다.

"그 반대입니다." 플로라는 해명했다. "노동조합은 혁명을 막기 위해, 피 한 방울 흘리지 않고도 정의가 승리할 수 있도록 하기 위해 태어나는 것입니다."

노동조합이 없으면 1789년보다 더 많은 사람이 죽어갈지도 모른다. 신부는 가난한 사람들의 참상을 고해성사를 통해 듣지도 못했단 말인가? 수십만 아니 수백만 명의 사람들이 하루에 열다섯 시간 내지 열여덟 시간씩 짐승처럼 일하고 있다는 사실을, 그들의 월급으로는 자식들조차 먹일 수 없다는 사실을 모르고 있단 말인가? 신부는 매일 매일 교회에서 여성들을 만나 얘기를 들으면서도, 여성들이 부모들로부터 남편들로부터 자식들로부터 얼마나 무시당하고 학대당하고 착취당하는지 전혀 모르고 있단 말인가? 여성들의 처지는 노동자들의 처지보다 훨씬 더 열악한 상태였다. 이런 상황을 바꾸지 않으면 여성들의 분노는 폭발하고 말 것이다. 노동조합은 그런 사태를 방지하기 위해 태어난 것이다. 가톨릭교회는 노동조합의 개혁 운동을 마땅히 도와야 한다. 가톨릭 신자들은 평화를, 자비를, 조화로운 사회를 원치 않는단 말인가? 바로 이 점에 있어서 교회와 노동조합은 완전히 일치하는 것이다.

"저는 가톨릭 신자는 아닙니다만, 기독교의 철학과 윤리가 제모든 행동을 인도합니다." 플로라는 장담했다.

가톨릭 신자는 아니지만 기독교인이라는 플로라의 말을 듣는 순간 포르텡 신부의 둥글넓적한 얼굴이 창백해졌다. 신부는 팔짝 뛰며 물었다. 그렇다면 부인은 개신교도란 말인가. 플로라는 그렇지 않다고 설명했다. 예수를 믿기는 하지만 교회에는 다니지 않는

24

다, 가톨릭이라는 종교는 그 수직적인 체제로 인간의 자유를 속박한다고 판단하기 때문이다, 게다가 가톨릭의 독단적인 교리는 인간의 지성과 자유의지와 과학적인 창의력을 질식시킨다, 한술 더 떠, 순결을 영혼의 순수함의 상징처럼 가르치는 가톨릭의 가르침은 여성을 노예나 다름없이 취급하는 편견을 조장할 뿐이다. 신부는 얼굴이 창백해지다 못해 급기야 졸도할 지경에 이르렀다. 신부는 안절부절 불안한 듯 눈을 깜박거렸다. 플로라는 신부가 벌벌 떨며 책상에 기대는 것을 보고 입을 다물었다. 금방이라도 숨이 넘어갈 것처럼 보였다.

"부인, 지금 무슨 말을 하는지 알고나 있소?" 더듬거렸다. "그런 엄청난 일을 꾸미기 위해 교회에 와서 도움을 청하는 거요?"

그렇다. 그 일 때문에 온 것이었다. 가톨릭교회는 가난한 사람들의 교회가 되겠다고 하지 않았던가? 가톨릭교회는 부정부패 · 사리사욕 · 인간 착취 · 탐욕에 반대한다고 하지 않았던가. 이 모든 것이 사실이라면, 사랑과 우애의 이름으로 이 세상에서 정의를 실현시키려는 계획을 후원해야할 의무가 교회에 있는 것이다.

벽에다 대고 말하는 것 같았다. 그야말로 소귀에 경 읽기였다. 플로라는 신부를 설득시키기 위해 한동안 노력해보았다. 소용없었다. 신부는 플로라의 말에 대꾸조차 하지 않았다. 혐오스럽다는 듯, 불안한 듯 지켜만 볼뿐이었다. 신부는 대놓고 언짢아했다. 마침내 중얼거렸다. 도움을 약속할 수 없다, 그런 일은 주교가 결정할 일이다, 부인의 청을 주교에게 전하기는 하겠다, 그러나 솔직히 말해, 노골적으로 반가톨릭적인 사회운동을 후원할 주교는 아무도 없을 것이다, 만일 주교가 금지하면 어떤 신자도 부인을 돕지 않을 것이다, 가톨릭 신도들은 그들의 목자의 말에 순종하기 때문이다. '생시몽주의자들은 사회가 제대로 돌아가게 하기 위해서는 권력의 핵심을 강화해야 한다고 했지.' 플로라는 신부의 말을 들으며 생각했다. '권력에 대한 존경심이 가톨릭 신자들을 꼭두각시로 만들고 말았어. 바로 저 불쌍한 인간처럼 말이야.'

작별만은 점잖게 끝내고 싶었다. 플로라는 신부에게 『노동조합』회보를 한 부 건네주었다.

"적어도 이것만은 한 번 읽어봐 주세요, 신부님. 제 계획이 기독교 정신으로 충만하다는 사실을 아시게 될 겁니다."

"읽지 않겠소이다." 포르텡 신부는 고개를 세차게 저으며 말했다. 책자를 받지도 않았다. "지금까지 들은 얘기만으로도 이 책 내용이 옳지 않다는 사실은 충분히 알 수 있소이다. 어쩌면, 부인은 몰랐다 할지라도, 이 책은 사탄마귀의 사주를 받아 쓴 것일 것이오."

플로라는 책자를 다시 가방에 넣으며 웃음을 터뜨렸다.

"당신도 이 세상의 모든 자유로운 지성인들을 태워죽이기 위해 광장의 화형장으로 몰려들 신부님들 중 한 분이로군요, 신부님." 플로라는 작별 인사로 이렇게 말했다.

플로라는 여관방에서 뜨거운 수프를 한 접시 먹고 난 후에 오세르에서의 일정을 따져보았다. 비관적인 생각은 들지 않았다. 어려울 때일수록 웃어야지, 플로라. 성과는 없었지만 그렇다고 절망적인 것도 아니었다. 인류를 위해 일을 한다는 것은 고단한 사업이야, 안달루시아 아가씨.

# 2

# 악마, 어린 계집아이를 훔쳐보다
마타이에아, 1892년 4월

코케라는 별명은 섬에서 만난 첫 번째 부인 테하마나 때문에 붙여진 것이었다. 타히티에 도착해서 파피테와 파에아를 거쳐 마타이에아에 정착하기까지 처음 몇 달 동안은 티티 페치토스라는 뉴질랜드 마오리족 출신 수다쟁이 여자와 살았다. 하지만 솔직히 말해, 그 여자는 부인이라기보다는 정부에 지나지 않았다. 그 당시에 사람들은 그를 폴이라고 불렀다.

1891년 6월 9일 새벽녘, 파피테에 도착했다. 마르세유를 출발한 지 두 달 반만의 일이었다. 도중에 아덴과 누메아에 내려 배를 갈아타야만 했다. 마침내 타히티에 발을 디뎠을 때는 마흔세 살을 꽉채운 나이였다. 가진 재산을 모조리 챙겨들고 타히티로 왔다. 마치 유럽과 파리와는 완전히 인연을 끊겠다는 의지를 분명히 보여주려는 것 같았다. 화폭으로 쓸 천 100야드, 그림, 유화물감, 붓, 뿔나팔 하나, 만돌린 두 대, 기타 한 대, 브르타뉴 지방 담배물부리 여러 개, 골동품 권총 한 정, 입던 옷가지 몇 벌이 총재산이었다. 강인한 인상 — 하지만 폴, 그때 네 몸은 속으로 썩어 들어가고 있었어 — 의 남자였다. 부리부리한 파란색 눈, 무언가 못마땅한 듯 항상 일그러져 있는 입술, 중등이 내려앉아 사나운 매부리처럼 보이는 콧잔등. 짤막하게 기른 곱슬곱슬한 턱수염, 긴 밤색 머리카락은 붉은색으로 변해가고 있었다. 남자는 인구가 3천 명(그중 5백 명이 '포파아' 즉 유럽인들이었다)도 채 되지 않는 이 도시에 도착하자마자 머리를 잘랐다. 파피테에서 최초로 사귄 친구 중 한 사람인 프랑스 해군 소위 제노의 충고에 따른 것이었다. 제노는 이렇게 충고했다. 버팔로 빌처럼 치렁치렁한 머리에 모히칸족 모자를 머리에 걸치고 다니면 마오리족 사람들은 당신을 '마후', 즉 여자 같은 남자로 여길 것이다.

폴은 기대를 잔뜩 품고 이곳에 왔다. 폴은 파피테의 뜨거운 공기를 깊이 들이마셨다. 시퍼런 하늘에서 쏟아져 내리는 찬란한 빛줄기에 눈이 아려왔다. 주변 어디에서나 생생한 자연을 느낄 수 있었다. 갖가지 과실 — 귤나무, 레몬나무, 사과나무, 야자나무, 망고나무, 무성한 과야바나무, 물이 오른 빵나무들이 도처에 널려 있었다 — 이 눈길이 닿는 곳마다 주렁주렁 매달려 있었고, 먼지 자욱한 골목길은 과일향으로 가득했다. 폴은 즉시 작업에 들어가고픈 의욕을 느꼈다. 한동안 잊고 지내던 감정이었다. 그러나 곧바로 작업에 들어갈 수는 없었다. 그렇게나 오고 싶어 했던 곳이었지만 제대로 적응하기 어려웠던 것이다. 폴이 도착한 지 얼마 되지 않아 프랑스령 폴리네시아 수도에서는 마오리족의 마지막 왕 포마레 5세의 장례식을 장엄하게 치렀다. 폴은 데생과 스케치에 주로 사용하는 화첩과 연필을 챙겨들고 장례식에 참석했다. 며칠 후, 폴은 자신도 이제 곧 죽는구나 싶은 생각이 들었다. 1891년 8월 초, 파피테의 무더위와 코를 후비는 듯한 과일향에 서서히 적응해나가기 시작했을 무렵, 폴은 상당량의 피를 토했다. 이어서 심장이 팔딱팔딱 뛰고 가슴이 풀무처럼 벌렁거려 숨을 쉴 수가 없었다. 마음씨 착한 제노가 바이아미 병원으로 폴을 데려갔다. 병원 이름은 해변길 옆을 흐르는 강 이름에서 따온 것이었다. 병원은 여러 채의 간이 가옥으로 이루어져 있었다. 가옥 창에는 방충용 철망이 달려 있었고, 앙증맞은 울타리가 둘러쳐져 있었다. 가옥 사이사이 정원에는 망고나무, 빵나무, 키 큰 야자나무들이 심어져 있었고, 새들은 나무 위에 옹기종기 모여 앉아 지저귀고 있었다. 의사들은 폴에게 약한 심장에 대해서는 강장제를, 손발이 떨리는 증상에 대해서는 겨자 고약을 조제해주었고, 가슴에는 흡인기를 올리고 있으라고 일러주었다. 의사들은 이렇게 결론지었다. 이 증상은 몇 달 전 파리에서 의사들이 예견한, 입에 담기 거북한 병의 징후일 뿐이다. 바이아미 병원에서 일하는 산 호세 데 클루니회 소속 수녀들은 농담 반 진담 반으로 폴을 꾸짖었다. 폴은 선원들의 상소리를 주절거렸고("수녀님, 난 이미 오래전부터 선원들과 다름없는 놈이올시다"), 병으로 누워 있는 주제에 파이프로 줄담배를 피워댔고, 건방진 표정으로 커피 잔에 브랜디를 몇 방울 떨어뜨려 달라고 부탁했던 것이다.

폴은 병원에서 퇴원하자마자 — 의사들은 폴을 좀더 붙잡아두려고 했지만 폴은 거절했다. 하루 12프랑이라는 병원비 때문에 예산을 맞출 수 없었기 때문이었다 — 파피테에서 가장 싼 하숙집으로 거처를 옮겼다. 하숙집은 '성모수태일' 교회 뒤편, 중국인 거주 지역에 있었다. 교회는 바닷가에 지어진 흉측한 석조건물이었다. 하숙집에서 올려다보면 붉은 기와로 지붕을 얹은 교회 목재 망루가 보였다. 중국인 거주 지역에는 3백여 명이나 되는 중국인들이 바글바글 모여 살았다. 중국인들의 판잣집에는 홍등(紅燈)과 한자 명패들이 주렁주렁 매달려 있었다. 원래 중국인들은 농촌에서 날품을 팔기 위해 타히티에 왔다. 그러나 형편없는 수확에 몇몇 농장주들의 파산까지 겹치게 되자 파피테로 몰려들어 소소한 장사거리로 살아가고 있었다. 프랑수아 카르델라 시장은 중국인 거주 지역에 아편 가게를 열 수 있도록 허락했었다. 물론 아편 가게에는 중국인들만 들어갈 수 있었다. 그러나 폴은 중국인 거주 지역으로 거처를 옮긴 지 얼마 되지 않아 요령 좋게도 아편 가게로 스며들어 아편을 한 대 피워보았다. 매혹적인 경험은 아니었다. 아편으로 얻는 희열은 폴에게 너무 소극적인 것으로 보였다. 폴은 잠시도 가만히 있지 못하는 성미였던 것이다.

폴은 돈을 거의 들이지 않고도 중국인 거주 지역 하숙집에서 살수 있었다. 그러나 너무 비좁은데다 냄새까지 고약한 하숙집 — 돼지우리가 하숙집을 두르고 있었고, 가까운 곳에 도살장이 있어 온갖 종류의 짐승들이 잡혀나갔다 — 은 그림 그릴 의욕을 앗아가 버렸고, 폴을 집밖으로 내몰았다. 폴은 항구 선술집에 자리를 잡고 앉아 바다를 바라보곤 했다. 폴은 그곳에서 달짝지근한 압생트를 홀짝거리거나 도미노 게임을 하며 몇 시간씩을 보내곤 했다. 제노 소위 — 날씬하고, 맵시 있고, 교양 있고, 친절하기 이를 데 없는 — 가 폴에게 알려주었다. 파피테의 중국인들 사이에서 살다니, 백인들이 고운 눈으로 보지 않을 것이다. 폴에게는 솔깃한 얘기였다. '포파아' 즉 타히티의 유럽인들에게 무시당한다? 이것이야말로 내가 꿈꾸어왔던 야만적인 삶이 아니겠는가!

파피테 항구에는 잠시 스쳐 지나가는 선원들이 들러 술을 마시고 여자를 찾는 선술집이 일곱 군데나 있었다. 폴은 티티 페치토스를 그런 술집이 아니라 널찍한 장터에서 만났다. 장터는 키 낮은 울타리가 둘러쳐진 네모반듯한 우물을 중심으로 넓게 퍼져 있었고, 한 줄기 물이 우물에서 졸졸 흘러내렸다. 장터는 보나르 가와 보자르 가가 만나는 곳으로 바로 옆에 시청 정원이 있었다. 새벽부터 한낮까지 식료품, 생필품, 간식 따위가 주로 거래되는 장터는 밤이 되면 인육시장으로 변했다. 파피테에 사는 유럽인들 말에 의할 것 같으면, 타락과 섹스와 관련된 온갖 해괴망측한 짓거리들이 밤이면 장터에서 벌어진다는 것이었다. 귤, 수박, 코코아, 파인애플, 밤, 사탕 과자, 꽃, 잡동사니 따위를 파는 행상들이 바글거리는 가운데, 어둠이 깔리고 화톳불이 깜박거리기 시작하면 북소리와 함께 축제와 춤판이 벌어지고, 그 축제나 춤판은 대개 난장판으로 끝나곤 했다. 축제나 춤판에는 원주민들뿐만 아니라 평판이 좋지 않은 유럽인들, 즉 군인·선원·장돌뱅이·건달·혈기 왕성한 젊은이들도 섞여들었다. 온통 한 덩어리로 뒤섞여 자유분방하게 연애를 걸고 사랑을 나누는 모습이 폴을 자극했다. 폴이 중국인들 틈바구니에서 살고 있을 뿐만 아니라 인육시장도 부지런히 찾아다닌다는 사실이 알려지게 되었다. 이제 막 파피테 주민이 된 파리 출신 화가의 그런 처신에 파피테의 유럽인들은 완전히 정나미가 떨어지고 말았다. 군인클럽에는 파피테에 갓 도착했을 때 제노를 따라 한 번 가본 이후 두 번 다시 초대받지 못했고, 카르델라 시장이나 라카스카드 총독이 주최하는 행사에도 두 번 다시 초대받지 못했다. 시장과 총독은 폴이 도착했을 때 정중하게 영접했던 인물들이었다.

티티 페치토스는 그날 밤 인육시장에서 몸을 팔고 있었다. 뉴질랜드인과 마오리족 사이에서 태어난 혼혈 여자였다. 젊었을 때는 한 미모 했겠지만 함부로 몸을 굴리는 바람에 일찍 시들어버린 것 같았다. 사근사근하면서도 말이 많은 여자였다. 폴은 몇 푼 안 되

31

는 가격으로 흥정을 끝내고 그녀를 하숙집으로 데려왔다. 함께 보
낸 밤이 너무 즐거웠는지 티티 페치토스는 폴의 돈을 받으려 들지
않았다. 폴에게 홀딱 반한 티티 페치토스는 폴과 함께 살게 되었
다. 비록 겉늙기는 했지만 끊임없이 쾌락을 추구하는 여자였다. 또
한 그 여자는 폴이 타히티에서 보낸 처음 몇 달 동안 새로운 삶에
적응해 나가도록, 외로움을 극복할 수 있도록 많은 도움을 주기도
했다.

  두 사람이 함께 살림을 꾸린 지 얼마 되지 않아, 폴은 파피테에
서 멀리 떨어진 섬의 내륙으로 들어가자고 제안했고 티티 페치토
스는 그 제안을 받아들였다. 폴은 설명했다. 나는 원주민들과 같은
삶을 살기 위해 폴리네시아에 온 것이지 유럽인들처럼 살기 위해
온 것이 아니다, 그러니 유럽이나 매한가지인 이 도시에서 벗어나
야만 한다. 두 사람은 파에아에서 몇 주 지내보았지만, 폴은 매사
가 불편하기만 했다. 그래서 파피테에서 40킬로미터 떨어진 마타
이에아로 다시 옮겨갔다. 폴은 바닷가 벼랑 위에 있는 오두막을 한
채 빌렸다. 바다로 곧장 뛰어들 수 있는 오두막이었다. 오두막 앞
에는 자그마한 섬이 하나 있었고, 오두막 뒤로는 키 높은 산울타리
가 쳐져 있었으며 깎아지른 듯한 봉우리에 나무가 울창한 산맥이
그 뒤로 버티고 있었다. 폴은 마타이에아에 자리를 잡자마자 그림
을 그리기 시작했다. 창의력이 용솟음쳤다. 폴은 장시간 줄담배를
피우며 스케치를 한다는 구실로, 혹은 그냥 캔버스 앞에 버티고 서
있으면서 티티 페치토스로부터 벗어날 수 있었다. 티티 페치토스
의 끊임없는 잔소리에 정신을 집중할 수 없었던 것이다. 티티 페치
토스의 잔소리를 피하기 위해 그림을 다 그리고 나서도 한동안은
기타를 치거나 만돌린을 치며 대중가요를 흥얼거리곤 했다. '언제
떠날 것인가?' 폴은 생각해보았다. 이상한 일이었다. 티티 페치토

32

스는 지겹다는 표정을 노골적으로 드러내곤 했던 것이다. 머지않아 끝내 일이 벌어졌다. 폴이 그림 서른 점을 끝냈을 때, 타히티에서 꼬박 8개월을 살았을 때였다. 어느 날 아침잠에서 깨어보니 작별을 알리는 쪽지가 눈에 들어왔다. 간단명료한 내용이었다. '안녕, 사랑하는 폴. 유감은 없어요.'

그리 안타까운 이별은 아니었다. 사실상 뉴질랜드인과 마오리족 사이에 태어난 혼혈 여자 ― 폴의 곁을 떠난 후 화가로 활동 중이다 ― 는 동반자였다기보다는 거추장스러운 존재였던 것이다. 갖은 잔소리로 폴을 애먹게 했던 여자였다. 스스로 떠나지 않았다면 아마도 폴이 내쫓았을 것이다. 마침내 폴은 정신을 집중할 수 있게 되었고 차분하게 일에 매달릴 수 있게 되었다. 어려움도 많았고, 병치레도 했고, 장애물도 많았지만, 다 지난 일이었다. 원초적인 세상을 찾아 남태평양으로 온 일이 헛일은 아니었다는 생각이 이제 들기 시작했다. 그래, 폴. 넌 마타이에아에 처박힌 후로 서른 점이나 되는 그림을 그렸어. 그중에 걸작이라고 할 만한 것이 하나도 없다고 해도, 네 주변을 둘러싼 길들여지지 않은 세상 덕분에 넌 좀더 자유롭게, 좀더 과감하게 그림을 그릴 수 있었어. 그걸로 만족할 수 없었단 말이야? 그래, 넌 그걸로 만족할 수 없었어.

티티 페치토스가 떠난 지 몇 주도 채 지나지 않아 폴은 여자 생각으로 허기를 느끼기 시작했다. 마타이에아의 이웃 사람들은 대부분 마오리족이었다. 폴은 이웃 사람들과 잘 지냈으며, 가끔 이웃 사람들을 오두막으로 초대해 럼주를 대접하기도 했다. 이웃 사람들은 동부 해안 마을에서 동반자를 구해보라고 폴에게 충고했다. 그곳에 결혼하고 싶어 목을 매는 아가씨들이 많다고 했다. 일은 생각보다 쉽게 풀렸다. 폴은 말을 타고 '사비나 여인을 찾아서'라고 스스로 명명한 원정길에 나섰다. 폴은 파오네라는 작은 마을에 도착했다. 폴은 목을 축이기 위해 길가 구멍가게 앞에서 걸음을 멈추었다. 가게 여주인이 폴을 맞이하며 물었다. 이 누추한 동네엔 무슨 일로 오셨는지요.

"나와 살기 원하는 여자가 있을까 해서 와봤습니다." 폴은 농담 삼아 대답했다.

아직까지도 앳된 표정에 엉덩이가 펑퍼짐한 여주인은 잠시 생각에 잠겼다. 여주인은 폴의 속마음을 읽어내려는 듯 폴을 뚫어지게 쳐다보았다. 마침내 여주인이 입을 열었다.

"내 딸아이가 적당하겠는데요." 여주인은 심각한 표정으로 제안했다. "딸아이를 보시겠어요?"

코케는 어리둥절한 채 고개를 끄덕였다. 잠시 후, 여주인은 테하마나를 데리고 돌아왔다. 이제 겨우 열세 살이라고 했지만, 몸매도 좋았고 가슴과 대퇴부도 단단했다. 살짝 벌려진 두툼한 입술 사이로 새하얀 치아가 엿보였다. 폴은 엉거주춤 계집아이에게 다가갔다. 내 아내가 되기를 원하니? 계집아이는 살짝 웃으며 고개를 끄덕였다.

"나를 잘 모른다고 해서 겁내는 건 아니지?"

테하마나는 도리질을 쳤다.

"병을 앓은 적은 없니?"

"없어요."

"밥은 할 줄 아니?"

반 시간 후, 폴은 마타이에아를 향해 길을 떠났다. 귀중한 획득물이 폴의 뒤를 따라 걸었다. 프랑스어를 능숙하게 구사하는 마을 최고 예쁜이가 전 재산을 어깨에 걸머지고 폴을 따라 길을 나선 것이었다. 폴은 계집아이에게 같이 말을 타고 가자고 했다. 그러나 계집아이는 못들을 소리라도 들은 양 화들짝 놀라며 거절했다. 바로 그 첫날부터 계집아이는 폴을 코케라고 불렀다. 그 이름은 불꽃이 튀듯 사방으로 퍼졌다. 마타이에아의 이웃 사람들이 이내 그 이름을 알게 되었고, 나중에는 타히티 주민 전체와 몇몇 유럽인들까지 폴을 그 이름으로 부르게 되었다.

폴은 1892년 말부터 1893년 초까지 몇 달 동안 마타이에아의 오두막에서 테하마나와 함께 살림을 꾸렸다. 폴은 자주 그 당시를 회고하곤 했다. 타히티에서 보낸 기간 중에서, 아니 평생을 살아오면서 그때가 가장 행복했던 순간이었다. 어린 부인은 마르지 않는 기쁨의 원천이었다. 어린 부인은 폴이 건드릴 때마다 기꺼이 몸을 맡겼다. 잘난 척 빼기지도 않았다. 어린 부인은 자발적으로 유쾌하게 폴과 쾌락을 나누었다. 게다가 부지런하기까지 했다. 티티 페치토스와는 천양지차였다. 사랑을 나눌 때와 같은 지극정성으로 옷을 빨고 오두막을 청소하고 음식을 만들었다. 바다나 연못에서 멱을 감을 때는 찬란하게 빛나는 그녀의 벽옥 같은 피부에 폴은 눈시울을 적시곤 했다. 테하마나의 왼쪽 발에는 발가락이 일곱 개 달려 있었다. 발가락 두 개는 살이 많은 혹이었다. 계집아이는 그 발가락들을 부끄러워했다. 그러나 코케는 재미있어 했다. 코케는 그 발가락들을 어루만지는 것을 아주 좋아했다.

두 사람은 사이좋게 지냈지만 폴이 테하마나에게 모델을 서달라고 할 때면 작은 다툼이 벌어지곤 했다. 테하마나는 오랫동안 한가지 자세로 꼼짝 않고 있어야 하는 일을 귀찮아했다. 가끔은 지겨워 죽겠다는 표정을 지으며 아무 말 없이 자리를 떠나버리기도 했다. 고질적으로 겪는 돈 문제만 아니었다면 코케는 그야말로 행복을 만끽했다고 할 수 있었을 것이다. 코케의 친구 다니엘 드 몽프레드가 유럽에서 그림을 팔아 돈을 부쳐주었지만, 제때에 돈이 도착하는 법이 없었고, 돈이 도착했다고 해도 어느 사이인지 모르게 술술 새나가고 말았다. 코케, 걸작이란 건 어느 세월에나 가능할까?

코케는 살아가면서 겪는 사소한 일들을 모두 귀신 탓으로 돌리는 경향이 있었다. 그런 점을 생각한다면 에덴동산 — 테하마나와 신혼의 단꿈에 젖어 있던 무렵 — 에서 살고 있는 것만 같은 코케의 환상을 여지없이 깨버린 것은 바로 '투파파우'들이었다. 하지만 코케, 타히티에서 그린 네 최초의 걸작은 바로 그 마오리족 신전에 사는 유령들 덕분이었어. 그러니 코케, 억울해 할 것 없어. 코케는 거의 1년여를 타히티에서 살고 있었지만, 살아 있는 사람들의 삶을 뒤죽박죽으로 만들기 위해 죽은 몸을 벗어 던지고 나온다는 그 사악한 혼들의 존재를 인정하지는 못했다. 그러나 섬에서 가장 부유한 농장주인 아우구스트 구필이 빌려준 책을 통해 그 귀신들에 대해 알게 된 바로 그 순간, 우연의 일치라고나 할까, 귀신들의 존재를 확인할 수 있었다.

코케는 여느 때와 마찬가지로 파리에서 돈이 왔는지 알아보려고 파피테로 갔다. 가능하다면 피하고 싶은 여행이었다. 승합 마차를 이용하자면 가는 데 9프랑 오는 데 9프랑씩 들었던 것이다. 게다가 도로 사정이 나빠 오며가며 흔들리는 일도 고역이었다. 심지어 비로 땅이 질어지기라도 하면 고생이 이만저만이 아니었던 것이다. 코케는 오후 참에 돌아올 요량으로 새벽에 출발했다. 그러나 폭우로 길이 끊기는 바람에 자정이 지나서야 마타이에아에 도착할 수 있었다. 오두막은 칠흑처럼 어두웠다. 이상한 일이었다. 테하마나는 쪽등이라도 켜놓지 않고는 잠을 이루지 못했던 것이다. 가슴이 섬뜩해왔다. 떠난 것은 아닐까? 이곳 여자들은 결혼과 이혼을 식은 죽 먹듯 해치우지 않던가. 선교사들과 목사들은 마오리족이 엄격한 기독교 가정을 이루도록 기를 쓰며 노력했지만, 적어도 결혼과 이혼이란 문제에 있어서는 아무 성과도 이루어내지 못했다. 원주민들은 가족 문제에 있어서는 조상 대대로 내려오는 관습을 결코 포기하지 않았다. 언제라도, 남자든 여자든 떠나기로 한 번 결정하면 그걸로 끝이었다. 아무도 놀라지 않았다. 유럽에서는 생각지도 못할 정도로 수월하게 가정이 꾸려졌다 찢어졌다 했던 것이다. 만일 그녀가 떠났다면, 너무나 아쉬울 테지. 그래, 테하마나 같은 여자라면 너무너무 아쉬울 거야.

코케는 집으로 들어갔다. 문지방을 넘어서며 호주머니에서 성냥갑을 찾았다. 성냥을 켰다. 손가락 사이에서 파랗고 노란 불빛이 타올랐다. 바로 그 순간 결코 잊을 수 없는 영상을 목격했다. 코케는 그 후로도 오랫동안 그 영상을 붙잡아두기 위해 노력했다. 코케는 그 영상을 붙들고 열병을 앓듯 절박한 심정으로 그림에 매달렸고, 그럴 때마다 훌륭한 그림이 탄생되곤 했다. 그 영상은 시간이 한참 지난 후에도 코케의 뇌리에 남아 있었다. 타히티에서 사는 동안 누릴 수 있었던 특별한 한 순간, 계시를 받은 것 같은 한 순간이었다. 비록 한 순간이긴 했지만, 자신이 남태평양까지 와서 찾아 헤맨 그 무엇을 마침내 만져보고 몸으로 살아봤다는 느낌이 들었다. 이제 유럽에서는 문명에 떠밀려 두 번 다시 찾아볼 수 없는 그 무엇이었다. 땅바닥에 닿을까 말까 한 시트 위에 벌거벗은 몸뚱이가 엎어져 있었다. 동그란 엉덩이는 우뚝 솟아 있었고, 등허리는 살짝 뒤틀려 있었고, 얼굴 한쪽은 코케를 향하고 있었다. 테하마나가 잔뜩 겁에 질린 표정으로 코케를 바라보고 있었다. 눈과 입과 코는 사나운 짐승에 쫓기기라도 한 듯 심하게 일그러져 있었다. 코케 역시 두려움에 사로잡혔다. 손이 덜덜 떨렸다. 심장이 펄떡펄떡 뛰기 시작했다. 코케는 손가락 끝이 타들어 가는 아픔에 성냥을 떨어뜨렸다. 다시 성냥을 켰다. 테하마나는 그 자세 그대로 있었다.

두려움에 사색이 된 표정도 그대로였다.

"나야 나, 나 코케야." 코케는 테하마나에게 다가가며 진정시켰다. "겁내지 마, 테하마나."

테하마나는 울음을 터뜨렸다. 발악을 하듯 울어대며 두서없이 주절거렸다. '투파파우', '투파파우'라는 소리가 여러 차례 들렸다. 책에서 읽은 적은 있었지만 귀로 직접 듣기로는 처음이었다. 그때 번쩍하고 생각나는 것이 있었다. 테하마나는 코케의 무릎에 올라앉아 품속을 파고들며 조금씩 안정을 찾아가고 있었다. 지금 테하마나가 토막토막 내뱉는 이 소리. 오래 전 이 섬에서 프랑스 영사로 일했던 앙투안 뫼랑우라는 사람이 쓴 『남태평양 섬 기행』 (파리, 1837)이라는 책에서 읽은 적이 있었다. 테하마나는 구시렁구시렁 원망을 늘어놓고 있었다. 등잔 기름도 떨어졌는데, 날 어둠 속에 혼자 내버려두고, 내가 어둠을 무서워한다는 걸 알면서, 어두워지면 '투파파우'가 나타나는데. 코케, 바로 그거였어. 네가 어두운 방으로 들어와 성냥을 켰을 때 테하마나는 바로 그 귀신이 나타난 걸로 착각했던 거야.

그랬다. 죽은 자들의 영혼이 존재한다고 했다. 뒤틀린 손톱, 늑대와 같은 송곳니. 그 악령들은 무슨 구멍이나 동굴이나 덤불숲이나 속이 패인 나무둥치에 도사리고 있다가 슬며시 나타나 산 사람들을 위협하고 못살게 군다고 했다. 농장주 구필이 네게 빌려준 책에서 뫼랑우는 그렇게 묘사했지. 그 책은 유럽인들이 도착해 이곳의 신앙과 관습을 근절시키기 전에는 존재했지만 지금은 사라져버린 마오리족의 신들과 악마들을 상세히 다루고 있었어. 게다가 그 귀신들 얘기는 빈센트를 완전히 사로잡았던 로티의 소설에도 나와 있었어. 타히티로 와야겠다는 생각을 처음으로 일깨워준 바로 그 책 말이야. 그러고 보면 놈들은 완전히 사라지지 않은 모양이지. 선교사들과 목사들이 마오리족에게 강요했던 그 기독교적인 겉치레 이면에서 과거의 아름다운 유산이 아직까지도 활개치고 다닌다는 얘긴가. 마오리족은 과거에 대해서는 입도 뻥긋하지 않았다. 코케가 원주민들의 옛날 신앙에 대해, 야만인들만이 누릴 수 있는 자유롭기 그지없었던 시절에 대해 알 수 있을까 싶어 은근슬쩍 물어볼 때마다 원주민들은 코케를 멀뚱멀뚱 쳐다보기만 했다. 원주민들은 "뭔 소린지 원" 하며 코케를 비웃었다. 그들의 조상들이 행하고 숭배하고 두려워했던 모든 것이 그들의 삶에서 완전히 자취를 감추어버린 것만 같았다. 그렇지 않아. 적어도 '투파파우'에 대한 신화는 아직 살아 있잖아. 지금 네 품에 안긴 계집아이의 보채는 소리가 그걸 증명하고 있지 않으냔 말이야. '투파파우', '투파파우'.

자지가 빳빳해지고 있었다. 흥분으로 몸이 떨렸다. 계집아이도 그걸 눈치 채고 침대로 내려가 느긋한 동작으로 몸을 펼쳤다. 한마리 암고양이 같았다. 원주민 여자들만이 보여줄 수 있는 매력적이면서 사람을 쩔쩔매게 만드는 동작이었다. 계집아이는 코케가 옷을 벗기를 기다리고 있었다. 코케는 몸이 달아올랐다. 계집아이 옆에 몸을 눕혔다. 코케는 계집아이의 몸을 올라타지 않고 우선 계집아이의 몸을 돌려 엎드리게 만들었다. 그리고 계집아이의 몸을 타고 올랐다. 겁에 질려 탱탱하게 솟아올랐던 계집아이의 엉덩이가 아직까지 눈에 선했다. 뚫고 들어가기가 쉽지 않았다. 계집아이는 불평했다. 신음을 토했다. 몸을 뒤틀었다. 마침내 고함을 질렀다. 자지가 깊숙이 들어간 것 같았다. 너무 조여서인지 아프기까지 했다. 비명소리와 함께 정액이 터져 나갔다. 코케는 테하마나의 뒤를 파고드는 동안, 잠시나마 야만인이 된 듯한 기분을 느꼈다.

다음 날 아침, 코케는 날이 밝자마자 작업을 시작했다. 건조한 날이었다. 하늘엔 구름도 별로 없었다. 머지않아 주변은 온갖 색깔로 물들 것이었다. 코케는 폭포로 가서 옷을 홀랑 벗고 물을 뒤집어썼다. 생각나는 것이 있었다. 이곳에 도착한 지 얼마 되지 않아서였다. 클라베리라는 정나미 떨어지는 경찰관이 옷을 홀딱 벗고 강에서 첨벙대는 코케를 발견하고는 '공중도덕을 위배'했다는 이유로 벌금을 물린 적이 있었다. 코케, 현실은 네 꿈과는 터무니없이 다르다는 사실을 너는 그때 처음으로 깨닫게 되었지. 코케는 자리에서 일어나 서둘러 차를 준비했다. 초조함에 몸이 달아올랐다. 반 시간 후 테하마나가 잠에서 깨어났을 때, 코케는 본격적으로 그림을 그리기 위해 구도를 잡고 밑그림을 그리느라 정신이 없어 잘 잤느냐는 테하마나의 인사말도 듣지 못했다.

코케는 일주일 동안을 집안에 틀어박혀 잠시도 쉬지 않고 일에 매달렸다. 정오에 잠시 화실을 벗어나 오두막 옆에 심어진 잎이 무성한 망고나무 그늘에서 과일을 먹거나 통조림을 따서 먹거나 했을 뿐, 해가 기울 때까지 작업을 계속했다. 작업을 시작한 지 이틀째 되는 날, 코케는 테하마나를 불러 옷을 벗겨 침대 위에 엎드리게 한 후, 테하마나가 '투파파우'에 사로잡혀 있던 그날 밤 그 모습 그대로 자세를 취하게 했다. 그러나 도저히 그럴 수 없다는 사실을 이내 깨달았다. 계집아이는 코케가 그림에 그려 넣고 싶어 했던 점을 결코 표현할 수 없을 것이다. 아득한 과거로부터 이어져 내려온 그 종교적인 공포심을, 테하마나로 하여금 '투파파우'라는 귀신의 형상을 보게 만들었던 그 두려움을 말이다. 이제 계집아이는 키득키득 웃기도 했고, 코케가 일러준 대로 겁먹은 표정을 지으려 애를 쓰며 터져 나오려는 웃음을 눌러 참기도 했다. 몸뚱이에서는 긴장감도 느낄 수 없었다. 엉덩짝이 꽉 조여질 정도의 그런 긴장감, 그런 도발적인 자태를 이젠 찾아볼 수 없었다. 그런 자세를 취해보라고 요구한 것 자체가 멍청한 생각이었다. 그것이 어떤 것인지 코케는 기억하고 있었다. 눈을 감을 때마다 생생하게 떠오르는 그 이미지. 그리고 욕정도 있었다. 코케는 그 욕정에 이끌려 몇 날 며 칠을 〈마나오 투파파우〉를 그리고 고치고 하면서 밤마다 계집아이를 품에 안았다. 때로는 대낮에 화실에서 그 짓을 벌이기도 했다. 코케는 브르타뉴에 있을 때 글로넥 하숙집 젊은이들 — 코케의 말에 열심히 귀를 기울이며 코케의 제자임을 자랑하던 젊은이들 — 에게 이렇게 확언한 적이 있었다. "진정으로 그림을 그리고자 한다면 우리가 겉에 걸친 문명이라는 허울을 벗어 던져버리고 우리 안에 있는 야성을 끄집어내야 한다." 코케는 이 그림을 그리면서 그때 자신이 확실히 옳았다는 사실을 그 어느 때보다 절실히 깨달을 수 있었다.

그랬다. 이 그림은 진정으로 인간의 야성을 그려낸 것이었다. 완성되자 코케는 흡족한 마음으로 그림을 바라보았다. 사실적인 요소와 환상적인 요소가 그림 속에서 통일된 리얼리티를 구성하고 있었다. 야만인들의 정신세계와 똑같았다. 절제와 욕정, 삶과 죽음이 아우러진 약간 을씨년스러운 분위기. 객관적이며 사실적인 하반부, 주관적이며 비현실적인 상반부. 그러나 상반부도 하반부와 마찬가지로 현실성을 띠고 있었다. 벌거벗은 계집아이는 두려움에 가득 찬 눈으로 입술을 비죽이기 시작하고 있었다. 만일 그런 표정을 담지 않았다면 그림은 외설물로 판명날 것이다. 두려워하는 표정은 은근하게 엉덩이를 들어올린 그 아름다운 모습을 해치기보다는 오히려 두드러지게 만들었다. 잔혹한 이교도 신에게 바치는 야만적인 제사가 거행되는 인간의 몸뚱이로 이루어진 제단. 그림 위쪽에 자리 잡은 유령. 코케, 그 유령은 타히티 사람들이 믿었던 유령이라기보다는 네가 믿었던 유령이었어. 뫼랑우가 묘사한 용 발톱에 용 송곳니가 난 유령들과는 전혀 닮은 구석이 없잖아. 머릿수건을 두른 노인네. 브르타뉴의 노인네들과 같은 모습이지. 네 기억 속에 생생히 살아 있는, 도무지 나이를 가늠할 수 없는 노인네들. 네가 퐁타방이나 르 풀뒤에 살 때 피니스테르 길거리에서 마주치곤 했던 그런 노인네들. 다 죽어가는 듯한, 유령과 같은 인상을 심어준 노인네들. 하나하나 따져볼 필요가 있을까. 계집아이의 머리채처럼 검게 물들인 매트, 노란색 꽃, 나무껍질로 짜서 만든 푸른 시트, 푸르스름한 베개, 계집아이의 윗입술을 물들인 것 같은 붉은색 베개 따위는 객관적 세계에 속하는 것이었다. 그림 상반부에서도 이 객관적 세계의 질서는 그대로 표현되었다. 공중에 떠 있는 꽃은 새파란 창공을 날아다니는 불꽃, 섬광, 도깨비불, 유성 등을 표현한 것이었고, 하늘에 흩뿌려져 있는 색이 고운 점들은 줄줄이 떨어지는 폭포를 의미했다.

얌전히 옆으로 돌아서 있는 유령은 둥근 말뚝에 등을 기대고 있었다. 그 기둥은 검붉은 톤에 투명한 파란색으로 정교한 무늬를 그려 넣은 토템의 일종이었다. 이쪽 상반부는 잘 미끄러져 나가 붙잡을 수 없는 유동하는 물질, 다시 말해 어느 때라도 사라져 버릴 수 있는 물질을 표현한 것이었다. 유령의 모습을 가까이서 들여다보면 오뚝한 콧날, 두툼한 입술, 앵무새 눈처럼 부리부리한 눈이 두드러져 보였다. 코케, 넌 그야말로 절묘한 조화를 이루어낸 거야. 그림 속에서 조종(弔鐘) 소리가 울려 퍼지는 것 같았다. 푸른 시트와 시큼한 귤 같은 노란색 꽃에서 빛이 흘러나오는 것 같았다.

"그림 이름을 뭐라고 붙여야 할까?" 코케는 그림을 보고 또 보고, 고치고 또 고치고 한 후에 테하마나에게 물어보았다.

계집아이는 진지하게 생각에 잠겼다. 계집아이는 한참 만에 고개를 끄덕이며 '마나오 투파파우'라고 중얼거렸다. 테하마나의 설명만으로는 정확한 의미를 집어낼 수 없었다. '여자는 죽은 자의 영혼을 생각한다' 인지 '죽은 자의 영혼은 여자를 기억한다' 인지 잘 알 수가 없었다. 그러나 그 애매모호함이 마음에 들었다.

코케는 걸작품을 끝내고 나서도 1주일 동안이나 그림 손질에 매달렸다. 코케는 그림 앞에 서서 뚫어져라 그림을 쳐다보며 몇 시간씩을 보냈다. 코케, 드디어 이루어낸 거야, 그지? 문명인이, 유럽인이, 기독교인이 그린 그림이라고는 전혀 생각할 수 없는 그림이었다. 이전에 유럽인이었던 사람이, 이전에 문명인이었던 사람이, 이전에 기독교인이었던 사람이, 온갖 역경을 헤치고 나와, 파리 데카당들의 허위의식을 내던져버리고, 자신의 본원, 즉 종교와 예술, 삶과 죽음이 하나의 리얼리티로 어우러지는 찬란했던 과거로 되돌아와 그린 그림으로 보였다. 코케는 〈마나오 투파파우〉를 끝내고 나서 몇 주 동안을 평온한 마음으로 지낼 수 있었다. 실로 오랜만에 맛보는 평안이었다. 2년여 전, 유럽을 떠나기 직전에 종아리에 나타나기 시작했던 반점들이 저도 모르게 나타났다가 사라지곤 하던 그 반점들도 자취를 감추었다. 그러나 코케는 예방 차원에서 파리의 페르누이 박사와 바이아미 병원 의사들이 일러준 대로 종아리에 겨자 고약을 바르고 붕대로 감쌌다. 타히티에 막 도착했을 때는 목으로 피를 토한 적도 있었지만 한동안 그런 증상도 잊고 살 수 있었다. 커다란 망고나무 그늘에 앉아 사진첩에서 본 이교도 신상을 비롯해서 상상으로 그려낸 폴리네시아 신들의 모습을 나무로 조각하기도 했고, 스케치를 하기도 했고, 시작만 해놓고 내팽개쳤던 그림을 다시 붙잡기도 했다. 〈마나오 투파파우〉을 그리고 나니 이제는 무엇을 어떻게 그릴 것인가가 문제였다. 코케, 그 당시 네가 옳았어. 르 풀뒤에서, 퐁타방에서, 파리의 볼테르 카페에서 장광설을 늘어놓거나 아를에서 미친 네덜란드 놈과 우격

다짐을 할 때 말이야. 넌 이렇게 주장했지. 그림에 있어서 문제는 기술이 아니라 상황이다, 다시 말해 그림의 성패는 솜씨가 아니라 독창성과 전적인 헌신에 달려 있다. "그러니까, 트라피스트 수도회에 들어가 오로지 하느님만을 위해 삶을 사는 것과 마찬가지란 말이야." 생각해보라고. 테하마나가 겁에 질려 있던 바로 그날 밤, 일상의 장막이 찢겨져 내리고 그 뒤에 깊이 숨어 있던 삶의 일면이 모습을 드러낸 거야. 넌 그 삶의 일면을 통해 인류의 여명기로 옮겨갈 수 있었고, 인류 역사에 첫발을 디뎠던 조상들과 만날 수 있었던 거야. 여전히 마술적인, 신과 악마가 사람들과 부대껴 사는 그런 세계로 들어갔던 거지.

'투파파우'를 만났던 그날 밤처럼 시간의 벽을 깨부술 수 있는 상황을 인위적으로 만들어낼 수 있을까? 코케는 확인해보고 싶었다. 코케는 삶의 양상을 뒤바꿀 수 있는 경솔한 행동을 식은 죽 먹듯 해온 사람이었다. 이 경우도 마찬가지였다. 코케는 '타마라아'라는 것을 준비하기 위해 다니엘 드 몽프레드가 보내준 돈(8백 프랑)에서 상당한 액수를 소비했다. 브르타뉴에 있던 시절에 그린 그림 두 점을 로테르담의 어느 선주에게 팔아 생긴 돈이었다. 코케는 돈이 수중에 들어오자마자 테하마나에게 자신의 계획을 알렸다. 친구들을 많이 초대해 1주일 내내 노래하고, 먹고, 춤추고, 고주망태가 되도록 마셔댈 것이다.

코케와 테하마나는 그동안 쌓였던 외상값을 갚기 위해 마타이에아에 하나밖에 없는 가게를 찾아갔다. 주인은 아오니라는 중국인이었다. 거북이처럼 눈꺼풀이 축 처진 뚱뚱한 동양인은 마분지 조각으로 부채질을 하고 있었다. 아오니는 눈을 휘둥그레 뜨고 코케가 내미는 돈을 바라보았다. 받기는 글렀다고 생각했던 돈이었던 것이다. 코케는 거들먹거리며 엄청난 양의 먹을거리를 주문했다. 통조림, 쇠고기, 치즈, 설탕, 쌀, 강낭콩. 그리고 술도 주문했다. 수 리터의 적포도주, 여러 병의 압생트, 여러 통의 맥주, 섬의 술도 가에서 빚은 럼주도 여러 통.

코케와 테하마나는 마타이에아 주변의 원주민 열두 쌍을 초대했다. 파피테의 친구들, 즉 제노 소위, 식민당국 공무원인 드로예 부부와 수하스 부부도 초대했다. 빈틈없고 자상한 제노는, 여느 때와 마찬가지로, 군대 바자회에서 실비로 구입한 식품과 음료를 가지고 왔다. 땅을 판 구덩이에 달군 자갈을 넣고 그 위에 바나나 잎으로 싼 생선, 감자, 채소 따위를 올려 익힌 '타마라아' 라는 요리는 맛이 기가 막혔다. 해가 기울 무렵 식사를 마쳤다. 화염 덩어리같은 태양이 번쩍이는 산호초 위로 떨어지고 있었다. 제노와 두 프랑스인 부부는 작별을 고했다. 그 사람들은 당일로 파피테로 돌아가기를 원했던 것이다. 코케는 기타와 만돌린을 꺼내와 브르타뉴 민요와 파리에서 유행하는 노래로 손님들의 흥을 돋우었다. 원주민들과 있는 편이 오히려 나았다. 유럽인들은 그 존재 자체가 일종의 제약이었다. 타히티 원주민들은 유럽인들 앞에서는 마음껏 본능을 발산하지도 마음껏 즐기지도 못했다. 코케는 그런 점을 타히티에 막 도착했을 때, 장터에서 열리는 금요일 춤판을 기웃거리던 무렵부터 확인할 수 있었다. 선원들은 배로 돌아가고 군인들은 병영으로 돌아갔을 때, 다시 말해 '포파아' 들이 거의 다 빠져나가고 원주민들만 남게 되었을 때에야 알짜배기 놀이가 시작되었던 것이다. 마타이에아의 친구들은 남녀를 불문하고 모두 엉망으로 취해 있었다. 사람들은 럼주에 맥주나 과일즙을 섞어 마셨다. 춤을 추는 사람들도 있었고, 몇 명씩 둘러앉아 박자를 맞춰가며 원주민 노래를 부르는 사람들도 있었다. 코케는 커다란 망고나무 옆에 모닥불을 피웠다. 과일이 주렁주렁 매달린 무성한 나뭇가지 사이로

45

보이는 쪽빛 하늘에 별이 총총했다. 코케는 이제 타히티인들이 쓰는 마오리어를 충분히 알아들을 수 있었지만 노래를 부를 때는 무슨 뜻인지 알아듣지 못했다. 모닥불 바로 옆에서 발바닥을 땅에 붙이고 엉덩이를 흔들며 춤을 추는 사람이 있었다. 불빛을 받은 살가죽이 벌겋게 타오르는 것 같았다. 투치틸이었다. 코케가 오두막을 지은 땅의 주인이었다. 투치틸의 부인 마오리아나도 있었다. 아직 앳되어 보이는 약간 통통한 여자. 그녀의 탄탄한 허벅지가 꽃무늬 파레오(치마) 사이로 엿보였다. 타히티 여성들에게서나 볼 수 있는 오동통한 허벅지였다. 볼이 넓은 커다란 발바닥은 땅바닥을 파고들고 있었다. 폴은 여자를 갖고 싶었다. 폴은 럼주를 섞은 맥주를 가져와 두 사람에게 권했다. 폴은 두 사람을 얼싸안고 잔을 부딪혀가며 술을 마셨다. 두 사람의 노랫가락을 따라 흥얼거리기도 했다. 원주민 부부는 완전히 취해 있었다.

"우리 옷을 벗지요." 코케가 부부에게 제안했다. "모기가 있어 봐야 얼마나 되겠어요."

코케는 아랫도리를 가리고 있던 파레오를 벗어 던졌다. 알몸이 드러났다. 모닥불은 희미했지만 반쯤 일어선 자지가 뚜렷이 보였다. 아무도 코케를 따라 옷을 벗지 않았다. 원주민 부부는 코케를 멀뚱히 쳐다보았다. 웬일인가 싶은 모양이었다. 그러나 코케를 말리지도 않았다. 좀비라도 튀어나올까 두려운가 보지? 아무도 대답하지 않았다. 원주민 부부는 코케는 안중에도 없다는 듯 계속해서 춤을 추고, 노래를 부르고, 술을 마셨다. 코케 역시 원주민 부부와 어울려 춤을 췄다. 부부의 동작 — 무지막지하게 돌아가는 엉덩이, 두 무릎을 부딪혀가며 두 발로만 폴짝폴짝 뛰어오르는 동작, 도저히 따라할 수 없을 것 같았다 — 을 따라해 보려고 애를 써보았지만 제대로 되지 않았다. 그래도 행복했다. 희망도 잃지 않았다. 쐐기처럼 투치틸과 마오리아나 사이에 끼어 있다가 여자 쪽으로 바싹 달라붙어 여자의 몸을 집적댔다. 코케는 여자의 허리를 붙잡고 모닥불 불빛이 닿지 않는 쪽으로 서서히 몸으로 밀어붙였다. 여자는 저항하지 않았다. 표정도 바꾸지 않았다. 코케의 존재도 의식하지 못하는 듯싶었다. 여자는 혼자 혹은 자기 그림자와 춤을 즐기는 것 같았다. 코케는 은근슬쩍 힘을 써 여자를 땅바닥으로 쓰러뜨렸다. 두 사람 다 한 마디 말이 없었다. 마오리아나는 코케의 입맞춤을 받아들였지만 코케에게 입을 맞추지는 않았다. 코케가 입으로 여자의 입을 벌리는 중에도 여자는 콧노래를 흥얼거리고 있었다. 손님들은 모닥불 주위를 돌며 노래를 부르고 있었다. 코케는 그 노랫소리에 흥건히 취해들며 여자를 안았다.

코케는 그로부터 하루나 이틀 뒤 — 제대로 기억해낼 수 없었다 — 에 잠에서 깨어났다. 햇빛에 눈이 시렸다. 온몸이 상처투성이였다. 어떻게 자기 발로 침대로 기어들 수 있었는지 이해가 가지 않았다. 테하마나는 시트 밖으로 몸을 반이나 내놓고 코를 골고 있었다. 술을 섞어 마셔서인지 숨쉬기가 힘들었고 냄새도 고약했다. 전신이 쑤셔댔다. '이곳에 계속 남아 있어야 하나, 프랑스로 돌아가야 하나?' 생각해보았다. 타히티에 온 지 벌써 1년이었다. 완성한 그림이 근 60여 점에, 스케치만 해놓은 것도 셀 수 없이 많았고, 나무 조각만 해도 한 다스였다. 그리고 가장 중요한 점은, 코케, 걸작을 하나 완성했다는 거야. 파리로 돌아가서, 폴리네시아에서 1년 동안 작업한 것들 중에서 최고만을 선별해 전시회를 여는 거야. 솔깃하지 않아? 파리 사람들은 그 빛과, 이국적인 풍광과, 순수 자연인으로 살아가는 사람들의 세계에 열광하겠지. 자기들 육체와 감각을 자랑스러워하는 그 파리 사람들, 인상파 화가들의 장난질로 인해 쓰레기 취급을 받는 과감한 구도와 대담한 색 배합에 이골이 난 그 파리 사람들이 말이지. 어때 코케, 구미가 당기지 않아?

테하마나가 잠에서 깨어나 차를 준비하는 동안에도 코케는 백일몽에 푹 빠져 있었다. 코케는 눈을 똑바로 뜬 채 자신이 쟁취할 승리를 음미하고 있었다. 신문과 잡지는 칭찬 일색의 기사로 넘쳐날 것이고, 수집가들은 코케의 그림에 대한 전문가들의 평을 듣고 종종걸음으로 달려와 모네, 드가, 세잔, 미친 네덜란드 놈, 퓌비 드 샤반 따위는 생각도 못할 엄청난 가격을 제시할 것이다. 폴은 프랑스에서 유명인들이 향유할 수 있는 최대의 부와 명성을 누리게 될 것이다. 으스대지 않고 점잖게 누릴 것이다. 미심쩍어 하는 동료가 있다면 이렇게 일깨워줄 것이다. "이보게들, 내가 전에 방법을 일러주지 않았었나. 기억 못해?" 젊은이들에게도 충고와 격려를 아끼지 않을 것이다.

"나 임신했어요." 테하마나가 김이 모락모락 나는 차를 가져오며 말했다. "투치틸과 마오리아나가 와서 묻던데요. 돈도 들어오고 했으니 이전에 빌려준 돈을 갚을 수 있는지 말예요."

코케는 투치틸 부부와 돈을 빌린 다른 이웃들에게 빚을 갚았다. 빚을 청산하고 나자 다니엘 드 몽프레드가 보내준 돈에서 겨우 100프랑이 남았다. 이 돈으로 얼마 동안이나 먹고 살 수 있을까? 그림 그릴 천도 그림틀도 거의 바닥난 상태였다. 도화지도 다 떨어졌고 그림물감도 얼마 남지 않았다. 폴, 프랑스로 돌아가야 할까? 이렇게 미래가 암울한 상황인데 타히티에서 뭘 더 바랄 수 있단 말인가? 어쨌든 간에, 유럽으로 돌아가겠다면 지금 당장 서둘러야지. 여행비를 마련할 방도가 전혀 없잖아. 유일한 방법은 본국 송환을 요청하는 거야. 프랑스 법에 따라 그럴 권리가 있잖아. 그러나 법과 현실은 너무나 다르다는 게 문제야. 파리에 있는 몽프레드와 슈페네커가 당장 당국과 교섭을 벌여야 하는 거야. 그 두 사람이 손을 써서 공식적인 답변이 네게 도착하기까지 적어도 6개월 내지는 8개월이 걸린단 말이지. 꼼지락대지 말고 당장 서둘러야 한다고.

코케는 '타마라아' 축제 때 마신 술로 정신이 오락가락한 상태에서도 그날 당장 친구들에게 편지를 썼다. 서둘러 당국과 교섭하여 국립미술학교 교장 ─ 코케가 타히티로 올 때 소개장을 몇 장 써준 앙리 루종이 아직도 교장 자리에 있을까? ─ 이 자신의 본국 송환을 승인하도록 만들어 달라. 코케는 앙리 루종에게도 장문의 편지를 썼다. 건강 상태도 나쁜 데다 재정적으로 완전히 파산하였기 때문에 자신의 요구가 정당하다고 주장했다. 코케는 마침내 코펜하겐에 있는 법률상의 부인 메트에게도 편지를 쓰게 되었다. 이제 프랑스로 돌아가기로 결심했다, 몇 달 내로 만나 남태평양에서 작업한 결과를 보여주겠다. 코케는 자신의 계획을 테하마나에게 얘기하지 않았다. 코케는 편지를 부치기 위해 옷을 입고 파피테로 떠났다. 수도 파피테의 중심가 리볼리 가에 자리 잡은 우체국은 키 큰 과일 나무와 주요 인사들의 대저택에 둘러싸여 있었다. 우체국은 막 문을 닫으려 하고 있었다. 직원들 중에서 가장 나이가 많은 사람 ─ 이름이 퐁슈발이라고 했던가, 퐁트발이라고 했던가? ─ 이 코케에게 일러주었다. 편지는 곧바로 보내질 것이다, 오스트레일리아를 경유해서 갈 것이다, '케리건' 호가 출항 준비를 마쳤다, 비록 시간은 좀더 걸리겠지만 샌프란시스코를 경유하는 것보다는 안전할 것이다, 그쪽 편으로 가면 화물을 옮겨 싣는 경우가 적어 우편물이 엉뚱한 곳으로 새는 경우가 드물다.

코케는 술을 한잔 마시기 위해 항구 선술집을 찾았다. 이곳에 도착한지 겨우 1년 만에 파리로 돌아가겠다고 결심했고 또 그 뜻을 굽히지 않을 작정이었지만, 마음이 편하지만은 않았다. 솔직히 말하자면 실패를 겪은 후에 달아나는 것이나 다름없는 짓이었다. 그곳 아를에서 미친 네덜란드 놈과 얘기를 나눌 때도, 브르타뉴나 파리에서 베르나르나 모리스나 사람 좋은 쉬프와 얘기를 나눌 때도, 심지어 꿈속에서도, 아직 처녀성을 잃지 않은 세계, 아직 유럽의 예술에 물들지 않은 세계를 찾아 떠나야겠다는 생각밖에 없는 줄 알았다. 그러나 사실은 궁색한 일상에서 벗어나 돈을 벌어보려는 욕심이, 고통스러운 일상에서 벗어나 제대로 된 삶을 살아보려는 의지가 유럽을 벗어나게 된 주된 동기였다. 원시인들 — 건강한 사람들 — 처럼 자유롭게 살고 싶다는 욕구에 떠밀려 파나마와 마르티니크를 배회했고, 마다가스카르와 통킹을 둘러보았고, 마침내 타히티로 찾아든 것이었다. 하지만 꿈과 현실은 너무나 달랐어. 이곳에서도 역시 '자유롭게' 살 수는 없었어, 코케. 야자나 망고나 바나나만 먹고 살 수는 없는 노릇이잖아. 이곳 과일나무들이 공짜로 제공해주는 것은 그런 것들밖에 없으니까. 게다가 붉은 바나나는 산에서만 자라기 때문에 그걸 따먹기 위해서는 천 길 낭떠러지를 기어올라야 하는 거잖아. 넌 농사일도 결코 배우지 못할 거야. 농사를 짓기 위해서는 많은 시간을 투자해야 하는데, 그렇게 되면 그림 그릴 시간이 없어지는 거지. 빼어난 경관에, 인심 좋은 원주민들에, 풍요로운 원시 마오리 문명이 아직까지 살아 있긴 했지만, 역시 이곳에서도 사람들의 삶과 죽음을 결정하는 것은 돈이었어. 예술가들도 살아남기 위해서는 마몬 신의 하수인이 될 수밖에 없단 말이지. 다시 말해 농사를 지어야 한단 말이야. 굶어 죽지 않으려면 중국 상인들한테서 통조림을 사야 한다는 말인데, 그놈의 돈은 밑도 끝도 없이 들어가기만 하고, 미술품 시장을 지배하는 그 몰상식하고 치사한 파리의 속물들로부터 버림받은 너는 그놈의 돈을 구할 방도가 전혀 없지 않느냔 말이야. 그렇다고 해도 말

50

이야, 코케, 넌 살아남았어. 그림도 그렸고, 화려한 색상도 마음껏 구사할 수 있었어. 넌 네 좌우명 — '내 멋대로 산다' — 에 따라, 모든 위대한 예술인들이 그랬듯이, 모든 역경을 이겨내고 살아남 았어.

테하마나에게는 프랑스로 돌아가겠다는 생각을 마지막 순간에 털어놓기로 했지. 넌 단단히 결심했어. 넌 그 계집아이를 감사하게 생각해야 해. 계집아이는 그 팔팔한 몸뚱이로, 그 나긋나긋한 성격 으로, 그 총명한 생각으로 널 쾌락으로 인도했고, 너의 청춘을 회 복시켜주었고, 때로는 원시인이 된 듯한 느낌을 갖도록 만들었어. 생기발랄하고 부지런하고 고분고분한 그 계집아이와 함께 살면서 너는 구차한 삶을 견뎌낼 수 있었어. 그러나 네 인생에는 사랑이라 는 것이 존재하지 않았어. 사랑이라는 것은 예술가로서의 삶을 사 는 너로선 그냥 내버려둘 수 없는 장애물이었으니까. 사내들이란 사랑에 빠지다보면 다 멍청이가 되기 십상이거든. 이제 계집아이 는 덜컥 애까지 가지게 된 거야. 이제부터 계집아이는 거들먹거리 며 다른 원주민 여자들과 마찬가지로 꼴사나운 뚱보가 되어 가겠 지. 그렇게 되면 너는 애정과 욕정 대신에 혐오감을 느끼게 될 테 지. 그래, 서로 흉한 꼴을 보이기 전에 미리 관계를 끊는 것이 낫겠 다. 애를 배다니, 사내놈일까 계집애일까? 좋아. 온통 사생아 천지 인 이 세상에 사생아 한 명쯤 더 태어난다고 무슨 대수겠는가? 이 성적으로 생각해보란 말이야. 프랑스로 돌아간다고? 잘 생각한 거 야. 그러나 속으로 켕기는 구석이 있기는 했지. 유럽으로 돌아가기 위한 첫걸음을 떼기까지, 즉 1893년 6월 누메아로 떠나는 '뒤샤 포' 호에 몸을 실을 때까지, 넌 8개월 동안을 계속 큰 실수를 저지 른 것은 아닌가 하는 생각에 초조해했고, 언짢아했고, 두려워했지.

코케는 8개월 동안 많은 일을 했다. 한 번은 타히티에서 두 번째 걸작을 그릴 수 있을 것으로 믿고 작업에 임한 적이 있었지만 터무니없는 오해로 판명되고 말았다. 코케가 편지나 돈이 오지 않았나 싶어 파피테에 가보았을 때였다. 코케는 시내에 있는 친구 아리스티드 수하의 집을 방문했다. 집안 분위기가 어수선했다. 1년 8개월 된 아들이 죽었던 것이다. 코케가 도착했을 때는 아이가 장염으로 막 숨을 거둔 후였다. 코케는 죽은 아이를 내려다보았다. 아이의 바싹 여위어 창백한 얼굴을 보고 있자니 온몸이 근질거리기 시작했다. 코케는 진심은 아니었지만 수하 부부에게 심심한 애도를 표하며 단도직입적으로 말했다. 죽은 아이의 초상화를 그려주겠다. 남편과 부인은 눈물 젖은 눈으로 잠시 서로를 쳐다본 후 승낙했다. 그림이 있으면 평생 아이를 옆에 두고 볼 수 있겠지요.

코케는 즉시 스케치에 들어갔다. 밤샘을 하는 동안에도 작업을 멈추지 않았다. 그 후 코케는 스케치를 바탕으로 마지막 남은 화폭에 아이의 모습을 세심하고 꼼꼼하게 그려 넣었다. 코케는 꼭 감은 두 눈과 로사리오 묵주를 쥐고 함께 맞잡은 두 손에 신경을 썼다. 막 숨이 넘어가는 바로 그 순간을 표현한 그림이었다. 그러나 그림을 가져갔을 때 수하 부인은 선물에 감사를 표하기는커녕 오히려 화를 벌컥 냈다. 이 따위 그림은 우리 집에 절대로 걸어둘 수 없어요.

"저기, 그림에 못마땅한 점이라도 있나요?" 코케가 물었다. 유럽인인 부인의 반응을 전혀 이해 못하는 바는 아니었다.

"얘는 내 아들이 아니에요. 중국 애잖아요. 우리들 틈으로 비집고 들어온 그 황인종 말예요. 대체 우리가 당신에게 어쨌기에 우리 고통을 조롱하는 거죠? 천사 같은 우리 아이에게 중국인 얼굴을 입히다니, 이럴 수 있는 거예요?"

코케는 웃음을 참을 수가 없었다. 수하 부부는 그런 코케를 집에서 몰아냈다. 코케는 마타이에아로 돌아와 그림을 다시금 들여다보았다. 그랬다. 넌 너도 모르는 사이에 아이를 동양인의 모습으로 그렸던 거야. 코케는 자신의 새로운 작품에 다시 이름을 붙였다. 마오리족 신화에서 따온 이름이었다. 〈아티티 왕자의 초상〉.

그 후로 몇 달이 지났다. 테하마나가 임신했다는 사실을 알린 날로부터 4개월이 지난 후였다. 그러나 테하마나의 배는 전혀 불러오지 않았다. 코케는 어찌된 영문인지 물었다.

"출혈이 있었는데 그때 떨어진 것 같네요." 테하마나는 바느질하던 손길을 멈추지도 않고 대답했다. "얘기하는 걸 깜박했네요."

# 3

# 사생아와 도망자
## 디종, 1844년 4월

원래 계획에는 없던 일이었지만, 플로라는 오세르에서 디종으로 곧바로 건너가지 않고 두 곳을 거쳐갔다. 플로라는 아발롱과 세뮈르에서 하루씩 머물렀다. 플로라는 두 지역의 책방에 『노동조합』 회보와 전단지를 배포했다. 그리고 소개서나 추천서가 없었기 때문에 노동자들을 만나러 술집을 찾아다녔다.

아발롱 교회 — 색감이 화려한 성자상과 성녀상이 페루의 원주민 예배당을 생각나게 했다 — 앞 광장에는 술집이 두 곳 있었다. 날이 저물 무렵, 플로라는 '낮별'이라는 술집으로 들어갔다. 화톳불이 손님들의 얼굴을 붉게 물들이고 있었고, 연기가 사람들로 꽉 들어찬 실내를 가득 채우고 있었다. 여자는 플로라 한 사람뿐이었다. 떠들썩한 소리가 잦아들면서 구시렁거리는 소리와 웃음소리가 들려왔다. 구름처럼 깔린 하얀 파이프 담배연기 사이로 깜박거리는 눈들을 볼 수 있었다. 음탕한 눈빛이었다. 웅성거리는 소리가 플로라의 몸을 뱀처럼 휘감았다. 플로라는 땀범벅인 사람들을 헤치고 길을 열었다. 사람들은 비켰다가 다시 플로라 뒤로 자리를 채웠다.

불편하지 않았다. 작달막한 키에 능글맞아 보이는 술집 주인 남자가 플로라에게 다가와 누구를 찾는지 물었다. 플로라는 시원스럽게 대답했다. 아무도 찾지 않아요.

"그런 걸 왜 물어요?" 플로라는 모든 사람이 들을 수 있도록 자기 쪽에서 되물었다. "이곳은 여자는 출입금지인가요?"

"숙녀분들은 좋지요." 바 쪽에서 누군가 외쳤다. 한잔 걸친 목소리였다. "갈보들은 사절이요."

'말 깨나 할 작자로군.' 플로라는 생각했다.

"저는 창녀가 아닙니다, 여러분." 설명했다. 화를 내지 않았다. 조용히 해줄 것을 요구했다. "저는 노동자들의 친구랍니다. 저는 노동자들이 착취의 사슬을 끊을 수 있도록 도와주기 위해 왔습니다."

사람들의 표정으로 알 수 있었다. 사람들은 이제 그녀를 갈보로 보지 않고 미친년쯤으로 생각하는 것 같았다. 플로라는 실패를 인정하지 않았다. 계속 말을 이어나갔다. 사람들은 신기한 듯 플로라의 말을 듣고 있었다. 생전 처음 보는 새의 노랫소리를 듣고 있는 것 같았다. 내용에는 신경 쓰지 않았다. 말소리보다는 그녀의 치마에 팔에 입에 허리에 가슴에 더 신경 쓰는 것 같았다. 우울한 표정, 피곤에 지친 사람들이었다. 꾸려 가는 삶 자체를 그냥 잊어버리고 싶어하는 사람들이었다. 잠시 후, 호기심을 충족시킨 사람들은 자신들의 대화로 돌아갔다. 플로라를 완전히 무시해버렸다. 아발롱의 두 번째 술집 '기쁨'. 비좁은 곳이었다. 벽난로 때문에 벽은 시커멓게 그을려 있었고, 다 사위어 든 불이 벽난로에서 마지막 안간

힘을 쓰고 있었다. 예닐곱 명의 손님들은 술에 엉망으로 취해 있어 얘기한다는 것 자체가 시간낭비일 뿐이었다.

수시로 찾아드는 씁쓸한 입맛을 삼키며 여관으로 돌아왔다. 플로라, 왜 그래? 아발롱이라는 그 무지몽매한 촌사람들 동네에서 시간을 낭비했기 때문에? 아니지. 술집 방문이 네 기억을 온통 휘저어 놓았기 때문이지. 모베르 광장과 그 주변, 술꾼들·노름꾼들·가난한 사람들이 우글거리던 그 움막에서 풍겨 나오던 시금털털한 술 냄새가 콧속에 진동하지 않니? 플로라, 너는 그 사람들 틈바구니에서 어린 시절과 사춘기를 보냈지. 그리고 4년이라는 결혼 생활도. 술주정뱅이들은 얼마나 무서웠던지! 술주정뱅이들은 푸아르 거리 인근에서, 술집 문가에서, 그리고 길모퉁이마다에서 우글거렸었다. 술주정뱅이들은 남의 집 현관이나 길거리에 엎어져 잠을 잤다. 하품을 하면서 속에 것을 게워내고, 꿈속에서도 욕지거리를 뱉어냈다. 늦은 밤에 앙드레 샤잘 장인(匠人)의 석판 인쇄 공장에서 집으로 돌아올 때가 생각나자 소름이 끼쳤다. 플로라의 어머니는 플로라가 만 열여섯 살이 되자마자 그녀를 그 공장에 견습 채색 직공으로 집어넣었다. 그림에 대한 소질이 있어 그 덕을 좀 봤었지. 상황이 달랐다면 화가가 될 수도 있었을 테지, 플로라. 그러나 플로라는 애초에 공순이로 빠진 것을 결코 후회하지 않았다. 처음에는 해방이라는 것이 대단해보였다. 푸아르 거리의 그 옹색한 집구석에 처박힌 채 세월을 보내지 않아도 되었던 것이다. 아침 일찍 집을 나와 석판 인쇄 공장에서 샤잘 장인 밑에서 일하는 스무 명의 직공들과 함께 열두 시간을 일했다. 프랑스에서 여공이 되기 위해 필요한 모든 것을 공장은 가르쳐주었다. 실로 대학과 같은 곳이었다. 공장에 다니는 여자아이들은 장인에게 앙투안이라는 유명한 동생이 한 명 있다고 플로라에게 알려주었다. 식물원에서 꽃과 동물을 그리는 사람이라고 했다. 앙드레 샤잘은 술과 노름을 좋아했고, 술집을 돌아다니며 시간을 낭비했다. 후끈 달아오를 때는, 때로는 그렇지 않을 때도, 여직공들에게 수작을 걸곤 했다. 말 그대로였다. 너를 견습공으로 받아들일지 말지를 결정하기 위해 너와 면담을 했을 때도 그 작자는 너를 머리끝에서 발끝까지 훑어보았었지. 뻔뻔스럽게도 음흉한 눈초리로 너의 가슴과 엉덩이를 쳐다보았어.

앙드레 샤잘! 빌어먹을 작자. 너의 처녀성을 그런 작자에게 헌납하다니. 그게 우연이었을까. 아니면 신의 뜻이었을까, 플로라. 큰 키에 약간 구부정한 허리, 수세미 같은 머리털, 넓은 이마, 대담하고 천박한 눈초리, 끊임없이 주변 냄새를 킁킁거리던 주먹코, 그런 남자였다. 너는 그 남자를 너의 그 커다랗고 깊은 눈으로, 새카만 곱슬머리로 단번에 사로잡았지, 안달루시아 아가씨. (맨 처음 널 그렇게 부른 사람이 앙드레 샤잘이었던가?) 그 작자는 너보다 열두 살 연상이었다. 그 작자는 아가씨의 금지된 열매를 따먹기 위해 노심초사하며 침깨나 흘려야 했지. 그 작자는 일을 가르쳐준다는 핑계로 네게 지분거리곤 했지. 손을 잡고 허리를 안고 말이야. 산은 이런 식으로 섞고, 물감은 이런 식으로 바꾸고, 이곳을 만질 때는 손가락 조심, 데일 수도 있으니까, 잠깐, 너무 높아. 그러면서 너의 다리를, 팔을, 어깨를, 등허리를 비벼대곤 했지. 동료 계집애들은 너를 놀려댔지. "플로라, 주인을 완전히 사로잡았는데 그래." 너와 가장 친했던 아만딘은 이렇게 예언했지. "그만 두지 않으면, 거절하지 않으면, 그와 결혼하게 될 거야. 너한테 미쳐 있으니까. 내 장담해."

그랬어. 넌 앙드레 샤잘을 미치게 만들었어. 조각가에 석판 인쇄공, 술집 주인에 노름꾼에 술꾼이었던 그 작자를 말이지. 얼마나

미쳤던지, 밝은 대낮에 싸구려 포도주 냄새를 풍풍 풍기며, 눈알을 희번덕이며 그 커다랗고 투박한 손으로 감히 너의 가슴을 움켜쥐려 들었지. 너는 호되게 한방 올려붙였고, 그 작자는 비틀거렸지. 그 작자는 하얗게 질린 채 너를 바라보았지. 그러나 앙드레 샤잘은 플로라가 걱정했던 것처럼 그녀를 내쫓지 않았다. 오히려 반성하는 기미로, 백합꽃 한 가지를 손에 들고 푸아르 거리 움집에 나타나 트리스탄 부인에게 용서를 구했다. "부인, 따님에 대한 제 마음은 진심입니다." 트리스탄 부인은 너무나 기쁜 나머지 웃음을 터뜨리며 플로라를 껴안았다. 어머니가 그렇게 기뻐하는 모습을 본 것은 그때가 처음이었지. "정말 운이 좋구나." 어머니는 널 흐뭇하게 쳐다보며 계속 중얼거렸지. "하느님께 감사 드리거라, 애야."

"샤잘 씨가 나와 결혼하겠다고 해서 운이 좋다는 거예요?"

"네가 사생아임에도 불구하고 너와 결혼하겠다니 운이 좋다는 거지, 애야. 이런 일을 할 수 있는 사람이 얼마나 되겠니? 무릎을 꿇고 감사 드리거라, 플로라."

결혼은 어머니와의 관계가 이제 끝났음을 의미했다. 그 이후로 플로라는 어머니를 더 이상 사랑하지 않았다. 자신이 사생아라는 사실은 이미 알고 있었다. 빌바오에서 프랑스인 신부에 의해 치러진 부모의 결혼은 법적으로 인정을 받지 못했던 것이다. 그러나 이제야 겨우 실감할 수 있었다. 사생아라는 것은 출생 그 자체가 원죄와 같이 무시무시한 죄였던 것이다. 그런데 앙드레 샤잘이라는 인물이, 부르주아에 버금가는 재산가가 자신의 성(姓)을 플로라에게 나누어주려는 것이다. 축복이었지, 행운이었어. 넌 진심으로 감사해야 했어. 그러나 플로라, 이 모든 것은 너를 고무시키기는커녕 씁쓸한 입맛만 네게 남겨 주었어. 네가 지금 아방롱의 여관방 침대에 들기 전에 박하물 양치질로 헹구어내려 애쓰는 그 씁쓸한 입맛을 말이야.

네가 샤잘 씨에게 느꼈던 감정이 사랑이었다면, 그렇다면 사랑은 거짓이야. 소설에서 볼 수 있는 사랑과는 전혀 다른 것이었지. 그 미묘한 감정, 그 시적인 열정, 그 타오르는 욕망과는 말이야. 앙드레 샤잘은 너의 주인일 뿐이었지 너의 남편은 아니었어. 동료 여직공들이 돌아가고 난 후, 용수철이 삐걱거리는 긴 의자에서 사랑을 나눌 때에도 너는 아무런 낭만도 아름다움도 감정도 느낄 수 없었지. 오히려 고통스럽고 혐오스러울 뿐이었다. 땀을 질질 흘리며 플로라를 찍어 누르는 몸뚱이, 담배 냄새 술 냄새가 진동하는 끈적끈적한 혓바닥, 가랑이 사이와 아랫배가 터질 것만 같은 느낌, 토할 것만 같았다. 그러나 그럼에도 불구하고, 병신쪼다 플로라는, 조심성 없는 안달루시아 아가씨는, 그 끔찍스러웠던 능욕 — 그게 능욕이 아니면 뭐였겠어? — 후에 앙드레 샤잘에게 편지를 썼지. 그리고 그 비열한 작자는 그로부터 17년 후에 파리 법정에서 그 편지를 공개했지. 거짓으로 가득 찬 어리석은 연애편지, 사랑에 빠진 계집애가 자신의 처녀성을 바친 후에 연인에게 쓸 수 있는 그런 허튼 수작을 담은 편지였어. 철자도 엉망이었고 문장 또한 기가 막혔지. 편지가 읽히는 소리를 들으며, 판사들·변호사들·방청객들이 낄낄거리는 소리를 들으며 얼마나 부끄러웠는지. 그 긴 의자에서 역겨워 죽을 기분을 느꼈으면서도 어떻게 그 따위 편지를 쓸 수 있었단 말이야? 소설에서 보면 꽃을 꺾인 여주인공들이 그렇게 하기 때문에 그대로 따라 한 것이었지.

그로부터 한 달 후인 1821년 2월 3일, 두 사람은 11구역 시청에서 결혼식을 올렸다. 그리고 그날부터 포세 생제르맹 데 프레 거리에 있는 자그마한 집에서 살았다. 플로라는 아발롱의 여관방 침대에 웅크리고 누워 있었다. 두 눈이 촉촉이 젖어들었다. 플로라는 그 불쾌한 기억을 머리에서 씻어내기 위해 안간힘을 썼다. 중요한 점은 말이야, 그러한 역경과 환멸이 너를 파괴하기는커녕 더욱 강인하게 만들었다는 거야, 안달루시아 아가씨.

세뮈르에서는 아발롱에서보다 형편이 나았다. 보르고나 공작의 유명한 탑 ─ 플로라로서는 일말의 감동도 느낄 수 없었다 ─ 에서 몇 걸음 떨어지지 않은 곳에 술집이 한 군데 있었다. 낮에는 간단한 식사를 할 수 있는 곳이었다. 10여 명의 농부들이 생일잔치를 벌이고 있었고, 통을 만드는 목수들도 몇 명 있었다. 그 두 쪽 사람들과는 수월하게 얘기를 나눌 수 있었다. 플로라는 사람들이 한데 모이자 자신이 무슨 이유로 프랑스 땅을 돌아다니는지 설명했다. 사람들은 당황해하면서도 그녀를 우러러 보았다. 내 얘기를 대체로 못 알아듣는군, 플로라는 생각했다.

"하지만, 우리는 농사꾼들이지 노동자가 아닙니다." 한 사람이 변명조로 말했다.

"농부 역시 노동자입니다." 플로라는 설명했다. "수공예업자도 가사 일을 하는 사람도 노동자입니다. 자산가가 아닌 사람은 모두 노동자인 것입니다. 부르주아 계층에 의해 착취당하는 사람은 모두 노동자입니다. 여러분들은 수도 많고 고통도 많이 당하고 있습니다. 그런 여러분들이 장차 인류를 구원하게 될 것입니다."

사람들은 그와 같은 예언에 당황해하며 서로를 쳐다보았다. 마침내 사람들은 활기를 띠고 질문을 던지기 시작했다. 그들 중 두 사람이 『노동조합』 책자를 사겠다고, 노동조합이 결성되면 조직에 가입하겠다고 약속했다. 플로라는 사람들이 무안해하지 않도록 자리를 뜨기 전에 포도주 잔으로 입술을 축여야 했다.

플로라는 1844년 4월 18일 새벽에 디종에 도착했다. 자궁과 방광이 무지무지하게 아팠다. 바삐 돌아다니다 보면 언제나 그랬다.

마차에 흔들리고, 억지로 삼킨 가루약이 속을 자극해서 그러는 것 같았다. 디종에서는 1주일 내내 아랫배 통증에 시달렸다. 통증으로 입이 바싹바싹 타들었다. 플로라는 설탕물을 홀짝거리며 갈증을 겨우겨우 달랬다. 그러나 원기왕성하게 일했다. 깨끗하고 아름답고 친절한 인구 3만 명의 도시, 플로라는 단 한순간도 일을 쉬지 않았다. 디종의 3개 신문사는 플로라의 방문을 신문에 실었다. 파리의 생시몽주의자들과 푸리에주의자들이 미리 준비해준 덕에 사람들도 많이 만날 수 있었다.

마드모아젤 앙투아네트 쿠아레를 만날 생각에 가슴이 설레기도 했다. 디종이 낳은 재봉사 시인. 라마르틴은 어느 시에선가 그녀의 예술적 재능·극기력·올곧은 영혼을 찬양하며 '모든 여인의 모범'이라고 칭송했다. 그러나 '주르날 드 라 코트 도르' 편집실에서 대화를 나누기 시작한 지 얼마 안 되어 플로라는 알 수 있었다. 허영심 덩어리 바보 멍청이. 앞뒤로 꼽추인 데다 어마어마하게 뚱뚱했다. 마치 난쟁이 같았다. 똥구멍이 찢어지게 가난한 집 출신이었지만, 문학으로 거둔 성공이 자신을 부르주아로 여기게끔 만들어버렸던 것이다.

"내가 도움을 드릴 수 있을지 모르겠군요, 부인." 그녀는 꼼지락거리며 플로라의 말을 듣고 있다가 어린애 같이 작은 손을 흔들며 시큰둥하게 말했다. "지금까지의 말씀을 들어보니, 이건 노동자들에게나 들려줄 설교로군요. 난 사람들을 잘 만나지 않아요."

'물론 그러시겠지, 사람들에게 혐오감을 줄 테니까.' 왈가닥 부인은 생각했다. 플로라는 그녀와 쌀쌀맞게 헤어졌다. 선물로 가져간 『노동조합』 책자도 주지 않았다.

생시몽주의자들은 디종에서 확실한 기반을 닦아놓고 있었다. 그들만의 구역도 있었다. 그들은 프로스페르 앙팡탱의 연락을 미리 받았는지, 플로라가 도착한 오후에 긴급회의를 소집해 그녀를 맞았다. 장소는 박물관 옆집이었다. 플로라는 문간에서 잠시 그들을 살펴보았다. 낌새를 살피며 한 사람 한 사람 평가해보았다. 전형적인 사회주의 부르주아들이었다. 실행 불가능한 것을 꿈꾸는 작자들, 다정하고 예의바른 생시몽주의자들, 엘리트를 숭배하는 작자들, 예산을 조절하면 사회를 개혁할 수 있다고 믿는 작자들. 파리나 보르도나 다른 지역 사람들과 똑같은 작자들이었다. 전문가 혹은 관리, 자산가 혹은 연금생활자, 좋은 교육을 받고 좋은 옷을 걸친 작자들, 과학과 진보를 맹신하는 작자들, 부르주아인 주제에 부르주아를 비난하는 작자들, 노동자들을 의심하는 작자들.

이곳 모임도 파리에서의 모임과 마찬가지였다. 사람들은 무대 정면에 빈 의자를 하나 갖다 두었다. 여자 메시아인 '어머니'의 강림을 기다리고 있다는 표시였다. 지고지순한 여성, '아버지'(이제는 프로스페르 앙팡탱 신부이다. 창립자인 생시몽 백작, 즉 클로드 앙리 드 루브루아가 1825년에 죽었기 때문이다)와의 성스러운 결합을 통해 최고의 쌍을 이룰 여성, 인류를 변화시켜 여성과 노동자들을 현재의 속박으로부터 해방시키고 정의의 시대를 열어갈 여성. 플로라, 뭘 망설이는 거지? 저 작자들을 한바탕 골려주지 그래? 저기로 다가가 빈 의자에 앉아. 그리고 선언해. 배우 라셸처럼 비장한 목소리로. 이제 기다림은 끝났다, 여자 메시아의 모습이 당신들 눈앞에 있지 않느냐. 파리에서는 정말 그러고 싶은 충동을 느꼈었다. 그러나 선택된 소수만을 숭배하는 생시몽주의자들과 틈이 점점 벌어졌기 때문에 차마 그렇게 할 수 없었다. 생시몽주의자들은 선택된 소수에게만 권력을 양도하려고 했다. 게다가 생시몽주의자들이 플로라를 '어머니'로 받아들였다면, 플로라는 앙팡탱 신부와 관계를 맺어야 했을 것이다. 그러나 너는 그럴 의사가 전혀 없었지. 인류를 옭아매고 있는 쇠사슬을 끊기 위해서는 치러야할 희생이었지만 말이야. 프로스페르 앙팡탱은 멋쟁이로 소문이 자자했고, 수많은 여자들이 그를 흠모했음에도 불구하고 말이야.

교미일 뿐이었어. 사랑이 아니라 단지 교미일 뿐이었어. 소나 돼지나 마찬가지였어. 남자들은 여자들을 그런 식으로 다루지. 여자들을 타고 올라, 가랑이를 벌리고, 정액이 질질 흐르는 자지를 쑤셔 박고, 그리고 임신을 시키지. 여자들의 자궁은 항상 너덜너덜하지만 남자들은 신경도 쓰지 않아. 앙드레 샤잘이 네게 행한 짓과 똑같아. 네가 지금까지 고생하는 그 아랫배 통증도 바로 그 지긋지긋한 결혼 생활 때부터 생긴 거였어. '사랑의 행위', 그 감미롭고 미묘한 의식, 애정과 감정이, 감각과 본능이 뒤섞여드는 의식, 사랑하는 두 연인이 공평하게 즐기는 의식, 그건 시인이나 소설가들이 지어낸 얘기일 뿐이야. 일상의 현실이 용납하지 않는 환상일 뿐이란 말이야. 남자와 여자 사이가 모두 그렇지는 않겠지. 하지만 적어도 너는 한 번도 제대로 된 사랑을 해보지 못했어. 포세 생제르맹 데 프레 거리의 움막에서 남편과 함께 살았던 그 끔찍스러운 4년 동안 단 한 번도 말이야. 너는 단지 교미만 했지. 아니 교미를 당했다고 해야 하나. 매일 밤, 술냄새를 풍기는 그 발정 난 짐승한테. 몸뚱이에 눌려 숨이 막힐 것 같았지. 배부른 짐승처럼 네 옆에 쓰러져 엎어질 때까지 만지고 빨고 했지. 플로라, 넌 역겹고 수치스러워 많이도 울곤 했지. 밤마다 네 자유를 앗아간 그 폭군의 만행이 끝나고 나면 말이야. 남편이라는 작자는 네가 진정한 사랑을 원한다는 사실을 알아보려고도 하지 않았어. 자신의 손길 — 그 불결한 헐떡거림과 혓바닥 놀림과 이빨질을 손길이라고 할 수나 있을까마는 — 로 네가 행복해 하는지, 아니면 고통스러워하는지, 서러워하는지, 맥빠져하는지, 더러워하는지 어떤지 전혀 상관하지 않았어. 나긋나긋한 올랭피아를 몰랐다면 넌 육체적인 사랑에 대해 쥐뿔도 몰랐을 거야, 안달루시아 아가씨.

그러나 교미를 당하는 것보다 더 지독한 일이 있었다. 그것은 밤마다 학대를 당하고 나면 그 결과 임신이 된다는 것이었다. 끔찍한 일이지. 몸이 부어오르는 것 같았고, 몸이 뒤틀리는 것 같았지. 네 몸과 정신은 점점 이상해져 갔어. 갈증, 현기증, 답답증, 몸을 조금만 움직이려 해도 평소보다 두세 배나 힘이 들었지. 어머니로서 받는 축복이 고작 이런 거란 말인가? 여자들이 간절히 원하는 것이 고작 이런 거란 말인가? 자신의 직분을 다한다는 것이? 몸이 불어나고, 아이를 낳고, 그래서 아이들의 종이 되는 것이? 남편의 종인 것만으로는 부족해서?

포세 생제르맹 데 프레 거리의 집은 비좁기는 했지만 푸아르 거리의 집에 비해 훨씬 깨끗하고 통풍도 잘 되었다. 그러나 플로라는 이전 집보다 지금의 집을 더 증오했다. 자신이 죄수가 된 것 같았다. 무언가 박탈당한 것 같은 느낌이었다. 그때부터 플로라는 세상에서 가장 가치 있는 것이 무엇인지 배우게 되었다. 그것은 바로 자유였다. 노예나 다름없었던 4년간의 결혼 생활은 네 눈을 밝혀 주었어. 여자와 남자 사이의 관계에서 무엇이 옳고 그른지, 네가 살아가면서 무엇을 원하고 원하지 않는지에 대해 알게 해주었어. 너는 단지 앙드레 샤잘 씨에게 쾌락과 자식들을 안겨주는 아랫배에 불과했어. 물론 너 자신은 원하지 않았지만.

1822년, 장남 알렉상드르가 태어난 이후에는 남편의 손길을 피하기 위해 온갖 핑계거리를 지어냈다. 후두염에 걸렸다, 몸에 열이 있다, 편두통이 있다, 속이 매슥거린다, 몸이 좋지 않다, 잠이 쏟아진다. 그것만으로 충분치 못했을 때는 부인으로서의 의무도 저버리겠노라고 대들었다. 남편이 아니 주인이 화를 내고 욕을 해도 소용없다고 했다. 주인 양반이 처음으로 네게 손을 대려했을 때, 넌 침대에서 빠져나와 장롱에서 가위를 꺼내 들었지.

"내 몸에 손대면 죽여버리겠어. 오늘이든, 내일이든, 모래든. 세상모르고 잠들 때를 기다렸다가, 죽여버릴 테야. 너든 누구든 내 몸에 손 하나 까닥할 수 없어. 절대로!"

너무나 단호한 플로라의 모습에, 정신이 나간 듯한 그 모습에, 앙드레 샤잘은 기겁했다. 그래, 플로라, 결국 놈을 죽이지 못했지. 오히려 그 멍청한 놈이 널 죽일 뻔했지. 놈은 계속해서 널 올라타고 임신시켰어. 둘째(에르네스트 카밀은 1824년 6월에 태어났지)가 태어나고 나서도, 널 세 번째로 임신시켰어. 그러나 알린느가 태어났을 때는 너를 옭매고 있던 사슬을 너 스스로 벗어 던진 후였어.

디종의 생시몽주의자들은 플로라의 말을 경청했다. 연설이 끝난 후에 질문이 쏟아졌다. 한 사람이 빈정거렸다. 노동자 회관에 관한 당신의 생각은 생시몽의 제자들이 생각하는 사회 모델에서 대부분 따온 것이 아니냐. 맞는 말이었어, 플로라. 너 자신도 생시몽의 가르침을 따르던 제자였지. 한때는, 생시몽 ─ 그는 이렇게 믿는 사람이었어. 진보를 이루기 위해서는 인간의 물결·지식·돈·의견·권력이 자유롭게 흘러가야 한다고 말이야. 강줄기처럼 폭포수처럼 ─ 이 말한 그 거센 물결이 그의 인격과 더불어 너를 사로잡았었지. 생시몽의 전기를 장식한 위대한 업적들. 이런 종류였지. 생시몽은 백작이라는 지위를 내팽개쳤어. 그 이유로 "백작이라는 직위는 시민이라는 직위보다 못하기 때문이다"라고 말했어. 그러나 생시몽주의자들은 어중간한 위치에서 벗어나지 못했다. 그들은 여성은 보호했지만 노동자들은 정당하게 대하지 않았다. 그들은 교육을 잘 받은 친절한 사람들이기는 했다. 참석자들은 모두 노동조합에 가입하겠다고, 책자를 읽어보겠다고 약속했다. 그러나 너는 분명히 그들을 설득시키지 못했어. 모든 노동자들이 단결해야만 여성이 해방되고 정의가 구현된다는 생각에 그들은 회의적인 반응을 보였다. 가난한 사람들의 손으로 이루어지는 아래로부터의 개혁을 그들은 믿지 않았다. 그들은 자산가·관료·연금생활자로서의 본능적인 의구심을 가지고 노동자들을 저 위에서 내려다보았다. 그들은 너무나 순진했다. 그래서 한 줌의 은행가와 기업가들이 과학적인 지혜로 예산을 집행하면 모든 사회악을 척결할 수 있다고 믿었다. 그러나 어쨌건, 그들의 여러 신조 중에서 모든 속박으로부터의 여성의 해방과 이혼의 허용이 중요한 자리를 차지하고 있었다. 단지 그것 하나만으로도 넌 그들에게 감사해야 해.

디종의 목수·구두직공·직물공들과의 만남은 생시몽주의자들과의 만남보다 흥미 있었다. 플로라는 그들을 따로따로 만났다. 동종직종조합이라는 상호공제 모임은 유난히 자신들의 자치권에 신경을 쓰고 있었기 때문이었다. 그들은 다른 직종의 노동자들과는 어울리려들지 않았다. 플로라는 그와 같은 편견을 그들의 머릿속에서 지워버리려고 애를 썼지만 결과는 신통치 않았다. 가장 성과가 좋았던 만남은 직물공들과의 만남이었다. 교외에 자리한 어느 공장에 열두 명의 남자들이 빼곡히 차 있었다. 플로라는 오후 무렵부터 한밤중까지 긴 시간을 그들과 함께 보냈다. 의지가지없는 사람들, 거친 면 셔츠만 걸친 사람들, 다 떨어진 구두, 맨발인 사람들도 있었다. 사람들은 열심히 플로라의 말을 들었다. 꼼짝도 않고 자주 고개를 끄덕였다. 플로라는 그 지친 표정들이 자신의 말을 들으며 밝아지는 것을 볼 수 있었다. 노동조합이 프랑스 전역에서 결성되고, 나아가 유럽 전체로 퍼지게 되면, 노동조합은 힘을 갖게 될 것이고, 그러면 정부와 의회는 노동에 대한 권리를 법에 명시하게 될 것이다. 실업문제를 영원히 해결할 수 있는 법을.

"하지만, 그 권리에 여자들도 포함시키겠다는 말이잖소." 질문 순서가 되었을 때 한 사람이 따지고 들었다.

"여자들이라고 안 먹나요? 안 입나요? 살아가기 위해서는 일할 필요가 있지 않겠어요?" 플로라는 시를 읊듯 또박또박 말했다.

사람들을 설득시키기는 쉽지 않았다. 사람들은 두려워하고 있었다. 노동에 대한 권리가 여성들에게까지 확대되면 실업문제는 더욱 커질 것이다. 그렇게 많은 사람들을 위한 일자리는 결코 없을 테니까. 공장이나 작업장에서 열 살 미만의 아이들의 노동을 금지시키고, 학교에 보내 읽고 쓰기를 가르쳐야 한다는 점도 납득시킬 수 없었다. 사람들은 놀라 화를 냈다. 사람들은 소리쳤다. 아이들을 가르치게 되면 그나마 얄팍한 가족 수입은 더욱 줄어들 것이다. 플로라는 사람들의 두려움을 이해했다. 플로라는 꾹 눌러 참았다. 하루 스물네 시간 중 열다섯 시간 이상씩 일주일 내내 일하는 사람들이었다. 짐승과 같은 생활로 영양실조에 시달리는, 바싹 여위어 병색이 도는, 나이보다 겉늙어버린 사람들. 플로라, 이 사람들에게 더 이상 뭘 바랄 수 있겠니? 플로라는 대화가 성과가 있을 것이라 확신하고 공장에서 나왔다. 피곤했지만 이튿날에도 의무를 다하기 위해 길을 나섰다.

그 유명한 디종의 흑인 성모, 선하신 소망의 성모마리아는 플로라에게는 못생긴 두꺼비처럼 보였다. 성당 중앙 제단이라는 성스러운 자리에는 어울리지 않은 조각상이었다. 플로라는 성모를 섬기는 두 아가씨에게 그렇게 말했다. 아가씨들은 그 우상을 가운·비단 면사포·가제·얇은 면직물·팔찌·왕관 따위로 장식하고 있었다.

"이 따위 토템상으로 성모를 기리는 것은 미신입니다. 아가씨들을 보니 페루의 교회들에서 봤던 우상숭배자들이 생각나는군요.

주임 신부들이 허락한 일입니까? 내가 디종에 산다면 이 따위 이
교도적인 우상주의는 석 달 안에 끝장내고 말텐데."

아가씨들은 십자가를 그었다. 보르고냐 공작이 동방순례에서 이
조각상을 가져왔다고 한 아가씨가 중얼거렸다. 이 흑인 성모상은
수백 년 전부터 이 지역에서 가장 사랑 받는 숭배 대상이라고 했
다. 그리고 기적에 가장 능하다고도 했다.

플로라는 성당에서 서둘러 나와야 했다. 유감이었다. 그 신실한
아가씨들과 계속 얘기를 나누고 싶었는데. 영향력 있는 네 명의 부
인과의 약속 시간이 다 되었던 것이다. 자선기금을 모금하고 노인
보호시설을 후원하는 여자들이었다. 부인들은 착잡한 표정으로
플로라를 맞이했다. 부인들은 플로라를 머리끝에서 발끝까지 훑
어보았다. 책까지 썼다는 야무진 파리 여자가, 얼굴색 하나 붉히지
않고 자신의 의무는 인류를 구원하는 것이라고 큰소리치는 속세
의 성녀가 과연 어떤 여자일지 궁금해했다. 부인들은 탁자 위에 차
와 음료수와 과자를 준비해 두었지만 플로라는 손도 대지 않았다.

"사모님, 기독교 정신에 입각한 운동에 도움을 청하려고 이렇게
찾아뵙게 되었습니다."

"글쎄요, 우리가 뭘 할 수 있을 거라고 생각하시는지요, 부인."
나이가 가장 많은 부인이 말했다. 푸른 눈에 활력이 넘쳐 보이는
노인네였다. "우리는 일생을 자선을 베푸는 일로 살아왔어요."

"아닙니다. 사모님들은 자선을 베푸신 게 아닙니다." 플로라가
정정했다. "동냥을 나누어주신 것이지요. 그건 완전히 다른 일입
니다."

부인들이 깜짝 놀랐다. 플로라는 그 틈을 타 설명해나가기 시작
했다. 동냥이라는 것은 주는 사람만을 위한 것이다. 동냥을 주는
사람은 자신이 양심적이고 올바른 사람이라고 생각한다. 그러나

단순한 동냥은 가난한 사람들을 그 가난으로부터 구해내지 못한다. 그러니 동냥을 베푸는 대신에, 당신들의 돈과 영향력을 노동조합을 위해 사용해야 한다. 노동조합 신문에 자금을 투자하고, 각지역에 사무실을 열어야 한다. 노동조합은 고통받는 인류를 구원할 것이다. 부인들 중 한 명이 어지러운 듯 부채질을 하며 중얼거렸다. 어느 누구도 자신에게 자비에 대해 왈가왈부할 수 없다, 일주일에 네 번씩 오후마다 자선사업에 매달리다 보니 가족까지 돌보지 못하고 있는 형편이다, 진흙투성이에 구멍이 숭숭 난 구두나걸친 여자가 어디서 감히 우리를 능멸하려 드느냐. 지금 실수하는거요, 부인. 플로라는 부인들의 착한 마음씨에 대해서는 확신하고있었다. 그래서 부인들의 착한 마음씨를 효과적으로 이끌어내는데에만 신경 썼다. 분위기는 약간 부드러워졌지만 도와주겠다는약속은 끝내 받아낼 수 없었다. 플로라는 기분 좋게 부인들과 헤어졌다. 저 네 명의 장님들은 결코 너를 잊지 못할 거야. 넌 그 여자들의 눈을 반쯤 뜨게 만들었어. 양심의 가책을 받게 만들었단 말이지.

안달루시아 아가씨, 이제 자신감이 생겼지. 당찬 사상으로 남자든 여자든 이 세상의 모든 부르주아 계층과 맞설 수 있게 된 거지. 이제 무엇이 선한 것인지 무엇이 악한 것인지, 누가 가해자인지 누가 희생자인지 확실히 알게 되었을 뿐만 아니라, 사회악을 치유하기 위해 어떤 처방을 내려야 할지도 알게 되었지. 그 끔찍했던 시절로부터 얼마나 많이 변했는지. 앙드레 샤잘의 세 번째 아이를 임신한 사실을 알아차렸을 때, 너는 속으로 다짐했지. 어머니에게조차 알리지 않고 남편 곁을 떠나기로 말이야. "이젠 끝이야." 그리고 넌 그렇게 했지.

스물두 살 나이에 사내아이가 둘, 계집아이는 뱃속에서 자라고 있었다. 돈도 없었다. 도와줄 만한 친구도 친척도 없었다. 그럼에도 불구하고, 안정과 명예를 중시하는 보통 여자들과는 달리 플로라는 자살과 다름없는 결정을 내렸다. 너는 오로지 그 노예 같은 생활에서 벗어나기만을 원했던 거야. 결혼이라는 그 울타리로부터 벗어나기만을 바랐던 거야. 앞으로 무슨 일을 당할지 알고는 있었니? 물론 몰랐다. 탈출의 결과, 기가 막히게도, 가슴에 총알이 박힐 줄은 생각도 못했다. 기침이 터져 나오거나, 골치가 아프거나, 맥이 풀릴 때, 명치끝에서 차가운 쇳덩어리를 느끼게 되었다. 그러나 너는 한탄하지 않았다. 다시는 돌아가지 않을 거야. 20년이 지난 지금도, 앙드레 샤잘의 부인으로 계속 살았다면 네 인생이 어찌됐을까 생각만 해도 소름이 끼치니 말이지.

불행이 오히려 출발을 수월하게 해주었다. 장남 알렉상드르 — 1830년, 여덟 살 나이로 죽게 된다 — 는 원래 약하게 태어난 데다 병치레가 잦았다. 의사는 고집했다. 오염이 심한 파리에서 멀리 벗어나 시골로 가서 신선한 공기를 쐬어야 한다. 앙드레 샤잘은 동의했다. 남편은 베르사유 근처에 방을 한 칸 빌렸다. 둘째 에르네스트 카밀의 젖어미 집이었다. 남편은 출산 때까지 플로라가 그곳에서 살 수 있도록 허락했다. 플로라는 역마차 정류장에서 앙드레 샤잘과 헤어지는 날 해방감을 만끽했다. 알린느는 그로부터 두 달 후인 1825년 10월 16일 시골에서 태어났다. 산파는 세 시간 가까이나 플로라와 씨름하던 끝에 아이를 받아냈다. 그렇게 네 결혼 생활은 끝장났어. 그리고 남편을 다시 보기까지 수년이 흘렀지.

디종의 주교 나리는 플로라의 방문을 겨우 허락해주었다. 자필로 서명한 『노동조합』 책자를 보내주는 등 세 번의 시도 끝이었다. 빼어난 외모에 구변이 점잖은 노인이었다. 플로라는 주교와 흥미진진한 논쟁을 즐길 수 있었다. 주교는 주교 관저에서 플로라를 맞았다. 대단히 친절했다. 이미 책자를 읽어본 것 같았다. 주교는 플로라가 입을 열기도 전에 칭찬부터 늘어놓았다. 사랑스러운 내 딸. 주교의 의도는 순수했고 고상했다. 인류의 고통을 명확히 꿰뚫고 있었고, 그 고통을 줄이려는 의지를 확고히 보여주었다. 그러나 모든 것이 '그러나'였다. 이 삶 자체가 불완전하다고 했다. 플로라의 경우만 봐도, 가톨릭 신자가 아니지 않소. 가톨릭을 벗어나서 우리 영혼을 위해 위대하고 윤리적이고 유용한 일을 할 수 있을 것 같으오? 당신의 올곧은 의도는 뒤틀리고 말 것이오. 당신의 사업은 당신이 의도한 결과를 가져오기는커녕 필연적으로 해로운 결과를 가져올 것이오. 그래서 — 이 대목에서 주교는 가슴이 미어지는 듯한 표정을 지었다 — 당신을 돕지 않을 것이외다. 그뿐만이 아니오. 당신을 경계하는 것이 내 의무요. 만일 노동조합이 결성되어서, 노동조합이 당신이 자랑하는 힘과 의지를 확보하게 되면, 나는 노동조합에 대항해 싸울 것이오. 그만한 크기의 비가톨릭적인 조직은 이 사회에 대재앙을 불러올 테니까. 두 사람은 한참 동안 옥신각신했다. 플로라는 이내 깨달았다. 자신의 논리로는 프랑수아 빅토르 리베 주교를 이길 수 없음을. 그러나 주교가 보여주는 정중한 태도는 플로라를 만족시켰다. 주교는 예술·문학·음악·역사에 대해서도 얘기했다. 취미도 고상했고 말주변도 좋았다. 플로라는 누군가로부터 이런 얘기를 들으면 안타까움을 떨칠 수 없었다. 그녀가 모르는 그 많은 것들, 그녀가 생전 읽어보지도 못했고 앞으로도 읽어볼 수 없는 그 모든 것들. 부족한 교육을 채우기에는 이미 늦은 나이였다. 그래서 조르주 상드가 널 경멸하는 거야, 플로라. 그래서 너는 그 프랑스 문학을 대표하는 여걸 앞에서 매번 주눅 들어 꼼짝 못하는 거야. "넌 그녀보다 더 뛰어나, 이 바보야." 올랭피아는 플로라에게 힘을 불어넣어 주곤 했다.

71

가난한 주제에 제대로 배우지도 못한 존재, 그건 곱빼기로 가난한 거야, 플로라. 플로라는 수도 없이 이 말을 반복했다. 앙드레 샤잘의 질곡에서 해방되었을 때 — 1825년 — 병약한 맏아들, 시골내기 젖어미가 딸린 둘째, 갓 태어난 셋째 알린느가 곁에 있었다. 오로지 결혼이라는 질곡으로부터 벗어나겠다는 일념으로 생각지도 못했던 상황과 맞닥뜨리게 되었던 것이다. 아이들을 먹여 살려야 했다. 어떻게? 땡전 한 푼 없는 처지에? 플로라는 어머니를 찾아갔다. 어머니는 당시 뇌브 드 센느 거리에 살고 있었다. 이전 동네보다는 덜 지저분한 동네였다. 트리스탄 부인은 알아듣지 못했지. 집으로, 네 남편이자 네 아이들의 아버지가 있는 집으로 돌아가지 않겠다는 네 말을. 플로라! 플로라! 이게 대체 무슨 미친 짓거리냐? 앙드레 샤잘 곁을 떠나겠다고? 플로라의 소식을 듣지 못한 그 가엾은 남자가 불평을 늘어놓을 것은 당연한 일이었다. 앙드레 샤잘은 플로라가 시골에 있겠거니, 아이들을 돌보고 있겠거니 믿고 있었다. 앙드레는 최근 몇 주 사이에, 졸지에 파산하고 말았다. 빚쟁이들은 앙드레를 몰아붙였다. 앙드레는 포세 생제르맹 데 프레의 집을 포기해야만 했고, 공장은 판사에 의해 차압당하고 말았다. 그런데 바로 지금 이 지경에, 남편이 너를 그 어느 때보다도 더욱 필요로 하는 지금 이 상황에, 남편을 저버리겠다고? 어머니는 눈물 가득한 눈으로 입술을 덜덜 떨었다.

"벌써 끝난 일이야." 플로라는 말했다. "그 사람 곁으로 결코 돌아가지 않을 거야. 내 자유를 다시는 잃고 싶지 않아."

"집을 떠난 여자는 창녀보다 못한 지경에 빠지게 된단다." 어머니는 벌벌 떨며 플로라를 나무랐다. "앙드레는 지금 법으로 시달리고 있단다. 그건 죄악이야. 앙드레가 널 고발하면 경찰이 널 찾아 나설 거다. 그러면 넌 죄인처럼 감옥에 갇히게 된단 말이다. 이

따위 미친 짓거리는 해서는 안 돼."

넌 결행하고 말았지, 플로라. 위험 따위는 문제도 아니었으니까. 정말 그랬다. 세상은 네게 등을 돌렸고, 삶은 비참하기 그지없었다. 아르파종 출신 젖어미를 설득해 세 아이를 맡기고, 너는 일자리를 찾아 나섰지. 아이들을 먹여 살리며 생활하기 위해서는 돈이 필요했으니까. 그러나 문장 하나도 올바로 쓰지 못하는 여편네가 어디서 일자리를 구할 수 있었겠니?

플로라는 앙드레 샤잘과 맞부딪치는 상황을 피하기 위해 취직 가능성이 있는 인쇄 공장들은 피해 다녔다. 플로라는 파리에서 벗어나 지방으로 숨어들었다. 플로라는 가장 비천한 일부터 시작했다. 플로라는 루앙에 있는 구멍가게에 점원으로 들어가 바늘·실패·자수 재료 등을 팔았다. 손님이 뜸한 시간에도 가게를 닦고 쓸고 먼지를 털어야 했지만, 월급은 형편없었다. 플로라는 월급 전액을 아르파종 출신 젖어미에게 보냈다. 그 후에는 베르사유 근처 시골에 사는 어느 대령 부인의 쌍둥이 자식을 돌보는 유모로 들어갔다. 대령 부인은 남편이 전쟁에 나가거나 병영에서 생활하게 되면 시골로 내려와 살았다. 월급은 그런 대로 괜찮았다. 깨끗한 방도 차지할 수 있었기 때문에 플로라는 한 푼도 낭비하지 않을 수 있었다. 쌍둥이 녀석들을 참아낼 수 있는 성격이었다면 그 집에 오래도록 머물렀을 것이다. 쌍둥이 녀석들은 뒤룩뒤룩 살찐 돼지새끼들이었다. 고막이 터져라 울어 보채지 않는다 싶으면, 토하거나 똥오줌을 싸질러 더럽혀진 옷을 갈아입혀 놓아도 어느새 다시 그 새 옷에 토해내거나 똥오줌을 갈기기 일쑤였다. 어느 날, 왈가닥 부인은 보채는 녀석들을 참다못해, 녀석들을 조용히 시키기 위해 꼬집어 뜯었다. 그 모습을 목격한 대령 부인은 그날로 왈가닥 부인을 쫓아냈다.

플로라는 어린 시절부터 모든 수단을 강구해 자신의 부족한 교육을 채우기 위해 노력해왔다. 그러나 디종의 주교처럼 세련된 프랑스어를 구사하는 잘난 인물을 만날 때마다 못 배워 무식한 자신의 처지가 한스럽기 그지없었다. 그럼에도 불구하고 플로라는 주교 관저를 나올 때 의기소침하지 않았다. 오히려 의기양양하게 나왔다. 주교의 말을 듣고 보니, 앞으로 인류가 누리게 될 은혜에 대해 생각하지 않을 수 없었다. 이제 막 첫걸음을 떼기 시작한 이 위대한 평화혁명에 힘입어, 세계의 모든 어린이들이 노동자 회관에서 교육을 받게 될 것이다, 프랑수아 빅토르 리베 주교가 받았음 직한 정성을 다한 그런 교육을.

푸리에주의자들과의 모임도 끝났다. 디종을 떠나기 전날 밤, 플로라는 시골로 가서 가브리엘 가베티를 만났다. 자선가 노인이었다. 대혁명 기간 동안에는 혁명가 — 자코뱅 당원 — 로 활동했고, 지금은 부유한 홀아비로 정의와 권리에 관한 철학서를 집필하고 있었다. 샤를 푸리에의 사상에 공감을 표한다고들 했다. 그러나 플로라는 다시 한 번 지독한 환멸감에 빠지고 말았다. 가브리엘 가베티 씨로부터 노동조합에 도움이 될 만한 약속은 하나도 받아내지 못했다. 왕년에 로베스피에르를 추종했던 노인네는 플로라의 계획을 '일장춘몽'이라고 비꼬았다. 플로라는 추위를 잘 타는 팔순 노인 — 양모 실내복에, 목도리를 두르고, 잠자리에서나 쓰는 모자까지 둘러쓰고 있었다 — 이 늘어놓는 장광설을 한 시간 가까이나 참고 들어야 했다. 노인네는 그 지역에 남아 있는 로마 유적을 조사하고 있다고 했다. 권리·윤리·철학·정치만으로는 만족할 수 없어, 시간이 날 때마다 취미 삼아 고고학에 매달린다고 했다. 노인네가 설교를 늘어놓는 동안, 플로라는 가베티 씨의 어린 여종이 들랑날랑하는 것만 줄곧 지켜보았다. 젊고 날렵하고 생글

생글 웃는 계집아이, 잠시도 가만히 있지 못했다. 복도의 연분홍빛 포석을 걸레질한다, 식당에 있는 도자기를 먼지떨이로 턴다, 주인의 명령으로 레몬주스를 내온다 하며 지겨운 노인네의 장광설을 틈틈이 막았다. 몇 년 전까지만 해도 너도 저런 꼴이었어, 플로라. 밤이나 낮이나 쓸고, 닦고, 털고, 빨고, 다리고, 시중들고 하면서 3년이라는 세월을 보냈지. 하녀로, 식모로, 여종으로. 황열병이나 콜레라에 걸려 옴짝달싹 못하듯 그렇게 죽어지내야 했지. 영국에 대한 지독한 증오심도 그때 생긴 거야. 그렇지만, 스펜스 가(家)에서 일한 그런 시간이 없었다면, 이 눈물 계곡을 품위 있는 인간적인 세상으로 만들기 위해 무슨 일을 해야 할지 지금처럼 확실히 깨닫지 못했을 거야.

가브리엘 가베티를 만나러 시골집까지 찾아간 것은 공연한 짓거리였다. 여관으로 돌아온 플로라는 신선한 충격을 받았다. 여관 여종업원 중 한 아가씨가 방으로 찾아와 문을 두드렸다. 수줍음 많은 어린 아가씨였다. 아가씨는 1프랑을 손에 들고 더듬거렸다.

"저기요, 부인, 책을 한 권 사고 싶은데, 이걸로 될까요?"

사람들이 『노동조합』 책자에 대해 얘기해주었다고 했다. 그 책자를 꼭 읽어보고 싶다고 했다. 읽을 줄도 알고, 시간이 날 때마다 책을 즐겨 읽는다고 했다.

플로라는 아가씨를 껴안았다. 책자를 한 부 증정했다. 돈은 받지 않았다.

# 4

# 신비스러운 물

마타이에아, 1893년 2월

'타마라아' 축제날 밤 코케가 투치틸의 아내 마오리아나를 범한 그날로부터 프랑스로 돌아가겠다는 코케의 계획이 실행되기까지 11개월이 걸렸다. 몽프레드와 쉬페네커가 파리에서 손을 쓴 덕분에 프랑스 정부는 코케를 본국으로 송환하기로 결정을 내렸다. 그래서 코케는 1893년 6월 4일 마침내 '뒤샤포' 호에 몸을 실을 수 있었다. 코케는 그 11개월 동안 많은 그림을 그렸고, 스케치도 수도 없이 해댔고, 조각품도 많이 만들었다. 그러나 〈마나오 투파파우〉를 그릴 때처럼 걸작을 그릴 수 있다는 기대는 단 한 번도 품지 않았다. 수하 부부의 죽은 자식 초상화에서 실패를 맛보았는지라(수하 부부와는 제노가 중간에서 애를 쓴 덕분에 빠른 시일 내에 관계를 회복할 수 있었다) 타히티에 거주하는 유럽인들의 초상화를 그려주며 밥벌이를 하겠다는 생각도 일치감치 접어야만 했다. 친구로 지내는 유럽인도 가뜩이나 적었던 데다 대부분의 유럽인들은 코케를 상종 못할 망나니로 취급했던 것이다.

코케는 본국으로 송환되기 위해 자신이 어떤 일을 벌이고 있는지 테하마나에게는 한 마디도 언급하지 않았다. 이제 곧 자신에게서 떠날 것이라는 사실을 알게 되면 테하마나 쪽에서 먼저 그를 차버리지나 않을까 두려웠던 것이다. 코케는 테하마나에게 정이들어 있었다. 테하마나와는 아무 얘기나 주고받을 수 있었다. 테하마나는 비록 아름다움이랄지 예술이랄지 고대 문명이랄지 등등 코케에게 중요한 주제에 대해서는 잘 알지 못했지만, 머리가 비상했을 뿐만 아니라 부족한 지성을 채우고 남을 정도로 자기 조상들의 문화에 대해 빠삭하게 꿰고 있었다. 때때로 내보이는 기발한 생각이나 농담에 코케는 화들짝 놀라곤 했다. 코케, 테하마나는 널 진정으로 사랑했을까? 아리송한 문제였다. 네가 원할 때마다 테하마나는 고분고분 따라주었어. 사랑을 나눌 때면 그 어떤 경험 많은 창녀들 못지않게 정열적으로 능숙하게 달려들었지. 그러나 때로는 이틀 혹은 사흘 동안이나 마타이에아에서 훌쩍 사라져버리기도 했고 또 돌아와서도 아무런 설명이 없었지. 어디 갔었느냐고 꼬치꼬치 캐묻기라도 하면 답답해하며 기껏 한다는 소리가 "그냥 갔어, 그냥 나돌아다녔다고, 몇 번을 말해"였다. 테하마나는 질투 따위는 전혀 드러내지 않았다. 코케는 '타마라아' 축제가 벌어졌던 날 밤을 기억해보았다. 코케는 마오리아나를 안고 땅바닥을 뒹굴 때 꿈결인양 모닥불 불빛에 비친 테하마나의 얼굴을 볼 수 있었다. 테하마나는 흑옥과 같이 새카만 두 눈을 동그랗게 뜨고 놀리는 듯 코케를 바라보고 있었다. 자기 남편이 외간 여자와 함께 땅바닥을 뒹구는 모습을 보고도 전혀 상관하지 않는 저 철저한 무관심. 이게 바로 마오리족 사람들의 전통적인 사랑법이란 말인가? 혹은 자신이 자유롭다는 사실을 강변하는 것이란 말인가? 코케는 마타이에아의 이웃사람들을 붙잡고 그 점에 대해 캐물어 보았지만 사람들은 한결같이 배시시 웃으며 대답을 회피했다. 코케는 마을 이웃 여자들이나 주변 마을 여자들을 불러 모델로 세웠지만 테하마나는 어느 누구에게도 결코 적의를 드러내지 않았다. 오히려 대개 몸을 사리는 여자들을 설득해 옷을 벗게 만들기까지 했다.

코케, 조테파와 얽힌 얘기를 털어놓았다면 '바히네'는 어떻게 나왔을까? 결코 알 수 없는 일이지. 감히 그 얘긴 꺼내지도 못했으니까. 왜 털어놓지 못한 거지? 개명한 유럽의 도덕률이 아직까지 네 속에 팔팔하게 살아 있어서? 아니면 네가 인정하는 것 이상으로 테하마나를 사랑하고 있었기 때문에? 그래서 테하마나가 네 짓거리를 알게 되면 성질을 부리며 널 내쫓을 것 같아서? 꼴값하고 있네. 파산한 예술가로서 본국 송환 명령을 받자마자 가차 없이 그녀를 차버릴 요량이었던 주제에! 그래, 분명 그랬지. 하지만 넌 본국으로 송환되는 그 마지막 날까지 너의 그 아름다운 '바히네'와 함께 살고도 싶었던 거지.

당시 코케의 삶은 혹독하기 그지없었다. 그러나 다 지난 다음에 생각해보니 그때가 바로 호시절이었고 생산적인 시절이었다. 아마도 끊임없이 돈에 쪼들리며 살아서 그런 것 같았다. 몽프레드나 사람 좋은 쉬프가 드문드문 보내주는 돈으로는 생활비를 감당할 수 없어 마타이에아의 중국인 상인 아오니에게 계속해서 빚을 지며 살아야했다.

코케는 날이 새자마자 잠자리에서 일어나 가까운 강으로 가서 목욕한 후에 조촐한 아침상 — 언제나 따라 나오는 차 한 잔과 망고나 파인애플 한 조각 — 을 받았다. 그리고 곧바로 작업에 들어갔다. 작업에 대한 열정만은 결코 사그라지지 않았다. 찬란한 햇빛, 대조가 뚜렷한 청초한 색채, 기분 좋은 더위, 점점 커져오는 동물·식물·사람들의 웅성거림, 끊임없이 들려오는 파도소리. 코케는 그런 세상에 둘러싸여 세상 근심을 잊었다. 조테파를 만난 날, 코케는 그림을 그리는 대신 조각상을 파고 있었다. 코케는 대충대충 밑그림을 그린 후에 작은 조각상들을 만들었다. 코케는 이웃 타히티 사람들의 단호한 얼굴, 납작한 코, 커다란 입, 두터운 입술, 건장한 몸을 바탕으로 몇 장의 밑그림을 그렸다. 그리고 나름대로 신상의 모습을 스케치하기도 했다. 불행하게도 섬에는 마오리족 조상신들의 조각상이나 토템상이 하나도 남아 있지 않았던 것이다.

코케의 오두막 주변에서 나무를 하던 청년은 마타이에아의 다른 이웃 사람들에 비해 수줍음이 덜한 혹은 호기심이 강한 사람이었다. 마타이에아의 보통 이웃들은 코케가 찾아가기 전에 먼저 코케를 찾아오는 경우가 드물었다. 청년은 이곳 출신이 아니라 섬 안쪽에 있는 작은 마을 출신이었다. 어느 날 아침, 일을 하느라 얼굴과 몸이 땀범벅이 된 청년이 도끼를 어깨에 둘러메고 사탕수수 창고로 다가왔다. 그때 폴은 창고 그늘에 앉아 소녀상을 다듬고 있었다. 청년은 쭈그리고 앉아 어린애들처럼 호기심이 가득 찬 눈길로 폴을 바라보기 시작했다. 넌 청년이 눈에 거슬려 쫓아내려고 했지. 그런데 뭔가가 널 말리는 것이었어. 폴, 그 청년이 너무나 아름다워서였을까? 그래, 그런 이유도 있었지. 하지만 단지 그 이유 때문만은 아니었어. 넌 조각상을 파는 중에도 잠시 일손을 멈추고 슬쩍슬쩍 곁눈질해가며 막연히 이런 짐작을 했던 거야. 이 아이는 분명 이것도 저것도 아닌 상태에 있을 것이다. 타히티 사람들이 '타아타 바히네'라고 부르는 상태, 즉 '남녀 양성' 내지는 '암수 동체', 다시 말해 남자도 여자도 아닌 아리송한 상태. 마오리족 사람들은 편견에 사로잡힌 유럽인들과 달리, 선교사나 목사들의 눈을 피해가며, 그런 상태에 있는 사람들을 자연스럽게 받아들였다. 옛날 기독교를 모르던 위대한 문명사회에서 그러했듯이 말이다. 폴은 수차례에 걸쳐 테하마나를 구슬려 그 사람들에 관한 얘기를 들어보려 했으나, '마후'들의 존재를 아주 당연한 것으로 여겼던 테하마나는 그때마다 별 쓸데없는 것을 다 물어본다는 식으로 어깨만 으쓱할 뿐이었다. 그래요, 당연하죠, 여자도 아닌 것이 남자도 아닌 것이 있는데, 그래서 어쨌다고요?

폴은 장사꾼의 마차를 얻어 타고 파피테로 가거나 다른 마을을 찾아다닐 때 몇 번 길에서 청년을 본 적이 있었다. 나무 둥치에 도끼질을 해대거나 나무를 어깨에 짊어질 때 혹은 나무를 등에 지고 길을 걸을 때마다, 청년의 옅은 구릿빛 몸은 울퉁불퉁한 알통으로 가득 찼다. 그러나 바로 곁에 쭈그리고 앉아 폴이 조각하는 모습을 지켜보는 청년의 자세와 표정 — 입을 헤 벌리고 하얀 이를 드러내 보이고 있었다 — 은 너무나 부드럽고 여성스러워 보였다. 청년은 그 앳된 얼굴을 길게 빼고, 속눈썹이 기다란 그 깊고도 새까만 눈을 커다랗게 뜨고, 눈에 보이는 것 이상의 것을 찾고 있는 것 같았다. 다시 말해 폴이 무슨 이유로 저렇게 열심히 나무를 파고 있나 열심히 궁리하고 있는 것 같았다. 이름이 조테파라고 했다. 대화가 통할 수 있을 정도의 프랑스어를 구사했다. 폴은 일손을 멈추고 청년과 잡담을 나누었다. 청년은 천 쪼가리 하나를 허리에 두르고 있었는데 엉덩짝과 불알을 겨우 가릴 정도였다. 청년은 폴이 원주민의 모습을 보고 상상으로 그려낸 타히티의 신과 귀신의 모습을 담고 있는 나무 조각에 대해 꼬치꼬치 캐물었다. 폴, 조테파의 무엇이 널 그리도 사로잡은 거였지? 대체 무슨 이유로 그 청년에게서 친근감을 느꼈단 말이지? 폴은 아주 오래 전에 알았던 그 누군가의 이미지를 그 청년을 통해 보는 것 같았다.

나무꾼 청년은 가끔씩 일을 끝낸 후에 코케를 찾아와 얘기를 나누었다. 테하마나는 청년에게도 차와 먹을 것을 가져다주었다. 어느 날 오후, 청년이 돌아가고 난 후 문득 떠오르는 것이 있었다. 코케는 오두막으로 달려가 트렁크를 열어보았다. 사진, 복제화, 옛날 사원·조각상·그림 사진을 전문으로 싣는 잡지에서 스크랩해둔 것, 감동을 받았던 조각상 등 가족이 생각날 때마다 하나씩 들춰보던 잡다한 기념품을 보관해둔 트렁크였다. 코케는 트렁크 속을 온통 헤집기 시작했다. 사진 한 장이 손에 잡혔다. 아 그래, 바로 이거였어! 바로 그 이미지였다. 마타이에아에서 새로 사귄 그 친구, 그 나무꾼 청년에게서 네 잠재의식이, 네 본능이 어렴풋이 읽어낸 바로 그 이미지였던 것이야.

『릴뤼스트라시옹』지의 사진기사 샤를 스피츠가 찍은 사진이었다. 폴은 그 사진을 1889년 파리 만국박람회에서 처음으로 보았다. 사진은 스피츠가 힘을 써서 마련한 남태평양 전시관에 전시되어 있었다. 너무나 감동적인 사진이었다. 폴은 한동안 넋을 놓고 사진을 바라보았다. 폴은 사진을 보기 위해 그다음 날에도 전시관을 찾았다. 마침내 폴은 몇 년 전부터 알고 지내던 사진기사에게 사진을 한 장만 팔라고 애원했다. 샤를은 폴에게 사진을 선물했다. 사진의 제목은 〈남태평양의 초목〉이었다. 그러나 그 제목은 겉모습만 보고 지은 것이었다. 사진에서 중요한 것은 어마어마한 크기의 양치식물도, 거대한 칡뿌리도, 한 줄기 폭포를 떨어뜨리는 산 한쪽 측면에 자리 잡은 뒤엉킨 나뭇잎도 아니었다. 그 사진에서 진짜 중요한 요소는 몸을 옆으로 해서 사지와 웃통을 드러내 놓은 채 나뭇가지를 붙잡고 샘 위로 몸을 기울이고 있는 인물이었다. 물을 마시려고 하는 것도 같았고 그냥 샘물을 들여다보고 있는 것도 같았다. 젊은 사내? 젊은 처녀? 사진으로 봐서는 두 가지 다 가능성이 있었다. 그리고 또 다른 가능성도 배제할 순 없었다. 딱 잘라 뭐라고 할 수 없는, 여성과 남성이 차례로 교차되는 혹은 여성과 남성이 동시에 공존하는 제3의 성. 폴은 한동안 그 인물이 여자일 것이라고 확신했다가도 또 한동안은 남자일 것이라고 확신하곤 했다. 그 이미지는 잠시도 폴을 놓아주지 않았다. 상상을 부추겼고 흥분을 자극했다. 이제는 의심의 여지가 없었다. 그 이미지가 마타이에아의 나무꾼 조테파와 신비스럽게도 딱 맞아떨어졌던 것이다. 그런 사실을 발견하자 하늘을 나는 기분이었다. 폴, 이제 타히티의 죽은 귀신들이 널 한패거리로 끌어들이기 시작한 거야. 폴은 그날 당장 테하마나에게 샤를 스피츠의 사진을 보여주었다.

"이 사람 남자 같아? 아님 여자 같아?"

계집아이는 잠시 사진을 자세히 들여다본 후에 자신 없다는 투로 고개를 저었다. 계집아이 역시 짐작할 수 없었던 것이다.

폴과 조테파는 긴 대화를 나누었다. 대화를 나누며 폴은 조각을 팠고 청년은 그런 폴의 모습을 지켜보았다. 아주 공손한 청년이었다. 폴이 말을 걸지 않으면 조용히 입을 다물고 있었다. 폴을 방해하지 않으려고 조심하는 것 같았다. 그러나 일단 폴이 말을 걸었다 싶으면 말릴 수 없을 정도로 수다스러워졌다. 청년의 호기심은 만족할 줄을 몰랐다. 마치 어린아이 같았다. 청년은 폴이 미처 대답을 다 할 수 없을 정도로 그림과 조각에 대해 많이 알고 싶어했다. 게다가 유럽인들의 성생활에 대해서도 질문을 쏟아 부었다. 순진무구한 태도로 질문해서 망정이지 그렇지 않았다면 싸가지 없는 엉큼한 놈으로 여겼을만한 호기심이었다. '포파아'의 자지도 타히티 사람들 자지하고 똑같이 생겼어요? 크기도 같아요? 유럽 여자들 보지도 이곳 여자들 보지하고 똑같이 생겼어요? 가랑이 사이 털도 이곳 여자들 것처럼 무성한가요? 청년이 타히티 사람들의 단어와 탄성이 마구 뒤섞인 어설픈 프랑스어로 손짓발짓해가며 질문을 퍼부을 때 보면 원래 그런 점에 호기심이 많아 그러는 것 같지는 않았다. 대개 프랑스인들 사이에서는 잘 거론되지 않는 그 점에 있어서 유럽인과 타히티 사람들이 얼마나 유사하고 얼마나 다른지 알아보고 싶은 욕구에 떠밀려, 순수한 지식욕에 빠져 그러는 것 같았다. '알짜배기 원시인이로군. 진짜 순진한 놈일세.' 폴은 생각했다. '타히티식도 아니고 그렇다고 기독교식도 아닌 이름으로 세례를 받고 이름을 더럽히긴 했지만 여전히 길들여지지 않은 놈이야.' 가끔 테하마나가 두 사람의 대화를 엿들으러 왔지만, 조테파는 테하마나 앞에서는 시치미를 떼고 입도 뻥긋하지 않았다.

코케는 크기가 보통이거나 거대한 조각상에는 주로 빵나무나 '판다노'라 불리는 나무나 '보라우스'라 불리는 야자나무나 혹은 코코아나무를 이용했다. 그리고 크기가 작은 조각상에는 오직 '뗏목 몽둥이'라고 불리는 나무를 이용했다. 타히티 사람들이 통나무배를 만드는 데 사용하는 나무였다. 그 나무는 점토나 다름없이 부드러워 다루기가 쉬웠고 옹이나 나뭇결도 없었다. 만져보면 꼭 맨살을 만지는 느낌이었다. 그러나 마타이에아 주변에서는 그 나무를 찾아보기 힘들었다. 나무꾼은 코케에게 걱정할 필요가 없다고 했다. 그 나무를 많이 쌓아 놓고 싶으세요? 나무 한 둥치 고스란히? 나무꾼은 뗏목 몽둥이가 무성한 숲을 알고 있었다. 나무꾼은 가까이 있는 깎아지른 듯한 산등성이를 가리켰다. 내가 데려다 줄게요.

두 사람은 새벽녘에 길을 떠났다. 짧은 치마만 걸친 채 식량 자루를 하나 등에 짊어졌다. 폴은 맨발로 걷는 일에는 이골이 나 있었다. 원주민과 다를 바가 없었다. 브르타뉴나 마르티니크에 있을 때에도 여름철이면 맨발로 돌아다니곤 했던 것이다. 폴은 섬에서 몇 개월을 지내는 동안 많이도 싸돌아다녔지만 항상 해안가 길로 다녔을 뿐이었다. 진짜 타히티 사람처럼 숲을 가로질러 가기는 이번이 처음이었다. 폴은 빽빽한 숲 속을 파고들었다. 키 큰 나무와 관목과 덤불이 머리 위 태양을 가릴 정도로 얽히고설킨 숲이었다. 폴은 길이라고는 전혀 찾아볼 수 없었지만 조테파는 수월하게 길을 찾아냈다. 이름도 알 수 없는 새들의 노랫소리에 몸을 떠는 윤기가 잘잘 흐르는 청록색 어둠, 폴은 눅눅하면서도 기름진 그 숲속 향기를 온몸 구석구석에 난 땀구멍으로 빨아들였다. 폴은 술에 취한 듯한, 가슴이 터질 듯한, 날아오를 듯한 느낌을 받았다. 마치 신비한 약물에 취한 듯한 기분이었다.

청년은 폴의 한두 발 앞에서 일정하게 두 팔을 휘저으며 주저 없이 발걸음을 재촉하고 있었다. 청년이 발걸음을 옮길 때마다 어깨 근육이, 등 근육이, 다리 근육이 땀방울을 반짝이며 움찔움찔했다. 폴은 아득한 옛날에 살았던 전사나 인간 사냥꾼의 모습을 보는 것 같았다. 적을 찾아 숲 속을 파고드는 인간 사냥꾼, 적의 목을 잘라 등에 지고 집으로 돌아와 그 목을 무자비한 신에게 바치는 인간 사냥꾼. 코케의 피가 들끓기 시작했다. 불알과 자지가 갈피를 잡지 못했다. 욕정에 목이 메었다. 하지만 그건 ─ 폴! 폴! ─ 지금까지 몸에 익은 욕정이 아니었다. 그 탄탄한 몸을 타고 올라 그 몸을 가지고 싶은 그런 심정이 아니었던 것이다. 여자가 남자에게 몸을 내주듯 청년에게 몸을 내던지고 싶은, 청년에게 소유당하고 싶은 그런 심정이었다. 조테파는 코케의 마음을 짐작하고 있었다는 듯 뒤를 돌아보며 싱긋 웃었다. 폴은 얼굴이 화끈 달아올랐다. 짧은 치마 틈바구니를 비집고 나온 네 빳빳한 자지를 놈이 훔쳐본 건 아닐까? 청년은 그런 것에는 전혀 신경 쓰지 않는 것 같았다.

"길은 여기서 끝이에요." 청년은 강을 가리키며 말했다. "건너편에서 다시 이어지죠. 아무래도 발을 적셔야 할 것 같네요, 코케."

청년은 강으로 들어섰다. 폴은 청년의 뒤를 따랐다. 차가운 물에 몸을 담그자 기분이 상쾌해졌다. 참을 수 없을 것만 같았던 긴장감도 풀렸다. 나무꾼은 커다란 바위 뒤에서 물살을 피하며 계속 물속에 몸을 담그고 있는 폴을 보고 강 건너편에 식량 자루를 내려놓고 짧은 치마를 훌렁 벗어부친 후 깔깔거리며 강으로 뛰어들었다. 균형 잡힌 청년의 몸이 물속으로 뛰어들자 첨벙 소리와 함께 물살이 일었다. "물이 아주 차요." 청년은 몸이 닿을 정도로 가까이 다가오며 말했다. 주변은 온통 청록색 일색이었다. 지저귀는 새 한 마리 없었다. 바위에 부딪히는 물결 소리뿐, 침묵과 평안함과 자유가 사위를 지배하고 있었다. 폴은 생각했다. 지상낙원이 아마도 이러할 것이다. 다시 한 번 자지가 빳빳하게 섰다. 그 충족되지 못한 욕정으로 온몸이 나른해져 왔다. 암컷처럼 나무꾼에게 몸을 내던지고 싶었다. 녹초가 되도록 마구잡이로 시달리고 싶었다. 폴은 부끄러움을 무릅쓰고 조테파를 등진 채 조테파 쪽으로 뒷걸음치는 자신의 몸뚱이를 내버려두었다. 폴은 청년의 가슴에 머리를 기댔다. 청년은 상큼한 웃음을 터뜨렸다. 놀리는 구석은 없었다. 청년은 두 팔로 폴의 어깨를 감싸고 두 몸뚱이가 밀착되도록 가슴으로 꼭 끌어안았다. 자세가 잡히는 것 같았다. 무언가 뒤를 파고드는 느낌. 어지러웠다. 눈을 감았다. 단단하게 곧추선 청년의 자지가 등허리를 문질러대는 것 같았다. '루지타노' 호에서, '칠리' 호에서, '제롬-나폴레옹' 호에서, 동료들이 폴의 엉덩이에 자지를 들이댔을 때는 가차 없이 뿌리치고 주먹다짐을 했었다. 그러나 이번에는 뿌리치지 않았다. 그냥 내버려두었다. 역겹지도 않았다. 오히려 기꺼운 마음 — 폴! 폴! — 으로 그 순간을 즐겼다. 조테파가 한쪽 손으로 폴의 자지를 찾아 물속을 더듬는 것 같았다. 조테파의 손길이 느껴지는 순간, 폴은 신음소리와 함께 정액을 뿜어냈다. 잠시 후, 조테파도 폴의 등허리에 대고 정액을 쏟아냈다. 여전히 웃고 있었다.

두 사람은 강에서 나와 치마로 몸을 타고 흐르는 물기를 제거했다. 그리고 가져온 과일을 먹었다. 조테파는 조금 전 일에 대해 입도 뻥긋하지 않았다. 하찮은 일로 여기거나 아니면 벌써 잊어버린 것 같았다. 폴, 진짜 신기한 일이잖아? 그렇지 않아? 기독교에 물든 유럽에서라면 번민과 고뇌와 죄의식과 수치심을 불러일으킬 만한 짓거리를 저지른 터에 말이지. 그 짓거리도 아무 것에도 얽매이지 않은 나무꾼에게는 단순한 장난거리 내지는 심심풀이에 불과한 것인가 보지. 이것이야말로 소위 그 빌어먹을 유럽 문명이라는 것이 자유로운 인간에게서 육체의 쾌락을 빼앗고 그래서 그들의 자유와 행복을 파괴해버렸다는 뚜렷한 증거가 아닐까. 그래, 내일 당장 제3의 성을 그림으로 표현해볼 것이다. 그 거세당한 기독교 도덕률에 더럽혀지지 않은 타히티 사람들과 이교도들의 성을. 그 애매모호하고 신비스러운 제3의 성을 그림으로 표현하는 거야. 그래, 넌 44년을 살아오면서 너 자신에 대해 완벽하게 알고 있다고 믿었어. 그런데 이 에덴동산과 조테파 덕에 마음 속 깊숙이 숨어 있던 너의 또 다른 모습이 본색을 드러낸 거야. 너의 그 남성이라는 겉모습 속에 여성적인 면이 도사리고 있었던 거지.

두 사람은 마침내 뗏목 몽둥이 나무숲에 도착했다. 두 사람은 모양이 동그랗게 잘 생긴 긴 나뭇가지 하나를 도끼로 쳐냈다. 폴이 계획하고 있던 타히티 이브의 모습을 그 나무로 충분히 조각할 수 있을 것 같았다. 두 사람은 나뭇가지를 어깨에 함께 걸머지고 마타이에아로 서둘러 돌아왔다. 두 사람은 밤이 늦어서야 마을에 도착할 수 있었다. 테하마나는 이미 잠들어 있었다. 다음 날, 폴은 작은 조각품 하나를 조테파에게 선물했다. 청년은 선물을 한사코 거절했다. 그저 친절한 마음으로 친구가 필요로 하는 나무를 찾아 함께 나선 것이었지, 애당초 뭘 바라고 그런 것은 아니었다고 했다. 그러나 폴이 계속 고집을 피우자 마침내 선물을 받아들였다.

"조페타, '신비스러운 물'을 타히티 말로 뭐라고 해?"

"'파페 모에'라고 해요."

그래, 그림의 제목은 '파페 모에'다. 폴은 다음 날 아침 일찍 여느 때와 마찬가지로 차를 한 잔 마신 후 그림을 그리기 시작했다. 샤를 스피츠가 찍은 사진을 손에 들고 있었지만 거의 들여다보지 않았다. 기억에 생생했던 것이다. 게다가 지금 그리는 그림의 모델은 덤불숲을 헤치고 성큼성큼 앞서 걸어가던 나무꾼의 벌거벗은 등짝이었던 것이다. 그 신비스러운 정경 한가운데 서 있던 나무꾼의 모습이 생생하게 눈앞에 펼쳐졌다.

폴은 1주일 동안을 〈파페 모에〉 작업에 매달렸다. 〈악마, 어린 계집아이를 훔쳐보다〉라는 그림을 그린 후로는 좀처럼 맛볼 수 없었던 행복감과 초조감이 그 기간 내내 폴을 사로잡았다. 〈파페 모에〉의 진정한 주제는 몇몇 선택받은 사람들만이 알아볼 수 있을 것이다. 폴은 아무에게도 그 그림의 주제를 알려주지 않을 작정이었다. 자기 그림에 대해 얘기를 거의 나누지 않는 테하마나는 물론이고, 편지로 종종 그림 얘기를 나눈 다니엘이나 쉬페네커나 바이킹 여자나 파리의 수집가들에게도 알려주지 않을 작정이었다. 그들은 기껏해야 꽃과 나뭇잎과 샘물과 보석이 가득한 숲 한가운데 바위 위에서 몸을 기울이고 있는 사람 하나를 찾아볼 수 있겠지. 갈증을 달래기 위해 혹은 보이지 않는 숲의 요정에게 경배 드리기 위해 그늘에 감싸인 아름다운 몸뚱이를 경쾌하게 떨어지는 폭포를 향해 기울이고 있는 사람. 색다른 성을 표출하는 그 사람의 모호한 성 정체성, 그 수수께끼를 풀어낼 수 있는 사람은 거의 없을 것이다. 도덕률과 종교가 깨고 부수고 내몰고 거부하고 해서 이제는 완전히 사라졌을 것이라 믿고 있는 — 천만의 말씀! — 인간이 스스로 선택할 수 있는 성의 정체성. 〈파페 모에〉가 그 증거가 될 것이다. 그림 속의 그 남녀 양성의 인간이 몸을 기울이고 있는 그 '신비스러운 물', 그 물속을 너 또한 붕붕 떠다니고 있었어, 폴. 넌 한동안의 세월이 흐른 후에야 겨우 그런 사실을 발견해낼 수 있었어. 1889년 만국박람회에서 샤를 스피츠의 사진이 네게 마술을 걸기 시작하면서부터 조페타의 자지가 네 등허리를 문질러댔던 그 강에 이르기까지의 세월이었지. 넌 시간도 세월도 느낄 수 없는 그 고즈넉한 강에서 네가 '타아타 바히네'라는 사실을 받아들였어. 코케, 〈파페 모에〉가 바로 너 자신의 자화상이기도 하다는 사실은 아무도 눈치 채지 못하겠지.

폴은 수년 전부터 갈구해왔던 원시인의 모습에 좀더 가까이 다가갈 수 있었지만 조테파와의 일로 인해 불안감을 떨쳐버릴 수 없었다. 폴, 네가, 네가 호모란 말이야? 그래, 몇 년 전에 그런 소릴 지껄인 놈이 있었다면 대갈통을 박살내 버렸을 테지. 폴은 어려서부터 사내대장부임을 으스대고 다녔고, 사내다움을 지키기 위해서라면 주먹다짐도 마다하지 않았다. 그런 경우가 종종 있었다. 아득한 청춘 시절, 뱃사람으로 대양을 누비고 다닐 무렵, 3년을 지낸 상선 '루지타노'호와 '칠리'호의 창고와 선실에서 주먹다짐을 벌였고, 2년을 봉사한 전투함 '제롬-나폴레옹'호에서도 프러시아인들을 상대로 주먹을 휘둘렀었다. 폴, 네가 결국에 가서는 그림을 그리거나 조각을 파게 될 거라고 당시 그 누가 상상할 수 있었을까? 넌 예술가가 되겠다는 생각은 단 한 번도 해본 적이 없었지. 그 당시에는 전 세계 바다와 전 세계 항구를 돌고 돌아 세계만방을 찾아다니며 사람들도 만나고 경치도 구경하는 대탐험가의 인생을 살고 싶어했지. 그러다 보면 선장 자리도 꿰찰 수 있겠거니 싶었지. 배 한 척을 송두리째 차지해 수많은 승무원을 마음대로 조종하고 싶었던 거지. 율리시스처럼 말이야.

'루지타노'호 — 마스트가 세 개인 상선이었다. 폴은 입학 연령이 지나 해양 아카데미에 입학할 수 없었다. 그래서 1865년 12월 견습생 자격으로 그 배에 올라탔다 — 에서는 애초부터 불가피한 일이었다. 폴은 똥구멍을 지키기 위해 주먹질 발길질에 이빨로 물어뜯고 칼을 휘두를 수밖에 없었다. 대부분은 그 짓거리를 아무렇지도 않게 생각했다. 술에 취한 동료들은 대개 선원들의 그 통과의례를 제대로 치러낸 것에 대해 자랑을 늘어놓았다. 그러나 폴, 네게는 중요한 일이었어. 넌 아무에게도 뒤를 내줄 생각이 없었지. 넌 사내대장부였으니까. 폴이 견습생으로 첫 항해를 나섰을 때였다. 프랑스에서 리우데자네이루까지의 항해는 석 달 스무하루가 걸렸다. 항해 도중 브르타뉴 출신의 주노라는 주근깨투성이 빨간 머리 견습생이 기계실에서 세 명의 화부에 의해 강간을 당했다. 화부들은 일을 치르고 난 후 빨간 머리 견습생을 이런 말로 달랬다. 부끄러워할 것 없다, 선원들의 세계에서는 다반사로 일어나는 일이다, 아무도 피해갈 수 없는 통과의례이다, 그러니 화를 내지 마라, 이렇게 해야 선원들 사이에 우애가 돈독해진단 말이다. 그러나 폴은 자신을 지켜냈다. 폴은 몸을 지키기 위해 여자에 굶주려 반미치광이가 된 바다 늑대들과 한바탕 일을 치러야 했다. 폴은 분명히 밝혔다. 이 외젠 앙리 폴 고갱을 따먹고자 하는 놈은 나를 죽이거나 아님 목숨을 내놓을 각오부터 해야 할 것이다. 그 용기가 가상해서, 아니 완전 배째라식의 그 두둑한 배짱으로 폴은 살아날 수 있었다. 1871년 4월 23일, '제롬-나폴레옹'호에서 병역 의무를 마치고 제대했을 때도 폴의 뒷구멍은 6년 전과 마찬가지로 깨끗했다. 폴은 뱃사람으로 지낸 6년 동안 처음부터 끝까지 뒷구멍을 고스란히 지켜냈던 것이다. 만약에 말이야, '루지타노' 호나 '칠리' 호나 '제롬-나폴레옹' 호의 옛날 동료들이 말이지, 그 숲 가운데 강에서 어느 마오리족 놈에게 뒤를 대주고 있는, 그것도 늙어빠진 몸뚱이로, 네 꼬락서니를 훔쳐봤다면 얼마나 깔깔대고 웃어댔을까?

보통 사람들이 섹스를 중요하게 여기는 시기, 즉 질투와 정열에 휘감기기 쉬운 청년기에도 폴은 섹스를 그다지 중요한 것으로 생각하지 않았다. 폴은 뱃사람으로 지낸 6년 동안 항구 — 리우데자네이루, 발파라이소, 나폴리, 트리에스트, 베네치아, 코펜하겐, 베르겐, 그 외 기억에 가물가물한 다른 항구들 — 에 들를 때마다 사창굴을 찾아다녔다. 그러나 그것도 욕정을 채우기 위해서가 아니라 이상한 놈으로 낙인찍히기 싫어 그냥 동료들을 따라 나섰던 것뿐이었다. 그 시끌벅적하고, 냄새 고약하고, 술에 취한 놈들이 떼거리로 몰려들어 형편없는 여자들을 끼고 나뒹구는 그런 곳에서는 욕정을 채우기 힘들었다. 이빨이 다 빠져버린 여자들, 젖가슴이 축 늘어진 여자들, 심지어 네가 올라타 용을 쓰고 있는 와중에도 피곤에 지쳐 하품을 해대거나 깜박깜박 조는 여자들도 있었지. 쓸쓸하게, 순식간에 끝나는 그 짓거리를 해내기 위해서는 독한 술을 여러 잔 걸쳐야만 했지. 그 짓을 겨우 해내고 나면 뒤끝이 씁쓸했어. 아주 기분 더러웠단 말이지. 그래서 폴은 밤마다 파도에 일렁이는 침실 바닥에 누워 손으로 해결하는 편을 더 좋아했다.

뱃사람으로 지낸 시절뿐만이 아니었다. 그 후 파리에서 주식으로 장차 한몫 잡아보겠다고 다짐하고 후견인 구스타브 아로사의 추천을 받아 라피트 가에 있는 폴 베르텡의 사무실에서 주식 중개인으로 일을 시작했을 때도 섹스는 폴에게 강박관념으로 작용하진 않았다. 그러나 일반적으로 사람들이 이제 기반을 잡았구나 하고 생각하기 쉬운 그런 나이에 폴은 삶의 틀을 바꾸기 시작했다. 폴은 자상한 남편과 자상한 가장이라는 전도양양하고, 균형 잡히고, 단조로운 삶에서 벗어나 불확실한 모험적인 삶을 추구하기 시작했다. 그 삶은 비록 가난했지만 꿈으로 가득 찬 것이었고, 급기야 폴을 이곳 만리타향으로 이끌어내고 말았다.

폴은 그림에 관심을 가지게 되면서부터 섹스도 깊이 생각하게 되었다. 처음에는 폴 베르텡의 주식 사무실 동료인 에밀 쉬페네커의 간청에 못 이겨 그저 심심풀이로 그림에 관심을 가지기 시작했다. 어느 날, 에밀 쉬페네커가 폴에게 목탄 스케치와 수채화가 담긴 공책을 보여주며 이렇게 고백했다. 나는 예술가가 되겠다는 꿈을 남모르게 품고 있어. 사람 좋은 쉬프는 폴과 마찬가지로 폴 베르텡의 명령에 따라 '파리 주식'에 투자자들을 끌어들이기 위해 돈 많은 가정을 가가호호 방문하는 일에 종사하고 있었는데 틈이 날 때마다 그림을 그렸다. 쉬프는 아카데미아 콜라로시의 야간 그림 강좌에 등록하라고 폴을 꼬였다. 사람 좋은 쉬프는 강좌에 등록해 열심히 다니고 있었다. 쉬프는 카드놀이를 하거나, 플라스 클리시의 카페 테라스에서 압생트가 굳어가는 줄도 모르고 주식 시세 등락에 대해 온갖 가정을 들먹이며 밤을 지새우는 것보다 그림 그리는 일을 더 즐겼다. 그래, 코케. 널 이곳 타히티로 끌어들인 모험은 그렇게 시작되었지. 잘한 일이었을까? 잘못한 일이었을까? 의지가지없이 굶주림에 허덕일 때에는, 어린 클로비스를 등에 업고 파리 시내를 헤매고 다닐 때에는, 비를 피할 지붕 하나 없이 죽 한 사발을 구걸하기 위해 수녀원 구빈원이나 찾아다니며 언제까지 이렇게 살아야 한단 말인가 하고 신세타령을 늘어놓을 때에는, 왜 그런 충고를 했느냐며 사람 좋은 쉬프를 무던히 욕하기도 했다. 파리 주식회사에서 자금 상담 업무를 계속 담당했더라면 아주 잘 나갔을 것이고, 뇌이나 생제르맹이나 뱅센에 근사한 집도 마련할 수 있었을 테지. 네 후견인 구스타브 아로사처럼 부자도 될 수 있었을 것이고, 또 그 사람처럼 현대 회화를 엄청나게 모아들일 수도 있었을 테지.

폴은 잘 나가던 시절에 바이킹 여자라고 불리는 메트 가드를 만났다. 우람한 체격에 남성적인 인상 — 폴! 폴! — 을 살짝 풍기는 덴마크 여자였다. 폴은 1873년 11월에 그 여자와 결혼해 제9지역 사무소에 신고했고 속죄 루터 교회에도 등록됐다. 그리고 두 사람은 부르주아로 손색없는 삶을 꾸려나갔다. 부르주아들이 주로 모여 사는 생조르주 광장에 근사한 아파트도 하나 얻었다. 그때까지만 해도 폴은 섹스에 대해 별로 신경 쓰지 않았다. 결혼 초기에는 성생활도 무난했다. 폴은 루터 교회의 도덕률에 따라 수줍음 많은 부인을 살살 다루며 사랑을 나누었다. 메트는 단추가 많이 달린 긴 잠옷을 꼭 껴입은 채 가만히 있기만 했다. 힘을 쓰지도, 애교를 떨지도, 재미있어 하지도 않았다. 무슨 피할 수 없는 의무인 것처럼 남편의 손길을 받아들였던 것이다. 변비로 복통이 심한 환자가 별수 없이 피마자기름을 받아 마셔야 하는 것처럼.

한동안은 그런 식으로 지냈다. 얼마 후, 폴은 폴 베르텡의 사무소 일을 등한시하지 않으면서도 밤마다 온갖 종류의 그림 — 데생, 목탄화, 수채화, 유화 — 에 매달리게 되었다. 그러다 마침내 폴은 그림으로 그릴 소재를 나름대로 이모저모 상상해보기 시작했고, 그때부터 밤마다 욕정에 시달리게 되었다. 이제 폴은 잠자리에서 메트에게 아주 많은 것을 부탁 아니 요구하기까지 이르렀다. 메트는 아연실색했다. 옷을 벗어라, 나를 위해 포즈를 잡아달라,

그 은밀한 구석을 더듬고 입 맞추게 해달라. 거친 소리가 오가는 부부싸움은 그렇게 시작되었다. 해마다 자식을 낳아 기르던 금실 좋은 부부에게 처음으로 어두운 그림자가 드리우기 시작한 것이었다. 바이킹 여자는 한사코 거부했고, 갈수록 성욕은 커져만 갔지만, 폴은 부인을 배신하지는 않았다. 친구나 직장 동료들과는 달리 애인도 없었고, 사창굴을 자주 들락거리지도 않았고, 바람도 피우지 않았다. 비록 바이킹 여자로는 만족할 수 없었지만, 부부 침실 이외의 장소에서 쾌락을 구하지는 않았다. 서른여섯 살이 되던 1884년 말, 이제 폴의 삶은 코페르니쿠스적인 전환기를 맞이하고 있었다. 폴은 화가가 되기로, 오로지 그림에만 열중하기로 결심했다. 이제 다시는 사업에 손대지 않을 것이다. 은행 잔고는 벌써부터 바닥을 드러내기 시작했고 얼마 안 가 곤경에 처할 지경이었다. 그래도 폴은 여전히 메트 가드에게 충실했다. 이제 폴은 섹스에 완전히 사로잡히고 말았다. 섹스는 폴에게 채워지지 않는 갈증이기도 했고, 대담무쌍한 환상과 어처구니없는 과장을 제공하는 근원이기도 했다. 부르주아로서의 삶을 내팽개치고 예술가로서의 삶 — 궁핍, 무절제, 위험, 창조 그리고 무질서 — 을 꾸려나가기 시작하면서, 섹스가 폴의 존재 자체를 지배하게 되었다. 섹스는 쾌락의 원천이기도 했지만, 케케묵은 관계를 청산하고 새로운 자유를 추구하게 만들어 준 구실이기도 했다. 폴, 넌 안정적인 부르주아의 삶을 포기하면서 혹독한 시기를 맞이하게 된 거야. 그러나 네 감각과 정신을 위해서는 아주 격렬하고, 아주 풍요롭고, 지나치게 사치스러운 삶이었지.

폴, 넌 자유를 찾아 다시금 새로운 발걸음을 내디뎠어. 자유분방한 예술가로서의 삶을 버리고 원시적이고 이교도적이고 야만적인 삶으로 뛰어든 거지. 폴, 엄청난 발전이지 않아? 이제 네게 있어

섹스는 대부분의 유럽 예술가들이 생각하는 것처럼 정신적인 타락을 표현하는 세련된 양식의 일종일 수는 없어. 섹스는 힘과 건강의 원천인 거야. 섹스는 네게 청춘을 되돌려주었고, 좀더 나은 작품과 좀더 나은 삶을 위한 의욕과 용기와 의지를 되살려주었어. 네가 마침내 도달한 이 세상에서는 산다는 것 자체가 끊임없는 창조를 의미하니까.

폴은 이 모든 점을 〈파페 모에〉라는 그림에 담아내야 했다. 폴은 그림을 고치고 또 고쳤다. 샤를 스피츠의 사진이 그림 속에서 생생히 되살아났다. 남녀 양성의 사람과 자연은 서로 별개의 것이 아니었다. 그 둘은 서로 어울려 이 범신론적 세계에서 새로운 형상으로 나타났다. 폭포, 나뭇잎, 꽃, 나뭇가지, 바위는 빛을 발하고 있었고, 그림 속 인물은 만물의 신성(神性)을 갖추고 있었다. 피부, 근육, 새카만 머리카락, 짙은 이끼로 뒤덮인 바위를 굳게 딛고 선 강인한 두 발은 이곳 문명 사람들에 대한 존경과 경배와 사랑을 나타내고 있었다. 이 사람들은 비록 유럽인들에 의해 정복당하긴 했지만 아직까지도 아무도 모르는 숲 속 깊은 곳에 태고의 순수함을 간직하고 있었다. 폴, 넌 〈파페 모에〉를 끝내고 나서 울적해졌지. 괜찮다 싶은 작품에 마지막 붓질을 끝내고 나면 항상 그렇듯 이런 생각이 들었던 거야. 이젠 이 지긋지긋한 예술가의 삶을 마감해도 좋지 않을까?

이삼 일 후, 보름달이 떴다. 폴은 하늘에서 쏟아지는 부드러운 빛줄기에 이끌려 자리에서 일어났다. 테하마나 — 새근새근 코를 골며 깊이 잠들어 있었다 — 의 몸을 타고 넘어 〈파페 모에〉를 품에 안고 오두막 앞마당으로 나섰다. 폴은 황청색 달빛 속에서 그림을 한참동안 바라보았다. 달빛은 반짝반짝 빛나는 수초가 떠 있는 그림 속 연못에 고색창연한 색감을 덧입히고 있었다. 그림 속에서는 대자연 역시 남녀 양성의 존재였다. 폴, 넌 좀처럼 감상에 빠져드는 법이 없었어. 그 썩어문드러진 문명의 경계선을 과감히 뛰어넘어 원시적인 전통사회로 스며들기 위해서는 감상 따위는 잊어야 했던 거지. 하지만 그때 넌 두 눈이 촉촉이 젖어드는 것을 느낄 수 있었어. 그래 폴, 그 그림은 네가 그때까지 그린 그림 중에서 가장 훌륭한 작품이었어. 〈마나오 투파파우〉처럼 걸작이라고 단정지을 수는 없다 해도 그에 버금갈 정도는 되는 그림이었지. 1888년 가을 끝자락쯤이었던가, 아를에서 그 미친 네덜란드 놈이 자신만만하게 수도 없이 지껄였던 바로 그런 그림이었지. 물론 애증이 교차하던 둘 사이의 관계가 절단 나기 전의 일이었지만. 놈은 이렇게 주장했지. 회화에 있어 진정한 혁명은 유럽에서는 이루어질 수 없다, 진정한 혁명은 저 멀리 떨어진 열대 지역에서 이루어질 것이다. 그래, 너희 두 사람을 흥분으로 몰아넣었던 피에르 로티의 소설 『라라후, 로티의 혼인식』에서 읽을 수 있었던 바로 그런 세상에서 말이야. 〈파페 모에〉는 바로 그런 세상을 보여주고 있지 않은가? 바로 그 힘, 바로 그 강인한 정신력을 볼 수 있지 않아? 서구 문명이라는 멍에에 얽매이지 않은 원시인은 순수하고도 자유롭게 세상을 바라보았기에 그런 힘을 포착할 수 있었던 거지.

　1887년 어느 겨울날 밤, 폴은 크리시에 있는 레스토랑인 뒤 샬레 그랑 부이용에서 미친 네덜란드 놈을 알게 되었다. 폴은 빈센트의 그림 전시회에 대해 축하한다고 인사를 건네려 했으나 빈센트는 입도 열지 못하게 했다. "인사를 해야 할 사람은 바로 나요." 빈센트는 폴의 손을 꼭 잡으며 말했다. "마르티니크에서 그린 당신 그림을 다니엘 드 몽프레드 집에서 봤소. 아주 끝내주던데요. 붓이 아니라 자지로 그린 그림 같았단 말이오. 예술작품이면서도 죄덩어리로 보이는 그림들입니다." 이틀 뒤, 빈센트는 동생 테오와 함께 쉬페네커의 집을 찾아왔다. 폴은 친구 라발과 함께 파나마와 마르티니크 여행을 다녀온 후로 쉬페네커의 집에서 더부살이를 하고 있었다. 미친 네덜란드 놈은 폴의 그림을 요모조모 뜯어본 후에 이렇게 평가했다. "그야말로 걸작이로구먼. 오장육부를 쏟아부어 그린 그림 같아. 자지에서 뿜어져 나온 정액 같단 말이지." 빈센트는 폴을 얼싸안고 애원했다. "나도 내 자지로 그림을 그리고 싶소. 친구, 어떻게 하는지 가르쳐줘요." 꼴사납게 끝장난 두 사람의 우정은 그렇게 시작되었다.

폴, 직관력이 기가 막히게 뛰어났던 그 미친 네덜란드 놈은 너보다 앞서 네 재능을 간파해냈어. 정말 그랬지. 1887년 5월부터 10월까지, 넌 파나마에서, 생피에르 외곽 지역에서, 그리고 마르티니크에서 비참한 삶을 꾸려가며 서서히 예술가로 변모해가고 있었어. 네가 진정한 예술가가 되었다는 사실을 맨 처음 알아챈 사람은 빈센트였어. 이제 예술가로서 인정받게 된 마당에 한때 지지리 고생했다는 것이, 드 레셉 씨가 지휘하는 파나마 운하 공사장에서 괭이질을 했다는 것이, 모기에 물어뜯기며 이질과 말라리아에 걸려 죽을 고비를 넘겼다는 것이 무슨 대수란 말인가? 그래, 물론이지. 카리브해의 찬란한 햇빛을 받으며 생피에르에서 그린 그림. 농익은 과일처럼 터져 나오는 색채들. 빨강·파랑·노랑·초록·검정 색깔들이 로마 검투사들처럼 서로서로 잘났다고 으르렁대며 드잡이하는 광경. 마침내 너는 그림 속에서 삶을 불태울 수 있었지. 그때까지 넌 그림을 그린다거나 조각을 판다거나 하는 일을 비겁한 짓으로 여기고 있었지만, 이제 넌 바로 그림을 통해 삶을 정화하고 지난 삶에 보상도 받을 수 있었어. 넌 여행을 하면서 배고픔과 병으로 죽을 고비를 수차례 넘기기도 했지만, 눈곱을 떼고 밝은 눈으로 세상을 볼 수 있게도 되었어. 넌 이제 그림을 파리를 벗어나기 위한 핑계거리가 아니라 새로운 세상의 새로운 삶을 찾아가는 구실로 삼게 되었단 말이지.

섹스 역시 폴의 삶을 온통 뒤흔들어놓았다. 섹스는 폴이 그림 속에 묘사한 빛과 같이 도저히 저항할 수 없는 유혹이었다. 폴은 그때까지 자신을 억누르고 있던 체면과 편견을 몽땅 내던져버렸다. 폴은 장차 파나마 운하로 불릴 병균이 득실거리는 늪지에서 함께 괭이질을 하던 동료들과 마찬가지로 파나마 주둔 군부대 주변을 어슬렁거리던 흑백인 혼혈여자나 흑인 여자들을 찾아다녔다. 그런 여자들은 값도 쌌을 뿐만 아니라 남편 몰래 그 짓을 하러 다니는 여자일 경우에는 함부로 다루어도 저항하지 않았다. 여자들이 울음을 터뜨리거나 놀라 달아나려 할 경우에 쾌감은 배가되었다. 폴은 여자들을 꼼짝 못하게 깔고 앉아 무자비하게 다루어 사내대장부가 어떤 것인가를 똑똑히 보여주었다. 엄청나게 큰 젖가슴, 짐승과 같은 이빨, 아궁이처럼 뭐든 날름날름 삼켜댈 것 같은 밑구멍. 폴, 넌 그 흑인 여자들에게 했던 짓거리를 바이킹 여자에게는 절대로 하지 않았어. 그래서 바이킹 여자와 함께 살 당시에 그렸던 그림은 무미건조하기 이를 데 없었던 거지. 그때는 네 정신도, 네 감각도, 네 자지도 그런 꼴이었으니까. 생피에르의 그 숨이 턱턱 막히던 무더운 밤에, 그 수다스러운 식민지 사투리를 지껄이는 뚱뚱한 흑인 여자를 품에 안고, 넌 네 자신에게 한 가지 약속 — 물론 지키지 못할 약속이었지, 폴 — 을 했어. 바이킹 여자를 다시 만나게 되면 그동안의 한풀이를 반드시 해내고 말리라. 어느 날, 깡으로 마신 럼주로 정신이 오락가락하는 상태에서 샤를 라발에게 이렇게 털어놓았지.

"그놈의 바이킹 여자를 다시 만나게 되면 말이야, 먼저 그 여자가 요람에서부터 알뜰히 간수해온 그 무뚝뚝한 북쪽 사람 근성을 깡그리 벗겨내야겠어. 두들겨 패서든 발길질을 해서든 물어뜯어서든 그 여자 옷을 홀랑 벗겨내고 말 거야. 살고 싶다며 몸을 꼬고 고함을 치고 하며 맞서 대들지도 모르지. 흑인 여자처럼 말이야. 그 여자도 홀랑 벗고 나도 홀랑 벗고 한바탕 신나게 치러보자 이 거야. 그 점잖은 척 꼴값하는 여자도 죄가 뭔지, 즐기는 게 뭔지, 남을 즐겁게 해주는 게 뭔지, 몸이 달아오르는 게 뭔지, 생피에르의 암컷처럼 나긋나긋하고 질탕한 게 뭔지 알아야 한단 말이지."

샤를 라발은 이 무슨 뚱딴지같은 소리냐는 듯 널 쳐다보았어. 코케는 한바탕 웃음을 터뜨렸다. 코케는 푸르스름한 달빛에 의지해 〈파페 모에〉를 뚫어지게 쳐다보았다. 아냐, 아냐. 바이킹 여자는 절대로 마르티니크 여자나 타히티 여자처럼 몸을 굴리지는 않을 것이다. 그 여자의 종교와 그 여자가 살아온 문화가 허락하지 않을 것이다. 그 여자는 언제까지나 조신하게 굴 것이다. 태어나기도 전부터 성욕이 메말라버린 여자가 아닌가.

미친 네덜란드 놈은 처음부터 폴을 제대로 이해했어. 마르티니크에서 그린 그림은 열대지방의 현란한 색상에 힘입어 완성된 것이 아니었다. 그것은 모든 관습을 떨쳐내 버린 정신적인 자유가 있었기에 가능한 그림이었다. 초보 원시인이 획득한 자유. 폴은 그림을 그림과 동시에 사랑하는 법을, 본능을 존중하는 법을, 자신 속에 잠재해 있는 자연성과 사악함을 인정하는 법을 배웠다. 그리고 자연 그대로의 인간처럼 자신의 욕구를 만족시키는 법도 배웠던 것이다.

비참한 형편으로 파나마와 마르티니크를 여행한 후 파리로 돌아왔을 때, 넌 진짜 야만인이 되어 있었던가? 말라리아에 걸려 피가 말라붙고 체중이 10킬로그램 이상 빠진 상태로 돌아오지 않았던가? 그래 폴, 넌 점점 야만인이 되어가고 있었어. 네 행동거지는 어느 모로 보나 교양 있는 부르주아의 태도와는 거리가 멀었으니까. 무자비한 햇볕이 쏟아져 내리는 파나마 늪지에서 땀을 뻘뻘 흘리며 괭이질도 했고, 카리브해의 진흙탕에서 황토밭에서 더러운 백사장에서 혼혈 여자나 흑인 여자를 올라타기도 했는데 무슨 수로 문명인으로 되돌아 올 수 있단 말인가? 게다가, 폴, 넌 차마 입에 담지 못할 병도 몸에 담아왔어. 더러운 낙인이랄까, 거칠 것 없는 남자라는 증거랄까. 넌 네가 더러운 악질에 걸렸다는 사실을 그당시 몰랐을 뿐만 아니라 그 후로도 한참 동안 몰랐어. 넌 체면이랄지 존경심이랄지 터부랄지 관례랄지 하는 것에 대해서는 아랑곳하지 않았어. 넌 너 자신의 충동과 열정으로 똘똘 뭉쳐있었지. 그렇지 않았다면 어떻게 감히 손을 들어 가장 친한 친구인 그 사람 좋은 쉐프의 가녀린 부인의 젖가슴을 집적거릴 수 있었겠어? 자기 집에 묵을 곳도 마련해주고, 먹을 것도 마련해주고, 술집에 가서 술이라도 사 마시라고 몇 프랑씩 주곤 하던 그 부인의 젖가슴을 말이야. 쉬페네커 부인은 안색이 붉으락푸르락 쩔쩔매다가, 뭐라고 싫은 소리를 중얼대며 자리를 피해 달아났지. 그러나 워낙에 조신하고 부끄러움을 잘 타던 부인은 남편에게 감히 입도 뻥긋할 수 없었지. 남편이 그렇게나 자상하게 돌봐주던 친구의 뻔뻔스러운 행동에 대해 말이야. 아니, 말했을지도 몰라. 상황에 따라 두 사람만 남게 되면 넌 쉬페네커 부인의 젖가슴을 어루만지곤 했어. 아주 위험한 장난이었어. 넌 한참동안 부인의 젖가슴을 어루만지다가 부랴부랴 캔버스로 돌아가곤 했어. 코케, 그렇지 않아?

달빛이 한 조각구름에 가려져 희미해졌다. 폴은 행여나 〈파페 모에〉가 망가질까 조심조심 보듬어 안고 오두막으로 돌아왔다. 그 미친 네덜란드 놈이 이 그림을 볼 수 없다니, 안타까운 일이었다. 놈은 중요한 순간이면 항상 그랬듯이 눈초리를 빛내며 뚫어질 듯 그림을 살펴본 후에 널 얼싸안고 입을 맞추며 귀청이 떨어져 나갈 정도로 소리를 질러대겠지. "이거 자네 악마와 한따까리 붙어먹은 거 아냐?"

　1893년 5월 중순, 프랑스 정부가 프랑스령 폴리네시아 당국으로 보낸 소환명령서가 마침내 도착했다. 라카스카드 총독이 폴을 불러 직접 내용을 알려주었다. 상부에서 내려온 훈령 ── 정부의 방침을 읽어주었다 ── 에 따라 다음과 같이 결정했소. 당사자가 파산 상태에 처했으므로 정부는 파피테발 마르세유행 선박 2등 객실 비용을 대신 지불한다. 바로 그날, 폴은 5시간 반 동안 흔들거리는 승합 마차에 시달린 끝에 마타이에아로 돌아왔다. 폴은 곧 떠날 것이라고 테하마나에게 알렸다. 얘기가 길어졌다. 폴은 프랑스로 돌아갈 수밖에 없는 사정을 하나하나 장황하게 설명했다. 계집아이는 망고나무 아래 의자에 앉아 한마디 대꾸도 없이 듣고만 있었다. 눈물 한 방울 흘리지 않았고 비난하는 듯한 기색도 내비치지 않았다. 계집아이는 무의식중에 오른손으로 발가락이 일곱 개인 왼쪽 발을 만지작거리고 있었다. 폴이 얘기를 끝냈을 때도 입을 떼지 않았다. 폴은 마지막으로 담배를 한 대 피운 후에 오두막으로 올라갔다. 테하마나는 잠들어 있었다. 다음 날 아침 코케가 잠에서 깨어나 보니 코케의 '바히나'는 짐을 몽땅 싸들고 떠나버리고 없었다.

　1893년 6월 초, 폴은 프랑스로 가는 '뒤샤포' 호에 몸을 실었다. 폴을 환송해주기 위해 파피테 부두로 나와 준 사람은 최근에 해군 중위로 진급한 친구 제노뿐이었다.

# 5

# 샤를 푸리에의 그림자

### 리옹, 1844년 5월과 6월

샬롱 쉬르 사온느에서도 마콩에서와 마찬가지였다. 플로라는
1844년 4월 마지막 주와 5월 초를 샬롱 쉬르 사온느에서 보냈다.
플로라의 여정은 그녀의 경쟁자들, 즉 사회주의 공동생활 단체나
푸리에주의자들의 도움에 거의 전적으로 의지했다. 경쟁자들은
플로라를 극히 친절하게 대했다. 그래서 플로라는 양심의 가책을
느꼈다. 어떻게 그들의 감정을 상하지 않게 하면서 서로의 차이점
을 분명히 밝힐 수 있단 말인가? 고인이 된 샤를 푸리에의 제자들
은 역마차 정거장이나 나루터에 모여 플로라를 배웅하고 맞이했
다. 그들은 플로라에게 만남을 주선하거나 약속을 잡아주기 위해
열심히 노력했다. 그럼에도 불구하고, 푸리에주의자들을 실망시
키는 것이 마음 아팠지만, 플로라는 그들의 이론과 행위를 노골적
으로 비판했다. 그들의 이론과 행위는 플로라를 사로잡고 있는 임
무, 즉 인류의 구원이라는 임무와는 양립할 수 없는 것처럼 보였던

것이다.

샬롱 쉬르 사온느에서 사회주의 공동생활 단체는 플로라가 도착한 바로 그 이튿날 모임을 마련해 놓고 있었다. '완전한 평등'이라는 프리메이슨 비밀 결사가 사용하는 꽤 넓은 장소였다. 2백여 명의 사람들이 입추의 여지가 없을 정도로 가득 들어차 있었다. 플로라는 한눈에 알 수 있었다. 맥이 빠졌다. 모임은 소수의 사람들만으로 이루어져야 한다고, 많아야 삼사십 명 정도의 노동자들만으로 이루어져야 한다고 편지에 쓰지 않았던가? 수가 적으면 대화가 가능하고, 개인적으로도 친해질 수 있다. 그러나 이렇게 많이 모이면 사람들은 막연하고 냉담하게 행동한다. 적극적으로 참여하지 않고 억지로 듣기만 할 뿐이다.

"하지만 말입니다, 부인, 사람들이 부인의 연설을 너무나 듣고 싶어해서요. 명성이 자자하신 분의 방문이 아닙니까." 라그랑주가 변명했다. 샬롱 쉬르 사온느의 푸리에주의자 지도자였다.

"저는 명성과는 상관없습니다, 라그랑주 씨. 저는 효율성을 중요시합니다. 이름도 모르는, 눈에 잘 보이지도 않는 대중 앞에서는 효과적으로 대처할 수 없습니다. 저는 진짜 사람들에게 얘기하고 싶습니다. 얼굴을 마주 대하고 얘기해야 합니다. 제가 사람들과 진정으로 얘기하고 싶어한다는 사실을 그들이 느낄 수 있어야 합니다. 제 생각을 일방적으로 강요해서는 안 됩니다. 교황이 가톨릭 신자들 앞에서 하는 연설과는 다르단 말입니다."

청중들이 많다는 사실보다 청중의 신분이 더 큰 문제였다. 연단 위에 꽃병이 하나 놓여 있었고, 그 뒤 벽은 프리메이슨을 상징하는 물건들로 가득 차 있었다. 라그랑주 씨가 플로라를 소개하는 동안, 플로라는 사람들을 둘러보았다. 참석자 중 4분의 3이 사용자들이었고 노동자들은 소수에 불과했다. 착취자들에게 노동조합을 설교하기 위해 샬롱 쉬르 사온느에 왔단 말인가! 1837년 푸리에가 죽은 이후부터 지성과 양심을 겸비한 빅토르 콩시데랑이라는 인물이 푸리에주의자 운동을 주도하고 있었지만, 사회주의 공동생활 단체는 대안을 찾지 못하고 있었다. 그 사람의 원죄로 인하여 너와 그들 사이에는 넘지 못할 심연이 가로놓이게 된 거였어. 너와 생시몽주의자들과의 사이에 가로놓인 심연과 마찬가지. 그들은 제도의 희생자들에 의한 혁명을 믿지 못했다. 푸리에주의자들과 생시몽주의자들은 한결같이 무식하고 비천한 그 희생자들을 불신했다. 그들은 천국에 있는 천사와 같이 순진했다. 그들은 고집했다. 사회개혁은 부르주아 이론으로 무장한 부르주아 계층의 양심과 물질에 힘입어 이루어질 것이다.

기가 막힐 노릇이었다. 빅토르 콩시데랑과 그 수하들은 1844년이라는 현재 시점까지 이런 생각에 줄곧 매달려 있었다. 목적 달성을 위해서는 한줌의 부자들을 포섭해야 한다, 사회주의 공동생활 단체에 가입한 부자들은 '조합원혁명'을 위해 자금을 조달할 것이다. 1826년, 지도자 샤를 푸리에는 파리의 신문광고를 통해 이렇게 밝혔다. 생피에르 몽마르트 집에 매일 12시부터 오후 2시까지 대기하고 있겠다, 후원할 의사가 있는 양심적이고 정의로운 사업가나 연금 생활자가 찾아오면 사회개혁에 관한 계획을 설명해주겠다. 그로부터 11년 후 1837년, 자신이 죽는 바로 그날까지 검은색 단벌 프록코트를 걸치고 흰색 넥타이를 맨 온화한 인상의 노인은 푸른색 눈을 자애롭게 반짝이며 — 그 모습을 생각할 때마다 가슴이 무너져 내리곤 했지, 안달루시아 아가씨 — 정각 12시부터 정각 2시까지 계속 기다렸다. 그러나 한 사람도 찾아오지 않았다. 단 한 사람도! 단 한 사람의 부자도, 단 한 사람의 부르주아도 불편을 감수하려 들지 않았다. 인류의 불행을 끝장낼 푸리에의 계획에 대해 질문하고 경청하고 싶어 했던 사람은 아무도 없었던 것이다. 후원을 요청하기 위해 수많은 사람들 — 그 사람들 중에는 시몬 볼리바르, 샤토브리앙, 바이런 여사, 파라과이의 프란시아 박사, 왕정복고 정부와 루이필리프 왕의 모든 장관 등이 포함되어 있었다 — 에게 편지를 보냈지만 답장을 보내온 사람은 한 명도 없었다. 그런데도 그들은 여전히 장님에다 귀머거리들이었다. 사회주의 공동생활 단체는 여전히 부르주아를 신뢰했고 노동자들은 경원했다.

플로라는 가엾은 샤를 푸리에의 모습을 떠올리고 갑작스러운 분노에 사로잡혔다. 인생의 황혼녘 내내, 수수한 집에서, 매일 정오, 의자에 앉아 하염없이 앉아 있는 모습. 플로라는 연설 내용을 즉석에서 바꾸었다. 플로라는 장차 설립하게 될 노동자 회관의 기능에 대해 설명하다가 이내 주제를 바꾸어 당시 부르주아 계층의 심리를 묘사하기 시작했다. 플로라는 주장했다. 사용자들은 대체적으로 자비심이 부족하다, 그들은 편협하고, 인색하고, 겁이 많고, 구차스럽고, 사악하다. 그러자 사람들은 벼룩 떼의 공격이라도 받은 듯 자리에서 꼼지락거렸다. 플로라는 그런 모습을 느긋하게 감상했다. 질문 시간이 되었을 때, 무거운 침묵이 흘렀다. 마침내 가구공장 사장인 루종 씨가 자리에서 일어나 입을 열었다. 아직 젊은 나이였지만 성공한 사람에 걸맞게 배불뚝이였다. 트리스탄 여사께서는 사용자들에 대한 생각을 밝히셨지만, 무슨 이유로 그런 사용자들을 노동조합에 끌어들이려 애를 쓰시는지 아직 그 이유는 말하지 않았소이다.

"이유는 아주 간단합니다, 선생님. 부르주아는 돈이 있고 노동자들은 돈이 없기 때문입니다. 연맹이 계획을 실현시키기 위해서는 자금이 필요합니다. 우리가 부르주아에게 바라는 것은 돈이지 사람이 아닙니다."

루종 씨의 얼굴이 벌겋게 달아올랐다. 분노로 이마의 혈관이 부풀어 올랐다.

"부인, 그러니까 이런 뜻입니까? 내가 연맹에 가입해서 회비를 낸다고 해도, 노동자 회관에 들어갈 수 있는 권리도, 그 시설을 이용할 수 있는 권리도 없다는 말입니까?"

"바로 그겁니다, 루종 씨. 당신에게는 그런 시설이 필요 없습니다. 자식들 교육비다, 의료비다, 안락한 노후 생활이다 하는 것을 모두 스스로 해결할 수 있으니까요. 그러나 노동자들은 사정이 다릅니다. 그렇지 않습니까?"

"아무런 보상도 받지 못한다면 뭐 땜에 돈을 낸단 말이요? 내가 바보멍청이란 말이요?"

"자비심으로, 이웃을 사랑하는 마음으로, 의지가지없는 사람들을 편들겠다는 마음으로 돈을 내는 겁니다. 이제 보니 알겠습니다. 당신으로서는 이해하기 힘든 마음이겠지요."

루종 씨는 거들먹거리며 자리를 떴다. 그 따위 조직을 어디 돕는가 두고 보라고 떠벌렸다. 몇몇 사람들도 의기투합하여 분통을 터뜨리며 루종 씨를 따라 나갔다. 그들 중 한 명이 문을 나서기 전에 한 마디 던졌다. "트리스탄 부인이 선동가라고 하더니만, 진짜네 그래."

모임 후에 푸리에주의자들은 저녁식사 자리를 마련했다. 실망하고 고통스러워하는 모습이 역력했다. 플로라는 그들의 마음을 풀어주기 위해 노력했다. 플로라는 말했다. 샤를 푸리에의 제자들 생각과 내 생각이 다르긴 하지만, 나 역시 빅토르 콩시데랑의 교양과 지성과 순수성을 존경한다, 일단 노동조합이 결성되면 일말의 망설임 없이 빅토르 콩시데랑의 이름을 민중의 수호자로 내걸 것이다, 노동자 계층은 빅토르 콩시데랑을 대표로 뽑아 연금을 지급할 것이며, 빅토르가 노동자들의 권리를 보호하도록 그를 국회로 진출시킬 것이다, 나는 확신하고 있었다, 빅토르는 영국 의회에서 활동 중인 아일랜드인 오코늘만큼 훌륭한 정치인이 될 수 있을 것이다. 플로라가 자신들의 지도자 겸 스승에게 존경을 표하자 사람들 표정이 밝아졌다. 여관에서 헤어질 때는 이미 서로의 감정을 푼 뒤였다. 한 사람이 경쾌한 목소리로 이렇게 말했다. 오늘 밤 부인의 말을 듣고 보니, 왜 왈가닥 부인이란 별명이 붙었는지 이제 알 만합니다.

잠을 제대로 잘 수 없었다. 프리메이슨 비밀 모임에서 벌어진 일을 생각하니 정나미가 떨어졌다. 충동적으로 부르주아를 헐뜯은 일도 후회막급이었다. 부르주아를 노동자들 편으로 끌어들이는데 집중했어야 했다. 플로라, 그놈의 성깔이라니. 마흔하고도 한 살 나이에 아직까지 성깔 하나 제대로 다스리지 못하다니. 그러나 바로 그 불같은 성질 때문에, 종종 분통을 터뜨려 왔기 때문에, 지금과 같은 자유를 누릴 수 있었고 자유를 잃어버릴 때마다 다시 회복할 수 있었지. 앙드레 샤잘 씨의 노예로 있던 때처럼. 스펜스의 집에서 꼭두각시 인형과 다름없는 가축과 같은 신세로 보낼 때처럼. 그 당시만 해도 생시몽주의가 무엇인지, 푸리에주의가 무엇인지, 공산주의가 무엇인지 도무지 몰랐었지. 로버트 오언이 뉴래너크에서, 스코틀랜드에서 무슨 일을 했는지 아무것도 몰랐었지.

마콩에서는 나흘간 머물렀다. 위대한 시인 라마르틴 의원의 고향. 다시 육체의 고통이 플로라를 내리눌렀다. 플로라의 의지가 얼마나 가상한지 시험하는 것 같았다. 자궁과 위에 가해지는 통증, 플로라는 몸부림쳤다. 거기에 피로가 겹쳤다. 약속도 신문사 방문도 모두 취소해버리고 싶었고, 노동자들을 찾아다니는 일도 귀찮기만 했다. 이곳 노동자들은 다른 지역 노동자들보다 더 붙임성이 없었다. 근사한 소바즈 호텔 꽃침대에 그냥 드러눕고만 싶었다. 플로라는 그런 유혹을 억지로 참아냈다. 밤이면 피로한데다 신경이 곤두서는 바람에 잠을 이룰 수 없었다. 플로라는 스펜스 가족의 집에서 보낸 그 갈보리 십자가길만 같았던 3년을 떠올렸다. 노력에 대한 성과를 거두지 못했을 때, 종종 속죄하는 심정으로, 자신을 다그치는 수단으로 떠올리곤 하던 기억 중 하나였다. 풍족한 삶을 누릴 수도 있었던 집이었다. 그러나 여행을 제외하고는 풍요로운 삶을 즐기지 않았다. 스펜스 가족은 저축 정신과 청교도주의에 철저했고, 상상력도 부족했던 것이다. 부부인 마르크 씨와 캐서린 부인은 오십대였고, 마르크 씨의 누이동생 애니 아가씨는 마흔다섯 살이었다. 세 사람 모두 바싹 말랐고, 촌스러웠고, 을씨년스러운 구석까지 있었다. 항상 검은색 옷을 입고 다녔고, 호기심 같은 것은 전혀 없었다. 그들은 여행 동반자로 플로라를 채용했다. 플로라는 그들을 따라 스위스 산지로 가야했다. 런던의 공장 매연으로 더러워진 폐를 맑은 공기를 마셔 씻어내겠다고 했다. 보수는 좋았다. 아이들 양육을 위해 유모를 고용할 수도 있었고, 개인적인 용돈도 충당할 수 있었다. 그러나 여행 동반자라는 말은 허울에 불과했다. 사실은 삼총사의 하녀일 뿐이었다. 걸쭉한 오트밀, 토스트, 떫떠름한 차를 준비해 침대까지 아침식사를 날라야 했다. 삼총사는 하루에도 서너 차례씩이나 차를 마셔댔다. 옷가지를 빨고 다려야 했다. 그 고약한 시누올케, 스펜스 부인과 애니 아가씨가 아침 목욕을 끝내고 나면 옷시중까지 들어야 했다. 세 사람의 심부름도 도맡아서 했다. 편지를 들고 우체국으로 달음질쳐야 했고, 차와 곁들여 먹는 맛대가리 없는 비스킷을 사기 위해 가게를 들랑거려야 했다. 그뿐만이 아니었다. 방도 청소해야 했고, 침대도 정리해야 했고, 변기도 비워야 했다. 그리고 치사하게도 식사시간마다 굴욕감을 겪어야 했다. 스펜스 가족은 플로라의 점심식사량을 줄였고, 저녁식사는 그들이 먹는 양의 반밖에 주지 않았다. 가족이 식이요법으로 먹는 음식 중에서 고기나 우유 같은 것은 플로라에게 손도 못 대게 했다.

그러나 스펜스 가족을 섬기며 보낸 3년 중 가장 지랄 같았던 일은 그런 고역이 아니었다. 새벽부터 저녁까지 진종일 바지런을 떨며 다녀야 했던 것은 문제가 아니었다. 일을 시작한 지 얼마 안 되어서부터 이런 느낌이 들었다. 스펜스 부부와 노처녀가 플로라의 존재를 지워가고 있었던 것이다. 여자라는 존재 조건을, 인간이라는 존재 조건을 앗아가고 있었던 것이다. 그들은 플로라를 무기력한 도구로 만들어가고 있었다. 감정도 없고, 위엄도 없고, 심지어 영혼까지 없는 도구로. 플로라는 그들이 명령을 내리느라 말을 거는 바로 그 짧은 순간에야 겨우 자신의 존재를 느낄 수 있었다. 그들이 플로라를 거칠게 대하고, 머리에 접시를 집어던지고 했다면 오히려 나았을 것이다. 그랬다면 적어도 살아 있다는 느낌은 있었을 테니까. 무관심이 문제였다. 플로라의 가슴을 찢어놓은 것은 바로 무관심이었다. 그들은 플로라의 기분이 어떤지 물어보지도 않았고, 친절을 베풀지도 않았고, 다정한 표정을 단 한 번도 보여주지 않았다. 그들과 플로라 사이에 맺어진 끈이 있었다면, 그것은 플로라가 그들을 위해 진종일 멍청한 짓거리에 매달려 짐승처럼 일했다는 것뿐이었다. 위엄도, 자존심도, 감정도, 심지어 살아 있다는 느낌마저 포기해야 했지만 어쩔 수 없는 일이었다. 그럼에도 불구하고, 스위스에서의 여행이 끝나고 영국으로 돌아갈 때 스펜스 가족은 플로라에게 같이 가자고 했다. 플로라는 받아들였다. 플로라, 왜 그런 거지? 그랬지, 바로 그 이유야. 그때까지만 해도 아이들이 셋씩이나 살아 있었으니, 자식들을 먹여 살리기 위해서는 어쩔 도리가 없었던 거지. 게다가 런던에서는 앙드레 샤잘과 맞닥뜨릴 가능성도 없었고, 집을 나갔다는 이유로 그 작자가 경찰에 널 신고할 일도 없었을 테니까. 그동안 넌 혹시 감옥에나 끌려가지 않을까 얼마나 노심초사했었니.

쓸쓸한 기억일 테지, 플로라. 플로라는 그 3년간의 하녀생활을 너무나 부끄러워했다. 그래서 자신의 생애에서 그 부분을 완전히 지워버리기로 했다. 그러나 그로부터 한참 후, 재판정에서 앙드레 샤잘의 변호사가 그 부분을 공개적으로 폭로해버렸다. 이제는 마콩에서조차 그 기억이 플로라를 몰아세우고 있었다. 몸에 가해지는 통증, 마콩에서의 실패로 기억이 되살아난 것 같았다. 인구 1만 명의 추악한 도시, 마콩은 집이나 거리나 할 것 없이 모든 것이 추악해 보였을 뿐만 아니라 그곳에 사는 사람들마저 꼭 그만큼 추악해 보였다. 네 군데나 되는 동업 조합 모임을 찾아다녔고, 가는 곳마다 주소를 알려주고 노동조합에 대한 전단지를 뿌렸지만, 달랑 두 사람만 플로라를 찾아왔다. 한 사람은 통을 만드는 목수였고 다른 한 사람은 대장장이였다. 아무도 관심을 기울이지 않았다. 두 사람은 자신 있게 말했다. 마콩의 동업 조합들은 이제 끝장날 판이다, 공장주들은 이제 임금을 더욱 낮출 수 있는 방법을 찾아냈다, 그들은 한가한 농사꾼이나 떠돌이 일꾼들과 바쁠 때만 한시적으로 계약한다, 공장을 계속 돌리려고 하지 않는다, 리옹의 공장에서 노동자들이 일자리를 구하기 위해 떼거리로 몰려왔다, 그리고 농사를 지으며 품을 파는 사람들은 조합 문제에 관여하려 들지 않는다, 그들은 자신들을 프롤레타리아로 생각하지 않는다, 엄연한 농부로 가욋돈을 마련하기 위해 때때로 공장에 취업할 뿐이라고 말한다.

마콩에서 건진 유일한 수확은 샹반 씨를 만난 것이었다. 그 유명한 라마르틴이 파리에서 서신 왕래로 운영하는 신문 『르 비엥 퓌블릭』의 책임자였다. 교양 있고 점잖은 부르주아였다. 샹반 씨는 플로라를 정중하게 대했다. 플로라가 부르주아에 대한 그녀의 정치적·윤리적 반감을 표시해도 웃으며 받아들였다. 플로라가 노동조합에 대해 설명하고 노동조합이 인간 사회를 어떻게 바꾸어놓을지 설명하는 동안, 샹반 씨는 배운 사람답게 애써 하품을 참았다. 샹반 씨는 마콩에서 가장 유명한 식당으로 플로라를 초대해 훌륭한 점심을 대접했다. 그리고 시골로 나가 라마르틴의 영지인 르 몽쏘를 구경시켜주었다. 위대한 예술가이자 민주주의자인 라마르틴의 성(城)은 플로라에게 공연한 허세와 천박한 취미로만 보였다. 괜히 찾아왔구나 싶은 생각이 들기 시작했을 때, 피에르클로 부인이 플로라를 안내하기 위해 나타났다. 라마르틴이 낳은 사생아의 미망인이었다. 남편은 신혼 초기 스물여덟 살 나이에 폐결핵으로 죽었다고 했다. 아직 어린애와 다름없이 어리고 발랄한 미망인은 플로라에게 자신의 비극적인 사랑에 대해, 남편이 죽은 후로 얼마나 쓸쓸하게 살았는지 얘기해주었다. 죽어 이 가시밭길에서 해방될 때까지 어떠한 놀이도 즐기기 않고, 모든 것을 포기하고 독수공방으로 살 결심을 했다고 얘기했다.

눈물을 글썽이며 얘기를 늘어놓는 아리따운 젊은 여자를 보고 있자니, 플로라는 느닷없이 분통이 터질 것 같았다. 플로라는 즉각 응수했다. 플로라는 르 몽쏘의 꽃이 만발한 화단을 둘러보다가 미망인에게 따끔한 충고를 주었다.

"서글픈 일이네요. 그런데, 부인, 그따위 넋두리를 듣고 있자니 화가 치미는군요. 부인은 비운의 희생양이 아닙니다. 부인은 자기만 생각하는 이기주의자예요. 너무 노골적인 표현이라 죄송하지만, 내 말이 옳다는 것을 알게 될 겁니다. 부인은 젊고, 예쁘고, 돈도 많아요. 그런 은혜를 주신 것을 하늘에 감사해야지요. 그리고 그걸 이용해야지요. 그런데도 그렇게 안으로만 파고들 거예요? 여자로서 겪을 수 있는 가장 비천한 상태인 결혼 생활에서 풀려났는데도 말이죠. 수천 명의 사람들이, 수백만 명의 사람들이 과부가 되고 홀아비가 됩니다. 그런데 부인은 과부가 된 것을 무슨 세상이 무너진 것처럼 여기고 있잖아요."

젊은 부인은 멈춰 섰다. 죽은 사람처럼 낯빛이 창백했다. 어처구니가 없다는 듯 플로라를 쳐다보았다. 이 여자 이거 미친 게 아닌가 생각하는 것 같았다.

"내 평생의 사랑에 충실하다고 해서 내가 이기주의자란 말이에요?" 중얼거렸다.

"어느 누구도 자신에게 주어진 기회를 이런 식으로 걷어찰 권리는 없어요." 플로라는 계속했다. "상복 따위는 벗어던져버려요. 무덤에서 뛰어나오세요. 살아나가야지요. 공부를 하세요. 선을 행하고, 다른 사람들을 도우세요. 배고픔, 질병, 실업, 무지 등 실제적이고 구체적인 문제로 시달리지만 헤쳐나갈 능력이 없는 사람들이 널리고 널렸어요. 부인의 문제는 문제가 아니에요. 부인은 이미 답을 얻은 거예요. 부인은 문제를 면제받은 거예요. 여성에게 결혼생활은 노예생활이나 다름없습니다. 부인은 이제 거기서 해방된 거잖아요. 시시껄렁한 연애소설의 주인공처럼 굴지 마세요. 내 말대로 하세요. 사는 거답게 사세요. 고통이나 깨작거리고 있지 말고 좀더 선한 일에 신경을 쓰세요. 마지막으로 한마디만 더. 선을 행하는 데 시간을 쓰고 싶지 않다면, 즐기세요. 놀이도 즐기고, 여행도 하고, 애인도 사귀세요. 만약 부인이 폐결핵으로 죽었다면 부인 남편은 분명 그렇게 할 거예요."

시체처럼 창백하던 피에르클로 부인의 낯빛이 딸기처럼 벌겋게 달아올랐다. 부인은 느닷없이 신경질적인 웃음을 토해냈다. 웃음 소리가 잦아들기까지 한참이 걸렸다. 플로라는 재미있다는 듯 부인을 관찰했다. 헤어질 때, 미망인은 머뭇거리며 중얼거렸다. 플로라의 말이 진심인지 농담인지는 알 수 없지만, 앞으로 많은 생각을 하게 될 것 같다.

플로라는 리옹으로 가는 배에 올라탈 때 짐 하나를 내려놓은 듯한 느낌이 들었다. 이제 촌구석이라면 진절머리가 났다. 대도시 땅을 밟아보고 싶어 안달이 났다.

리옹의 첫인상은 플로라를 맥 빠지게 했다. 성곽과 다를 게 없어 보이는 음산한 대저택, 귀신이라도 튀어나올 것 같았다. 발바닥을 찌르는 날카로운 돌멩이가 깔린 거리. 스펜스 가족이 살던 런던이 생각났다. 자욱한 매연, 부익부빈익빈의 극명한 대조, 원래부터 노동자들을 착취해먹기 위해 세워진 거대 도시, 다를 게 하나 없었다. 그러나 첫날 받았던 그 암울한 인상은 사람들을 만나고, 약속을 정하고, 모임에 참석하는 동안 점점 사라져 갔다. 그리고 생전 처음으로 경찰이 따라붙었다는 사실도 알 수 있었다. 마침내 이곳에서 직물직공, 구두직공, 석수, 대장장이, 목수, 우단직공 등 각양 각종의 직종에 종사하는 노동자들을 수도 없이 만나볼 수 있게 되었다. 사람들은 이미 플로라에 대해 알고 있었다. 많은 사람들이 플로라를 알아보았다. 플로라가 거리를 지나가면 우러러보는 사람도 많았고 경멸하는 사람도 많았다. 개중에는 벌레 보듯 쳐다보는 사람도 있었다. 플로라는 파리를 떠난 지 꼭 두 달 만에 리옹에 입성했다. 리옹에서 보낸 한 달 반이라는 기간을 플로라는 결코 잊을 수 없었다. 플로라는 나머지 순회 여행 동안 종종 그 기간을 떠올리곤 했다. 플로라는 바쁜 일정 속에서 질리고 질릴 정도로 확인할 수 있었다. 가난한 사람들을 희생양으로 삼는 착취가 얼마나 심 각한지를. 그러나 노동자 계층은 몰락할 대로 몰락한 삶을 살았지 만 품위와 도덕적 순수성과 자부심을 유지하고 있었다. "나는 내 평생 살아온 동안보다 리옹에서의 6주 동안 사회에 대해 더 많은 것을 배울 수 있었다." 플로라는 일기에 이렇게 적었다.

플로라는 처음 1주일간 크로아 루스 구역에 있는 비단 공장들을 돌아다니며 스무 차례에 걸쳐 모임을 가졌다. 그 유명한 리옹의 '비단직공들' 이었다. 비단직공들은 바로 얼마 전 — 1831년과 1834년 — 에 노동자들의 혁명을 이끌었다. 부르주아 계층은 그 혁명을 무자비하게 진압했다. 수많은 사람들이 피를 뿌렸다. 크로 아 루스 산턱에 세워진 비좁고 더럽고 어두컴컴한 공장들, 끝없이 이어진 계단을 오를 때는 숨이 가빴다. 등잔 하나가 달랑 걸려 있 는 어둠 속 — 모임은 일과 후 밤에 이루어졌다 — 에서는 사람 들의 모습도 제대로 볼 수 없었다. 소심하고, 맨발에, 누더기를 걸 치고, 피곤 — 사람들은 새벽 5시부터 밤 8시까지 일했고, 정오에 잠깐 쉴 뿐이었다 — 에 찌들어 일그러진 표정, 이런 사람들이 돌 멩이와 몽둥이로 군인들의 칼과 총과 대포에 맞서 싸운 투사들이 었다니, 플로라는 도무지 믿을 수 없었다. 많은 사람들이 플로라가 『노동조합』이라는 책을 썼다는 사실을 믿지 않았다. 여성에 대한 편견은 모든 사회 계층에 스며들어 있었다. 단지 치마를 입었다는 이유로, 노동자들을 구원하기 위한 그런 생각을 해낼 능력이 없었 을 것이라고 지레짐작했다. 한참 동안 뜸을 들인 후에야 — 플로 라가 여자라는 사실이 그들을 당혹스럽게 만들었다 — 사람들은 플로라에게 질문을 퍼부었다. 사람들은 대체적으로 플로라가 문 제가 무엇인지 털어놓아 보라고 애걸하다시피해야 솔직하게 속을 털어놓곤 했다. 그들 중에는 지능이 낮은 사람들이 많았다. 똑똑한 사람들도 종종 있었지만, 사회 제도가 그들의 지능 발달을 가로막았다. 플로라는 육체적으로는 녹초가 되어 모임에서 나왔지만 정신적으로는 충만한 상태였다. 이제 네 생각에 불이 붙기 시작했어, 플로라. 노동자들이 널 받아들였어. 이제 노동조합이 모습을 드러내기 시작한 거야.

리옹에 머문 지 9일째 되는 날, 네 명의 경찰과 경찰서장 바르도즈 씨가 수색영장을 들고 밀랑 호텔에 나타났다. 경찰들은 2시간에 걸쳐 방을 모조리 뒤져본 끝에 서류, 수첩, 개인 편지 ― 그 편지 중에는 올랭피아가 보낸 열정적인 내용의 편지도 포함되어 있었다 ― 서점에 배포하지 못한 『노동조합』 책자 등을 모두 압수해 갔다. 경찰들은 플로라에게 왕실 검사 A. 질라르뎅 씨 앞으로 출두하라는 출두명령서를 건네주었다. 질라르뎅 씨는 꼬챙이처럼 마른 사람으로 사제복과 같은 옷을 입고 있었다. 플로라가 그의 사무실 안으로 들어갔을 때 그는 자리에서 일어나지도 않았고 인사도 하지 않았다.

"당신이 리옹에서 벌이고 있는 일은 교란행위요." 질라르뎅 씨는 냉정하게 말했다. "지금 조사가 진행 중에 있소. 당신은 선동죄로 기소될 수도 있소. 그러니 조사 결과가 나올 때까지 크로아 루스의 비단직공들과의 회합을 금지하는 바이오."

플로라는 같잖다는 듯이 검사를 아래위로 훑어보았다. 터져 나오려는 성질을 죽이기 위해 무진 애를 써야했다.

"당신들이 입고 있는 그 귀한 옷감을 짜는 사람들과 얘기를 나누는 것이 교란행위란 말입니까? 그 이유가 뭔지 알고 싶은데요."

"그 소굴은 귀부인들이 찾아다니기에는 어울리지 않는 곳이오. 게다가, 사회질서를 무너뜨리려는 생각을 가지고 노동자들과 얘기를 나누다니, 그건 위험한 짓이오." 입술이 얄팍한 왕실 검사의 입은 거의 움직이지도 않고 말을 내뱉었다. "나는 그런 사태를 막아야 할 의무가 있소. 조사가 진행되는 동안 부인은 감시를 받을 것이오. 하지만, 원한다면 지금 당장이라도 리옹을 떠날 수도 있소."

"날 억지로 끌어내야 할 겁니다. 이 도시가 매우 마음에 드는데 그래요. 나 역시 한 가지 알려드려야 할 것 같군요. 나는 무슨 수를 써서라도 이곳 신문과 파리 신문이 내가 이곳에서 어떤 꼴을 당했는지 세상에 알리게 할 겁니다."

플로라는 인사도 없이 검사의 방을 빠져나왔다. 정부에 비판적인 세 개의 신문사 — 『르 상세』, 『라 데모크라티』, 『르 비앵 퓌블릭』 — 가 플로라가 당한 수색과 서류 압수에 대한 기사를 실었지만, 어느 신문도 그런 조치에 대해 감히 비평하지 못했다. 바로 그날부터 두 명의 경찰이 밀랑 호텔 입구에 배치되어 플로라를 찾아오는 사람들을 일일이 확인했고, 플로라가 거리로 나가면 뒤를 따라붙었다. 그러나 경찰들은 너무 게으르고 멍청해서 손쉽게 따돌릴 수 있었다. 플로라는 호텔 여종업원들의 도움을 받아 주방 창문을 통해 호텔 뒤쪽 비밀 통로로 빠져나올 수 있었다. 플로라는 금지조치에도 불구하고 그런 식으로 날마다 노동자들과 만날 수 있었다. 신중에 신중을 기했다. 만남이 있을 때마다 혹시나 배신자의 밀고로 경찰이 나타나지 않을까 노심초사했지만, 그런 일은 없었다.

한편 플로라는 사회 현실이 어떤지 알아보기 위해 최선을 다했다. 공장, 병원, 자선단체, 정신병자 수용소, 고아 수용소, 교회, 학교, 심지어 라 길로티에르 구역에 있는 창녀촌까지 찾아다녔다. 창녀촌을 찾아갈 때에는 두 명의 푸리에주의자 — 아주 양심적인 사람들이었다. 그들은 플로라가 왕실 검사와 맞서 싸우도록 변호사까지 구해주었다 — 가 플로라와 동행했다. 런던에서와 같이 남자처럼 변장하지는 않았다. 망토와 우스꽝스러운 모자로 그저 얼굴만 반쯤 가렸을 뿐이었다. 창녀촌은 런던의 스태프니 그린처럼 크지도 웅장하지도 않았다. 그러나 길모퉁이나 술집 입구나 낮간지러운 이름 — 애인의 집, 뜨거운 포옹 — 이 붙은 색싯집 입구에 바글거리는 창녀들의 모습은 플로라의 마음을 아프게 했다. 플로라는 가장 나이가 어려 보이는 아가씨 몇 명에게 나이를 물어보았다. 열둘, 열셋, 열넷. 여자 티도 안 나는 계집아이들이었다. 뼈와 가죽밖에 안 남은 아이들, 아직까지 어린 티도 벗지 못한 어린것들, 아직은 아니라 해도 언제 폐결핵이나 매독에 걸릴지 모르는 아이들, 어떻게 사내놈들은 이렇게 어린것들을 끼고 놀 수 있단 말인가? 가슴이 미어지는 것 같았다. 화가 나고 안쓰러워 말도 나오지 않았다. 런던에서와 하나 다를 게 없었다. 무섭기도 했고 어이가 없기도 했다. 이런 판국에, 두 살, 세 살, 혹은 네 살이나 먹었을까 싶은 꼬맹이들이 창녀들과 손님 — 대부분이 노동자들이었다 — 들 사이를 누비며, 사창굴 흙바닥을 뒹굴며 놀고 있었다. 어머니들이 손님을 받는 동안 방치해둔 아이들이었다.

플로라는 역겹기 그지없었지만 도덕적인 의무감 — 알지 못하는 것을 개혁시킬 수는 없는 노릇이니까 — 에서 이런 곳을 찾아다녔다. 플로라는 결혼 초기부터 섹스를 거부해왔다. 플로라는 직관적으로 알 수 있었다. 섹스는, 정치문화랄지 사회정서랄지 하는 문제 이전에, 여성을 착취하고 지배하기 위한 원초적인 도구들 중하나였다. 그래서 순결이랄지 수도사와 같은 금욕생활이랄지 하는 것을 강조하지는 않았지만, 성생활과 육체의 쾌락을 미래 사회의 목표로 주장하는 이론에는 항상 반감을 표시해 왔다. 샤를 푸리에로부터 멀어지게 된 것도 바로 이런 이유에서였다. 그렇지만 플

116

로라는 여전히 샤를 푸리에를 존경하고 사랑했다. 플로라의 스승에게는 참으로 알 수 없는 구석이 있었다. 스승은 시종일관 완전히 금욕적인 삶을 살았다. 적어도 겉으로 보기에는 그랬다. 플로라는 스승이 여자를 싫어한다고 생각했다. 그러나 스승이 제시한 미래 사회의 에덴동산, 문명사회를 뒤이을 조화의 단계에서는, 섹스가 주연을 차지할 것이라고 했다. 플로라로서는 그런 생각을 받아들이기 힘들었다. 스승의 의도야 좋은 것이었겠지만, 그렇게 되면 그야말로 난장판으로 끝날 것만 같았다. 몇몇 푸리에주의자들이 주장한 것처럼 섹스에 따라 사회를 조직하다니, 불필요하고, 해괴망측하고, 불가능한 일이었다. 푸리에가 설계한 바에 따를 것 같으면, 사회주의 공동생활 단체에는 성처녀들이 있게 될 것이다. 성처녀들은 섹스에서 완전히 해방될 것이다. 그리고 베스탈 — 정녀(貞女) — 들이 있게 될 것이다. 이 정녀들은 베스텔 — 정남(貞男) — 들이나 시인들과 절도 있게 관계를 가질 것이다. 그 밑에 좀더 자유로운 다미셀라가 있다. 그런 식으로 밑으로 내려갈수록 여자들은 점점 더 자유로워진다. 오달리스카, 파키레사사, 바칸테스. 그리고 마지막에 바야데라가 있다. 이 여자들은 자비로운 마음으로 늙은이들, 장애자들, 여행자들, 다시 말해 나이, 병, 못생긴 외모 혹은 현재의 정의롭지 못한 사회 제도 때문에 자위행위로 만족하거나 성욕을 참아낼 수밖에 없는 사람들과 사랑을 나눈다. 모든 것이 자유롭고 자발적인 제도 — 누구라도 자신이 속하고 싶은 섹스 단체를 선택할 수 있었고 또 내키지 않으면 나올 수도 있었다 — 처럼 보였다. 그러나 플로라는 그 제도를 못마땅하게 생각했다. 그 제도의 비호 하에 새로운 불의가 생겨나지 않을까 의심했다. 플로라가 생각하는 노동조합에는 성(性)과 관련된 사항이 없었다. 남녀 간의 완전한 평등과 이혼에 대한 권리 외에 성에 관한 사항은 전혀 찾아볼 수 없었다.

푸리에의 강령 중에서 플로라를 가장 당혹스럽게 만든 것은 이런 것들이었다. '사랑에 관해서는 어떠한 환상도 용납된다', '모든 사람은 사랑에 빠질 수 있다. 사랑이야말로 비이성적인 열정이기 때문이다'. 집단 성교라는 '고상한 난장판'을 옹호하는 푸리에 앞에서 플로라는 머리가 돌아버릴 지경이었다. 푸리에는 이렇게까지 주장했다. 미래 사회에서는 소수인 ─ 푸리에는 그들을 유니섹스주의자라고 불렀다 ─ 들의 섹스, 사디즘, 페티시즘은 억압당하지 않고 오히려 장려될 것이다, 그래서 누구라도 자신의 약점이나 변덕에 맞추어 자신에게 맞는 짝을 찾아 행복해질 수 있다, 모든 것이 자유롭게 선택되고 합의되기 때문에 다른 사람에게는 어떤 해도 입히지 않는다. 플로라는 푸리에의 이런 생각에 너무나 기가 막혔다. 그래서 개혁가 프루동의 생각에 은연중 어느 정도 공감할 수 있었다. 프루동은 얼마 전인 1842년에 『소유자에 대한 경고』에서 사회주의 공동생활 단체를 '부도덕하고 색을 밝히는 사람들'이라고 비난한 바 있었다. 그러한 비난 때문에 빅토르 콩시데랑은 푸리에가 주장한 섹스 이론을 최근들어 약간 다듬어야 했다.

플로라는 샤를 푸리에의 혁명에 대한 열정을 인정하고 존경했지만, 섹스에 대한 푸리에의 지나친 관용은 받아들일 수 없었다. 플로라 역시 때때로 섹스를 즐기곤 했다. 어느 날 오후, 플로라와 올랭피아는 사랑을 나누다가 웃다 못해 눈물까지 질금질금 짠 적이 있었다. 스승의 고백이 생각났던 것이다. 스승은 '여성동성애자들을 보면 정말 참기 힘들다'고 고백한 적이 있었다. 스승은 이렇게 확신했다. 자신의 관찰과 계산에 따르면, 자신과 같은 성향의 동료들이 이 세상에 2만 6천 명이나 된다. 이 정도의 사람들이라면 조화로운 미래 사회에서 자신들만의 집회 내지는 단체를 구성할 수도 있다, 그렇다면 자신과 동료들은 이런 집회 내지 단체를 통해 여성동성애자들이 노는 모습을 무람없이 즐길 수 있을 것이다, 여성동성애자들은 자발적으로 행복한 구경꾼들 앞에서 사랑을 나눌 것이다, 그렇게 하는 것이 자신들의 임무를 완수하는 것이니까. "내 사랑 플로라, 그 사람을 초대할까?" 올랭피아가 웃음을 터뜨렸다.

샤를 푸리에의 지나친 계급주의는 욕을 먹어도 싸, 플로라. 그러나 10년 전 페루에서 돌아왔을 때는 푸리에의 가르침을 발견하고 얼마나 기꺼워했는지. 여성과 가난한 사람들의 부당한 처지를 명확히 밝혀주는 가르침이었지. 사회주의 공동생활 단체가 늘어나면 새로운 사회가 태동할 것이고, 또 이 새로운 사회에서는 여성과 가난한 사람들의 부당한 처지가 개선될 것이라고 했다. 인류는 이미 초보적인 단계를 지나왔다고 했다. 원시시대, 야만시대, 문명시대는 이미 지나갔다고. 이제 새로운 사상에 힘입어 마지막 단계인 조화시대로 들어갈 것이라고 했다. 4인 가족 4백으로 이루어질 사회주의 공동생활 단체는 완벽한 사회를 이루어낼 것이라고 했다. 불행의 근원이 완전히 사라진 소규모 천국. 사람들에게 행복을 가져다주지 않는 것이라면 어떠한 정의도 불필요한 사회. 스승 푸리에는 이 모든 것을 미리 내다보았고 또 글로 써두었다. 사회주의 공동생활 단체에서는 가장 따분하고, 가장 재미없고, 가장 희생적인 직업에 종사하는 사람들은 보수를 더 많이 받고, 가장 재미있고 가장 창조적인 직업에 종사하는 사람들은 보수를 덜 받게 된다고 했다. 재미있고 창조적인 직업은 그 자체에 즐거움이 따르니까 말이다. 따라서 광부나 양철공은 의사나 기술자에 비해 더 많은 보수를 받게 된다고 했다. 약점이나 단점도 모두 사회복지를 위해 사용될 것이라고 했다. 일하기를 원하는 아이들은 쓰레기 줍는 일을 담당하게 될 것이라고 했다. 처음에 플로라는 이런 생각을 지혜의 극치로 여겼다. 푸리에는 또 이렇게도 주장했다. 남자든 여자든 오직 한 가지 일에 매달려 그저 평범하게 살 필요는 없다, 타성에 젖지 않기 위해서는 경우에 따라 하루에도 몇 차례 일을 바꿀 수도 있다, 정원사에서 교수로, 미장이에서 변호사로, 세탁부에서 배우로. 그렇게 되면 결코 지루해하지 않을 것이다.

그러나 다정다감한 푸리에의 지나친 확신은 결국에는 플로라를 의심하게 만들고 말았다. 푸리에는 주장했다. "나는 오로지 나 한 사람의 힘으로 지난 2천 년간의 멍청한 정치판을 뒤집어놓았다." 그건 과장이었다. 스승은 증명할 수 없는 확신을 과학적 진리인양 늘어놓았다. 이런 식이었다. 세상은 정확히 8만 년 동안 지속될 것이다, 지금으로부터 8만 년이 지나면 인간 개개인은 810번에 걸쳐 지구와 다른 행성 간을 왔다 갔다 할 것이다, 그리고 1천6백20번에 걸쳐 다른 삶을 살게 될 것이다. 이게 대체 과학이란 말인가, 마술이란 말인가? 터무니없는 수작이 아니고 뭐였단 말인가? 플로라는 알고 있었다. 자신의 지식과 푸리에의 주장 간의 차이는 거기가 거기였다. 그러나 플로라는 마음속으로는 이렇게 생각했다. 노동조합에 대한 자신의 생각은 푸리에주의자들의 생각보다는 훨씬 타당하고 현실적이라고.

플로라는 창녀촌을 둘러본 후에 라 앙티구아야를 찾아가 보았다. 정신병자들과 부끄러운 병에 걸린 창녀들을 수용한 병원이었다. 창녀촌보다 더 형편없는 곳이었다. 정신병자들과 창녀들이 뒤섞여 돌아다녔다. 정신병자들은 사슬에 묶인 채 반벌거숭이 차림으로 오물로 뒤덮이고 파리 떼가 구름처럼 몰려다니는 마당을 거닐고 있었다. 정신병자들의 칭얼거림이 조금 높아진다 싶으면 사납고 심술궂은 감시인들이 달려들어 정신병자들을 무자비하게 후려갈겼다. 마당 구석구석에서는 매독에 걸린 여자들이 떼로 모여 간호사 역할을 하고 있는 자애원 소속 수녀들의 지휘에 따라 찬송가를 부르며 피를 토하거나 피고름을 짜내고 있었다. 친절하고 생각이 깬 병원 원장은 플로라에게 이렇게 말했다. 이 불쌍한 사람들이 정신이 나간 것은 대부분의 경우 가난 때문입니다.

"일리 있는 말씀입니다. 박사님. 리옹에서 여성 노동자들이 하루 열네댓 시간의 공장 노동으로 얼마나 버는지 아십니까? 남성 노동자들과 같은 노동을 해도 3분의 1 내지는 4분의 1밖에 받지 못합니다. 부양할 자식까지 있다면 그걸로 어떻게 하루하루를 살아가겠습니까? 그래서 많은 여자들이 몸을 팔게 되고, 그리고 결국 미쳐버리고 마는 겁니다."

"수녀들이 듣지 못하게 하세요." 박사가 목소리를 낮추었다. "수녀들은 정신병을 일종의 속죄로 봅니다. 수녀들은 부인의 설명을 기독교적이지 않은 걸로 받아들일 것 같군요."

플로라는 라 앙티구아에서도 신부와 수녀를 만날 수 있었다. 그들은 도처에 깔려 있었다. 혁명적인 노동자들의 도시 리옹마저 종교에 짓눌리고 있는 형편이었다. 도시 곳곳에 종교 냄새가 배어 있었다. 플로라는 수많은 교회를 찾아다녔다. 교회마다 가난한 광신도들로 가득했다. 사람들은 무릎을 꿇고 기도를 올리거나 넋을 놓고 설교를 듣고 있었다. 무지몽매한 당나귀 떼나 다름없었다. 설교사들은 체념하고 권력에 복종해야 한다고 퍼붓고 있었다. 가장 안타까웠던 현실은 신도들 중 대부분이 가난한 사람들이었다는 점이었다. 플로라는 사람들이 어느 정도 우상숭배에 빠져 있는지 알아보기 위해 숨을 헐떡이며 리옹에서 가장 높은 산에 올라가 보았다. 그곳에는 푸르비에르 성모에게 봉헌된 작은 예배당이 있었다. 추악한 성모상은 일말의 감동도 주지 않았다. 신도들이 떼거리로 몰려와 추잡한 우상에 절을 하는 모습이 눈에 선했다. 사람들은 플로라처럼 숨을 헐떡이며 산을 올랐을 것이고, 성모상에 좀더 가까이 다가가기 위해 밀고 당기고 했을 것이고, 무릎을 꿇고 앉아 성모의 유골함을 손가락 끝으로나마 만져보았을 것이다. 세상에서 가장 산업화되고 현대화된 도시 한 가운데에서 중세 시대나 다름없는 일이 벌어지고 있었던 것이다!

플로라는 산길을 타고 리옹 시내로 돌아왔다. 플로라는 거지들의 쉼터를 방문하고 싶었다. 집도 직장도 없는 가난한 노인네들이 쉴 수 있는 곳이었다. 잠자리도 마련할 수 있었고, 한 접시나마 죽도 얻어먹을 수 있었고, 기독교식으로 장례도 치를 수 있는 곳이었다. 그러나 플로라는 안으로 들어갈 수 없었다. 화승총으로 무장한 헌병들이 쉼터를 지키고 있었다. 철책 너머로 자애원 소속 수녀들의 모습만을 볼 수 있을 뿐이었다. 자애원 소속 수녀들은 가난한 사람들을 위한 학교도 운영하고 있었다. 당연한 처사였다. 수녀들과 군인들이 서로 힘을 합하여 가난한 사람들을 붙잡아 두고 있는 것이었다. 어려서부터 늙어죽을 때까지, 기도와 설교를 통해, 때로는 힘으로 밀어붙이면서까지, 가난한 사람들에게 순종을 가르치기 위해서 말이다.

사회 현실을 알아보기 위해 다니는 일과 리옹의 비단직물공이나 기타 노동자들과의 소규모 모임에 다니는 일은 달라도 너무 달랐다. 때로 모임은 격렬한 토론으로 마무리되곤 했다. 플로라는 모임을 마칠 때마다 의욕에 불타올랐다. 수고한 보람이 있었던 것이다. 어느 날 밤, 플로라는 이카리아 노동자들과의 격렬한 논쟁 중에 그만 정신을 잃고 말았다. 이카리아 노동자들은 에티엔느 카베를 추종하는 사람들이었다. 에티엔느 카베는 그의 소설 『이카리아 여행』에서 소위 공산주의적인 주장을 전개해 많은 추종자들을 끌어 모았다. 플로라가 눈을 떴을 때는 새벽녘이었다. 직물공장 바닥에 쓰러져 밤을 보냈던 것이다. 함께 잠을 자던 노동자들이 번갈아가며 플로라를 간호했다. 팔을 주무르고 이마에 찬 수건을 얹어주었다. 여직공들 중에서 엘레오노르 블랑이라는 여자는 다른 모임에서도 본 적이 있었다. 플로라는 알 수 있었다. 엘레오노르 블랑은 플로라의 말에 열심히 귀를 기울였을 뿐만 아니라 영악하기까지 했다. 감이 잡혔다. 아직 젊은 이 여자는 리옹 노동조합의 지도자가 될 수 있을 것이다. 플로라는 그녀를 밀랑 호텔로 초대해 차를 대접했다. 플로라를 감시하는 경찰들이 두 눈을 부릅뜨고 지켜보고 있었지만, 두 여자는 한참 동안 얘기를 나누었다. 그랬다. 엘레오노르 블랑은 특별한 여자였다. 리옹 노동조합 조직위원회의 일원이 될 자격이 충분했다.

심리 판사가 플로라를 호출했을 때, 리옹에서 플로라의 인기는 한층 높아져 있었다. 사람들이 길에서 플로라를 에워쌌다. 부르주아 계층의 몇몇 남자들은 인상을 찡그렸고 몇몇 여자들은 "여기서 꺼져버려. 우릴 그냥 내버려둬"라고 소리쳤지만, 대부분의 사람들은 플로라에게 다정한 말로 인사를 건넸다. 어쩌면 이런 인기에 힘입었는지도 몰랐다. 심리 판사 프랑수아 드미 씨는 두 시간에 걸친 심문 ─ 화기애애한 대화였다 ─ 끝에 다음과 같이 판결했다. 재판에 회부될 사안이 아니다, 경찰은 압수한 서류를 반환하도록 하라.

경찰서장 바르도즈 씨가 직접 압수한 서류를 되돌려주었다. 플로라는 공책, 편지, 수첩을 되돌려 받으며 생각했다. '최근 몇 주 동안 난 솔직히 너무 행복했어.' 그랬지, 그랬어, 플로라. 수백 명의 노동자 앞에서 연설했고, 불의에 관한 지식도 풍부하게 쌓을 수 있었고, 15인 위원회도 발족시켰으며, 노동자 본인들의 희망에 따라 『노동조합』을 세 번째로 인쇄할 수도 있었지. 이번 책자는 아주 저렴한 가격에 팔 거야. 진짜 가난한 사람들도 사볼 수 있게 말이지.

플로라의 말은 적의 심장부라 할 수 있는 교회에까지 파고들었다. 리옹에서 가진 마지막 모임은 실로 놀라운 것이었다. 울린의 수도원에 거주하는 몇몇 신부들이 기유맹 드 보르도 신부의 주도로 극히 조심스럽게 플로라를 초대했다. '많은 부분에서 플로라와 생각을 같이 한다' 고 했다. 플로라는 호기심에 그들을 찾아갔을 뿐 큰 기대는 하지 않았다. 그러나 울텡스의 페롱 성에서는 한 무리의 혁명적인 신부들이 그녀를 맞아주었다. 놀라운 일이었다. 그들은 스스로를 '반항하는 신부' 라고 부르고 있었다. 그들은 프루동, 생시몽, 카베, 푸리에의 책을 읽고 토론도 벌였다. 그러나 그들은 최근에는 라멘내 신부를 지도자 겸 스승으로 삼고 있었다. 바티칸으로부터 거부당한 사제, 공화국을 옹호하는 신부, 왕정과 부르주아 계층을 호되게 몰아붙이는 인물, 종교의 독립과 사회개혁을 부르짖는 인물이었다. 이 '반항하는 신부' 들은 혁명이 그리스도와 기독교를 유지해야 한다고 믿고 있었다. 그러나 그들이 말하는 것은 교회의 권위주의나 권력의 횡포로 썩어문드러진 그런 그리스도나 기독교가 아니었다. 생시몽이나 플로라의 생각과 다를 게 없었다. 유쾌한 모임이었다. 플로라는 반항하는 신부들과 헤어지면서 이렇게 말했다. 노동조합에도 신부님들이 맡을 자리가 있을 겁니다. 플로라는 농담 반 진담 반으로 신부들에게 충고했다. 지금까지 열심히 걸어오셨으니 한 걸음만 더 내딛으시죠, 교회에서 요구하는 독신생활을 집어치우는 것은 어떻습니까.

떠나야 할 날이 왔다. 엘레오노르 블랑과의 이별은 너무 힘들었다. 아가씨는 울음보를 터뜨렸다. 플로라는 아가씨를 껴안고 귀에 속삭였다. 플로라의 말을 듣고 아가씨는 흠칫했다. "엘레오노르, 내 딸자식보다 널 더 사랑해."

# 6

# 안나, 자바 아가씨

파리, 1893년 10월

1893년 가을 어느 날 아침, 파리 베르셍제토리 가 6번지 폴의 아틀리에 문을 두드리는 소리가 들렸다. 문을 열어본 폴은 화들짝 놀라고 말았다. 어린애도 아니고 그렇다고 다 큰 어른도 아닌 자그마한 여자가 문 앞에 서 있었다. 피부가 거무스름했고 자비 수녀회 수녀들이 입는 망토처럼 보이는 튜닉을 입고 있는 여자였다. 품에 암컷원숭이 새끼를 안고, 머리에 한 송이 꽃을 꽂고, 목에는 종이 한 장을 걸고 있었다. '저는 자바에서 온 안나라고 합니다. 친구 암브로아즈 보야르가 폴에게 보내는 선물입니다.'

젊은 화랑 주인이 보낸 엉뚱한 선물에 당혹감을 금할 수 없지만, 폴은 아가씨를 보자마자 우선 그리고 싶다는 욕구를 느꼈다. 타히티를 출발해 3개월간에 걸친 고생스런 여행 끝에 마침내 8월 30일 프랑스에 도착한 이후 처음 있는 일이었다. 모든 것이 엉망이었다. 폴은 마르세유에 도착해 배에서 내렸다. 주머니에는 달랑

126

4프랑밖에 없었다. 폴은 굶주림에 파김치가 되어 정열의 도시 파리에 도착했지만 친구들은 모두 폴을 외면했다. 2년 동안을 폴리네시아에서 보내고 돌아와 보니 파리는 낯설고 적대적인 곳으로 변해 있었다. 폴 뒤랑뤼엘의 화랑에서 그림 마흔두 점으로 '타히티 회화전'이라는 전시회를 열었지만 실패로 끝나고 말았다. 그림 열한 점을 겨우 팔 수 있었던 것이다. 그 돈으로는 액자, 포스터, 광고에 들인 비용을 충당할 수 없어 다시 한 번 빚을 져야 했다. 호평도 더러 있기는 했다. 그러나 그때부터 폴은 파리 예술계가 자신을 따돌린다는 느낌을, 아니 똥이 무서워서 피하냐 하는 식으로 대한다는 느낌을 지울 수 없었다.

전시회에서 널 가장 맥 빠지게 만든 것은 너의 오랜 스승이자 친구인 카밀 피사로의 거침없는 태도였지. 놈은 너의 이론과 타히티에서 그린 그림을 한방에 작살내 버렸지. "폴, 이 따위 예술은 당신에게 맞지 않아요. 본연의 모습으로 돌아오시오. 당신은 문명인이요. 그러니 조화로운 것을 그려야 한단 말이요. 사람 고기나 뜯어먹고 사는 사람들의 투박한 예술을 흉내 내다니, 안 될 말이지. 내 말 들어요. 가서 안 될 길이라면 돌아서야지. 오세아니아 원시인들은 그만 베껴먹고 당신 자신의 것을 찾도록 해요." 너는 따지지 않았어. 그저 고개만 까닥 하고 물러났지. 드가가 그림을 두 점이나 사주며 우정을 과시했지만 넌 기운을 회복할 수 없었어. 대부분의 예술가, 비평가, 수집가들도 피사로와 똑같이 혹평을 해댔지. 네가 남태평양에서 그린 그림은 몇몇 원시 부족의 미신과 우상을 흉내 낸 것에 불과하다고들 했지. 이 개명천지에 가당찮은 일이다. 이 따위가 예술은 무슨 예술? 혈거인들처럼 몽둥이를 들고 떼거리로 몰려다니며 굿판이나 벌이자는 얘기야 시방? 타히티에서 2년이라는 세월을 희생해가며 획득한 새로운 주제와 기법만이 외면

127

당한 것이 아니었지. 너의 인간성 자체에 대해서도 배배꼬인 험담들이 소리소문 없이 퍼져나갔지. 대체 무슨 이유로? 당연히 미친 네덜란드 놈 때문이었지. 아를에서 그 비극적인 일을 겪었고, 생레미 정신병원에 수용되기도 했고, 급기야 자살까지 했으니. 그런 데다가 놈의 동생 테오 반 고흐도 스스로 목숨을 끊었지 않았나 말이지. 그 후로 빈센트의 그림(살아생전에는 누구도 거들떠보지 않았던)은 사람들 입에 오르내리며 팔려나가기 시작했고 그림 값도 천정부지로 뛰어오르기 시작했지. 반 고흐는 그야말로 일종의 유행병이었어. 그와 동시에 예술계 전체가 널 따돌리기 시작했던 거야. 네가 그 네덜란드 놈을 이해하지도 못했고 도와주지도 않았다고 해서 말이지. 개새끼들! 한술 더 떠 이렇게 씨부리는 놈들도 있었지. 네가 하도 무심했기 때문에 고흐가 아를에서 귀를 잘랐다고 말이야. 사람들이 등 뒤에서 뭐라고 주절대는지 굳이 듣지 않아도 알 수 있었지. 화랑에서, 카페에서, 살롱에서, 축제에서, 사교모임에서, 예술가들의 작업장에서 사람들은 너를 향해 손가락질을 해댔으니까. 너에 대한 험담은 잡지나 신문에까지 실렸지. 파리 언론이 으레 그렇듯 비꼬는 투로 말이야. 팔순 나이로 오를레앙에서 홀아비로 지내던 친삼촌 지지가 갑작스럽게 죽는 바람에 수천 프랑을 유산으로 물려받아 빚도 청산하고 잠시나마 곤궁한 생활에서 벗어날 수 있었지만, 그래도 넌 의욕을 되찾을 수 없었어. 폴, 언제까지 그렇게 청승만 떨고 지낼 거야?

　자바 아가씨 안나가 아틀리에로 찾아온 그날 아침까지 폴은 의기소침해 있었다. 안나는 그 우스꽝스러운 종이쪽을 목에 걸고, 가죽끈으로 묶은 방정맞은 원숭이 타오아 — 눈초리가 맹랑해 보였다 — 를 품에 안고, 엉덩이를 씰룩대며 아틀리에로 들어섰다. 그리고 그곳에 자리를 잡았다. 폴은 몽파르나스 한 모퉁이에 있는 낡은 집 이층을 빌려 화려하고 이국적인 분위기로 아틀리에를 꾸며 놓고 있었다. 암브로아즈 보야르는 식모로 데리고 있으라고 폴에게 안나를 보낸 것이었다. 안나는 어느 오페라 여가수 집에 식모로 가기 전까지 폴의 집에서 식모 노릇을 했다. 폴은 안나가 온 바로 그날 밤 안나에게 애인 역할까지 맡겼다. 안나는 폴의 놀이 상대이기도 했다. 폴은 안나를 마음대로 가지고 놀았다. 결국 안나는 폴의 모델이 되기도 했다. 너 어디 출신이야? 도무지 알 수 없는 일이었다. 폴이 어디서 왔느냐고 물을 때마다 안나는 종잡을 수 없는 말을 횡설수설했다. 들먹이는 지역도 이치에 맞지 않았다. 그저 생각나는 대로 지껄이는 것이 분명했다. 자기가 어디 출신인지 진짜 모르는 것 같기도 했다. 말을 해가며 지난날을 꾸며내고 있었지만 이 세상의 나라나 지역 구분 따위에 대해서는 전혀 모르는 것 같았다. 너 몇 살이나 먹었어? 안나는 열일곱 살이라고 했지만 폴은 더 어리게 보았다. 기껏 열셋 혹은 열네 살 정도로밖에 보이지 않았다. 테하마나 또래였다. 그래, 사람 애간장 녹이는 나이지. 원시 부족 사회에서는 좀 조숙한 계집애들은 그 나이 정도면 어른과 다를 바 없었다. 안나는 젖가슴도 다 자라 있었고 허벅지도 탄탄했다. 게다가 처녀도 아니었다. 그러나 그 배은망덕한 파리가 폴에게 떠넘긴 안나를 보자마자 폴이 빨려들었던 것은 안나의 잘 빠진 아담한 몸뚱이 — 마흔 일곱 살 먹은 우람한 폴의 덩치와 비교해 보면 난쟁이나 다름없었다. 그야말로 고목에 매달린 매미였다 — 때문이 아니었다.

폴을 매혹시킨 것은 바로 안나의 혼혈인 특유의 짙은 잿빛 얼굴이었다. 완벽한 이목구비였다. 살짝 쳐 들린 콧날, 흑인 조상에게서 물려받은 두툼한 입술, 오만하게 반짝거리는 두 눈. 안나의 눈은 무엇을 보든지 불안에 떨다가, 궁금증에 애태우다가, 이내 싱거운 듯 시들해지곤 했다. 프랑스어는 아주 서툴렀다. 실수연발이었다. 상소리투성이인 안나의 말을 듣고 있으면 뱃사람 노릇하던 젊은 시절에 찾아다니던 항구 사창가가 생각나곤 했다. 죽어 묻힐 곳하나 마련하지 못한 주제에, 읽을 줄도 쓸 줄도 모르는 주제에, 가진 것이라곤 원숭이 타오아와 지금 걸치고 있는 옷밖에 없는 주제에, 안나는 무슨 일을 하던 간에 한껏 폼을 잡았다. 기분이 좋아도 그랬고, 모델을 설 때도 그랬다. 안나는 세상 모든 것을, 세상 모든 사람을 빈정거렸다. 한마디로 안하무인이었다. 안나는 관례라는 것을 깡그리 무시했다. 뭔가가 누군가가 기분 상하게 만들라치면 대번에 인상을 쓰며 욕을 퍼부었다. 그러면 원숭이 타오아도 안나를 따라 끽끽거렸다.

침대에서도 마찬가지였다. 이 자바 아가씨가 진짜 즐기는지 아니면 그냥 그런 척하는지 도무지 알 수가 없었다. 그래도 폴, 어쨌든 넌 즐길 수 있었잖아. 널 황홀하게 만들어주었잖아. 프랑스로 돌아온 이후로 어쩌면 영영 잃어버렸을지도 모른다고 두려워했던 것을 안나가 되돌려주었잖아. 그림에 대한 의욕과 유머 감각과 삶에 대한 의지를 말이야.

안나가 아틀리에에 나타난 그다음 날 폴은 안나를 오페라 극장 앞 대로에 있는 상점으로 데려가 옷을 골라 사주었다. 폴은 구두도 사주었고 모자도 여섯 개나 사주었다. 안나는 모자라고 하면 환장을 했다. 안나는 집 안에서도 모자를 쓰고 다녔고, 눈을 뜨자마자 가장 먼저 챙기는 것도 모자였다. 벌거벗은 몸에 딱딱한 맥고모자를 쓰고 부엌에서나 화장실에서나 춤을 덩실덩실 추어대는 계집아이를 보면 터져 나오는 웃음을 참을 수가 없었다.

맹랑하고 깜찍한 자바 아가씨 덕분에 베르셍제토리 가에 있는 폴의 아틀리에는 목요일 오후마다 사람들이 몰려들어 잔치 분위기를 냈다. 폴은 아코디언을 연주하기도 했고, 때로는 타히티 사람들의 치마 파레오를 걸치기도 했고, 또 때로는 온몸에 가짜 문신을 새기기도 했다. 폴의 아틀리에에서 벌어지는 그 밤샘놀이에 오래전부터 의리를 지켜온 친구들이 부인이나 애인을 동반하고 많이들 찾아왔다. 다니엘 드 몽프레드와 부인 아네트, 샤를 모리스와 고생도 마다 않고 그를 추종하는 백작 부인, 쉐페네커 부부, 기타도 치고 노래도 부르는 스페인 조각가 파코 두리오, 이웃에 사는 추방당한 스웨덴 사람 몰라르 부부 ─ 여조각가 이다와 작곡가 윌리엄 ─ 가 주로 찾아왔다. 몰라르 부부는 가끔 같은 나라 출신인 아우구스트 스트린드베리라는 반미치광이 극작가 겸 발명가를 데려오기도 했다. 몰라르 부부에게는 사춘기에 접어든 주디트라는 딸아이가 한 명 있었다. 덜렁거리는 성격에 감수성이 예민한 꼬마 숙녀 주디트는 폴의 아틀리에에 완전히 매료되었다. 폴은 아틀리에 벽을 노란색 벽지로 도배했고, 창틀을 호박색 톤으로 칠했고, 타히티에서 제작한 조각과 그림으로 사방 벽을 장식했다. 녹색의 화염이, 시릴 정도로 푸른 하늘이, 에메랄드빛 바다와 호수가, 관능적인 육체가 아틀리에 벽 곳곳에서 금방이라도 튀어나올 것만 같았다. 안나가 나타나기 전까지 폴은 이웃 스웨덴인 부부의 딸과 일정한 거리를 유지했다. 꼬마 숙녀의 깜찍한 행동을 그저 흐뭇하게 바라만 보았을 뿐 손을 대지는 않았다. 그러나 자바 아가씨가 불쑥 나타나 이국적인 분위기로 폴의 감각과 환상을 꼬이자, 폴은 주디트의 부모가 가까이 없는 틈을 타 어린 계집아이를 집적거리기 시작했다. 폴은 주디트의 허리를 감싸 안고, 입술을 비비고, 이제 막 봉긋하게 솟아나기 시작한 젖가슴을 매만지며 속삭였다. "이거 다 내 꺼야, 그지 아가씨?" 꼬마 숙녀는 불안해하면서도 몸을 비비 꼬며 고개를 끄덕였다. "응, 응, 모두 아저씨 꺼야."

그런 짓을 하는 중에 몰라르 부부 딸아이의 누드화를 그려야겠다는 생각이 머리를 스쳤다. 폴은 제안했다. 백짓장처럼 하얗게 질린 주디트는 입을 떼지 못했다. 벗어요? 완전히 홀딱? 물론이지. 예술가들은 흔히들 모델들을 홀딱 벗겨놓고 그림을 그리거나 조각을 파나요? 아무도 모를 거야, 그림을 그려도 네가 다 클 때까지 공개하진 않을 테니까. 내가 진짜 다 큰 다음에야 그림을 공개할거죠? 꼭 그래야 해요. 어때, 해볼까? 꼬마 숙녀는 마침내 수락했다. 그러나 작업은 고작 세 차례 만에 종치고 말았다. 폴은 하마터면 큰 봉변을 당할 뻔했다. 주디트는 어머니 이다가 집에 없는 틈을 타서 아틀리에로 올라왔다. 이다는 유달리 동물을 사랑하는 사람이었다. 이다는 종종 안나와 함께 몽파르나스 거리로 나가 병이 나거나 상처를 입어 버려진 개나 고양이를 찾아다녔고, 그런 동물들을 집으로 데려와 보살피며 치료한 다음 새로운 주인을 찾아주었다. 주디트는 그 틈을 이용한 것이었다. 꼬마 숙녀는 벌거벗은 몸으로 화려한 색상의 폴리네시아산 모포 위에 엎드리긴 했지만 시선을 드는 법은 없었다. 몸을 웅크린 채 무슨 생각엔가 골똘히 잠겨 있었다. 자신의 몸을 속속들이 핥고 있는 시선으로부터 되도록이면 몸을 감추고 싶어하는 것 같았다.

세 번째 작업 시간이었다. 폴은 주디트의 가냘픈 몸과 화들짝 놀란 표정의 계란형 얼굴을 스케치하고 있었다. 그때 이다 몰라르가 아틀리에로 뛰어들어 울고불고 난리를 피웠다. 그런 이다를 좀처럼 달랠 수 없었지. 넌 설득에 들어갔어. 아이에 대한 관심은 미적인 것이다(폴, 정말 그랬어?), 나도 아이를 소중히 여긴다, 흑심을 품은 게 아니다, 순수한 마음으로 아이의 누드화를 그리고 싶었을 뿐이다. 이다는 작업을 포기하겠다는 너의 맹세를 듣고서야 겨우 진정되었지. 넌 이다가 보는 앞에서 중동무이된 그림에 테레빈유를 썩썩 처바르고 조각용 주걱으로 주디트의 모습이 보이지 않도록 긁어냈어. 이제 두 사람은 서로 화해하고 함께 차를 마셨지. 꼬마 숙녀는 놀라기도 했겠지만 분하기도 했을 거야. 입을 꼭 다문 채 한마디 말도 섞지 않고 두 사람의 대화를 듣고만 있었으니까.

그로부터 얼마간 시간이 흘렀다. 폴은 번쩍하고 떠오른 영감을 받아 안나의 누드화를 그리기로 마음먹었다. 중동무이된 주디트의 누드화 위에 자기 애인의 모습을 덧입힐 생각이었다. 폴은 작업에 들어갔다. 그러나 자바 아가씨가 영 말을 들어먹지 않아 작업하는데 엄청나게 애를 먹어야 했다. 폴, 자바 아가씨는 지금까지 상대한 모델 중에서 가장 어수선하고 다루기 힘든 모델이었어. 자바 아가씨는 지겨워 죽겠다는 듯 몸을 배배꼬고, 수시로 자세를 바꾸고, 또 널 웃기려고 얼굴을 가지고 갖은 장난을 치곤 했지. 목요일 밤샘놀이에서도 신이라도 내린 듯 곧잘 그런 짓을 했었어. 또 처음에는 잘 나가다가도 자세를 잡고 있기가 지겨워지면 자리에서 벌떡 일어나 아무 옷이나 걸쳐 입고 훌쩍 밖으로 나가버리기도 했어. 테하마나가 하던 짓과 완전 똑같았지. 그러면 별 수 없었다. 폴은 붓을 접고 다음 날까지 작업을 미룰 수밖에 없었다.

그래, 그 그림은 너의 타히티 그림에 대한 비평과 비난에 대한 응답이었어. 뒤랑뤼엘에서 전시회를 가진 뒤 도처에서 떠들어대던 그 비평과 비난 말이야. 이걸 문명인이 그린 그림이라고 할 수 있나? 무식쟁이놈이 괴발개발 그린 거 아냐? 고삐 풀린 망아지, 두 발 달린 짐승이 말이야. 아니 파리가 무슨 시멘트와 아스팔트와 편견으로 가득 찬 감옥이라고? 그래서 파리를 잠시 벗어나 남태평양에서 빈둥거리며 그린 그림이라고? 간사한 파리 예술가들은, 뺀질뺀질한 비평들은, 먹물이나 먹었다는 수집가들은 모욕을 당했다고 느낄 것이다. 놈들의 감성이나 도덕률이나 취미로 보았을 때

133

분명히 그렇게 느낄 것이다. 자, 이 벌거벗은 아가씨의 정면 누드화를 보라. 프랑스 여자도 유럽 여자도 백인 여자도 아니다. 그런 여자가 당돌하게도 젖꼭지, 배꼽, 비너스의 둔덕, 사타구니 털을 여봐란 듯이 들이대고 있다. 자, 나와 겨뤄볼 사람이 있다면 한번 나와보시지, 나만큼 생생하고 풍만하고 육감적인 여자가 있다면 한번 나와보란 말이다 하는 식이다. 안나는 단 한 번도 일부러 꾸미며 표정을 짓는 법이 없었다. 안나는 자신의 조상에게서, 혈육에게서, 자신이 태어난 그 원시림에서 물려받은 주체할 수 없는 힘을 의식하지도 않았다. 안나는 그야말로 한 마리 날표범이었으며 식인종이었다. 다소곳이 길들여진 파리 여자들과는 비교도 할 수 없는 아가씨였다.

그래, 그림 속 몸뚱이 ― 물 젖은 황토색보다 더 짙은 얼굴, 상체와 허벅다리와 야수와 같은 발톱이 달린 커다란 발에서 번뜩이는 황금빛 ― 를 보면 다들 뒤로 자빠지겠지. 보통 생각 이상으로 부조화를 이루는 주변 풍경도 만만치 않아. 넌 안나가 파란색 우단이 깔린 중국풍 의자에 앉아 불경스럽고 외설적인 자세를 취하게 만들었어. 네가 상상으로 지어낸 타히티 우상들이 의자 팔걸이에서 튀어나와 자바 아가씨의 양 옆구리로 파고들게 만들었지. 그건 네가 서양문명을, 기독교라는 아니꼽살스러운 종교를 포기하고 건강미 넘치는 이교 신앙을 추구한다는 뜻이었지. 그뿐만이 아니었어. 안나의 두 발이 놓인 푸른색 방석에는 엉뚱하게도 화사한 꽃송이들이 수 놓여 있었지. 네가 그림을 막 시작했을 무렵 일본 판화에서 발견한 이후로 그림을 그릴 때마다 매번 집어넣었던 그 꽃송이들 말이야. 넌 그러한 요소들의 상징성과 미묘함을 연구해가면서 차츰차츰 눈을 떠가기 시작했던 거야. 그러다가 마침내 확실한 결론을 내릴 수 있게 되었던 거지. 유럽 예술은 병들었다, 폐결핵에 걸린 유럽 예술은 수많은 예술가들의 목을 조르고 있다, 유럽에 물들지 않은 원시 문명 ― 아직도 지상 낙원이 존재하는 ― 의 세례를 받고 다시 태어나야 유럽 예술은 몰락의 구렁텅이에서 벗어날 수 있다. 생각에 잠긴 듯 혹은 무심한 듯 안나의 발치에 쪼그리고 앉아 있는 붉은빛 원숭이 타오아의 존재는 그림 전체를 지배하는 도발성과 은밀한 섹슈얼리티를 강화시켜주는 요소야. 그리고 장밋빛 벽을 배경으로 자바 아가씨 머리 위에 둥둥 떠 있는 사과들은 파리 예술가들이 지극정성을 다해 지키는 대칭성과 관례성과 논리성을 무참히 깨버리는 거지. 브라보! 브라보!

안나의 어수선한 성질머리 때문에 작업은 한없이 늘어졌지만 폴은 열심히 그려나갔다. 폴은 확신을 되찾을 수 있어 기뻤다. 폴은 알고 있었다. 단순히 손으로만 그리는 그림이 아니었다. 타히티의 정경과 사람들 ― 폴, 너는 그 사람들이 너무너무 보고 싶었지 ― 에 대한 추억이 함께 했고, 폴의 상상력도 한몫 거들었다. 미친 네덜란드 놈 말마따나 폴은 자지로 그림을 그리는 것 같았다. 한참 그림을 그리다가도 벌거벗은 계집아이의 모습에 몸이 달아오르면 계집아이 팔을 낚아채 침대로 끌고 가곤 했다. 한바탕 일을 치른 후 정액 냄새를 풀풀 풍기며 그림을 그리면 청춘이 되돌아 온 것 같았지, 폴.

폴은 타히티에서 돌아온 후로 바이킹 여자에게 자주 편지를 보냈다. 그림을 몇 점 팔아 여행비가 생기면 코펜하겐으로 가서 그녀와 아이들을 만나보겠다고 했다. 메트는 가슴이 미어지는 사연을 담아 답장을 보내왔지만, 폴은 유럽에 도착하고 나서도 여태껏 가족을 찾아볼 엄두를 못 내고 있었다. 폴은 부인과 자식들 생각이 머리에 떠오를 때마다 무기력증에 빠져들었다. 폴, 또 한 번 해보겠다고? 다시 한 가족의 가장이 되어보겠다고? 네가? 지지 아저씨의 얼마 안 되는 유산을 상속받기 위한 법적인 수속절차, 느닷없이 나타난 안나, 안나가 일깨워준 그림에 대한 의욕, 이 모든 것들이 가족상봉을 지연시키고 있었다. 봄이 되었다. 폴은 충동적으로 안나를 데리고 브르타뉴 지방의 퐁타방으로 가기로 결심했다. 한동안을 지내며 예술가로서의 삶을 시작했던 옛 피난처였다. 단순히 추억거리를 찾기 위한 여행은 아니었다. 폴은 1888년에서 1890년 사이에 그린 그림을 되찾고 싶었다. 그 그림들은 르 풀뒤의 마리 앙리에게 하숙비 대신 잡혀놓은 것들이었다. 만성적으로 돈에 쪼들리느라 하숙비를 제대로 제때에 지불하지 못해 그림으로 대신했던 것이다. 그러나 이제는 지지 아저씨의 유산 덕에 빚을 청산할 수 있었다. 넌 그 그림들을 조심스럽게 떠올려보았지. 이제는 천진난만했던 그때보다는 한층 틀이 잡힌 화가가 되었으니까 말이지. 넌 그때 외지고 신비스럽고 신앙이 강하고 전통적인 브르타뉴에서라면 파리 문명이 씨를 말려버린 원시 세계의 뿌리를 찾을 수 있을 것이라 기대하고 퐁타방을 찾아갔던 거지.

폴이 퐁타방에 도착하자 한바탕 소동이 일어났다. 폴과 안나도 문제였지만, 안나의 머리에서 폴의 어깨로 또 그 반대로 폴짝폴짝 뛰어다니며 요란뻑적지근하게 난리를 피워대는 원숭이 타오아도 볼만한 구경거리였다. 폴은 퐁타방에 도착하자마자 새로운 소식을 듣게 되었다. 파나마와 마르티니크를 함께 여행했던 샤를 라발이 이집트에서 죽고, 아름다운 마들렌느 베르나르 부인이 위독하다는 소식이었다. 그 소식을 듣자 그만 맥이 풀리고 말았다. 폴은 수년 동안 꿈을 좇아 브르타뉴에서 함께 했던 옛 예술가 친구들을 하나하나 떠올려보았다. 네덜란드에 틀어박혀 신비주의로 빠져버린 메이어 드 한, 세상을 저버리고 종교로 귀의하여 이젠 말로 글로 널 씹어대는 에밀 베르나르, 파리에 살면서 그림은 내팽개치고 허구한 날 마누라와 부부싸움이나 치르고 있는 사람 좋은 쉬프.

　그래도 폴은 퐁타방에서 다른 친구들도 만나볼 수 있었다. 모두 젊은 화가들이었다. 젊은 친구들은 폴의 그림을, 이국적인 것을 찾아 헤맨 폴의 전설을, 폴이 파리를 버리고 아득한 폴리네시아 바다에서 영감을 찾아 헤맸다는 사실을 알고 있었을 뿐만 아니라 폴을 존경하고도 있었다. 아일랜드 사람 로드릭 오코너, 아르망 세갱, 에밀 주르당은 마치 연인이나 부인을 맞이하듯 쌍수를 들고 폴을 환영했다. 젊은 친구들은 서로 뒤질세라 폴에게 아첨했고, 안나도 폴을 대하듯 극진하게 대접했다. 반면에 르 풀뒤 하숙집의 인형 아가씨 마리 앙리는 폴이 반갑게 인사했음에도 불구하고 야박하게 굴었다. 그림은 맡긴 것도 저당 잡힌 것도 아니다, 방세와 식비로 지불한 것이다, 그러니 돌려줄 수 없다, 사람들 말마따나 지금은 별 볼일 없어도 나중에 제값을 할지도 모르지. 폴은 어쩔 수 없이 물러나야 했다.

　퐁타방의 주민들은 처음에는 폴과 안나를 정중하게 대했다. 그러나 날이 갈수록 차츰 태도가 변하더니 마침내 냉랭한 적의를 드러내기 시작했다. 오코너와 세갱과 주르당과 퐁타방에 거주하는 다른 젊은 예술가 친구들이 벌이는, 때로 도를 지나치는, 유치한 장난과 스캔들과 농담 때문이었다. 이 젊은 친구들은 안나의 꼬임에 놀아나 허랑방탕한 짓거리에 신을 냈던 것이다. 놈들은 엉망이 되도록 술을 마시고 길거리로 나가 이웃집 여자들을 집적거렸고, 자바 아가씨를 주인공 삼아 꼴사나운 촌극을 연출하기도 했다. 안나의 뻔뻔스러운 말과 자세와 거침없는 웃음소리에 이웃 사람들은 기가 막혀 했다. 이웃사람들은 밤이면 창을 내다보며 욕을 해댔고 조용히 하라고 다그치기 일쑤였다. 폴은 방관자처럼 그런 짓거리를 멀리서 바라보기만 했다. 폴은 조용히 있었지만 폴의 존재 자체가 젊은이들의 미친 짓을 부추긴 원인이었다. 그래서 퐁타방 사람들은 나이로 보나 경력으로 보나 폴이 책임을 져야 한다고 주장했다.

사람들 입에 가장 많이 들먹여졌던 소동은 말괄량이 자바 아가씨가 생각해낸 병아리 사건이었다. 자바 아가씨는 폴의 젊은 제자들 — 젊은이들은 스스로 폴의 제자로 자처했다 — 을 꼬여 마을에서 가장 부자인 간넥 아저씨의 닭장을 습격하게 만들었다. 젊은이들은 닭장으로 몰래 스며들어 닭들이 마시는 물을 사과술로 바꿔치기 했고, 사과술을 마신 닭들은 몽땅 술에 취하고 말았다. 젊은이들은 또 닭들에게 그림물감을 뿌려댄 후 닭장 문을 열고 닭들을 광장으로 내몰았다. 광장은 일요일 하루 내내 장관을 이루었다. 오만가지 색의 닭들이 우왕좌왕 시끌벅적 난리도 아니었다. 닭들은 갈피를 잡지 못하고, *꼬꼬댁꼬꼬댁* 귀가 멀 지경으로 울어대며, 서로 밟고 밟히며 사방으로 나대었다. 마을 사람들의 분노는 말로다 할 수 없었다. 시장과 주임 신부는 고갱에게 불평을 해대며 그 미친놈들을 좀 말려달라고 통사정을 했다. "저 양반, 기어코 큰일을 내고야 말지." 주임 신부는 불안해했다.

그랬다. 끝내 일이 벌어지고 말았다. 술에 취하고 물감을 덕지덕지 칠한 닭들이 한바탕 소동을 벌인 후 몇 주가 지났다. 1894년 5월 25일, 화창한 날이었다. 패거리 — 오코너, 세갱, 주르당, 폴에 각각의 애인 내지 부인들에 원숭이 타오아까지 포함해서 — 는 그 화창한 날을 그냥 보낼 수 없어 콩카르노로 나들이를 가기로 했다. 콩카르노는 퐁타방에서 12킬로미터 떨어진 유서 깊은 어촌으로 오래된 성벽과 중세기의 석축 건물이 많이 보존되어 있는 마을이었다. 폴은 항구로 이어지는 방죽길로 접어들면서부터 무언가 좋지 않은 일이 벌어질 것만 같은 불안감에 사로잡혔다. 술집들

은 어부와 선원들로 만원이었다. 햇볕 가득한 테라스에 앉아 사과
술이나 맥주잔을 기울이던 사람들이 폴 일행을 보고는 눈을 휘둥
그레 뜨고 술잔을 내려놓았다. 치렁치렁한 머리에 요란한 장신구
를 달고 아무렇게나 옷을 걸친 남자들과 매력만점의 여자들이 눈
앞을 지나가고 있었던 것이다. 특히 서커스 어릿광대처럼 엉덩이
를 씰룩대며 걷는 흑인 여자가 눈에 두드러졌다. 흑인 여자는 시끄
럽게 칭얼대는 원숭이 한 마리를 가죽끈에 묶어 끌고 가며 사람들
을 쳐다보며 이를 드러냈다. 폴 일행은 사람들이 웅성웅성 불만을
터뜨리는 소리를 들었고 주먹을 쥐고 흔드는 모습까지 보았다.
"썩 꺼져라, 이 잡놈의 새끼들아!" 콩카르노 사람들은 퐁타방 사
람들과는 달리 예술가들을 호락호락 받아들이지 않았다. 그런 사
람들이 자신들을 째려보는 작달막한 깜둥이 계집을 곱게 보아줄
리 만무했다.

방죽길 중간쯤에서 한 떼의 꼬맹이들이 폴 일행을 에워쌌다. 꼬
맹이들은 폴 일행을 요모조모 뜯어보았다. 생글생글 웃는 꼬맹이
도 있었고, 점잖지 못한 말을 듣기 거북한 브르타뉴 사투리로 지껄
이는 꼬맹이도 있었다. 그러다가 느닷없이 주머니에 담아온 돌멩
이나 자갈을 집어던지기 시작했다. 돌멩이 세례는 모두 안나와 원
숭이에게 집중되었다. 소스라치게 놀란 원숭이는 주인 안나의 치
맛자락 속으로 파고들려고 기를 썼다. 폴은 아르망 세갱이 뛰어나
가는 것을 볼 수 있었다. 아르망 세갱은 돌팔매질을 하던 꼬맹이
하나를 덮쳐 귀때기를 잡고 뒤흔들었다.

그 후로 모든 일이 속전속결로 이루어졌다. 다시 생각해보아도
눈앞이 팽팽 돌 지경이었다. 가까운 술집에서 술을 마시던 어부들
이 자리에서 벌떡 일어나 폴 일행을 향해 달려들기 시작했다. 몇
초 후, 아르망 세갱이 공중으로 날아올랐다. 나막신을 신고 해군모

를 쓴 덩치 큰 사내가 들이받았던 것이다. 사내는 씩씩거렸다. "내 자식놈에게 손댈 수 있는 사람은 나뿐이야." 졸지에 나가떨어진 아르망 세갱은 비틀비틀 거리다 그만 방죽을 넘실대던 파도에 휩쓸리고 말았다. 폴은 울컥하는 객기로 덩치 큰 사내를 향해 주먹을 날렸다. 폴은 사내가 헉하는 신음소리와 함께 두 손으로 얼굴을 감싸 쥐고 꼬꾸라지는 모습을 볼 수 있었다. 폴이 본 것은 그것이 마지막이었다. 곧바로 한 떼의 사람들이 사방에서 몰려와 폴을 둘러싸고는 주먹으로 치고 나막신 신은 발로 차고 난리를 피웠다. 폴은 깜냥껏 저항해보았지만 나가떨어질 수밖에 없었다. 폴은 오른쪽 발목이 짓밟히고 뭉개져 산산조각이 난 것을 알 수 있었다. 폴은 너무 아파 정신을 잃고 말았다. 폴은 귀청이 떨어져 나갈 것 같은 여인네들의 비명 소리에 정신을 차렸다. 옆에 웅크리고 앉아 있던 간호사가 옷이 벗겨진 다리 — 다리를 살펴보기 위해 바지를 찢어낸 모양이었다 — 쪽을 가리켰다. 부러진 뼈마디 하나가 피투성이 살을 뚫고 튀어나와 있었다. "선생님, 정강이뼈가 부러졌어요. 한동안 푹 쉬셔야겠어요."

마차를 타고 퐁타방으로 돌아오는 길은 한마디로 악몽이었다. 멀미에, 통증에, 구토에, 마차가 덜컹거릴 때마다 비명이 터져 나왔다. 사람들은 폴을 잠재우기 위해 독한 술을 몇 모금 마시게 했고, 그 때문에 폴의 목구멍은 타버리고 말았다.

폴은 천장이 낮고 창이 작은 비좁은 글로아넥 여관방을 병실 삼아 2개월 동안을 침대에서 지냈다. 폴은 의사의 말에 완전히 절망하고 말았다. 정강이뼈가 부러진 상태로는 파리로 돌아갈 수 없다, 자리에서 일어날 생각도 하지 마라, 절대 안정을 취해야 뼈가 자리를 잡고 아물 것이다, 그래도 절름발이 신세는 못 면할 것이다, 앞으로는 지팡이에 의지해야 할 것이다. 폴, 나중에 생각해보아도 그 침대에 묶여 지낸 8주는 고통스럽기 그지없었어. 글쎄 오로지 고통 그 자체였다고나 할까. 짐승과 같은 막무가내식 고통. 땀에 흠뻑 젖어, 몸을 와들와들 떨며, 흐느껴 울며 미친 듯 욕을 퍼부어 댔었지. 이러다 미치지 않나 싶었단 말이지. 진통제도 진정제도 아무 소용없었어. 넌 그 두 달 동안 끊임없이 술을 마셔댔어. 술이나 마셔야 얼떨떨한 상태로 잠시나마 고통에서 헤어날 수 있었으니까. 그러나 그것도 잠시, 술로도 고통을 잠재울 수 없게 되었을 때 넌 의사 ― 의사는 일주일에 한 번씩 폴을 찾아왔다 ― 에게 울고불고 매달렸지. "의사 선생, 제발 이놈의 다리 좀 잘라내 주쇼!" 그 지옥과 같은 고통을 끝장낼 수만 있다면 무슨 짓이든 못하랴 싶었지. 의사는 결국 아편을 처방해주기로 결심했어. 넌 아편 덕에 의식이 몽롱한 상태에서, 나른한 상태에서 잠을 이룰 수 있었지. 그래서 정강이뼈도, 퐁타방도, 콩카르노에서 당한 사고도, 그 외의 것도 모조리 잊어버릴 수 있었어. 너의 의식 속에는 오로지 한 가지 생각밖에 없었어. '그래, 일종의 경고야. 가능한 한 서둘러 이곳을 뜨는 거지. 폴리네시아로 돌아가 다시는 유럽으로 돌아오지 않는 거야, 코케.'

가늠할 수 없는 시간이 흘렀다. 어느 날 밤, 폴은 마침내 악몽을 꾸지 않고도 잠을 이룰 수 있었다. 다음 날, 폴은 맑은 정신으로 잠에서 깨어났다. 아일랜드인 오코너가 밤새 침대머리를 지키고 있었다. 안나는 어찌 된 거야? 한동안 안나를 보지 못했다는 생각이 들었다.

"파리로 돌아갔어요." 아일랜드인이 말했다. "아주 낙심해 있었거든요. 이웃사람들이 타오아를 독살시키는 바람에 이곳에 더 있을 수 없다면서 그냥 가버리던데요."

자바 아가씨로서는 그렇게밖에 생각할 수 없었을 것이다. 퐁타방 사람들은 안나를 미워한 만큼 원숭이 타오아도 미워했다. 그래서 바나나에 뭔가를 섞어 미끼를 만들었고, 그것을 먹은 원숭이는 그만 속이 얹혀 죽고 말았던 것이다. 안나는 원숭이를 땅에 묻지 않았다. 안나는 흐느껴 울며 손수 원숭이 내장을 발라낸 후 그 시신과 함께 파리로 가버린 것이었다. 폴은 티티 페치토스가 생각났다. 지루한 마타이에아에서의 생활을 견디다 못해 파피테의 광란의 밤을 찾아 폴을 저버리고 떠난 여자. 심술궂은 자바 아가씨를 다시 볼 수 있을까? 이젠 글렀지 뭐.

폴은 자리를 털고 일어났지만 — 진짜 절름발이가 되어 있었고, 지팡이 없이는 꼼짝도 할 수 없었다 — 곧장 파리로 돌아갈 수 없었다. 콩카르노에서 벌어진 싸움판 때문에 경찰서를 들락거려야 했던 것이다. 폴은 판사들에게 기대를 걸지 않았다. 판사들은 폴 일행을 공격한 사람들과 동향인이었을 뿐만 아니라, 자기 마을의 평화를 깨뜨린 개망나니 침입자들을 마을 사람들만큼이나 미워할 것이 틀림없었던 것이다. 아니나 다를까, 재판부는 이치에 닿지 않는 판결문으로 어부들을 모두 사면해주었고, 폴에게는 명색뿐인 배상금을 지급했다. 치료비의 십분지 일에도 미치지 못하는 금액이었다. 떠나야지, 떠나야지, 어여어여 떠나야지. 이놈의 브르타뉴에서, 이놈의 프랑스에서, 이 빌어먹을 유럽에서. 이제 이놈의 세상은 원수덩어리가 된 거야. 서두르지 않으면 아예 널 말려 죽이고 말 거야, 코케.

폴은 퐁타방에서 걸음마를 다시 배우며 1주일을 보내야 했다. 체중도 12킬로그램이나 빠져 있었다. 그때 파리에서 시인 겸 소설가인 알프레드 자리라는 청년이 폴을 찾아왔다. 알프레드는 폴을 '스승님'이라고 부르며 재치 있는 농담으로 폴을 웃겼다. 청년은 뒤랑뤼엘의 화랑과 그림 수집가들의 집에서 폴의 그림을 보았다고 하며 아낌없는 찬사를 쏟아냈다. 청년은 폴의 그림에 대해 쓴 여러 편의 시를 읽어주기도 했다. 청년은 프랑스 예술과 유럽 예술을 한껏 씹어대는 폴의 연설을 귀를 쫑긋 세우고 경청했다. 폴은 역까지 환송 나온 청년과 퐁타방의 제자들에게 오세아니아로 함께 가자고 꼬셨다. 미친 네덜란드 놈이 아를에서 꿈꾸어왔던 그 '열대 지역 아틀리에'를 우리 함께 만들어보자, 확 트인 대자연에서 작업하고, 무신론자로 살면서, 예술을 개혁해보자, 오래 전에 잃어버린 그 힘과 대담성을 예술에 주입하자는 말이다. 모두들 그렇게 하겠다고 다짐했다. 폴을 따라 나서겠노라, 폴과 함께 타히티로 떠나겠노라. 그러나 폴은 파리행 기차 안에서 알 수 있었다. 놈들 역시 약속을 지키지 못할 것이다, 오래 전에 옛친구 샤를 라발과 에밀 베르나르가 약속을 지키지 못했듯이. 그래 폴, 퐁타방의 저 괜찮은 친구들도 다시는 보지 못하겠지.

파리에서는 만사가 갈수록 태산이었다. 몸을 회복하느라 브르타뉴에서 몇 달 지내고 와보니 상황은 더 이상 악화될 수 없을 지경에까지 이르러 있었다. 빌어먹을 놈의 정치 상황 때문에 예술계는 의구심과 불확실성으로 몸살을 앓고 있었다. 사디 카르노 의장이 어느 무정부주의자에 의해 암살당하고 난 후로 정국이 잔뜩 경색된 데다, 다양한 포고문이 나돌고 박해가 잇달아, 폴과 안면이 있는 사람들이나 친구들 — 혹은 옛 친구들 — 중에서 무정부주의자들에게 우호적이었던 카밀 피사로 같은 사람과 반정부 인사였던 옥타브 미르보 같은 사람이 많이 추방을 당하고 말았다. 예술계는 그야말로 공황 상태에 빠져 있었다. 혁명가이자 무정부주의자였던 플로라 트리스탄의 손자인 네게도 혹시 문제가 생기지 않을까? 그 멍청한 경찰이 핏줄이 어쩌네 하면서 널 파괴분자 명단에 집어넣었을지도 모르는 일 아냐?

폴은 베르셍제토리 가 6번지 자신의 아틀리에로 들어서는 순간 무언가로 한 대 얻어맞은 듯한 충격을 받았다. 그 치마를 걸친 새 끼 악마 안나는 사경을 헤매는 폴을 브르타뉴에 내팽개치고 달아 난 것으로도 모자랐는지 아틀리에를 온통 싹쓸이해가고 말았다. 가구며 양탄자며 커튼이며 장식물이며 옷가지며, 돈이 될 만한 것 은 몽땅 쓸어가 버렸던 것이다. 안나는 그것들을 벌써 벼룩시장에 서 팔아먹었거나 파리 전당포를 돌아다니며 잡혀 먹었을 것이다. 그러나 그림에는, 스케치에는, 스케치북에는 손도 대지 않았다. 폴, 그보다 더 심한 모욕은 없었어! 안나는 그림들이 무슨 쓰레기 이기라도 한 듯 그 텅 비어버린 아틀리에에 버리고 달아났던 거였 다. 폴은 화가 끌어올라 한참 동안 욕을 퍼부어 대다가 마침내 웃 음을 터뜨렸다. 폴, 넌 그 깜찍한 계집을 조금치도 원망할 수 없었 어. 원래 그렇게 생겨먹은 계집이었으니까. 그야말로 야만인이었 으니까, 뼛속까지 속속들이 야만인이었으니까. 그 계집의 경지에 까지 이르려면 아직도 한참 더 배워야겠네 뭐.

폴은 파리에 몇 달 머무르며 폴리네시아로 완전히 돌아가기 위 한 준비에 들어갔다. 폴은 그 성질머리 사나운 아가씨가 너무나 아 쉬웠다. 자기 입으로는 자바 출신이라고 했지만, 말레이시아 여자 인지 인도 여자인지 아무도 알 수 없는 일이었다. 다행히 안나의 누드화가 있어 폴은 아쉬움을 달랠 수 있었다. 폴은 몰라르 부부의 딸아이 주디트가 가끔씩 찾아오는 틈을 이용해 그림을 다시 손질 했다. 그림이 완성되었다 싶자 폴은 이렇게 말했다.

"주디트, 저 안쪽 장밋빛 벽에 나타난 네 모습이 보이니? 하얀 피부에 머리는 금발, 안나의 분신 같잖니?"

주디트는 눈을 크게 뜨고 한참 동안 그림을 바라보았지만 폴이 말하는 안나 뒤에 숨은 그림자를 찾아내지 못했다. 폴, 그래도 네

144

말은 거짓말이 아니었어. 주디트의 어머니 이다를 달래기 위해 테레빈유를 처바르고 조각용 주걱으로 파내긴 했지만, 주디트의 윤곽이 완전히 사라진 것은 아니었다. 주디트의 윤곽은 하루 중 빛이 스러져 가는 어느 한순간, 섬광처럼, 유령이 살짝 나타났다 사라지듯, 그렇게 나타나 그림에 비밀스러운 모호성을, 신비스러운 분위기를 더했다. 폴은 안나의 머리 위쪽 공중을 떠다니는 과일 근처에 타히티어로 그림 제목을 써넣었다. '아이타 타마리 바히네 주디트 테 파라리.'

"무슨 뜻이에요?" 계집아이가 물었다.

"'아직 꽃이 꺾이지 않은 여자도 아이도 아닌 주디트'라는 뜻이지." 폴이 설명해주었다. "이제 알겠니? 언뜻 보면 안나의 초상화 같지만, 이 그림의 진짜 주인공은 바로 너란다."

폴이 맨바닥에서 자는 게 안타까워 몰라르 부부는 폴에게 낡은 담요 한 장을 빌려주었다. 폴은 그 담요 위에 누워 수도 없이 중얼거렸다. 그래, 파리에 돌아와서 건진 거라곤 고작 이 그림밖에 없다, 소용없는 짓이었어, 못 볼 꼴만 당한 거야. 타히티로 떠날 준비는 다 되어 있었지만, 다리에 온통 습진이 번지는 바람에 여행을 미룰 수밖에 없었다. 리마에서 트리스탄 가문에 빌붙어 살 당시 어머니는 종종 이렇게 말하곤 했다. "혼자 있을 때 아픈 것보다 더 서러운 일은 없단다." 폴은 고통에 시달렸다. 작은 종기들이 곪아 터지기 시작했다. 폴은 라 살페트리에르 전염병 환자 수용소에 3주 동안 들어가 있어야 했다. 두 명의 의사가 너도 뻔히 알고 있는 사실을 확인시켜주었지. 결코 받아들이기 힘든 사실을 말이야. 입에 담을 수 없는 그 병이 다시 도진 것이었어. 6개월 내지 8개월 동안 겉으로 증상이 나타나지 않았지만, 병은 여전히 네 피를 썩히며 속에서 진행되고 있었던 거야. 이제 그 빌어먹을 것이 다리 쪽으로

나타난 거야. 피부가 벗겨지고, 피고름이 잡히기 시작한 거지. 이
제부터는 가슴으로, 두 팔로, 눈으로까지 기어오를 거고, 마침내
장님이 되고 마는 거지. 그러면 인생 종쳤다고 봐야지. 숨이 붙어
있을지라도 말이야. 그 빌어먹을 병은 그것으로도 만족하지 못할
걸. 그놈의 병이 뇌까지 파고들면, 총기가 사라지고, 기억이 사라
지고, 넌 완전히 망가져 천덕꾸러기로 전락하고 마는 거야. 모두들
네게 침을 뱉으며 앗 뜨거라 도망질치겠지. 넌 옴 오른 개망나니
꼴이 되는 거야, 폴. 폴은 절망감을 이겨내기 위해 의리 있는 다니
엘과 사람 좋은 쉬프가 커피병이나 음료수병에 담아다 준 술을 몰
래 숨어 홀짝거렸다.

폴은 다리가 다 나아 라 살페트리에르에서 나왔다. 그러나 종기
자국은 그대로 남아 있었다. 몸이 말라 옷이 헐렁헐렁했다. 그러나
커다란 아스트라칸 가죽 모자를 눌러쓴 치렁치렁한 밤색 머리에
서 여실히 눈에 띠는 흰 머리카락, 도전적인 매부리코 위에서 잠시
도 쉬지 않고 번뜩이는 푸른색 눈동자, 턱을 장식한 염소수염, 폴
의 모습은 여전히 당당했다. 행동거지도 마찬가지였다. 텅 빈 아틀
리에로 더 이상 친구를 받아들일 수 없어 친구들 집이나 카페 테
라스에서 친구들과 만나 떠들어댈 때 늘상 입에 붙어 다니는 상소
리도 여전했다. 폴의 기이한 용모와 엉뚱한 행동 때문에 사람들은
자주 폴을 뒤돌아보고 손가락질을 했다. 자락을 휘날리는 검붉은
망토, 타히티 색상의 셔츠, 브르타뉴 지방의 조끼, 파란색 우단으
로 지은 바지 등이 모두 볼만했던 것이다. 폴을 마술사쯤으로 여기
는 사람도 있었고 먼 이국의 대사쯤으로 여기는 사람도 있었다.

지지 아저씨가 물려준 유산은 병원비다 왕진비다 해서 거의 바
닥나고 말았다. 그래서 폴은 '오스트랠리언' 호의 3등실 표를 끊
었다. 1895년 7월 3일 마르세유를 출발하여 수에즈 운하를 거쳐 8

월 초순경에 시드니에 도착한다고 했다. 파피테로 가기 위해서는 시드니에서 뉴질랜드 행 배로 갈아타야 했다. 폴은 배에 오르기 전에 남아 있는 그림과 조각을 모두 팔아치우려고 했다. 폴은 친구들의 도움을 받아 자신의 아틀리에에서 전시회를 열었다. 파리에서 연극 작품으로 대단한 성공을 거둔 스웨덴 사람 아우구스트 스트린드베리가 난해한 문구로 짤막한 초대장을 써주기도 했다. 몇몇 수집가들이 전시회를 찾아주었다. 판매 수익은 형편없었다. 폴은 나머지 그림을 드루오 호텔에서 경매에 붙였다. 손에 들어온 돈은 처음 예상액과는 거리가 멀었지만 그래도 괜찮은 편이었다. 폴은 어서 빨리 타히티로 떠나고 싶다는 생각에 초조감을 감추지 못했다. 어느 날 밤, 몰라르 부부 집에서 스페인 사람 파코 두리오가 폴에게 물었다. 유럽에서 그렇게나 아득히 떨어진 곳이 뭐가 그리 좋아 안달이냐.

"나는 이제 더 이상 프랑스인도 유럽인도 아니기 때문일세, 파코. 겉모습이야 그렇지 않겠지만, 난 그곳 검둥이들처럼 몸에 문신을 새긴 식인종이란 말일세."

친구들은 웃었다. 그러나 폴은, 늘상 하던 식으로 표현이 좀 과장되었다 뿐이지, 진실을 말한 것이었다.

폴이 짐 — 안나가 훔쳐간 것을 대신해 아코디언 한 대와 기타한 대를 샀고, 상당량의 사진, 캔버스 천, 그림틀, 브러시, 붓, 그림물감을 준비했다 — 을 챙기고 있을 때, 코펜하겐 바이킹 여자로부터 원성이 가득한 편지가 도착했다. 드루오 호텔에서 그림과 조각을 경매에 붙인 사실을 알고 있다, 돈을 좀 부쳐달라, 자기 아내와 다섯이나 되는 자식들을 어떻게 그렇게 나 몰라라 할 수 있느냐, 내 혼자 힘 — 프랑스어를 가르치며, 번역일을 해가며, 친척과 친구들을 찾아다니며 동냥질을 해서 — 으로 아이들을 돌본 지 벌써 몇 년 째냐, 남편과 아버지로서 우리를 돌봐야 마땅한 일 아니냐, 때때로 돈을 부쳐줘야 될 것 아니냐, 이젠 돈도 생기지 않았느냐, 당신은 정말이지 자신밖에 모르는 양반이다.

폴은 메트의 편지를 보고 화가 나기도 했지만 서글퍼지기도 했다. 그러나 땡전 한 푼 보내지 않았다. 가끔씩 찾아드는 양심의 가책 — 특히 애교 많고 허약한 딸아이 알린느를 생각하면 가슴이 아팠다 — 보다 어서 타히티로 떠나고 싶은 그 주체할 수 없는 욕망이 더 강했던 것이다. 그래, 한번 가면 다시는 되돌아오지 않을 거야. 여보, 당신에겐 미안하지만 어쩔 수 없는 일이오. 폴리네시아로 되돌아가기 위해서는 경매에서 얻은 몇 푼 안 되는 돈을 함부로 쓸 수 없었다. 폴은 그곳에 뼈를 묻고 싶었다. 추운 겨울에 냉랭한 여자들이 들끓는 이 대륙에 뼈를 묻고 싶지는 않았다. 전에 준 그림이 몇 점 남았을 테니 그걸로 어떻게든 꾸려나가겠지. 그래, 가장으로서 가족을 저버린 죗값은 영원한 지옥불에 빠져 갚아나가야 하겠지. 당신 신앙(폴의 신앙은 아니었다)에 따라 내가 지옥불에 빠지면 당신도 어느 정도 위로를 받게 되겠지.

폴이 떠나기 전날 밤, 몰라르 부부 집에서 환송식이 벌어졌다. 사람들은 먹고 마셨다. 파코 두리오는 춤을 추고 안달루시아 민요를 노래했다. 친구들은 다음 날 아침에 기차역 — 마르세유까지는 기차를 타고 가야 했다 — 까지 바래다주겠다고 주장했지만 폴은 거절했다. 그 말을 듣고 어린 주디트는 울음을 터뜨렸다.

148

# 7

# 페루에서 온 소식
## 로안느와 생테티엔, 1844년 6월

리옹을 떠난 플로라는 1844년 6월 14일 밤에 로안에 도착했다. 하늘에는 별이 총총했고 밤의 향기를 머금은 여름 산들바람이 불고 있었다. 플로라는 여관방 창문을 통해 별빛 가득한 창공을 바라보며 밤을 지새웠다. 그러나 생각은 오로지 엘레오노르 블랑에게로 쏠렸다. 애틋한 정이 들어버린 리옹의 여직공. 만일 가난한 여자들이 모두 그 아가씨와 같은 힘과 지성과 감성을 갖추고 있다면 혁명은 시간문제일 것이다. 엘레오노르와 함께라면 노동조합 위원회는 완벽하게 움직일 것이다, 그래서 프랑스 남부 전역의 모든 노동자들을 아우를 대연합의 기폭제가 될 것이다.

플로라, 넌 그 계집아이를 무척이나 그리워했지. 로안에서, 별이 총총하고 고즈넉한 그 밤에, 그녀를 껴안고 그 나긋나긋한 몸뚱이를 몸으로 느껴보았으면 했지. 뤼제른 거리에 있는 그 너저분한 움막으로 그녀를 찾아갔던 날 느꼈던 것처럼 말이야. 너는 울고 있는 그녀를 발견했어.

"얘야, 대체 무슨 일이니? 왜 우는 거야?"

"힘이 딸리고 재주가 모자라 부인이 원하시는 것을 원만히 해내지 못할까봐 겁이 나서 그래요, 부인."

엘레오노르의 말을 듣고 플로라는 마음이 아팠다. 플로라는 자신을 쳐다보는 엘레오노르의 표정에서 그녀가 자신을 얼마나 사랑하고 존경하는지 느낄 수 있었다. 플로라 역시 울음을 참기 위해 무진 애를 써야만 했다. 플로라는 엘레오노르를 품에 꺼안고 이마와 볼에 입을 맞추었다. 엘레오노르의 남편, 손이 시커멓게 물든 염색공은 영문을 몰라했다.

"엘레오노르가 지금까지 살아오면서 배운 것보다 당신이 더 많은 것을 요 몇 주 사이에 가르쳐주었다고 하더군요. 그럼 감사하게 생각해야지, 울긴 왜 울어? 도무지 영문을 모르겠단 말이야!"

가엾은 계집애, 그렇게 멍청한 남자와 결혼하다니. 엘레오노르 역시 결혼 때문에 생을 망치게 될까? 아니지. 네가 맡아서 그녀를 보호하고 구원해야 해, 안달루시아 아가씨. 플로라는 노동조합이 설립되면 새롭게 형성될 사회에서의 새로운 형태의 인간관계를 생각해보았다. 여성을 매매하는 것과 다를 바 없는 현재의 결혼제도는 남녀 간의 자유로운 연합으로 대체될 것이다. 남자와 여자는 서로 사랑하고 서로의 목표가 같기 때문에 서로 합칠 것이다. 그리고 조금이라도 서로 의견이 맞지 않으면 사이좋게 헤어질 것이다. 푸리에를 추종하는 사회주의 공동생활 단체들의 주장과는 달리, 부부 간의 섹스는 별로 큰 역할을 하지 않을 것이다. 섹스는 인류에 대한 사랑으로 절제되고 조절될 것이다. 성욕은 함부로 발산되지 않을 것이다. 부부는 그들 애정의 대부분을 다른 사람을 위해, 공공복지를 위해 바치게 될 테니까. 그런 사회가 오면, 너와 엘레

150

오노르는 함께 살며 사랑을 나눌 수 있을 것이다. 모녀 사이로, 혹은 자매 사이로, 혹은 연인 사이로, 이웃을 향한 연대의식을 기본 바탕으로 해서. 그런 관계에서는 배타적이거나 이기적인 면을 전혀 찾아볼 수 없게 될 것이다. 올랭피아에 대한 네 사랑은 배타적이고 이기적이었어. 그래서 올랭피아와의 관계를 끊게 되었던 거야. 생전 처음 맛본 육체의 쾌락을 포기하면서까지 말이지. 그와는 달리, 사랑의 힘을 정의를 구현하고 사회 활동을 하는 데 골고루 나누면 관계는 지속될 수 있어.

플로라는 다음 날 아침 일찍부터 로안에서의 활동을 시작했다. 신문기자 오귀스트 귀야르 — 자유분방한 가톨릭 신자였지만 플로라를 지지하는 사람이었다. 페루와 영국에 대해 쓴 플로라의 책에 대해 칭찬을 아끼지 않았던 사람이었다 — 가 두 군데의 모임을 주선해주었다. 모임마다 대략 30명 정도의 노동자들이 참가했다. 성과는 별로 없었다. 의식이 깨어 들끓던 리옹의 비단직공들에 비해, 로안의 노동자들은 거의 자포자기한 상태에 있었다. 플로라는 세 군데의 면직공장 — 이 지역의 주종 산업으로 4천 명의 노동자들을 고용하고 있었다 — 을 찾아다녔다. 깜짝 놀라지 않을 수 없었다. 노동자들은 형편없는 조건에서 일하고 있었다. 그런데 사람들의 불행은 그것이 다가 아니었다.

플로라는 노동자 출신인 셰르펭 씨가 운영하는 면직 공장에서 끔찍한 꼴을 당하게 되었다. 셰르펭 씨는 이제 이 지역에서 가장 부유한 자본가 중의 한 사람으로 변모해 과거의 형제자매들의 피를 빨아먹고 있었다. 큰 키에 다부지고 털이 많고 천박하고 난폭한 남자였다. 겨드랑이 냄새에 속이 뒤집힐 지경이었다. 셰르펭 씨는 조롱하는 듯한 시선으로 플로라를 샅샅이 훑어보며 맞이했다. 그에게 플로라는 부질없이 인류를 구원하겠다고 설쳐대는 여자로만 보였다. 자수성가한 남자는 노골적으로 플로라를 경멸했다.

"저 아래로 내려가겠다는 말이 진심이요?" 셰르펭 씨는 지하실 입구를 가리키며 물었다. 지하실이 바로 공장이었다. "후회하실 걸, 척 보면 알지."

"나중에 얘기하지요, 셰르펭 씨."

"살아 나온다면 말이지." 셰르펭 씨는 껄껄 웃어젖혔다.

80명의 가엾은 사람들이 빽빽이 들어차 있었다. 세 줄로 늘어선 베틀이 숨 막히는 동굴을 꽉 채우고 있었다. 천장이 낮아 똑바로 설 수도 없었고, 가득 쌓인 물건들 때문에 움쭉달싹 할 수도 없었다. 그야말로 쥐구멍이었지, 안달루시아 아가씨. 플로라는 정신을 잃을 것만 같았다. 화로에서 나오는 뜨거운 증기, 쥐 냄새, 동시에 움직이는 80개의 베틀에서 나오는 귀청이 터질 것만 같은 소음. 속이 뒤집혔다. 반벌거숭이에 더럽고 뼈만 앙상한 사람들이 허리를 구부린 채 베틀에 매달려 있었다. 말을 붙이기조차 힘들었다. 플로라의 말을 알아듣는 사람도 별로 없었다. 사람들은 보르도 지방 사투리밖에 몰랐던 것이다. 유령들의 세계, 귀신들의 세상, 살아 있는 주검들의 나라. 사람들은 새벽 5시부터 밤 9시까지 일했다. 남자들은 하루에 2프랑, 여자들은 80상팀, 14세 이하의 아이들은 50상팀을 벌었다. 플로라는 땀에 흠뻑 젖어 땅 위로 올라왔다. 골치가 지끈거렸고, 심장이 벌렁거렸다. 못마땅해 하는 주인의 차가운 반응이 가슴을 찔렀다. 셰르펭 씨는 플로라에게 물 한 잔을 건넸다. 여전히 능글맞게 웃고 있었다.

"그럴 것 같았소. 점잖은 부인네가 찾아갈 만한 곳이 아니지요, 트리스탄 부인."

왈가닥 부인은 침착함을 잃지 않으려 애쓰며 또박또박 말했다.

"당신은, 당신 자신이 직물직공으로 시작했으면서, 어떻게 당신

152

동료들을 저런 상태에서 일하게끔 할 수 있단 말입니까? 내 평생 돼지우리처럼 더러운 곳을 많이 돌아다녀 봤지만, 이처럼 형편없는 공장은 처음입니다."

"공평하게 판단하시오. 새벽마다 사람들이 떼거리로 몰려와 일자리를 달라고 야단법석이란 말이오." 셰르펭 씨는 자화자찬이었다. "그나마 운이 좋은 사람들을 당신은 동정하는 거란 말이오, 부인. 내가 월급을 올려주면, 저 사람들은 술집을 돌아다니며 독한 포도주로 진탕 취해 지랄발광을 하고 다닐 거란 말이오. 당신은 저 사람들을 잘 몰라요. 나는 정확히 알지. 나도 한때 저 사람들과 같은 처지였으니까."

다음 날, 플로라는 염가판 『노동조합』 책자를 로안의 여러 서점에 배포하느라, 셰르펭 씨가 운영하는 공장처럼 지옥과 같은 직물공장 두 곳을 방문하느라 피곤한 하루를 보냈다. 일이 끝나자 오귀스트 귀야르는 플로라를 생알방 온천으로 데리고 갔다. 온천의 주인은 에밀 구엥 박사였다. 에밀 구엥 박사는 플로라의 열렬한 독자로 특히 페루 여행기인 『어느 사생아의 인생 역정』이라는 책을 좋아했다. 플로라는 그 책에 서명해주었다. 하얗게 센 구레나룻, 뚫어볼 듯한 눈초리, 붙임성이 있으면서도 귀족적인 태도, 50대의 멋쟁이였다. 구엥 박사는 얌전한 아내와 올망졸망한 세 딸과 함께 대저택에서 살고 있었다. 정원으로 둘러싸인 집은 그림과 조각으로 가득했다. 집주인은 플로라를 저녁식사에 초대했다. 식사를 하는 도중 플로라는 집주인이 자신을 존경한다는 사실을 눈치 챌 수 있었다. 네가 거둔 지적인 승리 때문만은 아니었어. 곱슬곱슬한 네 검은 머릿결, 귀엽고도 생기발랄한 네 눈동자, 균형 잡힌 네 몸매도 한몫 단단히 했던 거야, 안달루시아 아가씨. 플로라는 기분이 뿌듯했다. '여기 한 남자가 있다. 어쩌면, 단단한 버팀목이 되어줄

153

지도 몰라.' 플로라는 생각했다. 구엥 박사가 플로라에게 물었다. 『어느 사생아의 인생 역정』이라는 책에서 묘사한 것이 모두 사실입니까, 아니면 상상력이 가미된 겁니까. 아닙니다. 상상력이 가미된 것이 아닙니다. 루소가 『고백록』을 쓸 때 그랬던 것처럼, 플로라는 진실만을 얘기하기 위해 무진 애를 썼다. 그렇다면, 그 믿기 어려운 모험이 우연찮게 시작된 거란 말씀입니까? 파리의 여관에서, 페루에서 돌아온 배의 선장을 우연히 만나서 말입니다. 정확히 그렇습니까?

정확히 그랬다. 그랬지, 플로라, 이야기는 그렇게 시작되었어. 그래서 넌 지금과 같이 될 수 있었던 거야. 사람 좋은 샤브리에는 너를 꼴사나운 기생충과 같은 삶, 저당 잡힌 삶으로부터 해방시켜 주었어. 에밀 구엥 박사의 땅딸막하고 어수룩한 부인이 살고 있는 그런 삶으로부터 말이야. 그래, 알린느를 데리고 숨어들었던 그 파리의 여관에서, 스펜스 가족의 하녀로 수치심을 참아가며 노예처럼 일했던 그 3년이 지나고 나서 말이야. 남편 앙드레 샤잘과는 절대 마주치지 않을 곳으로 네가 믿었던 곳에서. 남편에게서 도망쳐 나온 지 수년이 지났지만 넌 계속 숨어다녀야 했어. 살다보면 운명의 장난에 수도 없이 휩쓸리게 되는 법이지, 플로라, 그렇지 않아? 만일 그날 밤, 여관 투숙객들이 식사하는 비좁은 여관 식당에서 옆자리 남자가 네게 말을 걸어오지 않았더라면 네 인생은 대체 얼마나 달라졌을지.

"죄송합니다, 부인. 방금 전에 여관 여주인이 부인을 트리스탄 부인이라고 부르는 것 같아서 말입니다. 맞습니까? 혹시 페루의 트리스탄 가문과 친척이라도 되시는 건지요?"

'사카리아스' 호의 선장 샤브리에는 그 멀고도 먼 나라를 여러 차례 여행한 적이 있었고, 아레키파에서는 그 지역에서 가장 부유

154

하고 영향력이 막강한 트리스탄 가문과 인연을 맺을 수도 있었다. 명문가 중의 명문가였다. 플로라는 사흘 동안 식사시간을 이용해 사람 좋은 뱃사람에게 꼬치꼬치 캐물어, 그 뱃사람이 트리스탄 가문에 대해 알고 있는 모든 것을 알아낼 수 있었다. 바로 네 혈육이었어. 트리스탄 가문의 수장인 피오 씨는 바로 네 아버지 마리아노 씨의 동생이었던 거야. 네 어머니는 홀로 남게 되자 바로 네 혈육인 피오 삼촌에게 도와달라고 수도 없이 편지를 보냈어. 그러나 단한 번도 답장이 없었지. 이게 바로 인생역전이라는 거야, 플로라. 1829년에 샤브리에 선장을 만나 얘기를 들을 수 없었다면, 너는 편지를 쓸 생각조차 못했을 거야. 너는 아레키파에 있는 삼촌에게, 막강한 권력을 휘두르는 피오 트리스탄 이 모스코소 씨에게 애절한 사연을 적어 보냈지. 부모의 결혼이 정식으로 인정받지 못해, 아버지가 돌아가신 후 어머니와 네가 얼마나 어려운 처지에 놓이게 되었는지 솔직히 밝혔어. 쉬운 일은 아니었어.

10개월 후, 플로라가 희망을 포기하려는 순간 피오 씨로부터 답장이 왔다. 교활하고 빈틈없는 편지였다. 플로라를 '사랑하는 조카딸'이라고 부르기는 했으나 그 내용은 단호하기 그지없었다. 플로라가 사생아 — 아, 법이란 얼마나 냉혹한 것인지! — 이기 때문에 '친애하는 형님 마리아노 씨'의 유산 상속권을 전혀 인정할 수 없다는 내용이었다. 게다가 유산이라는 것도 빚과 세금을 제하고 나니 하나도 남지 않았다고 했다. 플로라 아버지의 재산은 허공중에 사라져버린 것이었다. 그러나 피오 트리스탄 씨는 무슨 인심이나 쓰듯, 보르도에 거주하는 사촌 마리아노 데 고예네체 씨를 통해 파리에 있는 얼굴도 모르는 조카딸에게 2천5백 프랑을 선물로 보내주었다. 또 다른 선물도 있었다. 피오 씨와 마리아노 씨의 어머니, 그러니까 플로라의 할머니가 3천 피아스트라를 보내주었다.

할머니는 아흔아홉의 나이에도 여전히 정정한 노인네였다.

하늘이 내린 축복처럼 돈이 플로라의 품에 떨어졌다. 아주 어려운 시절이었다. 앙드레 샤잘은 이를 득득 갈며 플로라 뒤를 쫓고 있었다. 앙드레 샤잘은 플로라의 파리 주소를 알아내고 법정에 출두하라고 요구했다. 앙드레 샤잘은 플로라를 남편과 자식을 내팽개친 부정한 여자로 고발했던 것이다. 앙드레 샤잘은 아직 살아 있는 두 아이(첫째 알렉상드르가 죽은 뒤였다)를 돌려달라고 요구했다. 플로라는 변호사를 사서 자신을 변호했다. 재판을 질질 끌어 선고를 지연시킬 수 있었다. 플로라는 변호사를 통해 미리 알고 있었다. 현행법상으로는 가정을 저버린 여자는 불리한 선고를 받을 수밖에 없었다. 화해의 자리가 마련되기도 했다. 베르사유에 있는 플로라의 외삼촌 래스니 사령관 집에서 자리를 마련했다. 4년 만에 보는 앙드레 샤잘은 술냄새를 풍기며 나타났다. 눈은 충혈되어 있었고, 입으로는 연신 욕지거리를 주워 삼켰다. 앙드레 샤잘은 원망과 고통으로 반쯤 미쳐 서성거렸다. "당신은 내 얼굴에 똥칠을 했어." 앙드레 샤잘은 몸을 부들부들 떨며 이따금 내뱉었다. 왈가닥 부인은 변호사의 요청도 있고 해서 한참을 지그시 눌러 참고 있었다. 그러나 더 이상 참을 수가 없었다. 왈가닥 부인은 바로 옆에 있던 장식장에서 도자기접시를 집어 들어 남편의 머리통을 내갈기고 말았다. 접시가 산산조각 났다. 남편은 놀라움과 고통에 비명을 내지르며 정신을 잃고 바닥으로 꼬꾸라졌다. 플로라는 소란한 틈을 이용해 어린 알린느 ― 법에 따르면 아이는 아버지가 맡게 되어 있었다 ― 의 손을 잡고 달아났다. 플로라의 어머니는 플로라를 받아주지 않았다. 미친년이라며 욕만 퍼부었다. 어머니는 그것만으로는 분이 풀리지 않았는지 플로라가 숨어 있는 곳을 앙드레 샤잘에게 고자질하고 말았다(플로라, 넌 그렇게 확신했어).

플로라는 알린느와 에르네스트 카밀을 데리고 라틴 구역 세르방도니 거리에 있는 낡아빠진 여관으로 숨어들었다. 어느 날 아침, 플로라는 사내아이를 데리고 여관을 나섰다. 그런데 남편이 불쑥 길을 막아섰다. 플로라는 내달렸다. 샤잘이 뒤를 쫓았다. 샤잘은 소르본 대학 법학부 입구에서 플로라를 따라잡았다. 샤잘은 플로라에게 달려들어 두드려 패기 시작했다. 플로라는 있는 힘껏 저항했다. 가방으로 주먹질을 막아냈다. 에르네스트 카밀은 겁에 질려 손으로 머리를 감싸고 죽을 듯이 울어댔다. 한 떼의 학생들이 나타나 두 사람을 떼어놓았다. 샤잘은 울부짖었다. 이 여자는 내 정식 아내다, 어느 누구도 부부싸움에 끼어들 권리가 없다. 변호사 지망생들은 의심스러워했다. "부인, 사실입니까?" 플로라는 저 남자가 남편이라고 인정했다. 그러자 당황한 젊은이들은 뒤로 물러났다. "저 분이 남편이시라면 우린 부인을 지켜드릴 수 없습니다, 부인. 법이 그러니까요." "네놈들은 저 돼지새끼보다 더 추잡한 놈들이야." 플로라는 학생들을 향해 고함쳤다. 앙드레 샤잘은 생쉴피스 광장의 경찰서로 플로라를 우악스럽게 끌고 갔다. 조서가 꾸며졌다. 서장은 플로라에게 일장훈시를 늘어놓으며 경고했다. 세르방도니 거리 호텔에서 한 발자국도 벗어날 수 없다, 판사님으로부터 출두명령서가 곧 도착할 것이다. 분이 풀린 앙드레 샤잘은 징징 짜는 어린 에르네스트 카밀을 품에 안고 떠났다.

몇 시간 후, 플로라는 고작 여섯 살밖에 안된 알린느를 데리고 다시 탈출을 시도했다. 아레키파로부터 온 돈이 남아 있었기 때문에 6개월 정도 프랑스 내지를 돌아다닐 수 있었다. 흑사병을 피하듯 파리 근처에는 얼씬도 하지 않았다. 항상 종종걸음 치며 살았다. 이름도 가명을 썼다. 허름한 여관이나 시골 민박집을 이용했다. 어느 곳에서도 오래 머무른 적이 없었다. 자신에 대한 체포영

157

장이 발부되었을 것이라고 확신했다. 경찰의 손에 걸리게 되면, 알린느도 잃고 감옥으로 끌려가게 될 것이다. 플로라는 남편을 잃고 슬픔에 잠긴 과부, 정치적인 문제로 조국을 떠난 스페인 여성, 영국인 여행객, 중국해로 배를 타고 떠난 뱃사람의 부인으로 남편에 대한 그리움을 여행으로 달래고 있는 여자 등으로 위장하며 다녔다. 돈을 절약하기 위해 거의 먹지도 않았고, 될수록 싸구려 숙소만 찾아다녔다. 어느 날, 앙굴렘에서의 일이었다. 플로라는 피로와 고뇌와 불안으로 쓰러지고 말았다. 덜컥 병이 들어 버렸다. 고열로 정신이 오락가락했다. 플로라와 알린느가 묵고 있던 농장 여주인 부르작 부인이 플로라의 수호천사로 나서 어린 알린느까지 보살펴주었다. 부인은 플로라를 시중들며 병을 치료해주었고, 용기까지 북돋워주었다. 플로라는 흐느끼면서 부인에게 자신이 살아온 내력을 있는 그대로 들려주었다. 부인은 한없는 애정으로 플로라를 진정시켰다.

"걱정하지 말아요, 부인. 따님은 이런 식으로 살아선 안 돼요. 집시처럼 떠돌아다녀야 어디 쓰겠어요. 상황이 진정될 때까지 아이는 내게 맡겨요. 아이에게 정이 가네요. 내 친딸처럼 돌볼게요."

"내가 그때까지 만난 사람 중에서 가장 고귀하고 친절한 분이었어요." 플로라는 소리를 높였다. "그분이 아니었다면, 나와 알린느는 그 끔찍했던 시절에 죽어버렸을지도 몰라요. 부르작 부인! 자기 이름이나 겨우 쓸 줄 알았던 시골 아낙네였는데."

"그때 페루로 가겠노라 결심하신 거로군요?" 에밀 구엥 박사는 뚫어지게 플로라를 바라보고 있었다. 플로라는 얼굴이 화끈거렸다.

"내게 뭐가 남았겠어요? 앙드레 샤잘과 그 빌어먹을 프랑스 법을 피해 어디로 달아날 수 있었겠어요?"

158

플로라는 앙굴렘에서 보르도에 산다는 피오 트리스탄 씨의 사촌 마리아노 데 고예네체 씨에게 편지를 썼다. 플로라는 아레키파에서 보내온 돈을 받기 위해 그 사람과 이미 편지를 주고받은 바 있었다. 플로라는 한 번 만나달라고 부탁했다. 아주 급한 일로 긴히 드릴 말씀이 있다고 했다. 직접 만나서 얘기해야 한다고 했다. 마리아노 데 고예네체 씨는 즉시 답장을 보내왔다. 정중한 편지였다. 사촌 마리아노 트리스탄의 따님이라면 언제든 보르도를 찾아와도 좋다고 했다. 열렬한 환영을 받게 될 것이라고도 했다. 자신에게는 딸린 가족이 없다고, 플로라가 찾아와 얼마를 머물든 자신은 행복할 것이라고 했다.

"이만 얘기를 접어야겠네요." 플로라는 자리에서 일어나며 무뚝뚝하게 말했다. "너무 늦은데다 내일 아침 일찍 생테티엔으로 떠나야 하거든요."

헤어질 때 구엥 박사는 플로라의 손에 입을 맞추었다. 플로라는 박사의 축축한 입술이 손등에 한참 머무는 것을 느낄 수 있었다. 무슨 의미가 숨어 있는 것 같았다. '날 원하는 거야.' 생각했다. 불쾌했다. 플로라는 마음이 언짢아 로안에서의 마지막 밤조차 잠을 설치고 말았다. 그래서 생테티엔으로 가는 기차 여행 내내 신경질이 끓어올랐다. 언짢은 마음은 한 주일 내내 플로라 뒤를 졸졸 따라다니며 귀찮게 했다. 어찌해볼 수가 없었다. 완전히 멍청하거나 반쯤은 멍청한 군인들의 도시, 사상이나 이웃에 대한 사랑이나 솔선수범 같은 것들은 씨알도 먹히지 않는, 믿음은 깊지만 생각은 없는 노동자들의 도시. 생테티엔에서 한 주일을 보내는 동안 위안·이 되었던 것은 엘레오노르 블랑이 보내온 두 통의 편지 — 정이 넘치는 장문의 편지 — 뿐이었다. 플로라 역시 두툼한 편지를 답장으로 보냈다. 예상했던 대로 리옹 위원회는 순풍에 돛단 듯 순조롭게 나아가고 있었다.

플로라는 네 군데 — 두 군데는 남자들만 있었고, 한 군데는 여자들만 있었고, 나머지 한 군데는 남녀가 섞여 있었다 — 의 방직 공장을 방문했다. 남자나 여자나 할 것 없이 모든 노동자들이 모임을 시작할 때와 끝낼 때 기도를 드리는 것을 보고 플로라는 기절 초풍했다. 어떤 공장에서는 사람들이 함께 기도하자며 플로라를 초대하기까지 했다. 플로라는 사람들에게 설명했다. 나는 가톨릭 신자가 아니다, 나는 교회를 인간의 자유를 억압하는 기구로 생각한다. 그러자 사람들이 깜짝 놀라서 플로라를 쳐다보았다. 플로라는 사람들이 욕이라도 퍼붓지 않을까 두려웠다. 어느 곳을 다녀봐도 괜히 시간만 낭비했다는 생각이 들었다. 갖은 애를 다 써본다 해도, 단 한 사람도 노동조합에 가입시킬 수 없을 것 같았다. 관행상 열 명으로 이루어지는 조직위원회를 끝내 조직하지 못했다. 플로라는 임시방편으로 일곱 명을 모아 조직위원회를 구성했다. 그러나 그녀가 떠나자마자 그중 절반은 달아나 버릴 것이라는 염려를 지울 수가 없었다.

플로라는 생테티엔 방문을 아무 보람 없이 끝내버릴 수는 없었다. 그래서 사회공부를 해보기로 했다. 사회공부는 정치 활동 다음으로 플로라의 관심을 끄는 것이었다. 플로라는 분위기 좋은 '카페 드 파리' — 플로라가 아침과 저녁을 먹는 곳으로 주인 여자와는 친구처럼 지냈다 — 의 탁자에 앉아 이 카페를 파견대 본부로 사용하는 수비대 장교들을 살펴보기로 했다.

곧바로 다음과 같은 결론에 도달할 수 있었다. 일반 사병들은 선천적으로 흠이 있는 인간들이다. 포병 장교들은 정상적인 인간들이긴 하지만, 속이 메스꺼울 정도로 거만한 속물들이다. 장교들은 돈 많은 부르주아 계층이나 귀족들의 자식들로 달리 할 일이 없는 것 같다. 전쟁이 터지기를 기다리며, 카페에 들르거나, 도미노 게임이나 카드놀이를 하거나, 술을 마시거나, 담배를 피거나, 농담 따먹기를 하거나, 길을 지나는 여자들을 지분거리거나 할 뿐이다. 처음에 장교들은 플로라에게까지 지분거렸다. 그러나 즉시 그만두었다. 플로라의 자유분방하고 비꼬는 듯한 태도에 질려버렸던 것이다. 장교들은 자신들의 당번병이나 군마처럼 고분고분한 여자들을 좋아했다. 플로라는 생각했다. 생시몽 백작의 가르침을 따르기를 백 번 잘 한 일이다, 노동조합이 만들어낼 새로운 사회에서는 어떠한 무기라도 제작을 허락하지 않을 것이며, 군대 그 자체를 없애버릴 것이다.

　로안의 구엥 박사 집에서 불이 지펴진 옛 생각이 플로라가 생테티엔에 머무르는 동안 쉬지 않고 마음속에서 타들어가고 있었다. 플로라는 보르도로 건너가 어마어마한 부자인 마리아노 데 고예네체 씨의 저택에서 지냈다. 마리아노 씨는 플로라에게 자신을 '마리아노 삼촌'이라고 부르도록 시켰고, 자신은 플로라를 '플로라 조카'라고 불렀다. 꿈이 현실로 나타난 것이었다. 넌 그렇게 으리으리한 집도 생전 처음 보았고, 그렇게 많은 하인들도 생전 처음 보았지. 과연 부자들은 어떻게 살까, 넌 생각도 못해봤어. 그렇게 대접받고, 그렇게 사랑받고, 그렇게 편하게 지낸 것도 생전 처음이었어. 그렇지만 말이야, 안달루시아 아가씨, 보르도에서 지낸 몇 달 동안 너는 진정으로 행복을 누릴 수 없었지. 그때까지는 거짓말에 그리 능숙하지 못했으니까 말이야. 너는 두려워하며 불안해하며 조마조마해하며 살았어. 행여 앞뒤가 맞지 않는 말이나 하지 않을까, 행여 허튼 소리가 튀어나오지 않을까, 그래서 탄로가 나고, 창피를 당하고, 네 본연의 모습으로 되돌아가거나 않을까 노심초사였지. 넌 마리아노 데 고예네체 씨와 그를 그림자처럼 따라다니

161

는 비서 겸 집사인 이스마엘리요를 두려워했지. 이스마엘리요, 어쩐지 믿음이 가는 사람. '불알 발린 성자'.

마리아노 데 고예네체 씨는 플로라의 거짓말을 조금도 의심하지 않고 곧이곧대로 믿었다. 마리아노 씨는 플로라를 이렇게 생각하고 있었다. 최근에 어머니가 죽는 바람에 세상에 외톨이로 남은 여자, 친척도 친구도 없는 여자. 이런 상황이라면 그런 생각 — 간절한 소원이요 꿈 — 을 품을 만도 하다, 페루의 아레키파, 아버지의 고향 땅을 찾아가 보고 싶기도 하겠지, 아버지의 혈육도 만나보고 싶을 것이고, 아버지가 태어난 집도 찾아보고 싶겠지. 그곳에서 안정을 찾을 것이고, 사고무친 외로움도 달랠 수 있겠지. 플로라는 가제 손수건으로 눈가를 훔쳤고, 목소리를 쥐어짰으며, 일부러 흐느끼는 척 했다. 울적한 표정에 수도사 복장처럼 보이는 어두운 색의 옷을 입은 백발 노인네는 감동을 받았다. 플로라가 자신의 불행한 삶에 대해 늘어놓는 동안 노인네는 때때로 플로라의 손을 잡고 고개를 끄덕였다. 그래, 그래, 플로라. 너처럼 젊은애가 세상에 혼자 남다니, 그럴 순 없는 일이지, 내 사촌 마리아노 트리스탄의 딸이라면 마땅히 페루로 가야지, 삼촌과 할머니와 사촌들이 어머니의 죽음으로 생긴 빈곳을 사랑과 정으로 가득 채워주어야지, 피오에게 편지를 써야겠다, 네가 간다고 미리 알려야지, 피오가 직접 좋은 배편을 마련해줘야지, 그리고 긴 여행이 안전하게 끝날 수 있도록 부탁하도록 해야지, 아레키파에서 소식이 올 때까지 우리 플로라는 보르도를 벗어나면 안 된다, 아니 이 집에 가만 있거라, 젊은애가 있으니 집이 다 환하게 피는 것 같구나. 마리아노 데 고예네체 씨는 조카딸이 찾아와 몇 달을 함께 하게 되어 행복해했다.

넌 거의 1년 가까이 마리아노 데 고예네체 씨 저택에 머물렀지. 그 사람, 지금껏 살아 있다면 널 꽤나 증오하고 멸시할 텐데. 11년 전에 널 사랑하고 보호해준 바로 그만큼 말이야. 그 남자는 널 아직 처녀로 믿고 있었지. 사실 넌 그때 도망친 여편네에 자식이 셋(둘은 살고 하나는 죽고)이나 딸린 에미였는데 말이야. 게다가 어머니까지 두 눈 시퍼렇게 뜨고 파리에 살고 있었잖아. 하기야, 어머니가 앙드레 샤잘 편을 들었다고 생각하는 순간, 어머니는 네게 죽은 사람이나 마찬가지였지. 두 번 다시 보지도 않았고 편지 한 통 쓰지 않았으니까. 마리아노 데 고예네체 씨는 『어느 사생아의 인생 역정』이라는 책을 읽고, 네가 잘도 주워섬긴 그 거짓말들을 알아채고, 어떤 표정을 지었을까? 순결하고 천진난만하다고 믿었던 조카딸이, 페루로 갈 여비까지 마련해준 그 조카딸이, 경찰에 쫓기는 몹쓸 여편네에 에미였다니! 아마 고해하러 갔을 테지. 그리고 그날 밤, 그 바싹 마른 몸뚱이에 참회의 고행대를 더욱 단단히 졸라맸겠지.

마리아노 데 고예네체는 '불알 발린 성자' 이스마엘리요와 함께 살며 플로라가 생각했던 것보다 훨씬 더 엄격한 가톨릭적 삶을 살아가는 남자였다. 완전무결한 가톨릭 신자, 고집불통이었다. 어찌 보면, 믿음의 도가 지나쳐 우스꽝스럽게 보이기까지 했다. 마리아노 씨의 최대의 자부심(한편으로는 은근히 시기하는 마음도 키워가고 있었지만)은 친동생이 아레키파의 대주교라는데 있었다. "우리 집안사람이 교회의 총책을 맡고 있단 말이지, 플로라. 가문의 영광! 그만큼 책임도 막중해!" 마리아노 씨는 교회와 하느님에 대한 의무를 최선을 다해 수행하기 위하여 독신을 고집했다. 그러나 순결, 청빈, 순종에 대한 서원은 하지 않았다. 반면 이스마엘리요는 그러한 서원을 한 것 같았다. 마리아노 씨는 매일 아침 교회로 가서 미사에 참석했고, 일주일에 몇 차례씩 오후에 교회로 되돌아가 축복을 받고 로사리오 기도를 올렸다. 마리아노 씨는 미사에,

저녁 기도에, 9일 간의 근행에, 향을 바치는 예배에, 종교 행렬에 플로라를 끌고 다녔다. 플로라는 기도 시간이 되면 마리아노 씨와 같은 신실한 믿음을 꾸며내기 위해 혼신의 힘을 다해야 했다. 마리아노 씨는 기도대도 마다하고 차가운 바닥에 무릎을 꿇고 앉아, 두 손을 가슴에 모으고, 눈을 질끈 감고, 통회와 겸손을 온몸으로 드러내며 기도를 올렸다. 기도에 완전히 빠져든 모습이었다. 사제들, 주임 신부들, 자선단체 지도자들, 자애원 소속 수녀들, 종교단체 사람들이 수시로 집을 드나들었다. 마리아노 씨는 모든 사람을 친절하게 맞았고, 카스텔라와 사탕을 곁들여 '쿠스코에서 보내온' 뜨거운 초콜릿 차를 대접했다. 그리고 헤어질 때는 자상하게도 성의를 표했다.

보르도 중심가, 생피에르 구역에 있는 거대한 석조 저택은 마치 수도원처럼 보였다. 십자가와 성상, 종교를 주제로 한 양탄자와 그림이 저택을 가득 채우고 있었다. 오래된 예배당도 있었고, 구석구석에 제단, 벽감, 성녀나 성자의 유골함이 자리 잡고 있었고 거기서 향이 타오르고 있었다. 두터운 커튼이 항상 처져 있었기 때문에 오래된 대저택은 항상 어둠이 지배하고 있었다. 세상을 저버린 듯한 수도원과 같은 분위기에 플로라는 주눅 들었다. 어둡고 근엄한 집안 분위기로 사람들은 목소리를 낮추어야 했고, 무슨 소리라도 내서 이 음산하고 장엄한 분위기에 해를 끼치지나 않을까 두려워했다.

마리아노 씨의 말에 따르면, '불알 발린 성자' 이스마엘리요는 경제 문제에 정통한 스페인 출신 젊은이였다. 지금은 마리아노 씨의 재산과 임대수입을 관리하고 있었지만 장차 신학교에 들어갈 것이라고 했다. 이스마엘리요는 저택의 한쪽 끝에서 살았다. 이스마엘리요의 서재와 침실은 완전폐쇄 수도원의 독방처럼 황량했다.

저녁 식사 때면 마리아노 씨가 음식에 복을 내려달라고 하느님께 기도했다. 점심 식사 때는 이스마엘리요가 식사 기도를 올렸다. 천사와 같이 순진한 표정에 목소리까지 간드러졌기 때문에 플로라는 터져 나오려는 웃음을 눌러 참아야 했다. 이스마엘리요는 맵시가 있었을 뿐만 아니라 잘생기기까지 했다. 깔끔하게 면도한 장밋빛 얼굴, 호리호리한 몸매. 손은 갓난아이 살결처럼 부드러웠고, 잘 다듬은 손톱은 반짝반짝 빛났다. 이스마엘리요 역시 집주인과 마찬가지로 음산한 분위기를 풍기는 옷을 입었다. 그러나 마리아노 데 고예네체 씨와는 조금 달랐다. 마리아노 씨는 자신의 몸과 영혼을 하느님에 대한 사랑과 종교 활동에 전적으로 바친 것을 만족해하는 것 같았으나, 스페인 젊은이 — 아마 플로라와 비슷한 또래였을 것이다, 많이 봐야 서른이나 서른 둘 정도로 보였다 — 는 표정이나 말이나 행동거지로 볼 때, 속으로 해소되지 않은 갈등을 겪고 있는 것 같았다. 겉으로 드러난 행동과 속마음이 불화를 일으키고 있는 것 같았다. 때로 젊은이는 플로라에게 천사처럼 보였다. 종교적 믿음에 대한 열정이 모든 욕구와 쾌락을 포기하게 만드는 것 같았고, 영혼 구원과 하느님에 대한 헌신으로 세상과 담을 쌓고 사는 것처럼 보였다. 그러나 또 때로는, 젊은이 속에 또 다른 인격이 숨어 있는 것도 같았다. 겸손하고 소박하고 자상해 보이는 겉모습 뒤에 도저히 상상도 못할 존재, 뻔뻔스러운 사기꾼이 도사리고 있는 것 같았다. 마리아노 씨의 신임을 얻은 후에, 마리아노 씨의 그늘에서 보호받다가, 마리아노 씨의 재산을 상속하려는 사기꾼이.

플로라는 이내 이스마엘리요의 눈에서 탐욕의 불꽃을 발견해내고 몸을 사렸다. 플로라는 종종 이스마엘리요의 마음에 계획적으로 불을 지르기도 했다. 이스마엘리요와 만날 때면 실수인양 치마를 들어올려 날씬한 종아리를 드러내기도 했고, 이스마엘리요의 이야기를 한 마디도 놓치지 않겠다는 듯 바싹 다가서기도 했다. 이스마엘리요는 그녀의 체취를 맡을 수 있었고, 살에 닿는 그녀의 피부를 느낄 수 있었다. 그러면 이스마엘리요는 자제력을 잃고 얼굴이 창백해지거나 시뻘겋게 달아오르곤 했다. 목소리가 갈라졌고, 말이 엇갈렸으며, 종잡을 수 없는 이야기를 떠듬거리곤 했다. 이 수도원과 같은 낡은 저택에서 플로라를 처음 본 순간부터 이스마엘리요는 그녀에게 빠져들고 말았던 것이다. 플로라는 첫날부터 그런 사실을 알고 있었다. 그 친군 너에게 미쳐 있었던 거야. 그래서 속이 타 안달이었지. 그러나 그 친구, 통상적인 우정을 넘어갈 만한 얘기는 감히 한 마디도 하지 못했지. 그러나 이스마엘리요는 그 눈빛만은 어쩌지 못했다. 플로라는 이스마엘리요의 눈에서 강렬한 욕망의 빛을 자주 발견할 수 있었다. 마치 이렇게 얘기하는 것 같았다. 내가 얼마나 자유를 갈구하는지 알아, 내 마음을 네게 털어놓고 싶어, 손을 잡고 입을 맞추고 싶어, 부탁해, 너와 사귈 수 있게 해줘, 널 사랑할 수 있게 해줘, 제발, 나와 결혼해줘, 내게 진정한 행복이 뭔지 가르쳐줘.

그 집에서 보낸 1년 동안 끊임없는 종교 활동으로 지겹기도 했지만, 플로라는 페루로의 여행을 다짐하며 공주처럼 지냈다. 그동안 책을 읽지 않았다면 — 플로라는 마리아노 씨의 어마어마한 개인 도서관에서 그 어느 때보다도 많은 책을 읽었다 — , '불알 발린 성자'의 헌신적인 도움이 없었다면, 플로라는 지금보다 형편없는 인물이 되었을 것이다. 이스마엘리요는 가론 강변이나 주변 들판을 플로라와 함께 오랜 시간 산책하기도 했다. 포도밭에서 멀리 벗어난 곳에서, 이스마엘리요는 스페인이나 마리아노 씨나 자신이 상세히 알고 있는 보르도 명문가의 추문에 관한 얘기로 플로라를 즐겁게 해주었다. 어느 날, 두 사람이 벽난로 옆에서 카드놀이를 하고 있을 때, 플로라는 젊은이가 안절부절못하며 끊임없이 손으로 바지를 만지작거리는 것을 알아챘다. 벌레를 쫓는 것 같기도 했고 어딘가 가려운 듯도 싶었다. 플로라는 시치미를 떼고 젊은이의 동작을 유심히 살폈다. 그랬다. 의심의 여지가 없었다. 플로라와 가까이 있다 보니 자기도 모르게 그렇게 된 것이었다. 그것도 플로라와 마리아노 씨가 지켜보고 있는 바로 그 자리에서 말이다. 마리아노 씨는 흔들의자에 앉아 가죽 장정된 책을 읽고 있었다. 플로라는 젊은이를 골려줄 요량으로 뜬금없이 물을 한 잔 갖다 달라고 부탁했다. 이스마엘리요는 얼굴을 확 붉히며 잘 듣지 못했다는 듯 시간을 끌었다. 결국 이스마엘리요는 엉거주춤 일어났다. 플로라는 살짝 곁눈질해보았다. 바지 앞쪽이 부풀어 있었다. 그날 밤, 이스마엘리요는 예배당 바닥에 꿇어 엎드려 오열을 토해냈다. 회개한답시고 자기 몸에 채찍질이라도 하고 있는 걸까? 그때부터 플로라는 이스마엘리요에 대해 애증을 느끼기 시작했다. 플로라, 넌 그 남자를 가엾게 생각했어. 그러면서도 혐오했지. 좋은 사람이었는데 고통을 받았지. 틀림없어. 하지만, 자기 자신의 삶으로 충분히 고통받고 있는 사람한테 더 이상의 고문을 가해 어쩌자는 거야? 그 사람한테서 뭘 바랄 수 있었겠어?

생테티엔에 머무르는 동안 가장 인상 깊었던 경험은 수비대 옆에 위치한 군수품 공장을 방문한 일이었다. 플로라는 수비대 대장의 친구인 부르주아 사회주의 공동생활 단체 회원 세 명의 도움으로 공장 방문 허락을 받았다. 수비대 대장은 부관들 중 한 명에게 플로라를 경호하도록 명령했다. 요사스러운 콧수염을 기른 대위였다. 공장에서 생산되는 무기에 대한 설명은 지루하기 짝이 없었다. 플로라는 설명을 듣는 동안 딴 생각에 팔려 있었다. 그러나 방문 시간이 끝날 때쯤 해서 민간인인 공장장과 여러 명의 포병들이 플로라의 용기를 북돋워 주었다. 플로라는 그들과 사소한 잡담을 나누었다. 플로라를 경호하던 대위가 많은 사람들 앞에서 갑자기 물어왔다. 소문에 듣자하니 트리스탄 부인께서는 반전주의자라고 하던데 그게 진짜 사실입니까? 플로라는 대충대충 대답하고 넘어가려 했다. 생베노아 구역에 있는 리본 공장에서 사람들이 플로라를 기다리고 있었다. 그래서 쓸데없는 문제로 시간을 낭비하고 싶지 않았다. 그러나 플로라를 둘러싼 장교들의 표정에 실린 놀라움과 경멸감과 조롱기를 보고는 참을 수가 없었다.

"진짜 사실입니다, 대위. 난 평화주의자입니다. 그렇고말고요. 그래서 내가 주장하는 노동조합은 장차 무기 생산을 금지시키고 군대를 없애버릴 겁니다."

그로부터 두 시간이 지난 뒤에도 플로라는 화가 난 군인들과 격렬한 토론을 벌이고 있었다. 어떤 사람은 분을 이기지 못해 이렇게까지 외쳤다. "그런 생각을 품고 있다니, 프랑스 여자라면 도저히 생각할 수 없는 일이요."

"여러분, 내 조국은 프랑스이기에 앞서 인류입니다." 플로라는 소리쳤다. 그리고 종지부를 찍었다. "유쾌한 만남이었습니다. 감사합니다. 이젠 가야 합니다."

플로라는 공장을 빠져나왔다. 토론으로 지쳐 있었다. 그러나 당찬 이상으로 그 거들먹거리던 군바리 놈들을 쩔쩔매게 만들었다고 생각하니 내심 통쾌했다. 플로라, 참 많이도 변했구나. 앙드레 샤잘의 추적에서 벗어나기 위해, 마리아노 데 고예네체 씨의 대저택에서 머물다 페루로 서둘러 떠난 이후로 많이도 변했어. 반항기가 다분하긴 했지만, 뚜렷한 목표도 없는 무식쟁이였는데 말이야. 혁명이라니, 어림도 없는 일이었지. 결혼을 구실로 여성을 노예로

168

삼는 그런 사회와 조직적으로 맞서보겠다는 생각은 꿈에도 할 수 없었는데 말이지. 페루의 경험이 진짜 보배였지. 아레키파와 리마에 머무르는 동안, 넌 완전히 변했어.

피오 트리스탄 씨는 플로라의 여행을 마지못해 허락했다. 피오 트리스탄 씨는 전해왔다. 플로라는 아버지가 태어나고 어린 시절과 청년 시절을 보낸 집에서 머물 수 있을 것이다. 마리아노 데 고예네체 씨와 이스마엘리요는 다음 주에 남미로 출항할 배편을 알아보기 시작했다. 세 편의 배편을 찾을 수 있었다. '카를로스 아돌포' 호, '플레테스' 호, '르 멕시카노' 호. 세 편 모두 1833년 2월 중에 떠날 예정이었다. 마리아노 씨는 손수 배편을 하나하나 꼼꼼히 살펴보았다. 처음 두 편은 제외되었다. '카를로스 아돌포'는 낡은 데다 수리한 곳도 많았다. '플레테스'는 상태는 좋았으나 남미로 향하기 전에 아프리카 해안을 반쯤 돌아간다고 했다. '르 멕시카노'가 조건이 가장 좋았다. 배는 작았지만 중간에 들르는 곳이 한 군데밖에 되지 않았다. 이 배는 마젤란 해협을 통과해 발파라이소까지 간다고 했다. 항해는 석 달 정도 걸릴 것 같았다.

배가 정해졌고, 선실도 배정받았다. 이제 출발하기만 기다리면 되었다. 플로라가 보르도에 도착한 직후부터 마리아노 씨와 이스마엘리요는 플로라의 짧은 스페인어 실력을 향상시키는 데 주력했다. 플로라는 어렸을 때 보지라르의 집에서 살 때 아버지의 입을 통해 들은 몇 가지 단어와 몇 마디 문장을 기억하고 있었다. 마리아노 씨와 이스마엘리요는 선생으로서의 역할을 진지하게 수행했다. 그래서 플로라는 넉 달 만에 그들의 대화를 알아들을 수 있었고, 서투르게나마 스페인어를 구사할 수 있게 되었다.

보르도 사람들은 이스마엘리요를 아주 고약한 별명으로 부르고 있었다. 플로라는 그 별명을 마리아노 씨의 하인들을 통해서 알게 된 게 아니라 바로 이스마엘리요의 입을 통해 알게 되었다. 넓은 가론 강변이나 도시 근교의 들판을 오랜 시간 산책할 때였다. 그때마다 플로라는 짐작할 수 있었다. 이스마엘리요는 마음속으로 조용하지만 치열한 전투를 벌이고 있는 것 같았다. 그녀에 대한 연정을 고백해야 할 것이냐, 아니면 참아야 할 것이냐.

"분명해요. 보르도 사람들이 등 뒤에서 날 뭐라고 부르는지 들으셨을 테지요."

"아니요, 아무 소리도 듣지 못했어요. 별명이나 뭐 그런 거예요?"

"추잡하고 불경스러운 별명이지요." 젊은이는 입술을 깨물며 말했다. "'불알 발린 성자'라나요."

"정말 추잡하네요." 플로라는 소리쳤다. 어이가 없었다. "불경스럽기도 하구요. 하지만, 말도 안 되는 소리예요. 왜 그런 얘길 해요?"

"당신에게는 아무것도 비밀로 하고 싶지 않아요, 플로라."

입을 다물었다. 고개를 떨어뜨렸다. 산책하는 동안 한 마디도 하지 않았다. 자신의 처지에 절망하는 것 같았다. 그래, 바로 그런 순간이었지, 넌 그렇게 믿었지, 플로라. 젊은이는 바로 그런 순간에 놓여 있었다. 종교적 서원을 내팽개치고, 나도 인간이다, 나는 신이 아니다, 당신과 같이 아름답고 똑똑한 여자를 품에 안고 싶다라고 고백할 참이었다. 그러지 말았어야 했는데. 때로 그 남자에게서 역겨운 점이 발견되긴 했어도, 그래도 동정이 섞인 애정을 느끼게까지 되었는데.

생베노아의 리본 공장 방문은 플로라를 화나게 했고 맥 빠지게 했다. 20명의 노동자들은 하나같이 귀머거리에, 일자무식에, 바보 멍청이에, 기본적인 호기심마저 없는 사람들이었다. 나무나 돌멩

170

이에 대고 얘기하는 기분이었다. 이 사람들보다는 카페 드 파리를 드나드는 그 멋쟁이 장교들을 혁명가로 만드는 편이 더 수월할 것 같았다. 노동자들은 굶주림과 착취에 시달리느라 짐승이나 다름없는 꼴을 보이고 있었다. 부르주아들이 이 사람들의 지성을 마지막 한 조각까지 철저히 훑어내 버린 것이었다. 질문 시간이 되었을 때, 한 사람이 이런 말까지 했다. 거 듣자하니, 『노동조합』 책자를 팔아서 한몫 단단히 챙긴다고 하던데요. 플로라는 화낼 기력조차 없었다.

마침내 '르 멕시카노' 호가 언제 페루를 향해 보르도 항을 출발할지 정확한 날짜 — 1833년 4월 7일 아침 8시 밀물 때를 이용해 출발한다고 했다 — 를 알게 되었다. 그리고 누가 선장으로 임명되었는지도 알게 되었다. 바로 사카리아스 샤브리에였다. 마리아노 데 고예네체 씨가 그 이름을 내뱉는 순간, 플로라는 번개가 몸을 꿰뚫는 것 같았다. 사카리아스 샤브리에라니! 파리의 여관에서 아레키파의 트리스탄 가문에 대해 알려주었던 바로 그 선장이었다. 선장은 플로라의 딸 알린느도 알고 있었다. 마리아노 씨와 이스마엘리요의 호위를 받으며 플로라가 나타나면, 플로라를 '부인'이라고 부르며 '아름다운 따님'의 안부도 물어올 것이다. 거짓말이 온통 드러나고, 쩔쩔매게 되겠지, 안달루시아 아가씨.

밤에 잠을 이루지 못했다. 안절부절 가슴이 쿵쾅거렸다. 그러나 다음 날 아침에는 결의에 차 있었다. 플로라는 핑계를 대고 밖으로 나왔다. 클라라 성녀에게 약속한 것이 있다, 혼자서 치러야 할 일이다. 플로라는 마차를 세내어 항구로 갔다. 해운사 사무실은 쉽게 찾을 수 있었다. 30분 정도 기다리고 있자니 사카리아스 샤브리에가 문으로 들어섰다. 큰 키, 숱이 적은 머리칼, 브르타뉴인 특유의 강인하고 촌스러운 둥근 얼굴, 정이 넘치는 눈동자, 플로라는 한눈에 알아볼 수 있었다. 선장도 플로라를 즉시 알아보았다.

"트리스탄 부인!" 선장을 허리를 굽혀 플로라의 손에 입을 맞추었다. "승객 명단을 보고 혹시 부인이 아닐까 생각했습니다. '르 멕시카노'를 타고 함께 여행하신단 말이지요?"

"잠시 둘만 얘기할 수 있을까요?" 플로라는 과장된 표정으로 고개를 까닥했다. "사느냐 죽느냐 하는 문제예요, 샤브리에 씨."

선장은 어리둥절해 하며 플로라를 작은 방으로 안내했다. 선장은 자기 자리일 것 같은 의자를 플로라에게 양보했다. 발걸이까지 달린 커다란 소파였다.

"선장님께 솔직히 털어놓겠습니다. 선장님을 신사분으로 생각하니까요."

"기대를 저버리지 않겠습니다, 부인. 어떻게 도와드릴까요?"

플로라는 잠시 망설였다. 샤브리에는 전형적인 브르타뉴인으로 보였다. 세상의 모든 바다를 돌아다녀도 전통적인 가치와 윤리적인 원칙과 종교를 악착같이 지키는 그런 사람으로 보였다.

"부탁입니다. 질문은 하지 말아 주세요." 플로라는 눈물을 뚝뚝 떨어뜨리며 애원했다. "바다로 나가면 설명드리겠습니다. 부탁입니다만, 출발하는 날, 제가 다른 사람들과 함께 이곳에 나타나면, 절 처음 보는 사람처럼 대해주십시오. 절 배반하시면 안 됩니다. 간곡히 부탁드립니다, 선장님. 그렇게 약속해주시겠습니까?"

사카리아스 샤브리에는 진지한 표정으로 고개를 끄덕였다.

"설명은 필요 없습니다. 난 당신을 모릅니다. 만나 본 적도 없습니다. 화요일 8시, 출항할 때, 그때 만나 뵙게 되겠지요."

# 8

# 알린느 고갱의 초상화

## 푸나아우이아, 1897년 5월

1895년 7월 3일, 폴은 마르세유에서 출발하는 '오스트랠리언' 호에 몸을 실었다. 몸은 지쳐 있었지만 기분은 좋았다. 폴은 언제 죽을지도 모른다는 생각에 최근 몇 주를 번민 속에서 보냈다. 자신의 시체를 유럽에 묻고 싶지 않았다. 자신이 선택한 제2의 고향 폴리네시아에 묻히고 싶었다. 코케, 이런 점에 있어서는 플로라 할머니를 꼭 빼닮았어. 세계주의자가 되려했던 그 미친 할머니를 말이지. 태어나는 곳은 우연의 소산일 뿐이다, 진정한 조국은 본인 스스로 선택해야 한다. 그래서 넌 타히티를 선택했어. 넌 그 아름다운 야만인들의 땅에서 한 사람의 야만인으로 죽어가겠지. 이런 생각을 하자 답답하던 심정이 한결 풀리는 것 같았다. 폴, 이제 더 이상 자식들과 친구들을 보지 못한다 해도 상관없단 말이야? 다니엘도, 그 사람 좋은 쉬프도, 최근에 사귄 퐁타방의 제자들도, 몰라르 부부도 두 번 다시 보지 않을 거란 말이야? 흥, 그까짓 것들이 무슨 상관이야!

배는 수에즈 운하를 통과하기 전에 포트사이드에 정박했다. 배의 잔교에 즉석 시장이 형성되었다. 폴은 장을 둘러보기 위해 배에서 내렸다. 상인들이 몰려들어 포목 · 잡동사니 · 대추야자 · 향수 · 꿀사탕 따위를 팔아달라고 아랍어로, 그리스어로, 터키어로 아우성치고 있었다. 폴은 불그스름한 터번을 두른 누비아족 남자가 손아귀에 감춘 것을 보일 듯 말 듯 내보이며 한쪽 눈을 찡긋거리는 것을 발견했다. 남자는 춘화를 한 묶음 가지고 있었다. 사진 상태도 양호한 편이었다. 온갖 희한한 자세로 남녀가 몸을 섞는 사진이었다. 사냥개한테 뒤를 대주는 여자까지 있었다. 폴은 즉석에서 마흔다섯 장의 사진을 샀다. 파피테 은행에 맡겨놓은 폴의 트렁크는 이로써 더욱 풍성해질 것이다. 사진이나 골동품 따위의 온갖 잡동사니로 가득한 그 트렁크가 말이다. 타히티 여자들에게 이 해괴망측한 사진을 보여주면 어떤 반응을 보일지 상상해보며 폴은 키득거렸다.

타히티에 도착하기까지는 두 달이 통째로 걸렸다. 시드니와 오클랜드를 거쳐야 했고, 섬으로 가는 배를 타기 위해 오클랜드에서 3주간 묶여 있어야 했다. 춘화를 뒤적여보고 상상의 나래를 펼쳐보고 하는 일이 그나마 위안거리였다. 9월 8일, 마침내 파피테에 도착했다. 배는 음산한 새벽 여명과 함께 항구가 있는 호수로 접어들었다. 도무지 말로는 표현할 수 없을 정도로 행복했다. 마치 집으로 돌아온 듯한 심정이었다. 친구와 친척들이 항구로 떼거리로 몰려와 맞아주는 듯한 기분이었다. 그러나 폴을 기다리는 사람은 아무도 없었다. 덩치 큰 짐, 가방, 캔버스 두루마리, 그림물감을 모두 실을 수 있는 커다란 마차를 구하는 일도 만만치 않았다. 폴은 겨우 마차를 잡아 짐을 싣고 시내 중심 보나르 가에 봐둔 비좁은 하숙집으로 향했다.

파피테는 폴이 자리를 비운 2년 사이에 많이 변해 있었다. 이제는 전기까지 들어와 이전과 같은 신비스럽고 음침한 밤 분위기를 느낄 수 없었다. 특히 항구 주변이 변화가 심했다. 고작 7척뿐이었던 배도 이제는 10척이나 되었다. 본국 출신 민간인과 관리들도 함께 드나들었던 군인 클럽 역시 나무 울타리를 두른 반질반질한 테니스장을 갖추고 있었다. 테니스라니! 콩카르노에서 몽둥이찜질을 당해 지팡이에 의지하게 되면서부터는 꿈도 꿔보지 못하는 스포츠잖아, 폴.

여행 중에 수그러들었던 발목 통증이 타히티 땅에 발을 딛자마자 다시 시작되었다. 통증이 심할 때면 침대를 나뒹굴며 껙껙 비명을 토해내야 했다. 진통제는 전혀 소용없었고 오로지 술이었다. 혀가 꼬일 정도로 술을 마셔야 겨우 일어설 수 있었다. 파피테의 약사가 거액의 뒷돈을 받고 처방전 없이 내준 아편도 통증을 누그러뜨리는 데 한몫 단단히 했다.

폴은 마약에 취해 비몽사몽간을 헤매며 몇 시간씩 방 안에 누워 있거나 아담한 하숙집 테라스 의자에 앉아 있고는 했다. 그러는 동안 수도에서 12킬로미터 떨어진 푸나아우이아에 폴의 오두막이 세워지고 있었다. 폴은 얼마 안 되는 돈으로 푸나아우이아에 땅 한 뙈기를 사서 오두막을 짓게 했다. 대나무로 벽을 두르고 야자수 잎을 엮어 지붕을 얹은 오두막이었다. 오두막이 완성되자, 폴은 이전에 이곳에 머물 때 쓰다 남은 잡동사니와 프랑스에서 가져온 물건과 파피테 시장에서 새로 구입한 가구들로 오두막을 채우고 장식했다. 폴은 하나뿐인 방에 커튼을 쳐 둘로 나누고 한쪽은 침실로 또 한쪽은 아틀리에로 사용했다. 폴은 이젤을 세우고 캔버스 두루마리와 그림들을 정리했다. 이제야 기운이 나는 것 같았다. 폴은 밝은 빛을 얻기 위해 고질적인 발목 통증을 무릅쓰고 손수 지붕에 채광창을 만들었다. 모든 준비가 끝났지만, 폴은 몇 달 동안 그림을 그릴 수 없었다. 폴은 나무 판넬을 몇 개 만들어 오두막 벽에 걸었다. 발목 통증과 가려움증 — 그 입에 담지 못할 병의 증상은 꼬박꼬박 시간 맞춰 나타나곤 했다 — 이 어느 정도 누그러졌다 싶으면 조각을 팠다. 히나, 오비리, 아리오리, 테 파투, 타아오라. 폴은 자신이 판 조각 하나하나에 옛날 마오리족 신들의 이름을 붙였다.

  폴은 그 기간 내내, 밤낮 없이, 맑은 정신으로나, 뇌를 녹이는 아편이 야기한 끈적끈적한 현기증 속에서 알린느를 생각했다. 폴은 딸아이 알린느 — 메트 가드가 낳은 다섯 명의 자식들 중에서도 유독 그 아이만 가끔 생각났다 — 가 아닌 어머니 알린느 샤잘을 생각했다. 플로라 할머니가 죽자 할머니의 정치인 친구들과 지식인 친구들은 고아가 된 알린느의 밝은 미래를 위해 애를 썼고, 1847년에 알린느를 클로비스 고갱 — 폴의 아버지 — 이라는 공화주의파 신문기자와 결혼시켰다. 그래서 알린느 샤잘은 알린느 고갱 부인이 되었다. 비극적인 결혼이었어, 코케. 네 가족 전체가 비극덩어리였단 말이야. 새로 지은 푸나아우이아 아틀리에 벽에 포트사이드에서 구입한 사진을 줄줄이 붙이던 날, 과거 기억이 봇물 터지듯 터져 나오기 시작했다. 알몸뚱이 계집아이 품에 안겨 있는 역시 알몸뚱이인 모델이 사진사 쪽을 쳐다보고 있었다. 파리 사람들이 '안달루시아 머리채'라고 부르던 그런 새카만 머리채, 나른해 보이는 크고 동그란 눈, 누군가를 생각나게 했다. 폴은 이유도 없이 불편해졌다. 몇 시간 후, 폴은 쓰러졌다. 네 어머니야, 폴. 사진 속 어린 창녀는 어딘가 모르게 알린느 고갱과 닮은 구석이 있었다. 얼굴선이, 머리채가, 서글퍼 보이는 눈초리가 그랬다. 웃음이 터져 나왔다. 가슴이 미어지는 것 같았다. 무슨 일이야, 새삼스럽게 어머니 생각을 다 하고? 1888년에 초상화를 그린 이후로는 어머니 생각을 전혀 하지 않았잖아? 7년 동안이나 잊고 지낸 어머니가 시방 무슨 연유로 밤낮 없이, 무슨 강박관념처럼, 네 의식을 물고 늘어진단 말인가. 그리고 타히티에서 두 번째 삶을 막 시작한 마당에 몇 날 몇 달을 줄기차게 따라다니는 이 느낌, 이 꿀꿀한 서글픔의 정체는 과연 무엇이란 말인가? 한참 전에 죽은 어머니가 생각난다고 이상해할 것은 없었다. 그러나 과거 기억에 고통과 불행이 묻어난다는 것은 이상한 일이었다.

폴은 1867년 인도의 어느 항구에서 홀어미로 지내던 어머니 알린느 샤잘이 죽었다는 소식 ─ 넌 그때 겨우 스물여덟 살이었어, 폴 ─ 을 들었다. 2등 보조원으로 일하던 상선 '칠리' 호가 인도에 잠시 정박했을 때였다. 알린느는 저 아득한 파리에서 마흔한 살의 나이로 죽었다. 플로라 할머니와 똑같은 나이에 죽었던 것이다. 그 소식을 듣고도 지금처럼 가슴이 미어지는 것 같지는 않았는데. "그렇군요." '칠리' 호의 간부들과 일반 선원들이 조의를 표하자 넌 그렇게 무심한 표정으로 받아넘겼지. "우리 모두 죽지 않습니까. 오늘은 내 어머니, 내일은 우리가 죽겠지요."

폴, 넌 어머니를 사랑한 적이 한 번도 없었단 말이야? 그래, 어머니가 죽었을 때는 사랑하지 않았지. 그러나 어릴 적 리마에서 피오 트리스탄 아저씨 집에 살 때는 어머니를 얼마나 사랑했었다고. 아주 생생히 살아 있는 어린 시절 기억 중 하나. 리마 시내 한복판 산 마르셀로 동네의 대저택에서 왕들 부럽지 않게 살 당시에 어린 과부가 보여준 화사함과 우아함. 당시 알린느 고갱은 페루 귀부인들처럼 옷을 입고, 은으로 가장자리를 수놓은 커다란 망토로 가녀린 몸을 감싸고, 리마 귀부인들처럼 한쪽 눈만 보이도록 머리와 얼굴을 망토로 가리고 다녔다. 트리스탄 가문 사람들과 에체니케 가문 사람들이 이구동성으로 고갱의 미망인 알린느 샤잘을 칭찬하는 말을 늘어놓을 때면 폴과 어린 여동생 마리아 페르난드는 얼마나 우쭐댔는지 모른다. "절세미인이로세!" "한 폭의 그림이야! 정말 귀신같이 예쁘네!"

1888년에 그린 어머니 초상화는 지금 어디에 있을까? 넌 트렁크를 뒤져 잡동사니 틈에서 어머니가 남긴 유일한 사진을 찾아냈고, 그 사진을 바탕으로 기억을 짜내 가며 초상화를 그렸지. 그래, 팔아먹은 기억은 없어. 메트가 코펜하겐에서 잘 보관하고 있을까? 그래, 다음 번 편지에 물어봐야겠다. 다니엘과 사람 좋은 쉬프에게 맡긴 그림들 속에 섞여 있지는 않을까? 그렇다면 보내달라고 연락해야겠지. 아주 생생하게 기억나지 않아? 러시아 성화처럼 녹색을 띤 노란색 바탕은 알린느 고갱의 아름답고 긴 새카만 머리채와 대비되어 유난히 두드러져 보였어. 하늘하늘 어깨까지 늘어진 그 머리채. 목덜미 언저리에서 보랏빛 리본을 일본 꽃송이처럼 매듭지어 묶은 머리채. 폴, 진짜 안달루시아 아가씨의 머리채였어. 너는 기억에 남아 있는 어머니의 두 눈을 그 모습 그대로 나타내기 위해 무진 애를 썼지. 커다랗고 새카만 그 눈, 호기심이 서린 그 눈빛, 약간 수줍어하던 그 눈빛, 엄청 슬퍼 보이던 그 눈빛. 하얀 피부는 발갛게 달아오른 양볼 때문에 더욱 새하얗게 보였어. 어머니는 누군가가 말을 건네거나 혹은 잘 알지 못하는 사람들이 있는 방으로 들어갈 때면 볼이 발갛게 달아오르곤 했지. 소심함과 유별난 조심성이야말로 어머니의 전매특허라고 할 수 있었지. 무슨 말을 들어도 아무 대꾸 없이 꾹 참고 견디는 그 성품 때문에 — 어머니가 직접 들려준 바에 의하면 — 왈가닥 부인이었던 플로라 할머니는 종종 울화통을 터뜨렸다고 했지. 넌 네가 그린 〈알린느 고갱의 초상화)에서 그 모든 것을 볼 수 있다고, 비극으로 점철된 어머니의 삶을 전부 가늠해볼 수 있다고 확신했지. 폴, 그 그림이 어디 있는지 확인해서 반드시 되찾아야 해. 그림을 찾아서 이곳 푸나아우이아에서 함께 지내는 거야. 그럼 외로움도 타지 않을 테니까. 그 빌어먹을 브르타뉴 의사 놈들이 그대로 방치한 곪아터지는 종기와 발목 통증만 붙들고 살 수는 없는 노릇이잖아.

대체 무슨 생각으로 1888년 12월에 그 초상화를 그렸던 거지? 바로 구스타브 아로사의 입을 통해 그 말도 안 되는 재판 과정을 전해들었기 때문이었지. 아로사와 화해하기 위해 마지막으로 부질없는 노력을 기울일 때 말이야. 그래, 그 말을 듣고 결국 어머니와는 화해하게 되었지. 후견인과의 관계는 회복할 수 없었지만 어머니와는 화해하게 되었던 거야. 폴, 넌 그때 진심으로 어머니와 화해했던 거야? 아니. 넌 너무나 못돼 처먹은 놈이었어. 그래서 어머니가 어린 시절에 당한 일을 알고 나서도 — 구스타브 아로사는 재판 서류를 모두 보여주었어. 고통을 함께 나누면 우정을 회복할 수 있겠다고 믿었던 거지 — 어머니에 대한 앙심을 풀지 않았어. 어머니는 널 데리고 리마에서 돌아와 오를레앙의 지지 아저씨 집에서 몇 년을 함께 살다가, 뒤팡루 신부가 운영하는 수도원 학교 기숙사에 널 집어넣고는 파리로 떠나버렸지. 그때부터 넌 어머니라면 이를 박박 갈았어. 구스타브 아로사의 애인 노릇으로 빌붙어 살려고 그랬을 거야, 틀림없어! 코케, 넌 그런 어머니를 절대 용서하지 않았어. 널 오를레앙에 내버린 데다, 돈 많은 부자에 예술 애호가에 그림 수집가인 구스타브 아로사의 애인까지 됐으니 결코 용서할 수 없었지. 폴, 이 위선덩어리, 넌 대체 어떻게 생겨먹은 놈이야? 부르주아의 편견에 사로잡힌 날건달. 넌 바로 그런 놈이었어. "어머니, 이젠 어머니를 용서합니다." 폴은 울부짖었다. "할 수 있다면, 나도 용서해주세요." 폴은 완전히 취해 있었다. 온몸이 화끈거렸다. 마치 온몸 구석구석에서 작은 지옥불이 타오르는 것 같았다. 폴은 아버지 클로비스 고갱을 생각했다. 아버지는 정치적인 이유로 프랑스를 빠져나와 리마로 가던 도중 바다 한가운데에서 죽었고, 마가야네스 해협 근처에 있는 을씨년스러운 암브레 항에 묻혔다. 아버지 무덤에 꽃을 바치러 가는 사람은 절대로 없을 것이다. 폴은 어머니 알린느 고갱을 생각했다. 절망이 극에 달한 상태에서 철부지 자식을 둘이나 끼고 낯선 리마를 찾아온 홀어미.

폴은 며칠 동안을 철저히 버려진 듯한 기분으로 지냈다. 발목 통증 때문에 오두막 밖으로 나갈 수조차 없었다. 어머니는 유언을 통해 얼마 안 되는 그림과 책을 폴에게 남겨주었다. 폴은 유언장에서 읽은 어머니의 예언을 되새겨보았다. 어머니는 네가 네 분야에서 성공하기를 바랐지. 하지만 아직까지도 기분이 찜찜한 글귀도 있었어. '내 아들 폴은 내 친구들이라면 아주 질색을 하는 아이입니다. 그러다 끝내 그 가엾은 놈이 사고무친 외톨이 신세가 되지 않을까 걱정입니다.' 어머니, 어머니 말처럼 그대로 되고 말았네요. 한 마리 외로운 늑대, 한 마리 가여운 강아지 신세가 되고 말았단 말입니다. 어머니는 네 속에 감추어진 야수성을 알고 있었어, 네가 너의 진면목을 알아차리기도 전에 말이야, 폴. 그건 그렇다 치고, 네가 알린느 고갱의 친구들이라면 치를 떨었던 청년이었다는 말은 옳지 않아. 넌 너의 후견인이었던 구스타브 아로사만 미워했으니까. 그 양반이라면 진짜 치가 떨렸지. 넌 그 양반에게 웃음 한 번 보이지 않았고, 좋아한다는 인상 한 번 내비치지 않았어. 그 양반이 아무리 네게 친절하게 굴어도, 선물을 주어도, 충고를 해주어도 말이지. 그 양반은 네가 선원 생활을 접고 사업에 뛰어들었을 때에도 많은 도움을 주었지만 넌 고집불통이었어. 파리 주식시장에서 한몫 잡아보라며 폴 베르텡의 사무실에 취직시켜준 사람도 그 양반이었어. 그 양반은 그 외에도 여러 가지 면에서 널 도와주었어. 하지만 그 양반은 결코 네 친구가 될 수 없었어. 그 양반이 네 어머니를 진짜 사랑했다면 자기 부인과 이혼하고 고갱의 미망인인 알린느 샤잘을 정식 부인으로 맞아들였어야 했단 말이지. 그런데 그 양반은 어머니를 뒤에 숨겨놓고 찔끔찔끔 육욕을 채웠단 말이야. 좋아, 야만인이라면 그따위 짓거리쯤이야 문제될 것도 없지. 폴, 그런 게 바로 편견이라는 거 아냐? 하지만 그 당시 넌 야만인과는 거리가 멀어도 한참 멀었지. 당시 넌 구스타브 아로사와 같은 거부가 되겠다는 일념으로 파리 주식시장에서 밥이나 벌어먹고 사는 일개 부르주아였을 뿐이니까. 폴은 한껏 웃어젖혔다. 그 바람에 침대가 뒤뚱거리며 모기장이 폴 위로 떨어져 내렸다. 그물에 잡힌 한 마리 물고기 신세나 다름없는 꼴이었다.

폴은 통증이 가라앉자 예전에 '바히네'로 데리고 살았던 테하마나를 수소문해보았다. 테하마나는 마아리라는 마타이에아 청년과 결혼해 계속 그 마을에 새남편과 함께 살고 있다고 했다. 폴은 푸나아우이아 개신교 교회에서 청소부로 일하는 소년을 시켜 테하마나에게 전갈을 보냈다. 내 곁으로 돌아오라, 선물 한 보따리를 준비해두었다. 별로 기대는 하지 않았다. 며칠 후, 테하마나가 폴의 오두막에 나타났다. 조금 당황스럽기는 했지만 대만족이었다. 테하마나는 처음 폴을 따라왔을 때처럼 자그마한 옷 보따리를 하나 챙겨 왔다. 테하마나는 마치 어젯밤에 헤어진 사람처럼 인사를 건넸다. "안녕, 코케."

조금 살이 오르긴 했지만 여전히 늠름하고 아름다운 청춘이었다. 조각해놓은 듯한 몸매, 푸짐한 젖가슴과 엉덩이와 아랫배도 여전했다. 폴은 테하마나를 다시 보니 기분이 너무나 좋았다. 몸까지

덩달아 나아지는 것 같았다. 발목 통증도 사라져 폴은 다시 그림을 그리기 시작했다. 그러나 테하마나와의 재결합은 얼마 가지 못했다. 계집아이는 폴의 종기를 보고는 노골적으로 역겨워했다. 가려움증을 완화시켜주는 비소 고약을 다리에 바른 후에 하루 종일 붕대를 감고 다녔지만 소용없는 일이었다. 테하마나와의 잠자리도 어중간하기만 했다. 옛날의 그 광란의 밤은 다시 찾아오지 않았다. 테하마나는 몸을 사리고 핑계거리를 찾았다. 방법이 없었다. 우거지상으로 나 죽었네 하고 있는 테하마나를 보면 — 그 모습을 상상만 해도 — 정나미가 뚝 떨어졌던 것이다. 선물을 안겨도 소용없었다. 습진은 그저 스쳐 지나가는 일시적인 병이며 금방 낫는다고 타일러 보아도 소용없었다. 그래서 어쩔 수 없는 일이 벌어지고 말았다. 어느 날 아침, 테하마나는 옷 보따리를 등에 지고 인사말도 없이 떠나버렸다. 얼마 후 폴은 소식을 들었다. 테하마나가 마아리라는 남편과 다시 합쳐 마타이에아에 살고 있다는 소식이었다. "운수 대통한 놈이로군." 진짜 괜찮은 여자였는데, 그런 여자 다시 구하기 쉽지 않을걸, 코케.

정말 쉽지 않았다. 푸나아우이아의 개신교 교회나 가톨릭교회 — 두 교회 모두 폴의 오두막에서 같은 거리에 있었다 — 의 교리 수업 시간이 끝나면 이웃에 사는 철딱서니 없는 계집아이들이 그림을 그리거나 조각을 파는 폴을 보기 위해 종종 찾아오곤 했다. 계집아이들은 붓, 그림물감, 캔버스, 반나마 깎은 나뭇조각 따위에 둘러싸인 반벌거숭이 거인과 장난질을 쳤다. 폴은 몇몇 계집아이들을 침실로 끌고 가 한바탕 일을 치른 후에 — 어중간하게 끝날 때도 있었지만 — 내 '바히네'가 되어주겠니 하고 꼬셔보았지만 아무도 받아들이지 않았다. 계집아이들이 어수선하게 찾아다니는 통에 문제가 생기고 말았다. 처음에는 가톨릭 사제 다미안 신부와,

182

나중에는 개신교 목사 리켈므와 갈등을 빚었다. 두 사람은 각각 따로 찾아와 폴의 무절제하고 부도덕적인 행실을 비난했다. 원주민 아이들을 타락시킨다는 것이었다. 두 사람은 폴을 위협했다. 정 그렇게 놀면 사직당국에 고발해버리겠노라. 폴은 목사와 신부에게 항변했다. 나는 영원한 동반자를 구하고 있을 뿐이다, 그런 장난질은 나로서도 시간 낭비일 뿐이다, 하지만 나도 욕구가 있는 남자가 아니냐, 사랑을 나누지 않으면 영감이 메말라버린단 말이다, 단지 그런 이유로 해서 그렇게 된 것이다.

폴은 테하마나가 떠나고 약 6개월이 지나서야 겨우 새로운 '바히네'를 구할 수 있었다. 파우우라라는 아이였다. 겨우 — 역시나 — 열네 살짜리였다. 집이 마을 근처에 있는 아이로 가톨릭교회 합창단 단원이었다. 아이는 초저녁 연습을 끝내고 집으로 돌아갈 때 두세 차례 코케의 오두막 안까지 들어왔다. 아이는 아틀리에 한쪽 벽면에 줄줄이 걸린 포르노 엽서를 웃음을 참아가며 한참 동안 바라보곤 했다. 폴은 아이에게 선물도 주고 파피테까지 가서 파레오를 사다주기도 했다. 마침내 파우우라는 폴의 '바히네'가 되기로 결심하고 거처를 폴의 오두막으로 옮겼다. 테하마나처럼 예쁘지도 않았고, 똑똑하지도 않았고, 침대에서도 달아오르지 않는 주제에, 테하마나와는 반대로 집안일도 통 돌보지 않았다. 파우우라는 청소나 요리는 내팽개치고 쪼르르 달려 나가 동네 계집아이들과 어울리기 일쑤였다. 그러나 오두막에 여자라고 생겨먹은 것이 하나 있다는 그 자체로 폴은 위로를 삼았다. 특히 밤이면 잠을 못 이루게 했던 초조감을 어느 정도 달랠 수 있었다. 파우우라의 고른 숨결을 느끼며, 어둠 속에 불쑥 솟아 있는 잠결에 빠진 몸뚱이를 바라보며 폴은 마음을 진정시켰고 자신감을 회복할 수 있었다.

도대체 무슨 이유로 그렇게나 잠을 못 이루었단 말인가? 도대체 무슨 이유로 끊임없는 무기력증에 빠져들었단 말인가? 지지 아저씨가 물려준 유산과 드루오 호텔에서 경매로 벌어들인 그 같잖은 돈이 차츰 바닥을 드러내서가 아니었어. 빈털터리로 사는 것에는 이골이 난지라 그까짓 이유로 잠을 설치지는 않았지. 그 입에 담지 못할 병 때문도 역시 아니었어. 한동안 난리를 피웠던 그 병이 이제는 서서히 아물어가고 있지 않느냔 말이지. 발목 통증도 어지간히 참을 만했어. 그럼, 대체 뭐가 문제야?

정치적인 문제로 고난을 당했던 아버지, 프랑스에서 빠져나와 페루로 가는 도중 대서양 한복판에서 심장파열로 죽은 아버지를 생각했다. 그리고 〈알린느 고갱의 초상화〉가 사무치게 그리웠다. 대체 어디에 있단 말인가? 다니엘 드 몽프레드에게도 사람 좋은 쉬프에게도 없었다. 두 사람은 그 초상화를 본 적도 없다고 했다. 그렇다면 메트가 코펜하겐으로 빼돌린 것이다. 폴은 타히티로 돌아온 이후로 두 번이나 편지를 써서 메트에게 초상화의 행방을 물어보았지만, 메트는 단 한 번 보낸 답장에서조차 초상화에 대해서는 일언반구도 없었다. 폴은 부인에게 세 번째 편지를 보냈다. 폴, 언제쯤이나 답장이 올까? 폴은 적어도 6개월째 답장을 기다리고 있었다. 폴은 절망감에 사로잡혔다. 다시는 보지 못할지도 몰라. 폴의 뇌리에 딱 달라붙어 있던 알린느 고갱의 모습이 이제 새로운 생채기로 자리 잡았다.

폴을 못살게 졸라대는 것은 단지 초상화만이 아니었다. 살아생전의 알린느 샤잘이 폴을 몰아붙였다. 그런데, 할머니가 낳은 세 명의 자식 중에서 유일하게 살아남은 그 딸의 운명을 헤집어 놓았던 불행만이 이따금 떠오르는 이유는 대체 뭐란 말인가? 한때 샤잘 성(姓)을 가졌던 플로라 트리스탄의 불행한 그 딸내미의 운명

184

은 다른 두 형제와 마찬가지로 애시당초 죽어버렸더라면 더 나았을 것이다.

후견인을 마지막으로 만났을 때 폴은 볼 수 있었다. 구스타브 아로사는 눈물이 그렁그렁한 눈으로 알린느 샤잘이 걸어왔던 가시밭길에 대해 들려주었다. 참 자세히도 알고 있었다. 어머니와 그 백만장자 사이를 의심하던 폴은 그로써 확신을 가지게 되었다. 그렇게나 말수가 적고 그렇게나 속마음을 잘 감추던 어머니가 그렇게나 치욕적인 이야기를 고작 애인일 뿐인 사람에게 미주알고주알 털어놓았단 말인가? 알린느 고갱이 부대껴왔던 그 참담한 삶을 하나하나 들으며 넌 그런 생각을 했어. 넌 후견인처럼 울지도 않았어. 오히려 질투심과 수치심에 안달복달했지. 그러나 이제는 달라. 이 바람 한 점 없이 미적지근한 밤에, 나무와 풀 냄새가 자욱한 이 밤에, 알린느 고갱의 초상화 배경으로 그려 넣은 색과 똑같은 색의 노르스름한 보름달이 둥실 떠오른 이 밤에, 넌 울고 싶어졌어. 너 자신이 서러워서, 신문기자 클로비스 고갱의 불행했던 운명이 서러워서, 그 무엇보다 어머니의 운명이 서러워서 넌 울고 싶었어. 어머니의 어린 시절은 서럽기 짝이 없었어. 어머니는 플로라 할머니가 할아버지 ― 그 더러운 짐승, 그 역겨운 하이에나, 앙드레 샤잘이라는 작자가 바로 네 할아버지였어. 그 사실을 인정해야만 했을 때는 정말이지 피가 얼어붙는 것 같았어 ― 집을 뛰쳐나간 후에 태어났지. 그래서 태어나면서부터 이리저리 도망 다니며 살아야 했어. 가정이라는 것도 가족이라는 것도 모른 채 성미 고약한 플로라 할머니 치마폭에 싸여 싸구려 여관, 호텔, 여인숙을 전전해야 했어. 할머니는 도망쳐 나온 남편으로부터 끊임없이 쫓기고 또 쫓겼으니까. 그러다 결국 무지렁이 시골 유모들 손에 맡겨지고 말았지. 환장할 노릇이었을 테지. 아버지도 어머니도 없는 이는 어린 시절을 기가 죽어 지낼 수밖에 없었지. 플로라 할머니가 바다 넘어 페루로 건너가 아레키파와 리마에서 2년을 보내는 동안 알린느는 그야말로 잊힌 아이였어. 앙굴렘 평야의 인정 많은 부인이 알린느를 동정해 잘 보살펴주었다는 것이 그나마 다행이었지.『어느 사생아의 인생 역정』이라는 책에 할머니가 그렇게 적어놓았지. 그 책이 옆에 없다는 게 또 그렇게나 안타까웠지, 폴.

플로라는 프랑스로 돌아오자마자 알린느를 다시 데려왔고, 알린느는 3년 동안이나마 어머니의 정을 느낄 수 있었다. 구스타브 아로사는 그렇게 말했었다. 아마 사실일거야, 알린느 본인이 그렇게 얘기했으니까. 3년의 기간이란 바로 이러했다. 플로라 할머니는 페루에서 돌아와 앙굴렘에 있던 어머니를 데리고 파리로 갔다. 할머니는 셰르슈 미디 42번 가에 아담한 집을 한 채 얻고, 알린느를 근처 다사스 가에 있는 여학교에 통학생으로 등록시켰다. 그때가 알린느의 호시절이었다. 알린느가 어머니의 정이 뭔지, 가정이라는 것이 뭔지, 정상적인 삶이라는 것이 뭔지 알 수 있었던 시기는 그때뿐이었다. 1835년 10월 31일, 막을 내리기까지 꼬박 3년이라는 세월이 걸렸던 비극이 뒤박 가를 뒤흔든 총소리와 함께 막을 올렸다. 그날 알린느 샤잘은 식모와 함께 학교에서 집으로 돌아오는 중이었다. 차림새가 사납고 술에 취한 한 남자가 새빨간 퉁방울 눈을 모지락스럽게 뜨고 길 한가운데서 알린느를 붙잡았다. 남자는 사색이 된 식모를 따귀 한 방으로 날려버리고, 옆에 대기하고 있던 마차에 알린느를 억지로 집어넣으며 으르렁거렸다. "너 같은 딸년은 애비와 함께 있어야지. 나 같이 점잖은 사람과 있어야지 니에미 같은 화냥년과 있어선 못써. 바로 내가 니 애비 앙드레 샤잘이라는 사실을 똑똑히 알란 말이다." 1835년 10월 31일, 알린느는 그렇게 해서 지옥문으로 들어서게 되었다.

186

"아버지의 존재를 그런 식으로 알게 되었단 말일세." 구스타브 아로사가 말했다. 뼛속까지 동정을 금치 못하는 것 같았다. "자네 모친은 겨우 열 살이었네. 앙드레 샤잘을 본 것도 그때가 처음이었고." 알린느가 당한 세 번의 납치극 중 최초의 납치극이었다. 세 번에 걸친 납치극으로 알린느의 표정은 서럽고 우울하고 애처로운 모습으로 영영 굳어버렸다. 그래, 폴, 넌 그 잃어버린 초상화에 바로 그런 모습을 그려 넣었던 거야. 그러나 납치보다, 그렇게 우악스러운 방법으로 알린느에게 자신을 내보인 그 짓거리보다 더 역겨웠던 것은 바로 납치의 동기, 그 인간 망종이 알린느를 납치하게끔 부추긴 그 동기였다. 바로 욕심이었다! 바로 돈이었다! 페루에서 가져왔다는 그 어마어마한 황금을 손에 넣기 위해 그런 짓을 저질렀던 것이다! 네 할아버지 앙드레 샤잘이라는 인간은 그야말로 돈에 환장한 인간이었어. 그런데 어디서 그런 소문을 들었던 것일까? 자신을 내팽개치고 달아난 부인이 페루 아레키파의 트리스탄 가문으로부터 한몫 단단히 챙겨 돌아왔다는 그 말도 안 되는 헛소리를 말이다. 아버지로서의 정 때문에, 놀림감이 된 남편으로서의 자존심 때문에 알린느를 납치한 것이 아니었다. 플로라 할머니의 등을 쳐서 남미에서 가져왔다는 그 어마어마한 재산을 울궈먹기 위해 딸아이를 납치한 것이었다. "끝 모르게 천박하게 구는 인생들이 종종 있게 마련이지." 구스타브 아로사는 이를 갈았다. 사실 앙드레 샤잘의 행위는 더러운 짐승들의 행위와 다를 바가 없었다. 썩은 시체나 파먹고 사는 까마귀나 콘도르나 음흉한 재규어나 독사나 하나 다를 바 없었다. 그 매정한 인간에게도 나름대로 내세우는 법이 있었다. 루이필리프 왕정의 그 고상한 도덕률에 따르면, 집을 뛰쳐나간 여자는 창녀나 다름없이 천박한 여자로 취급받았다. 그런 여자는 창녀들이 법에 호소할 수 없는 것과 마찬가지로 아무런 권리도 주장할 수 없었다.

　그런데 왈가닥 할머니는 진짜 엄청난 일을 해낸 거야. 폴, 그렇지 않아? 바로 그런 일을 할 수 있었던 할머니였기에, 넌 네가 태어나기 4년 전에 죽은 할머니에 대해 가없는 존경심과 끈끈한 혈육의 정을 느낄 수 있었던 거야. 할머니는 딸자식의 납치로 인해 오장육부가 무너져 내렸을 테지. 하지만 할머니는 용기를 잃지 않았어. 할머니는 한 달 동안이나 애쓴 끝에 친정 식구인 레즈니 부부(삼촌뻘 되는 레즈니 사령관)의 도움을 받아 남편과의 만남의 자리를 마련할 수 있었어. 알린느를 납치한 사람은 법적으로는 여전히 할머니의 남편이었지. 딸아이가 납치되고 4주가 지난 어느 날, 할머니는 베르사유에 있는 레즈니 사령관 집에서 남편을 만났어. 그 장면이 눈앞에 선했지. 어떤 모습일까 여러 차례 스케치해보기까지 했잖아. 살벌한 말다툼, 고래고래 욕지거리가 난무했겠지. 그러다 용감무쌍한 할머니가 느닷없이 꽃병이나 냄비나 의자나 뭐 그런 것을 집어 들고 샤잘의 머리통을 박살냈겠지. 그러고는 혼란을 틈타 알린느의 팔을 붙잡고 밖으로 뛰쳐나가 비가 쏟아지는 베르사유의 인적 없는 거리를 질주했겠지. 그때 마침 천우신조로 비가 쏟아지는 바람에 용케 도망칠 수 있었을 거야. 코케, 정말 대단한 할머니잖아!

　거기까지만 분명했다. 폴이 기억하고 있는 그 후의 사건은 갈수록 모호하고 아리송할 뿐이었다. 마치 악몽을 꾸는 것 같았다. 플로라 할머니는 쫓기는 몸으로 경찰서며 검찰이며 재판정을 찾아다니며 거듭 호소했다. 할머니 사건은 변호사들의 구미를 당기기에 충분했다. 그래서 쥘 파브르라는 애송이 변호사가 사회 질서와 기독교 가정과 도덕을 수호하겠다는 명목으로 앙드레 샤잘을 변호하겠다고 나서게 되었다. 놈은 정치에 뜻을 둔 비열한 사기꾼이었다. 놈은 할머니의 양육권을 박탈하기 위해 할머니가 가정을 버리고 자식을 팽개치고 남편을 우롱했다고 기를 쓰고 주장했다. 그렇다면 할머니의 딸자식은? 그러는 내내 네 어머니에게는 무슨 일이 있었지? 어머니는 판사들에 의해 썰렁한 보육원으로 보내졌고, 샤잘과 플로라 할머니는 한 달에 한 번 각각 따로 딸아이를 만나 볼 수 있었다.

1836년 7월 28일, 알린느는 두 번째로 납치당했다. 알린느의 아버지는 마드모아젤 뒤로세가 원장으로 있던 다사스 가 5번지 여학교에서 딸을 강제로 빼내 파라디 프와소니에 가에 있는 허름한 여관에 아무도 몰래 감추었다. "폴, 그런 일을 당한 어린아이의 심정이 어떠했을지 자네 상상이 가나?" 구스타브 아로사는 흐느꼈다. 납치당한 지 7주 만에 알린느는 여관방 창에 밧줄을 매달고 빠져 나와 플로라 할머니 집으로 달아났다. 그때 할머니는 뒤박 가에 살고 있었다. 알린느는 두 달 남짓 어머니 품에 숨을 수 있었다.

샤잘은 사기꾼 변호사 쥘 파브르의 도움을 받아 친권을 내세워 호소했고, 법조계와 정치권은 샤잘에게 알린느를 되돌려 보내기 위해 발을 벗고 나섰다. 1836년 11월 20일, 알린느는 세 번째로 납치당했다. 경찰에 의해 집 앞에서 납치된 알린느는 아버지에게 넘겨졌다. 그와 동시에 왕실 검사와 판사는 다음과 같은 사항을 플로라 할머니에게 전달했다. 어떤 식으로든 알린느를 아버지에게서 빼내려고 할 경우 감옥행을 면치 못할 것이다.

이 이야기에서 가장 더럽고 역겨운 부분은 그때부터 시작되었다. 너무나 더럽고 너무나 역겨운 짓거리. 그날 오후, 구스타브 아로사는 너와 어느 정도 화해했다 싶었는지 알린느가 1837년 4월에 플로라 할머니에게 쓴 편지 한 장을 보여주었어. 세 번째로 납치당하고 나서 5개월이 흐른 뒤에 쓴 편지였지. 넌 첫 대목에서 눈을 감아버렸어. 속이 뒤집어질 것만 같아 편지를 아로사에게 되돌려주고 말았어. 그 편지는 심리 자료로 채택되어 법정에서도 읽혀졌고 신문에도 실렸다. 그 바람에 파리의 살롱이나 사람들이 꼬이는 곳에서는 온갖 말들이 무성하게 오가게 되었다. 앙드레 샤잘은 몽마르트에 있는 짐승우리 같은 집에 살고 있었다. 절망에 빠진 아이는 맞춤법이 엉망인 사연으로 어머니에게 제발 구해달라고 호소하고 있었다. 밤마다 무섭고 아파 까무러칠 지경이라고 했다. 아버지 — 알린느는 '샤잘 씨'라고 썼다 — 는 밤마다 술에 취해 돌아와, 알린느의 옷을 벗겨 하나밖에 없는 침대에 눕게 하고, 자신도 옷을 벗고 알린느 옆에 누워, 껴안고 입 맞추고 몸을 비벼대며, 알린느에게도 껴안고 입을 맞추도록 강요한다는 것이었다. 너무나도 더럽고 너무나도 역겨운 짓이었다. 플로라 할머니가 앙드레 샤잘을 강간과 근친상간으로 고발하고 어쩌고 했다는 내용을 보니 차라리 숯불을 뒤집어쓰는 편이 낫겠다고 폴은 생각했다. 여론이 들끓었고 엄청난 비난이 앙드레 샤잘에게 쏟아졌다. 그러나 샤잘과 한통속인 뺀질이 변호사 쥘 파브르가 요령을 발휘해 근친상간 강간범은 겨우 몇 주만 감옥살이를 했을 뿐이었다. 모든 정황으로 볼 때 유죄가 확실했지만 판사는 다음과 같이 선고했던 것이다. "근친상간 건에 관해서는 이를 입증할 만한 증거가 부족하다." 또한 알린느는 판결에 의해 다시 한 번 어머니 곁을 떠나 보육원에 수용되어야 했다.

폴, 넌 이 한 편의 연극과 같은 이야기를 〈알린느 고갱의 초상화〉 속에 모두 다 담아냈었나? 글쎄 잘 모르겠는걸. 그래서 그 점을 확인해보고 싶어 그 그림을 찾으려는 거지. 걸작 축에 드는 그림일까? 어쩌면 그럴지도. 기억해보란 말이야. 그림 속에서 어머니의 눈초리는, 그 타고난 수줍음 속에서도, 잔잔한 불덩이를 내쏘고 있

190

었지. 창백한 표정 속에 담긴 어둑어둑한 불덩이. 그 불덩이는 감상자의 시선을 뚫고 지나가 미지의 허공으로 사라져갔지. '어머니, 어머니는 대체 뭘 보고 있는 겁니까?' '내 삶, 내 보잘것없이 가련한 삶을 들여다본단다, 폴. 그리고 너의 삶도. 난 말이다, 네가 네 할머니나 나나, 또 바다 한복판에서 죽어 우리가 이 세상의 끝에 묻어준 네 아버지와는 다른 삶을 살아가길 원했단다. 정상적이고 조용하고 안정적인 삶을 말이다. 배고픔도 두려움도 폭력도 없고, 달아나지 않아도 되는 그런 삶을 말이다. 그런데 그게 안 되는구나. 운수 사나운 날 닮은 모양이지, 폴. 아들아, 이 에미를 용서해 주렴.'

잠시 후, 코케의 흐느낌 소리에 파우우라가 잠에서 깨어나 왜 우느냐고 물었다. 코케는 대충 얼버무렸다.

"다리가 다시 아려서 그래. 재수때기 없으려니 고약도 떨어져버렸잖아."

빛나는 히나, 마오리족의 옛 조상 아리오리족의 여신, 그 둥근 달도 푸나아우이아 하늘 한가운데에 서글픔에 잠겨 멈춰 서 있는 것 같았지. 풀로 엮어 세운 오두막 창문 한가운데 휘영청 밝은 달이 잔잔히 떠 있었다.

지지 아저씨에게서 물려받은 재산도 파리에서 챙겨온 돈도 거의 다 떨어져 나갔다. 그림과 조각을 맡긴 다니엘도, 쉬프도, 암브로아즈 보야르도 또 다른 화랑 주인들도 감감 무소식이었다. 그래도 의리를 저버리지 않고 답장을 보내온 사람은 역시 다니엘 드 몽프레드였다. 그러나 다니엘 역시 그림 한 점도, 조각품 한 점도, 스케치 한 장도 팔 수 없었다. 끼닛거리가 바닥을 보이기 시작했고 그와 함께 파우우라의 잔소리도 심해졌다. 폴은 푸나아우이아에 하나밖에 없는 가게의 주인인 중국인에게 거래를 제안했다. 스케치와 수채화를 맡길 테니 프랑스에서 돈이 올 때까지 나와 내 '바히네'에게 끼니거리를 좀 대 달라. 가게 주인은 인상을 찡그리면서도 결국 폴의 제안을 받아들였다.

몇 주 후, 가게를 다녀온 파우우라가 폴에게 이렇게 전했다. 중국인이 폴의 그림을 보관하거나 벽에 걸어두거나 팔려고 하지 않고, 물건을 팔 때 포장지로 쓰고 있다고 했다. 파우우라는 푸나아우이아의 망고나무 숲을 스케치한 그림 중에서 떨어져 나온 한쪽 귀퉁이를 보여주었다. 얼룩이 지고 꼬깃꼬깃 접힌 데다 생선 비늘까지 덕지덕지했다. 폴은 이제는 집 안에서조차 잠시도 손에서 놓을 수 없는 지팡이에 의지해 뒤뚱거리며 가게로 달려가, 어떻게 그럴 수 있느냐고 주인에게 따졌다. 폴이 어떻게나 큰소리를 질러댔던지 중국인은 헌병대에 신고하겠다고 으름장을 놓았다. 그때부터 폴은 푸나아우이아의 중국인뿐만 아니라 타히티에 있는 모든 중국인을 싸잡아 증오하게 되었지.

돈은 떨어졌지 병은 도졌지, 폴은 견뎌낼 수가 없었다. 언제 어디서 꼭지가 돌아버릴지 알 수 없었다. 악착같이 달려드는 어머니에 대한 기억과 행방이 묘연한 초상화도 폴을 가만두지 않았다. 이러다 어찌 될까 싶었다. 이제 와서 도대체 무슨 이유로 그림이 하나 없어졌다고 해서 애간장을 녹인단 말인가? 도대체 무슨 이유로 불안감에 허덕인단 말인가? 어디 잃어버린 것이 한두 가지란 말인가? 그래도 눈 하나 깜박하지 않았지 않느냔 말이다. 폴, 너 지금 미쳐 가는 거지, 그지?

폴은 한동안 그림을 그리지 않았다. 스케치북에 간단한 스케치를 하거나 자잘한 탈을 조각할 뿐이었다. 별 뜻이 있었던 것은 아니었고, 그저 근심걱정과 육체적인 고통을 달래보기 위한 수단일 뿐이었다. 왼쪽 눈에는 염증이 생겨 하루 종일 눈물을 질금거렸다.

파피테의 약사가 결막염에 좋다는 안약을 조제해주었지만 약효가 전혀 없었다. 왼쪽 눈이 시린데다 시력까지 약해져 폴은 겁을 먹었다. 이러다 봉사가 되는 건 아닌가? 폴은 바이아미 병원을 찾아갔다. 라그랑주 박사는 폴을 강제로 입원시켰다. 폴은 병원에서 파리 베르셍제토리 가에 살 때 이웃으로 사귄 몰라르 부부에게 처절한 내용을 담은 편지를 썼다. 이런 내용이었다. '나는 어려서부터 재수가 없었습니다. 행운이라는 것은, 기쁨이라는 것은 도통 모르고 자랐습니다. 그저 고난의 연속이었습니다. 그래서 나는 외칩니다. 하느님, 만일 당신이 존재한다면 나는 당신을 고발합니다. 당신의 불의와 악행을 고발합니다.'

프랑스령 식민지에서 오랜 세월을 보낸 라그랑주 박사는 폴을 전혀 친절하게 대하지 않았다. 다분히 부르주아적이고 지나치게 형식을 따지는 오십 줄의 의사 — 약간 머리가 벗겨진 의사 양반은 테 없는 코안경을 코끝에 걸치고, 타히티의 무더위에도 불구하고 빳빳한 셔츠 깃에 나비넥타이를 매고 있었다 — 가 폴과 사이가 좋을 수는 없었던 것이다. 날건달과 같은 생활에, 원주민 여자를 끼고 살며, 파피테에서 가장 평판이 나쁜 폴과는 절대 어울릴 수 없었던 것이다. 그러나 그 의사도 양심적인 전문가였던지라 폴을 꼼꼼하게 진찰했다. 폴은 의사의 소견을 듣고도 그리 놀라지 않았다. 눈의 염증은 그 입에 담지 못할 병의 또 다른 증세였다. 그 빌어먹을 병이 한층 심한 단계로 접어들었던 것이다. 다리에 나타난 발진과 화농으로 짐작할 수 있는 일이었다. 그렇다면, 더 악화될까요? 라그랑주 박사, 어느 지경까지 이를 것 같소?

"참으로 지겨운 병이지요." 의사는 확답을 피했다. "선생도 아실 겁니다. 철저히 치료해야 합니다. 아편은 조심하도록 하시고. 내가 처방해준 것 이상으로 복용하지 마세요."

의사는 망설였다. 뭔가 더 하고 싶은 말이 있는 듯싶었지만 감히 말을 못 꺼내는 것 같았다. 아마도 네가 어떻게 나올지 두려웠던 게지. 파피테에서 성질 더럽기로 유명했으니까.

"난 아무리 안 좋은 소식이라도 달게 받아들일 수 있는 사람이오." 폴이 재촉했다.

"에, 선생도 아시다시피, 이 병은 전염성이 아주 강한 병입니다." 의사는 혀끝으로 입술을 축이며 우물거렸다. "특히, 성관계를 가지면 말입니다. 그럴 경우, 전염은 피할 수 없습니다."

폴은 욕이라도 한 바가지 퍼부어 주고 싶었지만 참았다. 더 이상 문젯거리를 만들기 싫었던 것이다. 입원한 지 8일 후, 병원 측에서 118프랑의 입원비를 치르지 않으면 치료를 중단하겠다고 경고했다. 그날 밤, 폴은 입원실 창문 격자를 뜯어내고 탈출해 승합 마차를 타고 푸나아우이아로 돌아왔다. 집으로 돌아오자 파우우라가 임신했다고 알려왔다. 4개월째예요. 또 이런 얘기도 들려주었다. 가게 주인 중국인이 폴에게 호통을 들은 일을 앙갚음하느라 마을에 폴이 문둥병에 걸렸다는 소문을 퍼뜨렸고, 문둥병이라는 소리에 질겁한 마을 사람들은 폴을 마을에서 쫓아내달라고, 폴을 문둥병자 수용소에 처넣거나 마을 근처에는 얼씬도 하지 못하게 막아달라고 당국에 요구했다는 것이었다. 가톨릭 사제 다미안 신부와 개신교 목사 리켈므가 마을 사람들과 한통속으로 놀아났다. 두 사람 모두 중국인의 말을 곧이듣지는 않았지만, 그 기회를 이용해 음란하고 불경스러운 폴을 마을에서 내쫓고 싶어 했던 것이다.

마을 사람들의 움직임에 폴은 콧방귀도 뀌지 않았다. 폴은 하루 대부분을 오두막에 누워 지냈다. 꾸벅꾸벅 졸다 보면 모든 근심걱정을 잊고 지낼 수 있었다. 끼닛거리도 이제 바닥난 상태라 폴과 파우우라는 파우우라가 집 근처에서 주워온 망고·바나나·코코아 · 빵나무 열매 따위나, 파우우라의 친구들이 가족들 눈을 피해 가끔씩 가져다 준 생선을 먹고 연명했다.

그러는 동안 폴은 어머니의 초상화를 까맣게 잊고 지냈다. 이제 어머니 알린느 고갱 대신 새로운 고민거리가 폴을 사로잡았다. 폴은 아리오리족의 비밀 사회가 아직까지 존재하고 있다고 확신하고 있었다. 뫼랑우 영사가 쓴 마오리족의 고대 신앙을 다룬 책에서 분명 읽었던 것이다. 폴은 본국인 오귀스트 구필에게서 그 책을 빌려 읽어본 적이 있었다. 그리고 그런 점을 어느 날 어쭙잖게나마 확인까지 할 수 있었던 것이다. 타히티 원주민들은 그 신비스러운 사회를 비밀에 부치고 있었고, 유럽인이나 중국인 같은 외국인들 눈에 띄지 않게 극히 조심하고 있었다. 파우우라도 종종 귀신을 본다고 말했지만, 아직까지도 폴의 집을 드나드는 이웃 마오리족 사람들은 헛소리하지 말라며 웃어넘겼다. 아리오리족의 비밀 사회, 즉 고대 타히티 사람들의 신과 귀족 사회는 거의 모두 잊혔던 것이다. 아리오리족에 대해 얘기하는 사람들도 몇 명 있었지만 그들 얘기도 매양 한가지였다. 그따위 케케묵은 얘기를 믿는 원주민은 이제 하나도 없다, 아득한 옛날에 잊힌 신앙일 뿐이다. 그러나 고집스럽고 심지가 굳은 폴은 몇 달 동안 밤낮으로 그 문제를 안고 궁리질을 거듭했다. 그리고 마침내 그 전설 속 인물들을 주제로 나무 조각상을 파기 시작했고 그림도 그리기 시작했다.

'나를 속이고 있는 거야.' 넌 그렇게 생각했지. 사람들은 널 '포파아', 즉 유럽인으로 본 거야. 넌 네가 골수까지 야만인이 되었다고 생각했지만 말이지. 겨우 몇십 년간 프랑스 식민지로 지냈다고 해서 수세기를 이어온 신앙과 제사와 신화가 완전히 사라질 수는 없는 일 아닌가. 그래 틀림없어. 저 거부하는 몸짓을 보라고. 마오리족 사람들은 자신들의 정신 속에 묘실을 마련해놓고, 그 속에 자신들의 전통 종교를 감추고 있는 거야. 그래서 조상신들의 원수인 개신교 목사와 가톨릭 신부가 범접하지 못하게 막고 있는 거지. 그 아리오리족의 비밀 사회는 아직까지 살아남아 섬에 살고 있는 모든 마오리족 사람들이 과거의 영광을 되살도록 만들고 있단 말이야. 마오리족 사람들은 아주 깊은 숲 속에서 모여 조상들의 춤을 추고 조상들의 노래를 부르겠지. 그리고 그 과거의 영광을 문신으로 간직하고 있을 거야. 정부의 금지조치로 인해 마르키즈 제도 사람들처럼 문신이 정성스럽지도 신비스럽지도 못하다고 해도, 치맛자락을 들춰보면 그 안에 문신이 아로새겨져 있을 테지. 문신을 읽을 줄 아는 사람은 몸에 새겨진 문신으로 그 사람이 아리오리족 계급사회에서 어떤 위치에 있는 사람인지 밝혀낼 수 있단 말이지. 폴의 확신은 점점 더 확고해져갔다. 정적에 감싸인 깊은 숲 속, 그 속에서 신성한 매음과 사람을 잡아먹는 제사와 인간 제물을 바치는 의식이 벌어지고 있을 것이다. 폴이 그런 생각에 잠겨 있을 때 푸나아우이아에는 또 다른 소문이 돌고 있었다. 화가란 작자가 문둥병에 걸리진 않았을지 모르지만 정신을 놓아버린 것은 사실인 것 같다. 폴은 사람들을 붙들고 몸에 새긴 문신의 비밀을 밝혀 달라, 아리오리족 비밀 의식에 참여하게 해달라고 때로는 애원하기도 했고 때로는 윽박지르기도 했다. 코케도 이제 자격을 갖추었잖아, 코케도 이제 마오리족 사람과 다를 게 없잖아. 그때마다 사람들은 폴을 비웃었다.

그런 황당한 짓거리도 메트의 편지 한 장으로 대번에 끝장나고 말았다. 두 달 반 전에 쓴 쌀쌀맞기 이를 데 없는 편지였다. 딸아이 알린느가 스무 살을 갓 넘기자마자 그해 1월에 코펜하겐에서 갑자기 죽었다는 내용이었다. 발레 수업을 마치고 돌아오는 길이 너무 추워 폐렴에 걸리는 바람에 죽었다고 했다.

"이제야 알겠어. 유럽에서 돌아온 이후로 어머니에 대한 기억과 그 초상화에 대한 기억이 무슨 이유로 줄곧 뇌리에서 사라지지 않았는지 말이야." 폴은 메트의 편지를 손에 들고 파우우라에게 말했다. "일종의 예고였지. 어머니 이름을 따서 딸아이 이름을 알린느라고 지었거든. 딸아이 역시 나약한 아이였어. 수줍어하는 구석도 있었고. 알린느 고갱처럼 불우한 어린 시절을 보내지 않기를 바랐는데."

"배고파." 파우우라가 폴의 말을 잘랐다. 파우우라는 익살맞은 표정으로 배를 문질렀다. "먹지 않고는 살 수 없어요, 코케. 당신 얼마나 말랐는지 모르겠어요? 무슨 일이든 좀 하세요. 그래야 먹고 살지."

9

# 바다 여행
### 아비뇽, 1844년 7월

1844년 6월 말, 플로라는 생테티엔을 떠나 아비뇽으로 가기 위해 짐을 꾸렸다. 그러나 불쾌한 사건이 발생해 계획을 변경해야 했다. 리옹의 진보 성향 신문인 『르 상세르』가 플로라를 '정부의 비밀 요원'으로 보도했던 것이다. 신문은 플로라가 평화주의를 선전하여 '노동자들의 의욕을 꺾고', 혁명 운동에 대한 정보를 수집해 정부에 제공하기 위해 프랑스 남부를 돌아다닌다고 보도했다. 신문 사설 난에는 사장 리티에 씨의 사설까지 실렸다. 리티에 씨는 사설을 통해 '거짓 사도들의 바리새파적인 장난질에 빠지지 않기' 위해서는 감시를 철저히 해야 한다고 노동자들에게 충고했다. 리옹의 노동조합 조직위원회는 플로라에게 직접 와서 이 중상모략에 대해 해명해줄 것을 요청했다.

플로라는 모함에 발끈해 즉시 리옹으로 되돌아갔다. 리옹에 도착하자 조직위원회 전원이 나와 플로라를 맞이했다. 플로라는 불쾌한 와중에도 엘레오노르 블랑을 다시 보게 되자 가슴이 찡해왔다. 엘레오노르 블랑은 눈물 젖은 얼굴로 플로라의 품에 안겨 몸을 떨었다. 플로라는 여관에 틀어박혀 그 말도 안 되는 비난 기사를 읽고 또 읽었다. 『르 상세르』 기사에 의하면, 리옹 경찰서장 바르도즈 씨가 밀랑 호텔에서 압수해 검사에게 넘긴 서류에서 플로라가 이중간첩임을 증명하는 자료가 발견되었다고 했다. 플로라 트리스탄이 정부 당국자에게 보낸 노동자 지도층과의 면담 내용의 사본이 압수 서류 가운데서 발견되었다는 것이었다.

플로라는 당혹스럽고 화가 치밀어 눈을 붙일 수 없었다. 엘레오노르 블랑의 강요에 못 이겨 레몬수를 몇 모금 마시고 잠자리에 들었지만 잠을 이룰 수 없었다. 다음 날 아침, 플로라는 차 한 잔을 서둘러 마시고 『르 상세르』 신문사로 달려가 사장과의 면담을 요청했다. 플로라는 조직위원회 동료들에게 혼자 가겠다고 주장했다. 다른 사람들과 함께 가면 리티에 씨가 분명 면담을 거부할 것 같았다.

리티에 씨는 지난번 리옹에 머물 때 잠시 만나본 적이 있는 사람이었다. 리티에 씨는 플로라를 근 두 시간 동안이나 길바닥에서 기다리게 했다. 마침내 플로라는 리티에 씨를 만나볼 수 있었다. 신중해서 그랬는지 겁이 나서 그랬는지, 직원 일곱 명이 리티에 씨를 에워싸고 있었다. 직원들은 그 담배 연기 자욱한 비좁은 방에서 면담이 끝날 때까지 버티고 있었다. 사장에 대한 직원들의 아부에 플로라는 구역질이 났다. 이 개만도 못한 놈들이 리옹의 진보 성향 신문의 기자들이란 말인가?

한때 예수회 신학생이었던 리티에 씨는 그런 식으로 거짓 기사에 대한 플로라의 질문에서 미꾸라지처럼 빠져나가려 했던가? 사내 일곱이 어깨들처럼 버티고 있으면 플로라가 주눅이라도 들 줄 알았단 말인가? 플로라는 방으로 들어서자마자 소리치고 싶었다. 11년 전, 서른 살의 경험 없는 여자였을 때에도, 열아홉 명의 남자들 틈에 끼어 여자 몸으로 혼자 다섯 달 동안이나 바다 여행을 했을 때에도, 사내들이 많다고 해서 부끄럽거나 하지 않았다. 그런데 이제는 나이도 마흔하나고 경험도 쌓을 만큼 쌓았다. 이까짓 머리나 굴리고 뒤에서 욕이나 하는 겁쟁이 아부꾼 일곱 놈쯤, 겁이 나기는커녕 오히려 용기백배다.

리티에 씨는 플로라의 항의("내가 첩자라니, 어디서 그따위 터무니없는 거짓말을 지어낸 겁니까?" "내 서류에서 증거 자료를 찾았다고 했는데, 어디 좀 봅시다. 여기 목록이 있습니다. 경찰서장 바르도즈 씨가 직접 서명한 거요. 경찰이 압수했다가 되돌려준 서류 목록이 여기 있어요. 그따위 증거는 하나도 없단 말입니다." "노동자들을 위해 혼신의 힘을 다하고 있는 사람을 어떻게 당신 신문이 헐뜯을 수 있단 말입니까?")에는 대답하지 않고 앵무새처럼 똑같은 말만 되풀이했다. 의회에서도 꼭 그런 식일 것 같았다. "헐뜯는 게 아니오. 당신의 주장을 반박하는 겁니다. 평화주의는 노동자들을 무력화시키고 혁명을 지연시키기 때문입니다, 부인." 사장은 또 이런저런 누명을 씌워 플로라를 비난하기도 했다. 당신은 사회주의 공동생활 단체 소속이다, 그래서 사용자와 노동자 사이의 협력을 주장하는데, 이는 자본가들의 이익만을 위하는 짓이다.

어이도 없는 두 시간의 말다툼 — 귀머거리들의 말싸움이나 다를 바 없었다 —을, 플로라, 앞으로 넌 이 만남을 프랑스 내륙 순회 기간 중 겪은 가장 맥 빠지는 경험으로 기억하게 될 테지. 원인은 단순한 것이었다. 리티에와 그를 따르는 사이비 기자들은 누군가로부터 사주를 받은 것도 아니었고 속임을 당한 것도 아니었다. 그들 자신이 사실을 날조한 것이었다. 어쩌면 네가 리옹에서 거둔 성공으로 시기심이 일었는지도 모른다. 그들이 반대하는 너의 그 혁명적인 사상을 깨부수기 위해서는 너를 첩자로 몰아 네 권위를 실추시키는 것이 가장 나은 방법이었는지도 모른다. 네가 여자이기 때문에 널 미워했던 것일까? 그들이 생각하기에 사내들이 해야 마땅한 인류 구원의 역사(役事)를 한갓 여편네가 하는 것을 참을 수 없었던 것이었다. 소위 진보주의자, 공화주의자, 혁명주의자라는 것들이 그처럼 비열한 짓을 저질렀던 것이다. 두 시간에 걸쳐 설전이 벌어졌지만, 『르 상세르』에 실린 기사가 어디에 근거한 것인지 리티에 씨는 끝내 밝히지 않았다. 플로라는 넌더리가 났다. 플로라는 방을 나서며 문이 떨어져 나가라 패대기쳤다. 플로라는 허위사실 유포로 신문사를 고소하겠다고 으름장을 놓았다. 그러나 노동조합 위원회가 플로라를 달랬다. 『르 상세르』는 왕정 체제에 반대하는 신문이다, 권위도 있는 신문이다, 신문사를 제소하게 되면 대중 운동에 악영향을 끼칠 수도 있다, 반론 기사를 실어 그 기사가 사실이 아님을 알리는 편이 났다.

플로라는 다음 날부터 일에 착수했다. 플로라는 공장과 조합을 찾아다니며 토론회를 열었다. 다른 신문사들도 모두 찾아다닌 끝에 적어도 두 군데 신문사로부터 반론 기사를 실어주겠다는 약속을 받아냈다. 엘레오노르는 잠시도 플로라의 곁을 떠나지 않았다. 플로라는 엘레오노르가 보여주는 사랑과 헌신에 가슴이 찡했다. 이런 아가씨를 만날 수 있었다니, 행운이었다. 리옹에 이렇게 과감하고 헌신적인 아가씨가 있었다니, 노동조합으로서는 커다란 행운이 아닐 수 없었다.

불쾌한 마음으로 이리저리 나돌아다니다 보니 플로라는 체력이 급격히 떨어졌다. 리옹으로 돌아온 지 이틀 만에 열이 끓어오르기 시작했다. 온몸이 떨리고 속이 뒤집혀 플로라는 심한 피로를 느꼈다. 그러나 그렇다고 해서 활동을 멈출 수는 없었다. 플로라는 사방을 돌아다니며, 대중 운동에 초를 치기 위해 자신의 신문을 통해 허위사실을 유포한 리티에 씨를 성토했다.

밤이면 끓어오르는 열로 잠을 이룰 수 없었다. 이상한 일이었다. 11년 전, '르 멕시카노' 호를 타고 여행했던 그 다섯 달 동안과 같은 기분이었다. 넌 그때 사카리아스 샤브리에 선장이 지휘하는 배를 타고 대서양을 건넜지. 오르노스 곶을 돌아 태평양으로 접어들었지. 페루를 향해 가고 있었던 거야. 아버지의 가족을 만나기 위해. 넌 기대에 부풀어 있었어. 친척들은 쌍수를 들어 날 환영할 것이다, 내게 새집도 주고 아버지 유산의 5분의 1도 줄 것이다, 그러면 경제 문제는 모두 해결될 것이다, 가난에서 벗어나 아이들 교육도 시킬 수 있을 것이고, 편안하게 살 수 있게 될 것이다, 가난이나 위험은 더 이상 없을 것이고, 앙드레 샤잘의 손아귀에 붙잡힐 염려도 없을 것이다. 그러나 팔다리도 제대로 펼 수 없었던 좁디좁은 선실, 열아홉 명의 사내들 — 선원, 간부 선원, 요리사, 견습 선원, 선주, 네 명의 승객 — 틈에 끼어 바다 한복판에서 보낸 다섯 달, 그 지독했던 뱃멀미, 아직 기억하고 있겠지. 지금 리옹에서 맛보는 복통처럼 굉장했어. 기운이 빠지고, 평형감각을 잃고, 정신도 차릴 수 없었지. 모든 것이 암담했고 불확실했지. 마치 그때와 같아. 어느 순간 곤두박질치게 될지 알 수 없었지. 제대로 서 있을 수도 없었지. 밟고 서 있는 바닥이 제멋대로 움직이는 대로 그저 따라 움직일 수밖에 없었어.

사카리아스 샤브리에는 완벽한 브르타뉴 신사였다. 플로라가 그날 밤 파리의 여관에서 처음보고 짐작했던 바로 그대로였다. 사카리아스 샤브리에는 플로라를 세심하게 보살펴주었다. 뱃멀미를 달래줄 탕약을 선실로 직접 가져다주기도 했고, 갑판에 쌓아놓은 닭장과 채소 상자 옆에 간이침대를 마련해주기도 했다. 바깥바람을 쐬면 뱃멀미가 조금 가라앉았기 때문이었다. 그래서 플로라는 가끔씩이나마 편히 쉴 수 있었다. 샤브리에 선장만 플로라에게 관심을 쏟은 건 아니었다. 2등 항해사 루이 브리에도 브르타뉴 신사였다. 심지어 선주 알프레드 다빗까지 플로라에게만큼은 사근사근하게 대했고 호의를 베풀어주었다. 알프레드 다빗은 냉소적인 사람으로 인간 종자에 대한 부정적인 의견을 서슴없이 뱉어내며 대재앙을 예언하는 사람이었다. 배에 타고 있던 모든 사람이, 선장부터 견습 선원까지, 페루인 승객부터 프로방스 출신 요리사까지, 항해 내내 너의 안전을 위해 최선을 다했어. 하지만 뱃멀미만큼은 어쩔 수가 없었지.

하지만, 여행의 결과는 네 기대와 전혀 딴판이었지. 그러나 넌 그 여행을 결코 후회하지 않았어. 지금의 네 모습은, 인류의 복지를 위해 투쟁하는 여전사로서의 네 모습은 바로 그 여행이 있었기 때문에 가능했던 거야. 너는 세상에 대해 눈을 뜨게 되었지. 이 세상은 네가 생각했던 것보다 훨씬 지독하게 잔인하고, 사악하고, 비참하고 고통스러운 곳이었어. 너는 너의 그 꼴같잖은 불행한 결혼생활로 이 세상의 모든 불행을 맛보았다고 믿었단 말이지.

'르 멕시카노' 호는 항해 25일 만에 카보베르데 섬에 있는 라프라이아 만으로 피신해야 했다. 배 밑창으로 물이 스며들어 수리를 해야 했던 것이다. 그리고, 플로라, 넌 또 얼마나 기뻐했었니. 발밑이 전혀 흔들리지 않는 뭍에서 며칠을 보내게 되었다고 말이야. 그러나 넌 뱃멀미보다 심한 꼴을 라 프라이아에서 겪게 되었지. 인구 4천 명의 작은 섬. 넌 말로만 들었던 제도의 참혹한 참상을 실제로 보게 되었어. 노예 제도. 넌 라 프라이아 군대 연병장에서 봤던 장면을 도저히 잊지 못할 거야. '르 멕시카노' 호를 타고

온 사람들은 검은 자갈투성이 해변을 지나 커다란 바위 위로 올랐다. 바위 가장자리에서 도시가 보였다. 땀에 흠뻑 젖은 군인 두 명이 욕을 퍼부으며 벌거벗은 흑인 두 명을 채찍으로 내리치고 있었다. 흑인들은 기둥에 묶여 있었다. 파리 떼가 구름처럼 날아다녔다. 땡볕이었다. 매를 맞는 사람들의 피칠갑이 된 등짝과 신음 소리, 넌 그 자리에서 꼼짝도 할 수 없었어. 넌 알프레드 다빗의 팔에 기대었지.

"무슨 일이죠?"

"노예에게 매질을 하는 거요. 도둑질을 했거나 그보다 나쁜 짓을 저지른 모양이요." 선주는 못마땅한 표정으로 설명했다. "주인이 벌을 정하고 군인들에게 몇 푼 주어 벌을 집행하도록 시키지요. 이런 더위에 매타작이라니, 해도 너무 하는군. 불쌍한 검둥이들 같으니!"

라 프라이아의 백인들과 메스티조 혼혈인들은 모두 노예사냥과 노예 매매를 생계 수단으로 삼고 있었다. 노예 매매는 이 포르투갈 식민지의 유일한 사업이었다. '르 멕시카노' 호를 수리하느라 지체한 열흘 동안 플로라가 듣고 본 모든 것, 플로라가 알게 된 모든 사람들은 플로라에게 동정심과 경악심과 분노와 공포심을 자아내게 만들었다. 넌 바트린 부인을 결코 잊지 못할 거야. 키가 크고 피부가 까무잡잡한 뚱보 미망인이었다. 바트린 부인의 집은 그녀가 존경하는 나폴레옹의 초상화와 제국의 여러 장군들의 초상화로 가득 차 있었다. 바트린 부인은 플로라에게 빵과 초콜릿 차를 대접한 후에 거실 장식품 중에서 가장 귀한 것을 자랑스럽게 보여주었다. 흑인 태아 두 개가 포르말린이 가득한 어항 속을 둥둥 떠다니고 있었다.

섬의 최대 지주는 바요나 출신 프랑스 사람 타프 씨였다. 타프

씨는 신학교 출신으로 소속 교단에 의해 아프리카 전도 사업을 위해 파견되었지만, 자신의 의무를 내팽개치고 영적이지는 않지만 생산성은 좋은 사업에 뛰어들었다. 바로 흑인 매매 사업이었다. 50대 남자, 불그죽죽한 얼굴, 비대한 몸뚱이, 굵은 목덜미, 툭툭 튀어나온 핏줄. 타프는 음탕한 눈빛으로 플로라의 가슴과 목덜미를 게걸스럽게 훔쳐보았다. 플로라는 뺨이라도 한 대 갈겨주고 싶었다. 하지만 그럴 수는 없었다. 플로라는 타프의 횡설수설을 멍청히 듣고만 있었다. 저 빌어먹을 영국놈들이 바보 같은 청교도주의의 편견을 들이대며 노예 매매를 반대하고 있다, 놈들이 '사업을 망치고 있고', 또 흑인들을 타락시키고 있다. 타프는 식사를 하기 위해 '르 멕시카노' 호로 오면서 포도주 항아리와 통조림 깡통을 선물로 가져왔다. 타프가 음식을 먹는 모습을 보니 구역질이 날 것 같았다. 타프는 양 다리와 구운 살코기를 우적우적 씹어 삼켰고, 중간중간 포도주를 한 모금씩 길게 마시곤 트림을 해대곤 했다. 현재 소유하고 있는 흑인들은 사내놈들이 스물여덟, 계집년들이 스물여덟, 애새끼들이 일곱이라고 했다. 그리고 이렇게 덧붙였다. "발렌틴 씨 ─ 허리춤에 말아 차고 있는 채찍 ─ 덕분에 잘 꾸려가고 있습죠." 타프는 술에 취해 털어놓았다. 하인들에게 독살당할까 두려워 하녀 중 한 명과 결혼했고, 그 여자에게서 세 아이가 태어났다. "그야말로 숯처럼 새카만 놈들이었지요." 타프는 하인들이 독을 탔는지 아닌지 알아보기 위해 부인이 모든 음식을 먼저 먹어보게 했다.

플로라의 기억에 남게 될 또 다른 인물은 이빨 빠진 브란디스코 선장이었다. 브란디스코는 베네치아 사람으로 라 프라이아 만 '르 멕시카노' 호 옆에 정박해 있는 범선의 선장이었다. 브란디스코는 자기 배에서 저녁 식사를 준비해 플로라 일행을 초대했다. 브란디스코는 희가극에 등장하는 광대 복장으로 플로라 일행을 맞이했다. 공작 깃털로 장식한 모자, 삼총사가 신었을 법한 장화, 붉은색 우단으로 만든 꼭 끼는 바지, 반짝반짝 빛나는 보석이 박힌 셔츠. 브란디스코는 플로라 일행에게 유리구슬이 가득 담긴 궤짝을 보여주었다. 아프리카 마을에서 그걸 주고 흑인들을 산다고 자랑했다. 브란디스코는 한때 신학생이었던 타프보다 영국인들을 더 증오하고 있었다. 영국인들이 흑인들을 가득 태운 자신의 배를 공격해, 배와 흑인들과 화물을 몽땅 빼앗고 2년간이나 감옥살이를 시켰다고 했다. 감옥살이를 하는 동안 치주염에 걸려 이빨이 몽땅 빠져버렸다고 했다. 브란디스코는 후식을 먹을 때 플로라에게 어린 흑인 한 명을 사라고 꼬셨다. 열다섯 살 먹은 똑똑한 놈으로 '시종'으로 안성맞춤이라고 했다. 브란디스코는 아이가 건강하다는 점을 증명해보이겠다며, 아이에게 바지를 벗어보라고 명령했다. 아이는 즉시, 싱긋 웃으며 치부를 드러냈다.

플로라가 라 프라이아를 둘러보기 위해 '르 멕시카노' 호에서 내려와 본 적은 세 번밖에 없었지만, 그때마다 매번 식민지 수비대 군인들이 노예 주인들의 돈을 받고 땡볕 아래에서 노예들을 매질하는 장면을 목격할 수 있었다. 너무나 가슴 아픈 광경이었다. 너무나 화가 났다. 그래서 다시는 그런 고통을 겪지 않기로 마음먹었다. 플로라는 샤브리에게 밝혔다. 떠나는 날까지 그냥 배 안에 머물러 있겠어요.

여행에서 얻은 첫 번째 귀한 가르침이었지, 플로라. 끔찍한 노예 제도, 불의가 판을 치는 이 세상에서도 가장 몹쓸 짓이었지. 이 세상을 인간다운 세상으로 만들기 위해서는 반드시 척결해야 할 문제였지. 그러나 넌 1838년에 『어느 사생아의 인생 역정』이라는 책을 펴냈을 때, 페루로의 여행을 이야기하면서, 라 프라이아를 거쳐간 과정을 얘기하면서, 이런 대목까지 써넣었어. '흑인들의 몸에서 나는 냄새는 무엇과도 비교할 수 없다. 구역질이 치밀어 오르는 그 냄새는 어디를 가나 따라다닌다.' 그런데 넌 그 점에 대해 충분히 사죄하지 못했어. 흑인들의 냄새라니! 넌 그 경망스러운 표현을, 파리의 그 잘난 체하는 놈들이나 주워섬기는 그 말을 그 후 몇 차례 후회하기는 했지. 그 섬에서 맡았던 역겨운 냄새는 '흑인들의 냄새'가 아니었어. 가난과 잔혹함의 냄새였지. 유럽의 장사꾼들이 상품으로 둔갑시켜버린 아프리카 사람들의 운명이 내뿜는 냄새였단 말이지. 불의에 대해 많은 것을 배우게 되었지만,『어느 사생아의 인생 역정』이라는 책을 쓸 당시 넌 아직 풋내기에 지나지 않았단 말이지.

리옹에 머문 4일 중 마지막 날이 가장 바빴다. 자리에서 일어났을 때 배가 무지무지하게 아팠다. 엘레오노르는 플로라에게 침대에 더 누워있으라고 충고했다. 그러나 플로라는 대답했다. "나 같은 사람에게는 아플 권리도 없는 거야." 플로라는 기다시피 해서 노동조합 위원회가 마련한 모임에 참석했다. 어느 공장에 30명의 재봉사와 재단사가 모여 있었다. 하나같이 이카리아 공산주의자들이었다. 이 사람들은 1840년에 출판된 에티엔느 카베의 마지막 책『이카리아 여행』을 자신들의 성경으로 삼고 있었다(많은 사람들이 글을 몰라 귀동냥만으로 알고 있었다). 옛날 카르보나리당 당원이었던 작가는 『이카리아 여행』에서 카리스달경이라는 영국 귀족의 가상 여행을 이야기한다는 구실로 완전히 평등한 전설적인 나라를 묘사했다. 그 나라는 술집도, 카페도, 창녀도, 거지도 없는 — 그러나 거리 곳곳에 화장실이 있는 — 그런 나라였다. 작가는 그 책을 통해 미래 공산주의 사회에 대한 자신의 이론을 피력했던 것이다. 소득세와 상속세를 개혁하면 경제적인 평등이 이루어질 것이다. 화폐와 상거래가 사라질 것이고, 공동소유제도가 확립될 것이다. 재봉사와 재단사들은, 로버트 오언이 그랬던 것처럼, 에티엔느 카베가 주장한 완벽한 사회를 건설하기 위해 아프리카나 아메리카로 떠날 준비를 하는 한편, 신세계에서 토지를 구입하기 위해 회비를 모으고 있었다. 그들은 국제노동조합에 대해서는 별로 관심을 보이지 않았다. 가난한 사람도 사회 계급도 실업자도 하인도 사유재산도 없는 세상, 모든 재산을 공동으로 소유하고, 국가, 즉 '절대군주 이카르'가 모든 국민을 먹이고 입히고 교육시키고 즐겁게 해주는 그들이 소망하는 이카리아 천국과 비교해볼 때, 노동조합은 별 볼일 없는 대안처럼 보였던 것이다. 플로라는 헤어질 때 그들을 한껏 비꼬아주었다. 세상 나머지 사람들을 저버리고 자신들만의 에덴동산으로 숨어들겠다니 그건 이기주의다, 『이카리아 여행』에서 얘기하는 것을 곧이곧대로 믿다니 순진해도 너무 순진하다, 그 책은 과학적이지도 않고 철학적이지도 않다, 문학적인 공염불일 뿐이다, 정신이 제대로 박힌 사람이라면 어느 누가 한 편의 소설을 혁명을 위한 지침서로 삼을 수 있단 말인가, 카베라는 사람은 가족을 신성시여기고 여성을 매매하는 것에 지나지 않는 결혼제도를 옹호하는 사람이다, 이런 사람이 주장하는 혁명이 과연 어떤 것이겠는가?

플로라는 재봉사들에게서 불쾌한 인상을 받았지만, 노동조합 위원회와 작별 인사차 저녁을 먹을 때는 기분을 회복할 수 있었다. 위원회는 플로라를 위해 직물노동자 조합에 저녁 자리를 마련했다. 300명이 넘는 남녀 노동자들이 널따란 방을 가득 채우고 있었다. 사람들은 저녁을 먹는 동안 수차례에 걸쳐 플로라에게 갈채를 보냈다. 그리고 어느 구두직공이 작곡했다는 〈노동자의 마르세유

〉라는 노래를 한목소리로 불렀다. 몇몇 사람들이 자리에서 일어나 연설을 했다. 『르 상세르』의 중상모략은 우리 사업에 플로라 트리스탄이 이룬 업적보다 더 많은 공을 세웠다, 플로라 트리스탄은 패배자들의 시기심에 불을 질렀다. 플로라는 사람들의 칭송에 감명을 받았다. 그래서 이렇게 화답했다. 오늘밤과 같은 상을 받을 수 있다면 이 세상의 모든 리티에 같은 사람들로부터 욕을 먹을 필요도 있겠다. 방을 빼곡히 채운 사람들이 증거하고 있다. 이제 노동조합은 그 누구도 막을 수 없다.

새벽 세 시, 엘레오노르를 비롯한 모든 위원회 사람들이 선창으로 나와 플로라를 전송했다. 로다노 강을 타고 가는 열두 시간의 뱃길이었다. 플로라는 강변을 따라 길게 늘어선 산등성을 바라보았다. 삼나무를 이고 있는 산꼭대기, 아비뇽으로 흘러가는 동안 새벽이 동터오고 있었다. 그때의 바다 여행이 다시 떠올랐다. 플로라는 '르 멕시카노' 호를 타고 카보베르데에서 남미 해안까지 긴 여행을 했었다. 넉 달 동안 뭍을 한 번도 밟아보지 못했다. 바다와 하늘과 열아홉 명의 동료만 볼 수 있었다. 출렁거리는 감옥에 갇힌 것이나 다름없었다. 그날이 그날이었다. 뱃멀미로 속이 뒤집어졌다. 적도를 지날 때는 그야말로 엉망이었다. 폭우를 동반한 폭풍이 배를 사정없이 몰아붙였다. 배는 속수무책으로 휘둘리며 신음소리를 토했다. 산산조각이 날 것만 같았다. 선원들과 승객들은 파도에 휩쓸리지 않기 위해 갑판 기둥과 고리에 몸을 묶고 다녀야 했다.

플로라, '르 멕시카노' 호에 타고 있던 열아홉 명의 사내들이 네게 홀딱 반해 있었던가? 아마도. 모두 널 원했던 것만은 확실해. 그 어쩔 수 없는 감옥살이, 커다란 검은 눈에 길고 새카만 머릿결에 잘록한 허리에 매력 넘치는 몸짓의 아가씨가 바로 코앞에 있었지. 사람들은 애간장을 녹이며 눈을 희번덕거렸지. 넌 확실히 알고 있었어. 나이 어린 견습 선원뿐만이 아니었어. 다른 선원들도 한쪽 구석에 숨어 널 떠올리며 헐떡거렸던 거야. 보르도의 그 '불알 발린 성자' 이스마엘리요처럼 더러운 짓거리를 해대며. 모두 널 원했어. 그래. 그 사람들은 너로 인해 더욱더 답답해했고 더욱더 괴로워했지. 그러나 어느 누구도 널 함부로 대하지는 않았어. 오직 사카리아스 샤브리에 선장만이 네게 정중하게 사랑을 고백했을 뿐이었지.

라 프라이아에서 있었던 일이었다. 어느 날 오후, 플로라를 제외한 모든 사람들이 배에서 내렸다. 플로라는 노예들이 매 맞는 것을 보지 않기 위해 배에서 내리지 않았다. 샤브리에도 플로라와 함께 배에 남았다. 교양 있는 브르타뉴 사람과의 대화, 플로라는 기분이 좋았다. 두 사람은 뱃머리에 앉아 빛의 잔치가 벌어지는 수평선 너머로 해가 지는 것을 바라보았다. 뜨거운 열기도 수그러들고 있었다. 미지근한 바람이 불어오기 시작했고, 하늘은 붉게 물들어가고 있었다. 채 마흔 살도 안 된 실패한 테너 가수의 약간은 둔한 듯하지만 세련되고 예의바르고 깔끔한 태도는 사내를 더욱 그럴싸하게 보이게 했고, 때로 완벽한 신사로 보이게 했다. 섹스라면 진절머리가 나긴 했지만, 넌 뱃사람에게 쏠리는 마음을 어쩌지 못했지. 넌 입을 활짝 벌리고 웃었고, 재치 있는 농담으로 대답했어. 그리고 너의 그런 모습에 사내가 어떤 느낌을 받을까 은근슬쩍 살폈지. 눈을 깜박거렸고, 두 팔을 과장되게 휘두르기도 했고, 날씬한 종아리가 살짝 드러나도록 치마 밑으로 발을 슬쩍 뻗어보기도 했지. 샤브리에는 얼굴을 붉히며 행복해했어. 샤브리에는 널 즐겁게 해주기 위해 사랑노래를, 로시니 오페라의 아리아를 혹은 빈에서 유행한 왈츠곡을 노래했어. 성량이 풍부하고 아름다운 목소리였지. 그러나 그날 오후, 고즈넉한 황혼 분위기에 이끌려서 그랬는지, 평상시와 달리 너의 매력이 돋보여서 그랬는지, 브르타뉴 신사는 자신을 억제할 수 없었지. 그는 양손으로 조심스럽게 너의 손을 붙잡고 입술로 가져갔어. 그리고 더듬거렸지.

"무례를 용서해주십시오, 아가씨. 더 이상 참을 수 없습니다. 꼭 말씀드려야겠습니다. 아가씨를 사랑합니다."

떨리는 목소리로 길게 이어진 사랑 고백에는 성실함, 우아함, 정중함, 제대로 된 가정교육이 배어 있었지. 넌 망연히 샤브리에의 사랑 고백을 듣고 있었지. 이런 사람이 또 어디 있단 말인가? 올곧고, 분별 있고, 부드럽고, 낭만적인 소설에서처럼 여성을 꽃잎처럼 다루어야 한다고 생각하는 사람. 뱃사람은 떨고 있었지. 무례한 행동에 부끄러워하는 것 같았어. 넌 감격에 겨워, 비록 정식으로 사랑을 받아들이진 않았지만, 희망의 여지는 남겨두었지. 크나큰 실수였어, 플로라. 넌 그 사람의 사내다운 매력과 순수한 의도에 감명 받아 이렇게 말했지. 언제까지나 당신을 가장 친한 친구로 사랑할 겁니다. 넌 나중에 무슨 문제가 생길지도 모른 채 충동적으로, 발갛게 달아오른 샤브리에의 얼굴을 두 손으로 잡고 이마에 입을 맞추었어. '르 멕시카노' 호의 선장은 십자가를 긋고, 바로 그 순간 자신을 이 세상에서 가장 행복한 사내로 만들어주신 하느님께 감사 드렸지.

플로라, 넌 그로부터 11년 동안을 지내오면서 단 한 번이라도 후회해본 적이 있니? 바다 여행을 하는 동안 그 사람 좋은 사카리아스 샤브리에를 가지고 놀았던 것을 말이야. 플로라는 배를 타고 로다노 강을 따라 아비뇽으로 가는 동안 자기 자신에게 물어보았다. 대답은 한결같았다. '아니.' 넌 그 장난질을 한 번도 후회해본 적이 없어. 넌 발파라이소까지 가는 동안, 정신없이 들떠 있는 샤브리에에게 교태를 떨고 거짓말을 늘어놓았지. 그러면서 사랑을 키워간다고 믿었던 거야. 그래, 플로라 트리스탄 양은 언젠가는 샤브리에에게 확실한 대답을 들려줄 것이다. 넌 아무 생각 없이 샤브리에를 가지고 놀았던 거야. 넌 애매모호한 대답으로, 용의주도한 계산속으로 샤브리에를 가지고 놀았어. 바다가 잠잠할 때 샤브리에가 선실로 찾아오면 네 손에 입 맞추도록 허락했고, 또 때로는, 느닷없는 감정에 휘말려, 살아온 내력 — 그동안의 여행, 오페라 가수를 꿈꾸며 로리앙에서 보냈던 젊은 시절, 널 만나기 전 유일하게 사랑했던 여자로부터 맛본 환멸 — 을 듣고 싶다는 핑계로 샤브리에가 네 무릎에 머리를 기대게 하고는 숱이 적은 머리칼을 쓸어주기도 했어. 그리고 또 때로는 샤브리에의 입술이 네 입술을 스쳐가도 모르는 척 했어. 그래도 후회하지 않는단 말이야? '후회하지 않아.'

플로라는 보르도를 출발할 때 왜 거짓말을 해달라고 했는지 샤브리에에게 설명했다. 샤브리에는 플로라가 미혼모라는 말을 곧이곧대로 믿었다. 샤브리에는 독실한 가톨릭 신자였다. 그래서 플로라는 자신이 결혼도 하지 않은 처녀의 몸으로 딸까지 낳았다는 사실을 알면 샤브리에가 충격을 받을 거라고 생각했다. 그러나 그 반대였다. 샤브리에는 '플로라의 불행'을 알고 나서 결혼해달라고 더욱 열심히 매달렸다. 딸아이도 받아들이겠다, 프랑스에서 멀리 벗어난 곳, 플로라의 청춘을 망쳐버린 그 못돼 처먹은 놈이 절대 알 수 없는 곳으로 갈 것이다, 리마나 캘리포니아나 멕시코나, 아니 플로라가 원하기만 한다면 인도라도 좋다. 넌 샤브리에에게 전혀 사랑을 느끼지 못했지만 때로는 샤브리에의 청을 받아주고 싶은 유혹을 느끼기는 했지, 플로라, 그렇지 않아? 두 사람은 결혼해서 멀고 먼 이국땅에 가서 살게 된다, 아무도 널 알아보지 못하

고 너의 이중결혼을 아무도 탓하지 않을 그런 곳에서. 너는 부르주
아로서 안락한 삶을 살게 되겠지, 두려움도 없이 배고픔도 모른
채, 나무랄 데 없는 신사분의 보호를 받으며. 안달루시아 아가씨,
그걸 참아낼 수 있었겠어? 물론 참아낼 수 없었겠지.

아비뇽 선창이 바로 앞에 보였다. 플로라는 과거에서 물러 나와
현실로 돌아왔다. 일을 해야지, 플로라. 꼼지락거릴 여유가 어디
있다고. 인류의 구원은 게으름을 용서하지 않아.

아비뇽 노동자들은 다루기가 쉽지 않았다. 의사소통도 간신히
이루어졌다. 대부분의 노동자들이 지역 사투리만 알뿐 프랑스어
를 몰랐다. 파리에서, 이미 한물 간 노동자 연맹 지도자, 아비뇽의
성자로 불리는 아그리콜 페르디기에르가 플로라에게 고향 사람들
앞으로 소개장을 써 주었다. 소개장 덕분에 플로라는 면직 공장 노
동자들과 아비뇽-마르세유 철도 노동자들과 모임을 가질 수 있었
다. 철도 노동자들은 이 지역에서 가장 많은 보수(일당 2프랑)를 받
는 사람들이었다. 그러나 모임은 별로 성과를 거두지 못했다. 사람
들은 그야말로 철두철미 무식했던 것이다. 사람들은 철저히 착취
당하고 있었지만, 그것이 운명인양 아무런 생각 없이 살고 있었다.
면직 공장 노동자들을 만났을 때는 『노동조합』 책자를 고작 네 권
팔 수 있었고, 철도 노동자들과 만났을 때는 겨우 열 권 팔 수 있었
다. 아비뇽 사람들은 혁명에 대해 전혀 관심이 없었다.

플로라는 아비뇽에서 가장 번창한 산업인 방직공장 다섯 곳을
둘러보았다. 노동 시간이 하루에 자그마치 스무 시간이었다. 다른
곳보다 서너 시간 많았다. 플로라는 사장을 만나보고 싶었다. 토마
씨는 군말 없이 플로라를 만나 주었다. 토마 씨는 마스 거리에 있
는 크리용 공작 부처의 오래된 성에서 살고 있었다. 토마 씨는 아
침 일찍 찾아오라고 했다. 휘황찬란하게 꾸며진 실내는 여러 세기

여러 스타일의 가구와 그림으로 요란하게 꾸며져 있었다. 토마 —
바싹 마른 체격에 신경질적인 남자로 눈에 의욕이 넘쳐흘렀다 —
씨의 사무실은 낡은 데다 지저분했고 벽의 칠도 벗겨져 있었다. 서
류, 상자, 문서철 따위가 바닥에 널려 있어, 플로라는 몸을 제대로
움직일 수조차 없었다.

"나는 내가 하지 않는 일을 노동자들에게 강요하지 않습니다."
토마 씨는 플로라를 향해 으르렁거렸다. 플로라가 방문 목적을 설
명하고, 노동자들에게 겨우 네 시간밖에 잘 시간을 주지 않는 거냐
고 따졌을 때였다. "나도 새벽부터 자정까지 일합니다. 내 공장이
어떻게 돌아가는지 직접 확인하면서 말입니다. 반푼이들한테 일
당 1프랑이면 땡잡은 것이나 마찬가집니다. 겉으로 보이는 것에
속지 마십시오, 부인. 놈들은 모을 줄 모르기 때문에 비참하게 사
는 겁니다. 버는 족족 술로 다 날리는 거죠. 나는 말입니다, 이걸
아셔야지, 술이라면 질색인 사람이올시다."

토마는 플로라에게 설명했다. 나는 노동자들에게 노동시간을
'강요'하지 않는다, 이런 식으로 일하기 싫은 놈은 딴 데서 일자
리를 구하면 되는 거다, 나는 아무 문제없다, 아비뇽에서 일손이
딸리면 스위스에서 구해오면 된다, 저 알프스 산골 무지렁이들은
아무 문제도 일으키지 않는다, 묵묵히 일만 하고 주는 월급을 감사
하게 생각한다, 저 짐승 같은 스위스 놈들조차 저축하는 법은 알고
있단 말이다.

토마 씨는 일언지하에 거절했다. 노동조합을 위해서는 땡전 한
푼 낼 생각이 없다, 내가 잘못 이해한 것인지는 모르겠으나 당신
생각에는 무정부주의자나 파괴분자들을 연상시키는 뭔가가 있는
것 같기 때문이다, 따라서 책 한 권 사줄 생각도 없다.

"솔직히 말해줘서 감사합니다, 토마 씨." 플로라는 자리에서 일

어나며 말했다. "다시는 볼 수 없을 것 같아 말입니다만, 당신은 기독교인도 교양인도 아닙니다. 당신은 인류의 살을 뜯어먹는 식인종입니다. 언젠가 당신 노동자들이 당신 목을 걸겠다고 들고 나서서 꼭 성공하기를 바랍니다."

사장은 한바탕 웃음을 터뜨렸다. 플로라에게서 칭찬이라도 들은 듯했다.

"난 말입니다, 성깔 있는 여자들이 마음에 들어요." 사장은 껄껄거리며 플로라를 인정했다. "바쁘지만 않다면 보클뤼즈에 있는 내 농장으로 초대해 주말을 함께 보냈으면 좋겠구먼 그래요. 서로 얘기가 잘 통할 텐데 말입니다, 부인."

아비뇽의 공장주들이 모두 형편없는 인물들이었던 것은 아니었다. 이스나르 씨는 플로라를 정중히 맞아주었다. 이스나르 씨는 플로라의 말을 경청했고, 노동조합을 위해 25프랑을 기부했으며, '가장 똑똑한 노동자들에게 나누어 준다' 며 『노동조합』 책자도 스무 권이나 사주었다. 모든 면에서 현대적이라고 할 수 있는 리옹과 달리 아비뇽은 정치적으로 선사시대에 머물러 있는 도시였다. 노동자들은 관심이 없었고, 지도층은 왕당파와 나폴레옹 추종자로 나누어져 있었다. 사소한 것에서는 차이가 있을지 몰라도 거기가 거기였다. 불의를 끝장내겠다는 플로라의 십자군 원정은 별로 성과를 거두지 못했다. 그러나 플로라는 반드시 소기의 목적을 달성하고 싶었다.

플로라는 불길한 예감이 들었지만 낙심하지 않았다. 아비뇽에 머문 열흘 동안 끊임없이 결장염에 시달렸지만 그대로 주저앉지 않았다. 엘 오소 여관, 밤마다 잠을 이룰 수 없었다. 너무 더웠다. 플로라는 창문을 열고 시원한 바람을 맞으며 프로방스의 하늘을 바라보았다. 별이 총총한 밤하늘, '르 멕시카노' 호에서 바라보았던 것처럼 무수한 별들이 반짝이고 있었다. 적도 지역을 벗어나 갑판 위에서 저녁을 먹었던 그날 밤, 샤브리에 선장은 티롤 지방의 민요와 자신이 가장 좋아하는 작곡가 로시니의 아리아를 부르며 흥을 돋우었지. 선주 알프레드 다빗은 천문학 지식을 총동원해 플로라에게 별자리 이름을 하나하나 가르쳐주었어. 마음씨 착한 학교 선생님 같이 성실하게 말이야. 샤브리에 선장은 질투심으로 얼굴이 달아올랐어. 샤브리에 선장은 네가 꼼꼼한 페루인 여행객들의 도움을 받아 스페인어를 연습하는 것에도 분명 질투심을 느꼈을 거야. 쿠스코 사람 페르민 미오타, 페르민 미오타의 사촌 페르난도 씨, 퇴역군인 호세 씨, 호세 씨의 조카 세사레오. 이 사람들은 네게 단어를 가르쳐준다, 문장을 고쳐준다, 페루 사람들이 쓰는 스페인어의 색다른 발음을 가르쳐준다 하며 서로 뒤질세라 열을 올렸지. 하지만, 샤브리에는 다른 사람들이 네게 쏟는 애정공세에 몸달아했지만 그걸 내색도 하지 않았지. 너무 점잖고 사려 깊은 사람인지라 네게 질투하는 모양을 보이기 싫었던 거지. 발파라이소에 도착하면 확답을 주겠다고 네가 말했기 때문에 기다리고 있었던 게지. 긍정적인 대답을 기대하며 분명 밤마다 기도로 밤을 새웠을 테지.

적도의 무더위로부터 벗어난 후로 몇 주 동안 바다는 아주 잠잠했다. 날씨도 좋아 플로라는 더 이상 뱃멀미도 하지 않았다. 그런대로 견딜 만했다. 넌 가지고 갔던 볼테르나 빅토르 위고나 월터 스코트의 책을 탐독할 수 있었지. 이제 항해는 마지막 고비만 남겨두고 있었다. 오르노스 곶. 6월과 7월 사이에 오르노스 곶을 횡단한다는 것은 대단히 위험한 일이었다. 언제 난파당할지 알 수 없었다. 폭풍은 앞에 늘어선 빙산에 배를 매어 꽂을 것 같았고, 눈과 우박을 동반한 폭우가 쏟아져 선실과 선창이 물에 잠기고 말았다. 밤낮 없이 두려움에 떨어야했다. 전신이 얼어붙는 것 같았다. 물에 빠져 죽을지도 모른다는 두려움이 플로라를 사로잡았다. 플로라는 그 끔찍했던 몇 주일 동안 눈도 붙이지 못했다. 플로라는 '르 멕시카노' 호의 선원들의 모습에 감탄할 뿐이었다. 선원들은 샤브리에를 필두로 있는 힘을 다 쏟았다. 돛을 올리고 내리고, 물을 퍼내고, 기계장치를 보호하고, 부서진 곳을 고쳤다. 쉴 틈도 없이, 열두 시간 내지 열네 시간 동안을 먹지도 않고 계속 작업에 매달렸다. 대부분의 사람들은 옷도 제대로 갖추지 못했다. 선원들은 추위로 덜덜 떨었고, 때로는 고열로 쓰러지기도 했다. 사고 — 선원 한 명이 세로돛에서 미끄러져 다리가 부러졌다 — 도 잇따랐다. 심한 통증과 부스럼을 유발하는 피부병이 발생해 배에 있던 사람 중 반이 감염되고 말았다. 마침내, 배가 오르노스 곶을 벗어나 태평양의 남미 해안으로 접어들어 발파라이소로 향하게 되었을 때, 샤브리에 선장은 그 시험을 무사히 통과할 수 있게 해주신 것에 대해 감사를 드리기 위해 예배를 주관했다. 선원들과 여행객들 — 선주 다빗은 자신은 불가지론자라고 밝히며 예배에서 빠졌다 — 은 예배에 헌신적으로 참여했다. 플로라도 참여했다. 오르노스 곶에 이르기까지 넌 죽음을 그토록 가까이 접해본 적이 없었지, 안달루시아 아가씨.

아비뇽에서 한가로이 보내던 어느 날 아침, 플로라는 그날의 예배와 사카리아스 샤브리에의 가슴에 사무치는 기도를 생각하고 있었다. 그때 문득 오래된 생피에르 교회를 찾아가고픈 생각이 들었다. 아비뇽 사람들은 그 교회를 아비뇽의 보물로 여기고 있었다. 사람들이 미사를 드리고 있었다. 플로라는 사람들을 방해하지 않기 위해 구석 자리로 가서 앉았다. 잠시 후, 배가 고파왔다. 결장염으로 인해 먹는 양이 아주 적었던 것이다. 주머니에 빵 한 조각이 있었다. 플로라는 빵을 꺼내 조심스럽게 먹기 시작했다. 잠시 후, 얼마 먹지도 않았는데, 한 떼의 여자들이 화난 표정으로 플로라를 에워쌌다. 여자들은 머리에 수건을 두르고 손에는 기도집과 묵주를 들고 있었다. 여자들은 신성한 장소에서 무례를 범했다며, 신성한 미사 시간에 신도들의 마음에 상처를 입혔다며 플로라를 욕했다. 플로라는 설명했다. 어느 누구도 방해하고 싶은 생각은 없었다, 속이 좋지 않아 피곤하면 뭘 좀 먹어야만 한다. 플로라의 변명은 여자들을 진정시키기는커녕 더욱 화를 돋우는 꼴이 되고 말았다. 몇몇 여자가 플로라를 향해 '유대인 년', '불경스런 유대인 년'이라고 소리치기 시작했다. 프랑스어도 들렸고 프로방스어도 들렸다. 플로라는 다른 여자들이 달려들기 전에 자리에서 빠져나오고 말았다.

다음 날, 플로라는 직물공장을 방문했을 때도 그와 유사한 꼴을 당했다. 생피에르 교회에서 있었던 일 때문이었던가? 한 떼의 여자 노동자들이 공장 입구를 막아선 채 기세등등하게 플로라를 기다리고 있었다. 꾀죄죄한 입성으로 보아 공장 노동자들의 부인이나 친척 같기도 했다. 맨발인 여자들도 있었다. 플로라는 그 여자들과 얘기를 나눠보려 했지만 성과가 없었다. 무슨 이유로 욕을 한단 말인가? 도대체 무슨 이유로 길을 막고 노동자들을 못 만나게 하는가? 아비뇽 여자들은 일제히 악다구니를 쓰고 손사래를 쳐가며 플로라의 입을 막았다. 프랑스어와 지역 사투리가 뒤섞이는 바람에 무슨 말을 하는지 겨우겨우 알아먹을 수 있었다. 여자들은 플로라 때문에 남편들이 직장을 잃지나 않을까, 행여 감옥에 갇히지나 않을까 겁을 내고 있었다. 몇몇 여자들은 플로라의 출현 자체를 두려워하고 있는 것도 같았다. 플로라를 향해 손톱을 세우며 '화냥년' '갈보, 똥갈보'라고 소리쳤던 것이다. 플로라를 따라왔던 아그리콜 페르디기에르의 제자 두 사람 ─ 아비뇽 사람들 ─ 은 직공들과의 만남을 포기하라고 플로라를 설득했다. 사람들 감정이 너무 달아올라 있어 몸싸움까지 벌어질지 모를 지경이었다. 만일 경찰이라도 오게 된다면, 플로라로서는 곤란하기 짝이 없는 일이었다.

플로라는 대신 옛날 교황청을 방문하기로 했다. 교황청은 이제 병영으로 쓰이고 있었다. 과시적이고 육중한 건물은 플로라의 관심을 끌지 못했다. 두꺼운 벽을 장식한 데베리아와 프라디에의 그림도 관심 밖이었다. 인간 사회를 질식시키는 불의에 대항해 싸우면서부터는 예술 작품을 감상할 여유도 기분도 없었다. 그러나 그로 장 부인은 플로라의 관심을 끌었다. 그로 장 부인은 감옥과 흡사한 이 궁정을 방문하는 사람들을 안내하는 문지기 노인네였다. 뚱뚱하고 눈이 하나밖에 없는 노인네. 찌는 듯한 여름 더위로 플로라는 땀을 뻘뻘 흘렸지만 노인네는 망토로 몸을 꼭 여미고 있었다. 노인네는 힘이 넘치는지 수다스럽기 그지없었다. 광신적인 군주주의자였다. 노인네는 안내를 해준다는 핑계로 프랑스 대혁명에 대해 욕을 퍼부어 대기 시작했다. 노인네의 설명에 따르면 프랑스의 모든 불행은 1789년에 시작되었다고 했다. 돼먹지 못한 자코뱅당 놈들, 특히 짐승만도 못한 로베스피에르 탓이라고 했다. 노인네는 소름끼치는 어조로, 때로는 지독한 욕을 섞어가며, 아비뇽에서 벌어진 끔찍한 일들을 주워섬겼다. '망나니'라는 별명으로 유명한 로베스피에르의 똘마니 악당 주르당은 직접 86명의 순교자들의 목을 잘랐을 뿐만 아니라 이 궁정마저 파괴시키려 했다, 다행이 하느님께서 그 일을 허락하시지 않았고, 오히려 주르당 자신이 단두대에서 생을 마감하게 하셨다. 플로라는 문지기 노인네가 어떤 표정을 지을지 궁금해하며 즉각 반박했다. 대혁명은 생루이 시대

219

이후 프랑스가 이루어낸 가장 위대한 업적이었다, 인류 역사상 가장 위대한 사건이었다. 그로 장 부인은 비틀거리며 기둥을 붙잡았다. 경악과 분노로 까무러칠 정도였다.

'르 멕시카노' 호는 남미 해안을 따라 항해했다. 여행은 막바지에 이르렀다. 그런 대로 견딜 만했다. 태평양은 그 이름에 걸맞게 시종 잠잠했다. 플로라는 편안하게 책을 읽을 수 있었다. 플로라는 자신의 책뿐만 아니라 배에 설치된 작은 도서관의 책까지 빌려 읽었다. 도서관에는 로드 바이런이나 샤토브리앙의 책까지 갖추고 있었다. 플로라는 그들의 책을 처음으로 읽어보았다. 공책에 적어가며 그들의 책을 연구했다. 책장을 넘길 때마다 자신을 사로잡는 생각을 발견할 수 있었다. 플로라는 자신의 배움이 얼마나 보잘것없는지 절실히 느낄 수 있었다.

하지만, 플로라, 네가 무슨 교육이라도 받아본 적이 있었니? 네 삶이 불행한 것은 그것 때문이지 앙드레 샤잘 때문이 아냐. 대체 여자들이 무슨 놈의 교육을 받을 수 있었겠어. 오늘날에도 그렇잖아. 여자들이 제대로 된 교육을 받을 수 있었다면, 생피에르 교회에서 여자들이 널 '유태인 년'이라고 부르거나 했겠어? 직물 공장에 모여선 여자들이 널 '똥갈보'라고 여기거나 했겠어? 그래, 노동조합은 여성들에게 의무교육을 실시할거야. 그러면 이 사회도 개혁될 수 있어.

'르 멕시카노' 호는 보르도를 출발한 지 133일 만에 발파라이소 항에 입항했다. 예정보다 2달이나 늦은 것이었다. 발파라이소는 기다란 길 하나로 이루어진 도시였다. 길은 검은색 모래가 깔린 해안과 나란히 놓여 있었다. 거리는 형형색색의 사람들로 붐비고 있었다. 지구촌 모든 족속이 한데 섞여 있는 것 같았다. 스페인어 말고도 여러 나라 말소리가 들려왔다. 영어, 프랑스어, 중국어, 독일어, 러시아어. 새로운 삶을 찾아 남미로 흘러드는 상인들, 날품 팔이들, 모험가들 모두가 발파라이소를 통해 대륙으로 들어왔다.

샤브리에 선장이 플로라에게 여관을 잡아주었다. 오브리 부인이라는 프랑스 여자가 운영하는 여관이었다. 플로라의 도착으로 작은 항구는 이내 술렁거리기 시작했다. 모든 사람들이 플로라의 삼촌 피오 트리스탄 씨를 알고 있었다. 남미에서 가장 부자이며 막강한 권력을 휘두르는 사람, 잠시 이곳 발파라이소로 추방당했던 적이 있는 사람. 피오 씨의 프랑스인 조카 ─ 파리에서 왔데요, 글쎄! ─ 가 도착했다는 소식에 마을 사람들은 웅성거리기 시작했다. 처음 3일 동안 플로라는 밀려드는 방문객들을 맞이하는 수밖에 없었다. 힘깨나 쓰는 집안사람들은 피오 씨의 조카에게 문안 인사를 드리고 싶어했다. 모두가 피오 씨의 친구라고 장담했다. 또한 파리 여자들에 대한 전설 ─ 아름답고, 우아하고, 도발적인 여자들 ─ 이 사실인지 직접 두 눈으로 확인해보고 싶어했다.

방문객들이 줄을 이으면서 폭탄과 같은 소식이 플로라에게 전해졌다. 늙으신 할머니가, 피오 씨의 어머니가, 트리스탄 가문 사람임을 인정받기 위해 잔뜩 기대를 걸고 있던 그 노인네가 1833년 4월 7일 아레키파에서 세상을 떴다는 소식이었다. 플로라가 '르 멕시카노' 호에서 만 서른 살 생일을 맞이했던 바로 그날이었다. 이제 막 본격적인 모험으로 접어드는 순간이었는데, 시작부터 불길했지, 안달루시아 아가씨. 사색이 된 플로라를 보고 샤브리에는 최선을 다해 위로했다. 플로라는 그 틈을 이용했다. 플로라는 너무 정신이 없어 청혼에 대해 확답을 줄 수 없노라고 샤브리에에게 전하려 했다. 그러나 샤브리에는 플로라의 마음을 짐작하고 플로라의 입을 막았다.

"아닙니다, 플로라. 아무 말씀 마십시오. 아직은 때가 아닙니다.

그렇게 중요한 문제를 함부로 말할 계제가 아닙니다. 계속 여행하십시오. 아레키파로 가셔서 가족들을 만나보시고 문제를 해결하십시오. 제가 그곳으로 찾아뵙도록 하겠습니다. 그때 가서 결심을 알려주시면 됩니다."

1844년 7월 18일, 플로라는 아비뇽을 출발해 마르세유로 향했다. 플로라는 교황들의 도시(아비뇽)에 처음 도착했을 때보다 훨씬 활기에 차 있었다. 10명의 회원 — 주로 직물 노동자와 철도 노동자였고 빵을 굽는 노동자는 한 명이었다 — 으로 노동조합 조직 위원회도 구성할 수 있었고, 카르보나리 당원들의 진지한 비밀집회에도 두 차례나 참석할 수 있었다. 카르보나리 당원들은 가혹한 탄압을 받고 있었지만 프로방스에서 계속 활동하고 있었다. 플로라는 그들에게 자신의 생각을 피력했다. 플로라는 공화주의의 이상을 위해 싸우는 그들의 용기에 찬사를 보냈지만 결과적으로 그들을 화나게 만들었을 뿐이었다. 플로라는 말했다. 비밀결사를 만들어 물밑에서 활동하는 것은 애들 장난과 같은 짓이다, 이카리아 당원들이 아메리카로 가서 낙원을 건설하겠다는 것과 마찬가지로 한심스럽고 고리타분한 짓이다, 투쟁은 모든 사람이 볼 수 있는 곳에서 공개적으로 이루어져야 한다, 이곳이든 다른 곳이든 마찬가지다, 그래야 혁명 사상이 노동자와 농민, 즉 착취당하는 사람들 모두에게 예외 없이 전달될 수 있다, 오직 이들이 스스로 나서야만 사회를 개혁시킬 수 있기 때문이다. 카르보나리 당원들은 어이없다는 듯 플로라의 말을 듣고 있었다. 몇몇 사람은 누가 비판을 해달랬느냐며 거칠게 따지기도 했다. 또 몇몇 사람들은 플로라의 당돌한 발언에 충격을 받은 것도 같았다. "당신의 방문으로 우리 카르보나리 당원들은 여성 회원을 금지하는 우리 회칙을 재고해볼 필요가 있게 되었습니다." 헤어질 때 회장 프로네 씨는 플로라에게 이렇게 말했다.

10

# 네버 모어

푸나아우이아, 1897년 5월

　1896년 5월 말, 파우우라는 코케에게 임신한 사실을 알렸다. 그
러나 코케는 신경도 쓰지 않았다. 파우우라 역시 신경 쓰지 않았
다. 파우우라는 여느 마오리족 여자와 마찬가지로 임신했다는 사
실을 기꺼워하지도 않았고 못마땅해 하지도 않았다. 그저 운명이
겠거니 하고 다소곳이 받아들였다. 코케에게는 아주 힘겨운 시기
였다. 종기가 다시 도지기 시작했고, 발목 통증이 심해졌으며, 지
지 아저씨에게서 물려받은 재산도 땡전 한 푼 남지 않아 생활고에
시달려야 했다. 그러나 파우우라의 임신은 코케에게 새로운 인생
전환기를 마련해주었다. 다리에 난 종기가 다시 아물어갈 무렵, 다
니엘 드 몽프레드가 보내준 천오백 프랑이 도착했다. 암브로아즈
보야르가 마침내 그림 몇 점과 조각품 하나를 팔 수 있었던 것이
다. 폴에게는 피에르 르베르고스라는 친구가 한 명 있었다. 프랑스
군 출신으로 군복을 벗은 후 푸나아우이아 근처에 자그만 과수원

을 구입해 살면서 가끔 폴을 찾아와 담배도 함께 피우고 술잔도 나누는 사람이었다. 어느 날 폴은 농담반 진담반으로 피에르 르베르고스에게 이렇게 고백했다.

"아리오리족은 말이야, 내가 타히티인의 피가 흐르는 아이의 애비가 될 거라는 걸 알고는 말이지, 날 돕기로 작정한 모양이야. 이제부터는 이 땅 신들의 도움을 받아 모든 일이 잘 풀릴 것 같아."

폴의 고백은 얼마 후 사실로 드러났다. 돈도 생겼겠다 건강도 어느 정도 회복했겠다 ─ 발목 통증은 앞으로도 여전할 것이고, 평생 절름발이로 살아야 할 것을 알고는 있었지만 ─ 폴은 빚을 청산하고 나서 포도주를 엄청나게 사들여 오두막 입구에 쌓아놓고 손님들을 불렀다. 폴은 일요일마다 잔치를 벌였다. 잔치 음식 중에서 단연 인기를 독차지한 것은 걸쭉한 오믈렛이었다. 폴은 자신이 무슨 요리의 대가나 된 듯 호들갑스럽게 그 요리를 손수 장만했다. 폴이 잔치를 벌인다는 소식에 푸나아우이아의 가톨릭 신부와 개신교 목사는 다시 분통을 터뜨렸다. 그러나 폴은 모르쇠로 버텼다.

폴은 기분 좋게 지냈다. 의욕도 넘쳤다. 파우우라의 아랫배와 허리둘레가 점점 부풀어 오르는 모습에 감동을 받기까지 했다. 스스로 생각해도 놀라운 일이었다. 파우우라는 임신 초기에도 구역질과 현기증을 모르고 지냈다. 메트 가드는 임신할 때마다 구역질과 현기증을 달고 살았었다. 하지만 파우우라는 자신의 뱃속에서 한 생명이 자라나고 있다는 사실도 모르는 양 평소와 다름없이 생활해 나갔다. 9월 초순, 배가 눈에 띄게 부풀어 오르자 파우우라의 행동도 굼떠지기 시작했다. 말도 천천히 했고, 깊은숨을 몰아쉬었고, 손동작도 둔해졌으며, 몸의 균형을 잡기 위해 8자 걸음으로 걸어 다녔다. 코케는 파우우라를 살펴보는 데 많은 시간을 투자했다. 파우우라가 아이의 움직임을 느껴보려는 듯 두 팔로 배를 감싸 쥐고 깊은숨을 내쉬는 모습을 보면 알 수 없는 기분에 젖어들곤 했다. 흐뭇한 느낌. 코케, 너 늙다리로 돌아간 거 아냐? 어쩌면. 야만인도 여느 다른 사람과 마찬가지로 아버지가 된다는 생각으로 어쩔 수 없이 감상에 빠져들고 마나 보지? 그럼, 당연하지. 네가 뿌린 씨로 한 생명이 곧 태어날 것이라 생각하니 흐뭇했군 그래.

그 당시 폴의 기분 상태는 모성을 주제로 서둘러 그린 다섯 점의 그림에 그대로 투영되었다. 〈테 아리이 바히네(귀부인)〉 〈노 테 아하 오에 리리(왜 화가 난 거야?)〉 〈테 타마리 노 아투아(하느님의 아들)〉 〈나베 나베 마하나(감미로운 나날)〉 〈테 레리오아(꿈)〉. 코케, 네가 그린 그림이라고는 보기 힘든 그림들이었지. 드라마도 긴장감도 폭력도 없는 삶을 묘사한 것들이었으니까. 화려한 색상의 대자연을 배경으로 한 조용하고 평안한 그림들이었다. 그림 속 인물들은 천국 낙원의 나무들과 하나 다를 게 없어 보였으니까. 그야말로 자기만족에 빠진 환쟁이가 그린 그림나부랭이였단 말이지!

1896년 성탄절 3일 전 어스름녘에 아이는 폴의 오두막에서 태어났다. 마을 산파가 와서 아이를 받아냈다. 순산이었다. 푸나아우이아 개신교 교회와 가톨릭 성당에 모여 성탄절 찬송을 연습하는 사내아이들과 계집아이들의 노랫소리가 배경음악으로 깔렸다. 코케와 피에르 르베르고스는 집 밖으로 나와 압생트 잔을 나누며 아이의 탄생을 축하했다. 폴은 만돌린 반주에 맞춰 브르타뉴 지방 민요를 불렀다.

"까마귀가 보이네." 코케가 갑자기 연주를 멈추고 거대한 망고나무를 가리키며 말했다.

"타히티에는 까마귀가 없는데." 전직 군인은 깜짝 놀라 자리에서 벌떡 일어나 나무를 둘러보았다. "까마귀나 뱀 같은 건 없는데. 자넨 그것도 모르나?"

"까마귀가 맞아." 코케는 고집했다. "난 지금까지 살아오면서 까마귀를 무척이나 많이 보았어. 르 풀뒤의 인형 아가씨 마리 앙리네 집에 살 때는 말이야, 밤마다 까마귀가 한 마리 찾아와 내 창문에서 잠을 자는 거야. 내가 모르고 있는 불행을 일깨워주려고 찾아왔던 거지. 우린 친구처럼 지냈어. 저 이름 모를 새도 까마귀가 틀림없어."

두 사람은 확인해볼 수 없었다. 두 사람이 망고나무로 다가갔을 때, 그 날개 달린 어두운 그림자는 이미 사라지고 없었다.

"불길한 새가 틀림없어. 내가 잘 알아." 코케는 계속 고집했다. "르 풀뒤에서 사귄 그놈은 내게 비극적인 소식을 전해주었지. 바로 그놈이 또 다른 참극을 알려주기 위해 여기까지 좇아온 거야. 습진이 도지거나, 다음 폭풍 때 오두막에 벼락이 떨어져 불에 타버리거나 할거야."

"뭔지는 모르겠지만 까마귀는 진짜 아냐." 피에르 르베르고스도 고집을 꺾지 않았다. "타히티나, 무레아나, 저쪽 다른 섬에서도 까마귀는 꼴도 찾아볼 수 없다니까 그러네."

이틀 후, 코케와 파우우라가 아이를 어디로 데려가 세례를 받게 할 것인지를 놓고 입씨름 — 파우우라는 가톨릭교회 쪽을 원했지만 코케는 그 반대였다. 어느 정도 참을 만한 리켈므 목사에 비해 다미안 신부는 철천지원수나 다름없었던 것이다 — 을 벌이고 있을 때, 아이가 갑자기 경련을 일으키더니 온몸이 불그죽죽하게 변하기 시작했다. 아이는 가쁜 숨을 몰아쉬다가 이내 꼼짝도 하지 않았다. 아이를 안고 보건소에 도착했을 때는 이미 숨을 거둔 후였다. '호흡 기관의 선천적 질환으로 인한 사망.' 보건소 직원이 서명한 사망 진단서에는 그렇게 쓰여 있었다.

코케와 파우우라는 아무런 종교적 의례 절차 없이 아이를 푸나아우이아 공동묘지에 묻었다. 파우우라는 그날도 그 이후로도 눈물을 보이지 않았다. 파우우라는 차츰차츰 안정을 찾아갔고, 죽은 딸자식에 대해서는 입도 뻥긋하지 않았다. 폴 역시 죽은 아이에 대해 입을 열진 않았지만, 밤이나 낮이나 그 아이 생각뿐이었다. 몇 달 전에 종적이 묘연한 〈알린느 고갱의 초상화〉가 그랬듯이 이제는 아이의 죽음이 폴의 영혼을 좀먹어 들어가고 있었다.

넌 죽은 아이와 그 불길한 새 — 까마귀였어. 틀림없어. 원주민들과 본국인들이 타히티에는 까마귀가 없다고 아무리 주장해도 그 새는 틀림없이 까마귀였어 — 에 대해 생각해보았지. 그 날개 달린 그림자가 네 기억에 남아 있는 희미한 이미지를 되살려냈어. 별로 오래된 것은 아니지만 지금은 아득하게만 느껴지는 그 이미지를 말이지. 폴은 책들을 찾아보았다. 파피테 군인 클럽의 아담한 도서관과 오귀스트 구필의 개인 도서관 — 이름에 걸맞은 도서관은 섬을 통틀어 그곳뿐이었다 — 도 뒤져보았다. 에드거 앨런 포가 쓴 「까마귀」라는 시의 프랑스어 번역본이 어딘가에 분명 있을 성 싶었다. 네 친구인 시인 스테판 말라르메가 그 시를 프랑스어로 번역해 큰 소리로 읽어준 것을 들은 적이 있었지. 네가 한때 자주 들락거렸던 그 화요 모임에서 말이야. 멋쟁이 스테판이 포의 불행했던 시절을 자세히 설명해주었고, 넌 그걸 지금도 생생하게 기억하고 있잖아. 포는 술과 마약과 굶주림으로 몸이 완전히 망가진 상태에서 필라델피아의 가족들이 당한 고난까지 알게 되었지. 포는 그때 「까마귀」라는 시를 쓰기 시작했어. 엄청난 시였어. 지극히 을씨년스러우면서도 더 할 수 없이 조화롭게, 지극히 육감적이면서도 극단적으로 음울한 분위기로 번역된 그 시는 네 골수에 사무쳤지. 너무나 감동적인 시였어. 그래서 넌 말라르메의 초상화를 그리고 싶은 충동을 느꼈어. 그 위대한 시를 프랑스어로 절묘하게 옮

228

긴 그 솜씨를 찬양하기 위해서 말이야. 그러나 스테판은 초상화를 보고 별로 달가워하지 않았지. 당연한 일이었을 테지. 넌 그 들쭉 날쭉한 시인의 표정을 제대로 포착해내지 못했으니까.

폴은 1891년 3월 23일 볼테르 카페에서 가진 저녁 식사 모임을 생각했다. 폴이 타히티로 첫 여행을 떠나기 전에 친구들이 작별인 사차 마련해준 자리였다. 그 자리의 주빈은 당연히 스테판 말라르메였다. 「까마귀」를 프랑스어로 번역한 스테판 말라르메는 그 자리에서 두 편의 시를 낭독했다. 한 편은 말라르메 자신의 것이었고, 다른 한 편은 악마와 얘기가 통한다고 으스대고 다니던 그 소름끼치는 샤를 보들레르의 것이었다. 스테판은 초상화를 그려줘 고맙다며 폴에게 자그마한 책 한 권을 선물했다. 1875년에 스테판 본인이 출판한 「까마귀」 번역 책자였다. 이놈의 책이 어느 구석에 처박혀 있단 말인가? 폴은 온갖 잡동사니로 가득한 트렁크를 뒤져보았지만 책을 찾을 수 없었다. 친구 놈들 중 누구에게 줘버린 거 아냐? 수도 없이 이사를 하는 과정에서 잃어버린 건 아닐까? 폴은 지금 당장 읽고 싶어 미칠 지경이었다. 통증이 몰려올 때 술과 마약이 아쉽듯 그렇게 아쉬웠다. 폴은 포의 번역시를 찾아봐 달라고 친구들에게 떼를 써볼까 하다가, 어머니의 초상화 때문에 애달아 했던 찜찜한 기억이 떠올라 그만두고 말았다.

폴은 그 시를 자세히 기억해낼 수 없었다. 하지만 각 연을 마감하는 후렴구 — '네버 모어(이제 그만)' — 와 전체적인 내용과 삽화들은 얼핏 기억할 수 있었다. 코케, 그 시는 바로 너를 위해 쓰여진 거야. 타히티 사람이 다된 지금의 네 처지와 비교해보란 말이야. 자 상상해보라고. 폭풍우 몰아치는 한밤중, 사랑하는 레노어의 죽음으로 미어져 내리는 심정으로 책을 읽다가 생각에 잠겼다가 하는 학생이 있어. 그때 까마귀 한 마리가 날아들지. 까마귀는 창

229

문을 통해 방으로 날아들어. 폭풍을 피해 들어온 건지 저승사자들이 보낸 건지 알 수는 없어. 까마귀는 문을 지키는 하얀색 대리석 아테나 여신 흉상 위에 자리를 잡고 앉지. 그 시의 음산한 색조와 울적한 분위기가 새록새록 기억나지? 미지의 어느 공간에 존재하는 죽음·공포·불행·황천('저승 하데스의 해변')·암흑·불안 등을 암시하는 것 같은 그런 분위기 말이야. 애인에 대해, 미래에 대해 묻는 학생의 질문에 까마귀는 귀에 거슬리는 소리('이제 그만![네버 모어!]')로 꼬박꼬박 대답해주지. 얼어붙은 시간 속에서 영원히 지속될 것만 같은 불안감을 조성해가며. 이야기가 끝나는 마지막 연, 학생과 새카만 방문객은 서로 마주본 채 시간의 종착지를 향하여 달려가지.

코케, 넌 그림을 그려야 해. 한동안 멈칫했던 의욕이 다시 용솟음치고 올라와 널 달구며 마구 흔들어대고 있잖아. 그래, 그래. 당연하지. 그려야 하고 말고. 그렇다면 무얼 그린단 말인가? 폴은 몸이 달아올랐다. 흥분으로 정신을 차릴 수 없었다. 소름이 쭉쭉 끼쳤다. 피가 끓어올라 머리로 몰려드는 것 같았다. 자신감이 생겼다. 힘이 느껴졌다. 승리자가 된 기분이었다. 폴은 테를 두른 캔버스를 이젤 위에 올려놓고 핀으로 고정시켰다. 폴은 죽은 딸아이의 모습을 그리기 시작했다. 마오리족 조상들의 신앙과 미신에 의지해 딸아이를 다시 살려내고 싶었다. 코케, 네 눈에 안보일 뿐이지 그것들은 아직까지 분명히 살아 있어. 후손들이 너무나 조심스럽게, 너무나 비밀스럽게 다루기 때문에 흔적을 찾아볼 수 없을 뿐이야. 폴은 하루 종일 작업에 매달렸다. 아침 저녁이 따로 없었다. 정오에 잠깐 눈을 붙이기 위해 잠시 쉬었을 뿐이었다. 폴은 눈을 감고 딸아이의 그 가녀린 몸뚱이와 검붉은 빛으로 달아올랐던 자그마한 얼굴을 되새겨보았다. 삼일째 되던 날 오후, 햇살이 기우는 바람에 더 이상 제대로 작업을 할 수 없게 되었을 때, 폴은 정성스럽게 다듬어온 그 그림을 흰색 페인트로 짓이기고 말았다. 혐오감이 치밀어 올랐다. 미쳐버릴 것만 같았다. 귓구멍으로 눈구멍으로 분기가 흘러내렸다. 폭풍이 몰아치듯 그렇게 작업에 매달렸는데. 그런데 아니었다. 실패작이었던 것이다. 그래서 분통이 터졌던 것이다. 코케, 그 그림은 쓰레기나 다름없었어. 환멸감, 실망감, 무력감. 그것도 모자라 온몸 구석구석이, 뼈마디 하나하나가 욱신거리기 시작했다. 폴은 붓을 팔레트 옆에 내려놓았다. 술을 마시기로 했다. 인사불성이 될 때까지 마셔볼 작정이었다. 폴은 침실을 가로질러 술통이 있는 현관으로 다가갔다. 그때 파우우라의 알몸뚱이가 폴의 눈에 언뜻 스쳤다. 파우우라는 비스듬히 누워 있었다. 파우우라의 얼굴은 네모반듯한 오두막 창문 쪽을 향해 있었고, 창문을 통해 보이는 코발트빛 하늘에는 샛별이 떠 있었다. '바히네'가 냉담한 눈길로 잠시 폴을 쳐다보는 것 같더니 다시 하늘 쪽으로 눈길을 옮겼다. 차분한 시선이었다. 어쩌면 무심한 시선이었을지도. 파우우라는 원래 매사를 심드렁하게 여기는 여자였다. 파우우라의 그런 태도 속에는 뭔가 신비스럽고 비밀스러운 구석이 숨어 있었고, 바로 그런 점이 폴의 마음에 걸렸다. 폴은 가던 걸음을 멈추고 파우우라에게 다가갔다. 그리고 선 채로 파우우라를 내려다보았다. 기분이 이상야릇했지. 어떤 조짐이 보이는 것 같았어.

코케, 바로 이거야. 바로 이 모습을 그려야 한다고. 지금 당장. 폴은 아무 말 없이 아틀리에로 돌아갔다. 폴은 스케치북과 목탄을 집어 들고 침실로 돌아와 파우우라 앞 멍석 위에 주저앉았다. 파우우라는 움직이지 않았다. 질문도 하지 않았다. 폴은 비스듬히 누운 파우우라의 모습을 죽죽 그려나갔다. 한 장, 두 장, 세 장, 네 장. 파우우라는 졸음에 겨운 듯 가끔씩 눈을 감았다. 잠시 눈을 뜨고 코케를 바라보는 듯했으나, 무심하기 짝이 없는 눈길이었다. 아기를 낳아보아서인지 엉덩이 선은 더욱 풍만하고 더욱 암팡져 보였다. 당당하게 부풀어 오른 아랫배. 마치 앵그르의 그림에서 본 나른한 자태의 후궁들이나 루벤스와 들라크루아의 그림에서 본 왕비나 신화 속 여자들의 엉덩이와 아랫배를 다시 보는 것 같았지. 그러나 아냐, 아냐, 코케. 반짝반짝 윤이 나는 저 갈색 피부의 당당한 몸뚱이, 보기 좋게 살짝 휜 튼튼한 다리로 이어지는 저 단단한 허벅지. 이 몸뚱이는 유럽인의 몸뚱이도 서구인의 몸뚱이도 프랑스인의 몸뚱이도 아니야. 바로 타히티인의 몸뚱이, 마오리족의 몸뚱이란 말이지. 방심한 듯 널브러진 자세로 편히 쉬고 있는 파우우라. 땀구멍 하나하나에서 흘러내리는 듯한 저 무심한 관능미. 노란색 베개 — 그 강렬한 노란색은 미친 네덜란드 놈의 흉물스러운 금붙이를 생각나게 했지. 아를에 있을 때 그걸 두고 한참 둘이서 다투곤 했잖아 — 로 인하여 더욱 짙어 보이는 새카만 머리채. 기분 좋은, 자극적인 향기가 바람결에 묻어났어. 넌 그 짙은 음욕의 향기에 완전히 취해들었어. 네 '바히네'가 벌거벗은 채, 바로 저런 매혹적인 자세를 취하고 있는 모습을 보면 기분이 풀어져 술을 마시곤 했지만, 그때보다 더 취하는 것 같았지.

자지가 곤두서는 것 같았지만 작업을 멈추지 않았다. 도저히 멈출 수 없었다. 여기서 그만 두면 지금 이 느낌을 다시는 되살릴 수 없을 것 같았다. 이 정도면 됐다 싶었다. 그러나 파우우라는 이미 잠이 들어 있었다. 맥이 풀렸다. 하지만 뭔가를 해냈다는 성취감을 느낄 수 있었고, 마음도 차분히 진정되었다. 코케, 내일부터 다시 그림을 시작하는 거야. 이제는 망설일 것도 없어. 어떤 그림을 그려야할지 확실히 알잖아. 그래 그거야. 황금빛 알몸뚱이로 샛노란 베개를 베고 침대에 누워 있는 여자, 그 여자 뒤에 까마귀 한 마리.

그래, 그림의 제목은 '네버 모어'로 정하는 거야.

　다음 날 정오 경, 평소와 다름없이 친구 피에르 르베르고스가 폴과 술잔을 기울이며 얘기를 나누기 위해 오두막으로 다가왔다. 코케는 무뚝뚝한 태도로 친구를 쫓아버렸다.

　"내가 부르기 전까진 오지 말게나, 피에르. 자네든 그 누구든 방해받고 싶지 않네."

　파우우라에게도 전날 밤과 같은 자세를 잡아달라고 요구하지 않았다. 하늘에 대고 어젯밤과 같은 빛을 내려달라고 요구하는 것과 마찬가지 짓일 것이었다. 모든 것이 스러져가기 시작하는 바로 그 순간, 모든 것이 어둠에 감싸이기 시작하는 바로 그 순간, 모든 것이 한 덩어리 그림자로 녹아들기 시작하는 바로 그 순간의 빛을 말이다. 바로 그 순간에 폴은 자신의 '바히네'를 보았던 것이다. 파우우라 역시 그렇게나 자연스러웠던 방심한 자세, 철저한 무방비 상태의 자세를 다시는 취하지 못할 것이었다. 폴은 그 이미지를 너무나 선명하게 기억하고 있었기 때문에 수월하게 재현해낼 수 있었다. 폴은 단 한 순간도 주저하지 않고 그림의 윤곽을 잡아나갔다. 그러나 파우우라의 몸뚱이에 스러져 가는 석양빛을 입히는 작업은 결코 만만치가 않았다. 귀신이 튀어나올 것 같은, 마법이 흐르는 듯한, 기적이 일어날 것만 같은 그런 분위기를 조성하는 푸르스름한 빛. 폴은 그 빛이야말로 '네버 모어'의 성패를 좌우하는, 자신의 개성을 부각시키는 열쇠라고 확신하고 있었다. 폴은 파우우라의 발에도 세심한 주의를 기울였다. 기억을 되살려보았다. 땅을 직접 밟고 다녔기 때문에 ― 육신과 자연의 교접 ― 대지와 같이 단단해진 발바닥과 약간 벌어진 발가락들은 강인한 인상을 풍겼다. 폴은 발치에 떨어진 천 조각에 물든 핏자국과 파우우라의 오른쪽 발에도 정성을 기울였다. 폴은 파우우라의 오른쪽 발에 난 조그만 화상 자국, 그 새빨간 상처를 저 육감적인 몸뚱이로 올라가는 시발점으로 삼았다.

폴은 알 수 있었다. 이 그림은 1892년에 테하마나를 모델로 그린 그림과 너무나 흡사했다. 〈마나오 투파파우(악마, 어린 계집아이를 훔쳐보다)〉, 그것은 폴이 타히티에 와서 그린 첫 번째 걸작이었다. 코케, 이번 그림도 걸작이 분명해. 저번 그림보다 더 성숙하고 더 의미심장한 그림이었다. 더 냉철하고 덜 통속적인 그림이었다. 아니 더욱더 비극적인 그림이라고 할 수 있었다. 저번 그림은 귀신을 보고 놀란 테하마나의 모습을 그린 것이었다. 그러나 이번 그림은 전혀 다른 것이었다. 이제 갓난 딸아이를 잃는 시련을 겪은 파우우라가 체념한 듯, 포기한 듯 누워 있는 모습이었다. 모든 것을 달관한 듯 자신의 운명을 그대로 받아들이는 그 모습, 바로 전형적인 마오리족의 태도였다. 〈마나오 투파파우〉에서는 유령이 운명을 상징했고, 〈네버 모어〉에서는 눈먼 까마귀가 운명을 상징하고 있었다. 5년 전 〈마나오 투파파우〉를 그릴 당시, 넌 낭만주의의 마법에서 미처 헤어나오지 못한 상태였어. 넌 사악한 것에, 죽음과 관련된 것에, 을씨년스러운 것에 경도되어 있었지. 샤를 보들레르처럼 말이야. 루시퍼의 신임을 받아 루시퍼의 애인이 되었다고 떠벌리고 다니던 그 시인 말이야. 어느 날 밤, 넌 몽파르나스의 어느 주막에서 그 시인과 미학에 대해 토론도 벌였었지. 이제는 그 낭만주의 문학의 찌꺼기가 완전히 사라져버렸어. 까마귀만 봐도 알 수 있는 일이지. 회색 부리에 이슬에 젖은 날개를 지닌 푸르스름한 까마귀. 이교도들의 세상, 여자는 자리에 누워 자신의 한계를 받아들이지. 느닷없이 사람들에게 달려들어 삶을 송두리째 뒤흔드는 저 알 수 없는 잔인한 운명 앞에서 자신은 전혀 손을 쓸 수 없다는 사실을 잘 알고 있는 거지. 그게 바로 원초적인 지혜 ─ 아리오리족

234

의 지혜 ― 인 거지. 어떤 운명이 닥쳐와도 반항하지도, 울지도, 투덜대지도 않는 거지. 살아오며 터득한 지혜로 깨끗이 인정하고 수더분하게 받아들일 뿐이지. 폭풍을 맞이하는 나무나 산, 파도에 휩쓸리는 바닷가 모래와 비슷하다고나 할까.

폴은 중심이 되는 누드를 끝마치고 나서 그 주변을 화려하고 꼼꼼하게 치장하기 시작했다. 다양한 색조를 사용하여 섬세하게 색을 섞었다. 뭐라고 딱히 꼬집어 설명할 수 없는 그 신비스러운 석양빛이 그림의 의미를 더욱 알쏭달쏭하게 만들었다. 넌 너의 개성을 최대한으로 살리기 위해, 슬쩍 보기만 해도 네가 그린 그림이라는 것을 알 수 있도록 최선을 다했지. 그러면서도 타히티의 특징을 고스란히 살려냈어. 열대 지방에 걸맞게 약간 색을 변형시킨 눈먼 까마귀뿐만이 아니었다. 상상으로 그려낸 꽃송이들, 마디가 굵은 나무들, 돛을 활짝 편 목선들, 마치 벽을 장식한 그림인 양 뭉게구름이 두둥실 떠다니는 하늘, 그리고 활짝 열린 창으로 내다보이는 하늘이 있었다. 누워 있는 계집아이 뒤에서 두 여자가 이야기를 나누고 있었다. 한 여자는 등을 보이고 있고, 한 여자는 옆모습을 보이고 있었다. 그 여자들은 대체 누굴까? 너도 모르는 일이지 뭐. 그런데 그 여자들 속에서 뭔가 불길하고 불안한 기운을 느낄 수 있었다. 겉보기에는 아무렇지도 않을 것 같아도, 〈마나오 투파파우〉의 그 시커먼 악마보다 더더욱 잔인할 것 같은 그 무엇을 느낄 수 있었던 것이다. 누워 있는 계집아이를 가까이 들여다보면 알 수 있었다. 계집아이는 차분한 자세로 누워 있는 것 같아도, 눈은 두 여자 쪽을 향하고 있었다. 계집아이는 등 뒤에서 나누어지는 이야기에 불안해하며 귀를 기울이고 있었다. 그림의 곳곳 ― 베개나 홑이불 등등 ― 에는 일본 꽃이 그려져 있었다. 그래, 네가 그림을 처음 시작할 무렵 메이지 시대의 일본 판화를 발견한 이후 자동적으로 네 붓끝에 달려 나오던 그 꽃이었지. 그러나 이제는 그 꽃송이들에도 원시 세계의 다양한 의미가 함축되어 있었다. 꽃송이들은 보는 각도에 따라 나비 떼로 혹은 유성으로 혹은 새무리로 보였던 것이다.

마침내 작품이 완성 ─ 세부 사항을 다듬고 손질하는데 근 열흘이나 걸렸다 ─ 되었을 때, 폴은 흡족해하면서도 한편으로는 쓸쓸하고 공허한 느낌을 지울 수 없었다. 폴은 파우우라를 불렀다. 파우우라는 덤덤한 표정으로 잠시 그림을 쳐다본 후, 별것 아니라는 듯 고개를 저었다.

"난 이렇지 않은데. 이 여자는 노인네잖아요. 난 훨씬 젊다고요."

"맞는 말이지." 폴이 대답했다. "넌 젊어. 하지만 이 여자는 영생을 누릴 거야."

폴은 잠시 낮잠을 자고 일어나 피에르 르베르고스를 찾아갔다. 폴은 피에르를 데리고 파피테로 가서 방금 끝낸 걸작품을 위해 자축연을 베풀었다. 두 사람은 항구 선술집을 찾아가 밤을 새워가며 인사불성이 될 때까지 진탕 마셔댔다. 압생트, 럼주, 맥주, 술도 가리지 않았다. 두 사람은 성당 주변에 있는 마약 가게로 쳐들어갔으나 중국인들은 두 사람을 내쫓았다. 두 사람은 어느 술집 맨바닥에서 잠이 들었다. 다음 날, 폴은 승합 마차를 타고 푸나아우이아로 돌아왔다. 돌아오자마자 속이 뒤틀리고 구역질이 올라왔다. 속이 쓰려 견딜 수가 없었다. 폴은 그런 상태에서도 그림을 조심스럽게 포장해 짤막한 글과 함께 다니엘 드 몽프레드에게 보냈다. '이번 것은 진짜 걸작이라네. 그림값이 신통치 않으면 팔지 않았으면 하네.'

4개월 후, 몽프레드에게서 답장이 왔다. 암브로아즈 보야르가 화랑에 전시한 바로 당일에 〈네버 모어〉가 500프랑에 팔렸다는 소식이었다. 그때 폴은 직장을 구해 푸나아우이아를 떠나 파피테에 살고 있었다. 폴은 식민지 행정부의 공공사업부에서 미술부서 보좌관으로 일하고 있었다. 월급은 150프랑이었다. 그런 대로 살 수 있는 액수였다. 파레오만 걸치고 사는 반벌거숭이 생활도 접었다. 폴은 다른 공무원들과 마찬가지로 양복을 입고 구두도 신었다. 파우우라도 폴을 떠나고 없었다. 파우우라는 어느 날 갑자기 떠난다는 말 한 마디 없이 짐 보따리를 챙겨 들고 사라져버렸던 것이다. 코펜하겐에서 딸아이 알린느가 죽었다는 소식에 시간이 지날수록 갈피를 잡지 못하고 있던 터에 파우우라마저 떠나버리자, 폴은 푸나아우이아의 집을 팔아치우고 몇몇 친구들 앞에서 공공연하게 다짐했다. 다시는 그림이라고는 그리지 않을 것이다, 스케치도 하지 않을 것이고, 조각도 파지 않을 것이다, 그림과 관련된 것이라면 절대 손대지 않을 것이다, 이제부터는 살아남는 데 열중할 것이다, 어떤 계획도 짜지 않을 것이다. 친구들은 무슨 이유로 그런 극단적인 결심을 하게 되었는지 물었다. 폴은 대답했다. 술김에 한 애긴지 본심이 그랬는지는 알 수 없었다. 〈네버 모어〉 이후로는 좋은 그림이 나올 것 같지 않다, 〈네버 모어〉야말로 백조의 노래인 것이다.

그렇게 새로운 삶이 시작되었다. 파피테 주민들 모두 폴의 일거수일투족을 주시했다. 사람들은 수군거렸다. 언제까지 저러고 다닐 것인가, 저게 어디 죽었다고 봐야지 살았다고 할 수 있겠는가, 죽을 날이 멀지 않은 것 같다, 스스로 목숨을 재촉하고 있지 않느냐. 폴은 교외에 있는 하숙집에서 살았다. 파피테 시내는 숲에 가려 보이지 않았다. 폴은 아침 일찍 하숙집에서 나와 공공사업부로 출근했다. 절름발이 신세인지라 출근길이 보통 사람보다 두 배나 걸렸다. 구스타브 가예 주지사의 배려로 하는 일도 별로 없었다. 자신에게 맡겨진 도안 작업도 건성건성 해치우는 바람에 매번 재작업을 거쳐야 했다. 아무도 폴에게 관심을 기울이지 않았다. 모두들 폴의 더러운 성질머리를 두려워했다. 폴은 이제 술에 완전히 취했을 때뿐만 아니라 술이 한 잔만 들어가도 한바탕 난리굿을 피우곤 했다.

먹는 것도 거의 없어 바싹 야위어들었다. 눈가에는 검붉은 기미가 피어올랐고, 얼굴이 홀쭉해지는 바람에 뼈가 주저앉은 코는 더 크고 더 흉측하게 보였다. 마오리족 신전에 모셔진 옛날 신들의 모습이 이럴 거라며 나무로 조각을 팠던 그 신들의 모습과 너무나 흡사했던 것이다.

폴은 일이 끝나면 항구 선술집으로 직행했다. 이제는 술집도 열두 군데나 되었다. 폴은 지팡이에 의지해 절름발이 걸음으로 선창을 따라 형성된 시장통을 따라 천천히 걸었다. 혼자였다. 몸이 불편하다는 것은 잔뜩 일그러진 얼굴 표정만 보고도 금방 알 수 있었다. 폴은 누가 인사를 건네 와도 대꾸조차 하지 않았다. 한때는 원주민들뿐만 아니라 본국인들과도 살갑게 지냈지만 이제는 인간이라면 꼴도 보기 싫었다. 들르는 술집도 날마다 바뀌었다. 오늘은 이 집, 내일은 저 집 하는 식이었다. 술도 압생트, 럼, 포도주, 맥주를 번갈아 마셨다. 두세 모금만 마셔도 눈이 충혈되었고, 혀가 꼬였고, 몸을 제대로 가누지 못했다. 바로 상습적인 술꾼의 모습이었다.

폴은 술집 주인과 술집 주변의 창녀, 부랑자, 애주가 등과 어울렸다. 피에르 르베르고스도 가끔 푸나아우이아에서 찾아와 외로운 폴을 달래주었다. 전직 군인은 말했다. 사람들은 자네가 서서히 죽어간다고 얘기하지만, 그건 틀린 말일세, 내가 보기에는 말이야,

더 안 좋은 일이 생긴 것 같아, 자네 점점 미쳐가고 있는 거 아냐? 자네 머릿속이 어떻게 된 거 아니냐고. 폴은 스무 살 나이로 코펜하겐에서 죽은 딸아이 알린느 얘기를 꺼냈다. 가는 길도 지켜보지 못한 딸아이. 그리고는 가톨릭교를 향해 불경스러운 언사를 퍼붓기 시작했다. 아리오리족과 이 지역 신들을 말살시켰다고, 유럽을 오늘날 그 지경으로 만든 편견과 사악한 정신머리를 원주민들에게 강요함으로써 원주민들의 건강하고 자유롭고 불편부당한 관습을 솎아내고 더럽혔다고 욕을 퍼부었다. 폴은 오만가지 것에 대해 증오심을 내뿜었고 분통을 터뜨렸다. 한 며칠 동안은 타히티에 사는 중국인들을 향해 욕을 퍼부었다. 놈들은 이 섬을 차지하려고 한다, 타히티 원주민과 프랑스 본국인들을 섬에서 몰아내고 누렁이 제국을 세우려 한다. 알아먹을 수 없는 혼잣말을 한없이 늘어놓기도 했다. 서구인들이 자기들 멋대로 세운 미의 기준은 바뀌어야 한다, 그리스인들이 창조한 하얀 피부에 균형 잡힌 몸매를 지닌 남자와 여자가 아름답다는 편견을 버려야 한다, 이제는 원시 부족들의 부조화스럽고 비대칭적이고 대담한 아름다움이 미의 기준이 되어야 한다, 원시 부족들의 미의 기준이 유럽의 것보다 더 독창적이고 더 다양하고 더 음탕하지 않느냔 말이다.

남들이야 듣건 말건 상관하지 않았다. 누군가 질문으로 이야기를 방해하면 못 들은 척 넘어가거나 욕을 퍼부어 입을 다물게 만들었다. 폴은 자기 생각에만 푹 빠져 살았다. 사람들과 얘기를 나누는 횟수도 갈수록 줄어들었다. 그놈의 성질머리가 문제였다. 폴은 시도 때도 없이 성질을 부렸다. 파피테를 처음 찾아온 물정 모르는 선원에게 욕을 퍼붓기 일쑤였고, 운수 사나운 동네 사람과 눈길이라도 마주치면 의자를 집어던지기 일쑤였다. 그런 일이 벌어질 때마다 헌병은 폴을 잡아 경찰서에 가두었고, 폴은 경찰서 감옥에서 밤을 보내야 했다. 마을 사람들은 폴의 사정을 잘 알고 있었지만 폴이 무슨 일을 저질러도 전혀 상관하지 않았다. 잠시 들러 가는 선원들이 폴과 가끔 주먹다짐을 벌였지만 선원들이 잡혀가는 경우는 없었다. 당하는 쪽은 언제나 폴이었다. 얼굴에서 멍자국이 사라지는 날이 없었고, 몸은 온통 상처투성이였다. 이제 겨우 마흔아홉 살이었지만 정신이 피폐한 만큼 몸도 엉망진창이었다.

한편 코케는 마르키즈 제도로 옮겨가고 싶어 몸살을 앓고 있었다. 타히티로부터 천오백 킬로미터 이상 떨어진 곳이었다. 그 먼 식민지 땅에서 지내본 경험이 있는 사람들은 그 섬에 대해 잔뜩 기대를 걸고 있는 폴을 설득시키기 위해 애를 썼다. 그러나 폴이 자신들의 말을 귓등으로도 듣지 않는다는 것을 깨닫고는 입을 다 물어버렸다. 폴의 정신 상태는 이제 환상과 현실을 구분할 수 없을 지경에 이르러 있었다. 폴은 이렇게 주장했다. 가톨릭 사제, 개신교 목사, 프랑스 본국인, 중국인 상인 등이 타히티와 그 주변 섬에서 말살시켜버린 모든 것이 마르키즈 제도에 순수한 본질 그대로 처녀성을 유지하며 살아 있다, 마르키즈 제도에 살고 있는 마오리 족 사람들은 지금도 옛날 모습 그대로 살고 있다, 그들은 자부심이 강하고 자유롭고 야만적이고 박력 넘치는 원시 부족으로 자연과 하나 되어 그들의 신과 더불어 살아가고 있다, 그들은 아직까지도 벌거벗고 살 정도로 순수하며 기독교도 아직 모른다, 축제·음악·신성한 제사·몸에 새긴 의미심장한 문신·의식으로 치르는 집단 성교·부활을 위한 식인 축제가 아직까지 살아 있다. 폴은 어린 시절부터 뒤집어쓰고 있던 부르주아의 탈을 내팽개치고 난 이후로 줄곧 그런 곳을 찾아 헤맸다. 폴은 사반세기 동안이나 그 지상낙원의 흔적을 추적해왔지만 아직까지 발견하지 못하고 있었다. 폴은 전통을 사랑하고 가톨릭 신앙이 깊은 브르타뉴도 찾아가 보았다. 자신들의 신앙과 전통에 자부심이 대단했던 곳이었다. 그러나 그곳 역시 엉터리 화가들과 서구 모더니즘에 의해 만신창이가 되어 있었다. 파나마에서도, 마르티니크에서도, 그리고 이곳 타히티에서도 그런 곳은 찾을 수 없었다. 타히티에서도 원시 문화는 유럽 문화에 이미 자리를 내주었다. 그 찬란했던 원시 문명의 중심지는 치명상을 입고 있었고, 보잘 것 없는 찌꺼기만 겨우 남아 있을 뿐이었다. 그래서 떠나야 한다. 돈이 좀 모이는 대로 마르키즈 제도를 향해 배를 잡아탈 것이다. 양복, 기타, 아코디언, 캔버스, 붓 따위는 죄다 불살라 버릴 것이다. 깊은 밀림을 파고들어 외진 마을에 닿으면 그곳에 보금자리를 마련할 것이다. 그리고 본능과 꿈과 상상력과 육욕을 일깨우는, 이성을 위해 결코 육체를 희생시키지 않는, 피투성이 신들을 섬기는 법을 배울 것이다. 문신을 새기는 법도 배울 것이다. 그래서 그 알쏭달쏭한 문신의 의미를 알아내고, 과거의 풍성한 문화를 고스란히 간직하고 있는 그 신비한 지혜를 터득해낼 것이다. 사냥하는 법, 춤추는 법, 타히티 언어 중에서도 가장 원시적인 마오리 언어로 기도하는 법도 배울 것이다. 그리고 이웃 사람의 살을 먹고 새로운 육체로 다시 태어날 것이다. "이거야 원, 자네 이빨이 닿지 않도록 조심해야겠는걸, 코케." 피에르 르베르고스가 익살을 떨었다. 농담을 받아줄 수 있는 유일한 사람이었다.

이웃 사람들은 등 뒤에서 폴을 비웃었다. 사람들은 폴의 그 말도 안 되는 헛소리를 두고 입방아를 찧었다. '야만인' '절뚝발이'라는 별명 외에 '식인종'이라는 별명이 새로 추가되었다. 폴의 머리는 분명 정상이 아니었다. 폴은 과거를 되새겨볼 때마다 혼란에 빠지곤 했다. 폴은 아즈텍 제국의 마지막 황제 목테수마의 직계 자손임을 자랑하다가도, 누군가가 나서 정중하게, 며칠 전에는 페루 부왕의 직계 후손이라고 장담하지 않았느냐고 일깨워주면, 그건 그렇다, 그것뿐인 줄 아느냐, 내겐 플로라 트리스탄이라는 할머니 한 분이 있었다, 할머니는 루이필리프 왕정 시대에 무정부주의자로 활약했다, 나는 할머니를 도와 폭탄과 화약을 만들어 은행가들을 공격하는 테러리스트들에게 제공하기도 했다고 주장하기도 했다. 폴은 말에 조리가 없어도, 시간이 뒤죽박죽되어도 상관하지 않았다. 폴의 기억은 현실감각을 상실한 사람이 자기 멋대로 지어낸 이야기나 다름없었다. 폴은 병마와 약물과 광기와 술로 인해 과거를 제대로 기억해낼 수 없었다. 그래서 생각나는 대로 주워섬겼던 것이다.

그 어떤 본국인도, 몇 명 안 되는 수비대 장교도, 공무원도 폴을 집으로 초대하지 않았다. 폴은 군인 클럽에도 드나들 수 없었다. 타히티-누이의 얼마 안 되는 본국인 사회 가정들은 폴을 몹쓸 병인 양 취급했다. 마타이에아에서 또 푸나아우이아에서 해괴망측한 생활을 했다고, 공공연하게 원주민 여자들을 끼고 살았다고, 창녀들을 찾아다니며 극도로 몰상식한 짓거리 — 말하기 좋아하는 사람들은 폴의 행각을 터무니없이 부풀렸다 — 를 저질렀다고 해서 폴을 기피했다. 신부들과 목사들(그중에서도 특히 다미안 신부)의 험담도 한몫 거들었다. 신부들과 목사들은 원주민들을 자기네들 교회로 끌어들이기 위해 서로 다투는 처지였지만 폴에 대해서만은 의견일치를 보았다. 그 사람들에게 폴은 타락한 술주정뱅이 화가, 위험 분자, 세상의 수치, 부도덕의 원천이었다. 저런 인간은 언제 어디서 일을 저지를지 몰라, 식인 풍습을 대놓고 찬양하는 저런 인간에게서 뭘 더 바라겠어?

어느 날, 원주민 처녀 하나가 만삭이 된 배를 내밀고 공공사업부에 나타나 폴을 찾았다. 파우우라였다. 파우우라는 마치 어젯밤에

242

헤어진 사람처럼 아주 자연스럽게 "안녕, 코케"라고 인사한 후에 살짝 미소 지으며 배를 가리켰다. 손에는 옷 보따리가 들려 있었다.

"나랑 살려고 온 건가?"

파우우라는 고개를 끄덕였다.

"뱃속 아이는 내 애가 맞고?"

계집아이는 힘차게 고개를 끄덕였다. 눈초리에 얼핏 장난기가 스치는 것 같았다.

폴은 기꺼이 받아들였다. 그러나 곧바로 일이 꼬이기 시작했다. 코케, 너라는 인간 때문에 별 수 없이 벌어진 일이지 뭐. 하숙집 여주인은 폴이 파우우라와 방을 함께 사용하는 것을 허락하지 않았다. 우리 하숙집은 조촐하지만 그래도 품위는 지킨답니다, 불순한 연인들을 한 지붕 아래 재울 수는 없어요, 그것도 백인 남자에 원주민 여자라니, 말도 안 돼요. 폴은 살림집을 장만하기 위해 불편한 몸을 이끌고 파피테의 집이라는 집은 다 찾아다녀 보았다. 한결같이 거절이었다. 폴과 파우우라는 하는 수 없이 푸나아우이아로 돌아가 피에르 르베르고스의 과수원으로 들어갈 수밖에 없었다. 피에르 르베르고스는 폴을 반갑게 맞이하며 살림집이 마련될 때까지 편히 지내라고 했다. 이 때문에 전직 군인은 다미안 신부와 리켈므 목사의 철천지원수가 되고 말았다.

푸나아우이아에 살면서 파피테까지 출근해야 하는 코케의 삶은 고단하기 짝이 없었다. 코케는 어스름 새벽에 첫 승합 마차를 타고 출발했지만, 공공사업부에 도착해보면 언제나 30분 지각이었다. 코케는 늦은 출근 시간을 벌충하기 위해 업무 마감 후 30분 동안 더 일하겠노라고 제의했다.

문제가 어느 정도 해결되었다 싶자 다시 머릿속이 복잡해지기 시작했다. 폴은 '바히네'와 함께 사는 것을 거절한 파피테의 하숙집과 여관들을 고발하기로 했다. 폴은 그놈의 집구석들이 인종이나 종교를 이유로 시민을 차별할 수 없다는 프랑스의 법조문을 위반했다고 고소했다. 폴은 자신과 파우우라가 당한 부당한 대우에 대한 손해 배상액을 협의하기 위해 여러 날 동안 시간을 쪼개 변호사들과 검사를 찾아다니며 자문을 구했다. 변호사들이나 검사는 그런 폴을 한사코 말리려들었다. 사람들의 얘기는 이랬다. 그런 소송에서는 절대로 승소할 수 없다, 호텔이나 여관의 소유주 혹은 관리인은 신용이 없다고 판단되는 손님을 거부할 권리가 있고 이는 법으로 보장되어 있다, 생각해보라, 당신과 같은 사람을 그 누가 신용하겠는가? 당신은 간통범이라고 할 수 있지 않느냐, 딴 살림이나 차리고, 그건 이중 결혼이라고 할 수 있지 않느냐, 그것도 원주민 여자하고, 술에 취해 수도 없이 사고나 치고 다니고, 경찰에 불려나 다니고, 게다가 마땅히 치러야 할 병원비를 떼먹기 위해 병원에서 달아났다고 욕을 먹는 사람이 바로 당신 아니냐, 바이아미 병원 의사들이 당신을 불쌍히 여겨 손해에 대해 법적인 소송을 걸지 않았을 뿐이지, 만약 당신이 소송을 제기하면 그런 사실이 드러날 것이고, 그러면 당신은 완전히 파산하고 말 것이다.

폴이 소송을 포기한 이유는 사람들의 그런 주장이 있었기 때문이 아니었다. 1897년 중반쯤 친구 다니엘 드 몽프레드와 사람 좋은 쉬프가 보낸 편지가 도착했다. 하늘 양식 만나가 떨어져 내린 것과 같았다. 폴은 그 편지를 받고 소송을 포기했다. 편지 속에 천오백 프랑짜리 우편환이 들어 있었고, 빠른 시일 내로 또 돈을 보내주겠다는 언질도 들어 있었다. 암브로아즈 보야르가 폴의 그림과 조각을 팔기 시작했다는 것이었다. 고객도 한 명이 아니라 여러명이라고 했다. 구입 의사를 밝힌 사람도 많아 언제라도 작품을 팔

수 있다고도 했다. 그 모든 것이 일종의 전주곡처럼 들렸다. 이제
는 그림만으로도 인생을 역전시킬 수 있다. 몇몇 비평가들과 화가
들이 소곤소곤 인정하던 폴의 가치를 마침내 수집가들도 인정하
기 시작했다며 두 친구는 기뻐했다. 폴은 위대한 예술가다, 폴은
현대 미학의 기준을 변혁시킨 사람이다. '자네도 빈센트처럼 성공
할 수 있을 것으로 사료되는 바이네.' 두 친구는 이렇게 덧붙였다.
'한때는 고의적으로 무시했지만, 이제는 모두들 그 친구 그림 얘
기뿐이라네. 그림을 구하기 위해 엄청난 돈을 뿌린다니까.'

폴은 편지를 받은 바로 그날 공공사업부에 사표를 던졌다. 폴은
푸나아우이아에서 조그만 땅덩이를 구입했다. 피에르 르베르고스
의 과수원에서 멀지 않은 곳이었다. 피에르의 과수원은 집이 좁아
폴과 '바히네'는 과수원 끝에 있는 벽도 없는 헛간에서 새우잠을
자야 했었다. 폴은 친구들의 편지와 수표 그리고 곧바로 다시 돈이
올 것이라는 언질 등을 담보로 파피테 은행에서 돈을 융자해 새로
운 보금자리를 마련했다. 폴은 집의 설계도를 직접 그렸고, 공사
기간 내내 꼼꼼하게 감독했다.

파우우라가 돌아온 이후로 몸도 눈에 띄게 좋아졌다. 폴은 다시
음식을 입에 대기 시작했고 그래서 혈색도 좋아졌다. 특히 의욕을
되찾을 수 있었다. 폴은 다시 웃음을 보이기 시작했고 이웃들과도
사이좋게 지냈다. '바히네'가 돌아와 준 것도 기쁜 일이었지만,
타히티인의 피가 섞인 아이의 아버지가 된다는 생각에 폴은 기꺼
워했다. 이로써 이 땅에 완전히 정착하게 된 것이다, 이 땅의 수호
신들 즉 아리오리족이 드디어 나를 받아들인 것이 분명하다.

두 달여 만에 새집이 완공되었다. 저번 집에 비해 비좁긴 했으나
아주 튼튼한 집이었다. 벽과 지붕은 비바람이 몰아쳐도 끄떡없을
것 같았다. 폴은 그림으로 돌아가지는 않았다. 그러나 피에르 르베

르고스는 다시는 붓을 잡지 않겠다는 약속을 폴이 지켜낼 수 있을지 의심스러워했다. 예술과 그림이 대화 중에 자주 등장했던 것이다. 전직 군인은 실제 이상의 관심을 보이며 폴의 말에 귀를 기울였다. 폴은 생면부지의 화가들을 헐뜯었고 알아먹을 수 없는 이론을 옹호했다. 현재의 회화 방식을 어떤 식으로 '개혁'해야 할 것인가? 전직 군인은 그저 막막할 뿐이었다. 폴은 흥분해 달아오르면 이렇게 떠벌렸다. 그림과 조각이 사람들의 삶으로부터 떨어져 나가면서 유럽과 프랑스의 비극이 시작되었다, 중세가 시작되기 전까지만 해도 예술은 사람들의 삶에 뿌리를 두고 있었다, 이집트·그리스·바빌로니아·스키타이·잉카·아스텍 등의 고대 문명과 이곳 마오리족의 고대 문명을 생각해보라, 마르키즈 제도에서는 아직도 그 문명이 유지되고 있다, 나와 파우우라와 뱃속의 아이는 언젠가는 그곳으로 가고 말 것이다.

그 입에 담지 못할 병이 정신적으로나 육체적으로 회복기에 접어든 폴의 발목을 잡았다. 3월경, 느닷없이 병이 도지기 시작했다. 이전보다 훨씬 고약했다. 다리에서 종기가 곪아터지기 시작했다. 이번에는 비소 고약으로도 통증을 달랠 수 없었다. 엎친 데 덮친 격으로 발목 통증도 참기 어려웠다. 파피테의 약사는 의사 처방전 없이는 아편을 팔지 않겠다고 했다. 폴은 쪽팔림을 무릅쓰고 코를 빠뜨린 채 바이아미 병원으로 실려 갈 수밖에 없었다. 병원 측에서는 폴이 창을 타고 달아난 전력이 있었던지라 지난번 병원비를 치르지 않으면 입원시킬 수 없다고 했다. 폴은 지난번 병원비는 물론 보증금조로 선금까지 걸어야 했다.

폴은 8일 동안 입원해 있었다. 라그랑주 박사는 이번에도 마지못해 아편을 처방해주었지만 주의도 잊지 않았다. 아편을 계속 남용하면 좋지 않습니다, 기억력이 떨어진 것도, 정신이 어지럽다

246

— 폴은 자신이 누구인지, 어디에 있는지, 어디로 가는지 헷갈리는 경우가 자주 있었다 — 고 하시는데 그것도 어느 정도는 아편 때문입니다. 의사는 폴을 자극하지 않기 위해 이야기를 빙빙 돌리다가 마침내 용기를 내서 넌지시 암시했다. 지금의 건강 상태를 감안할 때 프랑스로 돌아가는 것이 어떻겠느냐, 친지들이 있는 조국으로, 같은 말을 쓰고 피가 같고 인종이 같은 사람들 곁으로 돌아가 그들 사이에서 여생 — 아시겠지만, 무척이나 고통스러울 겁니다 — 을 보내는 것이 어떻겠느냐. 폴은 큰소리로 반박했다.

"내 말과 피와 인종은 타히티-누이 사람들의 것과 다를 바 없습니다, 박사. 다시는 프랑스 땅을 밟지 않을 것이오. 그놈의 나라에서는 실패로 쓴맛밖에 본 게 없소이다."

폴은 다리 종기가 아물지 않은 상태로, 발목 통증이 여전한 상태로 병원을 나왔다. 그러나 아편이 있어 통증을 달랠 수 있었고 절망감을 다독일 수 있었다. 폴은 서서히 현실감을 잃고 순수한 느낌·이미지·얼크러진 환상의 세계로 잠겨 들어갔다. 그래서 통증과 자신이 산 채로 썩어 들어간다는 그 역겨운 사실을 잊을 수 있었다. 다리에 난 종기는, 고약을 듬뿍 바른 붕대로도 막을 수 없었던 그 악취는, 폴이 생전에 저질렀던 죄악·더러운 짓거리·천박한 행위·망나니짓·실수를 고스란히 드러내주고 있었다. 폴, 뻔하지 뭐, 이제 살아 있을 날도 얼마 남지 않은 모양이야. 마르키즈 제도에 도착하기도 전에 죽어 나자빠지는 것은 아닐까?

1898년 4월 19일, 코케와 파우우라 사이에 아이가 태어났다. 제법 체중이 나가는 건강한 사내아이였다. 코케와 파우우라는 아이의 이름을 에밀로 짓기로 동의했다.

# 11

# 아레키파

### 마르세유, 1844년 7월

'잘 알지도 못하면서 공연히 정나미 떨어지는 도시들이 있게 마련이야.' 플로라는 아비뇽에서부터 타고온 마차에서 내리며 생각했다. 신부 한 명과 상인 한 명이 플로라의 동행이었다. 플로라는 마르세유의 집들을 찜찜한 기분으로 둘러보았다. 플로라, 생전 처음 보는 도시인데 왜 그렇게 못마땅했을까? 잠시 후면 알게 될 것이었다. 플로라는 그 도시가 부유한 도시였기 때문에 증오한 것이었다. 모험가들과 굶주린 이주민들이 바글거리는 이 조그만 바빌로니아에는 부유하고 유복한 사람들이 지나치게 많았던 것이다. 번창하는 사업과 넘쳐나는 부는 주민들에게 탐욕과 지독한 이기심을 심어주었고, 심지어 가난한 사람들과 착취당하는 사람들조차 그 영향에서 벗어날 수 없었다. 사람들 사이에서 연대의식 따위는 전혀 찾아볼 수 없었다. 플로라가 그들에게 주입시키려 했던 노동조합의 이념이나 범세계적 우애에 대해 사람들은 냉담한 반응을 보였다. 자기 이익만 챙기려드는 빌어먹을 도시였던 것이다. 돈이 사회의 독이었다. 돈은 사회를 온통 썩게 만들었고 인간을 게걸스럽고 욕심 사나운 짐승으로 만들었다.

마르세유는 플로라의 반감을 정당화시키려고 마음이라도 먹은 듯했다. 플로라가 마르세유에 발을 내디딘 순간부터 모든 일이 꼬이기 시작했다. 몽모랑시 호텔은 그야말로 가관이었다. 벼룩이 들 끓었다. 플로라는 1833년 9월 이슬라이 항을 통해 페루에 도착했을 때를 떠올렸다. 첫날밤은 우체국장 후스토 씨 집에서 묵었다. 플로라는 몸에 달라붙어 인정사정없이 물어뜯는 물것들로 인해 꼭 죽는 줄 알았다. 다음 날, 플로라는 마르세유 시내에 있는 여관으로 숙소를 옮겼다. 스페인 사람이 운영하는 여관이었다. 플로라는 단출하고 넓은 방을 얻을 수 있었다. 플로라가 노동자들을 방에서 만나도 여관 주인은 상관하지 않았다. 플로라는 노동조합 찬가를 지은 미장이 시인 샤를 퐁시가 마르세유 노동자들과의 만남을 주선해주리라 기대하고 있었다. 그러나 샤를 퐁시는 쪽지 하나만 달랑 남기고 알제로 떠나고 없었다. 너무 지쳤다, 정신적으로 육체적으로 휴식이 필요하다. 비록 노동자 출신이라고 해도 시인들은 전혀 믿을 수 없는 족속들이었다. 시인들 역시 이기심으로 꽁꽁 뭉친 개새끼들이었다. 그놈들은 이웃의 불행에 눈을 감고 귀를 막았다. 고통을 노래하기 위해 일부러 고통을 지어내는 놈들, 자기 잘난 맛에 사는 놈들. 어쩌면 말이야, 안달루시아 아가씨, 장차 노동조합이 설립되면 말이야, 돈을 금지할 뿐만 아니라 시인까지 추방해야 할지도 몰라. 플라톤도 『공화국』에서 시인을 추방해야 한다고 했잖아.

엎친 데 덮친 격이라고, 마르세유에 도착한 첫날부터 병이 도지기 시작했다. 특히 결장염이 심했다. 뭘 조금 먹기만 해도 속이 꼬이고 뒤틀려 몸을 바로 세울 수조차 없었다. 그러나 플로라는 그대로 주저앉을 수 없었다. 플로라는 계속해서 사람들을 찾아다니고 모임에 참석했다. 뒤집힌 속을 달랠 수 있는 희멀건 죽이나 아이들 이유식 외에는 아무것도 먹지 않았다.

마르세유에 머문 지 이틀째 되던 날, 플로라는 빅토르 콩시데랑이 파리에서 써준 소개장 덕에 두 명의 푸리에주의자 이발사들이 주선한 모임에 참석했다. 구두직공, 빵공장 직공, 재단사들과의 만남이었다. 모임이 끝난 후 플로라는 항구에서 피가 끓어오르는 사건을 우연히 목격하게 되었다. 플로라는 부두에 서서 방금 도착한 배의 하역작업을 지켜보고 있었다. 플로라는 그곳에서 '백인 노예' 제도가 어떤 것인지 직접 확인할 수 있었다. 바로 방금 전에 이발사들로부터 들은 얘기였다. "부두 노동자들은 오지 않을 겁니다, 부인." 이발사들은 말했다. "가난한 사람들을 가장 악랄하게 대하는 놈들입니다." 하역 노동자들은 독점권을 갖고 있었다. 선창 작업, 짐을 싣거나 내리는 작업, 승객들의 짐을 나르는 작업은 모두 그들이 독차지하고 있었다. 대부분의 하역 노동자들은 부두로 몰려든 제노바인, 터키인, 그리스인에게 하청을 주고 있었다. 제노바인, 터키인, 그리스인들이 자신을 불러달라며 손을 흔들고 고함을 치고 있었다. 하역 노동자들은 일당을 두둑이 받았다. 그들은 일당 1프랑 50상팀을 받아 하청인에게는 50상팀만 주었다. 다시 말해 손가락 하나 까닥하지 않고 수수료로 1프랑을 챙기는 것이었다. 하역 노동자 한 명이 어느 제노바 여자에게 커다란 가방 ─ 궤짝만큼이나 큰 ─ 을 넘겨주는 것을 보고 플로라는 분통이 터졌다. 여자는 큰 키에 다부져 보였지만 임신으로 배가 불룩했다. 여자는 어깨에 짐을 짊어지고 허리가 꺾인 상태로 씩씩거리며 승객들이 타고 있는 마차 쪽으로 걸어갔다. 힘을 쓰느라 얼굴이 벌겋게 달아올랐고, 땀을 비 오듯 흘리고 있었다. 하역 노동자는 여자에게 25상팀을 건넸다. 여자가 서투른 프랑스어로 나머지 25상팀을 달라고 요구하자, 하역 노동자는 여자를 위협하며 욕을 퍼부었다.

하역 노동자가 동료들과 함께 배로 돌아가려는 순간 플로라가 달려가 길을 막아섰다.

"이 나쁜 놈아, 네놈이 어떤 인간인지 알기나 해?" 플로라는 정신없이 소리쳤다. "사기꾼에 겁쟁이야 이놈아. 도둑놈의 새끼들이 너나 네 형제를 빨아먹듯 그렇게 저 불쌍한 여자를 빨아먹고서도 부끄럽지도 않아?"

사내는 영문을 모르겠다는 듯 플로라를 쳐다보았다. 웬 미친년이 지랄인가 싶은 듯했다. 마침내 사내는 동료들의 웃음소리와 농지거리에 힘을 얻어 사나운 표정으로 플로라에게 물었다.

"당신 뭐야? 누가 내 일에 끼어들라고 했어?"

"나 플로라 트리스탄이다." 플로라도 악에 바쳐 소리쳤다. "내 이름 잘 새겨둬. 플로라 트리스탄. 가난한 사람들을 못살게 구는 불의에 맞서 나 평생을 두고 싸워왔다. 동료 노동자들을 갈취해먹는 네놈들보다는 부르주아 놈들이 더 낫겠다, 이놈아."

사내 ── 우람한 체격, 일자 눈썹, 올챙이 배, 안짱다리 ── 의 눈이 분노로 이글이글 타올랐다.

"별 미친년 다 봤네. 그냥 꺼지시지." 사내는 발걸음을 옮기며 소리쳤다. 사내는 주변에 모여선 구경꾼을 향해 혀를 날름해 보였다.

플로라는 오한이 이는 몸을 이끌고 여관에 도착했다. 열이 끓어올랐다. 플로라는 죽을 몇 숟가락 떠먹고 침대에 누웠다. 한여름에 이불을 꼭꼭 덮고 누웠지만 몸이 으슬으슬 떨렸다. 몇 시간 동안이나 눈을 붙일 수 없었다. 아이, 플로라, 너의 근심걱정, 너의 임무, 너의 계획, 너의 의지를 받쳐주기에는 네 몸뚱이가 진짜 형편없는 꼴이구나. 벌써 그렇게 늙어버렸단 말이야? 마흔한 살 나이라면 한창 때가 아닌가. 안달루시아 아가씨야, 벌써 몸이 그렇게 망가져 버린 거야? 겨우 11년 전이야. 프랑스에서 발파라이소까지, 또 발파라이소에서 이슬라이까지, 그 끔찍했던 여행도 잘 견뎌내지 않았어. 이슬라이에서의 첫날 밤, 밤새 벼룩에게 물어뜯기면서도 잘 참아내지 않았느냔 말이야. 페루가 베풀어준 참 대단한 환영식이었지.

　이슬라이. 대나무 오두막이 길게 늘어선 길이 하나, 검은 모래가 깔린 해변이 하나, 부두 시설도 없는 항구가 하나. 승객들은 짐이나 짐승과 한가지로 배에서 내려졌다. 승객이나 짐이나 짐승들은 너 나 할 것 없이 갑판에서 도르래에 매달려 거룻배로 내려졌다. 막강한 피오 트리스탄 씨의 프랑스인 조카딸이 이슬라이에 도착했다는 소식에 주민 수 1천 명의 자그마한 항구가 술렁였다. 그래서 넌 그 지역에서 가장 좋다는 우체국장 후스토 데 메디나 씨 집에 머물러야 했지. 그래, 가장 근사한 집이기는 했어. 그래도 이슬라이를 점령한 벼룩들은 어쩔 수 없었지. 이틀째 밤, 머리부터 발끝까지 온통 벼룩에 물려 쉴 새 없이 몸을 긁고 있는 널 보고 후스토 씨의 부인이 잠을 잘 수 있는 자신만의 비법을 알려 주었지. 의자 다섯 개를 줄줄이 세워놓는 방법이었지. 마지막 의자는 침대에 닿게 하고 말이야. 넌 첫 번째 의자에 앉아 겉옷을 벗었지. 그러자 하녀가 벼룩이 득시글거리는 옷을 가져갔어. 넌 두 번째 의자에 앉아 속옷을 벗었어. 그리고 드러난 몸에 미지근한 화장수를 문질러 몸에 달라붙은 벼룩을 쫓았어. 계속 그런 식이었지. 의자를 하나씩 거칠 때마다 나머지 옷가지들을 하나씩 벗어 새로이 드러나는 몸에 화장수를 문질러 발랐지. 마지막 다섯 번째 의자에는 화장수에 적신 잠옷이 놓여 있었지. 화장수가 마르지 않는 한 벼룩이 달려들지 못했지. 그런 식으로 겨우겨우 잠을 잘 수 있었어. 두세 시간 후, 벼룩들은 으스대며 다시 공격을 가해왔지. 하지만 그땐 이미 잠이 든 뒤니까 상관없었지. 다행히 잠귀가 어두운 편이라, 벼룩이 물어도 느끼지 못했지.

플로라, 바로 그것이 네 아버지와 네 삼촌 피오 씨와 수많은 네 친척들의 조국이 네게 베푼 첫 번째 가르침이었어. 넌 네 아버지 마리아노 씨의 유산을 조금이라도 상속받으려고 왔는데 말이지. 너는 그곳에서 1년을 보냈어. 그리고 잘 산다는 것이 과연 어떤 것인지를 그곳에서 알 수 있었어. 허영심으로 가득한 가족들 틈바구니에서 경제적인 어려움 없이 헛된 꿈만 꾸며 사는 삶, 바로 그거였어.

안달루시아 아가씨, 서른 살 무렵 넌 얼마나 건강하고 활달했었는데. 만일 그렇지 못했다면 40시간이나 말을 타고 다니지 못했을 거야. 이슬라이에서 아레키파까지 안데스산맥을 기어오르고 사막을 건너고 해야 했잖아. 해안에서부터 해발 2천6백 미터 고지까지. 계곡을 건너고 깎아지른 산 ─ 구름이 발밑에 있었지 ─ 을 넘어야 했지. 짐승들은 기진맥진해 땀을 뻘뻘 흘리며 울부짖었지. 추운 산등성을 내려오면 뜨거운 사막이 한없이 이어졌지. 나무 한 그루, 풀 한 포기, 개울 한 줄기, 물웅덩이 하나 찾아볼 수 없는 사막. 뜨겁게 달구어진 돌덩이와 모래 언덕만 길게 이어진 사막. 죽음의 그림자가 소나 당나귀나 말의 해골로 느닷없이 나타나곤 했지. 새도 뱀도 여우도 없는 사막, 살아 있는 생명체라고는 눈을 씻고 찾아봐도 없는 그런 사막이었어. 갈증도 고통스러웠지만 도착한다는 확신이 서지 않아 더 괴로웠지. 일행 열여섯 명 중 여자라고는 너 하나밖에 없었어. 열다섯 명의 사내들 — 의사 한 명, 상인 두 명, 길잡이 한 명, 마부 열한 명 — 이 널 쳐다보며 군침을 삼켰지. 아레키파에 도착할 수 있을까? 살아남을 수 있을까?

넌 끝내 살아남아 아레키파에 도착할 수 있었지. 만일 네 몸이 지금과 같은 상태였다면, 그 어린 학생처럼 사막에서 죽어 그곳에 파묻혔을 거야. 나무로 만든 조잡한 십자가가 꽂힌 무덤 하나가 그곳으로 사람이 지나갔다는 유일한 표지였어. 이슬라이 항구를 떠나 말을 타고 이틀을 여행한 끝에 도달한 곳이 바로 그 장엄한 시우다드 블란카 화산이었어.

플로라는 몸이 아팠기 때문에 마르세유 노동자들과 만나는 자리에서 이내 인내심을 잃고 말았다. 노동자들은 플로라가 묵고 있는 여관을 찾아와 어처구니없는 질문을 던지곤 했다. 리옹의 노동자들과 비교해볼 때 마르세유의 노동자들은 원시인, 무식쟁이, 건달패나 다름없었다. 그들은 사회 문제에 대해서는 도통 관심을 갖지 않았다. 그들은 뚱한 표정으로 하품을 해대며 플로라의 말을 들었다. 플로라는 설명했다. 노동조합이 설립되면 여러분은 안정된 직장을 구할 수 있고, 부르주아들이 자식을 교육시키는 것처럼 여러분 자녀들에게도 좋은 교육을 시킬 수 있다. 플로라를 가장 화나게 만든 것은 그들이 플로라를 전혀 믿지 않는다는 것이었다. 플로라가 돈에 대해 좋지 않은 얘기를 할 때면 노골적으로 적의를 드러내기도 했다. 플로라는 계속 설명했다. 혁명이 이루어지면 상거래가 사라질 것이다, 원시 기독교 공동체에서처럼 남성과 여성은 평등하게 일하게 될 것이다, 사람들은 부를 쌓기 위해 일하지 않고 이웃을 사랑하는 마음으로, 자신과 이웃의 필요를 충족시키기 위해 일을 하게 될 것이다, 미래 사회에서는 모든 사람이 소박한 삶을 살게 될 것이다, 백인 노예도 흑인 노예도 없는 사회가 도래할 것이다, 지금 많은 마르세유 남자들이 애인을 두고 아내를 둘씩 셋씩 거느리고 있는 것 같은데, 미래 사회에서는 어느 누구도 애인을 둘 수 없으며 일부이처제나 일부다처제는 용납되지 않을 것이다.

돈과 상거래에 대한 플로라의 비난을 듣고 노동자들은 몸을 사렸다. 노동자들은 어림없는 소리 말라는 듯한 표정을 지어 보였다. 남자들이 애인을 두고 또 사창가를 찾아다니고 혹은 터키의 파샤처럼 첩을 두는 일은 부당하고 부끄러운 짓이라는 플로라의 말이 노동자들에게는 해괴한 소리로 들렸던 모양이었다. 드디어 한 사람이 나서 입을 열었다.

"부인, 부인이 여자라서 그런지 우리 남자들의 욕구를 이해하지 못하는 것 같습니다. 당신네 여자들은 남편이 하나만 있어도 행복하겠지요. 그걸로 충분하고도 남겠지요. 하지만 우리 남자들은, 평생 한 여자만 끼고 살기란 지겨운 노릇이지요. 부인은 잘 모르겠지만, 남자와 여자는 전혀 별개의 물건이지요. 성경에도 그렇게 나와 있지 않습니까."

플로라, 그런 구태의연한 소리를 듣고 넌 정신이 아찔했었지. 음욕과 성적 착취에 대해 그렇게나 뻔뻔스런 소리를 넌 어느 곳에서도 들은 적이 없었어. 거들먹거리는 상인들의 도시, 바로 마르세유에서 처음 듣는 소리였지. 창녀들이 죽기 살기로 손님들을 찾아다니는 꼴도 생전 처음 보았지. 넌 항구 옆에 다닥다닥 붙은 사창굴 뒷골목 ― 런던의 사창굴보다는 형편이 조금 나은 편이었지, 이 점은 너도 인정해야 할 거야 ― 을 돌아다니며 창녀들을 만나보려 했지만 결국 실패하고 말았지. 대부분의 창녀들이 네 말을 알아듣지 못했어. 대부분 알제 여자거나 그리스 여자거나 터키 여자거나 제노바 여자들이었으니까 프랑스어에는 서툴렀지. 모두 겁을 먹고 네게서 달아났어. 널 무슨 선교사나 정부에서 파견한 감시원

255

으로 생각했던 거지. 창녀들의 신임을 얻기 위해서는 영국에서처럼 남장을 했어야만 했어. 그때는 마치 꿈을 꾸는 것 같았지. 신문사 사람들, 전문 직업인들, 친절한 푸리에주의자들, 생시몽주의자들, 이카리아 당원들을 만났을 때 말이야. 노동자들도 상당수 섞여 있었지. 사람들은 애인을 둔 은행가, 선주, 사채업자, 상인들 얘기를 부럽다는 듯이 해대고 있었지. 그들이 애인들에게 무슨 집을 사주었다느니, 어떤 옷을 사주고 어떤 보석을 달아주었다느니, 애인들을 얼마나 예뻐해준다느니 하면서 말이야. "라페리에르 씨에게 애인이 많다고 하던데, 부럽습니다." "그 양반 여자 다루는 솜씨하난 끝내주지요, 아주 대단한 양반이에요." 이 따위 인간들과 무슨 놈의 혁명을 논할 수 있단 말인가?

이곳 상인들은 권력을 과시하고 부를 자랑하는 면에 있어서 파리나 런던의 부자들과는 달라 보였다. 오히려 멀리 떨어진 아레키파의 부자들과 닮아 보였다. 플로라는 이슬라이를 거쳐 1833년 9월 페루에 도착했을 때, 아레키파에서 생전 처음으로 '특권'이나 '부'라는 것이 과연 무엇인지 이해할 수 있었다. 눈이 핑핑 돌 지경이었다. 수십 명의 사람들이 말을 타고 나타났다. 모두 파리에서 유행하는 옷차림이었다. 거의 모든 친인척들 — 아레키파의 세도가들은 집단촌을 이루고 있었고, 혼인도 세도가들 사이에서만 이루어졌다 — 이 티아바야까지 나와 플로라를 맞이했다. 사람들은 플로라를 에워싸고 피오 트리스탄 씨의 집으로 향했다. 시내 중심가 산토도밍고 거리에 피오 트리스탄 씨의 집이 있었다. 아버지의 고향에 개선장군처럼 입성하던 당시의 모습이 플로라의 눈에 아련히 떠올랐다. 칠리 강물을 끌어들여 짙은 녹음을 자랑하던 아름다운 들판, 귀를 쫑긋거리며 어슬렁거리는 라마 떼, 봉우리에 하얀 눈을 뒤집어 쓴 세 개의 웅장한 화산, 산자락을 따라 길게 펼쳐진 네모반듯한 돌로 지어진 새하얀 집들, 인구 3천 명의 도시 아레키파는 바로 그런 모습이었다. 페루가 공화국으로 독립한 지 벌써 몇 년이 지난 뒤였다. 그러나 이 도시의 모든 것에는 아직까지 식민지의 잔재가 남아 있었다. 백인들은 모두 귀족으로 통하고 있었고 또 실제로 귀족이 되고자 했다. 교회당, 수도원, 맨발의 원주민과 흑인들로 넘쳐나는 도시. 조각난 돌멩이가 깔린 직선 도로 가운데로 도랑이 흐르고 있었고 사람들은 그 도랑에 쓰레기를 버렸다. 가난한 사람들은 그 도랑에 오줌을 누고 똥을 쌌고, 노새와 개와 떠돌이 아이들이 그 도랑물을 마셨다. 다 허물어져 가는 오두막, 잡동사니와 판자와 짚단으로 얼기설기 엮은 움막, 그 사이에 궁정에 버금가는 세도가들의 웅장한 저택들이 우뚝우뚝 솟아 있었다. 피오 트리스탄 씨의 집도 그런 저택 중 하나였다. 피오 트리스탄 씨는 아레키파에 없었다. 피오 트리스탄 씨는 카마나에 있는 설탕공장에 있었다. 그러나 네모반듯한 새하얀 돌로 지어진 대저택이 폭죽을 터뜨리며 화려한 옷으로 치장한 플로라를 맞이했다. 송진을 바른 횃불이 널따란 안마당을 밝히고 있었고, 집안일을 돌보는 사람들 — 하인과 노예 — 이 모두 열을 맞추어 서서 플로라에게 인사를 건넸다. 머리에 비단 천을 쓰고, 손가락 가득 반지를 끼고, 목걸이를 잔뜩 두른 여인이 나타나 플로라를 껴안았다. "난 네 사촌 카르멘 데 피에롤라야, 플로라, 네 집이다 생각해." 넌 네 눈을 믿을 수 없었지. 얼떨결에 돈벼락을 맞은 거지와 같은 느낌이었지. 확 트인 응접실도 번쩍번쩍했어. 커다란 수정 샹들리에 주위로 다양한 색깔의 초가 꽂힌 촛대들이 늘어서 있었지. 넌 정신을 차릴 수 없었어. 너는 사람들 사이를 돌아다니며 손을 내밀었지. 신사분들은 우아하게 고개를 숙이며 네 손에 입을 맞추었고, 숙녀분들은 스페인식으로 널 껴안았지. 많은 사람들이 네게 프랑스어로 말을 걸었어. 그리고 모두들 네가 듣도 보도 못한 프랑스에 대해 물어왔어. 연극은 어떠냐, 유행복을 파는 상점은 어떠냐, 경마는 어떠냐, 오페라 극장의 발레는 어떠냐. 그곳엔 트리스탄 가문에 속한 도미니코회 소속 수도사들도 몇 명 있었다. 모두 하얀색 수도복을 입고 있었다. 플로라, 그야말로 중세 시대나 다름없었어! 플로라가 사람들과 인사를 나누고 있을 때 갑자기 수도원장이 일어나 조용히 해줄 것을 요구했다. 수도원장은 이제 막 도착한 플로라를 위해 환영 연설을 했고, 플로라가 아레키파에 머무는 동안 하느님께서 함께 하시기를 기원했다. 사촌 카르멘이 저녁을 준비해놓고 있었다. 그러나 너는, 여행으로 지친 데다 얼떨떨하고 감정이 복받쳐 양해를 구했지. 너무 지쳤다, 그냥 쉬고 싶다.

사촌 카르멘 — 사려 깊고 열정적인 여자, 짧은 목에 얼굴에는 천연두로 얽은 자국이 가득한 여자 — 은 네가 머물 곳으로 널 데려다주었지. 대저택 뒤쪽 끝에 있는 방이었어. 넓은 거실에 천장이 높고 둥근 침실이 딸린 방이었다. 카르멘은 문 앞에서 눈빛이 살아 있는 흑인 계집애 하나를 네게 소개시켜주었지. 흑인 계집애는 조각상인 양 꼼짝 않고 서 있었지.

"플로라, 이 노예는 네 것이야. 이 아이가 목욕물과 따끈한 우유를 준비해두었어. 편하게 잘 수 있을 거야."

마르세유의 상인들도 아레키파의 부자들과 마찬가지였다. 그들은 가난한 사람들이 지천으로 깔려 있는 상황에서 자신의 부를 과시한다는 짓거리가 얼마나 혐오스러운 것인지 전혀 생각지 못하는 것 같았다. 사실 마르세유의 가난한 사람들은 체구가 자그마한 아레키파 원주민에 비한다면 그래도 부자라고 할 수 있었다. 아레키파 원주민들은 헝겊 조각으로 몸을 꼭꼭 감싸고 교회당 문 앞에 앉아, 동정심을 유발하기 위해 멀어버린 눈이나 병신이 된 사지를 내보이며 동냥질을 했다. 생산물을 라마 등에 지워 토요일마다 연병장 입구에서 열리는 장터로 뒤뚱거리며 오는 원주민들도 있었다. 마르세유도 의지가없는 사람들로 넘쳐났다. 거의 대부분이 이주민들이었다. 이 사람들은 이주민이라는 이유로 공장과 항구와 마르세유 주변 농장에서 착취당했다.

마르세유에 머문 지 채 일주일도 되기 전에, 플로라는 아픈 몸을 이끌고도 수차례에 걸쳐 사람들을 만났고『노동조합』책자도 50여 권이나 팔 수 있었다. 그러다가 플로라는 실로 어이없는 경험을 하게 되었다. 나중에 플로라는 이때의 경험을 떠올리며 실소를 금치 못하기도 했고 분을 참지 못하기도 했다. 이름만 밝히고 성은 밝히지 않은 빅투아르라는 부인이 있었다. 이 여자는 여러 차례 여관으로 플로라를 만나러왔다. 플로라는 이 여자를 네댓 번 만났다. 나이를 짐작할 수 없는 여자로 왼쪽 다리를 절었다. 더운 날씨에도 불구하고 짙은 색 옷을 입고, 수건으로 머리카락을 감추고, 팔에는 커다란 천가방을 걸치고 있었다. 둘이서만 조용히 얘기하고 싶다고 간청하는 바람에 플로라는 여자를 방으로 들어오게 했다. 말소리를 들어보면 빅투아르 부인은 이탈리아 사람이나 스페인 사람이 분명한 것 같았지만, 또 어떻게 보면 마르세유 사람 같기도 했다. 마르세유 사람들은 좀 특이한 방식으로 프랑스어를 사용했는데, 플로라는 가끔씩 알아듣지 못하곤 했던 것이다. 빅투아르 부인이 다짜고짜 칭찬하는 말 — 어머나, 머릿결이 비단결 같으시네, 두 눈은 반딧불이처럼 총총하시고, 몸매도 좋으시고, 발은 어쩜 저렇게 아담하실까 — 부터 늘어놓아 플로라는 얼굴이 달아오를 지경이었다.

"매우 친절하시군요, 부인." 플로라가 여자의 말을 끊었다. "약속이 많아 지체할 수 없습니다. 무슨 일로 오셨는지요"

"내가 부자로 만들어드리지, 행복하게 말이야." 빅투아르 부인은 대번에 너나들이로 나왔다. 노다지라도 발견한 듯 두 팔을 활짝 펼치며 눈을 반짝거렸다. "내 이번에 찾아온 김에 자네 인생을 확 바꾸어놓겠어. 내게 감사할 필요는 없어, 예쁜이 아가씨."

뚜쟁이였다. 여자는 이렇게 늘어놓았다. 아주 부자에 너그럽고 말쑥한 신사가 하나 있다, 마르세유 상류층에 속하는 남자다, 그 남자가 당신을 보고는 홀딱 빠지고 말았다. 얼마나 낭만적인 일이야? 첫눈에 반해 버렸단 말이지! 남자는 당신을 이 빌어먹을 놈의 여관에서 꺼내 집도 장만해주고, 당신이 원하는 건 뭐든지 해줄 요량이다, 이제부터는 얼굴값 하면서 살아야 할 것 아니냐. 자 플로라, 어떠냐?

플로라는 입이 딱 벌어졌다. 어이가 없었다. 웃음이 터져 나와 숨도 쉴 수 없었다. 빅투아르 부인도 웃음을 터뜨렸다. 결론이 났다고 생각하는 것 같았다. 그러나 한참을 웃던 플로라가 화를 내는 것을 보고는 얼떨떨한 표정을 지었다. 플로라는 여자에게 달려들어 욕을 퍼부었다. 당장 꺼지지 않으면 경찰을 부르겠노라고 으름장을 놓았다. 뚜쟁이 여편네는 자리를 물러나며 쫑알거렸다. 다시 한 번 생각해봐라, 어린애같이 굴다니 후회할 것이다.

"물고기는 지나가는 순간에 잡아야 하는 법이야, 우리 예쁜이 아가씨, 다시는 돌아오지 않으니까."

플로라는 생각에 잠겼다. 분노가 가라앉고 허영심이, 사내를 유혹하고 싶은 심정이 고개를 들었다. 누가 널 위해 애인으로 보호자로 나서 주겠다고 했을까? 폭삭 늙어빠진 노인네였을까? 관심이 있는 척했어야지. 빅투아르 부인이 그 남자의 이름을 뱉어내게 했어야지. 그래서, 그 남자를 찾아가서 한몫 챙겨야 했어. 하긴, 마르세유의 음탕한 부자 놈으로부터 그런 제안을 받다니, 그 많은 불행에도 불구하고, 쉴 틈 없이 살아온 인생에도 불구하고, 그 많은 병마에도 불구하고, 아직까지 매력을 잃지 않았다는 얘기겠지. 사내들의 가슴에 불을 질러 홀딱 반하게 만들 수 있는 능력이 아직까지 남아 있다는 얘기겠지. 플로라, 그래, 마흔한 살 나이가 무색할 정도지. 올랭피아도 종종 그런 말을 하지 않았어? 절정에 이른 순간이면 말이야. "플로라, 넌 영원히 이 모습 그대로일 것 같아."

아레키파에서는 모든 사람들이 방금 도착한 프랑스 아가씨를 미녀라고 추켜세웠다. 플로라가 도착한 첫날부터 아줌마 아저씨들, 사촌들, 조카들 사이에서 그런 얘기가 떠돌았다. 처음 몇 주일에 걸쳐, 트리스탄 가문의 친구들과 궁금증이 유별난 아레키파 사람들이 남녀노소를 불문하고 플로라를 보기 위해 선물보따리를 들고 밀려왔다. 사람들은 호들갑을 떨며 호기심을 만족시켰다. 아레키파 '상류사회'에 만연된 일종의 풍토병이었다(사람들이 자신들 입으로 일종의 병이라고 털어놓았다). 페루에서 태어나 살고 있지만 오로지 프랑스와 파리에 정신을 팔고 있던 그 많은 사람, 공화국 시민이 되었음에도 귀족인양 뽐내는 사람들, 실속 없고 기생충과 같고 이기적이며 경망스러운 삶을 살아가는 잔뜩 멋을 부린 신사 숙녀들, 지금 그런 사람들을 본다면 넌 틀림없이 자리를 피하거나 멸시했을 거야. 지금이야 그 사람들을 냉정하게 판단할 수 있을 테지. 그러나 그때는 아니었어. 아직 아니었지. 아버지의 고향에서 보낸 처음 몇 달 동안 넌 부유한 부르주아들 틈바구니에서 희희낙락거리며 살았어. 돈 많은 거머리들, 그들이 베푸는 친절, 그들의 초대, 그들의 꼬임, 플로라, 넌 네 자신이 부자인양 고상한 여인인양 행동했어. 네 자신이 부르주아요 귀족이라고 생각했던 거야.

물론 사람들은 네가 처녀요 독신자라고 알고 있었지. 네가 그 꿈찍한 결혼 생활로부터 도망쳐 나왔으리라고는 아무도 생각지 못했어. 사람들이 추커 세워주고 섬겨주기까지 했으니, 참 대단했었지. 노예 계집애가 항상 대기하고 있었고, 돈에 구애받을 필요도 전혀 없었지. 집에 있을 동안에는 먹을 것이나 잠자리에 대해서는 걱정이 없었고, 게다가 사랑까지 받았으니까. 자상한 친척들, 특히 사촌 카르멘 데 피에롤라 덕에 옷장은 며칠이 지나지 않아 옷으로 가득 찼지. 그런 대접을 받다니, 혹시 피오 씨와 트리스탄 가문 사람들이 사생아라는 너의 처지를 잊어버리고 널 합법적인 가족으로 인정했던 것은 아닐까? 피오 씨가 돌아오기까지는 확실히 알지 못했지만, 낌새를 보니 그런 것 같았어. 모든 사람들이 네가 한 번도 가족으로부터 떨어져 나간 적이 없었던 것처럼 대해주었어. 피오 삼촌도 마음을 풀었을지 몰라. 피오 삼촌은 널 마리아노 형의 정식 딸로 인정하고, 할아버지와 아버지의 유산 중에서 네가 상속할 부분을 건네주게 되겠지. 너는 한몫 챙겨 프랑스로 돌아오게 될 것이고, 그리고 앞으로는 부르주아로 살아갈 수 있게 되겠지.

웃기지 마, 플로라. 그렇게 되지 않은 게 천만다행이지 뭐, 그렇지 않아? 만일 그렇게 되었더라면 넌 네가 지금 그렇게나 경멸하는 돈만 많은 멍텅구리 여편네로 전락하고 말았을 거야. 천만다행이었어. 아레키파에서 그런 수모를 당했기 때문에, 넌 그에 대한 반감으로 불의에 대해 알 수 있었고, 불의를 증오할 수 있게 되었고, 또 불의에 맞서 싸울 수 있게 되었던 거야. 아버지의 고향은 네게 프랑스에서의 풍요로운 삶을 보장해주지 못했어. 그렇지만 널 반항아로, 정의의 투사로, '천덕꾸러기'로 만들어 놓았어. '천덕꾸러기', 그래 넌 자신만만하게 네 자신을 그렇게 불렀어. 네 자서전을 쓸 때 말이야. 그러니 어찌됐던 간에, 플로라, 넌 아레키파에 감사할 일이 많아.

마르세유에서 가장 재미있었던 모임은 가죽직공 조합원들과의 만남이었다. 모임 장소는 가죽 냄새, 염색약 냄새, 축축한 나무 냄새로 진동했다. 스무 명의 사람들이 모여 있었다. 그런데 갑자기 벵자맹 마젤이라는 인물이 그 장소에 나타났다. 샤를 푸리에의 제자로 원기 왕성한 남자였다. 힘이 넘치는 사십대 남자. 낭만파 시인인양 마구 흐트러진 머리, 기름때와 비듬으로 얼룩진 망토를 걸친 아주 수다스러운 남자였다. 벵자맹 마젤은 꼼꼼하게 주석을 단 『노동조합』 책자 한 권을 가져왔다. 넌 그 사내의 의견과 비평에 이내 매료되었지. 사내의 근육질 몸뚱이와 피부로 느낄 수 있는 열정이 아레키파에서 만난 클레멘테 올더스 대령을 생각나게 했지. 사내는 이탈리아 사람처럼 손을 내저으며 말했어.『노동조합』이 주장하는 사회 개혁안을 보면 한 가지가 빠져 있다, 노동에 대한 권리와 교육에 대한 권리도 좋지만 일용할 양식을 무상으로 얻을 수 있는 권리도 필요하다. 벵자맹 마젤은 자신의 주장을 하나하나 풀어나갔다. 스무 명의 가죽직공과 더불어 플로라 자신마저 이내 벵자맹 마젤의 얘기에 빠져들었다. 미래 사회에서 빵공장은 모두 국영 산업으로 운영되어야 한다, 빵공장은 학교와 경찰과 마찬가지로 공공복리를 위해 일하게 된다, 빵공장은 이제 개인사업체가 아니다, 빵공장은 시민들에게 무상으로 빵을 공급해야 한다, 비용은 세금으로 충당될 것이다, 그렇게 되면 아무도 굶주림으로 죽지 않을 것이며, 아무도 게으름을 피우지 않게 될 것이다, 그리고 모든 어린이와 청소년은 교육을 받게 될 것이다.

마젤은 책도 한 권 쓴 적이 있었고 소규모 신문사 ─ 사회교란 혐의로 폐쇄된 ─ 도 운영했던 사람이었다. 플로라는 음료수 잔과 찻잔이 놓인 탁자 옆에 서서 마젤이 늘어놓는 고단했던 정치 인생 ─ 선전선동 혐의로 수차례 구속된 적이 있었다 ─ 을 들으며 올더스 생각을 지울 수가 없었다. 올더스는 플로라가 1833년 페루에 있을 때 그의 부인과 더불어 플로라에게 깊은 인상을 남겨주었던 사람이었다. 마젤과 마찬가지로 클레멘테 올더스도 몸뚱이 전체에서 활력이 넘쳐나던 사람이었다. 모험과 위험과 행동이 어떤 것인지 몸으로 보여주던 사람이었다. 그러나 마젤과 다른 점도 있었다. 클레멘테 올더스는 불의에 전혀 무관심했다. 그렇게나 많은 가난한 사람들이 한줌밖에 안 되는 부자들을 먹여 살리는 상황을 나 몰라라 했고, 그 한줌밖에 안 되는 부자들이 가난한 사람들을 무자비하게 대한다는 현실에 아랑곳하지 않았다.

올더스는 세상에 전쟁이 벌어지기만을 기대하고 있었다. 전쟁에 참가해 총을 쏘고, 사람을 죽이고, 명령을 내리고, 전술을 연구해 전투에 적용해보기만을 바랄 뿐이었다. 전쟁이야말로 자신의 사명이었고 직업이었다. 키가 훌쩍한 금발의 독일인, 아폴로 신과 같은 몸매, 날카로운 푸른색 눈동자, 마흔여덟 살의 나이였지만 플로라가 처음 보았을 때는 나이보다 훨씬 어려보였다. 올더스는 독일어뿐만 아니라 스페인어와 프랑스어도 훌륭하게 구사했다. 올더스는 청년 시절부터 용병으로 일했다. 올더스는 유럽 구석구석을 돌아다니며 전쟁터에서 싸우며 성장했다. 나폴레옹 전쟁 때에는 동맹국 편에서 싸웠고, 나폴레옹 전쟁이 끝나자 새로운 전쟁터를 찾아 남미로 들어와 전쟁 기술자로 자리를 잡으려 했다. 올더스는 페루 정부와 계약을 체결해 페루 육군 대령에 임명되었다. 올더스는 독립한 첫날부터 신생 공화국에 불어 닥친 내전에 14년에 걸쳐 빠짐없이 참가했고, 제시하는 조건에 따라 몇 차례 지지하는 파를 바꾸기도 했다. 플로라는 이내 알 수 있었다. 피오 트리스탄 삼촌 — 삼촌은 처음에는 스페인 식민 정부를 지지했다가 나중에는 공화국 대통령을 지지했다 — 을 위시해서 페루 사람들은 식은 죽

먹기로 지지하는 파를 바꾸고 있었다. 이상한 점은 지지파를 바꾸는 일을 모두 자랑스러워한다는 것이었다. 이 나라가 겪고 있는 만성적인 내란 상태에서 사람들은 곡예를 펼치듯 위험에서 달아나 이득을 취하려고 했다. 그래도 클레멘테 올더스같이 지독한 사람은 없었다. 클레멘테 올더스는 원칙이나 이상이나 충성심 같은 것은 전혀 찾아볼 수 없는 사람이었지만 그걸 뻔뻔스럽게 자랑하고 다녔다. 그는 시종일관 모험을 추구했고, 누구를 위해 싸울 것인가를 결정할 때에는 먼저 보수부터 따졌다. 당시 클레멘테 올더스는 아레키파에 머무르고 있었다. 시몬 볼리바르 장군의 참모 본부를 따라 아레키파로 오게 된 클레멘테 올더스는 플로라의 사촌, 그러니까 피오 씨와 마리아노 씨의 여동생의 딸인 마누엘라 데 플로레스와 사랑에 빠졌고, 마침내 그녀와 결혼하게 되었던 것이다. 클레멘테 올더스의 부인이 피오 씨와 그 수행원들과 함께 카마나에 있었기 때문에, 올더스는 플로라 곁을 한시도 떠나지 않았다. 올더스는 아레키파에서 둘러볼 만한 장소는 모두 안내해주었다. 수백 년된 교회와 수도원은 물론이고 메르세데스 노천 광장에서 공연되는 종교극도 구경시켜주었다. 배우들은 수많은 사람들 앞에서 수시간에 걸쳐 극을 연기하고 노래를 불렀다. 올더스는 플로라를 줄곧 끌고 다녔다. 아레키파에 있는 두 곳의 원형극장에서 벌어지는 닭싸움, 연병장에서 벌어지는 투우 경기, 칼데론 데 라 바르카의 고전극이나 이름 모를 작가들의 연극이 공연되는 극장. 빈번하게 펼쳐지던 행렬도 빼놓을 수 없었다. 플로라는 행렬을 구경하면서 야단법석이 따로 없구나 하는 생각이 들었다. 행렬은 사람들의 정신을 쏙 빼놓고 감각을 마비시키려는 야바위 짓이나 진배없었던 것이다. 행렬은 악대로부터 시작되었다. 피에로, 가면을 쓴 광대, 바보로 분장한 원주민-흑인 혼혈과 흑인들이 몸뚱이를 뒤틀며 광대 짓으로 사람들을 웃겼다. 그 뒤로 고행자들이 향을 피우며 나타 났다. 고행자들은 사슬에 묶인 채, 십자가를 지고, 자신의 몸에 채 찍질을 가하며 바닥을 기었다. 한 떼의 원주민들이 케추아어로 기 도를 올리며, 울부짖으며 그 뒤를 따랐다. 행렬 참가자들은 소주나 옥수수를 발효시켜 만든 술 — 치차라고 했다 — 로 완전히 취해 있었다.

"미신에 빠져 사는 이놈들은 세상에서 가장 형편없는 군인이라 고 할 수 있지요." 올더스가 웃으며 플로라에게 말했다. 그래, 플 로라, 너도 홀린 듯 올더스의 말을 듣고 있었지. "겁쟁이에다 무식 하고 더럽고 훈련이 안 통하는 놈들입니다. 전쟁터에서 도망치지 못하도록 하려면 겁을 주는 수밖에 없습니다."

올더스는 네게 그렇게 말했어. 독일에서 통하는 방법을 페루에 성공적으로 도입했다고 말이다. 장교들이 부하들을 시키지 않고 직접 나서 병사들에게 체형을 가하게 만들었다고 했지.

"장교들이 채찍을 들어야 훌륭한 병사를 만들 수 있습니다. 서 커스에서 조련사가 채찍으로 맹수를 다루듯이 말입니다." 올더스 는 숨이 넘어갈 듯 웃어 젖히며 이렇게 말했지. 그때 넌 생각했어. '로마 제국을 끝장낸 저 야만스런 게르만 족속과 똑같은 인간이로 군.'

어느 날, 플로라와 올더스는 친구들과 함께 온천욕(아레키파 주 변에는 온천이 많았다)을 하기 위해 팅고로 갔다. 플로라와 올더스 는 동굴을 찾아보기 위해 친구들로부터 떨어져 나왔다. 잠시 후, 독일 사내는 플로라를 품에 안고 — 넌 그 사내의 탄탄한 품에 안 겨 한 마리 새끼 새 마냥 몸이 바스러지는 것 같았지 — 플로라의 가슴을 더듬으며 플로라의 입에 입을 맞추었다. 플로라는 사내의 손길에 무너져 내리지 않기 위해 무진 애를 써야만 했다. 이전에는 어느 남자로부터도 느껴보지 못했던 매력이 느껴졌던 것이다. 그러나 샤잘과의 결혼생활로부터 시작된 성에 대한 혐오감이 다시 고개를 쳐들었다.

"이렇게 무례하게 행동하시다니 유감입니다. 지금까지 좋으신 분으로 알았는데, 기대를 저버리시는군요, 클레멘테."

플로라는 올더스의 뺨을 가볍게 올려쳤다. 발갛게 달아오른 올더스의 머리가 약간 흔들렸다.

"아니 제가 유감입니다, 플로라." 올더스는 몸을 똑바로 세우며 사과했다. "다시는 이런 일이 없을 것입니다. 제 명예를 걸고 맹세합니다."

올더스는 자신의 약속을 지켰다. 플로라가 아레키파에서 보낸 나머지 기간 동안 다시는 수작을 걸지 않았고 그런 낌새도 내비치지 않았다. 그러나 플로라는 올더스의 연둣빛 눈동자에서 타오르는 욕정을 읽어낼 수 있었다.

팅고 온천에서의 사건이 있은 지 며칠 후, 플로라는 생애 처음으로 지진을 경험하게 되었다. 플로라는 자신의 방에서 편지를 쓰고 있었다. 그때 모든 것이 흔들리기 시작했다. 몇 초 후, 사방에서 개 짖는 소리 — 무슨 일이 벌어질지 개들이 가장 먼저 알아차린다고들 했다 — 가 들려왔다. 그와 동시에 하녀 도밍가가 무릎을 꿇는 모습이 보였다. 도밍가는 두 손을 치켜들고 겁에 질린 눈으로 지진의 신을 향하여 목이 찢어져라 기도문을 읊기 시작했다.

주여, 자비를 베푸소서
주여, 노여움을 푸소서
주님의 정의와 가혹함을 거두소서
자비로운 예수시여

267

주님의 성스러운 상처 자국으로
주여, 불쌍히 여기소서.


　귀청이 떨어져나갈 정도로 땅이 울리며 2분간이나 계속 진동했
다. 플로라는 얼어붙은 채 친척들이 가르쳐준 대로 문지방 밑으로
달아날 생각도 하지 못했다. 아레키파는 지진으로 큰 피해를 입지
않았으나 해안가 두 도시 타크나와 아리카는 초토화되고 말았다.
그 후로 서너 차례 여진이 따랐지만 첫 번째 진동에 비해 그리 심
각하지 않았다. 플로라, 넌 땅이 계속해서 흔들리던 그때에 느꼈던
무력감과 절망감을 도저히 잊지 못할 거야. 11년이 지난 지금 마
르세유에서도 그때 생각만 하면 소름이 끼칠 정도니 말이야.
　플로라는 지중해 연안 항구 도시 마르세유에서의 마지막 며칠
을 침대에 누워 보냈다. 더위와 복통과 전신피로와 신경통으로 꼼
짝도 할 수 없었다. 할 일이 태산 같았지만 그저 시간을 흘려보낼
수밖에 없었다. 마르세유 노동자들에 대한 인상은 그때 많이 호전
되었다. 노동자들은 자리에 누운 플로라를 보고 너도나도 돌보아
주겠다며 나섰다. 노동자들은 몇 명씩 조를 이루어 과일이나 꽃다
발을 들고 여관을 찾아왔다. 그리고는 심각한 표정으로 모자를 손
에 쥐고 침대 발치를 서성거리며, 무슨 도움이 되지 않을까, 플로
라가 뭐라도 요구하지 않을까 하며 애타는 심정으로 기다렸다. 플
로라는 벵자맹 마젤의 도움을 받아 노동자 열 명으로 노동조합 조
직위원회를 구성할 수 있었다. 글을 쓰고 연설을 하는 마젤을 제외
하고는 모두가 육체노동자들이었다. 재봉사가 한 명, 목수가 한
명, 미장이가 한 명, 가죽직공이 두 명, 이발사가 두 명, 여자 재봉
사가 한 명, 심지어 부두 노동자까지 한 명 있었다.
　플로라의 여관방에서 가진 모임은 시간이 많이 걸렸다. 플로라

는 지친 데다 병까지 겹쳐 많은 말을 할 수 없었다. 대신 사람들의 말을 많이 들었다. 플로라는 방문객들의 천진난만함과 완전무식에 웃기도 했고, 노동자들까지 좀먹은 부르주아들의 편견에 치를 떨기도 했다. 예를 들면 이런 것들이었다. 강도나 여타 범죄가 발생하면 그 모든 죄를 터키인이나 그리스인이나 제노바인 등 이주자들이 뒤집어썼다. 여성들에 대한 차별 대우도 있었다. 여성들은 남성들이 갖는 권리를 동등하게 가질 수 없었다. 노동자들은 플로라를 자극하지 않기 위해 여성에 대한 플로라의 생각을 받아들이는 척했다. 그러나 플로라는 노동자들의 말투나 서로 주고받는 눈짓으로 자신이 그들을 설득시키지 못했다는 사실을 인정하지 않을 수 없었다.

플로라는 모임을 갖는 동안 마젤을 통해 이런 사실도 알 수 있었다. 빅투아르 부인은 뚱쟁이였을 뿐만 아니라 경찰의 끄나풀이기도 했다. 빅투아르 부인이 마르세유 수다쟁이들을 찾아다니며 플로라에 대해 알아보고 다닌다는 것이었다. 그러니까 이곳에서도 당국이 플로라의 뒤를 밟고 있다는 것이었다. 날마다 플로라를 찾아다니던 목수 살렝은 이 얘기를 듣고 깜짝 놀랐다. 살렝은 경찰이 플로라를 붙잡아 창녀와 도둑이 들끓는 감옥으로 처넣지 않을까 염려하며 이렇게 제안했다. 산에 있는 양치기들의 피난처를 한 곳 알고 있다, 경찰복으로 위장하여 이곳을 빠져나가 그곳에 숨는 것이 어떠냐. 그 제안에 사람들 모두 웃음을 터뜨렸다. 플로라는 사람들에게 살렝이 제안했던 그런 일을 한 번 겪어본 적이 있다고 말해주었다. 플로라는 5년 전에 런던에서 겪었던 모험을 얘기해주었다. 자유롭게 사회 상황을 연구해보기 위해 거의 4개월 동안이나 밤낮 없이 남장을 하고 다닌 적이 있었다. 플로라는 얘기를 하다가 기력이 다해 그만 정신을 잃고 말았다.

넌 아레키파에서도 카니발 기간 동안 남장 ─ 경기병처럼 꾸몄었지. 장식용 칼을 차고, 깃털 장식이 달린 투구를 쓰고, 장화를 신고, 콧수염을 붙였지 ─ 을 한 적이 있었지. 가면무도회에 참가하기 위해서 말이야. 아레키파 '상류층' 사람들은 밤이면 자기들끼리 어울려 향료네 향수네 하는 것들을 서로 뿌리며 놀았지만, 낮에는 다른 사람들과 마찬가지로 카니발을 열어 물이나 달걀껍질 ─ 물감으로 속을 채운 달걀껍질 ─ 을 던지며 놀았어. 진짜 시가전이나 다를 바 없는 놀이였지. 플로라, 넌 피오 씨의 발코니에 서서 그런 광경을 지켜보곤 했어. 네가 이제껏 알고 있던 나라와는 전혀 다른 나라, 그 나라가 불러일으키는 매력에 사로잡힌 채.

아레키파에서는 모든 것이 놀랍고 신기했지. 인간이나 사회나 인생에 대해 이제껏 지녀왔던 모든 생각이 확 달라지게 되었던 거야. 어디 한번 예를 들어볼까. 종교단체들에게 가장 수익성 좋은 사업은 죽어 가는 사람들에게 수의(壽衣)를 팔아먹는 것이었어. 아레키파에서는 사람이 죽으면 종교적인 옷을 입혀 땅에 묻는 것이 관습이었던 거야. 게다가 이 자그마한 도시에서 벌어지는 세속적인 사회생활은 파리에서보다 훨씬 활기에 넘쳐 있었지. 사람들은 하루 종일 누군가를 방문하거나 누군가의 방문을 받곤 했어. 오후녘이 되면 산타 카탈리나 수녀원이나 산타 테레사 수녀원이나 산타 로사 수녀원의 수녀들이 만든 달짝지근한 과자나 사탕을 먹고, 쿠스코에서 날라 온 초콜릿을 마시고, 끊임없이 담배를 피워댔지. 담배는 남자들보다 오히려 여자들이 더 많이 피웠지. 사람들의 수다, 말다툼, 유언비어, 악담, 친한 친구 사이의 실언, 가족의 수치스러운 일 등등을 입도마에 올려놓고 가족들은 희희낙락했지. 너는 분명 사람들을 만날 때마다 때로는 향수에 젖어, 때로는 질투심에 못 이겨, 때로는 절망감에 빠져 파리에 대해 늘어놓곤 했지. 아레키파 사람들이 천국의 출장소쯤으로 생각하고 있던 그 파리에 대해서 말이야. 사람들은 파리에 대해 물어보느라 널 물고 늘어졌어. 넌 쥐뿔도 모르는 주제에, 그 사람들의 기대를 저버리지 않기 위해 온갖 것을 지어내야만 했지.

플로라가 아레키파에 살게 된 지 한 달 반이 지났지만 피오 삼촌은 계속 카마나에 머물러 있었고 돌아온다는 낌새도 전혀 없었다. 그렇게나 오래 머물러 있다니, 네 의도를 눈치 채고 널 물 먹이기 위해 일부러 수를 쓴 건 아니었을까? 네가 마리아노 트리스탄의 정식 딸임을 입증할 물증을 가지고 있고, 또 그렇게 되면 마리아노 트리스탄의 유산 중 많은 부분을 네게 넘겨주어야 한다는 사실에 피오 씨가 겁을 먹고 있었던 것은 아닐까? 플로라가 그런 저런 생각으로 시간을 보내고 있던 어느 날, 방금 아레키파에 도착한 사카리아스 샤브리에 선장이 그날 오후 플로라를 방문할 것이라는 소식이 전해졌다. 발파라이소에서 헤어진 이후 한 번도 생각해보지 못했던 샤브리에 선장의 출현은 지진과 같은 충격을 플로라에게 안겨주었다. 분명히 결혼을 하자고 플로라를 졸라댈 것이다.

첫째 날, 플로라는 화기애애한 분위기 속에서 샤브리에와 만날 수 있었다. 거실에 대여섯 명의 친척들이 모여 있어 뱃사람은 다급한 심정을 토해낼 수 없었다. 그러나 뱃사람은 입으로 하지 못하는 얘기를 눈을 통해 하고 있었다. 다음 날, 샤브리에는 아침 일찍 나타났다. 플로라는 단 둘만이 있는 상황을 피할 수 없었다. 사카리아스 샤브리에는 무릎을 꿇고 플로라의 손에 입을 맞추며 자신을 받아들여달라고 애원했다. 플로라의 행복을 위해 나머지 삶을 바치겠노라, 알린느를 위해 모범적인 아버지가 되겠노라, 플로라의 딸이라면 내 친딸이나 다름없노라. 넌 어찌할 바를 몰랐지. 너무 당혹스러워 진실을 털어놓을 지경에까지 이르렀지. 이미 결혼한 적이 있는 여자다, 아이도 하나가 아니라 둘이다(한 아이는 예전에 죽었으니), 당신과 재혼이라니, 법적으로도 윤리적으로 안 될 소리다. 그러나 넌 겁이 나 망설였지. 샤브리에가 방을 나가자마자 트리스탄 가문 사람들에게 너의 정체를 폭로할지도 모르는 일이었으니까. 만일 그랬다면 무슨 일이 벌어졌을까? 쌍수를 들고 널 환영했던 사람들이 널 내치게 되었을 테지. 거짓말쟁이 사기꾼 년이라고, 남편을 저버린 여편네라고, 인정머리 없는 어미라고 욕을 퍼부었겠지.

어떻게 그로부터 벗어날 수 있었지? 플로라는 마르세유 여관방 침대에 누워 그때를 생각하고 있었다. 플로라는 시월의 뜨거운 밤공기를 달래기 위해 부채질을 하며 매미 소리를 듣고 있었다. 속이 아려오며 죄책감이 들었다. 양심의 가책을 느꼈던 것이다. 그때 써먹었던 속임수, 샤브리에의 집요한 요구로부터 벗어나기 위해 그때 써먹었던 속임수를 생각할 때마다 항상 그랬다. 그래, 이제는 심장 옆에 차가운 총알이 박혀 있는 듯한 느낌도 들어.

"좋아요, 사카리아스. 당신이 날 진정으로 사랑한다면 그걸 증명해보이세요. 증명서를 하나 구해줘요. 내가 내 아버지의 적법한 딸임을 증명하는 출생증명서를 하나 구해주세요. 그것이 있어야 유산을 청구할 수 있어요. 유산을 받으면 우리 두 사람은 캘리포니아에서 안락한 삶을 살 수 있어요. 그렇게 할 거죠? 프랑스에는 아는 사람도 많고, 또 힘도 쓸 수 있잖아요. 관리에게 돈을 먹여서라도 증명서를 구해줄 거죠?"

그 양심 발랐던 사내, 그 신실했던 가톨릭 신자는 얼굴이 창백해지며 눈을 크게 떴다. 방금 전에 들었던 얘기를 믿지 못하는 것 같았다.

"하지만, 플로라, 지금 당신이 뭘 요구하는지 알기나 하오?"

"진짜 사랑한다면 못할 일도 없는 거죠, 사카리아스"

"플로라, 플로라. 그래 이런 식으로 사랑을 증명하라는 거요? 그래 죄를 지으면서까지? 법을 위반하면서까지? 내게 그걸 원하는 거란 말이요? 당신이 유산을 상속받을 수 있도록 나보고 범죄자가 되라는 거요?"

"이제야 알겠어요. 당신은 날 부인으로 삼을 만큼 사랑하지 않아요, 사카리아스"

넌 점점 더 창백해지는 사카리아스의 얼굴을 쏘아보고 있었지. 나중에는 뇌일혈이 일어난 것처럼 얼굴이 붉게 달아올랐지. 사카리아스는 그 자리에서 비틀거렸어. 마치 곧 정신을 잃고 쓰러질 것 같았지. 마침내 사카리아스는 뒤돌아서 멀어져 갔어. 노인네처럼 발을 질질 끌며. 사카리아스는 문가에서 돌아서서 귀신이라도 쫓아내듯 손을 치켜들고 이렇게 말했어.

"플로라, 이거 하나만 알아두시오. 내가 당신을 사랑했던 만큼 이제부터는 당신을 증오하게 될 것이오."

그 사람 좋던 샤브리에는 그 후 어떻게 변했을까? 넌 다시는 그 사람 소식을 들을 수 없었지. 어쩌면 『어느 사생아의 인생 역정』 이라는 책을 읽었을지도 몰라. 그래서 네가 자신의 사랑을 물리치기 위해 취했던 그 추저분한 속임수 밑에 깔린 진정한 이유를 알아냈는지도 모르지. 널 용서했을까? 아직까지도 널 증오하고 있을까? 플로라, 네가 샤브리에와 결혼해서 캘리포니아에 가서 살았다면, 다시는 프랑스에 발을 디밀지 않았다면, 네 인생은 어떻게 됐을까? 분명 편안한 인생이었겠지. 그러나 만일 그랬다면, 넌 눈을 뜨지 못했을 거야. 책도 쓰지 못했을 거고, 혁명의 기수가 되지도 못했을 거고, 여성을 노예상태에서 해방시키지도 못했을 거고, 이 세상의 가난한 사람들을 착취상태로부터 해방시키지도 못했을 테지. 하지만 플로라, 어쨌든지 간에 넌 아레키파에서 그 선량한 사내의 가슴에 대못을 박았던 거야.

플로라가 툴롱으로 가기 위해 아픈 몸을 이끌고 짐을 싸고 있을 때, 벵자맹 마젤이 재미있는 소식과 함께 플로라를 찾아왔다. 휴식을 취하기 위해 알제로 간다며 플로라를 곤란하게 만들었던 미장이 시인 샤를 퐁시가 지중해를 건너가지 않았다는 소식이었다. 일단 배에 오르기는 했으나, 배가 출발하기도 전에 난파당할지도 모른다는 두려움에 신경증이 도져 사다리를 내려달라고 울고불고 매달려 배에서 내려왔다는 것이었다. 배의 간부 선원들은 신참 선원들의 두려움을 해소시키기 위해 영국 해군에서 사용하는 방법을 동원했다고 했다. 샤를 퐁시를 뱃전에서 바다로 내던져버린 것이었다. 샤를 퐁시는 부끄러워 죽을 지경이었는지 마르세유 집에 처박혀 꼼짝도 하지 않는다고 했다. 자신이 알제에서 시를 구상하고 있겠거니 사람들이 생각하도록 시간을 벌고 있다는 것이었다. 그러다 우연히 이웃 사람의 눈에 띄게 되어 이제 온 시내의 웃음거리가 되었다고 했다.

"시인 나부랭이들이 다 그 모양이지 뭐." 플로라가 토를 달았다.

# 12

# 우리는 무엇인가?
### 푸나아우이아, 1898년 5월

아침 일찍 파피테에 도착했다. 본격적인 더위가 시작되기 전이었다. 전날 발표한 대로 샌프란시스코에서 온 우편선은 이미 호수로 들어와 정박해 있었다. 폴은 항구 술집에서 맥주잔을 기울이며 우체국 직원들이 나타나기를 기다렸다. 우체국 직원들이 나타났다. 직원들은 한 마리 지쳐빠진 말이 끄는 마차를 타고 선창 시장통을 지나갔다. 퐁슈발이라고 했던가 퐁트발이라고 했던가 — 항상 이름이 헷갈렸지 — 나이가 가장 많은 직원이 고개를 꾸벅 숙여 폴에게 인사했다. 폴은 잠자코 있었다. 아무와도 얘기를 나누지 않았다. 주머닛돈을 다 털어 산 맥주를 입안에 굴리고 있었다. 폴은 직원들이 리볼리 가의 플람보얀 나무와 아카시아 나무 아래로 사라질 때까지 기다리고 있었다. 직원들이 소포와 편지를 우체국 바닥에 쏟아놓고 선반과 우편 행랑에 정리하기까지 걸리는 시간을 가늠해보았다. 발목도 아프지 않았다. 식은땀을 흘리며 온밤을 하얗게 지새야했던 그 장딴지 통증도 느낄 수 없었다. 지난번 배편으로 왔던 것보다 훨씬 큰 액수일거야, 코케.

폴은 느긋하게 우체국으로 향했다. 마차를 끄는 조랑말을 재촉하지도 않았다. 머리를 핥는 햇볕이 느껴졌다. 햇볕은 이내 달아오르기 시작해 오후 두세 시쯤이면 견딜 수 없을 지경까지 이를 것이다. 공원과 목재로 지은 대저택 발코니에서 사람들이 몇 명 눈에 띄긴 했지만, 리볼리 가는 거의 텅 비어 있었다. 키 큰 망고나무 가지 사이로 멀리 있는 성당 탑이 보였다. 우체국은 열려 있었다. 넌 그날 아침 첫 손님이었어, 코케. 직원 두 명이 부지런히 편지와 소포를 정리하고 있었다. 편지와 소포는 접수대 창구에 알파벳순으로 정리되어 있었다.

"선생님에게 온 건 없는데요." 퐁슈발이라고 했던가 퐁트발이라고 했던가, 나이 지긋한 직원이 미안해하는 표정으로 말했다. "죄송합니다."

"아무것도?" 종아리가 타오를 듯 아파 오면서 발목이 떨어져나가는 것 같았다. "확실한 거요?"

"죄송합니다." 늙은 직원은 어깨를 으쓱하며 같은 말만 되풀이했다.

폴은 앞으로 어찌해야 할지 이내 깨달았다. 폴은 마차를 타고 말이 이끄는 대로 푸나아우이아로 터덜터덜 돌아왔다. 마차 삯도 아직 반밖에 치르지 못한 상태였다. 폴은 파리 화랑 주인들을 향해 욕을 퍼부었다. 근 반 년 동안이나 아무런 소식이 없었던 것이다. 시드니를 거쳐 오는 다음 배는 한 달 후에나 도착할 예정이었다. 코케, 그때까지 어떻게 버텨야 한단 말인가? 푸나아우이아에 하나밖에 없는 가게 주인 중국인 텡은 통조림 · 담배 · 술 등으로 쌓인 외상값이 두 달 이상 밀리자 외상거래를 끊어버렸다. 문제는 그게 아냐, 코케. 넌 세상천지 사람들한테 빚지고 사는 데는 이골이 난 놈이잖아. 그렇다고 해서 언제 네가 기가 죽었다거나 삶의 의욕을 잃은 적이 있었어? 그러나 삼사일 전부터 널 사로잡고 있는 그 허전함, 즉 무언가를 성취해냈다는 것에서 오는 그 허전함은 어찌할 수 없었지. 네가 그려온 그 엄청나게 큰 그림 말이야, 가로가 4미터에 세로가 2미터인 그 그림, 네가 지금까지 그려온 그림 중에서 가장 큰 그림이기도 했고 시간을 가장 많이 들인 — 몇 달이나 걸렸단 말이지 — 그림이기도 한 그 그림을 완전히 끝냈다고 생각했을 때 불현듯 찾아든 허전함. 너무나도 완벽한 그림이었어. 더 이상 손을 댔다가는 오히려 그림을 망칠 것만 같았지. 인생을 50년이나 살아온 사람이, 습기와 비로 언제 썩어 들어가게 될지 모를 질 낮은 캔버스에 최고의 걸작이라고 할 수 있는 그림을 그렸다니, 이 무슨 바보 같은 짓거리야? 폴은 생각했다. '아무도 보지 못한 채 망가진다 해서 무슨 상관이란 말인가? 도대체 이 그림의 진가를 알아볼 수 있는 사람이 한 명이라도 있단 말인가?' 아무도 몰라볼 것이다. 의리라면 더 이상 말이 필요 없는 다니엘 드 몽프레드조차 답장이 없다니, 어떻게 이럴 수 있단 말인가? 벌써 3개월 전에 제발 살려달라고, 부디 도와달라고 애걸복걸 편지까지 썼는데 말이야.

폴은 정오경에 푸나아우이아에 도착했다. 다행히 파우우라와 갓난쟁이 에밀은 집에 없었다. 파우우라가 계획을 방해하리라고는 염려하지 않았지. 파우우라는 전형적인 마오리족 계집으로 남편이 무슨 짓을 하던 무얼 원하던 다소곳이 따라왔으니까. 문제는 파우우라와 얘기를 나누어야 한다는 것이었지. 바보 같은 질문에 일일이 대답을 해주어야 한단 말이지. 그러나 지금은 시간도 없었고, 그 바보짓을 참아낼 기분도 아니었어. 게다가 갓난쟁이가 칭얼거릴 생각을 하니 끔찍했지. 폴은 테하마나를 생각했다. 참 영악한 아이였는데. 테하마나라면 대화를 통해 함께 이 난국을 헤치고 나갈 수 있을 테지. 하지만 파우우라는? 어림도 없어. 폴은 오두막 외벽에 설치한 낭창낭창한 사다리를 타고 침실로 올라가 다리에 난 종기에 바르는 비소 가루 봉지를 챙겼다. 그리고 밀짚모자와 손잡이를 빳빳이 일어선 자지 모양으로 깎은 지팡이를 집어 들었다. 폴은 어지럽게 널려진 책·스케치북·옷가지·엽서·잔·술병 ─ 그 틈바구니에서 고양이가 졸고 있었다 ─ 따위는 쳐다보지도 않고 집을 나섰다. 아틀리에 역시 들여다보지 않았다. 지난 몇 주일 동안 틀어박혀 미친 듯이 그림을 그렸던 아틀리에, 워낙에 큰 그림이었는지라 진이 다 빠지도록 매달려야 했던 그림. 폴은 집 옆에 있는 학교도 그냥 지나쳤다. 뛰고 달리는 아이들 소리가 들렸다. 친구 피에르 르베르고스의 과수원도 서둘러 지나갔다. 폴은 개울을 건너 푸나루우 계곡을 향해 방향을 잡았다. 계곡은 바닷가로부터 멀어지면서 험준한 산악지대로 이어지고 있었다.

더위는 이미 극에 달해 있었다. 무자비한 햇볕, 멋모르고 맨머리로 나가 한동안 돌아다니다가는 정신까지 잃게 되는 그런 한여름 무더위였다. 간혹 눈에 띄는 원주민들의 오두막에서 웃음소리와 노랫소리가 흘러나왔다. 1주일 전부터 시작된 새해맞이 축제 기간이었던 것이다. 폴은 계곡을 벗어나기 전에 두 차례나 인사를 받았다. "코케." "코케." 사람들은 폴을 별명으로 불렀다. 사실 폴을 성 대신 별명으로 부른다는 것은 타히티 사람들이 그만큼 폴을 좋아한다는 얘기였다. 폴은 걸음을 멈추지 않고 손을 들어 인사에 답했다. 걸음을 재촉했다. 다리 종기가 쓰려려오면서 발목이 떨어져나갈 것처럼 아파 왔다.

사실 폴은 어기적어기적 걷고 있었다. 지팡이에 의지한 절름발

278

이 걸음이었다. 이마에 흐르는 땀을 자주 손가락으로 훔쳐냈다. 쉰 살 나이, 이제 죽는다고 해서 아쉬울 것 없는 나이였다. 죽은 후에는 영광을 누릴 수 있을까? 파리·피니스테르·파나마·마르티니크 등지를 싸돌아다니던 젊은 시절에는 죽은 후에라도 영광을 누릴 수 있다고 자신하곤 했었는데. 네가 죽었다는 소식이 프랑스에 전해지면, 그 방정맞은 파리 놈들이 떠들썩하게 일어나 네 그림과 너라는 인간에 대해 관심을 가지게 될까? 그 미친 네덜란드 놈이 자살한 이후에 벌어졌던 일이 네게도 똑같이 벌어지게 될까? 호기심이 일어나고, 재평가가 이루어지고, 그래서 존경받게 되고, 그러다 잊히겠지. 그래봤자 무슨 소용!

　그늘이 진 오솔길을 따라 산을 오르기 시작했다. 빽빽이 늘어선 야자나무·망고나무·빵나무 사이로 덤불숲이 울창했다. 지팡이를 낫처럼 사용해 길을 열어가야 했다. '나는 이때껏 내가 한 일에 대해 후회해본 적이 없다.' 생각했다. 거짓말. 그 입에 담지 못할 병에 걸린 것에 대해서는 후회막급이잖아, 이 친구야. 길이 가팔라지기 시작했다. 그에 따라 발걸음도 느려졌다. 초조해지기 시작했다. 지금 당장 숨이 넘어간다 해도 문제될 건 없겠지. 하지만 그 입에 담지 못할 병이 네 죽음을 좌지우지하기 전에 넌 네가 계획한 대로 죽어야 해. 골머리를 쪼갤 것 같은 땡볕 아래에서 계곡을 기어 올라가는 일은 그늘진 산자락 오솔길을 산책하는 것보다 몇천 배나 힘이 들었다. 자주 걸음을 멈추고 숨을 골라야 했다. 마침내 상당히 높은 산등성에 오를 수 있었다. 몇 달 전에 파우우라의 안내를 받아 와본 곳이었다. 큰 나무는 없었지만 온갖 종류의 양치식물이 무성하게 자리 잡은 곳이었다. 그곳에서 모든 것을 내려다 볼 수 있었다. 계곡, 하얀색 띠를 늘어놓은 것 같은 해안선, 짙푸른 호수, 산호초에서 반짝이는 붉은 빛, 그 뒤로 하늘과 몸을 섞는 바다.

폴은 그 산등성이에 오르자마자 결심했다. '이곳에서 죽고 싶다.' 기가 막히게 아름다운 장소였다. 처녀와 같이 청초하고 조용하고 완벽한 장소. 그래, 타히티에서도 이만한 장소는 더 이상 없어. 네가 오랫동안 꿈꾸어왔던 그 피난처와 너무 흡사한 곳이지. 지금으로부터 7년 전 1891년에 친구들에게 떠벌렸던 곳과 똑같은 곳이야. 프랑스를 떠나 남태평양으로 가노라, 돈으로 썩어문드러진 유럽 문명을 버리고 순수하고 원초적인 세상을 찾아가노라, 겨울을 모르는 그 땅과 하늘, 예술이 상거래 상품으로 취급당하지 않고, 삶 그 자체 · 일종의 종교 · 일종의 스포츠로 여김 받는 곳, 에덴동산에 살았던 아담과 이브가 그랬던 것처럼 예술가도 손만 뻗치면 풍성한 나무에서 먹을 것을 부족함 없이 구할 수 있는 그런 세상을 찾아가노라. 그러나 현실과 네 이상은 달라도 너무 달랐어, 코케.

짙은 향기가 미풍에 실려 그곳 산등성 — 산자락 한 끝에 자연적으로 만들어진 발코니와 같은 그곳 — 까지 올라왔다. 타히티 사람들이 '노아 노아'라고 부르는, 우기를 맞아 더욱 무성해진 숲이 뿜어내는 향기였다. 폴은 향기를 깊이 들이마셨다. 잠시나마 발목 통증도 다리의 가려움증도 잊을 수 있었다. 폴은 키 큰 양치식물 아래 마른 땅에 앉아 햇볕을 피했다. 아무런 느낌도 없었다. 손도 떨리지 않았다. 폴은 주머니를 열고 비소 가루를 몽땅 입에 털어 넣었다. 행여 목이 막힐까 침을 고이게 해 비소 가루를 조금씩 삼켰다. 그리고 주머니에 남아 있는 가루까지 혀로 말끔히 핥아먹었다. 흙을 씹는 것 같았다. 신맛도 약간 났다. 그리고 약효가 나타나기를 기다렸다. 두렵지 않았다. 어떤 발작이 일어날지 상상해보지도 않았다. 한때는 그 점에 대해 매우 궁금해했었으나 이제는 아무래도 상관없는 일이었다. 이내 하품이 터져 나오기 시작했다. 이

280

렇게 죽는 건가? 나도 모르는 사이에 이렇게 감미롭게 삶에서 죽음으로 넘어가는 건가? 극약을 먹으면 아주 극적인 죽음을 맞이할 것으로 예상했는데. 살을 에는 듯한, 속을 뒤집는 듯한 극심한 고통이 따를 것으로 기대했는데. 그와는 정반대였어. 의식이 점차 혼미해지면서 넌 꿈을 꾸기 시작했지.

1887년 4월인가 5월에 파나마에서 만난 흑인 여자 꿈을 꾸었다. 보지가 핏덩이처럼 빨갛던 여자였다. 그 여자의 판잣집 앞에는 늘 기다란 줄이 늘어서 있었다. 야영지에 있는 다른 콜롬비아 창녀들 집 앞에 늘어선 줄보다 훨씬 긴 줄이었다. 운하 공사판에서 일하는 일꾼들은 그 여자의 '강아지' 때문에 그 여자를 자주 찾았다. 폴은 처음에는 그 '강아지'라는 말의 뜻을 알아듣지 못했다. 신화 속에나 나오는 그 소름끼치는 '이빨 달린 보지'를 파나마 사람들은 그런 식으로 친근감 있게 표현했던 것이다. 운하 공사판에서 일하는 일꾼들에 따르면, 그 여자의 보지는 위에 올라탄 남자들의 자지를 잘라먹을 정도는 아니어도 잘근잘근 씹어대는 것이 진짜 끝내준다는 것이었다. 폴은 너무나 궁금해 임금을 받은 날 동료 인부들 틈에 끼어 그 여자 집 앞에 줄을 섰다. 그러나 그 흑인 여자의 보지에서 특별한 점을 찾아볼 수는 없었다. 그 땀으로 번질거리던 몸뚱이에서 피어오르던 김을 생각해보라고. 뜨겁게 맞아주던 그 허벅지와 넓적다리와 젖꼭지를. 그 여자가 바로 그 입에 담지 못할 병을 네게 옮겨준 것은 아닐까? 폴은 마르티니크에서 고열로 죽을 고비를 넘긴 이후로 그런 의심을 떨쳐버릴 수 없었다. 시력이 떨어진 것도, 심장이 약해진 것도, 다리가 온통 피고름투성이가 된 것도 다 그 파나마 여자 탓이 아닐까? 폴은 그런 생각이 들자 비참해졌다. 폴은 문득 알린느를 떠올리고는 울음을 터뜨렸다. 한참 동안 보지 못한 아이, 두 번 다시 볼 수 없는 아이. 네 딸은 덴마크에서 이미 죽었잖아, 폐렴에 걸려서 말이야. 그래, 프랑스어는 파우우라 만큼 형편없다 해도, 아주 아리따운 덴마크 처녀로 성장해 있었을 거야. 그리고 이제 네가 여기서 죽어 가는 거야. 타히티-누이라는 남태평양의 조그만 섬 구석에서 말이지. 친구 샤를 라발이 불쑥 꿈 속에 나타났다. 퐁타방에서 잘 나가던 시절 사귄 친구, 낙원을 찾아 마르티니크와 파나마까지 따라와주었던 친구. 낙원이라니, 터무니없는 얘기였지. 너와 샤를은 지옥 속으로 거꾸러지고 말았던 거야. 샤를은 황열병에 감염되어 스스로 목숨을 끊으려 들었지. 이제 와서 샤를 라발을 동정하다니, 참 별일이로군, 코케. 그 녀석은 전염병을 치료했잖아. 자살도 미수로 그치고 말이야. 프랑스로 돌아와 무훈담을 늘어놓았잖아, 예루살렘을 정복하고 고향으로 돌아온 십자군처럼 말이지. 그리고 화가로서의 명성도 날리지 않았느냐 말이야. 어디 그것뿐인가? 아름답고 다정하고 재기 넘치는 여인과 결혼까지 하지 않았느냐 말이야. 네가 브르타뉴에 있을 때 푹 빠져들었던 에밀 베르나르의 여동생 마들렌느와 말이지. 폴의 꿈은 느닷없이 악몽으로 변했다. 숨이 막혔다. 뭔가 묵직하고 뜨거운 것이 식도를 타고 올라와 목구멍을 막았다. 뱉어내려 했지만 마음대로 되지 않았다. 고통스러웠다. 숨이 막혔다. 괴로움에 몸부림을 쳤다. 한동안 시간이 흘렀다. 눈을 떴다. 누운 채로 토악질을 한 모양이었다. 붉은 개미들이 가슴을 타고 올라 토사물 주위에 바글거리고 있었다.

살아 있는 거야? 살아 있는 거지. 혼란스러웠다. 얼떨떨했다. 부끄럽기도 했다. 손가락 하나 움직일 힘도 없었다. 해가 저물고 있었다. 황혼 빛이 최후의 발악으로 타오르고 있었다. 깜박깜박 의식이 나갔다. 무수한 영상들이 머리를 스치고 지나갔다. '제롬-나폴레옹' 호의 갑판에서 있었던 장면이 눈으로 파고들었다. 장교 한 사람이 네게 물었지. "고갱 수병, 코는 어디서 깨진 건가?" "깨진 것이 아닙니다, 원래 이렇게 생겨먹었습니다. 제 눈이 파랗고 또 제 성씨가 프랑스 성씨라고는 해도 저는 잉카족의 후손입니다. 코를 보면 알 수 있지 않습니까." 어느새 밤이었다. 눈을 뜨자 별이 보였다. 추위로 몸이 떨렸다. 잠이 들었다. 깨어났다. 다시 잠이 들었다. 그러다 문득 정신이 번쩍 들었다. 그림의 제목이 떠올랐던 것이다. 반 년 동안이나 붓을 잡지 않다가, 스케치북에 낙서 한 번 깨작거리지 않다가, 최근 몇 달 동안 심혈을 기울인 그 그림의 제목. 자신감이 생기면서 마음도 진정되었다. 실패로 끝난 자살 때문에 느꼈던 수치심도 말끔히 지워졌다. 그래, 샤를 라발도 그랬어, 그 녀석도 1887년 4월인가 5월에 전염병에 걸린 걸 알고 카리브 해에서 자살을 시도했지만 실패했지. 여명이 밝아오고 있었다. 이제 정신이 맑아졌다. 기력도 회복되어 몸을 추스를 수 있었다. 폴은 자리에서 일어났다. 다리가 후들거렸지만 쓰라리지는 않았다. 발목도 전혀 불편하지 않았다. 폴은 몸을 타고 내리는 붉은 개미를 떨어내는 데 많은 시간을 들여야 했다. 마침내 집으로 돌아가기 위해 발걸음을 옮겼다. 코케, 저놈의 개미들 말이야, 네가 죽지 않아 실망이 컸겠는데, 썩어 가는 네 몸뚱이로 한바탕 잔치를 벌였을 텐데 말이야. 목숨이란 이다지도 모진 것이란 말이지.

　폴은 계곡을 향해 산길을 내려갔다. 타는 목마름. 도마뱀 혀처럼 바싹 말라붙은 혓바닥. 그러나 기분은 나쁘지 않았다. 오히려 마음이 들떠서인지 정신도 상쾌했고 몸도 가뿐했다. 어서 집에 도착하고 싶어 조바심을 쳤지. 매일 아침 작업을 시작하기 전에 먹을 감던 푸나아우이아 강에 몸을 푹 담그고 싶었지. 물을 한 사발 들이켜고, 럼주를 한 방울 탄 뜨거운 차(럼주가 아직 남아 있을까?)를 마시고 싶었지. 그리고 파이프에 불을 붙여 입에 물고(담배가 아직 남아 있을까?) 아틀리에로 들어가, 미수로 끝난 자살 행위 덕에 발견하게 된 그 그림 제목을 한시라도 빨리 써넣고 싶었지. 최근 몇 주 동안 홀린 듯 들러붙었던 그 그림, 가로가 4미터나 되는 그 캔버스 좌측 상단 귀퉁이에 검은 글씨로 말이야. 걸작이라고? 물론이지, 코케. 그림 상단 한구석을 차지한 그 당혹스러운 질문이 그림 전체를 호령하겠지. 너로서는 그 질문에 어떻게 대답해야 할지 전혀 알 수 없었어. 하지만 대답은 그림 속에 분명히 나타나 있어. 그림 속에 나타난 열세 명의 인물을 보란 말이지. 시계 바늘을 거꾸로 돌려놓았다고나 할까. 어린아이로 시작해서 추잡한 늙은이로 끝나는 인생 유전이 그대로 나타나 있잖아. 그래, 그림을 볼 줄 아는 사람이라면 그 해답을 분명히 찾을 수 있을 거야.

폴은 계곡에 도착하기 전에 조그만 폭포수를 만날 수 있었다. 한쪽 산모퉁이에서 흘러나온 물줄기가 길을 따라 나 있는 이끼 긴 도랑으로 떨어져 내렸다. 폴은 환호성을 지르며 달려들어 물을 마셨다. 얼굴과 머리와 팔과 가슴에 물을 끼얹었다. 그리고 길가에 앉아 잠시 쉬었다. 폴은 다리를 대롱거리며 아무 생각 없이 한참을 느긋하게 앉아 있었다. 다시 길을 걸었다. 몸은 피곤에 절어 있었지만 정신만은 말똥말똥했다.

정오경에 집에 도착했다. 세계일주라도 마치고 돌아온 것 같았다. 갓난쟁이 에밀은 발가벗은 채 침대에 누워 자고 있었고, 파우우라는 돗자리에 앉아 기타를 붙들고 소리를 내보려고 애를 쓰고 있었고, 고양이는 파우우라의 다리 사이에 늘어져 있었다. 파우우라는 폴을 쳐다보며 싱긋 웃었다. 여전히 기타를 붙들고 있었지만, 여간해서는 제대로 소리가 날 것 같지 않았다. 한 줄 한 줄 튕길 때마다 이상한 음이 튀어나왔다.

"나 죽으려고 했는데 실패했어. 독약을 엄청 삼켰는데 다 넘어

오더라고. 그래서 살아난 거야. 이젠 다리가 아파도 약이 바닥났으니 원." 폴은 프랑스어로 천천히 말했다. 파우우라는 말은 서툴렀지만 알아듣기는 잘 알아들었다. "나라는 놈은 말이야, 실패한 화가에 굶어죽게 생긴 놈이야. 그런데다 자살까지 실패한 놈이라고. 차나 한 잔 타 줘."

폴은 마누라의 무덤덤한 표정을 보고도 놀라지 않았다. 마누라는 기계적으로 살짝 웃어 보였다. 그런 와중에도 두 손은 기타를 붙들고 엉터리 소리를 내고 있었다.

"코케." 마누라는 꼼짝도 않고 말했다. "차 한 잔이라."

"차 한 잔!" 폴은 침대에 벌러덩 누워 손짓으로 재촉했다. "지금 당장!"

마누라는 고양이를 뿌리치고, 기타를 바닥에 내려놓고, 엉덩이를 살살 흔들며 문으로 향했다. 실제 나이는 열여섯 내지 열일곱이겠지만 나이보다 훨씬 성숙해보였다. 오동통한 몸매, 별로 크지 않은 키, 어깨를 스치는 푸르스름한 긴 머리채, 몸에 받쳐 입은 붉은색 파레오와 대비되어 빛을 반짝이는 것 같은 비단결 같은 피부. 아름다운 계집이었다. 네가 타히티 땅을 밟은 후로 데리고 살았던 '바히네'들 중에서 어쩌면 가장 예쁜 계집일 거야. 아이를 두 번씩이나 낳았는데도 몸매는 조금도 망가지지 않았지. 여전히 날씬하고 생기 넘치는 몸매잖아. 데리고 산 지 벌써 몇 년째지만, 도저히 테하마나만큼은 사랑할 수 없었지. 테하마나는 이따금씩 못 견디게 그리울 때가 있단 말이지. 하지만 말이야 코케, 파우우라 역시 예쁜데다 고분고분하고 사근사근한 여잔데, 대체 무슨 이유로 테하마나만큼 사랑할 수 없었던 거지? 지독한 미련퉁이라서 그런 거지. 폴은 최근 들어 중요한 일 외에는 파우우라에게 말을 걸지 않았다. 파우우라도 입만 다물고 있다면 정이 가는 여자였다. 썩

285

훌륭한 친구였고 도우미였다. 비록 예전과 같이 자주는 아니지만 욕정이 끓어오를 때면 그 젊고 단단하고 육감적인 몸뚱이를 즐길 수도 있었다. 그러나 입을 열어 어눌한 프랑스어나 도통 알아먹을 수 없는 타히티어로 말을 했다하면 정나미가 떨어졌다. 쓸데없는 질문이나 늘어놓았고, 폴이 아무리 설명을 해도 전혀 알아먹질 못했다. 영적이거나 지적이거나 예술적인 문제는 그렇다 쳐도, 단순히 상식적인 문제조차도 도무지 이해불능이었다. 자살까지 하려고 했던 네 심정을 이해했을까? 물론 충분히 이해했겠지. 그러나 남편이 하는 일은 무엇이나 옳다고 여기는지라 감히 그 일에 대해 토를 달 수 없었겠지. 주인 어르신께서 하시는 일에 언제 이래라 저래라 끼어든 적이 있기나 한가 말이야. 코케, 저 아이는 여자가 아냐. 그저 젊은 몸뚱이, 씹구멍, 젖가슴일 뿐이야. 더 이상은 아냐.

　잠이 들었다. 그리 오래 자지는 않은 것 같았다. 눈을 떠보니 파우우라가 침대 옆에 놓아둔 찻잔이 아직까지 따뜻했다. 자리에서 일어나 선반을 뒤져 마지막 남은 럼주병을 찾았다. 병은 거의 비어 있었다. 몇 방울 남은 술을 탈탈 털어 찻잔에 부었다. 그래도 화끈한 맛이 났다. 차를 홀짝거리며 아틀리에를 서성거렸다. 초조했다. 이젤 ― 그림의 크기에 걸맞게 공사장 발판처럼 특수 제작한 이젤 ― 에 올려놓은 거대한 그림을 한참 동안 쳐다보았다. 햇살이 대나무 벽 틈을 통해 아틀리에 안으로 스며들었다. 그림이 움직이는 것 같았다. 가볍게 떨리는 것 같았다. 대서(大暑) 무렵 푸나루우 숲에서 본 불안한 듯 날아다니던 나비 떼. 그래, 코케. 딱 알맞은 제목이야. 폴은 팔레트를 집어 들었다. 그리고 가장 가는 붓을 골라 왼쪽 상단 귀퉁이에 소문자로 써 내려갔다. '우리는 어디서 왔는가? 우리는 무엇인가? 우리는 어디로 가는가?'

네가 그리고자 했던 그림이 바로 이건가? 이제, 죽음의 문턱에서 되돌아 나온 후에 — 썩 괜찮은 표현인데 그래, 코케 — , 저 세상에서 다시 돌아온 후 무언가를 깨달은 것 같은 차분한 마음으로 그림을 지켜보자니 그렇게 확신이 가지는 않았지. 타히티에 몸 붙여 사는 야만인 화가가 재창조한 낙원이란 것이 바로 이거야? 처음에는 막연하게 그렇게 생각했지. 지지리도 운이 없어, 최근 몇 달간 지옥과 같은 구렁텅이에 빠져 그림을 그렸단 말이지. 추상적이지도, 유럽적이지도, 신비스럽지도 않은, 그야말로 진짜 마오리 사람들의 에덴동산을 그리려 했단 말이야. 지금 이곳에서 만날 수 있는 살아 있는 에덴동산. 그러나 지금 네 앞에 있는 그림은 그렇지가 않아. 그림 한 가운데 자리를 떡하니 차지하고 그림을 두 쪽으로 나누고 있는 저 인물은 대체 누구란 말인가? 하얀색 아랫도리를 걸치고, 보이지 않는 머리 위쪽 나무에서 과일을 따고 있는 저 인물은 과연 누구란 말인가? 이브는 아냐. 분명해. 여자라는 것도 확실치 않아. 얼굴·허리선·팔을 보면 여자인 것 같지만, 아랫도리 가운데가 불쑥 튀어나와 있는 걸 보면 또 여자가 아니란 말이지. 탱탱한 불알과 서서히 부풀어 오르기 시작하는 고집스런 자지가 그 속에 숨어 있는 거잖아.

웃음이 터져 나왔다. "이런 제길, '타아타 바히네' 잖아!" " '마후' 란 말이야!" 코케, 네가 그린 것은 바로 그거였어. 여자 같은 남자. 7년 전, 그러니까 1891년 6월이었지. 막 타히티에 도착했을 때, 제노 소위(이 친구는 어떻게 됐을까?)가 이렇게 얘기해준 적이 있잖아. 치렁치렁한 머리에 버팔로 빌과 같은 모자를 쓰고 다니면 원주민들은 당신을 '타아타 바히네' 즉 '마후' 로 여길 것이다. 그때 얼마나 섬뜩했었냐고. 여자 같은 남자? 네가? 철이 들면서부터 사나이 대장부로 보이기 위해 얼마나 고군분투했었는데. 기분 더러웠지. 그래서 머리도 싹둑 자르고 모히칸족 모자도 밀짚모자로 바꿔 썼잖아. 하지만 얼마 후, 타히티 사람들은 유럽인들과는 달리 '타아타 바히네'를 보통 남자나 여자로 받아들인다는 사실을 알고는 생각을 바꾸었지. 이제는 언젠가 어떤 '마후'에게 뒤를 대준 것을 자랑스럽게 생각하고 있지 않느냔 말이야. '유일하게도 선교사들조차 도저히 손을 쓸 수 없었던 거였지.' 생각했다. 아직까지도 마을에 '타아타 바히네'가 남아 있지 않느냔 말이야. 많은 집에 꼭꼭 숨어 있잖아. 신부들과 목사들이 아무리 겁을 줘도 소용없는 일이잖아. 그 인간들이야 성을 정확히 구분하고 싶겠지. 남자는 이쪽, 여자는 저쪽 하면서 말이지. 이것도 저것도 아닌 것은 절대 용납할 수 없다는 거 아냐. 그러나 신부와 목사도 원주민들에게서 그것을 뿌리뽑을 수 없었어. 성으로 터득한 지혜라고나 할까. 폴은 폭포수 근처에서 나무꾼 조테파와 있었던 일을 기억해냈다. 흐뭇했다. 코케, 얼마 전 일인데도 까마득한 옛날 일 같지? 그랬다. 아직도 타히티에는 '타아타 바히네'가 많이 남아 있었다. 물론 파피테에는 남아 있지 않았지만, 유럽의 영향이 늦거나 크지 않거나 닿지 않은 내륙 지역에는 아직 많이 남아 있었다. 여자들처럼 머리를 꽃으로 장식한 사내아이들, 요리네 바느질이네 하는 집안일을 훌륭하게 해치우는 그런 사내아이들을 폴은 축제 자리에서 여러 번 볼 수 있었다. 술에 얼큰하게 취한 사내아이들이 남자들 품에 매달려 있거나, 여자들 대용으로 뒤를 대주곤 했는데, 아주 자연스러워 보였다. 또 한편에서는 계집아이들이나 다 큰 여자들이 끼리끼리 서로 얼싸안고 주물럭거렸지만 이상하게 여기는 사람은 하나도 없었다. 사라져간 문명의 마지막 잔해, 바로 그거였어, 코케, 네가 찾기를 소원하고 왔지만 아직까지 발견하지 못한 것. 원시적이고, 건강하고, 기독교를 모르고, 마냥 행복한 문화, 몸뚱이를 부끄러워할 줄 모르는 문화, 그 빌어먹을 죄의식으로 일그러지지 않은 문화. 코케, 너를 남태평양까지 끌어들인 그 문화에서 이제 살아남은 것이라곤 그것밖에 없었어. 편견에 휩쓸리지 않은 곧은 사랑, 양성을 구비한 사람이든 누구든 모든 사람을, 모든 형태의 사랑을 기꺼이 받아들이는 그 지혜로운 너그러움. 그러나 이것도 얼마 가지 못할 것이다. 유럽은 머지않아 '타아타 바히네' 마저 끝장내고 말 것이다. 고대의 신을, 고대의 신앙을, 고대의 관습을 끝장내버린 것처럼. 고대에 존재했던 그 건강하고 유쾌하고 힘이 넘치는 그 문명을 끝장내버린 것처럼 말이다. 그 옛날 호시절에 사람들은 알몸으로 다녔고, 몸에 문신도 새겼고, 사람도 잡아먹고 했었는데. 그러나 마르키즈 제도에는 아직 남아 있을 것이다. 코케, 그것들이 사라지기 전에 서둘러 그곳으로 가야한단 말이야.

그래, 아무 생각 없었어. 어쩌다보니 너의 가장 근사한 그림 한 복판에 '타아타 바히네'를 그려 넣게 된 거야. 사라져버린 것에, 유럽인들이 타히티 사람들에게서 앗아가 버린 것에 경의를 표했다고나 할까. 타히티에서 수년 동안 살아왔지만, 옛날 타히티 사람들의 관습·인간관계·일상생활이 어떠했을지 가늠해볼 수 있는 사람은 한 사람도 만나지 못했어. 넌 아름다운 맨몸뚱이를 그림에 그려 넣었지만, 지금 그렇게 맨몸뚱이로 다니는 사람이 어디 있기나 하냔 말이야. 선교사란 작자들이 그 구릿빛 몸뚱이를 수의처럼 보이는 옷가지로 덮어씌워 버렸잖아. 이건 완전 행패야. 그 아름다운 흙빛 몸뚱이, 푸르스름한 기가 도는 잿빛 몸뚱이를 꽁꽁 싸매버리다니. 순진무구한 짐승과 같이 수세기를 태양 아래 자랑스럽게 내놓고 다닌 그 몸뚱이를 말이야. 선교사들이 강제로 입힌 옷가지들은 원주민들의 미덕과 자유와 힘을 앗아가 버리고, 수치스러운 노예의 낙인을 찍어주었다. 코케, 코케. 넌 그 사라져버린 문화

289

를 온전히 창조해내서 다시 존재하게끔 만들어야만 해. 네가 그림
에 표현한 것처럼 마오리족 사람들은 옛날에 그렇게 살았을까? 순
수 자연인들, 자기 몸뚱이를 사랑하는 사람들, 먹을 것을 제공하는
나무들과 형제처럼 지낸 사람들, 고기를 잡고 멱을 감는 바다와 호
수를 친구 삼아 지낸 사람들, 물살을 가르는 날렵한 통나무배들,
으르렁거리는 바다의 여신 히나의 노여움 앞에 몸을 사리는 사람
들. 넌 히나 여신도 손수 창조해내야 했지. 조상들이 숭배했던 그
히나 여신을 기억하고 있는 타히티 사람이 하나도 없었으니까. 선
교사들은 원주민들의 기억마저 말살해 버렸어. 사람들을 기억상
실증 환자로 만들어버렸단 말이야.

그림 상단 양 구석의 누르스름하게 빛이 바랜 부분은 세월이 흘
러 끝이 썩어 들어가기 시작하는 오래된 프레스코화를 연상시켰
다. 그림의 전반적인 색조와 같은 톤으로 표현된 부분, 부드러운
청색과 베로나 녹색으로 표현된 부분, 춤을 추는 듯한 나무 둥치와
가지가 촉수나 뱀처럼 움츠러드는 부분 역시 세월의 흐름을 연상
시켰다. 그림에서 호전성을 느낄 수 있는 부분은 오로지 나무들뿐
이었다. 반면에 동물들은 평화스러웠다. 고양이들, 암양 새끼, 개,
새들은 사람들과 친하게 어울렸다. 왼쪽 구석에서 웅크리고 있는
노인, 지금 죽어가는 중인지 혹은 이미 죽어버렸는지 알 수 없는
노인까지도 죽음을 담담하게 받아들이는 것처럼 보였다. 그래, 페
루에서 본 그 절대 잊을 수 없는 미라가 취하고 있던 자세와 똑같
은 자세야.

그렇다면, 그림의 상단, 지식의 나무 옆에서 걷고 있는 사람들,
장밋빛 겉옷을 걸치고 시간을 거슬러 걷고 있는 사람들, 다시 말해
죽음에서 삶으로 발걸음을 옮기고 있는 두 사람은 대체 누구란 말
인가? 그림을 그릴 때 넌 그 두 인물이 너 자신과 불쌍한 알린느일

거라고 생각했어. 그러나 그게 아냐. 귓속말을 나누는 그 두 사람은 너와 네 죽은 딸아이가 아니야. 타히티 사람들도 역시 아니야. 뭔가 불길한, 거친, 의심스러운, 때늦은 기운을 느낄 수 있단 말이지. 소곤소곤 거리는 모습을 보란 말이야. 주변 상황은 나 몰라라 하고 둘이서만 속닥거리고 있잖아. 폴은 눈을 감았다. 생각을 집중해보았다. 코케, 저 두 인물을 통해 도대체 뭘 얘기하고 싶었던 거지? 폴은 알 수 없었다. 앞으로도 영원히 알 수 없을 것 같았다. 조짐이 보이기 시작했던 것이다. 너는 이 그림을 손으로 그린 것도, 머리로 그린 것도 아냐. 상상이 지어낸 산물이었다. 옛날 버릇이 다시 나왔던 것이다. 마음 속 깊이 숨어 있던 그 은밀한 욕망, 격렬하게 튀어나온 그 감정, 사납게 달아오른 그 본능, 괜찮은 그림을 그린다 싶으면 여지없이 끼어드는 그 충동에 따라 그린 그림이었다. 코케, 이런 그림은 절대 죽지 않아. 마네의 〈올랭피아〉처럼 절대 사라지지 않아.

폴은 한참 동안을 그림에 흠뻑 빠져 생각하고 또 생각했다. 그림을 완벽하게 이해하고 싶었다. 폴은 아틀리에에서 내려왔다. 아래층에서는 파우우라가 식당으로 사용하는 양옆이 트인 방에 밥을 차려놓고 기다리고 있었다. 파우우라는 에밀을 안고 있었다. 아이 — 넌 이 아이에게서 태어난 지 얼마 안 되어 죽은 딸아이와 같은 애정을 느낄 수 없었지 — 는 눈을 크게 뜨고 있었지만 전혀 움직이지 않았다. 옹알이도 하지 않았다. 다행이다 싶었다. 탁자 위에는 과일 바구니 하나와 폴이 자기 입맛에 맞게 '바히네'에게 요리법을 가르쳐준 오믈렛이 놓여 있었다. 거의 죽처럼 보이는 부드럽고 말랑말랑한 오믈렛이었다. 눈에 보이지 않는 바다에서 물결치는 파도소리가 아주 가까이 들렸다.

"그 중국놈 텡이 다시 외상이라도 준건가." 폴은 씽긋 웃으며 반가워했다. "어떻게 구워삶은 거지?"

"코케." 파우우라가 고개를 끄덕였다. "중국놈. 달걀. 소금."

눈초리가 떨렸다. 어린아이와 같은 달콤한 눈빛이었다. 성숙한 여인의 몸매와는 어울리지 않는 눈빛이었다.

"오늘밤 사랑을 나누면 진짜 회춘할 수 있을 것 같은데." 폴은 자리에 앉으며 큰소리로 말했다.

"진짜." 파우우라는 얼굴을 찡그리며 고개를 끄덕였다.

# 13

# 구티에레스 수녀

툴롱, 1844년 8월

플로라는 1844년 7월 29일 새벽 툴롱에 도착했다. 툴롱에 대한
첫인상은 그야말로 최악이었다. '군인들과 범죄자들의 도시. 이곳
에선 아무 일도 할 수 없겠어.' 암담했다. 툴롱은 조선소 덕분에
먹고사는 도시였다. 5천 명의 노동자들이 조선소에서 일하고 있었
다. 노동자들 속에는 강제노역을 선고받은 죄수들도 포함되어 있
었다. 한편, 마르세유에서부터 도진 결장염과 신경통이 끊임없이
플로라를 괴롭히고 있었다.

툴롱에 도착했을 때 플로라를 맞아준 사람들은 생시몽주의자
부르주아들이었다. 이 사람들은 기술이나 과학적인 진보나 체계
적인 공산품 생산에 대한 얘기를 할 때에는 매우 진보적인 사람들
로 보였지만, 플로라의 당돌한 사상 때문에 자신들이 당국과 마찰
을 빚지나 않을까 해서 모두 두려워하고 있었다. 이 사람들의 지도
자는 조세프 코레즈라는 멋쟁이 대위였다. 조세프 코레즈는 신중

하게 처신해야 한다, 적당하게 처신해야 한다 하며 지겨울 정도로 설교를 늘어놓았다.

"신중하고 적당하게 처신하려 했다면 애당초 이번 여행을 시작하지도 않았을 겁니다." 플로라는 즉석에서 반박했다. "당신들이나 신중하고 적당하게 처신하시지요. 저는 혁명을 위해 여기 왔습니다. 그리고 진실을 밝힐 의무도 있습니다. 어쩔 도리가 없습니다. 만약 당국에서 화를 낸다면, 노동자들은 저를 더욱 신임하게 될 겁니다."

그랬다. 당국은 플로라가 공개적으로 입을 열기도 전에 노발대발했다. 도착한 지 이틀째 되는 날, 툴롱 경찰이 플로라가 묵고 있는 호텔에 나타났다. 향수냄새가 진동하는 50대 털북숭이 남자가 30분 동안이나 플로라의 방문 목적에 대해 캐물었다. 경찰은 플로라에게 경고했다. 공공질서를 해치는 행위라면 그 어떠한 것도 엄벌에 처할 것이다. 몇 시간 후, 검사실로 출두하라는 소환장이 왕실 검사로부터 날아들었다.

"당신네 두목에게 가지 않겠다고 전하세요." 왈가닥 부인은 분노를 터뜨렸다. "내가 죄를 지었다면 날 체포하라고 해요. 하지만, 공연히 날 겁주고 시간 낭비만 하게 만들겠다면, 어림도 없어요."

검사보 — 숫기 없는 청년 — 는 망연자실해서 플로라를 쳐다보았다. 목소리를 높이며 둘째손가락을 위협적으로 코앞에서 흔들어대는 여자가 마치 자신을 공격해올 것처럼 보였던 모양이었다. 그래, 플로라, 바로 저 눈빛이었어. 맞았어, 망연자실한 표정이라니, 꼭 저런 표정이었어. 11년 전, 아레키파, 산토도밍고 거리에 있는 대저택, 그날 아침, 네 삼촌 피오 트리스탄 씨가 바로 저런 표정으로 널 쳐다보았었지. 처음으로 상봉하고 며칠이 지난 뒤, 마침내 너와 삼촌이 유산상속이라는 껄끄러운 문제를 꺼내게 되었을

294

때였지. 작은 체구에, 백발에, 푸른색 눈에, 우아하고 말솜씨가 좋은 약골의 신사. 피오 씨는 할 말을 철저하게 준비해두고 있었어. 처음에는 화기애애했어. 그것도 잠시, 피오 씨는 라틴어 나부랭이나 시답잖은 법조문을 들먹이며 너를 지치게 만들었지. 합법적인 부부 사이에서 태어난 자식이라야 정식 자식으로 인정받을 수 있다, 그런데 네가 보내준 편지로 보건대, 네 부모의 혼인은 전혀 합법적인 것으로 볼 수 없다, 그러니 너는 내 사랑하는 마리아노 형의 유산 중에서 땡전 한 푼도 받을 수 없다.

피오 씨는 프랑스 조카딸과의 만남을 피하기라도 하려는 듯, 카마나 설탕공장에서 석 달이나 머뭇거린 후에야 아레키파로 돌아왔다. 넌 아버지의 동생을 직접 만나보게 되었을 때, 그 모습이 아버지와 너무 닮아 눈물을 찔끔거리기까지 했지. 그때까지만 해도 참 감상적인 구석이 있었는데, 안달루시아 아가씨. 넌 몸을 바들바들 떨며 삼촌의 품에 안겼지. 그리고 속삭였어. 삼촌을 좋아하고 싶어요, 삼촌도 절 사랑해주세요. 넌 아버지의 가족을 다시 찾게 되어 너무나 행복해했어. 그리고 아버지의 가족을 찾음으로 해서 어린 시절 보지라르 집에서 살 때 이후로는 느껴보지 못한 아늑함과 안정감도 되찾을 수 있었지. 플로라, 넌 그렇게 고백했어. 꼭 그런 것 같았어. 트리스탄 삼촌도 겉으로 보기에는 감격해하는 것 같았지. 삼촌도 널 껴안고 중얼거렸어. 푸른색 눈동자가 감동으로 젖어들었지.

"세상에나, 형님을 꼭 빼 닮았구나, 애야."

그 후로 며칠 동안, 예순네 살의 나이에도 불구하고 너무나 정정했던 그 노인네 — 30만 프랑의 연금을 받는 사람, 아레키파에서는 부자 중에서도 부자였다 — 는 지극 정성을 다해 조카딸을 보살폈다. 그러나 마침내 두 사람만의 면담이 시작되었을 때, 플로라가 마리아노 씨의 정식 딸로 인정받고 싶다, 그래서 할머니와 아버지의 유산 중에서 5천 프랑을 상속받고 싶다고 얘기했을 때, 피오 씨는 얼음덩어리처럼 차가운 법률가로 돌변해 법조문만 한결같이 주워섬겼지. 감정보다는 신성한 법조문이 우선이다, 이걸 무시한다면 어찌 문명을 논하겠느냐, 법에 의할 것 같으면 플로라에게 돌아가는 것은 아무것도 없다, 내 말을 믿지 못하겠다면 판사나 변호사에게 의뢰해보거라. 피오 씨는 이미 판사나 변호사를 만나 상의를 끝냈던 것이다.

플로라는 툴롱에서도, 어린 왕실 검사보 앞에서, 그때처럼 분통을 터뜨렸던 것이다. 어린 검사보는 사색이 되어 달아나듯 방에서 빠져나갔다. 배은망덕한 놈, 야비한 놈, 치사한 놈. 마리아노의 은혜를 이따위로 갚아? 프랑스에 있을 때 지를 보살펴주고, 보호해주고, 가르쳐준 사람이 누군데? 그런 놈이 마리아노의 의지가지없는 딸을 속여먹고, 권리를 박탈하고, 비참한 지경에 빠뜨려? 지는 어마어마한 부자이면서? 플로라는 악을 썼다. 피오 씨는 사색이 되어 의자 위로 쓰러졌다. 조상들의 초상화로 온통 벽을 장식한 그 방에서 피오 씨는 형편없이 쪼그라든 모습이었다. 조상들은 하나같이 식민정부에서 고위직을 차지하고 힘깨나 썼던 인물들이었다. 판관, 주지사, 주교, 부왕(副王), 시장, 장군 등등. 나중에 피오 씨는 플로라에게 고백했다. 64년 생애를 살아오면서 그렇게나 반항적이고 가문의 권위를 무시하는 여자는 가족 내에서나 가족 외에서나 처음 보았다고 했다. 아니, 그래, 프랑스 사람들은 원래 그러니?

플로라는 웃음보를 터뜨렸다. "아녜요, 삼촌." 생각했다. "여자들이라면 말이죠, 프랑스 여자들은 아레키파 여자들보다 훨씬 더 보수적이에요." 툴롱의 생시몽주의자 친구들은 플로라가 경찰의 방문을 받고 검사로부터 소환장을 받았다는 소식에 질겁했다. 호텔 방을 수색할 것이 분명했다. 조세프 코레즈 대위는 프랑스 각지에서 결성된 노동조합 조직위원회에 관한 모든 서류를 자기 집에 숨겨주었다. 그러나 무슨 이유인지는 몰라도, 플로라가 툴롱에 머문 기간 내내 수색도 없었고 왕실 검사로부터 소환장도 다시 날아오지 않았다.

생시몽주의자들은 흥분한 플로라를 진정시키기 위해 플로라를 항구로 데려가 '선상 기마전'을 구경시켜주었다. 해마다 열리는 이 시합은 전국 각지로부터 수많은 구경꾼들을 불러모았다. 심지어 이탈리아에서까지 구경꾼들이 몰려들었다. 말 역할을 하는 두 척의 거룻배가 마주보고 있었다. 거룻배 뱃머리에는 각각 작은 발판이 세워졌고, 그 발판 위에 끝을 둥글게 깎은 장대와 나무 방패로 무장한 기수가 한 명씩 올라섰다. 열두 명의 노잡이들이 두 척의 배를 전속력으로 몰아가자 두 기수는 함성을 내지르며 서로를 공격했다. 충돌하는 순간 한쪽, 혹은 양쪽 기수 모두 바다에 빠졌다. 선창이나 잔교에 모여 있던 사람들은 탄성을 질렀다. 시합이 끝났다. 플로라는 시합에 대한 감상을 말했다. 생시몽주의자들은 플로라의 말을 듣고 벌레라도 씹은 듯한 표정을 지었다. 아주 인상적이네요, 일반 서민과 부르주아들을 즐겁게 해주기 위해 창을 들고 싸우는 저 가엾은 사람들 말이에요, 더러운 물에 빠진 거잖아요, 도시 하수구가 그대로 흘러든 물이잖아요, 분명 전염병에 걸릴걸요.

넌 많은 사람들이 몰려드는 그런 놀이를 전혀 좋아하지 않았어. 그런 놀이에서 사람들은 대중 속에 파묻혀 짐승처럼 굴게 마련이지. 본능을 절제하지 못하고 야만스럽게 논단 말이야. 그래서, 클레멘테 올더스를 따라 아레키파 연병장에서 벌어진 투우를 보러 가거나 닭싸움을 보러갔을 때, 피칠갑이 된 동물들에게 돈을 걸며 고함을 질러대던 그 야만스러운 사람들 틈바구니에서 넌 어쩔 줄을 몰라 했지. 선천적으로 타고난 호기심을 이기지 못해 투우나 닭싸움을 보러 다녔지만 그때마다 넌 속이 뒤집히곤 했어.

올더스 대령은 자기 자신도 피오 씨의 탐욕의 희생자라며 플로라를 위로하려 들었다. 합법적인 딸로 인정받기 위해 어떤 법적 수단을 강구해도 소용없는 짓이라고 올더스는 플로라를 설득했다. 올더스는 확신했다. 아레키파에서 제일 막강한 권력자와 감히 맞서 싸울 수 있는 양심 바른 변호사를 결코 찾지 못할 것이다, 피오 씨에게 유죄 판결을 내릴 정도로 대담한 판사는 결코 없다. "플로라, 여긴 프랑스가 아니란 말입니다. 여긴 페루란 말입니다." 독일 사람 역시 프랑스에 대해 망상을 갖고 있었던 것이다.

사실상, 네가 만나본 여섯 명의 변호사들 얘기도 한결같았지. 가능성이 전혀 보이지 않습니다. 피오 씨에게 보낸 너의 그 순진해빠진 편지가, 부모님의 결혼에 대한 진실을 낱낱이 밝힌 그 편지가 바로 네 목에 올가미를 감았던 거야. 경솔하게 재판을 건다면 이길 가능성은 전혀 없었지. 플로라는 진보적인 변호사도 만나보았다. '신부(神父)사냥꾼'이라는 악명으로 대부분의 아레키파 사람들이 피하는 변호사였다. 이 변호사는 2년 전에 도밍가 구티에레스라는 수녀를 변호하겠다고 나선 적이 있었다. 수녀는 당시 온 도시를 들끓게 만들었던 스캔들의 주인공이었다. 마리아노 요사 베나비데스 변호사는 성미가 괄괄한 젊은이였다. 그 변호사는 한 마디로 잘라 말했지.

"실망시켜드려 죄송합니다, 부인. 법적으로 볼 때 재판에서 절대 이길 수 없습니다. 서류를 구비하고, 설사 부모님의 결혼이 합법적이었다고 해도, 재판에서 이길 수 없습니다. 피오 트리스탄 씨에게 소송을 걸어 이겨본 사람이 아직 아무도 없습니다. 아레키파 사람 절반이 그 사람 때문에 살아가고, 또 나머지 절반도 그 사람 젖을 빨아먹지 못해 안달하고 있다는 사실을 모른단 말입니까? 이론적으로 볼 때에야 우린 이미 공화국을 이룩했습니다만, 실제적으로 페루는 아직까지 식민지 체제에서 벗어나지 못하고 있습니다."

플로라는 패배감을 곱씹으며 돈 많은 부르주아가 되겠다는 꿈을 접어야만 했다. 다행이야, 플로라, 그지? 그래, 천만다행이었지. 아레키파는 비록 네 모든 꿈을 짓밟아버렸지만, 넌 이 화산 도시에 대해 억제할 수 없는 애정을 느끼게 되었지. 넌 인간의 불평등, 인종차별주의, 부자들의 몰인정과 이기심에 대해 눈을 뜨게 되었지. 그리고 모든 억압의 근원이라고 할 수 있는 비인간적인 종교적 광신주의에 대해서도 눈을 뜨게 되었던 거야. 도밍가 구티에레스 수녀에 관한 이야기는 네 마음을 아프게 했어. 그야말로 충격이었지. 화가 치밀어 올랐지. 도밍가 구티에레스 수녀에게 진짜 무슨 일이 있었는지 알아보기 위해 넌 여기저기 캐묻고 다니기도 했어. 수녀에 대한 이야기를 납득하기 위해서는 수도원에 대해 반드시 알아야 했지. 수도원 역시 아레키파의 또 다른 특징이라고 할 수 있었다. 아레키파에는 하얀색 돌로 지은 교회와 집이 유난히도 많았다. 아레키파는 수많은 지진과 수많은 혁명을 겪기도 했지만, 페루, 아니 아메리카 전체에서, 어쩌면 전 세계에서, 가장 가톨릭적인 도시라며 뽐내는 도시였다. 그래서 넌 수도원을 찾아보기로 결심했던 거야.

플로라는 돌멩이라도 설득시키겠다는 끈질긴 집념으로 친구들과 친척들에게 매달려 애원에 애원을 거듭해 마침내 고예네체 주교로부터 방문 허가증을 받아낼 수 있었다. 플로라는 아레키파 수녀원 중에서 가장 중요한 세 곳을 방문할 수 있었다. 산타 로사 수녀원, 산타 테레사 수녀원, 산타 카탈리나 수녀원. 플로라는 산타 카탈리나 수녀원에서 5일 밤을 보냈다. 아레키파 중심부에 위치한 수녀원은 성벽으로 둘러싸여 있었다. 조그마한 스페인 도시나 다름없었다. 주요 거리에는 안달루시아 지방이나 에스트레마두라 지역의 거리 이름이 붙여져 있었다. 광장에는 카네이션과 장미가 활짝 꽃을 피우고 있었다. 물이 콸콸 솟아오르는 분수도 있었다. 한 떼의 여인네들이 식당, 기도소, 오락실, 예배당, 정원과 테라스와 부엌이 딸린 숙소를 들락거리고 있었다. 수녀들은 각각 네 명의 여자 노예와 네 명의 하녀를 거느릴 권리를 갖고 있었다.

  플로라는 그처럼 사치스러운 장면을 눈으로 직접 보면서도 믿을 수가 없었다. 수녀원이 그렇게까지 사치를 부릴 줄은 꿈에도 생각 못했었다. 예술작품, 그림, 조각, 벽걸이, 은·금·설화석고·대리석 등으로 만든 성물(聖物) 외에도, 양탄자, 방석, 뜨개질한 홑이불, 손으로 수를 놓은 침대보 등이 수녀들의 침실을 장식하고 있었다. 식사를 할 때나 간식을 들 때 사용하는 그릇들은 모두 프랑스나 플랑드르나 이탈리아나 독일에서 수입한 도자기였으며, 포크나 나이프 등은 모두 은제품이었다. 산타 카탈리나 수녀원의 어린 수녀들은 플로라를 대대적으로 환영했다. 수녀들은 모두 쾌활했고 행복해 보였다. 하나같이 매력이 넘쳤으며 그보다 더 여성스러울 수가 없었다. 어린 수녀들은 '프랑스 여자들은 어떤 식으로 옷을 입는지' 알고 싶어했다. 플로라는 블라우스를 벗어 코르셋과 브래지어를 보여주었지만 그것만으로는 성에 차지 않았던 모양이었다. 플로라는 치마와 속치마마저 벗어야 했다. 어린 수녀들은 프랑스 여인들이 입는 속옷을 직접 만져보아야 직성이 풀리겠다고 했던 것이다. 플로라는 양귀비처럼 얼굴이 벌게진 채, 부끄러워 입을 꼭 다문 채, 팬티와 스타킹만 걸친 모양으로 수다를 떨며 눈초리를 빛내는 어린 수녀들 앞에 한참 동안을 서 있어야 했다. 마침내 수녀원장이 나타나 플로라를 구해주었다. 수녀원장도 플로라의 모습을 보고 죽겠다고 웃어댔다.

플로라는 그 귀족적인 수녀원에서 유익하고도 또 확실히 재미있는 시간을 보냈다. 수녀원은 그 수녀원이 속한 교단이 요구하는 많은 지참금을 감당할 수 있는 부잣집 출신 아가씨들만 받아들였다. 평생을 갇혀 살아야 하며 기도와 묵상에 많은 시간을 바쳐야 했지만 어린 수녀들은 지겨워하지 않았다. 수녀원 안에서 겪는 고생은 편리한 시설과 여가 활동으로 달랠 수 있었다. 수녀들은 낮에는 대부분의 시간을 서로 서로 어울려 다니며 어린아이들처럼 놀았고, 노예들(원주민-흑인 혼혈, 백인-흑인 혼혈, 흑인)과 원주민 하녀들이 티끌 하나 없이 말끔히 청소해 놓은 숙소를 서로서로 방문하기도 했다. 플로라는 산타 카탈리나 수녀원 수녀들을 빠짐없이 찾아다니며 물어보았지만 대답은 한결 같았다. 수녀들은 도밍가 수녀가 귀신에 들렸다는 사실을 철석같이 믿고 있었다. 수녀들은 하나같이 입을 모았다. 산타 카탈리나 수녀원에서는 그런 끔찍한 일이 결단코 없었다.

도밍가 수녀 사건은 산타 테레사 수녀원에서 있었던 일이었다. 산타 테레사 수녀원은 맨발의 카르멜 수도회에 속한 수녀원으로, 산타 카탈리나 수녀원에 비해 훨씬 엄격하고 편협하고 혹독한 곳이었다. 플로라는 산타 테레사 수녀원에서 사일 낮 삼일 밤을 보냈다. 소름이 쭉쭉 끼치는 시간이었다. 산타 테레사 수녀원에는 아름답기 그지없는 안마당이 세 개나 있었다. 잘 가꾸어진 마당에는 메꽃, 재스민, 수선화, 장미가 만발해 있었다. 양계장도 있었고 수녀들이 직접 가꾸는 텃밭도 있었다. 그러나 산타 카탈리나 수녀원에서 볼 수 있었던 격의 없고 세속적이고 장난스럽고 경망스러운 분위기는 찾아볼 수 없었다. 산타 테레사 수녀원에서는 삶을 즐기는 사람이 아무도 없었다. 기도하고 묵상하고 조용히 일만 할 뿐이었다. 수녀들은 하느님에 대한 사랑으로 육체적으로 영적으로 고통을 감수하고 있었다. 수녀들이 들어앉아 기도하는 비좁은 방에는 장식물도 편리한 시설도 하나 없었다. 벽은 텅 비어 있었고, 짚으로 엮은 불편하기 짝이 없는 의자 하나, 대패질도 하지 않은 판자로 만든 탁자 하나가 전부였다. 채찍이 못에 걸려 있었다. 수녀들은 상처 입은 자신의 몸을 주님께 바치기 위해 스스로 자신의 몸에 채찍질을 가했다. 밤이면 수녀들이 자신의 몸을 향해 내리치는 채찍질 소리와 비명소리가 들려왔다. 플로라는 자신의 방에서 겁에 질린 채 그 소리를 들어야 했다. 플로라는 알 수 있었다. 열네 살의 나이로 수녀원에 들어와 10년간을 보낸 사촌 도밍가 구티에레스의 삶도 바로 저랬을 것이다.

도밍가는 열네 살의 나이로 산타 테레사 수녀원에 수련 수녀로 들어왔다. 어머니의 소원이기도 했지만 사랑에 환멸 ── 사랑했던 청년이 다른 여자와 결혼해버린 것이었다 ── 을 느껴서이기도 했다. 도밍가는 처음 몇 주 만에, 어쩌면 처음 며칠 만에, 희생과 절대적인 빈곤과 침묵과 완전한 고립을 요구하는 이 수도원에 자신이 적응하지 못하리라는 사실을 깨달았을 것이다. 잠도 거의 잘 수 없었고, 먹는 것도 형편없었고, 사는 것 자체가 고역이었다. 온종일 기도하고, 찬송하고, 자신의 몸에 채찍질을 가하고, 고해하고, 손으로 땅을 일구는 것이 생활의 전부였다. 도밍가는 면회를 할 때마다 수녀원에서 자신을 빼내달라고 어머니에게 애원했지만 소용없었다. 고해 신부의 해명을 듣고 도밍가는 혼란에 빠졌고 어머니는 더욱 완강하게 버텼다. 얘야, 이 시험을 이겨내야 한다, 네 순수한 소명의식을 사탄마귀가 무너뜨리려 수를 쓰는 거란다.

1년 후, 도밍가는 죽을 때까지 이 감옥과 같은 곳에서 살아가겠노라고 서약했다. 서약식이 있던 날, 산타 테레사 수녀의 『자서전』이 강독 시간에 읽혀졌다. 도밍가는 귀신이 들린 어느 수녀의 이야기를 들을 수 있었다. 살라망카에 살았던 어느 수녀였다. 사탄마귀는 그 수녀를 집요하게 꼬여 마침내 수도원에서 빠져나가게 만들었다. 만 열다섯 살이 된 도밍가는 정신이 번쩍 들었다. 그래, 그렇게 도망치면 되는 거야. 성공을 거두기 위해서는 신중에 신중을 기해야 했고 오래오래 참아야 했다. 성공하기까지 8년이라는 세월이 걸렸다. 플로라, 넌 사촌 도밍가가 그 8년이라는 세월을 어떻게 보냈을지 생각해보았지. 도밍가는 8년에 걸쳐 그 복잡한 계획을, 한 걸음 한 걸음, 조바심치며 짜나갔겠지. 들통 날지 모른다는 생각이 들 때면 한 걸음 물러나기도 했겠지. 그리고 다음 날 다시 시작하고. 페넬로페가 베를 짜서는 풀고 다시 짜고 했던 것처럼 말이야. 그런 생각이 들자 넌 가슴이 미어지는 것 같았지. 파괴욕이 걷잡을 수 없을 정도로 밀려들면서 수녀원을 불질러버리고 싶었지. 인간의 육체와 영혼을 억압하는 그 광신도 놈들을 모조리 목 졸라 죽이거나 목 잘라 죽이고 싶었지. 1789년 혁명 때처럼 말이야. 그러나 그것도 잠시, 넌 분노에 못 이겨 그런 끔찍한 상상을 한 것에 대해 이내 후회했어.

　마침내 1831년 3월 6일, 스물세 살이 된 도밍가 구티에레스는 계획을 실행에 옮길 수 있었다. 사건이 일어나기 바로 전날, 도밍가의 하녀 두 명이 산 후안 데 디오스 병원의 어느 의사의 도움으로 원주민 여자 시신을 하나 구했다. 하녀들은 그 시신을 자루에 담아 어둠을 틈타 산타 테레사 수녀원 앞에 있는 가게 — 사전에 빌려 놓은 가게였다 — 로 옮겼다. 자정을 알리는 종소리가 멎자 하녀들은 시신을 대문을 통해 수녀원 안으로 끌고 왔다. 계획에 가담하고 있던 문지기 수녀가 문을 열어주었던 것이다. 도밍가가 하녀들을 기다리고 있었다. 도밍가는 하녀들과 함께 시신을 자신의 비좁은 침대로 옮겼다. 도밍가와 하녀들은 시신의 옷을 벗기고 도밍가의 수도복과 장신구를 시신에 입혔다. 그리고 시신에 기름을 바른 다음 불을 질렀다. 시신의 얼굴이 알아볼 수 없을 정도로 불길에 완전히 타도록 조치를 취했다. 도밍가와 하녀들은 그 사기극이 그럴싸하게 보이도록 방을 어질러놓기까지 했다. 그리고 도망쳐나왔다.

도밍가는 가게 방을 한 칸 빌려 숨었다. 산타 테레사 수녀원 수녀들은 도밍가를 텃밭 옆에 붙은 묘지에 묻기 전에 장례식을 거행했다. 도밍가도 은신처에서 자신의 장례식을 거행했다. 드디어 해낸 것이다! 수녀원을 도망쳐 나온 젊은 처녀는 어머니가 무서워 집으로 가지 못하고 어려서부터 자신을 애지중지해온 삼촌들 집으로 숨어들었다. 삼촌들은 책임질 일이 두려워 고예네체 주교에게 달려가 그 믿을 수 없는 이야기를 털어놓고 말았다. 그로부터 2년이 지났지만 아직까지 소문이 무성했다. 플로라는 온 도시가 도밍가를 옹호하는 쪽과 비난하는 쪽으로 나뉘어져 있는 것을 알 수 있었다. 삼촌들 집에서 쫓겨난 도밍가에게 형제자매 중 한 명이 추키밤바에 있는 어느 농장에 피난처를 마련해주었다. 도밍가는 그 농장에서 숨어살았다. 수녀원 생활과 하나 다를 게 없는 상황이었다. 그동안 도밍가에 대한 법적인 절차와 종교적인 절차가 동시에 진행되어 갔다.

도밍가는 그 일을 후회했던가? 플로라는 그 점을 알아보기 위해 추키밤바로 찾아갔다. 힘겨운 안데스 산을 타고 오른 끝에 마침내 아담한 산골 오두막에 도착할 수 있었다. 도밍가에게는 속세의 감옥과 다름없는 곳이었다. 도밍가로서는 사촌의 방문을 거절할 이유가 없었다. 도밍가는 스물다섯 나이치고는 너무 늙어 보였다. 고통, 두려움, 불안감이 도밍가의 얼굴에 깊은 주름살을 새겨놓았던 것이다. 광대뼈까지 툭 튀어나와 있었고, 아랫입술은 신경질적으로 떨리고 있었다. 옷차림이 수수했다. 목까지 올라오고 손목까지 내려오는 농부 아낙네들이 즐겨 입는 꽃무늬 원피스. 흙일로 손톱은 닳아 없어졌고 손바닥에는 못이 박혀 있었다. 착 가라앉은 깊은 눈동자, 겁에 질린 것도 같았고, 무슨 재앙으로부터 달아나고픈 심정이 얼핏 스치는 것도 같았다. 도밍가는 신중하게 단어를 골라가며 조용조용 말했다. 상황을 악화시킬지도 모를 실수라도 저지르지 않을까 조심하는 것 같았다. 그럼에도, 자신이 저지른 사건에 대해 얘기할 때에는, 플로라가 보기에, 자신의 의지를 조금도 굽히지 않는 것 같았다. 물론 옳지 못한 일이었다, 그러나 내 혼과 내 영이 단 한순간도 참아내지 못하는 그 감옥살이에서 벗어나기 위해서는 그 방법 외에 다른 방법이 도무지 없지 않은가? 자포자기로 그냥 살아야 했단 말인가? 미치광이라도 되어야 했단 말인가? 자살이라도 해야 했단 말인가? 하느님께서 그걸 원하셨단 말인가? 가장 마음이 아팠던 것은 내가 달아난 이후로 어머니가 나를 죽은 년 취급한다는 것이다. 앞으로의 계획은? 재판이 끝나기만을 기다리고 있다, 세속적인 것이든 종교적인 것이든 재판 소동이 어서 끝나기만을 기다린다, 리마로 가서 이름을 감춘 채 살 수 있도록 해주기만을 바랄 뿐이다, 비록 남의집살이를 하게 된다 해도 자유롭게 살 수 있다면 그만이다. 헤어질 때 도밍가는 플로라의 귀에 이렇게 속삭였다. "날 위해 기도해줘."

도밍가 구티에레스는 지난 11년 동안 어떻게 변했을까? 마침내 아레키파에서 멀리 떨어진 곳에서 살게 되었을까? 아레키파에서 살았다면 평생 사람들의 비난거리와 호기심거리로 살았을 텐데.

그렇게나 염원했던 대로 마침내 리마로 흘러 들어가 이름 없이 살 수 있었을까? 플로라, 넌 『어느 사생아의 인생 역정』이라는 책에 도밍가의 이야기를 애정과 동정을 가득 담아 썼어. 도밍가도 그런 사실을 알고 있을까? 플로라, 그래, 결코 알 수 없는 노릇이지. 피오 트리스탄 씨가 아레키파에서 공개적으로 네 책을 불태워버린 이후로는 친척이나 친구로부터 단 한 장의 편지도 받지 못했지. 페루에 있을 때는 그렇게나 뻔질나게 찾아다녔었는데 말이야.

틀롱 조선소 방문은 하루 온종일이 걸렸다. 플로라는 영국에서처럼 감옥 세계를 다시 한 번 직접 목격하게 되었다. 그 세계는 사촌 도밍가가 알고 있던 감옥과는 전혀 다른 세계였다. 훨씬 고약했다. 조선소 작업장에서 강제노동을 하고 있는 수천 명 죄수들의 발목에는 쇠사슬이 채워져 있었고, 많은 죄수들의 발목은 쇠사슬로 피부가 벗겨지고 피딱지가 붙어 있었다. 노동자들과 죄수들이 공장과 채석장에서 한데 뒤섞여 일하고 있었다. 노동자들로부터 죄수들을 구별할 수 있는 것은 쇠사슬만이 아니었다. 몸에 걸치고 있는 줄무늬 셔츠로도 구별할 수 있었고, 그들이 치러야 할 죗값을 나타내는 모자 색으로도 구별할 수 있었다. 푸른색 모자를 쓴 죄인들 앞에서는 어쩔 수 없이 몸이 떨려왔다. 종신형을 받은 죄수들이었던 것이다. 그 가엾은 망나니들의 처지는 도밍가와 마찬가지였다. 그들은 알고 있었다. 달아나지 않는 이상, 죽음이 찾아와 고통에서 해방시켜주기 전까지는 나머지 생애 동안 이 비참한 지경에서 벗어날 수 없다는 사실을, 무장한 경비원들의 감시에서 벗어날 수 없다는 사실을.

첫눈에 보기에도 많은 죄수들이 정신병자라는 사실이 플로라에게 충격을 안겨 주었다. 영국 감옥과 마찬가지였다. 거의 대부분 크레틴병이나 정신착란이나 기타 정신병에 시달리는 불쌍한 인생

들이었다. 죄수들은 입을 헤 벌리고 침을 질질 흘리며 멍청한 표정
으로 플로라를 쳐다보았다. 초점이 없는 희멀건 눈은 바로 정신을
잃어버린 사람의 눈이었다. 한동안 여자라고는 구경도 못한 사람
들이 대부분인 것 같았다. 앞을 지나치는 플로라의 모습을 황홀한
듯 쳐다보는 사람도 있었고 겁을 내는 사람도 있었다. 몇몇 사람들
은 짐승처럼 아무렇지도 않다는 표정으로 치부를 꺼내 들고 자위
를 시작하기도 했다.

정신적으로 허약한 사람들이, 정신에 이상이 있는 사람들이, 정
신이 돌아버린 사람들이 정신이 말짱한 사람들과 똑같이 재판을
받고 형을 받다니, 이게 옳은 일이란 말인가? 말도 안 되는 짓거리
가 아닌가 말이다! 정신이상자의 행위에 어떻게 책임을 따질 수
있단 말인가? 죄수들 중 상당수는 이곳이 아니라 정신병자 보호소
에 있어야 마땅했다. 영국 정신병원의 상태나 정신병자에게 취해
지는 조치를 감안한다고 해도, 이 사람들을 죄인으로 낙인찍기보
다는 정신병원에 보내야 하는 것이다. 플로라, 이제 고민거리가 새
로 하나 생겼어. 사회가 바뀌면 해결책을 강구해야 해.

툴롱 조선소 간부들은 일꾼들 ― 죄수들이나 노동자들 ― 에
게 말을 걸지 말라고 플로라에게 주의를 주었다. 어색한 상황을 유
발할 수도 있다는 것이었다. 그러나 플로라는 고집을 꺾지 않고 사
람들에게 다가가 노동조건이나 죄수들과 노동자들과의 관계에 대
해 물어보았다. 그러다 느닷없이 바로 그 자리에서 사형에 대한 토
론이 장황하게 펼쳐지게 되었다. 플로라를 따라왔던 두 명의 해군
장교와 민간인 직원 한 사람은 어쩔 줄을 몰라했다. 플로라는 사형
을 집행할 때 단두대를 사용하면 안 된다고 주장하며 노동조합은
단두대 사용을 금지할 것이라고 선언했다. 많은 노동자들이 불같
이 화를 내며 대들었다. 단두대가 엄연히 존재하는 지금도 수많은

범죄가 저질러지는 판국인데, 단두대가 없어진다면 어떤 꼴이 되겠는가? 단두대에서 사형 당하는 것이 두려워 그나마 범죄가 억제되고 있지 않느냐? 그러나 토론에 귀를 기울이고 있던 한 떼의 정신병자들이 토론에 참가하겠다고 나서면서 토론은 그만 싱겁게 끝나버리고 말았다. 정신병자들은 길길이 날뛰며, 서로 질세라 일제히 두서없이 떠들기 시작했다. 시선을 끌기 위해 노래를 부르거나 어설픈 춤사위를 보여주는 사람들도 있었다. 곳곳에서 웃음이 터져 나왔다. 급기야 경비원들이 몽둥이를 휘둘러 질서를 회복했다.

플로라에게는 대단히 유익한 경험이었다. 상당수의 노동자들이 플로라가 조선소를 방문했을 때 한 연설을 듣고 노동조합에 관심을 나타내기 시작했다. 노동자들은 어디 좀더 조용한 곳에서 얘기를 나누고 싶어했다. 그날을 기점으로 플로라는 사람들을 불러 모을 수 있었다. 겨우 한 줌밖에 안 되는 부르주아들과 두세 차례의 모임을 준비하고 있던 생시몽주의자 친구들은 놀라자빠졌다. 플로라는 하루에도 두세 차례나 노동자들과 만났다. 노동자들은 치마를 두른 특이한 인물의 연설을 듣기 위해 호기심을 가득 안고 몰려들었다. 여자는 주장했다. 착취자도 부자도 없는 세상을 만들어 모든 사람을 위한 정의를 실현하겠노라. 생소한 얘기도 많았다. 여자들이 법 앞에서, 집안에서, 심지어 일터에서 남자들과 똑같은 권리를 가질 것이라고까지 말했다. 플로라는 이 군인들과 선원들의 도시에 처음 도착했을 때 절망감을 느꼈지만 이제는 용기백배하게 되었다. 병마저 호전되는 것 같았다. 몸이 좋아졌다. 한창때의 원기를 되찾은 것 같았다. 플로라는 꼭두새벽부터 한밤중까지 정신없이 뛰어다녔다. 옷 ─ 아, 숨통을 조이는 그놈의 코르셋, 넌 네가 쓴 소설 『메피스』에서 코르셋을 혹독하게 비난했었지. 미래 사회에서는 적절치 않은 의류로 분류해 금지할 작정이었지. 소에 멍에를 매듯 여성들을 졸라매는 옷이니까 말이야 — 을 벗고 하루를 결산할 때면 흥이 절로 났다. 이보다 더 좋을 순 없었다. 50권이나 되는『노동조합』책자가 동이 나는 바람에 출판사에 더 찍으라고 전해야 했다. 지금까지 주문 받은 물량만 해도 100부를 넘어서고 있었다.

개인 집이나, 노동자 조합이나, 비밀 결사 본부나, 수공예품 공장에서 열린 모임에 프랑스어를 못하는 이주민들도 가끔씩 참가했다. 그리스인이나 이탈리아인들이 몰려와도 문제없었다. 2개 국어를 하는 사람들이 언제나 있게 마련이었고, 그 사람들이 통역을 자처했다. 그러나 아랍인들은 골칫거리였다. 아랍인들은 한쪽 구석에 웅크리고 앉아 토론에 참여하지 못하는 것을 원통해했다.

인종도 다양하고 언어도 다양한 사람들이 한 자리에 모이다보니, 종종 뜻밖의 사고가 발생해 플로라가 나서 진정시키기도 했다. 플로라는 인종적·문화적·종교적 편견에 대해서는 적극적으로 중재에 나섰다. 플로라, 하지만 항상 성공하지는 못했어. 피부색이 달라도, 사용하는 언어가 달라도, 섬기는 신이 달라도, 인류는 모두 평등하다는 사실을 동포들에게 설득시키기란 무척이나 힘이 들었다. 사람들은 수긍하는 듯하면서도, 조금만 의견이 달라지면 경멸과 비난과 욕설과 인종차별적이고 국수주의적인 주장이 터져 나오곤 했다. 어느 모임에서 토론이 벌어졌을 때였다. 배를 만드는 프랑스인 한 명이 '이슬람 이교도들'을 모임에 참석하지 못하게 해야 한다고 요구했을 때 플로라는 화를 벌컥 내며 욕을 하고 말았다. 노동자는 자리에서 벌떡 일어나 문짝을 걷어차고 나가며 소리쳤다. "이 깜둥이 갈보년아!" 플로라는 그 기회를 이용해 주제를 매매춘으로 바꿔 모임을 계속 이끌어나갔다.

장황한 토론이 이어졌다. 플로라가 버티고 있어서인지 사람들은 눈치만 살피며 쉽게 솔직한 얘기를 털어놓지 못했다. 창녀를 비난하는 사람들도 확신에 차서 그러는 것 같지는 않았다. 그저 자신들의 말을 그냥 그렇게 믿어달라고 듣기 좋은 소리만 하고 있는 것 같았다. 마침내 바싹 여윈 도자기직공 한 사람 ― 조조라는 남자로 약간 말을 더듬었다 ― 이 용기를 내 동료들의 말을 반박하기 시작했다. 남자는 눈을 내리깔고 말했다. 쥐 죽은 듯 조용하던 방에 심술궂은 웃음소리가 퍼지기 시작했다. 창녀들을 그렇게나 심하게 몰아붙이다니, 자신은 찬성할 수 없다고 했다. 창녀들은 어쨌든 '가난한 사람들의 애인' 노릇을 해주고 있지 않느냐, 가난한 사람들은 부르주아들처럼 정부(情婦)를 둘 만큼 경제적인 여유가 없지 않느냐, 만일 창녀가 없다면 못 가진 사람들의 삶은 더욱 쓸쓸하고 지루해질 것이다.

"당신이 남자니까 그따위로 말하는 겁니다." 플로라는 화를 내며 남자의 말을 가로챘다. "당신이 여자라면 그따위로 말할 수 있겠어요?"

격렬한 토론이 벌어졌다. 몇몇 사람들이 도자기직공을 지지했다. 토론이 진행되는 동안 플로라는 알 수 있었다. 툴롱의 부르주아들은 애인들을 공유하기 위해 관습적으로 계를 들고 있었다. 네다섯 명의 상인, 공장주, 사채업자들이 공동으로 돈을 모아 많은 애인들을 먹여 살리며, 뻔뻔스럽게도 돌려가며 즐긴다는 것이었다. 그런 식으로 하면 비용을 줄일 수 있을 뿐만 아니라 개개인이 아담한 아방궁을 소유할 수 있다는 것이었다. 플로라의 연설로 모임은 끝났다. 웃음기를 거두고 의심스러워하는 표정을 짓고 있는 사람들을 앞에 두고 플로라는 주장했다. 푸리에주의자들의 생각과는 정반대되는 의견이었다. 미래사회에서 도둑과 창녀는 외딴

섬에 유배될 것이다, 그들을 일반 사람들로부터 멀리 떨어뜨려 놓아야 추악한 행위로 인간의 품위를 떨어뜨리지 않게 될 것이다.

네가 매매춘 행위를 증오하게 된 데에는 사연이 많아. 넌 샤잘과 결혼하고부터 올랭피아 말레스체브스카를 만나게 될 때까지 섹스라면 치를 떨었는데, 그 점도 고려해야 하겠지. 너는 자주자주 생각해보았지. 이성적으로 말이야. 여자들이 돈을 위해 가랑이를 벌리는 것은 대부분 배가 고프기 때문에, 살아남아야 하기 때문이라고 말이야. 그랬지. 네가 런던의 이스트 엔드에서 만나본 그 가엾은 창녀들은 역겹다기보다는 오히려 동정심을 자아내게 만들었지. 그래도 남자들의 육욕을 만족시키기 위해 몸을 파는 여자들이 도덕적으로 타락했고 존엄성을 포기했다는 생각이 들 때면 본능적으로 혐오감이 일었고 화가 치밀어 올랐지만 말이야. "플로라, 너 속으로는 청교도주의자구나." 올랭피아는 네 젖꼭지를 깨물며 놀리곤 했지. "그래, 지금 이 순간이 재미없다고 말할 자신 있어?"

플로라는 아레키파에서 1834년 초에 오르베고소 지지자들과 가마라 지지자들이 서로 패를 나누어 싸우던 내전을 목격하게 되었고, 그때 생애 처음이자 마지막으로 창녀들로 이루어진 종군 위안부들에게 존경심을 느꼈었다. 그래서 넌 『어느 사생아의 인생 역정』이라는 책에서 그 창녀들을 열렬히 찬양하게 되었지.

참 지랄 같았던 여행이었어, 안달루시아 아가씨. 아버지의 고국을 찾아본 것 말이야. 혁명에 내전까지 경험하게 되었고, 그 분쟁에 어느 정도 발을 담그기까지 했으니 말이지. 혁명이다 내전이다 했지만 그 근본 원인을 생각해보면 그건 그저 권력에 대한 제어할 수 없는 탐욕에 지나지 않았다. 권력욕은 장군들이나 어중이떠중이 군인들에게 만연된 전염병이나 다름없었다. 그들은 페루가 독립한 날부터 권력을 차지하기 위해 서로 싸웠다. 합법적인 방법이

311

동원되기도 했지만 그보다는 무력 투쟁이 더 빈번했다. 혁명은 리마에서 시작되었다. 국민회의는 임기가 만료되는 아구스틴 가마라 대통령 후임으로 가마라가 지지하는 페드로 베르무데스 장군을 외면하고 루이스 호세 데 오르베고소 대원수를 선출했다. 페드로 베르무데스 장군은 특히 가마라 대통령의 부인 프란시스카 수비아가 데 가마라의 총애를 받는 인물이었다. 일명 여자 대원수로 불렸던 이 여인의 전설적인 모험담을 처음 듣는 순간 넌 완전히 빠져들고 말았지. 여자 대원수 판차(프란시스카)는 군복을 입고 남편과 함께 말을 타고 싸웠고, 남편과 함께 국가를 통치했다. 가마라가 권좌에 오르자 판차는 대원수보다 더 큰 권력을 휘둘렀다. 판차는 상대를 위압하기 위해 거침없이 총을 빼들었고, 명령을 따르지 않거나 존경심을 표하지 않는 사람들에게는 거침없이 채찍질을 가하거나 뺨을 후려쳤다. 싸움질에 이골이 난 사내들도 따라오지 못할 정도였다.

국민회의가 베르무데스 대신 오르베고소를 대통령으로 선출하자, 가마라와 여자 대원수의 사주를 받은 리마 수비대는 1834년 1월 3일 쿠데타를 일으켰다. 그러나 쿠데타는 부분적인 성공밖에 거두지 못했다. 오르베고소가 군대 일부를 이끌고 리마를 빠져나가 저항군을 조직했던 것이다. 군대가 오르베고소 파와 베르무데스 파로 갈라지자 나라 또한 두 쪽으로 분열되고 말았다. 산 로만 장군이 이끄는 쿠스코와 푸노는 쿠데타를 지지하는 쪽으로 붙었다. 다시 말해 베르무데스 편으로, 한 마디로 가마라와 여자 대원수 쪽으로 붙었던 것이다. 반면 아레키파는 정통성을 확보한 대통령 오르베고소 편을 들기로 결정하고 니에토 장군의 지휘로 반란군의 공격에 대비하기로 했다.

아주 신나는 날들이었지, 플로라, 그렇지? 맞닥뜨린 사태에 신이 난 플로라는 조금도 위험하다는 생각을 하지 않았다. 내전이 발발한 지 3개월 후, 아레키파의 운명을 결정하게 될 캉가요 전투가 벌어진 기간 중에도 플로라는 걱정하지 않았다. 플로라는 피오 삼촌 집의 옥상에 올라가 망원경을 들고 오페라를 감상하듯 전쟁을 구경했다. 삼촌과 다른 가족들 그리고 아레키파 사람들은 모두 겁을 집어먹고 수도원이나 교회로 몰려들었다. 사람들은 총알보다 도시가 약탈되는 상황을 더 두려워했다. 어느 쪽이 이기든 전투가 끝난 다음에는 반드시 약탈이 뒤따랐기 때문이었다.

당시 플로라와 피오 씨는 기적적으로 화해를 한 후였다. 플로라는 삼촌에 대한 어떠한 법적인 절차도 소용없다는 사실을 인정할 수밖에 없었다. 입씨름이 벌어진 날 플로라의 위협에 겁을 집어먹은 피오 씨는 부인과 자식들과 조카들, 특히 올더스 대령을 동원해 플로라를 구워삶았다. 너는 이곳에 머물러 있어야 한다, 이곳에 있으면 내 사랑하는 조카딸로 대접받을 수 있다, 필요한 것이 있으면 채워줄 것이고 가족들의 사랑도 받을 수 있을 것이다, 부족한 것은 절대 없을 것이다, 우리 모두 널 사랑하지 않느냐. 마침내 플로라는 상황을 인정하지 않을 수 없었고, 트리스탄 가문을 떠나겠다는 결심도 철회하기에 — 어쩔 도리 없었잖아 — 이르렀다.

플로라, 물론 넌 그런 결정을 후회하지 않았지. 혁명이 발발한 날로부터 캉가요 전투가 벌어지기까지 3개월을 아레키파에서 살면서 겪은 소름이 끼칠 정도의 그 긴박감, 그 북새통, 그 소란함, 그 말로 형용할 수 없는 요란함을 놓쳤다면 얼마나 아쉬웠을까.

니에토 장군이 가마라 추종자들의 공격을 막아내기 위해 아레키파 시에 계엄령을 선포하자마자 피오 씨는 발작 증세를 보이기 시작했다. 피오 씨에게 내전은 자유와 조국을 수호하기 위해 의연금을 내야한다는 명목으로 군인들에게 재산을 약탈당하는 것을 의미했다. 피오 씨는 어린애처럼 징징거리며 플로라에게 하소연했다. 시몬 볼리바르는 2만 5천 페소를 부담금 명목으로 뜯어갔다, 또 수크레 장군은 1만 페소를 얻어갔다, 물론 그 날건달 놈들은 땡전 한 푼 되돌려주지 않았다, 이제 니에토 장군은 부담금을 또 얼마나 매길 것인지, 게다가 후안 구알베르토 발디비아라는 못돼 처먹은 수석 사제가 하나 있다, 이놈은 혁명이라면 미쳐 날뛰는 신부로 니에토 장군을 수족처럼 놀려먹고 있다, 이놈은 자기가 펴내는 신문 『엘 칠리』를 통해 가난한 사람들을 등쳐먹는다고 고예네체 주교를 고발하지를 않나 사제들의 독신생활을 폐지하라고 주장하지를 않나 하는 놈이다. 플로라는 피오 씨에게 충고했다. 니에토 장군이 부담금을 정해주기 전에 삼촌이 먼저 달라붙어야 한다, 직접 5천 페소를 갖다 바치는 것이 좋겠다, 그렇게 하면 돈도 덜 쓰게 되고 또 다른 출혈도 막을 수 있을 것이다.

"플로라, 정말 그럴까?" 구두쇠가 중얼거렸다. "한 2천 페소만 주면 안 될까?"

"아녜요, 삼촌. 완전히 구워삶기 위해서는 5천 페소를 갖다주어야 해요."

피오 씨는 플로라의 말을 따랐다. 그때부터 피오 씨는 곤란한 일이 생길 때마다 플로라와 의논했다. 피오 씨의 유일한 관심사는 전쟁에 가담한 군인들에게 재산을 털리지 않는 것이었다. 아레키파에서 돈깨나 있는 사람들은 누구나 마찬가지였다.

산 로만 장군이 푸노에서 가마라의 군대를 이끌고 아레키파로 공격해 왔을 때, 올더스 대령은 어느 쪽에 붙을까 고민에 고민을 거듭한 끝에 마침내 니에토 장군의 참모 본부장직을 받아들였다. 올더스는 플로라에게 기밀 사항을 모조리 털어놓았다. 올더스는 전쟁 상황을 만끽하고 있었다. 올더스는 니에토 장군을 신랄하게 꼬집기도 했다. 니에토 장군은 아레키파의 재산가들에게 현금이나 현물로 전쟁 부담금을 지불하도록 만들었다. 플로라는 아레키파의 부자들이 돈주머니를 옆구리에 끼고 침통한 표정으로 시청에 마련된 총사령부를 향해 산토도밍고 거리를 줄지어 가는 것을 볼 수 있었다. 니에토 장군은 겨우 6백 명밖에 안 되는 군대를 위해 2천8백 자루의 군도를 구입했다. 군인들이라고 해야 길거리에서 강제로 징집한 신발도 없는 어중이떠중이들이 대부분이었다.

시에서 1리 그 정도 떨어진 곳에 군대가 주둔했다. 올더스의 지휘 하에 20여 명의 장교가 신병들에게 군사교육을 실시했다. 음울한 인상의 수석 사제 발디비아는 검붉은 망토를 뒤집어 쓴 채 노새를 타고 신병들 사이를 어슬렁거렸다. 어깨에는 카빈총을 메고 허리에는 권총을 차고 있었다. 이제 겨우 서른네 살이었지만 폭삭 늙어 보였다. 플로라는 발디비아와 몇 마디 말을 나눌 수 있었다. 그리고 이런 결론을 내릴 수 있었다. 어쩌면 이 독립운동가 출신 사제야말로 사리사욕을 위해서가 아니라 자신의 신념을 위해 혁명에 뛰어든 유일한 인물일 것이다. 훈련이 끝나면, 발디비아 수석 사제는 연신 하품을 해대는 신병들을 모아놓고 열심히 설교를 늘어놓았다. 헌정과 자유를 수호하기 위해 죽을 때까지 싸워야 한다, 오르베고소 대원수가 우리의 헌정과 자유를 대변하고 있다, 우리의 민주 이념을 파괴시키려는 '가마라와 그 여편네'에 대항해 끝까지 투쟁해야 한다. 발디비아 수석 사제는 확신에 차 있었다. 자신의 말을 철두철미 믿고 있었다.

정규군, 그러니까 재수 없게 걸려든 군인들 외에 자원한 젊은이들로 이루어진 부대도 있었다. 모두 아레키파의 부잣집 자식들이었다. 젊은이들은 스스로를 '불사조'라고 불렀다. 아레키파 사람들은 이런 점에 있어서도 프랑스를 흉내 내고 있었다. 젊은이들은 하나같이 상류층 자제들이었다. 그들은 주둔지에까지 노예들과 하인들을 거느리고 왔다. 노예와 하인들은 젊은 주인들 옷시중을 들었고, 음식을 마련해주었고, 흙탕길이나 강이 나타나면 젊은 주인을 안고 건너갔다. 플로라가 주둔지를 방문했을 때 젊은이들은 원주민 음악과 춤을 곁들인 연회를 베풀어주었다. 나날이 즐기던 잔치를 전쟁터에서조차 평상시처럼 즐기는 이 상류층 젊은 애송이들이 전쟁을 제대로 치를 수나 있을까? 올더스는 말했다. 그들 중 절반 정도는 전쟁을 치를 수 있다, 싸우다가 죽을 수도 있을 것이다, 그러나 신념을 위해 그러는 것이 아니라 프랑스 소설에 나오는 영웅들처럼 보이고 싶어 그럴 것이다, 반면 또 다른 절반은 총소리가 울리자마자 줄행랑을 놓을 것이다.

  종군 위안부는 또 다른 문제였다. 이 여자들은 징병 군인이나 기간 사병들의 첩이나 애인 혹은 부인이었다. 원주민이나 원주민-흑인 혼혈인 이 여자들 — 맨발에 형형색색의 치마를 걸치고 있었고, 울긋불긋한 농사꾼 모자 밑으로 길게 딴 머리채가 달랑거렸다 — 은 주둔지에서도 일에 매달려 있었다. 여자들은 참호를 파고, 흙벽을 쌓고, 밥을 짓고, 빨래를 하고, 옷을 뒤져 이를 잡고, 심부름을 하고, 보초를 서고, 간호사 역이나 의사 역을 하고, 병사들이 달아오를 때면 성욕을 만족시키는 구실까지 맡아 했다. 임신 중에 있는 여자들도 갓난아기가 딸린 여자들과 동등하게 일에 매달렸다. 올더스는 이렇게 말했다. 일단 전투가 벌어지면 이 여자들이 가장 용감하게 싸운다, 항상 최전방에 나서 자기 남자들을 보호하고 용기를 부추기며, 남자가 쓰러지면 그 자리를 대신한다, 부대장들은 행군에 앞서 여자들을 먼저 보낸다, 여자들은 마을을 점령하여 양식과 무기를 압수하고 군대가 주둔할 수 있는 장소를 확보한다. 물론 이 여자들을 창녀라고 부를 수도 있을 것이다. 그러나 땅

거미가 지자마자 툴롱 조선소 주변을 서성거리는 이곳 창녀들과 그 원주민 여자들은 하늘과 땅 차이가 아닌가 말이다!

플로라는 1844년 8월 5일 님므를 향해 떠나며 이렇게 중얼거렸다. 툴롱에서의 사업은 대성공이었다. 노동조합 조직위원회가 구성되었던 것이다. 지도부가 8명에 회원 수가 110명이었다. 회원 중에는 여자도 8명이나 끼어 있었다.

14

# 천사와 싸우다
파피테, 1901년 9월


폴은 가톨릭당이 1900년 9월 23일에 파피테 시청에서 '중국인들의 침입'에 대비한 궐기대회를 열어야 한다고 주장했다. 그러자 푸나아우이아의 친구들과 이웃 사람들, 전직 군인 피에르 르베르고스와 폴의 마누라 파우우라까지 포함해서 많은 사람들은 이 엉뚱한 사고뭉치 화가가 드디어 미쳐버리고 말았구나라고 생각하게 되었다. 푸나아우이아의 가게 주인 중국인 텡은 얼마 전부터 폴의 인사를 받지도 않았고 물건도 일절 팔지 않고 있었다. 폴 자신도 정신이 말짱할 때면 자신이 병과 약으로 정신이 흐려져 간다는 점을 인정했다. 폴은 자신의 행동을 전혀 조절할 수 없는 형편이었다. 모든 일을 어린아이나 노망든 노인네처럼 본능이나 직감에 따라 하고 있었다. 사실이야, 넌 이전의 네가 아냐, 코케. 〈우리는 어디서 왔는가? 우리는 무엇인가? 우리는 어디로 가는가?〉를 마치고 난 이후로 거의 수십 개월 동안 단 한 점의 작품도 끝내지 못하고 있잖아. 병에 시달리지 않거나, 술이나 약에 취해 있지 않을 때에는 대부분의 시간을 익살맞고 풍자적인 글을 쓰는 데 허비했잖아. 한 달에 한번 『레 게프(말벌)』라는 월간 잡지에 글을 써 보냈던 거지. 프랑수아 카르데야가 이끄는 타히티 가톨릭당의 기관지에 말이야. 넌 그 잡지를 통해 구스타브 가예 주지사와 옛 친구 오귀스트 구필이 대장 노릇 하는 본국인 개신교도들과 중국 상인들을 신랄하게 비난했어. 특히 중국 상인들을 사정없이 물어뜯었지. "아틸라가 이끄는 훈족보다 더 흉악한 놈들이 쳐들어오고 있다. 놈들은 폴리네시아에서 프랑스인들을 몰아내고 이 땅에 그 황색 페스트를 퍼뜨리려 하고 있다."

미쳐도 단단히 미친 짓거리였다. 피에르 르베르고스도 다른 친구들도 그런 폴을 이해하지 못했다. 어쩌다가 저런 꼴이 되었단 말인가? 폴은 철저하게 이용당하고 있었던 것이다. 약사이면서 아티마오노에 사탕수수 농장을 소유하고 있던 카르데야와 가톨릭당 소속 본국인들이 폴을 내세워 자신들의 이익을 지키고자 했던 것이다. 그 사람들이 가예 주지사를 미워했던 이유는 오로지 한 가지뿐이었다. 주지사는 중세 영주들처럼 살던 그 사람들의 영향력과 월권행위를 제한하여 법에 맞게 살도록 강요했던 것이다. 그런 사람들을 위해 일을 하다니! 도저히 있을 수 없는 일이었다. 도무지 이해가 안 가는 일이었다. 불과 몇 달 전만 하더라도, 아니 폴이 타히티에서 살아온 동안 내내, 폴은 그 사람들에게 역병과 같은 존재였다. 사람들은 폴의 그 방탕한 삶과 무정부주의적인 생각 때문에 폴을 무시하지 않았던가. 그리고 폴이 자신의 그림에 담아내는 그 원주민들과 친하게 지낸다는 이유로 폴을 경멸하지 않았던가 말이다. 그런데 이제 와서 폴은 『레 게프』라는 잡지를 통해 마오리족 사람들을 도둑놈이네 뭐네 하며 욕을 퍼붓고 있었다. 옛 친구로

부터 욕을 먹는 마오리족 사람들의 심정은 어떠했을까? 마오리족
의 옛 관습과 신앙을 그렇게나 찬양했던 인간이, 서구의 관습과 신
앙에 밀려 사라져버린 마오리족의 관습과 신앙을 그렇게나 안타
까워했던 인간이 어떻게 그럴 수 있단 말인가? 『레 게프』는 다달
이 원주민들에게 관대한 판사들을 비난했다. 판사들은 본국인 가
정에 침입해 도둑질을 한 원주민들을 눈감아 주거나 가벼운 형벌
만 내린다, 이는 사법권을 우롱하는 행위다. 파우우라는 푸나아우
이아 사람들의 불평에 날마다 시달려야 했다. "코케가 시방 우릴
미워한다는데, 그게 사실이야?" "우리가 뭘 어쨌다고?" 파우우라
는 할 말이 없었다.

폴이 돌변한 이유는 다 돈 때문이었다. 가톨릭 놈들이 널 돈으로
산 거지, 코케. 그만큼 살기가 고단했던 거지. 파리에서 친구들이
돈이나 보내주지 않나 싶어 파피테 우체국까지 종종걸음 치기
도 했고, 파우우라와 에밀과 함께 굶어 죽지 않기 위해 사방에서
돈을 꾸기도 했지. 그러나 이젠 『레 게프』지 네 쪽을 만화와 욕설
로 채우기만 하면 가톨릭당으로부터 한몫 받게 되니 먹고 살 걱정
은 없게 되었지. 넌 푸나아우이아의 오두막을 다시 먹을거리와 술
로 가득 채웠지. 그리고 몸이 허락만 하면 일요일 만찬을 벌여 난
장판으로 마무리짓곤 했어. 너의 모든 것을 알고 있는 전직 군인
피에르 르베르고스까지 얼굴을 붉힐 정도로 꼴불견이었지. 그래.
살기가 너무 고단해서, 또 그 몹쓸 병과 그 몹쓸 약 때문에 머리가
점점 돌아버려 불과 1년 사이에 그렇게 확 변해버렸던 거야. 코케,
정말 그런 거야? 아니면, 지난번 시도보다는 더 느리지만 더욱 효
과적인 방법으로 죽어버리기 위해 그런 방법을 택한 건 아니고?

1900년 9월 23일의 모임은 피에르 르베르고스가 염려했던 것보
다 훨씬 고약했다. 피에르 르베르고스는 가고 싶지 않았지만 폴을

실망시키지 않기 위해 모임에 참석했다. 피에르는 아직까지 폴에게 호감을 가지고 있었다. 어쩌면 측은지심이었는지도 모른다. 피에르는 지금 폴이 어려운 시기에 처해 있다는 사실을 알고 있었던 것이다. 피에르는 자신이야말로 진정한 프랑스인이라고 자부하고 있었다(피에르는 항상 프랑스를 상징하는 제복을 입고 무기를 차고 다녔다). 피에르는 그 해적과 같은 카르데야와 본국인 벼락부자들이 애국심과 종족의 순수성을 명분으로 타히티의 중국인 상인들을 상대로 선언한 전쟁을 지지하지 않았다. 어느 누가 그따위 속임수에 넘어간단 말인가? 피에르 르베르고스는 알고 있었다. 타히티-누이에 사는 사람이라면 누구나 아는 사실이었다. 중국인들이 미움을 사고 있는 이유는 그들이 이 지역 생필품 수입 독점권을 깨버렸기 때문이었다. 중국인들의 상점은 카르데야나 다른 본국인들의 가게보다 더 싼값에 물건을 팔았다. 두 세대 전부터 타히티에 뿌리를 내리기 시작한 중국인들이 프랑스를 위협하고 있다, 누렁이들의 제국주의가 태평양에서 프랑스를 몰아내고 대신 그 자리를 차지하려 하고 있다, 누렁이들은 한결같이 백인 여자를 범하려는 꿈을 꾸고 있다. 이 따위 얘기를 곧이곧대로 믿는 사람은 폴밖에 없었다.

폴은 파피테 시청에서 그따위 말도 안 되는 소리를 떠들어댔다. 50여 명 가량의 본국인 가톨릭 신자들이 모임에 참석해 있었다. 가예 주지사와 투쟁하기 위해 프랑수아 카르데야와 한통속이 되어 있던 사람들은 폴이 인종차별적이고 국수주의적인 연설을 늘어놓자 불쾌해했다. 폴은 격양된 목소리로 주먹을 불끈 쥐고 타히티에 사는 중국인들에 대해 얘기하면서 이렇게 결론지었다. "프랑스 국기에 노란색이 섞여 있다는 것만으로도 나는 부끄러워 어쩔 줄을 모르겠습니다."

참석자들이 줄줄이 연단으로 찾아와 연설자에게 축하 인사를 건넸다. 모임이 끝났다. 폴과 피에르 르베르고스는 푸나아우이아로 돌아가기 전에 항구 술집에 들러 술을 한 잔씩 걸쳤다. 코케는 진이 빠진 듯 얼굴이 창백했다. 두 사람은 아주 천천히 걸어야 했다. 폴은 지팡이에 의지해 걸음을 옮겼다. 그 지팡이 손잡이에는 곧추선 자지가 아니라 벌거벗은 타히티 여인이 새겨져 있었다. 평소보다 심하게 절룩거렸다. 피곤에 지쳐 언제 땅바닥으로 꼬꾸라질지 모를 지경이었다. 폴은 라스 이슬라스에 도착하자마자 테라스 탁자에 털썩 주저앉아 압생트를 주문했다. 커다란 파라솔이 그늘을 드리우고 있었다. 1895년 9월, 폴이 파리에서 돌아왔을 때, 피에르 르베르고스는 폴과 사귀었다. 그때에 비하면 폴은 너무나 늙어버렸다. 불과 5년 사이에 10년 이상 늙어버린 것 같았다. 지난날의 그 활기 넘치던 멋쟁이의 모습은 온데간데없었다. 이제는 등이 구부정한, 백발성성한 늙은이일 뿐이었다. 깊은 주름과 희끄무레한 수염으로 뒤덮인 얼굴에서는 고약스런 심뽀가 엿보였다. 콧날까지 더 흉물스럽게 일그러진 것 같았다. 말라비틀어진 포도송이. 고통 때문인지 혹은 분노 때문인지 가끔씩 얼굴이 일그러지기도 했다. 고주망태 술꾼인양 손도 덜덜 떨었다.

피에르 르베르고스는 혹시 폴이 자신이 한 연설에 대해 물어보지나 않을까 두려웠다. 그러나 운이 좋았다. 폴은 항구 술집에 있을 때도, 푸나아우이아로 돌아오는 중에도, 그날 밤 파우우라가 갓난쟁이 에밀을 어르는 모습을 보면서 집 바깥에서 식사를 하는 중에도, 최근 자신을 사로잡고 있는 문제, 즉 정치에 대해서는 한 마디도 꺼내지 않았다. 단 한 마디도. 폴은 그 대신 종교에 대해 쉴 새 없이 떠들었다. 이런 코케, 넌 그 사람 귀찮게 하는 버릇은 절대 버리지 못할 거야. 폴은 어리벙벙해 있는 피에르 앞에서 자신의 죽음에 대해 언급했다. 인류는 나를 화가와 종교개혁자로 기억할 것이다.

"내가 바로 그런 사람이야." 폴은 자신 있게 말했다. 아주 심각한 표정이었다. "지금 마무리 단계에 있는 논문이 출판되면 알게될 걸세, 피에르. '현대 정신과 가톨릭주의'라는 논문이지. 이 논문으로 가톨릭 신자들을 본래 자리로 되돌려 놓을 생각이라네. 진정한 기독교를 위해서 말일세."

피에르 르베르고스는 영문을 알 수 없었다. 이런 빌어먹을 일이. 타히티의 학교에서 개신교도 선생들을 몰아내고 그 자리에 가톨릭 선교사들을 세워야 한다고 『레 게프』를 통해 주장했던 폴이 바로 이 친구란 말인가? 그런데 이제 와서 가톨릭의 심장부에 대못을 박는 그런 논문을 쓰고 있다고? 틀림없어. 머리가 어떻게 된 거야, 그래서 자신이 무슨 짓을 하는지 전혀 깨닫지 못하는 거야. 폴은 계속해서 얘기를 늘어놓고 있었다. 머지 않아 인류는 이해하게될 걸세, '페루 출신 미개인'은 신비주의 예술가였다, 현대에 있어 가장 종교적인 그림은 그 화가가 1888년에 브르타뉴 지방 피니스테르의 작은 마을 퐁타방에서 그린 〈설교 후의 비전〉이라는 그림이다, 그 그림은 중세에 꽃을 피운 이후로 죽 침체되어 있던 정신적·종교적 불안감을 현대 예술로 부활시켰다.

잠시 후, 코케는 혼잣말을 늘어놓기 시작했다. 술을 많이 마셔혀가 꼬여 있었다. 피에르 르베르고스는 한 마디도 알아들을 수 없었다. 사람들·사건들·지명들·물건들 등이 언급되었지만 무슨말인지 알 수 없었다. 아마도 옛날 기억들이 줄줄이 튀어나오는 것같았다. 달도 없고, 덥지도 않고, 날벌레도 날아다니지 않는 그 조용한 밤에 불현듯 기억들이 떠오르는 것 같았다.

"지금이 1900년이지? 그렇지?" 폴이 피에르의 무릎을 손바닥으로 쳤다. "1888년도 여름 얘기를 들려주지. 겨우 12년 전 일이야. 우주의 시간으로 보자면 겨우 모래 한 알 떨어지는 순간이지. 하지만 말일세, 이제 돌이켜보자니 수세기 전 일처럼 막막하네 그려."

그랬다. 52년을 꾸역꾸역 살아오면서 함부로 굴려온 몸뚱이, 그 병들고 피곤에 절고 분노로 사무친 그 몸뚱이가 말해주는 것이었지. 변해도 너무 많이 변한 거야. 마흔 살 즈음만 해도 강인하고 날렵한 몸이었잖아. 그림을 그리기 위해 모든 것을 내팽개친 후로 돈에 쪼들려 궁색하고 옹색한 생활에서 벗어날 수 없었지만, 그래도 넌 네 천성에 대해, 재능에 대해 확신을 가지고 있었고, 삶은 아름답고 예술은 종교와 같다는 신념으로 똘똘 뭉쳐 있었어. 그래, 어떤 어려움이라도 이겨나갈 수 있을 것 같은 자신감이 있었던 거야. 폴, 지난 시절이라고 너무 좋게만 보는 건 아냐? 1888년 여름, 그러니까 네가 두 번째로 퐁타방에서 살 무렵, 넌 완전한 몸이 아니었어. 그래, 정신상태는 어땠는지 몰라도 적어도 몸은 정상이 아니었어. 1887년 11월에 프랑스로 돌아온 이후로 벌써 10개월이 지났지만, 넌 파나마에서 감염된 말라리아와 열병을 여전히 앓고 있었지. 넌 이질을 지독히 앓는 중에 〈설교 후의 비전〉을 그렸어. 온몸이 욱신거렸지. 속이 뒤집어지면서 똥구멍으로 신물이 줄줄 샐 때면 요란한 방귀가 터져 나왔고, 그래서 글로아넥 하숙집이 온통 들썩거리곤 했지. 얼마나 창피했던지! 그 젊고, 아름답고, 순결하고, 순수한 마들렌 베르나르가 그 주책바가지 줄줄이 방귀 소리를 듣지나 않을까 해서 말이지. 파나마와 마르티니크에서 죽을둥 살둥 고생했을 때 딱 걸려든 그 말라리아 때문에 그런 거였지(폴, 어쩌면 그게 말이야, 그 입에 담지 못할 병의 첫 번째 징후는 아니었을까?).

폴은 사람 좋은 피에르 르베르고스에게 계속 설명해나갔다. 헛

바닥은 이제 제 마음대로 놀고 있었다. 피에르 르베르고스는 의자에 앉아 꾸벅꾸벅 졸고 있었다. 이젠 에밀 베르나르를 조금치도 원망하지 않아. 놈과의 관계는 1891년에 끝장나 버렸지. 그 후로 놈은 사방 천지에 소문을 퍼뜨리고 다녔어. '종합 예술'이라는 개념을 처음으로 발전시킨 사람이 바로 너 자신이라고 네가 주장했다고 말이야. 마치 네가 지금은 아무도 기억하지 못하는 학파를 만들려고 했던 것처럼 말이야. 그 야무지고 까다롭고 섬세한 놈, 너보다 스무 살이나 어린 그놈 — 그놈이 바로 예쁜 마들렌느의 오빠였어. 어느 날, 낙랑 18세 예쁜이 마들렌느는 글로아넥 하숙집으로 너를 찾아와 이렇게 중얼거렸지. "친구 되시는 쉬페네커 씨 소개로 선생님을 뵈려고 콩카르노에서 왔어요. 제가 진정한 예술가가 될 수 있게 도와주실 수 있는 분은 이 세상에 선생님밖에 없다고 하더군요" — 의 말은 너를 진짜 고통스럽게 만들었지. 놈은 확신하고 있었어. 브르타뉴의 풍경을 그린 〈설교 후의 비전〉이라는 그림에서 볼 수 있는 구도·사상·여인들의 모습은 자신의 것을 그대로 베낀 것이다, 내가 전에 〈목장의 브르타뉴 여인들〉이라는 그림을 그릴 때 사용한 방법을 그대로 모방한 것이다.

"말도 안 되는 소리야, 피에르." 폴은 탁자를 내리치며 소리쳤다. "〈목장의 브르타뉴 여인들〉이라는 그림은 제목밖에 생각 안나. 가장 뛰어났던 그 제자 놈이 대체 무슨 이유로 그렇게나 급작스럽게 시기심에 불타 나를 증오하게 되었는지 도무지 알 수가 없어."

폴, 놈이 너무나 인간적이어서 그랬을 거야. 〈설교 후의 비전〉이 걸작임을 알아본 거야. 놈에게는 엄청난 충격이었지. 그래서 시기심에 자신이 그토록 좋아하고 존경했던 인물을 미워하게 되었던 거지. 불쌍한 놈 같으니라고! 놈은 어떻게 되었을까? 다시 생각해

보면 놈의 말도 틀린 말은 아냐. 만약 베르나르가 없었다면 1888년 여름에 그 그림을 그릴 수 없었을 거야. 너를 스승으로 삼고 있던 그 많은 화가 친구들 — 베르나르, 라발, 샤매야르, 메이어 드 한 — 이 그 비좁은 글로아넥 하숙집에 가득 모여 있는 중에 넌 그 그림을 그렸어. 일종의 기적 혹은 단순한 비전을 묘사한 그림이었지. 주일 미사 장면, 네 모습과 흡사한 삭발 신부가 설교를 마치고 그림 한편 구석으로 물러나 있고, 신앙심 깊은 브르타뉴 여인네들이 설교 후에 무아지경에 빠져 열심히 기도를 올리는 중이야. 그 순간 그 여자들 앞에 창세기에 나오는 그 애처로운 장면이 펼쳐지는 거야. 어쩌면 단지 여자들의 상상이었는지도 몰라. 야곱이 천사와 씨름하는 장면. 설명이 불가능한 주홍색으로 묘사된 브르타뉴 들판은 사과나무 한 그루로 둘로 나누어져 있고 기적은 성경의 인물들이 현실로 나타났다는 것 혹은 비천한 시골 아낙네들의 상상 속에 나타났다는 것이 아니었어. 자연색을 거스르는 그 당돌한 색이 바로 기적이었어. 주홍빛 대지, 야곱의 허리춤에 매달린 녹색 물병, 감청색으로 묘사한 천사, 프러시아 검정으로 묘사한 여자들의 옷가지, 붉은 색, 녹색 혹은 청색에 흰색을 섞어 묘사한 여자들의 머릿수건과 옷깃. 이 모든 것이 사과나무와 천사와 드잡이 하는 야곱과 함께 묘사된 것이었지. 그림을 온통 지배하는 것은 바로 가벼움이었어. 나무, 소, 신앙심 깊은 여인들이 모두 자신들의 신앙 고백을 가볍게 처리하는 것처럼 보였단 말이지. 그래 그게 바로 기적이었어. 객관적인 것과 주관적인 것, 현실적인 것과 초현실적인 것이 서로 섞여들어 구분을 불가능하게 만드는 그런 새로운 리얼리티를 창조함으로써 따분한 리얼리즘을 끝장내버린 것. 훌륭해, 폴. 그 그림이야말로 너의 첫 번째 걸작이었어, 코케.

그전까지만 해도 넌 가톨릭 신앙을 이해하지 못했어. 그래, 믿음이 있던 적도 있었겠지. 하지만 오래 전에 훌훌 털어버린 거였지. 브르타뉴 사람들이 고집스럽게 과거에 연연해하며 현대화를 거부했기 때문에 그때까지 브르타뉴 지방에 잘 보존되어 있던 가톨릭 문화를 찾아 간 것은 아니었지. 그때는 제3공화정이 프랑스를 급격하게 세속화시키기 위해 가톨릭을 억압하고 있던 시기였고, 브르타뉴 사람들은 그런 정부의 정책에 조용하지만 완강하게 도전하고 있었지. 그래, 너 자신이 사람 좋은 쉬프에게 고백한 것과 같았어. 위대한 예술을 꽃피우기 위해서는 반드시 필요했던 야만성과 원시성을 찾아 넌 브르타뉴로 갔던 거야. 목가적인 브르타뉴는 널 대번에 사로잡았어. 투박하고, 미신적이고, 조상 때부터 지켜오던 제사와 관습에 얽매어 있던 땅. 정부의 현대화 노력을 보기 좋게 비웃고, 정부의 세속화 작업에 대항해 종교행렬을 더 많이 늘리고, 교회가 터져라 몰려들던 사람들. 성모마리아가 출현했던 곳이라면 사방 천지를 성역으로 삼았던 사람들. 그 모든 게 널 사로잡았지. 넌 그 사람들과 어울리기 위해 브르타뉴식으로 수를 놓은 조끼를 걸치고 다녔고, 손수 조각하고 장식한 나막신을 신고 다녔지. 넌 소위 '용서하소서'라는 모임에도 참석했어. 퐁타방에서나 찾아볼 수 있는 의식이었지. 믿음이 깊은 사람들이 모여 지은 죄를 용서해달라고 빌며 교회를 뱅뱅 도는 의식이었지. 무릎을 꿇고 교회를 도는 사람도 많았어. 넌 가장 성스러운 장소라는 니종을 시작으로 그 지역의 성지란 성지는 모조리 찾아다녔지. 넌 트레말로라는 조그만 예배당도 찾아갔었어. 그 예배당에는 화려한 색을 입힌 나무 그리스도상이 있었지. 그때 받은 인상으로 넌 〈황색 예수〉라는 종교화를 그리기도 했지.

그래, 네가 그렇게나 소원했던 반(反)자연적인 그림을 위한 소재가 브르타뉴 곳곳에 널려 있었어. 브르타뉴, 넌 그 사람 좋은 쉬프

앞에서 그곳에 대해 일장 연설을 늘어놓았지. "내 나막신 소리가 그 고운 땅바닥을 타고 울릴 때면, 무슨 둔탁한 소리가 강렬하게 내 귓전을 때리는 것 같았고, 그러면 나는 곧장 달려가 그림을 그리곤 했지." 그래, 베르나르와 놈의 여동생 마들렌느가 없었다면 넌 그 그림을 그릴 수조차 없었을 거야. 두 사람이 없었다면 그 가슴 뿌듯한 충만함도 느끼지 못했을 거야. 처음에는 몰랐지만 차츰차츰 알게 되었지. 바로 두 사람의 믿음이었어. 두 사람은 타고난 신자들이었어. 그 섬세한 외모, 그 자세, 몸을 움직이거나 말을 할 때 보여준 그 우아함. 오빠와 여동생은 하루 24시간을 신앙 속에서 살았어. 에밀은 브르타뉴 곳곳을 누비고 다녔어. 걸어서 말이지. 교회당, 수도원, 감실, 수녀원 등등 성스러운 장소는 빼놓지 않고 찾아다녔던 거야. 중세 시대의 흔적을 찾아서 말이지. 에밀은 중세 시대를 인류 문명의 최고봉으로 여겼던 거야. 하느님과 하나가 되었던 시대, 공적인 행사든 사적인 행사든 오로지 종교만을 주장했던 시대. 에밀은 성직자가 아니었어. 그냥 한 사람의 신자일 뿐이었어. 너로서는 이해하기 힘든 별종이었지. 넌 종교적 열정에 불타는 젊은 친구를 놀려먹기는 했으나, 그 젊은이가 품고 살았던 그 애절한 신앙에 너도 모르는 사이에 점점 물들어 갔던 거야.

결코 잊을 수 없는 여름이었지, 폴, 그렇지 않아? "그래 맞아." 다시 주먹으로 탁자를 내리치며 소리쳤다. 파우우라는 오래 전에 아이를 안고 오두막으로 들어갔다. 이제 두 사람은 고양이를 옆에 끼고 곤한 잠에 빠져 있을 것이다. 피에르 르베르고스도 의자에 쭈그리고 앉아 졸고 있었다. 코고는 소리가 간혹 새어나왔다. 두 사람이 술을 마시기 시작했을 때는 하늘이 어두웠다. 그러나 이제 바람이 구름을 몰아가 반달이 모습을 드러냈고, 달빛에 주변이 환했다. 넌 파이프를 피워 물고 오두막 주변에 심겨진 해바라기들을

328

둘러보았지. 유럽산 해바라기는 타히티의 습한 열대성 기후를 이겨내지 못할 것이라고 사람들은 장담했었지. 그러나 넌 고집을 꺾지 않고 다니엘 드 몽프레드에게 해바라기 씨를 보내달라고 부탁했어. 그리고 파우우라와 함께 씨를 뿌리고, 물을 주고, 지극정성으로 보살폈어. 자, 이제 보란 말이야. 꿋꿋하게 반짝반짝 살아났잖아. 얼마나 신기한 일이야? 그 미친 네덜란드 놈이 죽을힘을 다해 그려낸 프로방스의 해바라기만큼은 상큼하지는 못하다 해도 말이지. 그래도 어느 정도 말동무 삼을 만은 하잖아. 뭐라고? 폴, 그건 또 뭔 소린가? 어느 정도 마음을 안정시켜 준단 말이야. 한편 파우우라는 그 이상하게 생긴 꽃을 볼 때마다 웃음을 터뜨렸지.

1888년 그 여름, 아방 강가에 위치한 그 자그만 브르타뉴 마을에서는 유독 이상야릇한 일들만 네게 벌어졌지. 넌 가톨릭 신앙을 이해할 수 있게 되었고, 빅토르 위고의 『레미제라블』을 읽었고, 〈설교 후의 비전〉이라는 걸작을 그렸고, 마들렌느 베르나르의 육신을 입고 다시 태어난 성모마리아를 짝사랑하게 되었고, 마들렌느의 오빠 에밀과도 끈끈한 정을 나누게 되었지. 그해 여름에는 또 이런 일도 있었어. 그 미친 네덜란드 놈이 편지를 보내왔는데, 아를에 와서 같이 살자며 그야말로 생떼를 부리고 있었지. 그해 여름, 넌 파나마에서 얻어걸린 병 — 우유 단지에 빠진 모기 — 때문에 쉴 새 없이 똥을 질금거리고 있었고, 줄줄이 방귀를 뀌어대고 있었지.

그 수많은 사건들 중에서도 가장 결정적이었던 것은? 바로 『레미제라블』이었어. 코케. 빅토르 위고의 소설, 과부 마리 잔느 글로아넥(이 하숙집 여주인도 그 소설을 읽었다고 했지)이 운영하던 하숙집에서 함께 기숙하던 모든 화가들 — 샤를 라발, 메이어 드 한, 에밀 베르나르, 에르네스트 드 샤매야르 — 이 읽었던 소설이었지. 모두들 대단한 소설이라고 했지. 문지기로부터 귀족에 이르기까지, 재봉사로부터 지성인에 이르기까지, 예술가로부터 은행가에 이르기까지, 프랑스를 온통 감동의 도가니로 몰고 간 그 장대한 소설에 넌 한사코 빠져들지 않으려 애썼어. 그러나 넌 마들렌느의 간청에 결국 굴복하고 말았지. 마들렌느는 네게 고백했어. "이 책은 내 영혼을 뒤흔들어놓았다. 책을 읽는 내내 눈물을 참을 수 없었다." 장발장의 가시밭길 인생을 읽고도 비록 눈물은 흘리지 않았지만 진한 감동을 받았지. 그토록 가슴에 와 닿은 소설은 그때까지 읽어본 적이 없었지. 너무나 큰 충격이었지. 넌 그 미친 네덜란드 놈의 청을 받아들여 아를에서 함께 살 것을 결심했고, 그에 대한 약속으로 각각 자신의 초상화를 그리기로 했지. 넌 소설 주인공 장발장의 모습으로 너의 초상화를 그렸지. 비앵브뉘 주교 전하의 끝없는 자애로 범죄자에서 성인으로 환골탈태한 인물. 주교 전하는 장발장을 새사람으로 만들기 위해 어느 날 장발장이 훔치고자 했던 촛대를 선물했지. 소설은 널 어지럽게 만들었고, 불안하게 만들었고, 마음 졸이게 만들었고, 쩔쩔매게 만들었어. 인간쓰레기조차 구원할 수 있을 정도로 그렇게 정결한 양심이, 관대함이, 자비로움이 이 썩어문드러진 세상에 과연 존재할 수 있단 말인가? 비가 오지 않는 오후, 글로아넥 하숙집 테라스에 나가 앉아 밤이 내리기를 기다리는 아름다운 마들렌느라면 그럴 수 있었을 테지. 마들렌느는 그야말로 하느님의 은혜였으니까. 그러나 그렇지만 말이야, 살아 계신 하느님께서는 손수, 처음에는 비앙브뉘 주교를 통해 그리고 나중에는 장발장을 통해, 악에 대한 선의 승리를 선언하셨지. 그 무자비한 자베르가 소설 말미에 센 강에 뛰어들어 목숨을 끊고 말잖아. 그러니 인간이라는 동물이 칭찬 받을 일이 뭐란 말인가?

330

넌 장발장의 모습을 상상해가며 네 초상화를 그려 미친 네덜란드 놈에게 보냈지. 네가 그린 인물은 주변 사람들의 몰이해와 물질주의와 기독교정신에 의해 사회로부터 추방당하지 않을까 불안에 떠는 예술가의 모습이었어. 하지만 성과도 있었지. 몇 달 후〈설교 후의 비전〉이라는 그림으로 극명하게 드러날 너 자신만의 기법을 그때 이미 그 초상화에서부터 시작했으니까. 역사적인 사건에서 초월적인 사건으로, 물질에서 영혼으로, 인간적인 것에서 신적인 것으로의 귀의. 그 그림이 완성되었을 때 퐁타방의 친구들이 얼마나 기뻐하며 칭찬을 늘어놓았는지 기억나지? 그 아름다운 마들렌느가 뭐라고 말했는지도? "고갱 선생님, 선생님의 작품은 내 생애 마지막 날까지 나와 함께 할 거예요."

그 하늘 천사 같았던 마들렌느는, 샤를 라발이 죽은 지 1년 후, 카이로에서 폐결핵으로 죽어갈 때,〈설교 후의 비전〉을 기억하고 있었을까? 물론 아니겠지. 마들렌느는 너와 그림에 대해, 그리고 어쩌면 1888년 퐁타방의 여름에 대해 완전히 잊고 있었을 거야. 폴, 넌 메트 가드와 헤어진 후로 다시는 그 누구도 사랑하지 못할 거라고 믿고 있었지. 그랬어. 그때 넌 메트 가드와 별거 중이었어. 메트 가드는 다섯 명의 자식들과 함께 코펜하겐에서 살고 있었고 넌 퐁타방에 살고 있었지. 두 사람이 부부임을 나타내주는 것이라고는 결혼 서류와 색 바랜 편지 한 장이 고작이었어. 그럼에도 불구하고, 메트와는 도저히 다시 합칠 수 없을 것이라는 사실이 확실했음에도 불구하고, 넌 정신적으로 자유롭지 못했어. 지금까지도 마찬가지야, 코케. 1888년 그 당시 넌 이렇게 생각하고 있었지. 서구인들이 생각하는 사랑은 방해물일 뿐이다, 예술가에게 있어서 사랑은, 원시인들의 사랑처럼 감정적인 요소나 정신적인 요소와는 전혀 상관없는, 오로지 육체적이고 관능적인 요소만 갖추고 있

어야 한다. 그래서 넌 육욕에 이끌려 사랑을 나누게 될 때면 — 특
히 창녀들과 — 배설행위를 하듯 그냥 그 순간만을 즐겼던 거지.
그러나 12년 전 그 여름, 오빠 에밀과 함께 퐁타방의 글로아넥 하
숙집을 찾아온 마들렌느를 보고 넌 감정에 휘둘리게 되고 말았지.
안절부절 말도 제대로 못하게 되었던 거야. 희고 단아한 그 처녀의
얼굴, 촉촉이 젖은 푸른 눈동자, 균형 잡힌 가녀린 몸매, 마치 순수
함과 성스러움이 온몸에서 뿜어져 나오는 것 같았지. 식당으로 들
어올 때도 그랬고 테라스로 나갈 때도 그랬어. 강변을 산책하며 고
깃배들이 드나드는 모습을 무심한 표정으로 바라보는 마들렌느,
넌 나무 뒤에 숨어 그런 마들렌느의 모습을 훔쳐보았지.

　넌 마들렌느에게 사랑한다는 말도 하지 않았고 그 어떤 암시도
내비치지 않았어. 너무나 어린 처녀여서 그랬던 것일까? 나이가
두 배나 차이가 나서? 그런 건 아니었어. 이상하게도 그러면 안 될
것 같은 느낌이 있었지. 네가 마들렌느를 사랑하게 되면 그녀의 본
질을, 그녀의 아름다운 영혼을 더럽힐 것 같은 그런 불길한 예감이
들었던 거지. 그래서 넌 속마음을 감추었어. 나이 많은 오빠가 이
제 막 어른으로 성장한 동생을 대하듯 그렇게 경험에서 우러나온
충고나 할 뿐이었지. 그러나 그 아름다운 마들렌느가 불러일으킨
충동을 모두가 다 이겨낸 것은 아니었지. 특히 샤를 라발은 참지
못했어. 라발은 후텁지근했던 그 1888년 여름에 이미 그녀에게 완
전히 사로잡혀 있었던 건 아니었을까? 네가 비좁은 방구석에 틀어
박혀 〈설교 후의 비전〉에 매달려 있는 동안 놈은 그녀에게 사랑타
령을 늘어놓고 있었던 건 아니었을까? 샤를과 마들렌느는 아름다
운 사랑을 만들어갔을까? 안타까운 일이지. 그렇게나 젊은 나이에
1년을 사이에 두고 둘 다 죽다니. 게다가 마들렌느는 천리타향 이
집트에서 죽었단 말이지. 폴, 너도 그렇게 천리타향 이국땅에서 죽

게 되겠지.

『레미제라블』, 마들렌느를 향한 순수한 사랑, 종교를 주제로 동료 화가들과 자주 나누었던 토론 — 유대교에서 가톨릭교로 개종한 네덜란드인 야곱 메이어 드 한도 에밀 베르나르와 마찬가지로 신비주의에 푹 빠져 있었다 —, 이런 경험들이 결정적인 계기가 되어 넌 〈설교 후의 비전〉을 그릴 수 있었던 거지. 그림을 완성하고 나서는 몇 날 며칠 밤을 잠을 이루지 못하고 가물거리는 호롱불에 의지해 친구들에게 편지를 썼어. 보통 사람들의 촌스럽고 미신적인 단순성을 마침내 이해하게 되었다, 사람들은 단순한 일상과 오래된 믿음에 젖어 꿈의 현실성과 환상의 진실성과 비전의 의미를 제대로 파악하지 못한다. 넌 쉬프와 그 미친 네덜란드 놈에게 이렇게 주장했어. 〈설교 후의 비전〉은 리얼리즘을 거부하는 그림이다, 이 그림은 자연 세계를 모방한 그림이 아니다, 이 그림은 예술이 꿈을 통해 현재의 삶에서 벗어날 수 있었던 시대를 되살리고 있다, 이 그림은 전지전능하신 창조주를 본받아 그분이 행하신 일 바로 창조행위를 표방하고 있다, 예술가의 임무는 모방이 아니라 창조인 것이다, 이제 예술가들은 노예근성을 벗어 던지고 현실과는 다른 새로운 세상을 창조하는 데 전력을 기울여야 할 것이다.

〈설교 후의 비전〉은 지금 어느 사람 수중에 들어가 있을까? 생애 처음 타히티로 오기 위해, 그 경비 마련을 위해, 1891년 2월 22일 일요일, 드루오 호텔에서 마련한 경매에서 〈설교 후의 비전〉은 최고로 비싼 값에 팔릴 수도 있었지. 거의 9백 프랑까지 가격이 치솟았으니까 말이야. 지금 그 그림은 어느 부잣집 식당에 축 늘어진 채 걸려 있을까? 넌 〈설교 후의 비전〉을 위해 조촐한 종교 행사를 가지기를 원했지. 또 그 그림을 퐁타방 교회에 기증하겠다고 제안했지. 그러나 신부는 네 제안을 거부했어. 그림의 색상이 신성한 장소와는 어울리지 않는다고 ─ "브르타뉴 어디에 그런 피를 질질 흘리는 것 같은 땅이 있단 말이요?" ─ 했단 말이지. 니종의 신부 역시 네 청을 거절했어. 화를 벌컥 내면서 말이지. "그따위 그림은 교구민들 사이에 의심과 불화만 불러일으킬 것이요."

폴, 그 12년 사이에 참 많이도 변했어. 네가 그 사람 좋은 쉬프에게 이런 편지를 쓰고 난 후로 말이야. '여자 문제나 먹는 문제는 완전히 해결되었다네. 이제 전적으로 일에만 매달릴 수 있게 되었네. 형편이 풀린 거지.' 그러나 그런 적은 결코 없었어, 폴. 『레 게프』에 토막글이나 만화 따위를 실으며 굶어죽을 걱정은 덜긴 했지만 말이야. 그래, 지금은 프랑수아 카르데야나 가톨릭당 떨거지들 덕분에 때를 거르지 않고 먹고 마시게는 되었지. 타히티에서 사는 동안 이런 경우는 처음이었지. 힘깨나 쓴다는 카르데야는 브레아 가에 있는 2층짜리 저택으로 널 뻔질나게도 초대하곤 했지. 멋들어지게 장식한 베란다며 나무 울타리를 두른 넓은 정원하며, 그야말로 으리으리한 저택이었지. 그리고 리볼리 가에 있는 약국에서 열리는 정치 모임에도 널 초대하곤 했어. 그래, 그래서 기분 좋았어? 아니지. 기분 더러웠지. 넌더리가 났단 말이지. 1년이 넘도록 간단한 수채화 한 점 그리지 못했고 자그마한 '투파파우' 하나 조각하지 못했대서? 어쩌면 그럴지도. 어쩌면 아닐지도. 그림을 계속 그린다는 게 무슨 대단한 일이라도 된단 말이야? 넌 이미 알고 있었어. 불후의 명작을 그려보겠다고? 예전에는 그랬지. 지금 붓을 들면 찌그러드는 네 모습 외에 뭘 더 그릴 수 있겠어? 이런 빌어먹을. 관둬.

네 안에 남아 있는 창조성이나 호전성을 『레 게프』를 통해 발산하는 게 좋았을 거야. 그래 그거야. 카르데야라는 망나니와 그 패거리들이 골머리를 앓고 있는 파리에서 파견한 공무원들과 개신교도들과 중국놈들을 물고 늘어지는 거지. 그래, 때로는 양심의 가책을 느끼진 않아? 널 개만도 못하게 취급했던 그 사람들, 네가 개만도 못하게 취급했던 그 사람들의 개노릇하는 처지를 말이야. 아니지. 넌 아주 오래 전부터 이렇게 생각해 왔으니까. 진정한 예술가가 되기 위해서는 부르주아 계급의 편견은 모조리 떨쳐버려야 한다, 양심의 가책이라는 것도 바로 그 편견들 중의 하나인 것이다. 호랑이라는 놈이 그 흉악한 이빨로 사슴의 멱통을 끊을 때 양심의 가책을 느낀단 말인가? 코브라라는 놈이 새끼 새에게 최면을 걸어 산채로 집어삼킬 때 안타까워한단 말인가? 1899년 4월이던가 5월, 넌 『레 게프』를 통해 말도 안 되는 주장을 해댔어. 『로티의 혼인식』이라는 소설 — 그 미친 네덜란드 놈이 사족을 못 썼던 소설이었지 — 에서 피에르 로티가 날조해낸 생각을 그대로 따왔던 거지. 넌 주장했어. 중국놈들이 타히티에 문둥병을 퍼뜨렸다. 그리고 넌 그런 얼토당토않은 소문을 퍼뜨린 것에 대해 처음으로 양심의 가책을 느꼈지.

"창녀도 자기 일에 충실하면 칭찬을 받을 수 있다네, 피에르." 헛소리가 흘러나왔다. 몸을 일으킬 힘도 없었다. "그래, 난 창녀야, 칭찬 받는. 아니라고 할 수 있겠나."

단잠에 빠진 피에르 르베르고스의 숨소리가 대답했다. 다시 구름이 달을 가렸다. 칠흑 같은 어둠 속에서 모닥불이 일렁거렸다.

폴, 플로라 할머니라면 네가 한 짓을 용서하지 않았을 거야. 당연히 용서하지 않았겠지. 그 팔방미인 미친 여자는 정의의 편에 서지 폴리네시아에서 최초로 럼주를 생산해낸 프랑수아 카르데야 편에 서진 않았을 테지. 그러나 이 부패한 섬에서 과연 무엇이 정의란 말인가? 마오리족의 전통에서 점점 멀어져만 가는 이 섬, 썩어문드러진 유럽을 점점 닮아만 가는 이 섬에서 말이야. 플로라 할머니는 정의를 찾아내기 위해 무진 애를 썼을 테지. 불평불만, 음모, 이웃사랑이라는 허울을 뒤집어쓴 야비한 이해관계로 뒤얽힌 복잡한 미로를 들쑤시고 다닌 끝에 마침내 최종 판결을 내렸겠지. 할머니, 그렇게 유난을 떨어댔으니 겨우 마흔 살 나이로 인생 종친 거잖아! 반면에 폴은? 정의? 개똥같은 소리였다. 그래서 쉰세 살까지 살아 있는 것이다. 플로라 할머니보다 12년을 더 살고 있는 것이다. 폴, 너도 멀지 않았어. 씨발. 아름다움, 예술, 진짜 중요한 것을 고려한다면, 네 삶도 벌써 끝장난 거야.

다음 날 동틀 무렵, 한줄기 소나기에 잠에서 깨어났다. 집 바깥, 지난 밤 앉아 있던 의자에 그대로 앉아 있었다. 흠뻑 젖고 말았다. 앉은 채 잠을 잤던 탓인지 목덜미가 뻐근했다. 피에르 르베르고스는 간밤에 가버렸는지 보이지 않았다. 정신이 들 때까지 그대로 비를 맞았다. 오두막으로 엉금엉금 기어들었다. 침대에 널브러져 한낮까지 잠을 잤다. 잠에서 깨보니 파우우라와 아이가 보이지 않았다.

그림에서 손을 뗀 후로는 이전처럼 일찍 일어날 필요가 없었다. 해가 중천에 뜰 때까지 미적대다가, 승합 마차를 타고 파피테로 가서, 어둠이 내릴 때까지 『레 게프』 다음 호를 준비했다. 한 달에 한 번 나오는데다 분량도 겨우 네 쪽에 불과한 잡지였지만 잡지에 실린 내용 — 기사, 만화, 삽화, 풍자시, 유머, 가십 — 은 모두 폴의 손을 통해 나왔다. 잡지를 내기 위해서는 할 일이 태산 같았다. 게다가 원고를 인쇄소에 가져다주어야 했고, 인쇄 잉크, 교정쇄, 인쇄 상태 등을 점검해야 했고, 잡지가 나오면 구독자들에게 발송하고 가판대에 배급하기도 해야 했다. 폴은 그 모든 과정이 재미있었다. 그래서 열심히 일에 매달렸다. 프랑수아 카르데야와 가톨릭당 떨거지들과의 빈번한 만남은 지겹기 그지없었지만 잡지 비용을 대고 월급을 주는 자들이 그놈들이었기 때문에 어쩔 수 없었다. 놈들은 은근한 명령이나 다름없는 충고를 한답시고 폴을 들들 볶았다. 가예를 너무 심하게 몰아붙였다는 둥, 약발이 너무 약한 게 아니냐는 둥, 비난을 늘어놓기도 했다. 그럴 경우 대부분의 경우는 딴 생각을 하면서 수더분하게 들어주기도 했지만, 때로는 도저히 참을 수 없어 분통을 터뜨리기도 했다. 당장 그만두겠노라고 소리친 적도 두 번이나 있었다. 놈들은 폴을 놓아주지 않았다. 폴을 대신할 사람을 도저히 구할 수 없었던 것이다. 그 돌대가리 놈들은 지들 손으로 편지 한 장 제대로 쓰지 못했던 것이다.

아무 일 없었다면 그냥 그런 식으로 계속 살았을 것이다. 그러나 1901년 초엽, 한동안 수그러들었던 병이 다시 폴을 공격해왔다. 이전보다 훨씬 고약했다. 새로운 세기의 첫 번째 해 첫 번째 달, 어느 날 오후, 브레아 가에 있는 프랑수아 카르데야의 저택에서 일은 벌어지고 말았다. 집주인이 브랜디를 한 방울 떨군 커피 잔을 폴에게 내밀었을 때, 폴의 심장에 경련이 일어났다. 심장이 격렬하게 뛰기 시작했다. 가슴이 풀무처럼 오르락내리락했다. 숨을 쉴 수가 없었다. 폴은 1주일 내내 심장발작과 호흡곤란에 시달리다 급기야 피를 토하고 말았다. 그래서 끝내 바이아미 병원을 찾을 수밖에 없었다.

"라그랑주 박사, 이젠 심장병까지 겹친 거요? 뭐요?" 폴은 자기 몸을 진찰하는 의사 앞에서 이죽거렸다.

의사는 고개를 저었다. 새로운 병이 아닙니다, 선생. 전부터 있던 병입니다, 참으로 끈질긴 놈이네요. 살과 피와 머리를 갉아먹다가 이제 심장까지 파고든 겁니다. 1901년 1월부터 3월까지 폴은 세 번이나 병원 신세를 져야 했다. 한 번 입원하면 여러 날 잡혀 있었다. 마지막으로 입원했을 때는 2주일이나 잡혀 있었다. 바이아미 병원에서는 폴을 잘 대해 주었다. 병원 원장 라그랑주 박사를 필두로 의사들 대부분은 카르데야 덕을 보고 있었기 때문이었다. 의사들은 본국에서 파견한 관리들과 한창 힘싸움을 벌이고 있었던 것이다. 의사들은 폴의 침대에 책상도 하나 만들어주어 폴은 침대에 누워서도 『레 게프』 잡지를 만들어낼 수 있었다.

그러나 병원에 강제로 갇혀 있다 보니 절망감이 커질 수밖에 없었다. 잠 못 이루는 긴긴 밤, 오만가지 생각이 떠올랐다. 문득 이런 생각이 들었다. 그래, 네가 하는 짓에, 네가 몸 바쳐 충성하는 놈들에게 넌더리가 난 거야. 그 멍청이들을 위해 골을 빼다가 죽어 나자빠질 수는 없는 일이잖아. 지금 네 꼬락서니를 생각해 봐. 끔찍하지. 돈도 마다하고 타히티까지 온 거잖아. 그 미친 네덜란드 놈이 정신이 말짱했을 때 아를에서 꿈꾸었던 것과 마찬가지였잖아. 돈으로 얼룩진 유럽 문명으로부터 자유로운, 자유와 미와 창조와 기쁨으로 이루어진 자그마한 에덴동산을 만들기 위해 이곳에 온 거잖아. 그래, 빈센트는 그 에덴동산을 쾌락의 집이라고 불렀지. 운명이란 진짜 알다가도 모를 일이야, 코케.

폴, 벌써 잊어먹은 거야? 이 모든 짓거리가 바로 1년 반 전에 시작된 거라고. 자살미수 사건 이후, 너의 최후의 걸작이라고 할 수 있는 〈우리는 어디서 왔는가? 우리는 무엇인가? 우리는 어디로 가는가?〉를 완성하고 난 후에 말이야. 오두막 안에 있던 물건들이 하나씩 없어지기 — 진짜 없어진 거야? 아니면 없어지는 것 같다고 생각한 거야? — 시작했지. 그래서 넌 이렇게 확신하게 되었던 거야. 푸나아우이아 원주민 놈들이 도둑놈이다. 파우우라는 아니라고 했어. 꿈꾸지 말라고 했지. 그러나 한번 그런 생각이 들기 시작하자 걷잡을 수가 없었어. 넌 도둑놈들을 처벌해달라고 파피테 법원에 생떼를 썼어. 그러나 판사들은 그런 하찮은 일로 재판을 열려고 하지 않았지. 당연한 일이었지. 그러자 넌 대자보를 써 붙였어. 이것저것 가릴 것 없는 신랄한 내용이었지. 넌 식민지 정부가 원주민들과 한통속이 되어 프랑스 사람들을 핍박한다고 주장했어.『르 수리르(주르날 메샹)』는 그렇게 탄생하게 되었던 거야. 그 독설은 식민지 프랑스 사람들을 사로잡았어. 식민지 프랑스 사람들은『르 수리르』를 사 보고 통쾌해했지. 격려 편지가 쇄도했어. 마침내 카르데야가 몸소 찾아와『레 게프』를 맡아달라고 사정사정했지. 모든 일이 일사천리로 진행된 거야. 넌 어찌 돌아가는 일인지 알아차리지도 못했어. 넌 먹고 마시기 위해 18개월 동안이나 난삽한 글로 이 섬에 평지풍파를 일으킨 거야. 쓸잘데없는 데 신경 쓰느라 네가 화가라는 사실을 까맣게 잊고 지낸 거란 말이야. 그래, 그러는 동안 행복했어? 아니지. 카르데야를 위해 계속 일할 작정이야? 어림도 없지.

그렇다면 어쩔 건데? 되도록 빨리 이 빌어먹을 섬 타히티에서 벗어나야지. 유럽 문명이라는 염병할 것이 이 원시 세상을 이미 망쳐놓아 이젠 숨조차 제대로 쉴 수 없게 되었으니까. 폴, 그렇다면 그 지치고 병든 몸뚱이를 이끌고 어디로 갈 건데? 물론 마르키즈 제도로 가야지. 자유분방하고 길들여지지 않은 마오리족이 그들의 문화와 관습과 문신 예술을 고이 간직하고 있는 곳이니까. 서구의 손길이 닿지 않은 원시림 한가운데에서 성스러운 식인 풍습을 아직까지 거행하고 있는 곳이니까. 그곳에서는 몸을 말끔하게 씻을 수 있을 거야, 코케. 신선하고 깔끔하고 깨끗한 곳이라면 그 입에 담지 못할 병도 수그러들 테지. 그곳에서라면 다시 붓을 들 수 있을 거야, 폴.

일단 마음을 정하고 나자 나머지 일들은 순조롭게 진행되었다. 폴이 바이아미 병원에서 퇴원하자마자 파리로부터 폭탄과 같은 소식이 날아들었다. 구스타브 가예 주지사를 해임한다는 소식이었다. 너를 이용해먹었던 식민지 프랑스 사람들은 그 소식에 대만족이었지. 그래서 별로 힘들이지 않고도 놈들을 설득할 수 있었어. 이미 승리한 이상 더 이상 잡지를 발간할 필요가 없어졌으니까 말이지. 놈들은 사례비로 한몫 두둑이 내놓고 널 풀어주었어.

그로부터 며칠 후, 폴이 인생의 전환기마다 한 차례씩 겪게 되는 열병에 시달리면서도 타히티와 마르키즈 제도를 오가는 배편을 알아보고 있을 때, 피에르 르베르고스가 폴을 찾아와 이런 소식을 전했다. 최근 타히티에 정착한 스웨덴 신사 악셀 노르트만이라는 사람이 푸나아우이아에 있는 폴의 오두막을 구입하고자 한다, 지나가는 길에 오두막을 보고 반했다는 것이었다. 폴은 이틀 만에 거래를 성사시켰다. 폴은 집을 판 돈으로 배표를 구하고, 짐삯을 치르고, 파우우라와 어린 에밀에게 얼마간의 돈도 쥐어줄 수 있었다. 파우우라는 마르키즈 제도로 가지 않겠다고 딱 부러지게 잘라 말했다. 가족을 떠나 먼 타향에서 어찌 살란 말인가? 너무나 멀고 위험한 곳이다. 코케가 언제 죽을지 누가 알겠는가? 코케가 죽고 나면 나와 아이는 어쩌란 말인가? 그냥 가족들한테 돌아가겠노라.

네겐 문제될 게 없었지. 사실 말이지, 새로운 삶을 시작하는 마당에 파우우라와 에밀은 걸림돌이었으니까 말이지. 그 반면, 피에르 르베르고스가 동행하지 않겠다고 했을 때는 울화가 치밀었지. 넌 이렇게 제안했어. 식모를 데리고 가자, 내 돈이 네 돈 아니냐. 하지만 그 친구 요지부동이었지. 세상의 모든 금을 준다고 해도 이곳을 떠나지 않을 것이다. 미친놈이 아니고서야 어디 자네처럼 왔다 갔다하는 사람 말만 믿고 따라 나설 수 있겠느냐. 폴은 욕을 퍼부었다. 더러운 부르주아 떨거지, 겁쟁이, 어중이떠중이,

배신자.

피에르 르베르고스는 한동안 생각에 잠겨 있었지. 네가 욕을 퍼부어도 대꾸도 하지 않았어. 이빨이 반나마 빠져버린 주둥이를 오물거리며 나뭇잎만 씹고 있었지. 너와 피에르는 오두막 밖으로 나와 커다란 망고나무 그늘에 앉아 있었어. 마침내 놈이 떠듬거렸지. 목소리를 높이지도 않았어. 아주 차분했단 말이지.

"자네 사방을 돌아다니며 이렇게 떠벌렸다지. 자네가 마르키즈 제도로 가는 이유는 싼값에 모델을 구할 수 있어서라고, 아무도 밟아보지 못한 땅이 있고 비교적 타락하지 않은 문화가 있어서라고 말이야. 난 자네가 거짓말을 했다고 보네. 자넨 자네 자신조차 속이고 있는 걸세, 폴. 자넨 자네 다리에 난 병 때문에 타히티에서 달아나는 거야. 이곳에는 자네와 자고 싶어하는 여자가 하나도 없으니까. 그 지독한 냄새 때문에 말이야. 파우우라도 바로 그것 때문에 자네를 따라가지 않으려 하는 거야. 자네 생각은 이런 거겠지. 마르키즈 제도는 이곳보다 가난하니까 사탕 한 주먹에 계집애들을 살 수 있을 거다. 공연한 꿈일랑 꾸지 않는 게 좋아, 친구. 곧 알게 되겠지 뭐."

1901년 9월 10일, 폴은 파피테 항에서 히바오아를 향해 출발하는 '남십자성' 호에 올랐다. 배웅 나온 사람은 아무도 없었다. 폴은 아코디언, 춘화 꾸러미, 추억거리가 가득한 가방, 골고다 언덕을 기어오르는 예수그리스도와 닮은 자화상 한 점, 눈 덮인 브르타뉴 풍경을 그린 조그만 그림 한 점을 품에 안고 있었다. 푸나아우이아의 오두막을 구입한 새 주인이 집 안의 것을 몽땅 가져가라고 고집했지만, 그림 몇 점과 상상으로 조각한 '투파파우' 조각상 십여 점은 오두막에 남겨두었다. 그로부터 몇 달 후, 오두막 새 주인 악셀 노르트만은 폴에게 편지로 알려주게 될 것이다. 어린 자식놈

이 그 소름끼치는 조각상들을 너무 무서워하는 바람에 몽땅 바다
에 처넣어버렸소이다.

# 15

# 캉가요 전투

님므, 1844년 8월

님므, 숨이 막힐 듯한 뒤가르 호텔 방, 1844년 8월 5일부터 12일까지 플로라는 6일 낮 6일 밤을 공포에 몸을 떨었다. 전국 순회길을 나선 이후로 최악의 상황이었다. 플로라는 거의 매일 악몽에 시달렸다. 도시의 사제들은 강론을 통해 교회를 가득 메운 광신도들이 플로라에게 반감을 갖도록 부추겼고, 광신도들은 플로라를 폭행하기 위해 님므 거리 구석구석을 뒤지고 다녔다. 플로라는 바들바들 떨며 남의 집 현관이나 어두운 구석으로 숨어 다녔다. 플로라는 고삐 풀린 군중들이 주 예수 그리스도의 복수를 위해 불경한 혁명가를 찾아다니는 모습을 미덥지 못한 피난처에 숨어 지켜보았다. 사람들이 플로라를 발견하고 증오심으로 일그러진 표정으로 달려들었을 때, 플로라는 잠에서 깨어났다. 땀이 비 오듯 쏟아졌고 두려움으로 사지가 마비되었다. 목에서 쓴 물이 올라왔다.

님므에서는 첫날부터 되는 일이 없었다. 뒤가르 호텔은 지저분

343

한데다 불친절하기까지 했다. 음식도 형편없었다. (플로라 넌 이날 이때껏 한번도 음식투정을 해본 적이 없었는데, 그때는 유달리 집에서 먹는 것처럼 잘 차려진 상을 아쉬워했었지. 걸쭉한 수프와 신선한 달걀과 갓 저어낸 버터를 말이야.) 복통, 설사, 생리통은 숨쉬기조차 어려운 더위와 함께 플로라의 행로 하나하나를 갈보리 고행길로 만들었다. 아무리 고생해도 소용없을 것 같다는 느낌에 더욱 힘이 들었다. 오로지 믿음에 매달려 사는 이 도시에서는 노동조합의 초석이 될 만한 지각 있는 노동자를 한 명도 찾지 못할 것 같았던 것이다.

한 사람 찾기는 했다. 그러나 그 사람 역시 님므 사람이 아니라, 역시나 리옹 출신이었다. 비단, 면직물, 모직물을 생산하는 4만 명의 노동자들이 모여 있는 상업의 중심지 님므에서 플로라는 네 차례 모임을 가질 수 있었다. 박애주의자에 현대적인 이념을 가진 푸리에주의자라고 소개받았던 두 명의 의사 — 플랭두 박사와 드 카스텔노 박사 — 가 어영부영 모임을 주선해주었다. 사제들의 말이라면 가리지 않고 덥석덥석 받아먹는 다른 님므 사람들과 달리 사제들의 터무니없는 설교에 완전히 놀아나지 않는 사람은 그리옹 출신 노동자가 유일한 것 같았다. 안달루시아 아가씨, 넌 정말 해도 해도 너무 하는구나 싶었지. 그러나 님므는 네게 새로운 것을 가르쳐주었어. 네가 극복해야 할 장벽은 무한할 수도 있다는 사실을 말이야. 플로라는 어느 날 한 모임에서 기계공 한 사람이 이렇게 말하는 소리를 들었다. "부자들은 필요한 존재들입니다. 부자가 있어야 가난한 사람도 이 세상에 있게 되니까요. 그래야 우리는 천국으로 가고, 부자들은 못 갈 것 아닙니까." 처음에는 웃음이 터져 나왔지만 이내 정신이 아찔했다. 사제들은 노동자들에게 착취당하는 것도 좋은 일이라고까지 가르치고 있었던 것이다. 그

344

래야 천국에 들어갈 수 있다고. 플로라는 너무나 어이가 없어 한참 동안을 입을 꼭 다물고 있었다. 화를 낼 기운조차 없었다.

이렇게나 한심스럽고 엉망진창인 꼴은 10년 전, 아레키파에 머물러 있을 무렵 막바지에 벌어진 그 울 수도 웃을 수도 없는 한심한 캉가요 전투 때밖에는 보지 못했다. 한 가지 차이는 있어, 플로라. 10년 전 일을 생각해봐. 가마라 파와 오르베고소 파가 아레키파 외곽에서 맞붙어 피를 흘리며 죽어가면서 무언극을 펼치고 있을 때, 넌 안전한 장소에서 그 장면들을 구경하면서 안타깝고 서글프고 애처롭고 헷갈리는 심정으로 생각에 생각을 거듭했지. 저 원주민들, 저 혼혈인들은 무슨 이유로 자신들과는 아무런 상관없는 전쟁터에 끌려나와 전쟁 도구로 총알받이로 이용당하고 있는가, 원리원칙도 이념도 윤리도 없는 전쟁, 지배자들의 야심만 충족시키려는 전쟁이 아닌가 말이다. 그러나 이곳에서는 경우가 달라. 평화 혁명에 대해 입도 뻥긋하지 못하도록 모든 문을 닫아버린 종교적인 편견과 무지몽매라는 벽 앞에서, 넌 참담한 심정으로 가열차게 투쟁하고 있는 거니까. 분노로 이성이 마비되어도 아랑곳하지 않고 말이지.

몸이 아파 조급증이 난 건가? 이리저리 종종걸음 치며 뒤가르 호텔과 같은 너저분한 여관을 몇 달 전전하다보니 그렇게 맥이 빠진 건가? 님므 사제들의 부추김을 받은 사람들에게 얻어맞는 악몽에 시달리느라 지쳐 나가떨어진 건가? 악몽을 꾸기보다는 밤을 꼬박 뜬눈으로 지새우는 편이 나았다. 창문을 열어놓고 님므 사제들에게 욕을 퍼붓고 있노라면 밤은 어느새 지나가기 마련이었다. '그래 플로라, 권력을 장악하게 되면 혹독하게 앙갚음을 하는 거야. 그래, 놈들이 그렇게나 뻐기는 로마 콜로세움에 놈들을 가둬놓고, 놈들의 설교 따위를 듣고 사나운 짐승으로 돌변해버린 바로 그 노동자들로 하여금 놈들을 잡아먹게 만드는 거야.' 이런 식으로 오기를 부리다보면 기분이 풀렸다. 플로라는 어린 계집아이처럼 깔깔거렸다. 그럴 때면 종종 아레키파 시절이 되살아났다.

네가 시우다드 블랑카에서 목격했던 전쟁과 같이 전쟁이란 하나같이 허무맹랑한 짓거리가 아니었겠어? 인간들이 만들어낸 혼돈 그 자체지. 역사가들은 애국심을 고취시키기 위해 전쟁의 이상과 용기와 관용과 원칙만을 강조할 뿐이지, 몇 안 되는 사람들의 야심과 탐욕과 광신을 위해 무자비하게 희생된 수많은 사람들의 두려움과 우둔함과 조잡함과 이기주의와 잔혹함과 무지에 대해서는 눈감아 버린단 말이야. 그렇게 되겠지. 그 웃기지도 않는 놀이판 같았던, 그 말도 안 되는 헛짓거리 같았던 캉가요 전투는 앞으로 백 년 안에 역사책에 기록될 것이다. 그리고 페루 사람들은 그 전투를 자랑스러운 과거 역사로 읽을 것이다. 합법적인 절차에 따라 대통령으로 선출된 오르베고소 장군을 지지하여 가마라 장군이 이끄는 반란군과 용감하게 맞서 싸운 위대한 도시 아레키파. 그러나 반란군은 피비린내 나는 전투 끝에 마침내 아레키파를 무너뜨리고 말았다. 전투는 어이없게도 단 며칠 만에 반란군의 승리로 끝나고 말았던 것이다. 그래, 플로라. 직접 경험한 역사는 잔인하기 이를 때 없었지만, 책을 통해 읽는 역사는 사이비 애국자들의 사기극에 지나지 않았지.

산 로만 장군이 이끄는 가마라 파 부대는 좀처럼 아레키파에 나타나지 않았다. 그래서 니에토 장군과 발디비아 수석 사제가 이끄는 부대 — 플로라의 사촌 클레멘테 올더스가 참모 본부장으로 있는 부대 — 는 반란군의 존재를 거의 잊어가고 있었다. 1834년 4월 1일, 니에토 장군은 부하 장병들에게 도시로 들어가 술을 마셔도 좋다고 허락하기에 이르렀다. 산토도밍고 거리에 있는 트리

346

스탄 가문의 대저택에서 플로라는 노래하고 춤추고 고함치는 소리를 밤이 새도록 들었다. 군인들은 시내 술집을 돌아다니며 술을 마시고 매운 음식을 먹으며 하룻밤의 자유를 만끽했다. 기타 소리와 차란고 소리에 마을 사람들은 밤새 잠을 설쳐야 했다. 다음 날, 화산들 사이의 청명한 지평선 구불구불한 언덕 위로, 산 로만 장군이 이끄는 부대가 나타났다. 플로라는 햇빛을 가리기 위한 붉은색 모자와 망원경으로 무장한 채 개미 떼와 같은 얼룩이 천천히 다가오는 것을 지켜보고 있었다. 그동안 집안에서는 한바탕 소동이 벌어졌다. 플로라의 삼촌 피오 씨, 사촌 카르멘, 고모 호아키나와 다른 친척들 — 고모들, 사촌들, 삼촌들 등 남녀노소를 막론하고 — 은 보석이나 돈이나 옷가지나 값나가는 물건을 서둘러 바리바리 싸기 시작했다. 다른 아레키파 사람들과 마찬가지로 수도원이나 수녀원이나 교회로 피난 가기 위해서였다. 해가 한창 떠올랐을 무렵, 산 로만 장군 부대의 모습이 먼지 구름 속으로 완전히 파묻혔을 때, 클레멘테 올더스가 말을 몰고 나타났다. 클레멘테 올더스는 완전무장을 갖추고 땀을 뻘뻘 흘리고 있었다. 트리스탄 가문 사람들에게 미리 알리기 위해 잠시 부대를 빠져나온 것이었다.

"우리 애들은 모두 취해 있소. 장교들까지 말이오. 니에토란 놈이 멍청하게도 하룻밤 휴가를 주는 바람에 그렇게 된 거요." 클레멘테 올더스는 으르렁거렸다. "산 로만이 지금 공격해온다면 우린 끝장이오. 꾸물대고 있을 시간이 없소. 지금 당장 산토도밍고 수도원으로 피하시오."

클레멘테 올더스는 독일말로 욕을 퍼부으며 말을 타고 떠났다. 고모들과 여자 사촌들이 함께 가자고 애원했지만, 플로라는 남자들과 저택 옥상에 남았다. 전투가 시작되면 산토도밍고 수도원으로 피할 작정이었다. 저녁 일곱 시, 첫 번째 총성이 울렸다. 총소리

347

는 멀리서 산발적으로 한참 동안 계속되었다. 도시로 가까워질 기미는 보이지 않았다. 밤 아홉 시 무렵, 전령 한 명이 산토도밍고의 호젓한 거리에 모습을 나타냈다. 니에토 장군이 자기 부인에게 보낸 전령이었다. 전령은 상황이 좋지 않으니 가까운 수도원으로 피하라는 전갈을 갖고 왔다. 피오 트리스탄 씨는 전령에게 마실 것과 먹을 것을 마련해주었다. 전령은 음식을 먹으며 그동안의 상황을 들려주었다. 전령은 지쳐 숨을 헐떡이며, 음식을 입에 우겨 넣으며 말을 했다. 산 로만의 대대가 사각대형으로 먼저 공격해왔다, 그러나 니에토 장군의 청룡부대가 놈들의 진격을 제지했다, 팽팽한 접전을 펼치던 전투는 어스름이 깔릴 무렵 균형이 깨졌다, 모란 대령의 포병대가 목표물을 잘못 설정해 가마라 부대를 겨누는 대신 우군인 청룡부대를 향해 포탄을 퍼붓고 기관총을 갈겨버린 것이다, 그런 바람에 청룡부대는 괴멸되고 말았다, 어떻게 끝나게 될지 확실하지는 않지만 산 로만이 승리할 가능성도 있다, 적들이 시내로 쳐들어오기 전에 "나리들께서는 몸을 피하시는 것"이 좋을 것 같다. 플로라, 그 소식에 얼마나 큰 소동이 벌어졌는지 넌 기억하고 있겠지? 잠시 후, 삼촌들과 남자 사촌들은 저택 문에 판자를 대고 못질한 후에 노예들을 이끌고 산토도밍고 수도원과 교회를 향해 줄행랑을 쳤다. 노예들은 융단, 양식 보따리, 옷 보따리를 지고 갔다. 은으로 만든 변기나 도자기를 품에 안고 가는 노예도 많았다. 소문은 화염과 같이 번져 나갔다. 피난처를 향해 달려가는 동안 플로라는 수많은 사람들이 가족을 이끌고 허겁지겁 교회나 수도원을 향해 달아나는 것을 볼 수 있었다. 사람들은 재산을 조금이라도 적들의 손에 빼앗기지 않기 위해 힘이 닿는 대로 한껏 물건을 챙겨 품에 안고 달려갔다.

산토도밍고 교회와 수도원은 말할 수 없을 정도로 혼란스러웠다. 복도, 현관, 집회소, 회랑, 침실 등은 아이들을 동반한 시민들로 빽빽하게 들어차 있었고, 마당에는 노예들이 퍼더버리고 누워 있어 움쭉달싹도 할 수 없는 지경이었다. 똥오줌 냄새로 구역질이 날 것 같았고, 시끄럽게 외쳐대는 소리에 머리가 돌아버릴 것만 같았다. 혼란한 와중에서도 몇몇 사람들은 기도를 올리고 찬송을 부르고 있었다. 수도사들이 이쪽저쪽 돌아다니며 질서를 잡으려 해보았지만 소용없는 짓이었다. 피오 씨와 그 가족은 지위도 있고 재산도 있던 터라 수도원장의 거처를 차지할 수 있었다. 비좁은 공간에 사람 수가 너무 많아 한 사람씩 돌아가며 겨우 몸을 꼼지락거릴 수 있었다. 밤이 깊어지자 총소리가 멎었다. 새벽녘에 다시 격렬해지는 듯 하더니 잠깐 사이에 완전히 그쳤다. 피오 씨가 상황을 살피러 가겠다고 하자 플로라도 따라 나섰다. 거리는 텅 비어 있었다. 피오 씨의 저택은 습격을 당하지 않았다. 플로라는 망원경을 들고 옥상으로 올라갔다. 맑게 갠 아침 하늘, 시원한 바람이 불어와 화염을 걷어가고 있었다. 서로 얼싸안고 있는 군인들의 모습이 아련히 보였다. 무슨 일이야? 잠시 후면 알 수 있을 터였다. 올더스 대령이 말을 달려 산토도밍고 거리에 나타났다. 머리끝에서 발끝까지 숯검댕이를 뒤집어쓰고 있었고, 팔은 상처투성이였고, 금발머리에는 먼지가 뽀얗게 내려앉아 있었다.

"니에토 장군은 부하 장교들이나 사병들보다 더 멍청한 놈이란 말이요." 올더스 대령은 손으로 군복을 털어 대며 으르렁거렸다. "산 로만이 제안한 휴전을 받아들였단 말이요. 그것도 우리가 놈들을 끝장낼 수 있었던 바로 그 순간에 말이야."

모란 대령의 포병대는 청룡부대 — 30명에서 40명은 죽었을 것이라고 올더스는 추정했다 — 만 박살낸 것이 아니었다. 포병대는 종군 위안부들 숙소를 가마라 부대로 착각해 폭격하고 말았던 것이다. 얼마나 많은 여자들이 산산조각 나거나 병신이 되었는지 알 수 없는 일이었다. 그 여자들은 부대에 없어서는 안 될 협력자요 군수품이었다. 그럼에도 불구하고, 니에토 장군의 병사들은 발디비아 수석 사제와 올더스 자신의 행동에 고무 받아 산 로만의 부대를 물리칠 수 있었다. 그런데 니에토는 수석 사제와 독일인의 요청 ── 적들을 추격해 전멸시켜야 한다 ── 을 받아들이지 않고 적군이 제안한 휴전을 덥석 받아들였던 것이다. 니에토는 산 로만을 만나 서로 얼싸안고 함께 통곡했다. 둘이 함께 페루 국기에 입을 맞추기까지 했다. 산 로만은 오르베고소를 페루의 대통령으로 인정하겠노라고 다짐했다. 그러자 그 멍청한 니에토는 굶주린 적들을 위해 급기야 음식까지 제공했다. 발디비아 수석 사제와 올더스는 니에토에게 단단히 일렀다. 적군의 계략에 속지 말라, 놈들은 전열을 재정비하기 위해 시간을 벌고 있는 것이다, 휴전을 받아들이다니, 이건 미친 짓거리다! 그러나 니에토는 고집을 꺾지 않았다. 산 로만은 신사다, 오르베고소를 국가 원수로 인정할 것이다, 그렇게 되면 페루 국민은 다시 하나로 뭉칠 것이다.

올더스는 피오 씨에게 요청했다. 다른 아레키파 지도층과 힘을 합해, 니에토를 몰아내고, 군대를 지휘해, 다시 전투를 개시해야 한다. 플로라의 삼촌은 사색이 되었다. 피오 씨는 몸이 좋지 않다고 에둘러댄 다음 침대 속으로 기어 들어가 버렸다. "이 구두쇠 영감탱이는 돈밖에 모른단 말이야." 올더스는 씹어뱉었다. 플로라는 사촌에게 부탁했다. 전쟁이 끝난 거라면 부대로 데려가 달라. 독일인은 잠시 망설인 후에 승낙했다. 독일인은 플로라를 말안장 뒤에 태웠다. 도시 외곽은 완전히 파괴되어 있었다. 농장과 주택은 철저히 약탈당한 뒤에 종군 위안부들이 접수하여 대피소나 야전병원으로 사용되고 있었다. 피투성이가 된 여자들이 붕대를 감은 채 임시로 마련한 아궁이에서 밥을 짓고 있었고, 부상당한 군인들은 땅바닥에 누운 채 돌보아주는 사람 없이 신음을 토하고 있었고, 또 다른 군인들은 전투로 피곤했는지 세상모르고 잠들어 있었다. 떼거리로 몰려든 개들은 주변을 어슬렁거리며 까마귀가 시커멓게 뒤덮인 시체를 파헤치고 다녔다. 플로라가 올더스의 지휘 본부에서 장교들에게 전투 상황을 캐물어보고 있을 때, 산 로만이 보낸 전령이 도착했다. 전령은 선언했다. 오르베고소를 대통령으로 인정하겠다는 산 로만 장군의 약속은 참모 본부의 방침에 따라 이행할 수 없게 되었다, 장교들이 모두 반대하고 나섰다, 따라서 다시 전투가 개시될 것이다. "멍청한 니에토 놈 때문에 우린 다 잡은 고기를 놓친 거요." 올더스가 플로라의 귀에 속삭였다. 올더스는 플로라에게 노새 한 마리를 내주며 아레키파로 돌아가라고 했다. 가서 전쟁이 다시 시작되었음을 가족들에게 알리라고 했다.

플로라는 너저분하기 짝이 없는 뒤가르 호텔 방에서 새벽을 맞았다. 플로라는 그때의 전투를 생각하고 혼자 웃었다. 도무지 갈피를 잡을 수 없었지만, 어쨌든 전쟁은 터무니없는 결과를 향해 치닫고 있었다. 그 지긋지긋한 님므에서 이제 겨우 사흘째였다. 오전 중에 빵쟁이 시인 장 르불과 만날 약속이 잡혀 있었다. 라마르틴과 빅토르 위고가 칭찬을 아끼지 않았던 시인이었다. 마침내, 착취당하는 처지에서도 자수성가한 그 시인을 만나게 된단 말이지? 님므에서 노동조합에 대한 이상에 불을 지피고, 혼수상태에 빠져 있는 님므의 노동자들을 일깨우기 위해서는 반드시 도움이 필요한 그 사람을 만나게 된단 말이지? 어림도 없는 착각이었다. 프랑스에서 아주 유명한 노동자 시인 장 르불은 허영심 — 플로라, 시인이라는 족속들이 앓고 있는 병이 바로 허영심이잖아, 예전에 경험했잖아 — 에 들뜬 오만불손한 사람일뿐이었다. 만난 지 10분 만에 정나미가 뚝 떨어지고 말았다. 하도 어쭙잖은 소리만 늘어놓는 바람에 주둥이를 틀어 막아버리고 싶은 생각마저 들었다. 장 르불은 플로라를 자신의 빵공장으로 초대했다. 장 르불은 입에 발린 소리를 늘어놓았다. 플로라는 자신이 하는 일과 노동조합에 대해 들어본 적이 있는지 장 르불에게 물어보았다. 비곗살이 오른 그 남자는 거드름을 피우며 귀족들, 학자들, 권력자들, 교수들 이름을 들먹이기 시작했다. 모두 자신의 시를 칭찬하고 프랑스 예술 발전에 기여한 공로에 감사를 표하는 편지를 보냈다는 것이었다. 플로라는 차별 대우, 불의, 빈곤을 종식시킬 평화혁명에 대해 설명하려고 했다. 그러나 허영심덩어리 남자는 이런 말로 플로라의 말을 잘랐다. 플로라는 어이가 없었다. "하지만, 그건 말입니다, 부인, 우리 성스러운 교회가 지금 정확히 그렇게 하고 있지 않습니까." 플로라는 자세를 바로잡고 열심히 설명했다. 사제들 — 유대인, 개신교도, 이슬람교도도 마찬가지겠지만, 특히 가톨릭 사제들 — 은 모두 착취자들과 부자들과 손을 잡고 있다, 그들은 설교를 통해 고통받는 사람들에게 약속된 천국을 위해 참고 지내라고 강요하고 있지 않느냐, 중요한 것은 '죽은 다음에야' 맛보게 될 확실치 않은 하늘의 보상이 아니라, 마땅히 지금 이곳에서 이루어야 할 자유롭고도 정의로운 사회. 빵쟁이 시인은 귀신이라도 본 듯 질겁을 했다.

"당신은 나빠요, 나빠." 빵쟁이 시인은 귀신이라도 쫓듯 손사래를 치며 소리쳤다. "아니 그래, 내 종교에 반하는 일에 도움을 달라니, 어떻게 그럴 수 있단 말이요?"

왈가닥 부인은 마침내 폭발하고 말았다. 플로라는 욕을 퍼부었다. 자신의 뿌리를 배반한 놈, 사기꾼, 노동자 계급의 원수, 체면만 차리는 위선자, 시간이 지나면 네놈 본색이 낱낱이 밝혀질 것이다.

플로라는 빵쟁이 시인을 만난 일로 너무 피곤했다. 그래서 플라타너스 나무 그늘 아래 의자에 앉아 잠시 숨을 골랐다. 플로라 옆에서는 한 쌍의 연인이 흥분한 채 얘기를 나누고 있었다. 두 사람은 그날 오후 시청 강당에서 열리는 리스트의 피아노 연주회에 갈 예정이었다. 인연 치고도 이상한 인연이었다. 플로라가 어디를 가든 매번 리스트가 있었다. 플로라, 그 피아니스트는 마치 네 뒤를 졸졸 따라다니고 있는 것 같았어. 오늘밤에는 좀 쉬면서 연주회에나 가보면 어떨까? 아냐, 어림도 없는 소리. 부르주아들처럼 음악이나 들으면서 시간을 낭비할 수는 없어.

캉가요 전투의 결말은 그로부터 한 달 후 리마에 있을 때, 가마라 부대 소속 베르나르도 에스쿠데로 대령을 통해 듣게 되었다. 베르나르도 에스쿠데로 대령을 생각하자 장 르불에 대한 증오심도 수그러들었다. 플로라, 넌 아레키파에서 보낸 마지막 며칠 동안 그 남자와 사랑에 빠졌었지? 꼴같잖은 짓거리였어! 오르베고소 부대와 가마라 부대 사이에 휴전이 깨진 그다음 날, 니에토 장군은 교활한 산 로만을 체포하기 위해 부대를 내보냈다. 가마라 부대는 캉가요에 주둔하고 있었다. 군인들은 강에서 멱을 감으며 휴식을 취하고 있었다. 니에토 장군은 그들을 급습했다. 수월하게 승리를 거둘 수 있을 것 같았다. 그러나 또 다시 착오가 발생했고, 그 착오로 산 로만이 덕을 보았다. 이번에는 니에토 장군의 청룡부대가 목표물을 오인했다. 적들을 향해 총알을 쏟아 붓는다는 것이 그만 아군 포병대를 쑥대밭으로 만들어버린 것이었다. 그 바람에 모란 대령까지 중상을 입고 말았다. 니에토 부대는 가마라 부대가 반격을 가해오면 막아내지 못할 것이라 판단하고 방향을 돌려 아레키파를 향해 정신없이 줄행랑을 놓기 시작했다. 한편, 산 로만 장군은 적들에게 무슨 일이 있었는지 알지 못한 채, 다만 이제 졌다는 생각으로 어쩔 수 없이 부대원들에게 퇴각을 명령했다. 우세한 적을 막아내지 못할 것이라고 판단했던 것이다. 사기가 극도로 떨어진 산 로만 부대는 그곳으로부터 400리나 떨어진 빌케까지 쉬지 않고 후퇴했다. 니에토 부대만큼 어처구니없는 꼴이었다. 그 두 부대의 꼴을 한번 상상해봐. 다들 졌다는 생각에 자기들 대장을 앞세우고 꽁무니를 빼는 모습을 말이야. 플로라, 넌 그 모습을 평생 잊을 수 없었지. 혼란스럽고도 한심하기 짝이 없는 세상, 네 아버지 나라 사람들은 그렇게 살아가고 있었어. 공화국이라는 나라가 그 따위로 우습지도 않게 놀고 있었던 거야. 때때로, 바로 지금 이 순간처럼, 그 생각만 하면 웃음이 비어져 나왔지. 속임수와 오해가 뒤범벅된 몰리에르 류의 신파극을 규모만 확대해서 그대로 보여주는 것 같았지. 이곳 프랑스 사람들이 자신들의 전유물이라고 뽐내는 그런 연극과 하나 다를 게 없었던 거야.

전투 다음 날, 산 로만은 적들 역시 후퇴했다는 소식을 듣고 부대를 돌려 아레키파를 점령하기 위해 재차 공격해왔다. 니에토 장군은 무사히 아레키파로 돌아올 수 있었다. 니에토 장군은 부상병들을 교회와 병원에 남겨 두고 나머지 병력을 수습해 해안까지 후퇴했다. 플로라는 눈물을 글썽이며 사촌 클레멘테 올더스 대령과 작별했다. 플로라, 넌 그 사랑하는 금발머리 독일인을 다시는 보지 못할까 안타까워했지. 넌 손수 그 사람 짐을 챙겨주기까지 했잖아. 갈아입을 옷가지, 차, 보르도산 포도주, 설탕 봉지, 초콜릿, 빵 등을 싸주지 않았느냔 말이야.

그로부터 24시간 만에 어부지리로 캉가요 전투에서 승리를 거둔 산 로만 장군 부대가 아레키파로 입성했다. 우려했던 약탈은 자행되지 않았다. 피오 트리스탄 씨가 이끄는 지도층 인사들은 위원회를 구성해 산 로만 부대를 맞이했다. 깃발을 올리고 악대까지 동원했다. 피오 씨는 승리를 거둔 부대를 돕는다는 의미로 부대 비용에 보태 쓰라고 베르나르도 에스쿠데로 대령에게 2천 페소를 상납했다.

안달루시아 아가씨, 에스쿠데로 대령은 너한테 홀딱 반했었지? 넌 그렇다고 확신했어. 그리고 너 또한 그 남자한테 홀딱 빠졌지, 그렇지? 글쎄, 어쩌면. 하지만 넌 현명하게도 그런 생각을 꾹 눌러 참았지. 벌써 3년 전부터 사람들은 이구동성으로 떠들어대고 있었다. 에스쿠데로는 일명 '판차' 혹은 '여자 대원수'로 불리는 프란시스카 수비아가 데 가마라라는 여걸, 페루의 전 대통령 아구스틴 가마라 ─ 대지주이며 노회한 음모꾼 ─ 의 부인이며 적들로부터 '여장부'라고 불리는 그 여자의 비서, 부관, 심부름꾼일 뿐만 아니라 그녀의 애인이라는 것이었다.

여자 대원수에 관한 소문 중 어떤 내용이 진실이었고 또 어떤 내용이 전설이었던가? 플로라, 넌 절대 알 수 없을 거야. 정말 매력적인 여자였어. 그 여자만큼 상상력을 자극한 여자는 누구 하나 없었지. 전쟁터를 누비고 다닌다는 그 여자는 마치 소설에서 톡 튀어나온 여자 같았지. 너도 그렇게 자유분방하고 대담한 존재 ─ 당시까지만 해도 남자들에게만 허용된 ─ 가 될 수 있을지 모른다, 아니 그렇게 되어야겠다고 속으로 다짐하지 않았느냔 말이야. 여자 대원수라는 여자가 할 수 있었던 일을 너라고 못하라는 법이 있나 뭐? 네가 그 여자를 만났을 때 그 여자는 겨우 너 또래에 지나지 않았어. 기껏해야 서른셋 혹은 서른넷 정도로 보였지. 여자 대원수는 쿠스코 출신으로 아버지는 스페인 남자였고 어머니는 원주민 여자였다. 페루 독립전쟁의 영웅 아구스틴 가마라 ─ 수크레 장군을 도와 아야쿠초 전투에서 싸운 ─ 는 리마의 어느 수녀원에서 그녀를 알게 되었다. 그녀의 부모가 강제로 그녀를 수녀원에 집어넣었던 것이다. 아구스틴 가마라에게 홀딱 반한 소녀는 수녀원을 탈출해 남자를 따라 갔다. 두 사람은 가마라가 주지사로 있던 쿠스코에서 결혼했다. 스무살 처녀는 집안 일 잘하고, 고분고 분하고, 가정적이고 애 잘 낳는 그런 부인이 결코 될 수 없었다. 바람직한 보통 페루 부인들과는 너무나 달랐던 것이다. 여자 대장부는 물심양면으로 남편의 가장 유능한 협력자였다. 정치 활동, 사회 생활, 심지어 군사 문제 — 그녀의 관한 전설 중 절정을 이루는 부분 — 에 있어서까지 두각을 나타냈다. 가마라가 쿠스코를 떠나 여행이라도 하는 날이면 부인이 주지사 자리를 대신했다. 가마라가 부재중이던 어느 날 반란이 일어났다. 그러나 부인은 반란을 신속히 제압했다. 부인은 장교복장을 하고 반란군 부대에 나타났다. 한 손에는 돈주머니, 다른 손에는 권총이 들려있었다. "자 어쩔 테냐? 항복하고 이 돈을 나눠 가지든지 아니면 싸우든지 둘 중 하나를 선택하라." 반란군은 항복을 택했다. 부인은 가마라 장군보다 훨씬 현명했고, 훨씬 용감했고, 훨씬 더 야심만만했고, 훨씬 통이 컸다. 부인은 남편과 나란히 말을 달렸다. 말을 탈 때면 항상 장화를 신고 바지와 군복 상의를 착용했다. 어느 누구도 따라올 수 없을 정도로 대담무쌍하게 전투에 참가했다. 부인은 명사수로도 이름을 날렸다. 볼리비아와 분쟁이 벌어졌을 때, 부인은 부대의 선봉에 서서 무모하리만큼 용감하게 싸워 파리아 전투를 승리로 이끌었다. 부인은 전투가 끝난 후 장병들과 어울려 춤을 추고 술을 마시며 승리를 자축했다. 부인은 장병들과 케추아어로 얘기를 나눌 줄도 알았고 사람을 다루는 방법도 꿰고 있었다. 파리아 전투 이후 가마라 장군에 대한 부인의 영향력은 절대적인 것이었다. 가마라 장군이 페루 대통령으로 재임한 3년 동안 실질적인 권력을 휘두른 사람은 바로 판차 부인이었다. 부인은 음모를 꾸며 적들을 무자비

356

하게 학살하기도 했다. 용기가 가상했던 만큼 남을 배려하는 마음도 참을성도 없었던 것이다. 부인에게 애인이 많다는 소문도 돌았다. 정부를 빈번하게 갈아치웠고, 한때 귀여워했던 남자도 어느 순간 가차 없이 차버린다고 했다. 인형이나 애완용 강아지를 바꿔치기 하듯.

플로라, 넌 부인에 관한 일화 중에서 두 가지 얘기를 잊을 수 없었어, 그렇지? 그 두 가지 사건은 바로 너 자신이 주인공이었으면 하는 그런 사건이었지. 여자 대원수가 대통령을 대신해 카야오에 있는 펠리페 왕 요새를 방문한 적이 있었다. 부인은 도열해 있는 장교들 틈에서 한 남자를 이내 알아볼 수 있었다. 말쟁이들에 의하면 부인의 애인이라고 떠벌리고 다닌다는 장교였다. 부인은 지체 없이 장교에게 말을 몰아 채찍으로 얼굴을 후려쳤다. 부인은 말 위에 올라탄 채 장교의 멱살을 움켜잡았다.

"대위, 귀관은 절대 내 애인이 될 수 없다." 부인은 장교를 질책했다. "난 겁쟁이들과는 잠자리를 같이 하지 않는다."

또 다른 사건은 대통령궁에서 있었던 일이었다. 부인은 네 명의 장교를 초대해 저녁을 대접했다. 부인은 손님접대에도 일가견이 있었다. 부인은 손님들과 농담을 나누며 최대한 예의를 갖춰 대접했다. 식사가 끝난 후, 커피를 마시며 담배를 피우는 동안 부인은 하인들을 방에서 내쫓았다. 부인은 방문을 닫은 후에 손님 중 한 명을 쏘아보았다. 화가 났는지 목소리가 냉정했고 눈초리가 싸늘했다.

"귀관 말이야, 여기 있는 세 친구에게, 이제 지겨워 더 이상 내 애인 노릇 못해먹겠다고 지껄였다지? 이 친구들 얘기가 중상모략이라면 귀관과 내가 이 친구들에게 합당한 벌을 내리면 되겠지. 그러나 만일 사실이라면, 어쭈구리, 얼굴색이 노래지는 걸 보니 그런 것 같은데 그래, 이 친구들과 내가 귀관 등에 피멍이 들도록 해주지."

그랬어, 플로라. 그 쿠스코 여자는 간질병 때문에 종종 발작을 일으키곤 했어. 네가 직접 목격한 적도 있었잖아. 그 여자는 그 발작증에 시달리다 못해 끝내 서른다섯 살도 채우지 못하고 죽고 말았지. 잊지 못할 교훈이잖아. 수모를 견디지 못하고, 자신을 낮출 줄 모르고, 존경만 받으려는 여자들이 있기 마련이지. 남자의 부속물이 아닌 자기 자신을 주장하는 여자, 채찍을 휘두르거나 총을 쏘는 일도 당당히 해내는 그런 여자 말이야. 그 여자도 그런 여자들 중의 하나였어. 그 후지고 교양머리 없고 어중간한 나라, 이 세상 한쪽 구석에서 그렇게 살았던 여자였어. 베르나르도 에스쿠데로 대령도 그 여자 대원수의 애인이었을까? 이 스페인 출신 모험가도 클레멘테 올더스와 다를 게 하나 없는 사람이었다. 페루 내전에 용병으로 참가해 한몫 잡을 요량으로 페루에 온 사람이었다. 에스쿠데로 대령은 3년 전부터 판차 부인을 그림자처럼 따라다녔다. 플로라는 에스쿠데로 대령에게 혹시 판차 부인의 애인이 아니냐고 물어보았다. 그러자 에스쿠데로 대령은 화를 벌컥 내며 아니라고 딱 잡아떼었다. 분명 가마라 부인의 적들이 지어낸 얘기일 거요! 하지만 넌 그 말을 그다지 신용하지 않았어.

에스쿠데로는 매력적이긴 했지만 신사는 아니었다. 마른 체구에 미소가 떠나지 않았으며 여자들에게 친절했다. 주변 인물들보다 책도 많이 읽었고 세상에 대해 아는 것도 많았다. 아레키파가 산로만 부대에 점령된 이후로 차츰차츰 안정을 찾아가는 동안 플로라는 에스쿠데로 대령과 재미있는 시간을 보냈다. 두 사람은 아침저녁으로 만나 말을 타고 티아바야나 유라 온천이나 아레키파의 수호 화산인 미스티 산자락으로 산책을 나가기도 했다. 플로라는

358

에스쿠데로 대령에게 판차 가마라 부인에 대해, 리마에 대해, 리마 사람들에 대해 질문을 퍼부었다. 에스쿠데로 대령은 정성을 다해 자분자분 설명해주었다. 말솜씨가 좋았고 행동거지도 반듯했다. 호감이 철철 넘치는 남자였다. 플로라, 네가 베르나르도 에스쿠데로 대령과 결혼했다면 어떻게 됐을까? 판차 가마라 부인이 자기 남편을 다루었듯이, 너도 권좌 뒤에서 권력을 휘두를 수 있었을까? 그래서 지성을 발휘하고 무력을 사용해 이 사회에 필요한 개혁을 이루어낼 수 있었을까? 여성을 남성의 노예상태로부터 해방시킬 수 있었을까?

일시적인 변덕은 아니었다. 넌 강렬한 욕망 — 에스쿠데로와 결혼해 페루에 살면서 제2의 여자 대원수가 되는 꿈 — 에 휩쓸려 대령에게 꼬리를 치기까지 했으니까. 그 남자를 유혹하려고 말이야. 넌 그 이전이나 그 이후에 남자를 그런 식으로 대한 적이 전혀 없었어.

조심성 없는 남자는 네 함정에 곧바로 걸려들었어. 플로라는 눈을 지그시 감으며 그날밤 일을 떠올렸다. 바람이 불어와 님프의 숨이 막힐 듯한 여름 더위도 한풀 꺾여들고 있었다. 트리스탄 가문의 대저택에는 베르나르도와 플로라만 남아 있었다. 두 사람의 말소리가 높은 천장으로 울려 퍼졌다. 어느 순간 대령은 플로라의 손을 잡아 입으로 가져갔다. 심각한 표정이었다. "당신을 사랑합니다, 플로라. 당신 때문에 미칠 지경입니다. 나와 결혼하면 당신은 원하는 대로 다 할 수 있습니다. 영원히 당신 곁에 머물 수 있도록 허락해주십시오." 이렇게 빨리 걸려들다니, 플로라, 넌 그때 행복했니? 그랬다. 처음에는 행복했다. 너의 그 야심만만한 계획이 실현되는 순간이었다. 그것도 급속도로. 그러나 잠시 후, 어두운 현관에서 헤어지는 순간, 대령은 너를 껴안으며, 으스러지게 껴안으며, 네 입술을 찾았지. 바로 그 순간 마법이 풀리고 말았지. 아냐, 이건 아냐, 오 맙소사, 이게 무슨 미친 짓이야! 절대 안 돼, 절대로! 왜 또 이 모양이야! 암말에 올라타듯 밤마다 너를 올라타던 그 끈적끈적한 털북숭이 몸뚱이, 그게 다시 생각난 건가? 그 악몽이 다시 되살아나 치를 떨었던 거지. 싫어, 천만금을 준다고 해도 싫어. 다음 날 넌 피오 삼촌에게 프랑스로 돌아가고 싶다고 전했어. 그리고 4월 25일, 넌 얼떨떨해 있는 에스쿠데로를 외면하고 아레키파를 떠났어. 넌 영국인 상인 패거리를 따라 이슬라이를 거쳐 리마로 갈 작정이었지. 그리고 2개월 후 리마에서 유럽으로 가는 배를 탈 예정이었어.

플로라는 빵쟁이 시인 장 르불을 만난 일로 기분이 상했지만 아레키파에서 만난 사람들을 떠올리며 기분을 풀었다. 플로라는 천천히 뒤가르 호텔로 돌아왔다. 거리를 가득 메운 사람들은 지역 사투리로 얘기를 나누고 있어 플로라는 한 마디도 알아듣지 못했다. 마치 천리 타국에 내팽개쳐진 기분이었다. 플로라는 이번 여행으로 한 가지 사실을 배울 수 있었다. 파리 사람들은 프랑스 사람들이 모두 프랑스어를 사용한다고 생각하고 있었지만 어림도 없는 소리였다. 곡예사, 마술사, 어릿광대, 점쟁이가 거지 떼만큼이나 많이 도시 구석구석에 박혀 있었다. 거지들은 손을 내밀고 구걸을 하고 있었다. "한 푼 줍쇼. 적선하시면 선하신 부인을 위해 성모님께 기도해 드리겠습니다요." 거지근성도 플로라에게는 넘어야 할 벽이었다. 플로라는 노동자들을 만날 때마다 이렇게 주장했다. 구걸행위는 자선을 베푸는 행위와 마찬가지로 혐오스러운 짓이다, 구걸행위와 자선행위는 거지를 윤리적으로 타락시킬 뿐만 아니라 부르주아에게 양심적인 일을 했다는 자부심을 안겨주게 된다, 그래서 부르주아는 양심의 가책 없이 계속해서 가난한 사람들을 착취해 먹게 되는 것이다, 가난을 없애려면 사회를 변혁시켜야지 구걸만 하고 있어서는 안 된다. 그러나 편안하고 기분 좋은 느낌도 얼마 가지 않았다. 호텔로 가기 위해서는 마을 공동 빨래터를 지나가야 했다. 마을 공동 빨래터는 님므에 도착한 첫날부터 마음에 들지 않았던 장소였다. 지금이 바야흐로 1844년인데, 세상에서 가장 문명한 국가라고 뻐기는 나라에서, 그렇게나 잔인하고 비인간적인 광경을 목격하게 되다니, 이건 말도 안 되는 일이었다. 믿음으로 먹고산다는 이 도시에서 그와 같은 꼴을 방관만 하고 있다니, 도대체 무슨 일이란 말인가?

빨래터는 길이가 18미터에 넓이가 30미터였다. 물은 바위틈에서 흘러나오고 있었다. 이 도시에 하나밖에 없는 빨래터였다. 삼사백 명이나 되는 님므 여자들이 빨래터로 몰려와 옷을 빨고 있었다. 빨래터의 구조도 한심스럽기 짝이 없었다. 옷을 빨랫돌에 대고 비누칠을 하거나 문지르려면 허리까지 차는 물속으로 들어가야 했다. 보통은 양쪽 물가에서 서로 마주보고 앉아 빨래를 하기 마련인데, 이곳에서는 물속으로 들어가야만 빨래를 할 수 있었다. 세상에 이런 곳은 없었다. 빨랫돌을 저런 식으로 배치하다니, 멍청하거나 아니면 심술 사나운 놈의 소행이 분명했다. 저 가엾은 여자들은 피부병에 걸려 두꺼비처럼 몸이 퉁퉁 부어오르거나 뒤틀릴 게 틀림없었다. 문제는 장시간 물속에 있어야 한다는 사실만이 아니었다. 그 지방의 염색공장에서 그 물을 사용한다는 것도 문제였다. 물이 비누, 칼륨, 나트륨, 표백제, 기름뿐만 아니라 인디고, 사프란, 루비아 따위 염색제로 오염되어 있었던 것이다. 플로라는 여러 번 빨래하는 여자들과 얘기를 나누어 보았다. 여자들은 열 시간 내지 열두 시간씩이나 물속에서 일하다보니 류머티즘이나 자궁 감염을 앓고 있었다. 여자들은 또 유산도 잦고 임신도 어렵다고 불평했다.

빨래터는 쉬지 않고 돌아갔다. 많은 여자들이 밤에 빨래하기를 좋아했다. 좋은 자리를 차지할 수 있을 뿐만 아니라 염색공들도 그다지 많지 않아 밤 시간이 좋다고 했다. 플로라는 불행한 처지에 있는 여자들에게 당신들 처지를 개선시키기 위해 일하고 있다고 수도 없이 설명했다, 그러나 누구 하나 노동조합 모임에 참석하도록 설득시킬 수 없었다. 여자들은 하나같이 자포자기한 상태였으며 게다가 플로라를 미심쩍어했다. 플로라는 플랭두 박사와 드 카스텔노 박사를 만났을 때 빨래터에 대해 언급한 적이 있었다. 두 사람은 플로라가 빨래터에서의 작업이 비인간적이라고 하자 놀라는 기색이었다. 다른 곳에서도 다들 그런 식으로 빨래하지 않나? 두 사람은 빨래터의 상황을 당연한 것으로 받아들였다. 플로라는 님므의 빨래터가 어떻게 돌아가는지 확인하고 나서 이 도시에 머무는 동안 절대 빨랫감을 맡기지 않겠노라고 다짐했다. 당연한 일이었다. 플로라는 호텔에서 손수 옷을 빨아 입었다.

뒤가르 호텔은 드뉘엘 부인이 경영하던 호텔과는 전혀 딴판이야, 그렇지 안달루시아 아가씨? 드뉘엘 부인은 리마에서 장기 공연한 파리 오페라 극단의 가수 출신으로 리마에서 호텔 경영자로 자리를 잡았다. 플로라는 페루 땅에서 보낸 마지막 두 달 동안 드뉘엘 부인의 호텔에서 지냈다. 샤브리에 선장이 다리를 놓아주었던 것이다. 그전에도 샤브리에 선장은 드뉘엘 부인에게 플로라에 대해 종종 얘기를 들려주었던 모양이었다. 드뉘엘 부인은 플로라를 극진하게 대접했다. 저렴한 가격에 안락한 방과 멋있는 거실을 제공했다(피오 씨는 플로라에게 여행경비 외에 비용에 보태 쓰라며 4백 페소를 작별 선물로 주었다). 그 8주 동안 드뉘엘 부인은 플로라에게 최상층 인사들을 소개시켜주었다. 사람들은 플로라의 거실로 찾아와 카드놀이를 즐기거나 담소를 나누었다. 그런 기회를 통해 플로라는 리마의 상류층 사람들이 주로 어떤 것에 관심을 가지고 있는지 알 수 있었다. 그 사람들은 경망스러웠고, 사교모임이나 무도회, 오찬이나 만찬에 신경을 썼고, 남을 헐뜯기를 좋아했다. 페루의 수도는 참으로 이상한 도시였다. 주민 수는 고작 8만 명에 불과했지만, 여기보다 더 국제적인 도시는 없을 것 같았다. 하수도가 반나마 차지한 비좁은 거리, 사람들은 하수도에 쓰레기를 버리고 요강을 비웠다. 그 비좁은 거리를 카야오에 정박한 배에서 내린 선원들이 활보하고 있었다. 영국인, 북미인, 네덜란드인, 프랑스인, 독일인, 아시아인 등 전 세계에서 몰려든 선원들이었다. 플로라는 식민지 시대에 수도 없이 지어진 수도원이나 교회를 방문하거나 마요르 광장에 산책을 나가곤 했다. 상류층 사람들이 신성하게 여기는 관습이었다. 그럴 때면 파리 번화가에서 듣던 것보다 더욱 다양한 언어들이 주변에서 들려오곤 했다. 도시 외곽에는 귤밭, 바나나밭, 야자나무밭이 펼쳐져 있었다. 집들은 모두 널찍한 단층 건물이었고 바람을 쐴 수 있는 회랑 — 이곳에는 전혀 비가 오지 않았다 — 도 갖추고 있었다. 집 마당도 둘이었다. 하나는 주인들이 사용했고 다른 하나는 노예들이 사용했다. 시골 마을처럼 보이는 자그마한 도시였다. 항상 우중충한 하늘을 향해 십자가가 숲을 이루며 치솟아 있었지만, 이곳 사람들은 플로라가 상상도 할 수 없을 정도로 세속적이었고 음탕했고 관능적이었다.

플로라는 드뉘엘 부인의 친구들과 플로라 자신의 친척들(플로라는 아레키파의 친척들이 써준 편지를 가지고 있었다)과 어울려 그 두 달 동안 호화찬란한 집들에 초대받아 진수성찬을 대접받느라 진을 뺐다. 플로라는 극장에도 갔고, 투우(미쳐 날뛰는 소가 말을 들이받아 창자가 터져 나오고 투우사가 소뿔에 찔리는 끔찍한 광경도 목격했다)도 보러 다녔고, 닭싸움도 보러 다녔고, 의무적으로 가봐야 한다는 '파세오 데 아구아스'에도 다녀 보았다. 사람들은 걷거나 마차를 타고 가서 자신을 과시하고, 서로 사귀고, 사랑에 빠지고 혹은 음모를 꾸미기도 했다. 플로라는 아만카에스 언덕에도 올라가 보았고, 행렬과 미사(귀부인들은 일요일마다 하루에 두세 차례나 미사에 참석했다)에도 참석해보았고, 초리요스 해변 해수욕장에도 가보았고, 종교재판소의 지하 감방을 찾아가 용의자로부터 자백을 얻어내기 위해 사용했다는 소름끼치는 고문도구도 살펴보았다. 플로라는 공화국 대통령 오르베고소 장군부터 가장 인기 있다는 장군들까지 모두를 만나볼 수 있었다. 그들 중에는 살라베리라는 사람처럼 친절하고 상냥하지만 무식하기 그지없는 애송이들도 있었고, 루나 피사로 사제처럼 탁월한 지성인도 있었다. 루나 피사로는 플로라를 어느 국회 위원회에 초대해주기까지 했다.

플로라에게 가장 깊은 인상을 남긴 사람들은 바로 리마 상류층 여자들이었다. 그 여자들은 주변에 널린 비참한 상황을 듣지도 보지도 못하는 것 같았다. 거리는 헐벗은 거지들과 원주민들로 넘쳐났다. 거지들과 원주민들은 길바닥에 꼼짝 않고 웅크리고 앉아 그저 죽을 때만 기다리고 있는 것 같았다. 그런 사람들 앞을 상류층 여자들은 조금도 주저하지 않고 부를 뽐내며 지나다니는 것이었다. 그런데다가 또 얼마나 자유분방했던지! 프랑스에서라면 생각도 못할 일이었다. 상류층 여자들은 리마 특유의 복장을 하고 다녔다. 교활하기 이를 데 없는 복장이었다. 그러니까 '몸을 교묘하게 감추는' 복장이었다. 여자들은 '사야'라는 통이 좁은 치마와 어깨와 팔과 머리를 뒤덮어 날씬하게 보이게 만드는 자루처럼 생긴 망토를 걸치고 다녔다. 여자들은 얼굴을 거의 다 가리고 눈만 내놓고 다녔다. 여자들은 그런 복장 — 아니 변장 — 으로 자신의 몸을 가리면서 자신이 세상에서 가장 아름답고 신비스러운 여자라

364

는 점을 강조했다. 아무도 여자들을 알아보지 못했다. 플로라는 여자들이 남편조차 자신을 알아보지 못한다고 자랑하는 소리를 들었다. 여자들은 그런 점을 이용해 과감한 짓도 서슴지 않고 저질렀다. 여자들은 혼자서 — 멀리서 여종이 따라오고는 있었지만 — 거리를 나돌아다니며 아는 사람을 길에서 만나면 놀래켜주거나, 욕지거리로 놀리거나 하는 것을 즐겼다. 그래도 상대방은 도대체 누가 그러는지 알 수 없었다. 여자들은 하나같이 담배를 피웠고, 노름판에서는 판돈을 크게 걸었다. 아양 떠는 것을 자랑으로 알았고, 때로는 신사분들 앞에서조차 거침없이 행동했다. 드뷔엘 부인은 플로라에게 은밀한 연애담이나 남편과 부인이 동시에 연루된 사랑의 음모에 대해 들려주었다. 연애질이 들통 나면 바싹 말라버린 리막 강 강변에서 칼이나 총을 들고 결투를 벌이는 일도 종종 있다고 했다. 리마 여자들은 혼자 나돌아다닐 뿐만 아니라 남자처럼 옷을 입고 말을 타기도 했고, 거리낌 없이 기타를 치고 노래를 부르고 춤도 췄다. 노인네들조차 그런 일에서 빠지지 않았다. 플로라는 그렇게나 자유를 만끽하는 그런 여자들을 만날 때마다 곤경에 처하곤 했다. 모임이나 무도회가 열리는 날이면 여자들은 플로라에게 몰려와 간절한 눈빛으로 재잘거리며 '파리 여자들은 어떤 식으로 놀아나는지' 들려달라며 떼를 썼다. 리마 여자들은 융단으로 만든 구두에 병적으로 집착했다. 여자들은 하나같이 모양이 대담하고 색상이 다양한 구두를 가지고 있었다. 여자들은 융단 구두를 남자를 꼬시는 결정적인 무기로 간주하고 있었다. 플로라, 그 여자들은 네게 구두 한 켤레를 선물했었지. 몇 년 후, 넌 그 구두를 올랭피아에게 사랑의 증표로 선물했어.

플로라가 리마에 머문 지 4주째 되던 어느 날, 베르나르도 에스쿠데로 대령이 드뷔엘 부인의 호텔에 나타났다. 대령은 여자 대원수를 수행해 리마에 잠깐 들렀다고 했다. 대령은 말했다. 아레키파에서 체포된 여자 대원수는 칠레로 추방될 예정이다, 여자 대원수를 실어갈 배가 카야오에 대기 중이다, 스페인 군대가 여자 대원수를 칠레까지 호송할 것이다. 여자 대원수의 남편인 가마라 장군은 오르베고소에 대항해 일으킨 반란이 참혹하게 실패로 끝나자 — 결정타를 맞은 곳이 바로 아레키파였다 — 볼리비아로 탈출했다. 여자 대원수와 가마라는 산 로만 장군이 어처구니없는 방법으로 점령한 아레키파로 입성했다. 플로라가 아레키파를 떠난 지 며칠 후의 일이었다. 가마라 부대는 아레키파 시민들에게 과중한 세금을 부과했고, 이 때문에 아레키파 시민들은 흥분하기 시작했다. 그런 상황에서 가마라 부대 중 로바톤 주임 상사가 지휘하는 2개 대대가 가마라를 배신하고 오르베고소 편에 투항하기로 결심했다. 반란군은 지휘 본부를 장악하고 한때 적이었던 합법적인 대통령을 위해 만세를 불렀다. 아레키파 시민들은 총소리를 듣고 그만 오해하고 말았다. 도시가 점령당하자 분통을 터뜨리고 있던 시민들은 돌멩이, 칼, 사냥총 따위로 무장하고 반란군을 습격했다. 반란군을 가마라 부대로 착각했던 것이다. 실수를 깨달았을 때는 이미 돌이킬 수 없는 상황이었다. 로바톤 주임 상사를 비롯한 주동자들에게 치명타를 입힌 뒤였던 것이다. 시민들은 더욱 열에 받혀 혼란에 빠져 있던 가마라 부대를 공격했다. 가마라 부대는 시민들의 공격에 속절없이 무너졌다. 가마라는 탈출에 성공했다. 가마라는 여자로 변장한 채 수행원 몇 명과 함께 볼리비아로 달아났다. 성난 군중은 여자 대원수를 잡아 죽이겠다며 시내 곳곳을 뒤지고 다녔다. 그러자 여자 대원수는 묵고 있던 집 지붕에서 옆집으로 뛰어내려 숨어 지내다 몇 시간 후 오르베고소의 정규군에 의해 체포되었다. 정치적인 상황 변화에 약삭빠르게 대처해오던 피오 트리스탄 씨는 아레키파 지방위원회 위원장직에 올라 오르베고소를 지지한다는 의사를 표명하고, 아레키파는 합법적인 대통령의 지시를 따르겠다고 선언했다. 아레키파 지방위원회는 여자 대원수의 추방을 결의했고, 리마 정부는 그 결의 사항을 승인했다.

플로라는 베르나르도 에스쿠데로에게 여자 대원수를 만나게 해 달라고 부탁했다. 플로라는 영국 상선 '윌리엄 러스톤' 호 — 이 배가 감옥인 셈이었다 — 에서 판차 부인을 만났다. 판차 부인은 패배자에다 다 죽어 가는 처지 — 몇 달 후면 죽을 운명이었다 — 였다. 하지만 보통 키에 단단한 체구, 야수 같은 머리칼, 날카로운 눈빛만 보고도, 도도하면서도 도전적인 눈초리만 보고도 플로라는 그 여자가 얼마나 매력적인 여자인지를 금새 알 수 있었다.

"난 말이야, 사납고 무식한 여자야. 어린아이도 산 채로 잡아먹을 만큼 잔인한 여자란 말이야." 여자 대원수는 농담처럼 말했다. 껄끄럽고 메마른 목소리였다. 화려한 옷차림이었다. 손가락마다 반지를 끼고 있었고, 다이아몬드 귀고리에 진주 목걸이를 차고 있었다. "리마의 가족들은 내가 이런 차림으로 있는 걸 좋아해. 가족들을 실망시킬 수는 없지. 하지만 사실은 말이지, 장화를 신고, 군복 상의를 걸치고, 바지를 입고, 말 등에 앉아 있을 때가 가장 편해."

두 사람은 갑판에서 오순도순 얘기를 나누고 있었다. 그러다 갑자기 판차 부인의 얼굴이 창백해졌다. 손이, 입이, 어깨가 떨리기 시작했다. 눈이 뒤집어지는가 싶더니 하얀 거품을 입에 물었다. 에스쿠데로와 판차 부인을 수행한 귀부인들이 판차 부인을 선실로 옮겨야 했다.

"아레키파에서 참패한 이후로 날마다 발작이 일어납니다." 그날 밤 에스쿠데로가 플로라에게 설명해 주었다. "하루에도 몇 번씩 발작을 일으키는 경우도 종종 있어요. 당신과 더 많은 이야기를 나누지 못해 매우 안타까워하고 계십니다. 내일 다시 방문해달라는 말을 전하라고 하셨습니다."

플로라는 다시 방문했다. 판차 부인은 형편없는 몰골을 하고 있었다. 핏기 없는 입술에, 쑥 들어간 눈에, 손마저 덜덜 떨고 있었다. 마치 귀신 같았다. 하룻밤 사이에 폭삭 늙어버린 것이었다. 말조차 제대로 하지 못했다.

하지만 리마에서의 추억은 그것으로 끝이 아니었다. 플로라는 리마에서 20리 가량 떨어진 라바예 씨의 농장도 방문했었다. 그 지역에서 가장 크고 풍요로운 농장이었다. 농장주인 라바예 씨는 세련되고 기품 있는 남자였다. 프랑스어도 훌륭했다. 라바예 씨는 플로라에게 사탕수수밭, 사탕수수를 빻는 물방앗간, 당밀에서 설탕을 추출하는 정제 공장을 구경시켜주었다. 플로라는 라바예 씨로부터 노예들에 대한 얘기를 듣기 위해 기를 쓰고 매달렸다. 라바예 씨는 헤어질 무렵이 되어서야 겨우 그 문제를 꺼냈다.

"노예가 부족해서 농사를 망칠 지경입니다." 라바예 씨는 투덜거렸다. "생각해보십시오. 한창때에는 노예가 1천5백 명이었는데 이젠 겨우 9백 명밖에 없습니다. 노예 놈들은 위생관념이 없어요. 무신경에 게으르지요, 게다가 생활 방식마저 원시적이다 보니 병을 달고 살지요. 그래서 속절없이 죽어나가는 겁니다."

플로라는 넌지시 떠보았다. 노예들이 비참한 상태에 빠져 있는 이유는 전적으로 교육을 못 받아 무식해서 그러는 것이 아니냐, 노예들이 병에 잘 걸리는 것도 그런 이유 때문이 아니냐.

"당신이 깜둥이놈들을 잘 몰라서 하는 소리요." 라바예 씨가 반박했다. "깜둥이놈들은 게을러빠져서 자식들을 죽게 만드는 것이요. 한량없이 게을러빠진 놈들이란 말이요. 원주민들보다 훨씬 못한 놈들이지요. 때리지 않으면 도대체 일을 부려먹을 수가 없단 말입니다."

플로라는 더 이상 참을 수 없었다. 플로라는 소리쳤다. 노예제도는 인류의 수치다, 문명을 거역하는 범죄다, 조만간 페루에서도 프랑스에서처럼 노예제도가 폐지될 것이다.

라바예 씨는 어리둥절해서 플로라를 바라만 보고 있었다. 마치 플로라 옆에서 누군가 다른 사람을 발견한 것 같았다.

"옛날에 프랑스 식민지였던 산토도밍고가 노예를 해방시킨 후에 어떤 꼴을 하고 있는지 생각해보시지요." 라바예 씨는 마침내 입을 열었다. 불편한 기색이 역력했다. "완전히 아수라장이지 않습니까. 야만상태로 되돌아간 거예요. 그곳에서 깜둥이놈들이 서로서로 잡아먹고 있지 않습니까."

라바예 씨는 노예들이 어떤 지경에까지 이르렀는지를 확실히 보여주겠다는 듯 플로라를 농장 감옥으로 데리고 갔다. 어둠침침한 감옥이었다. 바닥에는 짚이 깔려 있었다. 언뜻 보기에는 짐승 우리 같았다. 두 명의 젊은 흑인 여자들이 완전히 발가벗은 채 벽에 묶여 있었다.

"저 여자들이 왜 여기 있다고 생각하십니까?" 라바예 씨는 자신만만하게 플로라에게 물었다. "저 짐승 같은 년들이 갓 태어난 자기 자식년들을 죽여버렸단 말입니다."

"저 여자들 심정을 충분히 이해할 수 있어요." 플로라는 대들었다. "만일 제가 저 여자들 처지였다면, 저라도 제 자식년을 죽였을 거예요. 그게 은혜를 베푸는 거니까. 노예라는 지옥과 같은 삶을 살리기보다는 죽이기라도 해서 해방시키는 게 좋지 않겠어요?"

플로라, 네 그 반항적이고 선동적인 삶은 그때 그곳에서 시작되었던 것일까? 리마 교외에 있는 사탕수수 농장에서, 노예주의자요

봉건주의자요 프랑스라면 사족을 못 쓰던 그 리마 신사 앞에서?
어쨌든, 저 만리타향 페루를 가보지 않았다면, 그곳에서 살아본 경
험이 없었다면, 넌 지금의 네가 될 수 없었을 거야. 안달루시아 아
가씨, 지금의 네 모습이 어떤데? 자유로운 여자. 맞아. 하지만 모
든 점에서 실패한 혁명가이기도 하지. 적어도 이곳 님므에서는 말
이야. 종교에 목을 매고 사는 이 도시에서는 말이지. 8월 17일, 몽
펠리에로 떠나던 날, 플로라는 님므에서의 성과를 헤아려 보았다.
한심스럽기 짝이 없었다. 『노동조합』 책자는 겨우 70부밖에 못 팔
았고, 나머지 100부는 플랭두 박사 집에 맡겨야 했다. 위원회도 구
성할 수 없었다. 집회를 네 번씩이나 열어보았지만 참석자 중 누구
한 사람 노동조합에 가입하려들지 않았다. 예상컨대 떠나는 날 아
침에 역으로 전송 나올 사람도 아무도 없을 것 같았다.

그러나 며칠 후, 몽펠리에에 있는 플로라에게 뒤가르 호텔 지배
인이 놀라운 소식을 편지로 전해주었다. 플로라가 님므에 있는 줄
알고 사람들이 플로라를 만나기 위해 호텔로 찾아왔다는 것이었
다. 다행히 플로라가 님므를 떠난 직후에. 그러자 님므 경찰 서장
이 경찰 두 명을 대동하고 호텔에 나타났다. 경찰 서장은 님므 시
장이 서명한 명령서를 가지고 있었다. 명령서에는 '님므 노동자들
을 부추겨 임금 인상을 요구하게 만든' 혐의로 플로라를 님므에서
즉각 추방한다는 내용이 담겨 있었다.

플로라는 그 소식을 듣고 한바탕 요란하게 웃어젖혔다. 그날은
하루 종일 기분이 좋았다. 그럼 그렇지. 거봐, 넌 완전히 실패한 혁
명가는 아니란 말이지, 플로라.

16

# 쾌락의 집

아투오나(히바오아), 1902년 7월

1901년 9월 16일 새벽, '남십자성' 호는 히바오아 섬의 아투오나 앞에 닻을 내렸다. 폴은 선교에 서서 아담한 항구를 바라보았다. 한 떼의 사람들 — 흰색 제복을 입은 경찰 한 명, 기다란 수도복을 입고 밀짚모자를 쓴 선교사들, 반벌거숭이 원주민 아이들 — 이 배를 기다리고 있었다. 폴은 이제 안심이다 싶었다. 마침내 꿈에 그리던 마르키즈 제도에 도착했던 것이다. 6일 낮 6일 밤을 시달렸던 지독한 여행이 이제 끝난 것이었다. 지저분하고 숨을 쉴 수 없을 정도로 냄새가 고약했던 그 배에서는 잠시도 눈을 붙일 수 없었다. 그래서 개미나 바퀴벌레를 잡아 죽이는 것으로, 먹을 것을 찾아 선실을 들락거리는 쥐를 기다리는 것으로 시간을 때워야 했다.

아투오나는 그야말로 형편없는 곳이었다. 인구 천 명의 주거지는 나무가 무성한 언덕과 깎아지른 듯한 시퍼런 두 개의 산봉우리

371

로 둘러싸여 있었다. 폴은 배에서 내리자마자 선창에서 한 사람을 사귈 수 있었다. 그 사람은 다름 아닌 바로 일국의 왕자였다. 안남 출신의 키 동. 키 동이라는 이름은 전쟁터에서 얻은 별명이었다. 키 동은 자신의 조국 베트남에 있을 때, 프랑스 식민 정부의 관리 직을 버리고 정치적 모반에 가담해 반식민주의 투쟁에 나섰다. 언뜻 듣기로는 테러 행위에도 가담한 것 같았다. 적어도 사이공 법정은 키 동의 행위를 테러 행위로 규정했다. 법정은 키 동을 파괴분자로 규정하고 조국으로부터 멀리 떨어진 과야나의 악마섬에서 종신형을 살 것을 선고했다. 키 동이라는 이름으로 불리기 전 이름의 느구옌 반 캄이었던 왕자는 사이공과 알제에서 문학과 과학을 공부했다. 키 동은 알제에서 학업을 마친 후 베트남으로 돌아와 관리로서 승승장구했지만 침략자 프랑스와 대항하기 위해 과감히 그 자리를 내팽개쳤다. 그렇다면 어떤 경위를 거쳐 아투오나까지 오게 되었단 말인가? 거기에는 폴이 『레 게프』를 통해 짐승만도 못하다며 짓씹었던 전 주지사 구스타브 가예가 끼어 있었다. 이 안남의 왕자를 악마섬으로 이송하던 배가 파피테에 잠깐 들렀을 때, 구스타브 가예는 키 동을 알게 되었던 것이다. 키 동의 지성, 지식, 세련된 매너에 매료된 주지사는 키 동의 목숨을 구해주었다. 키 동을 아투오나 보건소 간호사로 임명했던 것이다. 벌써 3년 전 일이었다. 안남 사람은 자신의 운명을 동양인답게 묵묵히 받아들였다. 과야나의 지옥으로 떨어지지 않는 한 이곳을 벗어날 수 없으리라는 사실도 잘 알고 있었다. 키 동은 히바오아 출신 원주민 여자와 결혼까지 해서 살고 있었다. 마오리족 말도 유창했고, 사람들과도 잘 어울렸다. 자그마한 체구에 신중한 사람이었다. 점잖은 풍모가 몸에 배어 있었다. 간호사로서의 임무도 정확히 해냈다. 무식한 사람들 틈새에 끼어 있는 와중에도 어찌 해서든 자신의 지성과 감성을 깨어 있게 하기 위해 애를 썼다.

키 동은 이제 막 파피테에서 도착한 사람이 예술가라는 사실을 알아내고는 폴에게 접근했다. 자리를 잡을 수 있도록 도와드리겠습니다, 고갱 선생께서 뼈를 묻겠다고 찾아오신 이곳에 대해 상세히 알려드리겠습니다. 정말로 과감하신 분이시군요. 폴이 감당할 수 없을 정도로 키 동은 애정과 관심을 보여주었다. 키 동은 폴이 잠시 머물 수 있는 집도 소개시켜주었다. 아투오나에 하나밖에 없는 길은 그야말로 뻘밭이나 다름없었다. 아투오나는 바로 그런 곳이었다. 그 길 끝에 마티카나의 오두막이 있었다. 마티카나는 키 동의 친구로 중국인과 마오리족의 혼혈이었고 하숙을 치고 있었다. 키 동은 폴이 땅을 구해 오두막을 마련하는 동안 폴의 짐을 자기 집에 맡아주기까지 했다. 그리고 폴이 아투오나에 머무는 동안 친구로 지낸 사람들도 소개시켜 주었다. 한때 포경선을 타다가 술에 취해 배를 놓치는 바람에 히바오아에 주질러 앉아 구멍가게를 열고 있는 미국인 벤 바니, 농사도 짓고 장사도 하고 고기도 잡고 장기라면 환장하는 브르타뉴 사람 에밀 프레보.

숲으로 둘러싸인 이 좁아터진 지역에서 땅을 구하기란 쉬운 일이 아니었다. 터를 닦아놓은 땅은 모두 교회에 속해 있었다. 성질머리 사나운 조세프 마르텡 주교는 옹고집에 독선적인 인물이었다. 주교는 술타령에 젖어 있는 원주민들을 구원한답시고 음주와의 전쟁에 매진하고 있었다. 이런 인물이 불량한 외지인에게 땅을 팔 것을 기대하기는 어려운 일이었다.

키 동이 짜낸 작전 — 키 동의 해박한 지식과 넓은 아량과 고상한 안목 덕분에 폴은 즐거운 시간을 보낼 수 있었다 — 에 따라 폴은 아투오나에 도착한 다음 날부터 부지런히 미사에 참석했다. 폴은 눈에 쉽게 띌 수 있도록 맨 앞줄을 차지하고 앉아 열심히 예배를 드렸고, 고해성사도 자주 했고, 성찬식에도 빠지지 않았다. 오후에 열리는 로사리오 기도회에도 자주 참석했다. 폴은 히바오아에 도착한 후로 며칠 동안 몸가짐을 다잡아 열심히 노력했다. 그래서인지 주교도 폴을 괜찮은 남자로 여기게 되었다. 마침내 조세프 마르텡 주교는, 속이 쓰린 듯 인상을 찌푸리긴 했지만, 아투오나 외곽에 있는 풍광 좋은 땅을 저렴한 가격에 팔겠다고 허락했다. 그 땅의 뒤편에는 '배신자들의 만' — 마르키즈 제도 사람들은 이 이름을 좋아하지 않았지만 모래사장과 부두가 있는 곳을 계속 그 이름으로 부르고 있었다 — 이 자리하고 있었고 앞쪽으로는 테메티우와 페아니라는 깎아지른 듯한 두 개의 봉우리가 자리하고 있었다. 그 땅 바로 옆으로 마케마케 개천이 흐르고 있었다. 섬에 있는 폭포에서 흘러나오는 이십여 개의 개천 중 하나였다. 그야말로 장엄한 광경이었다. 폴은 그 광경을 처음 대하는 순간 빈센트를 생각했다. 이럴 수가, 바로 이거였어, 코케, 바로 이거였단 말이야. 그 미친 네덜란드 놈이 아를에서 꿈꾸었던 바로 그 장소였던 것이다. 열대 지방의 순수 처녀지. 1888년 그 가을에 너와 빈센트가 쉴 새 없이 떠들어댔던 그 장소. '남부 아틀리에'를 세우고자 했던 곳. 넌 예술가들의 공동체를 세워 그 수장이 되고자 했었지. 모든 것을 함께 나누는 그런 세상. 더러운 화폐는 발도 붙일 수 없는 그런 곳. 자유와 아름다움이 지배하는 사회. 형제애로 뭉친 예술들이 불후의 명작을, 수세기에 걸치도록 생명력을 잃지 않는 그런 그림과 조각을 창조하기 위해 헌신하는 곳. 빈센트, 자네가 이 광경을 보았다면 얼마나 좋아했을까! 프로방스의 빛보다 더 해맑은 빛. 천지를 뒤덮은 부겐빌레아, 양치식물, 아카시아, 야자수, 덩굴식물, 빵나무. 나 코케는 지금 이 순간 눈이 멀 지경인데!

폴은 매매계약서에 서명을 끝내자마자, 그러니까 땅을 차지하자마자, 미사니 로사리오 기도회니 하는 따위는 까맣게 잊어버렸다.
폴은 점점 심해지는 고질병 — 다리와 어깨에 통증이 심했고, 걸
어 다니기 힘들었고, 갈수록 시력이 떨어졌고, 심장 이상으로 숨쉬
기가 힘들었다 — 과 싸워가며 '쾌락의 집'을 짓는 데 열과 성을
다했다. 쾌락의 집, 15년 전 아를에 있을 때 그 미친 네덜란드 놈과
함께 남부 아틀리에를 건설하면 그렇게 이름 붙이기로 약속했던
것이다. 키 동과 에밀 프레보가 일손을 거들어 주었다. 장차 이웃
이 될 턱수염이 허연 티오카라는 원주민 한 사람과 이 섬의 경찰
데지레 샤피에도 일손을 거들었다. 코케는 데지레 샤피에와 죽이
잘 맞았다.

쾌락의 집은 6주 만에 완공되었다. 나무로 벽을 두르고, 바닥에
멍석을 깔고, 짚을 엮어 지붕을 얹은 집이었다. 마타이에아와 푸나
아우이아에 지었던 집과 마찬가지로 2층집이었다. 아래층은 두 칸
으로 나누어, 한 칸은 부엌과 식당으로, 다른 한 칸은 조각실로 이
용하기로 했다. 원추형 지붕 밑의 2층에는 화실과 아담한 침실과
화장실이 자리 잡았다. 폴은 '쾌락의 집'이라고 쓰여진 팻말을 오
두막 입구에 붙였다. 그리고 두 개의 기다란 나무판자를 팻말 양옆
에 세웠다. 그 나무판자에는 도발적인 자세를 취한 벌거벗은 여인
들과 독특하게 표현된 짐승들과 숲이 그려져 있었고, 히바오아의
가톨릭 신자들(주민 대다수가 가톨릭 신자였다)뿐만 아니라 얼마 안
되는 개신교 신자들 사이에서도 큰 소동을 불러일으킬 문구가 새
겨져 있었다. '여인네들이여, 신비감을 잃지 말지어다.' '사랑에
빠지시오. 그럼 행복해질 터이니.' 조세프 마르텡 주교는 폴이 무
엄하게도 자신의 집을 그런 외설물로 치장한 사실을 알아내고는
대번에 폴의 원수가 되고 말았다. 폴이 아코디언에 기타에 만돌린
까지 가지고 있을 뿐만 아니라, 화실 벽에 차마 눈뜨고 볼 수 없는

외설적인 그림 마흔다섯 장을 걸어놓았다는 사실을 알고는, 주일 설교를 통해 폴을 맹렬하게 비난했다. 악마가 출현했습니다, 우리 마르키즈 제도 사람들은 그놈을 마땅히 쫓아내야 합니다.

폴은 주교의 호들갑을 웃어넘겼다. 그러나 안남의 왕자는 폴에게 경고했다. 마르텡 주교와 원수를 지게 되면 골치 아픈 일이 생길 것이다, 주교는 꿍하는 성미에 고집도 세고 힘깨나 쓰는 인물이다. 키 동은 매일 오후 쾌락의 집을 찾아왔다. 폴은 아투오나에 하나밖에 없는 벤 바니의 가게에서 양식과 술을 상당량 구입해 집에 쌓아두고 있었다. 폴은 하인도 두 명이나 고용했다. 중국인 혼혈 카후이를 주방장으로 고용했고, 마오리족 마타하바를 정원사로 고용했다. 폴은 해바라기를 키우기 위해 자신이 푸나아우이아에서 성공시킨 해바라기 재배법을 정원사 마타하바에게 자세히 일러주었다. 이제 쾌락의 집 정원에서도 해바라기를 볼 수 있게 되었다. 아투오나에 정착한 후로 처음 몇 달 동안 그 미친 네덜란드 놈 생각을 잠시도 잊을 수 없었지. 코케, 도대체 무슨 이유로? 15년 동안이나 애써 잊고 지낸 터에 말이야. 빈센트 생각만 하면 마음이 불안해지고 기분이 더러워져 일을 제대로 할 수 없었단 말이지. 그런데 새삼스럽게 왜 또 생각이 나느냔 말이야. 마르키즈 제도로 온 이후로는 그림을 별로 그리지 않아서일까. 어쩌면 지치고 병들었기 때문이겠지. 그래서 머리에 떠오르는 빈센트 생각을 도무지 떨쳐낼 수 없는 거겠지. 괜찮은 놈이었는데. 불쌍한 놈이었지. 도저히 감당할 수 없는 놈이었어. 그 기뻐 날뛰던 모습. 그 지랄발광 떨던 모습. 놈의 모습이 한시도 떨어지지 않아. 15년 전, 프로방스에서 8주간이나 함께 지냈지. 끔찍한 나날들. 그때 벌어졌던 일들, 서로 나누었던 이야기, 서로의 꿈과 이상, 이 모든 게 새삼스럽게 생생히 되살아나는 거야. 겨우 며칠 전 일도 새카맣게 잊어먹는 주제에 말이지(예를 들자면, 벤 바니에게 어떻게 이곳에 살게 되었는지 일주일 사이에 두 번이나 물은 적도 있었지. 벤 바니는 이렇게 털어놓았지. 술을 먹고 깨어보니 '배신자들의 만'이라는 곳에 있더라, 포경선은 떠나고 없더라, 수중엔 땡전한 푼 없고 증명서류도 없더라, 프랑스말도 몰랐고 마르키즈 제도 말도 몰랐다).

이젠 그 미친 네덜란드 놈이 불쌍해 보이지 않아? 놈을 생각하니까 마음이 짠해지지 않아? 그러나 1888년 10월에는 지금과 너무 달랐어. 놈의 간청에 못 이겨, 형의 부탁을 제발 좀 들어달라고 애원하는 테오 반 고흐의 부탁에 못 이겨 아를로 가서 놈과 함께 살게 되었을 때 넌 놈을 찢어 죽일 듯이 미워하게 되었지. 불쌍한 빈센트. 놈은 네가 도착하자 온갖 상상을 지어내기 시작했어. 놈은 너와 함께 예술가 공동체 ― 진정한 수도원, 소규모 에덴동산 ― 를 건설하겠다고 설쳤어. 그러다 계획이 어그러지니까 건강마저 해치고 말았지. 그 때문에 놈은 정신이 돌아 자살하고 말았던 거야.

폴은 살아생전에 고생스러운 여행을 자주 했었다. 그중에서도 기차를 여섯 번이나 갈아타면서 열다섯 시간이나 걸린 여행이 가장 힘든 여행이었다. 브르타뉴 퐁타방에서 프로방스 아를까지의 여행. 퐁타방을 떠나자니 마음이 미어지는 것 같았다. 폴을 스승으로 받드는 그 많은 화가 친구들, 특히 에밀 베르나르와 그의 아름다운 여동생 마들렌느를 두고 떠나자니 차마 발길이 떨어지지 않았던 것이다. 1888년 10월 23일 새벽 5시, 폴은 파김치가 되어 아를 역에 도착했다. 빈센트를 찾아가기에는 너무 이른 시간이었다. 그래서 폴은 역 옆에 있는 카페를 찾아갔다. 폴이 카페로 들어서자마자 카페 주인이 폴을 알아보았다. 놀라 자빠질 일이었다. "아이고, 빈센트의 화가 친구인 모양이지요." 그 미친 네덜란드 놈이 폴의 자화상을 보여주었다고 했다. 『레미제라블』의 주인공 장발장과 같은 모습의 그 자화상을. 카페 주인은 폴의 짐보따리를 나누어 지고 라마르틴 광장까지 안내해 주었다. 광장은 시내 외곽에 있었다. 구시가지로 통하는 기병대 문 바로 앞이었다. 근처에 로마 시대 때 지어진 원형극장과 콜로세움이 있었다. 라마르틴 광장 한 모퉁이 로다노 강 바로 곁에 '황색의 집'이 있었다. 그 미친 네덜란드 놈이 폴과 함께 살기 위해 몇 달 전에 빌린 집이었다. 미친 네덜란드 놈은 집에 페인트도 새로 칠하고 가구도 들여놓고 벽을 그림으로 가득 채워 놓고 있었다. 폴이 새로운 곳에서도 편안한 마음으로 그림을 그릴 수 있도록 하기 위해 세심한 부분까지 신경 써 가며 부지런을 떤 모양이었다.

그러나 넌 그 황색의 집에서 편안하지 못했어. 오히려 그 요란한 색상에 눈이 멀 것 같았고 멀미가 날 지경이었지. 그 요란한 색상이 천지 사방에서 공격해왔으니까 말이야. 게다가 수선스럽게 입에 발린 소리로 너를 맞이하는 빈센트의 태도에도 넌더리가 났지. 네가 황색의 집의 장식을 마음에 들어 하는지, 좋은 인상을 받았는지 어쩐지 알고 싶어 안달복달해댔으니까. 실상 넌 잔뜩 의구심을 품고 초조해했지. 빈센트의 태도는 첫날부터 너무 호들갑스러웠고 지나치게 친절했어. 그래서 이런 느낌이 들기 시작한 거야. 이제 내 자유도 끝장이로구나, 내 맘대로 살 수도 없겠어, 빈센트란 놈이 친절한 간수처럼 내 사생활을 일일이 간섭하겠구나. 너처럼 자유분방한 사람이 살기에 황색의 집은 감옥이나 다름없었지.

그러나 그로부터 오랜 시간이 지난 후 이 전망 좋은 쾌락의 집에서 다시 생각해보니 그 미친 네덜란드 놈도 다시 보였지. 어린애처럼 좋아 날뛰던 모습, 병자가 목숨줄을 쥐고 있는 의사에게 매달리듯 네게 달라붙던 모습. 그러니까 좋은 모습만 보였단 말이지. 그래, 의지가지없는 놈이었지. 좋은 놈이었어. 또 얼마나 너그러웠다고. 질투도 원한도 모르는 놈이었고 잘난 체하지도 않는 놈이었어. 열과 성을 다해 그림에 매달린 놈이었어. 거지처럼 살았지만 전혀 신경 쓰지 않았지. 지나치게 예민한 놈이었어. 지나치게 생각이 깊은 놈이었어. 행복이라는 것과는 담쌓고 지낸 놈이었지. 물에 빠진 놈 지푸라기 잡듯 네게 매달렸지. 놈은 널 이 정글과 같은 인생살이에서 생존할 수 있는 방법을 가르쳐줄 용맹스러운 현인으로 여겼던 거야. 폴, 놈은 네게 감당하기 버거운 의무를 지워줬던 거지. 빈센트. 예술과 색채와 그림에 대해서는 훤히 꿰고 있던 놈이 삶에 대해서는 아무것도 몰랐던 거야. 그래서 평생 불행할 수밖에 없었어. 그래서 미칠 수밖에 없었지. 그래서 서른일곱 나이에 배때기에 총알을 쑤셔 박을 수밖에 없었던 거지. 그런데도 그 빌어먹을 파리 놈들은, 그 방정맞은 까마귀 새끼들은 빈센트의 비극을 네 탓으로 돌리고 있단 말이지. 이게 말이나 되는 소리야! 아를에서 두 달여 사는 동안 진짜 미칠 뻔한 사람은 바로 넌데, 그 미친 네덜란드 놈 손에 목숨을 잃을 뻔한 사람은 바로 넌데 말이야.

황색의 집에서는 애초부터 모든 게 엉망이었다. 우선 무질서가 폴의 눈에 거슬렸다. 게다가 빈센트는 사는 것 자체가 바로 무질서였다. 두 사람은 일을 분담하기로 했다. 요리는 폴이 맡았고 장을 보는 일은 빈센트가 맡았다. 청소는 하루씩 돌아가며 맡기로 했다. 그러나 실상은 폴이 기껏 청소해놓으면 빈센트가 다시 어질러놓는 꼴이었다. 첫 번째 말다툼은 공동경비를 사용하는 문제 때문에 벌어졌다. 남부 아틀리에, 즉 장차 폴과 빈센트가 이국땅에 건설하게 될 예술가 공동체에서는 모든 재산을 한 곳에 모아 공동으로 사용하도록 하는 규정이 있었다. 그래서 폴과 빈센트는 공동금고를 만들어 테오 반 고흐가 파리에서 보내준 돈을 그곳에 보관했고,

금고 옆에 공책과 연필을 두어 각자가 얼마나 가져갔는지를 기입하도록 했다. 이런 점에 있어서도 폴은 불만이 많았다. 빈센트는 돈을 흥청망청 썼다. '목욕비'라고 둘러대긴 했지만 사실은 라셀이라는 비쩍 마른 어린 창녀와 잠자리를 같이 한 비용이었다. 빈센트는 황색의 집에서 그리 멀지 않은 라마르틴 광장 골목 초입에 있는 비르지니 부인의 색싯집에서 종종 라셀을 끼고 자곤 했던 것이다.

아를의 홍등가도 말싸움의 발단이 되었다. 폴은 빈센트가 돈이 드는 창녀들과 자는 것을 비난했다. 빈센트와 달리 폴은 돈을 들이지 않고도 여자들을 꼬실 수 있었던 것이다. 다른 곳에 비해 아를 여자들은 너무나 손쉽게 꼬실 수 있었다. 폴의 사나이다운 외모, 유창한 말솜씨, 호탕한 태도에 아를 여자들은 사족을 못 썼다. 빈센트는 이렇게 말했다. 폴이 오기 전까지만 해도 한 달에 두 번 정도 비르지니 부인 집을 찾았다, 그러나 지금은 일주일에 두 번 찾아간다, 최근 들어 부쩍 늘어난 욕정 때문에 나도 괴롭다, '씹질'(한때 루터 교회 설교사였던 자가 그런 단어를 사용했다)을 하는 데 힘을 쏟으면 그림을 그리는 데 힘이 떨어진다. 폴은 한때 목사였던 자의 청교도적인 편견을 비웃었다. 폴로서는 붓을 드는 일도 자지를 세우는 일도 별 것 아니었던 것이다.

"아냐, 아냐." 미친 네덜란드 놈이 소리를 높였다. "내 최고의 걸작들은 여자를 딱 끊고 지낼 때 그려진 걸세. 내 정액으로 그린 그림이란 말이야. 난 성욕을 품고 여자들을 파고드는 대신 그림을 파고들었단 말이야."

"헛소리 마, 빈센트. 난 말이야, 그림을 파든 여자를 파든 힘이 넘친단 말이야."

두 사람 사이에는 일치하는 것보다 어긋나는 경우가 훨씬 많았다. 그러나 때로, 빈센트가 수도승과 같은 예술가들의 공동체에 대해 천진난만하게 떠들어대는 소리를 들으면 너도 그 친구의 상상 속으로 빨려 들어가곤 했지. 세상을 벗어나, 저 아득한 원시의 땅으로 달아나, 물질문명과 연을 끊고, 열과 성을 다해 그림에 몰두하며, 흥허물 없는 우애로 다져나가는 그 공동체. 진짜 멋들어진 소리였어! 그 미친 네덜란드 놈에게는 뭔가 아름답고, 고상하고, 공평하고, 너그러운 면이 깔려 있었지. 놈은 순수한 예술가로 이루어진 자그마한 사회를 건설하겠다고 했어. 뭔가를 창조하는 사람들, 뭔가를 꿈꾸는 사람들, 속세로 내려온 성자들, 하나의 이상을 위해 혹은 한 여자를 위해 싸움판에 뛰어든 중세의 기사와 같이 예술에 몸을 던진 사람들. 그래, 바로 네 할머니가 염원했던 꿈과 다를 게 없는 꿈이었지. 할머니는 그런 꿈을 꾸며 다 죽어가는 몸을 이끌고 프랑스를 돌아다녔어. 할머니는 인류의 악을 근절시키기 위한 혁명군을 모집하러 다녔던 거야. 플로라 할머니와 그 미친 네덜란드 놈은 서로 죽이 잘 맞았을 테지, 코케.

두 사람은 남부 아틀리에에 대해서도 서로 의견이 맞지 않았다. 어느 날 밤, 빈센트와 폴은 저녁 식사 후에 가끔씩 들러 압생트를 마시곤 하는 포럼 광장의 카페에 앉아 있었다. 빈센트는 폴에게 이런 제안을 했다. 예술가 공동체에 화가 쇠라를 초청하면 어떻겠는가. "점이나 찍어대는 주제에 화가랍시고 떠들어대는 놈 말인가?" 폴은 소리를 질렀다. "절대 안 돼." 폴은 점묘화가 대신 퓌비 드 샤반느를 가입시키자고 역으로 제안했다. 폴이 쇠라를 싫어하는 것만큼 빈센트가 못마땅하게 여기는 화가였다. 말다툼은 새벽녘까지 이어졌다. 폴, 넌 그날 밤 말다툼을 금방 잊어버렸지. 그러나 빈센트는 아니었어. 빈센트는 바싹 약이 올라 여러 날 동안 그 일을 되새기고 있었지. 그 미친 네덜란드 놈은 어느 것 하나 그냥 넘

381

어가는 법이 없었어. 어떤 문제든 놈의 골수를 파고들었단 말이지. 그래서 하느님, 삶, 죽음, 광기, 예술 같은 어마어마한 문제로 불거져 나왔단 말이지.

그 미친 네덜란드 놈에게 감사해야 할 일이 있기는 있어. 처음으로 너를 일깨워 폴리네시아로 향하게 만든 작자가 바로 그 친구였으니까. 그것도 놈이 어쩌다 손에 넣게 된 소설나부랭이 하나를 읽고 감동을 받아서 그렇게 된 것이었지. 『라라후, 로티의 혼인식』이라는 소설. 피에르 로티라는 프랑스 상선의 어느 간부를 다룬 내용이었어. 사건은 타히티에서 전개되고, 타락하기 전의 지상 낙원이 묘사되어 있었어. 아름답고 풍요로운 자연, 자유분방하고 건강미 넘치는 사람들, 편견도 원한도 모르는 사람들, 삶에 순응하며 자연스럽게 쾌락을 즐기는 사람들, 원시적인 열정과 힘이 넘치는 사람들. 인생이란 정말 알다가도 모를 일이야, 코케, 그렇지 않아? 물질로 타락한 유럽에서 벗어나 이국의 땅을 찾아가겠다는, 문명이라는 것이 유럽에서 뿌리뽑아버린 원초적이며 종교적인 힘을 찾아가겠다는 꿈을 꾼 사람은 바로 빈센트였어. 그러나 놈은 유럽이라는 감옥에서 벗어날 수 없었지. 반면에 너는 타히티에 올 수 있었고, 급기야 마르키즈 제도까지 올 수 있었어. 그 미친 네덜란드 놈이 꿈꾸었던 것을 실행에 옮기겠다고 말이지.

"그래 이제 만족하나, 빈센트, 자네 꿈을 내가 이루었다네." 폴은 목이 터져라 소리를 질렀다. "여기 쾌락의 집이 있네, 오르가슴의 집이 있단 말이야. 아를에 있을 때 넌더리가 나도록 떠들어댄 그 집이 말이야. 우리 생각처럼 되진 않았어. 빈센트, 자네도 알겠지?"

주변엔 아무도 없었어. 그래서 들려오는 대답도 없었지. 아투오나 집을 완공하자마자 사온 고양이와 강아지만이 널 말끄러미 쳐다보고 있었어. 마치 네가 허공에 대고 지른 소리의 의미를 이해하기라도 한 모습이었지. 히바오아 숲에 가득한 야생 닭, 들고양이, 야생마들이 네가 지른 소리에 놀라 모두 숨어버린 것도 같았어.

폴은 아를에 있을 때 빈센트와 종교에 대해서도 많은 얘기를 주고받았고 또 다투기까지 했다. 빈센트는 청교도로서 개신교 교육을 받았고 넌 가톨릭 쪽 교육을 받았지. 그래서 두 사람은 너무나 달랐어. 넌 1854년부터 1864년까지 10년 동안 오를레앙 근처에 있는 샤펠 생메스멩 신학교를 다녔지. 그 당시 뒤팡루 주교가 너의 정신적 스승이었지. 코케, 삶을 살아가는 데 있어서는 어느 쪽 교육이 더 나을까? 빈센트가 받은 교육은 더욱 집요했고, 더욱 엄격했고, 더욱 편협했고, 더욱 냉정했고, 더욱 솔직했고, 그래서 더욱 비인간적이었지. 가톨릭 교육은 더욱 냉소적이었고, 인간의 타락한 본성에 더욱 너그러웠고, 문화·예술적 견지에서 볼 때 더욱 사치스럽고 창조적이었으며, 그렇기 때문에 더욱 인간적이었지. 현실에 더욱 가까운, 실제 삶에 더욱 가까운 그런 교육이었지. 그때 그 비바람 몰아치던 날 밤이 생각나는지? 너와 빈센트는 황색의 집에 처박혀 있었지. 그때 그 미친 네덜란드 놈이 예수에 대해 말을 꺼내놓았지. 놈은 예수를 예술가로 묘사했어. 폴, 너는 그때 한마디 대꾸 없이 그냥 듣고만 있었어. 빈센트는 말했어. 예수야말로 가장 뛰어난 예술가였다, 그러나 예수는 대리석, 찰흙, 그림 따위는 거들떠보지도 않았다, 예수는 살아 있는 인간의 몸을 가지고 작품을 빚어냈다, 예수가 창조해낸 것은 조각상도 그림도 시도 아니었다, 예수는 불멸의 존재를 창조해냈다, 우리 인간이 우리의 삶으로 완벽하게 아름다운 예술 작품을 만들어 낼 수 있는 방법을 예수가 우리에게 가르쳐 준 것이다. 빈센트는 압생트를 홀짝이며 한참 동안 주절거렸지. 네가 도무지 알아먹을 수 없는 말들도 가끔 튀어나왔어. 그러나 그날 새벽, 빈센트가 눈물이 흥건한 눈으로 거의 울부짖듯 토해낸 소리를 들었을 때, 넌 충분히 이해할 수 있었고 또 잠시도 그 말을 잊을 수 없었지.

"내 그림이 사람들의 영혼을 위로해주었으면 좋겠어, 폴. 예수가 말로 사람들을 위로했듯 말이야. 고전 회화에서 후광은 영원한 것을 암시하는 거야. 나는 그 후광을 내 그림에서는 색의 방사와 진동으로 표현하고 싶은 거야."

폴, 그때 이후로 너도 달라졌지. 빈센트의 그림들은 마치 눈을 찌르는 듯한 빛의 홍수 내지는 불꽃놀이처럼 보였고 그래서 그런 점이 못마땅했지만, 그 엉뚱하고도 도발적인 색을 전과는 달리 어느 정도 인정하게도 되었던 거지. 그 미친 네덜란드 놈에게는 순교자다운 면모가 언뜻언뜻 비쳤고, 그럴 때마다 네 몸에는 소름이 끼치곤 했어.

몸은 여전히 불편했지만, 아투오나에 정착도 했겠다, 쾌락의 집도 완공되었겠다, 새로운 친구들도 사귀었겠다 해서 코케는 힘을 얻을 수 있었다. 새로운 거처로 이사한 후 처음 몇 주 동안 코케는 이런저런 계획을 짜며 재미있는 시간을 보냈다. 그러나 날이 갈수록 이런 생각이 들기 시작했다. 야속했지만 어쩔 수 없는 사실이었다. 마르키즈 제도도 한때는 지상 낙원이었을지 모르지만 이제는 그런 모습을 찾아보기 힘들었다. 타히티와 마찬가지였던 것이다. 마르키즈 여자들이 타히티 여자들에 비해 훨씬 아름답기는 했다. 그 점은 인정할 수 있었다. 적어도 코케에게는 그렇게 보였다. 키동, 경찰관 데지레 샤피에, 에밀 프레보, 이웃사촌 티오카는 낄낄대며 이렇게 말했다. 자네 눈이 나빠서 그렇게 보이는 거야, 도색 그림 — 자네 수집품은 히바오아 전역에 소문이 짜하게 나 있단 말이야 — 을 보겠다고 쾌락의 집을 찾아오는 그 허여멀건한 마르키즈 여인네들 말이야, 자네가 사진을 찍고 남편들 앞에서 뻔뻔스럽게 주물럭대는 그 여인네들 말이야, 자네가 믿듯 그렇게 젊고 예쁜 여자들만은 아닐세, 못생긴 늙은이들도 종종 있다네, 개중에는 상피병, 문둥병, 매독 때문에 살이 썩어문드러진 여자들도 있다니까, 원주민들이 그런 병에 잘 걸리는 편이거든. 염병할, 그래도 무슨 상관이야. 눈이 있어도 볼 수가 있나, 심장이 뛰어도 느낄 수가 있나. 그래 맞는 말이야. 그 빌어먹을 눈은 갈수록 침침해 갔으니까. 하지만 말이야, 넌 오래 전부터 이렇게 주장하지 않았어? 진정한 예술가라면 자신의 모델을 외부 세계에서 찾지 않고 기억 속에서, 자신만의 비밀스러운 공간 속에서 찾는다, 눈으로 볼 수 있는 것보다 더 똑똑히 볼 수 있는 깨어 있는 의식으로 사물을 관찰할 수 있으니까. 그래, 코케, 네 이론이 옳은지 그른지 확인해볼 시점이야.

아를에 있을 때도 빈센트와 이 점에 대해 격렬한 토론을 벌이곤 했다. 미친 네덜란드 놈은 자신이 사실주의 화가라고 천명했다. 화가는 자연으로 나가 대자연 한가운데 이젤을 세워놓고 그곳에서 영감을 구해야 한다고 했다. 폴은 프로방스로 간 이후 처음 몇 주 동안 그저 조용히 지내고 싶어 빈센트의 주장에 반박하지 않았다. 두 친구는 오전과 오후에 이젤, 팔레트, 캔버스를 챙겨들고 레잘리스캉으로 나갔다. 아를에 있는 로마 시대 기독교 문명의 잔해가 많이 남아 있는 유적지였다. 두 친구는 포플러 가로수가 울창한 대로 ― 성 호노라티우스 교회로 이어지는 길 ― 와 그 주변의 무덤과 비석 그림을 여러 장 그렸다. 그러나 그 일도 오래가지 못했다. 비가 쏟아지고 북서풍이 몰아치는 바람에 야외에서의 작업이 불가능해졌던 것이다. 그래서 두 친구는 황색의 집에 갇힌 채 실제 자연이 아니라 기억과 환상 속에서 그림 주제를 찾아야만 했다. 폴이 원했던 것이 바로 그것이었다.

　네가 가장 안타까워했던 것은 마르키즈 제도에서조차 식인 풍습의 자취를 찾아볼 수 없다는 것이었지. 그래, 인정할 수밖에 없었어. 네가 보기에 식인 풍습은 잔인한 것도 비난받을 만한 것도 아니었어. 이런 얘길 하면 친구들은 아연실색한 표정으로 머리만 긁적거렸지. 식인 풍습은 사나이답고 자연스러운 것이다, 그것은 열정적이고 참신하고 창조적인 문화, 끊임없이 자신을 재창조하는 문화, 타협주의와 퇴폐주의에 물들지 않은 문화임을 나타내는 증거인 것이다. 마르키즈 제도 사람들이 아직까지도 인간의 살을 먹고 있다고 생각하는 사람은 아투오나에 하나도 없었다. 이곳뿐만 아니라 다른 섬도 마찬가질 걸, 글쎄, 먼 옛날에는 틀림없이 그랬겠지만 지금은 아닌데. 이웃사촌 티오카는 딱 잘라 말했다. 폴은 원주민들을 일일이 찾아가 캐물어 보았지만 대답은 한결같았다. 빨간 머리 사람들이 많이 사는 타후아타 섬에서 온 부부에게도 물어보았다. 부부의 대답도 마찬가지였다. 하아푸아니 ─ 사람들은 그를 무당이라고 불렀다 ─ 의 부인 토호타마도 빨간 머리였다. 토호타마는 허리까지 늘어지는 긴 머리를 기르고 있었다. 햇살이 좋을 때는 그 머리채에서 검붉은 빛이 쏟아져 나왔다. 토호타마는 폴이 아투오나에서 가장 즐겨 그린 모델이었다. 폴은 히바오아에 도착한 후 석 달 만에 만나 살림을 차린 열네 살짜리 ─ 네가 환장하는 나이잖아, 코케 ─ 계집애 바에오호보다 토호타마를 더 즐겨 그렸다.

　코케는 바에오호를 얻기 위해 섬 안쪽 깊숙이 있는 하나우페 계곡까지 먼 걸음을 해야 했다. 코케가 불편한 몸을 이끌고 여행할 수 있었던 것은 그때뿐이었다. 키 동과 티오카가 코케를 따라가주었다. 키 동은 이 섬의 관습을 훤히 꿰고 있었고, 티오카는 프랑스어와 원주민어를 자유자재로 구사했다. 10킬로미터에 이르는 위험천만한 여행이었다. 짐승 등에 올라앉아 빽빽한 숲을 가르며 눅눅한 공기를 헤치고 가는 동안 말벌 떼와 모기 떼가 정신없이 전신을 물어대는 통에 폴은 완전히 뻗어버렸다. 계집애는 헤케아니라는 소수 원주민 부족 마을 추장의 딸내미였다. 추장과의 흥정은 수 시간을 끌었다. 마침내, 추장은 선물 목록을 제시했고, 폴은 벤바니의 가게에서 그 선물을 사주기로 약속했고, 그제서야 겨우 계집애를 취할 수 있었다. 폴은 선물 비용으로 200프랑 이상을 날렸다. 그러나 후회하지 않았다. 바에오호는 예쁘고 부지런하고 명랑한 아이였다. 계집애는 폴에게 마르키즈 제도 말도 가르쳐 주겠다고 했다. 같은 마오리족 계통이었지만 이곳 말은 타히티 말과 달랐던 것이다. 코케는 바에오호를 가끔 모델로 세우긴 했지만, 주로 빨간 머리 토호타마를 모델로 삼았다. 토호타마의 풍만한 젖가슴, 펑퍼짐한 엉덩이, 투실투실한 허벅지를 보면 자극을 받곤 했던 것이다. 예전과 달리 여간해서는 성욕도 일지 않았다. 그러나 토호타마를 볼 때마다 성욕이 불끈불끈 치솟곤 했다. 토호타마가 모델을 서기 위해 올 때마다 코케는 온갖 핑계거리를 쥐어 짜내 그녀의 몸을 집적거렸다. 그럴 때마다 그녀는 지겹다는 표정으로 잠자코 몸을 내맡길 뿐이었다. 마침내 어느 날 오후, 폴은 압생트주를 잔뜩 마시고 난 다음 화실 침대 위로 토호타마를 쓰러뜨렸다. 한창 재미를 보고 있을 때 등 뒤에서 웃음소리와 속삭이는 소리가 들려왔다. 폴의 나이 어린 부인 바에오호와 토호타마의 남편 무당 하아푸아니였다. 그 두 사람이 재미있다는 듯 그 꼴을 구경하고 있었다.

마르키즈 제도 사람들은 성과 관련된 문제에 있어서는 타히티 사람들보다 더욱 자유분방했다. 유부녀든 처녀든 여자들은 남편이나 애인을 속여먹기 일쑤였고, 아무 남자에게나 스스럼없이 안겨들었다. 가톨릭 선교사들과 개신교 선교사들이 그런 여자들에게 정숙한 기독교 윤리를 주입시키려고 백방으로 노력해도 소용없는 일이었다. 남자들 역시 지지리도 말을 들어먹지 않았다. 토호타마의 남편 같은 사람들은 주저 없이 교회를 노골적으로 비웃기도 했다. '마후' 즉 남녀 양성인양 옷을 입고 다녔던 것이다. 머리에는 꽃가지를 꽂고, 발목과 손목과 목에 여성용 장신구를 줄줄이 달고 다녔다.

폴이 새로운 땅에 와서 실망한 것이 또 하나 있었다. 바로 문신에 관한 것이었다. 원래 마르키즈 사람들은 문신이라면 폴리네시아에서 최고의 솜씨를 자랑했었는데, 이제 그 문신이 점점 사라져가고 있었던 것이다. 가톨릭 선교사들과 개신교 선교사들이 문신을 야만의 표본이라고 매도하여 잔인한 방법으로 근절시켜버렸던 것이다. 신부들과 목사들이 신출귀몰하듯 나돌아다니는 아투오나에는 이제 몸에 문신을 새기는 원주민들이 별로 남아 있지 않았다. 그러나 섬의 내륙 지역 사람들은 아직까지 문신을 이어가고 있었다. 빽빽한 밀림 가운데 점점이 박힌 마을 사람들은 여지껏 몸에 문신을 새기고 있었지만, 엉망진창이 되어버린 네 몸 상태로는 감히 찾아가 볼 엄두도 낼 수 없는 일이었지. 코케, 이런 빌어먹을 경우가 있어 그래! 문신을 새기는 사람들이 지척에 있는데 만나러 갈 수 없다니, 이 무슨 경우란 말인가! 폴은 타아오아 계곡의 우페케 유적지와 그곳에 있다는 '티키스'라는 거대한 석상도 보러 갈 수 없었다. 두 번이나 말을 타고 그곳으로 올라가보려고 했지만 피곤한데다 통증까지 심해 중도에 정신을 잃고 말았던 것이다. 바로 지척이었다. 아름다운 문신술이 살아 있는 곳이 바로 지척에 있었다. 문신은 마오리족의 지혜를 암호로 나타낸 것이었다. 문신 하나

하나가 비밀을 간직한 양피지와 다름없었다. 그런데, 그 입에 담지 못할 병 때문에 그곳에 가볼 수 없었던 것이다. 폴은 울화통이 치밀어 잠을 이룰 수 없었다. 통곡으로 밤을 지새우는 날도 많았다.

불행하게도 이곳 역시 망조가 들어 있었다. 조세프 마르텡 주교는 원주민들 사이에 번지고 있는 병과 풍기문란을 술 탓으로 돌리고 원주민들에게 술을 팔지 못하도록 조치했다. 벤 바니의 가게는 백인들에게만 술을 팔았다. 그래도 궁하면 통하는 법이라, 히바오아 사람들은 포도주를 구할 수 없게 되자 오렌지나 다른 과일로 술을 빚어 마셔댔다. 그러나 몰래 숨어 빚은 술은 너무 독해 속을 버리기 일쑤였다. 코케는 발끈해서 금주령과 맞서 싸웠다. 코케는 쾌락의 집에 럼주병을 가득 쟁여놓고 원주민들을 불러 진탕 마시게 했다.

폴은 너무나 지쳐 있었다. 이젤 앞에 앉고 싶지도 않았고 붓을 들고 싶지도 않았다. 그림이 내 운명이다라는 사실을 깨달은 이후 ─ 아직 파리에서 보험회사에 다니고 있을 때였다 ─ 로 처음 있는 일이었다. 단지 몸이 불편해서, 다리에 난 종기가 화끈거려서, 눈이 침침해져서, 심장이 벌렁거려 힘을 쓸 수 없어서, 물을 탄 압생트주를 쉴 새 없이 홀짝거려서, 술에 설탕 조각을 녹여 마셔대서 그런 것만은 아니었다. 모든 게 부질없는 짓거리로 보였던 것이다. 별로 남아 있지도 않은 기력을 그림 몇 장에 쏟아 부어서 뭘 어쩌자는 거냐? 그림을 끝냈다 치자. 한동안 배를 타고 여행한 끝에 프랑스에 도착하겠지. 그 후에는 암브로아즈 보야르의 화랑이나 다니엘 드 몽프레드의 다락방에 처박혀 있으면서, 어느 돈 많은 장사꾼이 새로 지은 집을 장식하기 위해 돈 몇 푼에 그림을 사가기를 기다려야 할 테지.

어느 날, 바에오호가 폴에게 마르키즈 제도 말을 가르치다가 프

389

랑스어와 마오리족 말을 섞어가며 뭐라고 했다. 폴은 무슨 말인지 알아들을 수 없었다. 아냐, 코케, 넌 애써 외면하고 싶었던 거야. 바에오호는 몇 번이나 같은 말을 되풀이했다. 이제 무슨 뜻인지 의심의 여지가 없었다. "당신은 나날이 늙어가. 난 머지않아 과부로 남겠네." 폴은 거울 앞으로 다가가 눈알이 시릴 때까지 자신의 모습을 들여다보았다.

폴은 그때 마지막으로 자화상을 그려보기로 결심했다. 이 쓸쓸한 세상 한 구석에서 황폐해져가는 자신의 모습. 자신을 둘러싸고 있는 마르키즈 제도 사람들도 누더기가 되어 있기는 마찬가지였다. 그 사람들 역시 무기력했고, 몰락해 있었고, 퇴폐풍조에 빠져 있었다. 폴은 이젤 옆에 거울을 세워두고 작업에 들어갔다. 작업은 2주일 이상 걸렸다. 눈이 침침해서 자신의 모습을 제대로 포착해내기 힘들었다. 거울 속 인물은 흐릿해지면서 한사코 달아나려고만 했다. 아직은 숨이 붙어 있었지만 이미 엉망진창이 된 남자. 그런 남자가 코앞에 닥친 거부할 수 없는 마지막 순간을 지그시 바라보고 있었다. 수수한 안경테 너머로 보이는 눈초리에 삶의 지혜가 담겨 있는 것도 같았고, 모험과 광기와 탐구와 실패와 투쟁으로 일관된 격렬했던 일생이 언뜻언뜻 스쳐 지나가는 것도 같았다. 마침내 마지막까지 온 거야, 폴. 짧게 깎은 백발, 바싹 말라 얌전해진 몸뚱이, 이젠 언제 닥칠지 모르는 마지막 순간을 담담하게 기다리는 일만 남은 거야. 확실하진 않아. 그래도 네가 그린 그 많은 자화상들 — 브르타뉴 농부의 모습, 항아리 표면에 그린 페루 잉카족의 모습, 장발장과 같은 모습, 감람산에 있는 예수의 모습, 보헤미안 집시의 모습, 시인의 모습 — 중에서 이 그림이, 작별의 순간에 그린 이 그림이, 한 예술가가 인생 막판에 그린 이 그림이, 네 본모습을 가장 잘 표현한 것 같기는 해.

자화상을 그리다 보니 생각나는 것이 있지? 아를에 있을 때, 장마와 북서풍 때문에 몇 주일간 황색의 집에 갇혀 있을 동안 그린 빈센트의 초상화 말이야. 넌 해바라기를 그리고 있는 빈센트의 모습을 화폭에 담았어. 해바라기는 그 네덜란드 놈이 환장했던 꽃이었지. 빈센트는 줄곧 해바라기만 그려댔어. 그리고 그림에 대한 자신의 이론을 설명할 때에는 자주 해바라기를 언급했어. 해바라기라는 꽃이 태양을 따라 움직이는 것은 우연도 아니고, 그렇다고 물리법칙을 맹목적으로 따르기 때문만도 아니다, 해바라기에는 범상한 무엇인가가 있다, 나처럼 해바라기를 열심히 끈기 있게 관찰해보면 해바라기를 둘러싸고 있는 '후광'을 발견할 수 있을 것이다, 해바라기의 본모습을 그대로 살리면서 그 해바라기가 횃불이나 촛불처럼 보이게 그릴 수도 있다. 미친 헛소리나 다름없었지. 그 미친 네덜란드 놈은 처음 황색의 집을 구경시켜줄 때 자신만만한 태도로 자신이 그린 해바라기를 자랑했었지. 글자 그대로 황금빛을 뚝뚝 떨어뜨리는 해바라기들이 네가 자야할 침대 위에 걸려 있었단 말이야. 넌 언짢은 속내가 드러나지 않도록 무진 애를 써야했지. 그런 형편이었으니 해바라기에 둘러싸인 놈의 모습을 그릴수밖에 없었던 거야. 넌 그 초상화에 빈센트가 그렇게나 주장했던 출렁이는 빛 따위는 그려 넣지 않았어. 일부러 말이지. 오히려 그 반대였어. 어둡고 투박한 초상화였어. 해바라기뿐만 아니라 빈센트조차 윤곽이 흐릿해 마치 배경 속으로 스며들어가는 듯한 느낌을 주었지. 빈센트는 외골수에 고집불통이었을 뿐만 아니라 힘도 천하장사였어. 감당하지도 못할 것에 신경을 곤두세우고 다니는 인간, 그야말로 언제 어디서 터질지 모르는 활화산 같은 인간이었어. 붓을 잡는 오른팔 힘은 또 얼마나 센지, 초인적인 힘으로 한없이 그림을 그릴 수 있을 것 같았지. 그 찡그린 얼굴, 그 정신 나간 듯한 눈초리를 보면 모든 것을 짐작할 수 있었지. 그 눈초리는 마치 이렇게 말하는 것 같았어. '나는 그림을 그리는 것이 아니다. 나는 나 자신을 갉아먹고 있는 것이다.' 빈센트는 네가 그린 초상화를 전혀 달가워하지 않았어. 초상화를 보여주었을 때 빈센트는 한참 동안 그림을 쳐다보고만 있었지. 하얗게 질려서, 아랫입술을 잘근잘근 씹으며, 기분이 나쁠 때면 그렇듯 인상을 구겨가며 말이야. 마침내 중얼거렸지. "그래, 내가 맞나보네. 하지만, 이건 미친 놈이잖아."

빈센트, 그럼 자네 그때 미치지 않았단 말인가? 자넨 그때 분명 미쳐 있었어. 폴은 빈센트가 미쳐간다는 사실을 알 수 있었다. 폴은 종잡을 수 없는 친구의 태도변화에 안타까움을 느꼈다. 그때 낌새를 챘던 것이다. 지겨울 정도로 칭찬을 늘어놓다가도 어느 순간 욕을 해대고, 말도 안 되는 트집을 잡고, 별것 아닌 일로 싸우려 들었던 것이다. 빈센트는 매번 싸우고 나면 죽은 듯이 잠에 곯아떨어졌다. 빈센트가 미동도 않고 자고 있는 모습을 보면 폴은 또 걱정이 되어 잠을 깨우기 위해 알랑거려야 했고, 술을 갖다 바쳐야 했고, 라셀과 잠자리나 같이 하라고 비르지니 부인 집으로 끌고 가야 했다.

그때 넌 마음을 굳혔어. 이제 떠나야 할 때다. 이런 식으로 함께 살다가는 끝내 더러운 꼴을 보고 말 것이다. 넌 조심스럽게 떠날 준비를 했어. 넌 식사 중에 이런 얘기를 흘렸지. 가족 문제 때문에 그러는데, 같이 살기로 한 기간을 채우기 전에 어쩌면 아를을 떠나야 할지도 몰라. 폴, 넌 그러지 말아야 했어. 네덜란드 놈은 네가 떠날 결심을 굳혔다는 것을 그 즉시 눈치 챘지. 그리고 놈은 히스테릭 상태로 빠지고 말았지. 공황 상태였다고나 할까. 사랑하는 사람으로부터 버림받아 절망한 연인과 같은 모습이었지. 놈은 네게 매달렸지. 네게 애원했어. 제발 올해만이라도 함께 있어 달라. 눈물이 흘러내렸고 목소리가 갈라졌어. 며칠 동안 말도 붙이지 않고 원망과 증오로 널 째려보기도 했어. 네가 놈에게 치유할 수 없는 상처를 입힌 듯 말이지. 때로 너는 그 의지가지없는 놈에게 무한한 동정을 느끼기도 했어. 이 세상에 무방비 상태로 내팽개쳐진 놈이었지. 널 강인한 싸움꾼으로 여겨 네게 한없이 매달리던 그런 놈이었단 말이야. 하지만 때로는 울화통이 치밀기도 했지. 내 코가 석 자인 주제에 그 미친 네덜란드 놈에게만 묶여 있을 수는 없는 노릇이었으니까.

1888년 크리스마스이브를 며칠 앞두고 일은 급속도로 진행되었다. 어느 날, 폴은 쫓기는 듯한 기분에 일찍 잠에서 깨어났다. 창문으로 희미한 빛이 스며들고 있었다. 폴은 침대 발치에 서서 자신을 내려다보고 있는 빈센트를 발견했다. 폴은 깜짝 놀라 몸을 일으켰다. "빈센트, 무슨 일이야?" 친구는 입도 뻥긋하지 않고 그림자처럼 방을 빠져나갔다. 그날 아침, 빈센트는 폴의 방으로 들어왔던 일이 기억나지 않는다고 딱 잡아뗐다. 어쩌면 몽유병인 것 같았다. 이틀 후 크리스마스이브, 포룀 광장 카페에서 폴은 빈센트에게 알렸다. 가슴 아픈 일이지만 떠나야 하겠다, 가족 문제 때문에 파리에 가봐야 한다, 며칠 내로 떠날 것이다, 모든 일이 해결되면 다시 돌아와 한동안 함께 있어 주겠다. 빈센트는 아무 대꾸 없이 폴의 말을 들었다. 가끔씩 보란 듯이 고개를 크게 끄덕이기도 했다. 두 사람은 한참 동안 아무 말 없이 술만 마셨다. 네덜란드 놈이 느닷없이 화를 벌컥 내며 반쯤 남은 술잔을 집어 들어 폴의 머리를 향해 집어던졌다. 폴은 간신히 술잔을 피했다. 폴은 자리를 차고 일어나 황색의 집을 향해 성큼성큼 걸어갔다. 폴은 우선 필요한 물품을 두세 가지 가방에 챙겼다. 집을 나설 때 집으로 들어오는 빈센트와 마주쳤다. 폴은 빈센트에게 말했다. 호텔로 간다, 나머지 짐은 내일 와서 챙겨 가겠다. 원망하는 투는 아니었다.

"우리 두 사람 모두를 위해 이러는 걸세, 빈센트. 다음번에는 진짜로 내 머리를 술잔으로 박살낼지도 모르잖나. 그런 일이 벌어지면 오늘밤처럼 내가 참아낼 수 있을지, 나도 자신 없네. 자네에게 달려들어 모가지를 꺾어놓을지 누가 알겠나. 우리의 우정을 그런 식으로 끝낼 수는 없네."

빈센트는 허옇게 질린 채, 핏발선 눈으로, 아무 말 없이 폴을 뚫어지게 바라만 보고 있었다. 며칠 전 빈센트는 신병이나 중처럼 머리를 박박 밀어버렸다. 그래서 지금처럼 슬픔이나 분노에 휩쓸리게 되면, 가슴이나 턱이 떨리듯 바들바들 떠는 머리통을 볼 수 있었다.

폴은 집을 나왔다. 아직까지 그 모습이 생생했다. 거리로 나서자 겨울 추위가 뼛속까지 파고들었다. 폴은 성벽으로 둘러싸인 시내 한복판을 걸어갔다. 몇몇 집에서 한 가족이 모여 부르는 크리스마스 캐롤 소리가 들려왔다. 폴은 역을 향해 걸었다. 역 근처에 아는 여자가 운영하는 수수한 호텔이 있었다. 빅토르 위고 광장을 지날 때 누가 등 뒤를 바싹 따라오는 것 같았다. 돌아보았다. 예감이 좋지 않았다. 그랬다. 면도칼을 꼬나 쥔 빈센트가 바로 뒤에 있었다. 맨발이었다. 빈센트는 눈에 증오를 가득 담고 칼을 휘둘렀다.

"이건 뭐야, 이건 또 뭐냐고?" 소리쳤다.

네덜란드 놈은 뒤돌아서서 달리기 시작했다. 폴, 친구의 정신 상태에 대해 즉시 경찰에 신고하지 않은 게 잘못한 일일까? 그래, 잘못이었어. 하지만 누가 상상이나 했겠어? 그 불쌍한 빈센트 놈이 너를 칼로 찌르려다 실패한 후에, 자기 왼쪽 귀를 반이나 잘라, 피가 철철 흐르는 그 살덩어리를 신문지에 싸서, 비르지니 부인 집의 그 바싹 마른 창녀 라셀에게 갖다 줄 줄 누가 상상이나 했겠는가 말이다. 그리고 놈은 그것으로도 모자랐는지, 머리통을 수건으로 싸매고 자기 침대로 파고들었지. 다음 날 네가 황색의 집 — 경찰과 구경꾼들로 집은 만원이었지 — 에 들어가서 보니 이불이며 벽이며 그림이 온통 피투성이였지. 그 미친 네덜란드 놈은 자기 귀를 잘라낸 후에 야만적인 의식이라도 벌인 모양이었어. 자기 집을 온통 피로 도배를 하다시피 해놓았으니 말이야. 그런데 이제 와서 저 쓰레기 같은 파리 멋쟁이놈들은 빈센트의 비극을 다 네 탓으로 돌리고 있지 않느냔 말이야. 그건 그 미친 네덜란드 놈이 그런 지랄발광을 벌인 후에 완전히 폐인이 되어버려 그럴 테지. 놈은 처음에 아를의 뒤 호텔에 갇혀 있다가, 나중에는 생레미 정신병원에서 근 1년을 갇혀 지냈지. 그리고 생애 마지막 한 달 동안은 오베르 쉬르 오아즈라는 작은 마을에서 지냈어. 그곳에서 자기 배때기에 그 빌어먹을 총알을 쑤셔 박고 하루 내내 엄청난 고통에 시달리다 마침내 숨을 거두었단 말이지. 그런데 이제 와서 저 한가한 파리 놈들, 빈센트가 살아 있을 때는 그림 한 장 팔아주지 않던 놈들이, 빈센트가 죽고 나니까 천재네 어쩌네 하며 아구통을 놀리고 있단 말이지. 그리고 너는 그 크리스마스이브에 놈을 구해내지 못했다는 이유로 놈을 망쳐먹은 냉혈한이라고 욕이나 처먹고 있는 형편이잖아. 씨부럴 놈들 같으니!

폴, 네가 죽고 나면, 사람들이 너 역시 천재였다는 사실을 인정하여 줄까? 네 그림도 그 미친 네덜란드 놈의 그림처럼 비싼 값에 팔리기 시작할까? 그럴 리는 없을 테지. 하기야 어제 오늘 일이 아니잖아. 인정받는다거나, 유명해진다거나, 불멸의 예술가가 된다거나 하는 것에는 넌 도통 관심이 없었으니까. 그럴 리는 없을 거야. 아투오나는 파리에서 너무 멀리 떨어진 곳이야. 예술계의 명성이나 유행이 온통 파리에서 결정되는 판에 그 방정맞은 파리 놈들이 네 작업에 관심이나 가지겠어? 지금 네 고민은 그림이 아니지. 그 입에 담지 못할 병 때문에 목하 고민 중이잖아. 그 빌어먹을 병은 네가 히바오아에 도착한 지 넉 달 만에 다시 미친 듯 도졌던 거야.

다리에 난 종기가 살을 파먹어 들었다. 붕대를 감아도 금새 더러워졌다. 결국 폴은 붕대를 갈 기운마저 잃고 말았다. 폴은 손수 붕대를 갈아야 했다. 바에오호는 진저리를 치며 도와주기를 거절했다. 자꾸 도와달라고 하면 집을 나가버리겠다고 공갈을 치기도 했다. 폴은 더러운 붕대를 이삼 일씩 감고 다녀야 했다. 지독한 악취에 파리 떼가 달려들었지만 그마저 쫓을 힘이 없었다. 폴이 파피테에 있을 때부터 알고 지낸 히바오아 보건소 원장 뷔송 박사가 모르핀 주사를 놓아주고 아편을 조제해주었다. 그로 인해 통증은 줄어들었지만 몽유병에라도 걸린 듯 멍청한 상태로 지내야 했다. 이러다가 어느새 미쳐버릴지도 모른다는 생각에 폴은 마음을 졸였다. 폴, 너도 그 미친 네덜란드 놈처럼 인생 종치는 거야? 1902년 6월, 폴은 다리 통증으로 걸을 수도 없게 되었다. 수중에 남아 있는 돈이라고는 푸나아우이아 집을 판 것이 전부였다. 폴은 남아 있던 돈을 몽땅 털어 조랑말이 끄는 마차를 한 대 구입했다. 폴은 푸른색 셔츠와 파란색 파레오를 입고, 빵떡모자를 눌러쓰고, 손잡이를 발기한 자지 모양으로 조각한 나무 지팡이 ― 이것도 손수 만든 것이었다 ― 를 들고, 매일 오후 마차를 타고 산책을 나갔다. 개신교 선교회를 지나, 거대한 타마린드 나무가 서 있는 베르니에 목사의 집을 거쳐, 배신자들의 만까지 갔다. 배신자들의 만은 그 시간 쯤이면 물놀이를 하는 사내아이들 계집아이들로 가득했다. 야생 조랑말을 안장도 없이 타고 노는 아이들도 있었다. 조랑말들은 파도에 맞서 싸우기라도 하듯 힘차게 울부짖으며 바닷가를 뛰어다녔다. 만 앞에는 하나키라는 자그마한 무인도가 있었다. 거대한 고래 한 마리가 잠들어 있는 형상이었다. 예전에는 미국 포경선들이 고래를 잡기 위해 자주 이곳을 찾았다고 했다. 지금도 히바오아 원주민들은 미국 포경선이라면 질색을 했다. 그럴만한 이유가 있었다. 미국 포경선 선원들이 원주민 여자들에게 술을 잔뜩 먹여 겁탈한 다음에 노예로 끌고 갔다는 것이었다. 그러던 중 포경선 한 척이 급기야 일을 당하게 되었고, 그때부터 이곳은 배신자들의 만이라는 몹쓸 이름이 붙게 되었다. 여자들이 납치당하는 것을 더 이상 두고 볼 수 없었던 히바오아 원주민들은 일을 꾸몄다. 어느 날 포경선 한 척이 도착했다. 원주민들은 축제를 열고 선원들을 초대해 춤을 추며 생선회와 멧돼지 고기를 푸짐하게 대접했다. 그리고 축제가 한창 무르익을 무렵 선원들의 목을 모조리 잘라버렸다. "솔직하게 말해! 그놈들을 다 잡아먹었지?" 코케는 그 이야기를 들을 때마다 정신없이 소리쳤다. "브라보! 잘했어! 끝내 주는구먼!" 코케는 해가 수평선 위로 내려앉을 즈음 아투오나에 하나밖에 없는 길을 한 차례 둘러본 후에 쾌락의 집으로 돌아왔다. 코케는 부두에서부터 중국인 혼혈 마티카나의 하숙집까지 조랑말을 다독여가며 마차를 아주 천천히 몰았다. 코케는 만나는 사람마다 점잖게 인사를 건넸다. 그러나 눈이 침침해 대부분의 경우 누가 누군지 정확히 알 수는 없었다.

폴이 처음 이곳에 왔을 때, 이곳 가톨릭 신자들은 폴이 『레 게프』의 편집장이었다는 소문을 듣고 폴을 자기 살붙이처럼 환영했었다. 그러나 폴의 방탕한 삶, 술주정, 원주민들과의 친밀한 관계, 쾌락의 집에 대한 온갖 추문을 경험하고 나서는 폴을 벌레 보듯 대했다. 폴이 『레 게프』를 통해 신랄하게 공격했던 개신교 신자들은 앙심을 품고 폴을 멀리했다. 그러나 6월 중순경 뷔송 박사가 갑자기 파피테로 자리를 옮기게 되자, 폴은 개신교 목사 폴 베르니에에게 의지할 수밖에 없게 되었다. 베르니에 목사는 폴 자신이 잡지를 통해 개인적으로 공격했던 인물이었지만 달리 도리가 없었다. 키 동과 티오카는 이런 말로 구슬리며 폴을 베르니에 목사에게 데려갔다. 의학 지식이 있는 사람은 아투오나에 그 사람밖에 없다, 그 사람만이 자네를 도울 수 있다. 베르니에 목사는 부드럽고 자상한 사람이었다. 폴을 친절하게 맞아주었다. 폴에게 욕을 먹긴 했지만 그 때문에 원한을 품고 있는 기색은 보이지 않았다. 베르니에 목사는 폴을 도와주었다. 다리 종기를 위해 고약과 진통제를 내주었던 것이다. 효과가 있었다. 1902년 7월, 폴은 자신의 두 다리로 조금씩 발걸음을 뗄 수 있게 되었다.

일시적이나마 건강이 회복되자, 경찰관 데지레 샤피에는 그런 폴을 축하하기 위해 해마다 치러지는 음악 경연대회의 심사위원으로 폴을 위촉하자는 — 어쨌든 간에 폴은 예술가였으니까 — 의견을 냈다. 경연대회는 섬에 있는 두 학교 — 하나는 가톨릭계였고 다른 하나는 개신교계였다 — 의 합창단을 대상으로 7월 14일에 열렸다. 문제는 가톨릭과 개신교가 아주 사소한 일에 있어서도 서로 지기를 싫어한다는 것이었다. 폴은 두 교단의 경쟁심을 덧내지 않기 위해 솔로몬의 지혜를 짜내 동점으로 처리했다. 그러나 공평하게 처리한다고 했던 것이 그만 양측 모두로부터 불만을 사고 말았다. 양측 모두 폴을 잡아먹을 듯 대들었던 것이다. 폴은 항의 소리가 낭자한 행사장을 겨우 빠져나와 쾌락의 집으로 달아났다.

조랑말이 끄는 마차를 타고 집에 도착하자 깜짝 선물이 폴을 맞이했다. 허연 턱수염을 기른 이웃사촌 마오리족 티오카가 폴을 기

398

다리고 있었다. 티오카는 진지한 표정으로 이렇게 말했다. 한동안 곁에서 지켜보자니 자네가 진정한 친구라는 걸 알게 되었네, 우리 서로 간의 우정을 위해 뭔가를 해보고 싶은데 말이야, 아주 간단한 일이네, 본래 이름을 그대로 사용하면서 서로의 이름을 나누는 거라네. 두 사람은 그렇게 하기로 다짐했다. 그때부터 폴의 이웃사촌은 티오카-코케로 불리게 되었고, 폴은 코케-티오카로 불리게 되었다. 이제 너도 완벽한 마르키즈 사람이 된 거야, 폴.

# 17

# 세상을 바꿀 말들
## 몽펠리에, 1844년 8월

플로라는 님므를 떠나 1844년 8월 17일에 몽펠리에에 도착했다. 플로라는 몽펠리에에 머무는 동안에는 충분한 휴식을 취하기로 결심했다. 몸을 추스를 필요가 있었다. 완전히 탈진한 상태였다. 두 달 동안이나 이질이 떨어져나가지 않았다. 밤이면 밤마다 찌르는 듯한 통증과 함께 심장 옆에 박힌 총알이 느껴졌다. 그러나 운명은 플로라를 그냥 내버려두지 않았다. 미리 예약해둔 슈발 블랑 호텔은 플로라가 혼자서 여행하는 것을 알고는 발도 들여놓지 못하게 했다. "다른 점잖은 호텔이 다 그렇겠지만, 우리 호텔은 부모님이나 남편과 함께 여행하는 귀부인들만 받습니다." 호텔 지배인은 점잖게 충고했다.

플로라는 한 마디 쏘아주고 싶었다. '님므 사람들 얘기로는 슈발 블랑 호텔이 몽펠리에의 사창굴이나 다름없다고 하던데요.' 그때 플로라와 거의 동시에 도착한 손님 하나가 플로라와 동행인 것처럼 굴었다. 호텔 지배인은 망설였다. 플로라는 그 멋쟁이 신사 양반이 2인용 침실을 요구하는 것을 보고 깜짝 놀랐다. "내가 창녀인줄 알아요?" 플로라는 신사를 쏘아보며 뺨을 후려갈겼다. 남자는 멍청한 표정으로 뺨을 어루만졌다. 플로라는 짐을 들고 호텔을 빠져나와 머물 곳을 찾아다녔다. 한낮이 되어서야 호텔 하나를 겨우 찾을 수 있었다. 미디 호텔이었다. 아직 공사가 마무리되지 않은 자그마한 호텔이었지만 달리 갈 곳이 없었다. 플로라는 몽펠리에에 머문 일주일 동안 떠들썩한 공사 인부들 틈바구니에서 지내야 했다. 인부들은 건물 외벽에 발판을 쌓고 올라가 건물 벽을 뜯어내고 늘리느라 온종일 소란을 피웠다. 플로라는 소음으로 속이 터질 지경이었지만 너무 지친 나머지 다른 숙소를 찾아 나설 엄두를 내지 못했다.

플로라는 처음 나흘 동안은 노동자들과 전혀 만나지 않았다. 그 지역 생시몽주의자나 푸리에주의자를 만날 수 있는 추천장도 가지고 있었지만 그들조차 만나지 않았다. 그렇다고 휴식을 취한 것도 아니었다. 플로라는 참기 힘들 정도로 배가 붓고 속이 꼬여 의사를 찾아가야만 했다. 호텔 측에서 추천해준 아마도르 박사는 스페인 사람이었다. 플로라는 10년 전 페루에서 돌아온 이후로 거의 쓸 기회가 없었던 스페인어를 사용할 수 있다는 생각에 기분이 흐뭇했다. 아마도르 박사는 동종요법에 푹 빠져 있는 사람이었다. 박사는 진지한 태도로 동종요법을 '새로운 과학'이라고 불렀다. 친절하고 학식 있는 50대 남자. 가무잡잡한 피부에 키가 컸다. 박사는 생시몽주의자들에게 호감을 갖고 있었다. 생시몽의 '유동성 이론'이 역사 발전을 이해하는 핵심적인 이론이며 인간의 몸을 설명할 수 있는 이론이라고 생각하고 있었다. "기술과 경제학이 사회를 개혁시킬 수 있는 힘입니다, 플로라 부인." 박사는 바리톤 음성으로 플로라에게 말했다. 박사와의 대화는 즐거웠다. 병은 병으로 치료한다는 동종요법 이론에 확신을 가지고 있었던 박사는 플로라에게 비소와 유황으로 조제된 약을 처방해주었다. 플로라는 중독될지도 모른다는 두려움에 주저하며 약을 먹었다. 그러나 그 요상한 처방약을 먹은 다음 날 플로라는 몸이 한결 가뿐해진 것을 느낄 수 있었다.

그 친절하고 존경할 만한 남자는 많은 점에서 너와 의견을 달리했지만 네 얘기를 진지하게 들어주긴 했지. 1835년 초 페루에서 돌아왔을 때, 네가 처음으로 만난 '현대인'들과 비슷한 면이 있는 남자였단 말이야. 넌 무모하고도 집요하게 그런 사람들을 찾아다녔었지. 배를 타고 페루에서 돌아올 때는 정말이지 너무너무 힘들었지. '미친놈 안토니오'라는 인간 망종 철면피 승객에게 강간을 당할 뻔한 적도 있었잖아. 플로라, 생각나? 놈은 밤마다 네 선실로 들어오려고 난리를 피웠지만, 선장은 가타부타 말이 없었잖아. 선장은 남자 승객들이 혼자 여행하는 여자들을 덮친다는 사실에 이골이 나 있었던 모양이야. 넌 선장에게 따졌어. 그러자 알렌카르 선장은 사과한답시고 말도 안 되는 충고를 했지. "내 바다를 떠돌아다닌 지 30년이지만, 혼자 여행하는 여자를 본 것은 부인이 처음이오." 프랑스로 돌아오는 여행길은 그야말로 지랄 같았어. 뱃멀미에, 미친놈 안토니오까지 한몫 거들었으니.

그러나 프랑스로 돌아와 파리에서 몇 달 살게 되면서부터 그따위 추억은 다 잊혔지. 넌 샤바내 거리에 자그마한 집을 하나 얻어 살았지. 넌 피오 트리스탄 삼촌에게서 받은 적지 않은 돈으로 웬만큼 살 수 있게 되었지. 넌 페루에서 1년 가까이 보낸 덕에 의욕에 넘쳐 프랑스로 돌아왔어. 소르본 대학에서 5년 공부한 것보다 더 많은 것을 배우고 왔단 말이지. 넌 결심했어. 이제 '다른' 여자가

402

되겠다, 사슬을 끊을 것이다, 진짜 사는 것답게 자유롭게 살 것이다, 부족한 점을 채우겠노라, 지성을 개발할 것이다, 그리고 무엇보다 일을 할 것이다, 많은 일을, 다른 여자들이 네가 살아왔던 삶보다 더 나은 삶을 살아갈 수 있도록 노력할 것이다.

넌 프랑스로 돌아오자마자 의욕적으로 첫 번째 책을 썼어. 글쎄, 책이라고 하기에는 보잘것없는 것이었지만.『외국인 여자들을 보호하기 위해 필요한 것들』이라는 얄팍한 책자였지. 낭만적이고 감상적인 글이었어. 넌 프랑스에서 외국인 여자들을 함부로 대하는 상황을 개선시키려고 했어. 지금 생각해보면 부끄러울 정도로 천진난만한 생각이었지. 외국인 여자들이 파리에 정착하는 데 도움이 되는 단체를 만들어야 한다, 그들에게 잠자리를 제공하고, 사람들을 소개시키고, 곤경에 처한 여자들을 위로해 주어야 한다, 단체 회원들은 서약을 해야 하며, 단가(團歌)와 단기(團旗)도 갖추어야 한다, 단체의 세 가지 강령은 '덕성'과 '절도'와 불의에 대한 '투쟁'이다. 플로라는 미디 호텔의 비좁은 방에서 웃느라 숨이 넘어갈 지경이었다. 그땐 진짜 멍청했어, 플로라. 당시 프랑스에는 단체 설립이 전염병처럼 퍼져 있었어. 너 역시 그 병에서 벗어나지 못했던 거야.

너의 무식함이 고스란히 드러나는 유치하기 짝이 없는 책이었어. 팔레 르와얄의 들로내 인쇄소 주인은 네가 손으로 쓴 원고에 틀린 글자가 너무 많아 처음부터 끝까지 손을 봐야 했어. 그렇다면, 네가 심혈을 기울여 쓴 그 글에서 눈여겨볼 만한 것이 전혀 없었더란 말이야? 몇 가지는 눈여겨볼 만했지. 가령 너의 신앙고백이라고 할 수 있는 내용이 있었지. '가장 아름답고 가장 성스러운 믿음 혹은 종교는 인류에 대한 사랑이다.' 너는 또 민족주의도 신랄하게 비판했어. '우리는 전 세계를 우리 조국으로 삼아야 한다.'

생시몽주의자들과 푸리에주의자들은 당시 단체를 만들어내는 데 혈안이 되어 있었어. 너의 그 책자가 출판되었을 때, 넌 이미 그들과 관계를 맺고 있었나?

아니, 책을 통해서만 알고 있었어. 넌 샤바내 거리에 있는 집에 살면서 책을 많이 읽었어. 그리고 1835년부터 1837년까지 셰르슈미디 거리에 있는 집에서 살 때에도, 앙드레 샤잘 때문에 골머리를 앓으면서도 책을 많이 읽었지. 너는 현대성을 대변한다는 이념, 철학, 학설 등을 이해하기 위해 무진 애를 썼지. 그리고 그 속에서 여성을 해방시킬 수 있는 가장 효과적인 무기를 발견했어. 생시몽주의자들이 발간하는 『르 글로브』지부터 푸리에주의자들이 발간하는 『라 팔랑즈』지까지, 구할 수 있는 모든 팸플릿, 책자, 논문, 연설 등을 구해 모조리 읽어치웠어. 넌 집에서 혹은 두 군데의 도서관 열람실에서 하루 종일 책을 읽으며 내용을 정리하고, 정리한 내용을 분류하고, 핵심적인 내용을 따로 모았지. 넌 생시몽주의자들이나 푸리에주의자들과 어떻게든 관계를 맺고 싶어했어. 당시 — 넌 그때까지 에티엔느 카베의 사상이나 스코트랜드인 로버트 오언의 사상에 대해서는 전혀 모르고 있었지 — 에는 그 두 파가 주장하는 내용이 네 목표를 달성할 수 있는 가장 이상적인 무기로 보였으니까. 네 목표는 바로 남성과 여성에게 동등한 권리를 보장하는 것이었지.

생시몽 백작, 철학자이며 경제학자로 '마찰이 없는 생산자들의 사회'를 염원했던 클로드 앙리 드 루브루아는 1825년에 죽었다. 생시몽이 죽자 프로스페르 앙팡탱이 스승의 뒤를 이어 그때까지 생시몽주의자들을 이끌고 있었지. 프로스페르 앙팡탱은 날씬하고, 우아하고, 세련되고, 똑똑한 남자였어. 네가 처음으로 정성스런 헌사를 써서 책을 보내준 사람들 중의 한 명이었지. 앙팡탱은 생제르맹 데 프레에서 열린 생시몽주의자들의 모임에 널 초대했어. 플로라, 기억나니? 파리 여자들이 죽고 못 산다는 그 종교를 초탈한 사제의 손을 잡았을 때 너 역시 정신이 아찔했었지. 멋쟁이 신사에 말주변도 좋고 카리스마까지 있는 남자였어. 앙팡탱은 메닐몽탕에서 최초로 생시몽주의자 사회를 실험해보다가 감옥에까지 간 적이 있는 남자였지. 앙팡탱은 개인주의를 없애고 동료들 간의 연대를 강화시키기 위해 그 유명한 제복을 고안해내기도 했지. 제복은 등 쪽으로 단추가 달려 다른 사람의 도움이 없이는 혼자 입을 수 없는 두루마기였지. 프로스페르 앙팡탱은 여자 메시아를 찾아 이집트까지 가기도 했어. 그들의 교리에 따르면 인류를 구원할 인물은 바로 여자 메시아였기 때문이었어. 아직까지 여자 메시아는 나타나지 않았어. 그래서 계속 찾는 중이었어. 생시몽주의자들의 유별난 여성해방주의는 그렇게 진지해 보이지 않았지. 사치스럽고 경망스러운 무슨 장난질 같았어. 그러나 플로라, 넌 1835년에 절실히 느낄 수 있었지. 프로스페르 앙팡탱 신부의 의자 옆에 있던 그 빈 의자가 생시몽주의자들을 휘어잡고 있다는 사실을 깨닫고 넌 감개무량해했어. 그런 사실을 알고 어떻게 감동하지 않을 수 있었겠어? 너 혼자가 아니었어. 너와 같은 생각을 가진 사람들이 파리에 많이 있었던 거야. 여성을 이류 시민으로, 권리도 없는 열등한 존재로 여기는 현실을 참아내지 못하는 사람들이 많았던 거야. 생시몽 제자들의 모임에서 본 그 빈 의자 앞에서 넌 속으로, 기도하는 심정으로, 다짐했어. '인류를 구원할 사람은 바로 너 자신이야, 플로라 트리스탄.'

그러나 생시몽주의자들의 여자 메시아가 되기 위해서는 프로스페르 앙팡탱과 짝을 이루어야만 했지. 그건 단지 잠자리를 같이 하는 것이었어. 파리 여자들은 그렇게 하고 싶어 안달복달했지만 넌 아니었어. 혁명가로서의 너의 한계는 바로 거기까지였어. 생시몽주의자들이 주장하는 성의 자유는 방종을 위한 변명거리로만 보였지. 그렇지만 그걸 차마 말로 표현할 순 없었어. 그래서 넌 그런 주장을 곧이곧대로 따를 수 없었던 거야. 앙드레 샤잘과의 과거 기억 때문에 넌 성생활을 계속 혐오스럽게 생각해왔던 거지. 올랭피아 말레스체브스카를 만날 때까지 말이야.

생시몽 백작은 오래 전에 죽었지만, 샤를 푸리에는 1835년 그 당시까지 살아 있었어. 당시 예순세 살이었고 그로부터 두 해를 더 살았지. 안달루시아 아가씨, 넌 그 사람을 만나보았었지. 벌써 9년 전 일이야. 지금 넌 그 사람의 제자들, 즉 탁상공론만 일삼는 사회주의 공동생활주의자들을 경멸하고 있었지만 샤를 푸리에만은 항상 존경해왔어. 그 사람을 자주 만나지는 못했지만 진한 정을 느꼈던 거야. 그래서 『외국인 여자들을 보호하기 위해 필요한 것들』이라는 책을 맨 처음으로 보내주면서 간절한 어조로 함께 일하자고 제안했었지. "선생님, 저는 보통 여자들과는 다른 여자입니다. 제가 선생님께 큰 도움이 될 수 있으리라 믿습니다." 그러자 놀랍게도, 그 고귀한 노인네가 잘 다려진 깔끔한 프록코트를 차려입고 셰르슈 미디 거리 42번지로 몸소 찾아왔었지. 노인네는 다정한 눈빛으로 책을 보내줘서 고맙다고, 너의 개혁적인 사상과 정의로운 정신에 경의를 표한다고 말했어. 플로라, 네 생애에 있어서 가장 행복했던 순간이었지.

너는 푸리에의 몇몇 이론을 이해하는 데 상당히 애를 먹었어(가령 이런 이론들이 이해하기 힘들었지. 뉴턴이 발견한 물리 세계의 질서와 유사한 사회 질서가 있다, 인류는 진정한 행복을 누릴 수 있는 '조화로운 단계'에 도달하기 위해 8가지 단계의 원시적이고 야만적인 과정을 거쳐야 한다). 너는 『4가지 운동 이론』, 『새로운 산업조합사회』

라는 책뿐만 아니라 『라 팔랑즈』에 실린 논문과 푸리에주의자들이 쓴 글을 모조리 찾아내 닥치는 대로 읽었어. 그러나 최고의 스승은 단연 그 사람이었어. 몸에서 스며 나오는 그 찬란하게 빛나던 깨끗한 윤리의식, 검소한 생활방식 — 그 사람은 몽마르트르 생 피에르에 있는 수수하기 짝이 없는 집에서 혼자 살았어. 집은 책과 서류로 발 디딜 틈이 없었지. 넌 어느 날 그 사람을 집으로 찾아가 모래시계를 선물로 주기도 했어. 친절함, 어떠한 종류의 폭력이든 단호히 거부하던 비폭력주의, 인간의 선량한 본성에 대한 굳건한 믿음, 바로 이런 것들 때문에 너는 1835년, 1836년, 1837년 그 3년 동안 그 마음씨 좋은 현인의 제자라고 자부했어. 푸리에도 너처럼 결혼에 반대했어. 푸리에는 결혼이라는 지랄 같은 제도 때문에 여성이 품위도 자유도 없는 이용물로 전락한다고 믿었어. 너는 그 사람의 주장을 듣고 처음부터 홀딱 반해버렸어. 세상을 사회주의 공동생활단체로 바꾸어야 한다, 각각의 단체는 4백 가족으로 구성된다, 여기에는 착취하는 자도 없고 착취당하는 자도 없다, 노동과 노동으로 인한 수확은 평등하게 분배된다, 구차한 직업에 종사하는 사람들은 더 많이 받고 고상한 직업에 종사하는 사람들은 더 적게 받는다, 남성과 여성은 완전히 동등한 대우를 받는다. 푸리에의 주장을 듣고 넌 정의 실현을 위한 네 소망을 구체화시킬 수 있었지.

하지만, 섹스에 대한 푸리에의 생각 중에서 몇 가지 점을 넌 도무지 받아들일 수 없었지. 네가 잘못 생각한 것일까? 올랭피아는 네 잘못이라고 했지. 넌 스승의 이타주의를 이해하기는 했어. 사람은 결점이나 악습 때문에 사회나 행복에서 제외될 수 없다. 지당한 말씀이었지. 허나, 성생활의 기호에 따라 단체를 구성하는 일이 가당키나 한 일인가? 남자 동성애자들을, 여자 동성애자들을, 서로

치고 받는 것을 즐기는 사람들을, 훔쳐보기를 좋아하는 사람들을, 혼자 놀기를 즐기는 사람들을, 그들 자신이 정상이라고 느낄 수 있도록 따로 모아 소수 집단을 만들어주는 일이 가당키나 한 일인가 말이다. 그 주장 하나만큼은 널 얼굴을 화끈거리게 만들었어. 넌 푸리에의 주장을 이론적으로 반반할 수 없었지만 실현시키기에는 지나치게 무모한 생각이라고 여겼어. 게다가 넌 스승 푸리에가 '고상한 난장판'이라고 부른 변태적인 공동생활단체를 생각하기만 해도 소름이 쭉쭉 끼쳤지. 올랭피아가 옳았어. 올랭피아가 널 침대에 눕혀놓고 네 몸을 마음대로 주물럭거릴 때면 넌 머리끝에서 발끝까지 발갛게 달아오르곤 했지. 그럴 때면 올랭피아는 이렇게 말했어. "너 진짜 순진하구나, 플로라, 세상에 나온 수녀 같잖아."

여성이 얼마나 자유를 누리느냐에 따라 문명의 척도가 곧바로 정해진다는 푸리에의 주장에 넌 물론 공감했어. 그러나 푸리에의 또 다른 주장들은 널 혼란스럽게 만들었지. 노인네는 확신에 차 있었어. 이 세상은 정확히 8만 년 동안 지속될 것이다, 8만 년이 지나면 인간 각자는 지구와 다른 별을 810번 오가며 1,620번 윤회를 거듭할 것이다. 그런 주장은 과학이라기보다는 미신에 더 가까운 생각이잖아?

그것뿐만이 아니었어. 그 현명한 노인네가 매일 정오에 글을 쓰거나 책을 읽던 팔레 르와얄의 찻집에서 황급히 일어나 몽마르트르 언덕을 기어올라 생피에르 거리의 집으로 향하는 모습을 보기만 해도, 아니 생각으로 그려보기만 해도, 넌 심장이 오그라드는 것 같았지. 노인네는 1826년에 선언한 약속을 지키기 위해 그러는 거였어. 장차 행복한 인류의 초석이 될 최초의 공동생활단체를 위해 기부금을 내겠다며 찾아올지도 모를 저명하고 부유한 후원자들을 집에서 기다리기 위해 말이야. 생각만 해도 눈물이 솟구쳤어. 샤를 푸리에는 인간은 선천적으로 선하다는 생각을 철두철미 믿고 있었지. 그래서 푸리에는 1826년부터 1837년 10월 10일 죽기 바로 전날까지, 12시부터 2시까지, 집에서 손님을 기다렸지만 찾아온 사람은 아무도 없었어. 11년이라는 긴 세월을 기다렸지만 전혀 성과가 없었던 거야. 이보다 더 가슴이 미어지는 일이 또 있을까?

『라 팔랑즈』의 사장 빅토르 콩시데랑을 위시한 푸리에의 제자들은 그렇게 생각하지 않았어. 스승이 죽은 지 7년이 지났지만, 제자들은 1844년 현재까지 대의를 위해 돈을 지불할 자본가들이 있다고 믿고 있었어. 대의를 위한다고? 차라리 자살행위라고 해야 하겠지. 푸리에주의자들이 승리할 경우 자본가는 이 세상에서 씨가 마를 테니까 말이야. 하지만 그럴 일은 없을 테지. 플로라, 넌 비록 배움이 짧다고는 해도 그 이유를 분명히 알고 있었어. 자본가들은 사악하고 이기적일 뿐만 아니라 자기들에게 무엇이 이로운지 확실히 알고 있단 말이지. 그러니 자기들 목을 자를 교수대를 만드는 데 돈을 낼 이유가 없는 거야. 그래서 넌 푸리에주의자들을 믿지 못했던 거지. 그래서 넌 푸리에주의자들을 안타깝게 생각했던 거야. 그렇지만 넌 빅토르 콩시데랑과는 좋은 관계를 유지했어. 빅토르 콩시데랑은 1836년부터 『라 팔랑즈』에 너의 편지나 논문을 실어주었지. 『라 팔랑즈』를 신랄하게 비판하는 글도 종종 실어주었어. 네가 이제 더 이상 자기들 편이 아니라는 사실을 알고 있었지만, 프랑스 내륙 순례여행을 위해 편지나 추천장도 써주었어.

플로라는 그 주에 몽페리에의 동종요법 의사 아마도르 박사를 자주 찾아갔다. 플로라는 박사 앞에서 푸리에주의자들과 생시몽주의자들을 '약골들'이니 '부르주아들'이니 부르며 마구 욕을 퍼부었다. 아마도르 박사는 플로라의 '불같은 성격'을 놀려먹었다. 플로라는 박사의 스페인어에서 은근한 매력을 느낄 수 있었다. 박사는 말을 할 때 턱까지 내려오는 깔끔하게 손질한 백발 구레나룻을 쓰다듬는 버릇이 있었다. 박사는 네게 잘 보이려 했던 거야, 안달루시아 아가씨. 그러나 그 사람과의 친밀한 관계도 어느 날 어이없는 이유로 무참히 깨지고 말았지. 박사는 스스로 이렇게 털어놓았어. 자신은 몽펠리에 대학교 의학부에서 동종요법 대신 대중요법이나 전통적인 요법을 가르친다고, 학계에서 동종요법을 인정하지 않기 때문이라고, 그러나 자신은 구태의연한 생각이나 삭아문드러진 사상을 경멸한다고. 자신만만한 어투로 말이지.

"어떻게 자신이 믿지도 않는 것을 가르치면서 돈까지 챙길 수 있단 말예요?" 왈가닥 부인은 따지고 들었다. "일관성이 없는 소리잖아요. 비윤리적이고."

"좋아요, 좋아. 성질부리지 말아요." 플로라가 당돌하게 따지고 들자 아마도르 박사는 허겁지겁 수습에 나섰다. "이것 봐요. 나도 먹고살아야지요. 전적으로 일관성 있게 또 윤리적으로 살 수만은 없는 일 아니잖소. 순교자로 타고났다면 또 모를까."

"난 그럼 순교자로 타고난 모양이죠." 왈가닥 부인은 소리쳤다. "난 항상 올곧게, 내 신념대로 살아가니까요. 단지 돈을 벌기 위해 믿지도 않는 것을 가르쳐야 한다면, 난 혓바닥을 잘라내 버리겠어요."

두 사람의 만남은 그걸로 끝이었다. 그러나 아마도르 박사는 플로라의 비난에 틀림없이 속이 상했겠지만 목수 한 명을 플로라가 묵고 있던 미디 호텔로 보내주었다. 목수는 앙드레 메다르라는 다소 불안해 보였지만 호감이 가는 젊은이였다. 앙드레는 노동자 상호협동 조합을 꾸려가고 있었다. 앙드레는 플로라를 자신들의 조합에 초대했다.

"몽펠리에에서는 사람들을 만나지 않겠다고 결심하셨다고 하던데요, 부인, 그 이유가 뭡니까?"

"이곳에서는 똑똑한 노동자를 한 명도 만나지 못할 것이라고들 해서요." 플로라는 살살 약을 올렸다.

"이곳에는 똑똑한 노동자가 4백 명이나 있습니다, 부인." 젊은이는 웃음을 터뜨렸다. "제가 그들 중 한 명입니다."

"똑똑한 노동자들이 4백 명이나 된다면 프랑스를 온통 뒤집어놓을 수도 있겠군요, 젊은이."

앙드레 메다르는 남자 열여섯 명과 여자 네 명을 모아왔다. 모임은 성공적이었다. 다들 플로라에 대해서는 알지 못했지만 호기심을 가득 안고 플로라의 연설을 듣기 위해 모여들었다. 사람들은 노동조합과 노동자 회관에 지대한 관심을 보여주었다. 『노동조합』 책자도 몇 권 구입했고, 몽펠리에에서 노동조합 운동을 진척시키기 위해 5인 위원회 — 한 명의 여성을 포함한 — 도 구성하기로 합의했다. 사람들은 플로라에게 놀라운 이야기도 들려주었다. 외면적으로 평온해 보이고 또 번영을 구가하는 부르주아 도시처럼 보이는 몽펠리에도 사실은 화약고나 다름없다는 것이었다. 일자리가 부족하다, 당국에서는 금지하고 있지만 실업자들이 거리를 어슬렁거리며, 때로는 도시 곳곳에 널린 부자들의 마차나 집에 돌팔매질을 한다.

"만일 우리가 서두르지 않는다면, 노동조합을 통해 이 상황을 평화적으로 변화시키지 않는다면, 프랑스가, 아니 유럽 전체가, 폭발하고 말 겁니다." 플로라는 모임을 마치면서 확신에 차 말했다. "끔찍한 학살이 자행될 것입니다. 여러분! 자 힘을 냅시다!"

플로라는 몽펠리에에 도착한 이후 처음 며칠간은 휴식을 취했지만 마지막 3일 동안은 의욕적으로 일에 매달렸다. 플로라는 아마도르 박사가 동종요법에 맞추어 지어준 약을 먹고 완쾌된 것도 같았고 힘이 넘쳐나는 것도 같았다. 감옥을 방문하려 노력했지만 끝내 이룰 수 없었다. 플로라는 책방을 찾아다니며 『노동조합』책자를 배포했다. 마지막으로 지역 푸리에주의자 스무 명을 만났다. 매번 그렇듯 푸리에주의자들은 플로라를 실망시켰다. 그들은 이론을 실천으로 옮길 능력이 없는 전문직업인이거나 관료들이었다. 그들은 선천적으로 노동자들을 믿지 못했고, 노동자들을 평온한 부르주아 삶을 위협하는 위험 요소로 여기는 것 같았다. 질문 시간이 되었을 때, 새삭 선생이라는 변호사가 기어이 플로라의 감정에 불을 지르고야 말았다. 변호사는 플로라를 비난했다. "여자가 주제넘게 말이야, 여자는 정치로 집안일을 저버려서는 안 된단 말이오." 플로라가 변호사를 향해 "무식쟁이, 원시인, 야만인"이라고 소리치자 변호사는 어쩔 줄을 몰라했다.

새삭 선생의 얼굴에는 뼈와 살밖에 남아 있지 않았다. 누리끼리하고 궁상맞아 보이는 얼굴은 나이보다 더 늙어 보였다. 고통과 원한이 표정에 역력했다. 1835년, 1836년, 1837년, 그 3년 동안 앙드레 샤잘의 표정이 바로 저랬었다. 플로라는 수차례 앙드레 샤잘과 만나 싸워야 했다. 전쟁이나 다름없었다. 플로라의 가슴에 박혔던 그 총알 — 레카미에르 박사와 리스프랑 박사가 지극정성으로 수술했지만 끝내 빼낼 수 없었던 그 총알 — 만큼이나 플로라의 뇌리에 깊숙이 새겨진 기억이었다. 1835년에서 1837년 사이에 샤잘은 알린느를 세 번이나 겁탈했다(에르네스트 카밀은 두 번). 그 바람에 아이는 아직까지도 우울증 증세와 정신 착란 증세를 보이고 있었다. 플로라는 아이들의 양육권을 신청하기 위해 수차례 법에 호소해보았지만, 지긋지긋한 법정은 그때마다 샤잘의 손을 들어주었다. 날건달에, 술주정뱅이에, 더럽고 타락한 사탄마귀 같은 놈의 손을 들어주었던 것이다. 샤잘은 악취가 진동하는 돼지우리 같은 곳에 살고 있었다. 그곳에서 두 아이는 형편없는 삶을 살아가고 있었다. 그런데, 왜? 바로 앙드레 샤잘이 남자였기 때문이었다. 샤잘이라는 놈은 자기 친딸마저 쾌락의 도구로 삼는 인간 망종이었지만, 단지 남자라는 이유로 친권도 양육권도 온통 독차지했다. 그와 반면, 넌 너 스스로 노력하여 공부도 하고 책도 내고 또 안락한 삶을 누리고 있었어. 넌 아이들을 데려다 교육도 시키고 제대로 키울 수 있는 형편이었지. 하지만 독립한 여자는 모두 창녀라는 생각에서 헤어나지 못하는 판사들은 널 곱게 보지 않았어. 불쌍한 인간들 같으니!

플로라, 넌 법정에 나가 싸우랴, 길거리에서는 앙드레 샤잘과 싸우랴, 몇 년간을 정신없이 살아야 했어. 그런데 어떻게 그 기간 동안에 『어느 사생아의 인생 역정』이라는 책을 써낼 수 있었을까? 페루 여행을 담은 그 회상록은 1838년 초에 파리에서 두 권으로 출판되었지. 그리고 넌 단 몇 주 사이에 프랑스 지성인들과 문학가들 사이에 알려지게 되었어. 넌 그 책을 불굴의 투지로 쓸 수 있었던 거야. 그러나 그 불굴의 투지도 프랑스를 순례했던 최근 몇 달 사이에 급격히 수그러들기 시작했어.

넌 이리저리 뛰어다니는 틈틈이 책을 썼어. 변호사들도 만나야 했고, 판사들의 잔소리도 들어야 했고, 경찰서에도 출두해야 했어. 샤잘이 길길이 미쳐 날뛰는 바람에 그에 대항하기 위해서는 어쩔 수 없었지. 샤잘이 원했던 것은 바로 이것이었어. 샤잘은 암살 혐의로 유죄판결을 받은 법정에서 스스로 털어놓았지. 네게서 아이들에 대한 양육권을 빼앗으려고 했던 것은 단지 핑계에 불과했고, 사실은 네게 복수를 하려고 했던 거야. 네가 샤잘의 법적인 부인이었음에도 불구하고 감히 그를 저버리려 했으니까. 네가 그 파렴치한 짓거리를 논문이나 책을 통해 세상에 알리고 우쭐해 했으니까. 집에서 도망치고, 처녀인척 속이며 페루를 여행하고, 또 다른 사내놈들 앞에서 꼬리를 쳤으니까. 게다가 네가 공공연히 그를 비난했으니까. 뻔뻔하고 무식한 놈이라고 욕을 퍼부었으니까 말이야.

그랬다. 앙드레 샤잘은 복수에 성공했다. 샤잘은 아이를 겁탈하면 아이만큼 그 어미도 큰 상처를 입는다는 사실을 알아내고는 즉시 딸아이를 겁탈했다. 그날의 아찔했던 순간이 다시 떠올랐다. 1837년 4월 어느 날 아침이었다. 알린느의 편지가 플로라의 손에 전해졌다. 물장수가 알린느가 써서 건네준 편지를 들고 플로라를 찾아왔던 것이다. 플로라는 눈이 뒤집혀 아이들을 데려오기 위해 달려갔다. 플로라는 딸아이를 범한 아비를 경찰에 신고했다. 샤잘은 경찰에 붙잡히기 전에 길거리에서 플로라를 덮쳤다. 그리고 그야말로 엉뚱한 일이 벌어졌다. 쥘 파브르 변호사가 능수능란한 말솜씨를 발휘했다. 그러자 판사는 샤잘이 범한 겁탈과 근친상간 문제는 접어두고 플로라의 인격을 따지고 들었다. 도덕성이 의심스럽고 행동이 방자하다는 것이었다. 법정은 선고했다. "겁탈에 대한 증거가 뚜렷하지 않다." 그리고 이런 명령을 내렸다. 아이들은 기숙학교에 위탁한다, 아이들의 부모는 각각 따로 아이들을 만날 수 있다. 플로라, 프랑스 여자들에게 법이란 바로 그따위 것이었어. 안달루시아 아가씨, 네가 이 순례길에 나선 것도 다 그런 이유 때문이잖아.

『어느 사생아의 인생 역정』이라는 책이 출판되자 플로라는 문명도 떨치게 되었고 또 어느 정도 돈 ── 책을 두 번이나 찍어냈지만 즉시 동이 나고 말았다 ── 도 벌 수 있었다. 하지만 문제도 있었다. 책이 출판되자 파리에서는 한바탕 소동 ── 너처럼 솔직하게 자신을 까발린 여자는 그때까지 전혀 없었으니까. 너처럼 자신이 '사생아' 라는 사실을 공공연하게 떠벌린 여자는 없었으니까. 너처럼 사회나 관습이나 결혼제도에 대해 노골적으로 반항한 여자는 없었으니까 — 이 벌어졌다. 그러나 그 소동은 리마와 아레키파에 책의 초판본이 도착했을 때 벌어진 난리법석에 비하면 아무것도 아니었다. 넌 그곳에 가서 직접 보고 듣고 싶었지. 프랑스를 아는 그곳 신사 양반들이 네 책을 읽고, 자신들의 모습을 낱낱이 밝혀낸 그 글을 읽고 얼마나 성질을 부리는지 말이야. 넌 페루에서 들려온 소식에 희희낙락해했지. 리마에서는 부르주아들이 중앙극장에 모여 네 모습을 한 허수아비를 화형에 처했고, 아레키파에서는 네 삼촌 피오 트리스탄 씨가 연병장에 사람들을 불러 모아『어느 사생아의 인생 역정』이라는 책을 한 부 상징적으로 불에 태웠다고 했지. 아레키파의 상류사회를 모욕했다는 이유로 말이야. 그러나 피오 씨가 이제까지 너를 먹여 살린 그 알량한 연금을 끊어버렸다는 소식은 그리 달갑지 않았어. 자유는 거저 주어지는 것이 아니란 말이지, 플로라.

플로라, 넌 그놈의 책 때문에 목숨까지 잃을 뻔했어. 넌 그 책에서 앙드레 샤잘을 무자비한 인간으로 그렸지. 그래서 앙드레 샤잘은 네게 앙심을 품고 있었어. 놈은 수 주일에 걸쳐, 몇 달에 걸쳐 범죄를 궁리했어.『어느 사생아의 인생 역정』이라는 책이 출판된 날로부터 놈은 몽마르트르에 있는 집구석에 처박혀 '사생아' 인 널 죽여 파묻는 상상을 계속했던 거야. 그해 5월 어느 날, 놈은 권총 두 자루, 실탄 50발, 화약, 납덩어리, 뇌관 등을 구입했어. 하지만 깜박하고 영수증을 없애버리지 않았어. 그때부터 놈은 조각가 친구들을 술집에서 만나면 큰소리 탕탕 쳤다지. '내 곧 그 독한 년을 이 손으로 죽여버리겠노라' 고 말이야. 놈은 일요일이면 어린

에르네스트 카밀을 사격 연습하는데 데려가 표적을 세워놓고 총을 쏘곤 했다지. 1838년 8월 한 달 동안 넌 뒤박 가에 있는 너의 집 주위를 어슬렁거리는 놈을 볼 수 있었지. 넌 경찰에 신고했어. 하지만 경찰은 널 보호하기 위한 어떤 조치도 취하지 않았어. 9월 10일, 놈은 점심을 먹기 위해 몽마르트르의 집구석을 빠져나왔어. 놈은 네 집에서 50미터 정도 떨어진 자그마한 식당에서 차분하게 밥을 먹었어. 식당 주인 말에 따르면, 놈은 침착하게 밥을 먹으며 기하학에 관한 책을 메모까지 해가며 열심히 읽었다는 거야. 오후 세시 반, 넌 여름더위에 지친 채 걸어서 집으로 돌아오고 있었어. 그때 멀리 있는 샤잘이 눈에 들어왔지. 넌 가까이 다가오는 놈을 쳐다보면서 무슨 일이 일어날지 직감할 수 있었어. 하지만 자존심 때문이었는지 아니면 자만심 때문이었는지, 넌 달아나지 않았어. 넌 고개를 똑바로 쳐들고 계속 걸었어. 샤잘은 3미터 앞에서 권총 한 자루를 꺼내들고 발사했어. 넌 총을 맞고 쓰러졌어. 총알은 겨드랑이 사이로 몸을 뚫고 들어와 가슴에 박혔어. 샤잘이 두 번째 총을 꺼내 너를 겨누었을 때 넌 가까스로 몸을 일으켜 근처에 있는 가게로 뛰어들었지. 그 가게에서 넌 정신을 잃었어. 나중에 들은 얘기지만, 심약한 샤잘은 차마 네게 두 번째 총을 쏘지 못하고 아무런 저항 없이 경찰에 체포되었다지. 이제 놈은 20년 강제노동형을 받고 복역 중이야. 플로라, 이제 넌 놈으로부터 해방된 거야. 영원히. 게다가 알린느와 에르네스트 카밀에게서 샤잘이라는 성을 떼어내고 트리스탄이라는 성을 붙일 수 있도록 법정이 허용했지. 조금 늦긴 했지만 확실한 해방이었던 거야. 샤잘이 네게 남긴 유일한 기억은 바로 그 총알뿐이었어. 심장 쪽으로 조금만 움직이면 언제 죽게 될지 모를 바로 그 총알 말이야. 레카미에르 박사와 리스프랑 박사는 사력을 다해 널 수술했지만 그 총알을 뽑아낼 수는 없었지.

그 살인미수 사건은 널 그야말로 영웅으로 만들었어. 네가 몸을 회복하는 동안 뒤박 가의 네 집은 유명한 장소가 되어버린 거야. 파리의 명사란 명사는 모조리 네 집을 방문했어. 조르주 상드로부터 외젠 수까지, 빅토르 콩시데랑부터 프로스페르 앙팡탱까지 네 건강을 염려했을 정도였지. 넌 오페라 가수보다, 서커스 곡예사보다 훨씬 더 유명세를 타게 되었던 거야, 플로라. 그러나 불행 끝 행복 시작이라고 느끼는 바로 그 순간 네 삶을 온통 뒤흔들어놓는 사건이 벌어졌지. 어린 에르네스트 카밀이 죽어버린 거야. 지진이 일어나듯 갑작스럽게 찾아든 어이없는 죽음이었지.

레카미에르 박사와 리스프랑 박사는 네게 참으로 친절했고 헌신적이었지. 그래서 넌 노동조합 추진을 위한 여행길에 나서기 전에 자필로 유언장을 작성했어. 만일 네가 죽을 경우 임상 의학 연구에 유용하게 사용될 수 있도록 네 시신을 기증하기로 말이야. 네 두개골은 파리 골상학 연구소에 기증하기로 했지. 넌 그 연구소 학술회의에 참석해 그 최신 과학에 대해 깊은 인상을 받은 추억이 있어 그렇게 결정했던 거야.

박사들은 네게 충고를 거듭했어. 가슴에 박힌 차가운 금속덩어리를 고려해 안정된 삶을 살아야 한다고 말이야. 하지만 넌 겨우 자리에서 일어나 나다닐 수 있게 되자마자 정신없이 나돌아다녔어. 워낙 유명한 인사가 되다보니 여기저기서 서로 질세라 널 가만두지 않았던 거야. 넌 아레키파에서처럼 이제 파리에서도 호화찬란한 삶을 시작하게 되었던 거야. 연회, 무도회, 다과회 따위의 모임이 줄을 이었던 거야. 넌 심지어 오페라 극단에서 주최한 가면무도회에도 따라다녔지. 그 웅장함에 입이 딱 벌어졌어. 그날 밤, 넌 호리호리한 몸매에 눈망울이 총총한 한 여인 — 동유럽 사람처럼 보이는 미녀 — 을 알게 되었어. 그 여인은 네 손에 입을 맞추며

417

부드러운 목소리로 이렇게 말했어. "당신을 존경합니다만 질투심도 나네요, 트리스탄 부인. 올랭피아 말레스체브스카라고 합니다. 서로 친구 삼지 않겠어요?" 그 여인과 넌 친구가 되었지. 그리고 얼마 후에는 더 깊은 관계로 발전했고.

플로라, 네가 그때 조금만 달랐어도 넌 귀부인이 될 수 있었을 거야. 『어느 사생아의 인생 역정』이라는 책과 암살당할 뻔했던 일로 잠시 상당한 인기를 누렸으니까 말이야. 지금쯤 조르주 상드 같은 여자가 되어 있었을 테지. 상류사회의 귀부인으로, 사람들에게 둘러싸여 존경을 받으며, 활발한 사회 활동을 비롯해 글을 써서 사회 불의를 고발할 수도 있었을 테지. 사교계의 존경받는 사회주의자, 아마 그 정도는 될 수 있었을 거야. 그러나 행인지 불행인지 그렇게 될 수 없었어. 너는 곧바로 알 수 있었어. 파리 사교계의 얼굴마담으로는 사회 현실을 조금치도 바꿀 수 없고, 정치적인 문제에 어떤 영향력도 행사할 수 없음을 말이야. 행동이 필요했던 거야. 하지만, 어떻게? 어떤 식으로?

당시 넌 글을 쓰는 것만으로, 너의 생각을 말과 글로 표현하는 것만으로 충분하다고 생각했어. 한참 빗나간 생각이었지. 사상은 필수적이었지. 그러나 만일 그 사상이라는 것도 희생자들 — 여성과 노동자 — 의 과감한 행동을 이끌어내지 못한다면 그건 몇몇 사람들의 자기만족적인 공염불로 끝나버리고 마는 거야. 그런데, 불과 8, 9년 전까지만 해도 넌 글을 써서 사회 불의를 고발하기만 하면 사회개혁운동을 이끌어내는 데 충분하다고 생각했어. 그래서 넌 뒤박 가의 집에 틀어박혀 안달복달하며, 열정적으로, 닥치는 대로 글을 썼어. 석유 등잔불에 속눈썹까지 태워가면서 말이지. 집 창문에서 내다보면 생쉴피스의 네모반듯한 종탑이 보였고, 종탑에서 들려오는 종소리도 들을 수 있었지. 종소리는 침실 창문까지 뒤흔들어놓을 정도로 요란했지. 넌 '사형제도 폐지'를 위한 청원서를 써서 인쇄물로 작성해 국회 하원을 직접 찾아가기도 했지만 의원들에게 아무런 영향력도 행사할 수 없었지. 그리고 넌 『메피스』라는 소설도 썼어. 여성에 대한 사회적인 억압과 노동자들의 착취를 다른 소설이었지. 읽는 사람도 별로 없었고 비평도 가혹했어. (그래, 형편없는 작품이었는지도 모르지. 허나 무슨 상관이야? 당초 목적이 아름다운 글을 써서 사람들에게 달콤한 꿈을 꾸게 하는 게 아니라 사회개혁이었는데 말이지.) 넌 『르 불레』, 『라티스트』, 『르 글로브』, 『라 팔랑즈』 등에 글을 실어 논란을 야기하기도 했어. 넌 여성을 사고파는 것과 다를 바 없는 결혼제도를 비난하며 이혼을 장려했어. 그러자 정치인들은 귀를 막아버렸고 가톨릭 관계자들은 분통을 터뜨렸지.

영국의 사회개혁가 로버트 오언이 1837년 프랑스를 방문했을 때, 넌 그 사람을 만나러 갔어. 넌 그 사람이 과학과 기술을 기반으로 한 산업·농경 사회와 협동조합운동을 스코틀랜드 뉴래너크에서 실험했다는 사실을 겨우 알고 있었지. 넌 그 사람을 붙잡고 그 사람의 이론에 대해 기가 질릴 정도로 묻고 또 물었어. 그 사람은 친절하게 응해 주었지. 그리고 그 답례로 널 찾아오기까지 했어. 푸리에가 셰르슈 미디 거리에 있는 집으로 널 찾아왔던 것처럼 로버트 오언도 뒤박 가에 있는 네 집 문을 두드렸던 거야. 예순여섯 살의 오언은 푸리에보다는 덜 똑똑했지만 이상주의자는 아니었어. 오언은 좀더 현실적인 사람이었어. 계획을 실천으로 옮기는 행동가다운 면모를 보여주는 사람이었던 거야. 그 사람과 많은 얘기를 나누었지. 동감하는 부분도 많았어. 오언은 뉴래너크로 가서 직접 눈으로 확인해보라고 널 부추겼어. 그 자그마한 사회가 이루어낸 업적을 말이지. 연대의식으로 탐욕은 사라졌고, 무상교육이 실시

되며, 아이들에 대한 체벌도 없고, 노동조합을 위한 협동조합 상점에서는 상품을 원가에 판다고 했어. 건강하고 행복한 사람들의 공동체를 만들어 가는 중이라고 했지. 스펜스 가문의 몸종으로 살게 되면서부터 끔찍하게만 생각되던 그 나라 영국을 다시 찾아가고픈 생각이 널 유혹했어. 한편으로는 두렵기도 했지. 그러나 슬슬 조바심이 일기 시작했어. 그래, 굉장하지 않겠어? 페루에서 그랬던 것처럼, 가서 사회 문제에 대해 모든 것을 알아보고 연구해보는 거야. 그리고 그 사회를 고발하는 책을 써서 대영제국의 심장부를 완전히 뒤집어 엎어버리는 거야. 위선과 거짓으로 가득 찬 그 사회를 말이지. 넌 그런 마음을 품자마자 곧바로 실천으로 옮길 방안을 강구하기 시작했지.

아아, 플로라. 육체가 허약해지다 보니 정신마저 나약해져버렸지. 7년 전만 해도 넌 여러 가지 일을 한꺼번에 해치울 수 있었는데. 필요하다 싶으면 먹지도 자지도 않고 말이야. 이젠 지치고 지쳐 몸을 조금만 움직이려 해도 엄청난 노력이 필요하게 되었단 말이야. 손발이 저려오고 뼈와 살이 녹아나는 듯한 이 만성피로로 이제 넌 하루에도 두세 차례씩 침대나 의자에 몸을 눕혀야만 해. 그럴 때면 생기가 몸에서 술술 빠져나가는 것 같잖아.

플로라는 몽펠리에 푸리에주의자들의 요구로 그들과 두 번째 모임을 가진 후에 완전히 지쳐 나가떨어졌다. 플로라는 허겁지겁 약속 장소로 달려갔다. 푸리에주의자들은 성금을 조금 모아 노동조합을 위해 쓰라며 20프랑을 건네주었다. 보잘것없는 돈이었지만 전혀 없는 것에 비하면 그래도 나은 편이었다. 플로라는 푸리에주의자들과 토론을 하고 잡담을 나누다 갑자기 피로가 밀려와 작별인사를 건넨 후 미디 호텔로 돌아왔다.

두 통의 편지가 호텔에서 플로라를 기다리고 있었다. 플로라는 엘레오노르 블랑에게서 온 편지를 뜯어보았다. 엘레오노르는 여전히 충성스러웠다. 열심히, 성실히 일하고 있었다. 엘레오노르는 새로 가입한 회원들, 모임, 모금 상황, 책의 판매량, 노동자들을 끌어들이기 위한 노력 등 리옹 위원회의 활동 내용을 상세하게 적어보냈다. 또 다른 편지는 플로라의 친구에게서 온 편지였다. 아직까지 가까운 관계를 유지하고 있는 쥘 로르라는 화가 친구였다. 파리 사교계에서는 두 사람이 연인 관계이며 로르가 플로라를 먹여 살린다는 소문이 나돌고 있었다. 첫 번째 소문은 터무니없는 소리였다. 4년 전, 쥘 로르는 플로라의 초상화를 그린 후에 플로라에게 사랑을 고백한 적이 있었다. 그러나 플로라는 딱 잘라 거절했다. 플로라는 명확하게 자신의 의사를 밝혔다. 더 이상 고집하지 마라, 내 사명과 내 투쟁에는 연애감정이 끼어들 여지가 없다, 나는 사회 개혁을 위해 내 몸과 마음을 모조리 바치기 위해 감상적인 삶을 포기한 사람이다. 놀랍게도 쥘 로르는 플로라를 이해해주었다. 쥘 로르는 플로라에게 다만 이렇게 간청할 뿐이었다. 연인이 될 수 없다면 친구로, 남매로, 동료로 지내도록 하자. 그래서 두 사람은 그렇게 되었다. 플로라는 그 화가가 자신을 존경하고 사랑하고 있다는 사실을 알 수 있었다. 화가는 플로라의 든든한 버팀목이었으며 동료였다. 플로라가 의기소침해 있을 때면 친구로서 지원을 아끼지 않았다. 게다가 로르는 경제적으로도 여유가 있었던 터라 플로라가 물질적으로 어려움을 겪을 때면 가끔 도움을 주기도 했다. 쥘 로르는 두 번 다시 사랑타령을 늘어놓지 않았고 손을 잡으려고도 하지 않았다.

화가의 편지는 나쁜 소식으로 가득 차 있었다. 플로라가 뒤박 가 100번지에 빌린 집의 주인이 플로라가 여러 달 동안 방세를 내지 않자 방을 빼버렸다고, 침대나 가재도구 등을 모두 길거리로 끄집어냈다고 했다. 쥘 로르가 그 소식을 듣고 달려가 가제도구를 수습해 보관소로 옮기려 했을 때는 벌써 몇 시간이나 지난 뒤였다고 했다. 쥘 로르는 이웃 사람들이 플로라의 짐을 많이 훔쳐 가지나 않았을지 걱정하고 있었다. 플로라는 잠시 정신이 없었다. 화가 치밀어 오르고 맥박이 빨라졌다. 플로라는 눈을 질끈 감고 그 꼴같잖은 상황을 상상해 보았다. 마늘냄새 풍기는 코트를 걸친 그 돼지 같은 놈이 고용한 인부들이 가구나 상자나 옷가지나 서류 등을 계단으로 굴려내려 밖으로 끄집어내 길거리에 쌓고 있었다. 한참이 지나서야 울음이 터져 나왔다. 플로라는 그 '망나니 놈들', 그 '역겨운 집주인 놈들', 그 '더러운 도둑놈들'을 향해 욕을 고래고래 퍼부으며 속을 풀었다. "돈깨나 있는 놈들은 모조리 산 채로 불태워버리고 말겠어." 울부짖었다. 상상해보았다. 파리 시내 곳곳에 화형장이 세워지고, 그곳에서 그 비곗덩어리들이 연기를 토해내며 불타오르고 있었다. 그런 생각을 하고 있자니 이번에는 웃음이 터져 나왔다. 플로라는 이번에도 역시 끔찍한 상상으로 마음을 달랠 수 있었다. 푸아르 거리에서 살던 어린 시절부터 항상 해오던 놀이였다. 그 놀이는 언제나 효과가 있었다.

그러나 그런 생각도 잠시 잠깐이었다. 플로라는 이내 집이 없다는 사실도, 그 알량한 재산마저 상당부분 잃어버렸다는 사실도 싹 잊어버리고 다른 생각에 빠져들었다. 플로라는 혁명가들이 사회 개혁을 부르짖으며 추종자들을 모으러 다닐 때 최소한의 잠자리와 먹을거리를 제공받을 수 있는 방안을 강구하기 시작했다. 플로라는 호텔 방 가물거리는 등잔불 아래에서 밤이 새도록 고민에 고민을 거듭했다. 혁명가들을 위한 '안식처', 예수회의 수도원이나 선교원과 같은 '안식처'가 필요했다. 혁명가들이 혁명을 부르짖기 위해 세상으로 나갈 때 편안한 잠자리와 따뜻한 음식을 언제나 제공해줄 수 있는 그런 안식처가 필요했던 것이다.

18

# 늦바람
### 아투오나, 1902년 12월


"폴, 당신은 처음부터 화가가 되고 싶어했습니까?" 폴 베르니에 목사가 느닷없이 물었다.

술을 마셨다. 집주인이 자랑하는 그 '맛깔스러운 오믈렛'도 먹었다. 당면한 문제에 대해서도 의견을 나누었다. 벤 바니와 키 동의 의견은 이랬다. 폴이 마르키즈 사람들에게 세금을 내지 말라고 꼬였는데 그 문제로 당국과 마찰을 빚을 것이다. 폴은 최근에 자기 집 정원에 세운 두 개의 나무 조각상 때문에 마르텡 주교가 노발대발할 것을 상상하니 웃음이 절로 터져 나왔다. 그 조각상들은 주교를 골탕 먹이기 좋은 문제를 은근히 암시하고 있었다. 뿔이 달린 어릿광대가 기도하는 모습을 새긴 조각상의 얼굴은 주교의 모습을 빼박은 데다 제목 또한 '음탕한 신부'였다. 커다란 젖가슴과 펑퍼짐한 엉덩이를 여봐란 듯이 드러내고 있는 여인상의 제목은 '테레사'로, 아투오나에 떠도는 소문에 의하면 이 여자는 주교의

424

하녀 겸 애인이라고 했다. 비가 오고 안개가 끼는 날이면 섬 앞 먼 바다를 떠돈다는 유령선에 대해서도 얘기를 나누었다. 혹시라도 불행을 몰고 오는 그 미국 포경선은 아닐까, 섬 여자들을 잡아가서 히바오아 사람들을 그렇게 불안에 떨게 했던 그 배들이 강제로 섬을 차지하기 위해 다시 나타난 것은 아닐까. 프레보와 벤 바니의 설명이 가장 그럴듯했다. 포경선들은 이제 오지 않는다, 고래가 씨도 남지 않았기 때문이다. 그래서 이렇게 결론지었다. 먼 바다에서 떠돈다는 배는 존재하지 않는다, 유령선이라면 모를까.

개신교 목사의 느닷없는 질문에 폴은 잠시 당황했다. 두 사람은 쾌락의 집 정원에 물이 찬 것에 대해 얘기를 나누고 있었던 것이다. 다행히 비는 조금 전에 그쳤다. 한 시간 전부터 구름이 걷히기 시작하더니 새파란 하늘이 열리고 뜨거운 태양이 작열하기 시작했다. 일주일 내내 억수같은 비가 쏟아졌었다. 잠시 비가 개자 폴의 다섯 친구들 — 키 동, 벤 바니, 에밀 프레보, 이웃사촌 티오카, 개신교 선교회 두목 — 은 기분이 날아갈 것 같았다. 베르니에 목사만 술을 마시지 않았다. 나머지 사람들은 압생트나 럼주 잔을 손아귀에 들고 있었다. 다들 눈에 술기운이 올라와 있었다.

"어렸을 때부터 화가로서의 소명의식을 깨달은 겁니까?" 베르니에가 재차 물었다. "소명의식에 대해 관심이 많거든요. 종교적인 것이든 예술적인 것이든 말입니다. 그 둘 사이에 공통된 부분이 많지 않습니까."

베르니에 목사는 마른 체구에 나이가 지긋한 사람이었다. 목소리도 부드러웠고, 한 마디 한 마디 구슬리듯 말을 했다. 목사는 인간의 영혼과 꽃에 열정을 쏟았다. 두 그루 아름다운 타마린드 나무 밑에 펼쳐진 목사관 정원은 아투오나에서 가장 잘 가꾸어진 곳으로, 가장 향기로운 곳으로 유명했다. 그 정원은 코케의 아틀리에에서도 볼 수 있었다. 폴이나 다른 사람들이 욕지거리나 육두문자를 입에 담을 때마다 목사는 얼굴을 붉혔다. 목사는 코케를 진지한 낯빛으로 쳐다보고 있었다. 소명의식이 중요하긴 중요한 모양이었다.

"글쎄요, 내 경우엔, 그러니까, 늦바람이 불었다고나 할까요." 폴은 과거를 되짚어 보았다. "서른 살 무렵까지는 내가 그림을 그리게 될 줄 생각도 못했습니다. 그때까지 나는 예술가들을 건달이나 기생오라비쯤으로 여기고 있었지요. 사람 취급도 안 했단 말입니다. 전쟁이 끝나고 해군에서 제대했을 때는 뭘 해먹고 살아야 할지 막막했어요. 그래서 참 여러 가지 것을 생각해봤는데, 화가가 되겠다는 생각만 빼고는 다 생각해봤을 겁니다."

그때 친구들은 웃었지. 제 버릇 개 못 준다고 이 친구 또 농담이로구먼 하고 생각들 했겠지. 하지만 폴, 그 말은 진짜 사실이었어. 비록 너 자신을 위시해서 아무도 믿을 수 없는 말이긴 했지만. 그래 코케, 생애 최고의 미스터리였어. 두고두고 생각해봐도 도저히 설명이 안 되는 일이지. 요람에 누워 있을 때부터 싹 튼 생각은 아니었을까? 그래서 활짝 꽃피울 시기를 지그시 기다렸던 것일까? 꽃무늬 파레오를 남세스러워 하던 키 동은 그렇게 설명했었지.

"다 큰 남자가 생뚱맞게 화가로서의 소명의식을 깨달았다니, 그게 말이나 되는 소리야? 솔직히 털어놔, 폴."

친구들은 믿지 않았지만 네 말은 사실이었어. 아무리 생각해봐도 그런 적은 전혀 없었어. 그림이나 여타 예술 따위에 대해 관심을 가졌던 적은 말이지. 상선을 타고 5대양 6대주를 누비고 다닐 때도 그랬고 '제롬-나폴레옹' 호에서 군복무를 할 때도 마찬가지였지. 그 전에 뒤팡루 신부가 운영하던 오를레앙 기숙학교를 다닐 때도 그랬지. 글쎄, 기숙학교에 다닐 무렵의 기억은 희미하지만,

426

그림에 관심이 없었다는 건 분명해. 학교에 다닐 때도 배를 탈 때도 붓이라고는 잡아본 적이 없었고 박물관을 구경한다거나 화랑을 찾는다거나 한 적도 없었어. 군대를 제대하고 파리로 가서 후견인 구스타브 아로사 집에 얹혀 살 때에도 벽마다 걸려 있는 그림에는 눈길 한 번 주지 않았지. 후견인이 수집해 놓은 고대 잉카인들의 형형색색 도자기가 호기심을 불러일으키기는 했지만, 그것도 예술에 흥미가 있었기 때문은 아니었을 거야. 아마도 어린 시절 리마에 있을 때, 피오 트리스탄 작은할아버지 집에서 본 스페인 이전 식민 시대의 도자기 인형이 그때까지 기억에 남아 있기 때문이었겠지.

"그럼, 스무 살에서 서른 살 무렵에는 무슨 일을 했는데?" 벤이 폴에게 물었다. 한때 포경선 선원이었다가 이제는 아투오나에서 가게를 열고 있는 벤은 술기운으로 눈이 반쯤 풀려 있었지만 목소리에서는 술기운을 느낄 수 없었다.

"증권회사에서 일했지. 돈을 굴리는, 뭐 은행 같은 거야." 폴이 대답했다. "다들 믿지 못하겠지만, 나도 그때는 잘 나갔어. 그 일을 계속했다면 한몫 단단히 잡았을 거야. 지금쯤 시거를 질겅거리며 애인을 두셋씩 달고 다닐 텐데. 이런, 죄송합니다, 목사님."

모두들 박장대소했다. 거대한 몸집에 바다라면 죽고 못 사는 기질 때문에 폴이 포세이돈이라고 별명 붙인 프레보의 웃음소리는 자갈이 구르는 것 같았다. 허연 턱수염을 매만지며 골똘히 귀를 기울이고 있던 거드름피우기 좋아하는 티오카마저 웃음을 터뜨렸다. 그랬겠지 폴, 너처럼 안하무인격인 인간이 사무를 보았다니, 다들 믿지 못했을 테지. 당연히 믿지 못했겠지. 몸소 겪어본 너조차 이제는 믿지 못할 정도니까 말이야. 그러나 사실이었어. 스물세 살 청년 시절, 구스타브 아로사가 네게 추천했지. 파시의 대저택에서

427

코냑을 마시며 진지한 표정으로 증권회사에서 일해보라고 권했었단 말이지. 한몫 잡을 수 있다, 나도 그쪽에서 성공한 사람이다. 너는 그 제안을 기꺼이 받아들였어. 그리고 파리 증권가에서 명성이 자자하던 폴 베르텡의 사무실에 취직시켜주었을 때는 고맙기까지 했지. 그때는 아로사를 미워하기 전이었어. 네 어머니가 이 벼락부자의 애인이라는 사실을 군이 확인하려고도 하지 않았던 시절이었지. 넌 그런 청년이었어. 멋쟁이에, 교육도 받고, 조금은 수줍어하는. 병적일 정도로 출근 시간을 정확히 지켰고, 잠시도 한눈팔지 않고 매순간 자신의 힘겨운 업무에 열과 성을 다했고, 고객들을 찾아다니며 연금이나 재산을 베르텡 회사에 투자하도록 유도했단 말이지. 그 10여 년간 너를 지켜본 사람이라면 널 모범적인 회사원으로 평가했을 거야. 1872년, 1873년, 1874년이 최고조였지. 인색하고 무뚝뚝한 사장 폴 베르텡조차 너의 일에 대한 열심과 질서정연한 생활태도에 가끔 칭찬을 보낼 정도였으니까. 넌 다른 직장 동료들과는 달랐어. 놈들은 일이 끝나면 카페다 술집이다 뻔질나게 찾아다녔지만 넌 그러지 않았어. 넌 그러지 않았단 말이야. 넌 착실한 인간이었어. 일이 끝나면 라 브뤼에르 가에 있는 자취방으로 곧장 달려가, 집 근처에 있는 식당에서 조촐하게 저녁을 때우고, 밤늦도록 끄덕거리고 삐걱거리는 책상에 앉아 회사 서류를 뒤적였었지.

"곧이들리지가 않습니다, 폴." 베르니에 목사가 탄성을 올렸다. 멀리서 들리는 천둥소리에 목소리가 높아졌다. "청년 시절에 진짜 그랬단 말입니까?"

"부자가 되기 위해 환장을 했던 놈이었지요. 지금 생각하면 저 역시 긴가민가합니다."

"그럼 어떻게 해서 달라진 건데?" 프레보의 거쿨진 목소리가 끼어들었다.

"기적이라도 일어났단 말인가?" 키 동이었다. 안남의 왕자는 미심쩍은 듯한 표정으로 폴을 쳐다보고 있었다. "어찌된 거야?"

"이 점에 대해 많이 생각해보았지. 이젠 확실하게 설명할 수 있을 것 같아." 폴은 달콤 쌉쌀한 압생트를 한 모금 마시고, 파이프를 한 번 빨고 나서야 말을 이었다. "잘 나가던 내 인생을 뒤흔들어놓은 놈은 바로 그 사람 좋은 쉬프였어."

축 처진 어깨, 힐끔거리는 눈초리, 늘어진 발걸음, 들을 때마다 웃음이 터져 나오는 알자스 지방 말투. 클로드 에밀 쉬페네커. 사람 좋은 쉬프. 폴, 넌 놈을 베르텡의 사무실에서 처음 보았을 때 상상도 못했을 거야. 놈이 네 인생을 어떻게 바꾸어놓을지 말이야. 순해 빠지게 생긴 놈이 수줍어하며 사무실로 들어섰지. 비위가 상하는 뚱뚱보였지. 그래도 놈은 너보다 이력이 화려했어. 상과를 나왔고 학위증도 지니고 있었으니까. 이 친절하고, 성실하고, 겁 많고, 몸을 사리는 놈은 널 우러러보았고 너의 그 과감한 성격을 부러워했어. 놈은 얼굴을 붉히며 털어놓았지. 그래서 두 사람은 절친한 친구가 되었어. 넌 몇 주일이 지난 후에야 놈의 진면목을 알아볼 수 있었지. 야무진 구석 없이 물러 터진 놈으로만 알고 있었는데, 그 힐렁한 겉모습 뒤에 두 가지 열정을 감추고 있었던 거야. 우정이 깊어감에 따라 서서히 본모습을 드러내 놓은 거지. 예술과 동양 종교. 특히 클로드 에밀은 불교에 대한 책을 많이 읽은 모양이었어. 열반에 관심이 있으십니까? 글쎄올시다. 그러나 쉬프가 그림과 화가에 대한 말을 늘어놓으면 넌 어쩔 수 없이 조금씩 빠져들어가게 되었지. 그러다 급기야 완전히 파묻히고 말았지. 사람 좋은 쉬프는 이렇게 말했지. 화가들은 별종이다, 반은 천사고 반은 악마다, 보통 사람들과는 근본부터 다른 인간들이다, 예술 작품은 현실과 다른 별개의 리얼리티를 구축한다, 이 더럽고 야비한 세상보다 더욱 순수하고 더욱 완벽하고 더욱 질서정연한 리얼리티를, 예술의 영역으로 들어가는 것은 다른 삶을 획득하는 것과 같다, 예술의 영역에서는 정신뿐만 아니라 육신도 감각을 통해 더욱 풍부해지고 더욱 발랄해진다.

"놈은 날 꼬이는 것이었는데 난 눈치도 채지 못했던 거지." 폴은 친구들을 향해 술잔을 들어올렸다. "사람 좋은 쉬프를 위하여! 놈은 날 화랑이네 박물관이네 공방이네 하는 곳으로 끌고 다녔어. 루브르 박물관도 처음 가보았고, 고전 작품을 베끼는 모습도 구경했지. 그러다 어느 날 나 자신이, 도대체 어찌된 영문인지, 짬이 나는 시간에 구석에 틀어박혀 그림을 그리게 되었지. 그렇게 시작된 거야. 늦바람이 불었다고나 할까. 지금도 생각나. 못된 짓을 한다는 기분이었지. 어릴 적 오를레앙의 지지 아저씨 집에 있을 때, 용두질을 치거나 하녀가 옷 갈아입는 것을 몰래 훔쳐보던 때와 비슷한 기분이었어. 믿기지 않지? 그지? 하루는 놈의 꼬임에 빠져 이젤을 샀어. 이튿날 놈은 내게 유화 그리는 법을 가르쳐주었지. 붓이라고는 손에 잡아본 역사가 없는데 말이야. 물감을 선택해 색을 섞어보라는 거야. 내 말하는데, 놈이 날 망친 거야. 그 사람 좋은 쉬프란 놈이 나는 아무것도 아니다, 나는 존재가 희미한 놈이다 하는 상판대기로 능청을 떨어가며 내 인생에 초를 친 거란 말이야. 내가 이 세상 끝자락에 와 있는 것도 다 그 알자스 출신 뚱뚱이 때문이란 말이야."

그러나 사실적이고 결정적인 계기는 그 사람 좋은 쉬프가 아니었어. 그렇지 않아? 에두아르 마네의 〈올랭피아〉가 전시된 비비엔느 가의 화랑을 찾아간 것이 결정적인 계기였단 말이지.

"뭔가에 사로잡히는 것 같았어. 꼭 귀신을 보는 것 같았다니까."

폴이 설명했다. "에두아르 마네의 〈올랭피아〉 말이야. 내가 이때 껏 본 그림 중에서 가장 인상적인 그림이었어. 생각했지. '이 정도 의 그림을 그릴 수 있다니, 이건 그야말로 신의 경지가 아닌가.' 또 생각했어. '나도 화가가 되어야 한다.' 정확하게 생각나는 건 아니지만, 어쨌든 그 비슷한 거였어."

"그림 한 장이 한 사람의 인생을 바꿀 수 있다고?" 키 동이 못미 더운 듯 폴을 쳐다보았다.

머리 위에서는 다시 천둥번개가 요란하게 치고 달렸고, 사나운 바람이 아투오나의 나무들을 거칠게 몰아붙였다. 그러나 빗방울 은 떨어지지 않았다. 두터운 구름이 몰려와 다시 해를 가렸다. 테 메티우 봉우리와 페아니 봉우리가 구름 속으로 사라졌다. 친구들 은 입을 다물었다. 천둥소리가 간주곡처럼 지나간 후 다시 입들이 열렸다.

"내 인생을 바꿔놓았지, 아주 엉망진창으로 만들어버렸어." 폴 은 화를 벌컥 내며 소리쳤다. "나를 온통 뒤흔들어놓았고, 악몽까 지 꾸게 만들었지. 나는 갑자기 어떤 것도 확신할 수 없게 되었어. 딛고 선 땅바닥조차 확신할 수 없게 된 거야. 내 화실에 있는 〈올 랭피아〉 사진을 보지들 못했나? 내 보여줌세."

폴은 홍수가 난 정원을 질퍽거리며 가로질러 쾌락의 집 2층으로 기어올랐다. 바람은 폴을 떨어뜨리기라도 할 듯 건물 외부 사다리 를 뒤흔들었다. 누렇게 색이 바랜 〈올랭피아〉 사진은 폴이 오래 전부터 모아온 잡동사니 — 홀바인, 두레로, 렘브란트, 퓌비 드 샤 반느, 드가 그림의 복제물, 일본 그림들, 일본에서 찍어낸 보로부 두르 사원 부조 복사물, 등등 — 가운데에서도 으뜸이었다. 일주 일 전부터 비가 내리기 시작했다. 비가 내리기 시작하자 폴은 비에 젖을까 싶어 도색 사진을 거둬 침대 밑에 보관했다. 비가 대나무

틈으로 치고 들어와 집이 온통 물난리였던 것이다. 대부분의 사진들이 색이 바랜 데다 물에 젖기까지 해 제대로 알아볼 수가 없었다. 〈올랭피아〉 사진은 그중에서도 가장 오래된 것이었다. 넌 비비엔느 가의 전시회에서 『올랭피아』를 본 후로 그 사진을 구하기 위해 열심이었지. 그리고 사진을 구하고 나서는 한시도 손에서 놓아본 적이 없었어.

친구들은 사진을 돌려가며 찬찬히 살펴보았다. 친구들은 벌거벗은 빅토린느 메레(코케는 친구들에게 설명했다. 개인적으로 알고 지낸 여자야, 모델은 화가가 지어낸 인물이 아니야, 마네가 그 여자를 직접 보고 그렸다니까)의 눈부신 몸뚱이를 알아보는 것 같았다. 메레는 자유분방한 여자의 도발적인 시선, 이 세상 전체를 깔보는 듯한 시선을 던지고 있었고, 흑인 하녀가 그녀에게 꽃가지 하나를 내밀고 있었다. 베르니에 목사는 귀까지 벌게졌다. 이 벌거벗은 여인의 몸뚱이 때문에 무슨 좋지 않은 일이 벌어질 것만 같아 목사는 겁을 집어먹었다. 목사는 자리를 피하기 위해 핑계거리를 찾았다.

"곧 또 한바탕 퍼부을 것 같은데요." 목사는 아투오나 상공으로 밀려드는 시커먼 구름을 가리키며 말했다. "선교회로 가는 도중 비를 쫄딱 맞을 수는 없지요. 오후에 예배가 있거든요. 이런 폭풍에 아무도 오지 않을 것 같기도 합니다만. 정원에 풀 한 포기 남아나지 않을 것 같아요. 자, 그럼 이만. 오믈렛 잘 먹었습니다, 폴."

목사는 흙탕물을 일으키며 자리를 떴다. 〈음탕한 신부〉와 〈테레사〉라는 엽기적인 조각상을 지날 때는 애써 고개를 돌렸다. 티오카는 사진을 뚫어져라 쳐다보고 있었다. 한참 동안 그러고 있었다. 티오카는 여느 때와 마찬가지로 백설이 내려앉은 것 같은 수염을 쓸면서 느릿느릿한 프랑스어로 이렇게 물었다.

"이거 여신이야 창녀야? 코케, 이 여자 누구야?"

"여신이랄 수도 있고 창녀랄 수도 있고, 갖다 붙이기 나름이지."
폴이 대답했다. 폴은 다른 친구들처럼 웃지 않았다. "이 그림이 유명한 것은 바로 그런 이유 때문이지. 한 여자가 천여 가지 얼굴을 동시에 보여준단 말이야. 모든 욕구를, 모든 상상을 충족시켜주는 거야. 이보게들, 내가 지겨워하지 않는 유일한 여자가 이 여자야. 사진은 비록 희미해지긴 했지만, 이 여자는 바로 여기, 여기, 여기에 있어."

폴은 자신의 머리와 가슴과 자지를 차례로 가리키며 말했다. 친구들은 다시 한 번 박장대소했다.

베르니에 목사가 예견했던 대로 하늘은 급속히 어두워져 갔다. 공동묘지 언덕바지도 보이지 않았다. 그러나 홍수가 진 마케마케 강이 으르렁거리는 소리는 들렸다. 빗줄기가 굵어지기 시작했다. 사람들은 비를 피해 손에 술잔을 들고 조각실로 달음질쳤다. 쾌락의 집에서 그나마 비가 덜 들이치는 곳이었다. 모두 흠뻑 젖었다. 하나밖에 없는 벤치와 낡아빠진 소파에 옹기종기 모여 앉았다. 폴은 친구들 잔을 새로 채워주었다. 술을 따르면서 보니 소나기에 정원 해바라기가 거덜이 나 있었다. 마음이 아팠다. 그 미친 네덜란드 놈이 생각났고 그래서 또 마음이 쓰라렸다. 키 동은 하루 종일 바에오호가 보이지 않자 이상한 생각이 들었다. 이런 날씨에 어디를 싸돌아다닌단 말인가?

"하나우페 마을 가족에게로 돌아갔네. 애를 뺐는데 친정집에서 낳고 싶다는 거야. 사실 말이지, 그 핑계로 내게서 벗어나겠다는 거지. 돌아올 것 같지 않아. 이 모든 것에 진절머리가 난 거야. 그럴 만도 하지."

친구들은 불편한 듯 서로 눈치를 보았다. 바에오호는 너 때문에, 네 종기 때문에 질려버린 거야, 폴. 네 '바히네'는 뭘 참고 지낼 그

럽만한 여자가 아니었어. 굳이 물어볼 필요도 없었지. 몸을 만지기라도 하려들면 우거지상을 썼으니까. 젠장맞을. 불쌍한 계집이긴 해. 그녀를 참지 못하게 만든 장본인은 바로 너야. 그녀를 이 누추한 집구석으로 끌어들인 바로 너. 그러나 술로 속도 데웠겠다, 친구들과 이야기도 나누고 있겠다, 하늘은 지랄발광했지만 넌 이 좋은 기분을 그대로 물리고 싶지는 않았지. 코케, 지금까지 살아온 것 자체가 엉망진창이었는데 소나기에 해바라기 몇 개쯤 거딜 났다고 해서 뭐 대수겠어?

"이 곳에 온 이후로 이런 비는 처음인걸." 키 동이 하늘을 가리키며 말했다. 거센 빗줄기가 대나무 벽과 야자나무 잎으로 엮은 지붕을 뒤흔들었다. 집이 무너져 내릴 것만 같았다. 번갯불에 수평선이 순간순간 드러났고, 천둥 치는 시커먼 구름 속으로 히바오아의 모든 산줄기들이 완전히 자취를 감추어버렸다. 엎어지면 코 닿을 곳에 있는 벤 바니의 가게도 보이지 않았다. 뒤쪽에 있는 바다는 잔뜩 성질을 부리고 있었다. 코케, 세상 종말이 다가온 것이란 말인가?

"나 역시 이 섬을 벗어나 본 적이 없는데, 이런 비는 평생 처음이야." 티오카가 말했다. "무슨 불길한 일이 벌어질 것만 같은데."

"이놈의 홍수보다 불길한 게 또 있단 말이야?" 벤 바니가 혀 꼬부라진 소리로 농담을 던졌다. 벤 바니는 폴을 돌아보며 중간에 끊긴 이야기를 이어나갔다. "그러니까, 이 그림을 보자마자 모든 걸 내팽개치고 그림으로 달려들었단 말이지? 자넨 무지막지한 놈이 아니라 미친놈일세 그려, 폴."

가게 주인은 지나치게 익살맞게 굴었다. 헝클어진 붉은 머리가 이마를 덮고 있었다. 앞머리만 기르는 삭발승 같았다. 가게 주인은 웃기지 말라는 듯 낄낄거렸다.

"그렇게 쉽지는 않았어." 폴이 대답했다. "난 그때 결혼한 몸이었어. 함부로 나댈 수 없었단 말이야. 좋은 집도 있었고, 새끼들을 주렁주렁 낳아준 마누라도 있었지. 어떻게 하루아침에 모든 걸 내팽개칠 수 있었겠나? 책임감은 어떻게 하고? 사회도덕은? 사람들 수군거림은? 그때까지만 해도 그런 것에 신경이 쓰였으니까."

"자네가? 결혼을?" 키 동은 황당해했다. "자네가 결혼이라는 것을 했다?"

결혼도 했고 살기도 잘 살았다. 폴, 넌 메트 가드라는 여자를 그만큼 사랑했었어? 교양 있는 덴마크 처녀. 키가 훌쩍했지. 금발이 치렁치렁했던 바이킹 여자. 1872년 겨울에 파리로 여행을 왔었지. 기억이 정확한지 확실하지는 않아. 그래도 틀림없어. 넌 그 바이킹 여자를 진짜 사랑했어. 그녀를 초대하기도 했고, 알랑거리기도 했고, 사랑한다고 고백도 했고, 정식으로 청혼하기도 했지. 코펜하겐에서 무지무지한 부자로 살던 메트의 엄격한 가족들은 의심도 많이 하고, 청혼자에 대해 꼬치꼬치 조사도 해보고 했지만, 마침내 결혼을 승낙했어. 두 사람은 9구역 사무소에서 식을 올린 후에, 시건방진 덴마크 처가 식구들을 만족시키기 위해 파리의 루터 교회에서 다시 식을 올렸지. 샴페인에 오케스트라에, 손님들도 많았고, 후견인 구스타브 아로사와 회사 사장 폴 베르텡으로부터 푸짐한 선물도 받았지. 도빌로 짧은 신혼여행을 다녀온 후에 생조르주 광장에 신혼집을 장만했지. 여동생 마리아 페르난다와 여동생의 애인 콜롬비아 사람 후안 우리베가 선물한 고대 페루인들이 짠 망토로 집을 장식했지. 전도양양한 젊은 주식 중개인에게 어울리는 일이라면 어느 것 하나 빼먹지 않았지. 그때 넌 그런 인간이었어, 폴. 열심히 일해 돈도 잘 벌었지. 1873년도에는 상여금으로 3천 프랑을 받기도 했어. 베르텡 회사에서 일하는 사람들 중 최고였지. 메

435

트는 희희낙락해서 집을 꾸몄어. 메트는 애를 낳지 못해 안달이었지. 1874년에 맏아이가 태어났지. 이름을 에밀(Emil)로 했어(사람 좋은 쉬프가 대부여서 그 이름을 딴 것이었지. 그러나 뒤에 'e'는 뺐는데, 메트는 북구 조상들을 기리기 위해 덴마크식으로 하다보니 그렇게 됐다고 했지). 그때도 넌 상여금조로 3천 프랑을 받았어. 신바람이 난 메트 가드는 쇼핑이다 오락이다 해서 돈을 물 쓰듯 했어. 그러다 보니 3천 프랑도 별 볼일 없는 돈이 되고 말았지. 메트는 집에 원수가 들어와 산다는 사실을 조금도 눈치 채지 못했다. 그 부지런하고 자상한 남편이 몰래 그림을 끼적거리고, 쉬프와 함께 콜라로시 아카데미에 등록해 그림을 공부하고 있다는 사실을 전혀 몰랐던 것이다. 메트가 그런 사실을 알아차렸을 때는 부부가 생조르주 광장을 떠나 좀더 부자 동네인 16번가에 살 때였다. 셰요 가에 있는 으리으리한 집이었다. 폴은 자기 수입에 비해 너무 과하다는 생각을 했지만 과대망상에 빠져 있는 메트의 비위를 맞추기 위해 할 수 없이 그 집을 빌렸다.

메트는 다른 사람을 통해 너의 비밀을 알 수 있었어. 카미유 피사로, 네 인생을 완전히 뒤바꾸어버린 장본인이었지. 카미유 피사로는 카리브해의 작은 섬 생토마스에서 태어났다. 카미유는 노예들의 반란에 가담했다가 정나미가 떨어지자 유럽으로 건너왔다. 카미유는 유럽에서도 인상파라고 불리는 동료들과 함께 한 점 동요 없이 전위주의 작가로서의 삶을 계속 이어갔다. 카미유는 그림을 사주는 사람이 전혀 없었지만 눈 하나 깜짝하지 않았다. 카미유는 크로포트킨 같은 무정부주의자 지식인들과 자주 어울렸다. 카미유는 자신을 '폭탄을 사용하지 않는 인자한 무정부주의자'라고 불렀다. 폴은 카미유를 후견인 구스타브 아로사 집에서 만났다. 구스타브 아로사가 카미유의 풍경화 한 점을 사준 모양이었다. 그

후로 두 사람은 자주 만났다. 폴 역시 카미유의 그림을 한 점 사주 었다. 카미유는 수입이 변변치 않아 파리에서 살 수 없었다. 카미유는 퐁투아즈에서 가까운 시골에 집을 얻어 살고 있었다. 성경에 나오는 욥의 인내심이 아니고서는 도저히 살 수 없을 것 같은 집이었다. 아비만 쳐다보고 있는 일곱 명의 자식을 먹여 살려야 했고, 하녀 출신에다 성질머리 더러운 마누라 줄리를 보살펴야 했다. 마누라는 친구들이 보는 앞에서 카미유에게 욕을 퍼부었고, 돈도 못 버는 얼간이라고 타박했다. "사람들이 쳐다보지도 않는 풍경화만 그리고 앉았잖아요." 폴과 메트가 주말을 함께 보내기 위해 퐁투아즈 집으로 찾아갔을 때 마누라는 두 사람이 보는 앞에서 남편을 닦달했다. "르누아르나 드가처럼 초상화나 시골 축제나 누드화를 그리면 얼마나 좋아요. 그 양반들은 당신과 달리 잘들 나가잖아요."

어느 일요일, 초콜릿 차를 마실 때였다. 카미유 피사로의 입에서 이런 말이 흘러나왔다. 속에 있던 생각이 무심코 흘러나온 것 같았다. "폴, 자넨 예술가로서의 기질이 다분해." 메트 가드는 깜짝 놀랐다. 이게 무슨 소린가?

"피사로의 말이 사실이에요?" 파리로 돌아오는 길에 메트가 남편에게 물었다. "당신 예술에 관심 있어요? 내겐 입도 뻥긋하지 않고선."

섬뜩했지. 죄책감. 독사 한 마리가 칭칭 감겨오는 것 같았지, 폴. 무슨 소리, 여보, 그냥 심심풀이야. 밤마다 술집이나 카페에 들러 친구들과 도미노 놀이나 하면서 시간을 허비하는 것보다야 건전하고 양식 있는 일이잖아. 여보, 그렇지 않아? 메트는 인상을 쓰며 대답했지. 그래요, 물론 그렇겠죠. 여자의 육감이란. 그때 벌써 예감했단 말인가? 골칫덩어리가 집안에 들었다, 이 침입자가 결혼생활을 파탄 내고, 이 빛의 도시에서 폼 한 번 잡고 살아보겠다는 꿈을 산산조각 내버릴 것이다.

그 일이 있고 나서부터 넌 오히려 홀가분해졌어. 이상한 일이었지. 마누라나 친구들 앞에서 네 그 늦바람을 대놓고 피울 수 있었으니까. 아니, 파리 증권가의 성공한 중개인이 짬이 날 때 틈틈이 즐기는 예술 취미를 드러내 놓고 하지 못할 이유가 뭐란 말인가? 당구를 친다거나 승마를 즐기는 것과 무엇이 다르단 말인가? 1876년, 넌 한층 대담하게 나왔지. 넌 여동생 마리아 페르난다와 여동생의 새신랑 후안 우리베에게 결혼 선물로 그려준 〈비로플레의 숲〉이라는 그림을 빌려달라고 해서는 살롱에 출품했어. 그리고 수천 명의 지원자 중에서 네가 뽑히게 되었지. 그 일로 가장 기뻐해준 사람은 카미유 피사로였지. 그 후 카미유는 널 자신의 제자로 사람들에게 소개했지. 카미유는 널 클리시에 있는 누벨 아테네라는 카페로 데려가기도 했어. 그 카페는 카미유 패거리들의 집합소였어. 인상파 화가들이 두 번째 공동 전시회를 막 끝낸 시점이었지. 당당한 태도의 드가, 언짢은 표정의 모네, 활발한 성격의 르누아르가 피사로 ― 흰 수염을 기른 술고래, 아무도 못 말리는 활달한 성격의 남자 ― 와 얘기를 나누는 동안, 넌 조용히 듣고만 있었어. 주식 중개인 외에 아무것도 아닌 처지에 그 위대한 예술가들 앞에 있자니 부끄러웠던 거지. 어느 날 밤, 누벨 아테네 카페에 에두아르 마네가 나타났어. 〈올랭피아〉를 그린 그 화가가 말이지. 넌 어찌할 바를 몰랐지. 곧 쓰러져 버릴 것만 같았다니까. 너무 감격한 나머지 인사말도 제대로 못할 지경이었지. 코케, 그 당시 넌 그런 사람이었다니까! 지금과는 달라도 너무 달랐지. 메트는 불만을 털어놓을 수가 없었지. 넌 계속해서 엄청나게 돈을 벌어다 주었으니까. 1876년도에는 월급 외에 3천 6백 프랑을 상여금으로 받았지.

그다음 해 알린느가 태어났을 때, 넌 거처를 옮겼어. 조각가 쥘 에르네스트 부이요가 보지라르에 있는 집과 자그마한 아틀리에를 빌려주었지. 그곳에서 너는 집주인의 지도하에 점토로 본을 뜨고 대리석으로 조각하는 법을 배우기 시작했어. 넌 심혈을 기울여 메트의 두상을 조각했지. 괜찮은 작품이었던가? 기억이 가물가물.

"두 가지 인생을 살기가 꽤나 힘들었을 테지." 키 동이 말했다. "낮에는 여러 시간 주식 중개인으로 일하고, 밤이면 골방에 틀어박혀 그림을 그리고 조각을 팠을 테지. 안남에서 음모를 꾸밀 때가 생각나는구먼. 낮에는 식민 정부에서 점잖은 관리로 지내다가, 밤이면 음모를 꾸미곤 했지. 그래 폴, 어떻게 견뎌냈나?"

"많이 힘들었어." 폴이 대답했다. "그래도 달리 도리가 없었지. 나 역시 어쩔 수 없는 부르주아였거든. 마누라와 자식새끼들과 안정된 생활과 사회적 명성을 그냥 내팽개칠 수는 없는 노릇 아닌가. 다행히 체력은 좋았지. 불화산 같았으니까. 네 시간만 자도 충분했거든."

"술 취한 김에 충고 하나 하고 넘어가야겠네." 벤 바니가 끼어들었다. 벤 바니는 뜬금없이 화제를 바꾸었다. 목소리가 떨렸다. 눈만 봐도 술에 취했다는 것을 알 수 있었다. "아투오나 당국과 더 이상 다투지 말게. 당하고 말 거야. 놈들은 힘이 있지만, 우리는 아냐. 우린 자넬 도울 수 없어, 코케."

폴은 어깨를 으쓱하고 압생트를 한 모금 마셨다. 폴은 서른둘, 서른셋, 서른네 살 무렵의 남자의 모습을 애써 지워버리려고 했다. 그런 남자가 그때 파리에 있었다. 한 마리 촌충처럼 어느 날 문득 찾아와 게걸스럽게 속을 파먹는 뒤늦은 예술에 대한 열정과 가족에 대한 책임 사이에서 갈팡질팡하던 남자. 대체 바니는 무슨 얘기를 하고 있는 걸까? 아 그래, 너의 투쟁에 대한 얘기지. 넌 '통행세'를 내지 말라고 마오리족을 선동하고 있었지. 친구들도 깜짝 놀랐었지. 넌 원주민들에게 이렇게 설명했어. 아투오나에서 멀리 떨어져 살고 있는 사람들은 아이들을 학교까지 데려다 주지 않아도 된다. 그래서 무슨 일이 있었지? 아무 일도.

주변은 폭풍우에 완전히 잠겨버렸다. 앞바다와 시내 주택 지붕들과 언덕바지 묘지의 십자가는 갈수록 굵어지는 빗줄기 뒤로 사라져 버렸다. 고립무원. 집 바로 옆을 흐르는 마케마케 강은 수위가 높아지더니 이윽고 흘러넘치기 시작했다. 강바닥이 뒤집어진 듯 바위들도 굴러 내렸다. 폴은 히바오아 숲에 사는 수많은 새들과 들고양이들과 닭들을 생각했다. 폭풍우에 숲 전체가 들썩이고 있었다.

"벤이 마침 얘길 꺼내서 말인데, 나도 충고 한 마디 해야겠네." 키 동이 조심스럽게 입을 열었다. "학기가 시작되었을 때 말이야, 자네 배신자들의 만으로 나가 신부들과 수녀들에게 아이들을 데려다주는 마오리족 사람들에게 이렇게 말했지 않나. 이곳에서 멀리 떨어져 산다면 굳이 아이들을 데려다 주지 않아도 된다고 말이야. 그때 내 눈치 챘네. '이 친구 일을 벌이는구먼.' 자네 때문에 학교 학생 수가 3분의 1로 줄었어. 더 줄었을지도 몰라. 주교와 신부들은 자넬 용서하지 않을 걸세. 게다가 세금 문제는 더 안 좋아. 더 이상 말썽 피우지 말게, 친구."

티오카가 심각한 표정을 풀고 웃었다. 드문 경우였다.

"아이들을 학교에 데려다주기 위해 섬을 반이나 돌아야 하는 마오리족 사람들은 자네가 권리를 일깨워준 것에 대해 고마워하고 있어." 중얼거렸다. 장난질을 충동하는 것 같았다. "주교와 경찰이 줄곧 우릴 속여왔던 거야."

"신부 놈들이나 정치인 놈들이 매양 하는 짓이 그거지 뭐, 거짓

440

말 말이야." 코케는 웃었다. "내 사부 카미유 피사로가 말이야, 비록 지금은 내가 원시인들과 산다고 나를 비웃지만, 내 말을 들으면 얼씨구나 할 텐데. 그 양반도 무정부주의자였거든. 그 양반, 신부네 경찰이네 하면 이를 갈았다니까."

안남의 왕자도 입을 열려 했지만 우르르 쾅쾅 천둥소리가 길게 이어지는 바람에 주춤했다. 키 동은 입을 벌린 채 하늘이 잠잠해지기를 기다렸다. 천둥소리가 멎자 빗소리에 지지 않겠다는 듯 목청을 높였다.

"세금 문제는 아주 심각하다네, 폴. 벤이 옳아. 자네 실수하는 거야." 키 동은 특유의 부드럽고 가녀린 목소리로 계속 주장했다. "원주민들에게 세금을 내지 말라고 부추기는 것은 반란 행위란 말일세."

"인도차이나 반도를 프랑스로부터 독립시키려다 악마의 섬으로 유배당한 자네가 반란을 반대한다는 말인가?" 폴은 껄껄대며 웃었다.

"이런 얘길 나만 하는 줄 아나?" 한때 테러리스트였던 남자가 진지한 표정으로 말했다. "마을 사람 대부분이 그래."

"새로 온 경찰이 그런 소릴 하는 걸 나도 들은 적 있어." 프레보가 손목을 깐닥거리며 끼어들었다. "자네 놈에게 찍힌 거야, 코케."

"클라베리, 그 개놈의 새끼가? 일도 더럽게 꼬였지. 그 사람 좋은 샤피에가 비운 자리를 그 정신 나간 망나니 새끼가 차지하다니." 폴은 침을 뱉는 시늉을 했다. "그 경찰 놈이 언제부터 나를 미워했는지 자네들 알아? 내가 타히티에 처음으로 와서 마타이에아에 한 달 정도 있으면서 강에서 한 번 빨가벗고 멱을 감았는데 그걸 본 후로 내내 그래. 그 개새끼가 내게 벌금을 물렸단 말이야.

벌금은 문제도 아냐. 그 새끼는 내 꿈을 산산조각 내버린 거야. 이런 젠장, 타히티라는 곳도 지상 낙원이 아니로구나, 제복 입은 놈들이 설치고 다니면서 자유로운 삶을 방해하는구나."

"우린 지금 진지하게 얘기하는 걸세." 벤 바니가 끼어들었다. "자넬 귀찮게 하려는 것도 쓸데없는 참견이나 하려는 것도 아닐세. 우린 자네 친구야, 폴. 골치 깨나 아프게 될 걸세. 학교 문제도 심각하긴 하지만 세금 문제는 더 골치야."

"골칫덩어리지." 키 동이 반복했다. "원주민들이 자네 말에 따라 세금을 내지 않게 되면, 자넨 반란 혐의로 철창신세를 지게 될걸세. 나 같은 꼴이 될지 어떨지 누가 알겠는가. 자네, 이곳에 온지 겨우 1년 만에 적들만 잔뜩 만들어버렸어. 악마의 섬에서 인생 종치고 싶진 않겠지, 그렇지 않아?"

"내가 이제껏 못 찾고 헤맨 것이 어쩌면 저기 과야나에 있을지도 모르지." 폴은 중얼거렸다. 표정이 진지해졌다. "친구들, 술이나 마셔. 나중 일로 속 썩을 필요 없어. 하늘이 노는 꼴을 보니 마르키즈 제도도 이제 끝장날 것 같은데 뭘 그래."

천둥과 번개가 다시 한 번 장엄한 교향곡을 연주했다. 쾌락의 집이 뒤흔들렸다. 억수로 쏟아지는 빗줄기와 모진 바람에 뿌리째 뽑혀 공중으로 날아오를 것만 같았다. 강물이 넘쳐 정원으로 쏟아져 들어오기 시작했다. 네 친구들이야, 폴. 너 때문에 걱정들 하는 거란 말이야. 친구들 말이 옳지. 넌 아무것도 아냐. 돈도 명예도 없는 신출내기 야만인일 뿐이야. 신부들과 판사들과 경찰들이 마음만 먹는다면 언제든지 모가지를 비틀어버릴 수 있는 그런 하찮은 인간이야. 히바오아 섬에서 사법권과 행정권을 휘두르는 클라베리라는 경찰 놈이 미리 경고했잖아. "당신 계속해서 원주민들을 꼬이면 법이 어떤 것이라는 것을 똑똑히 보여주겠어. 당신 같은 늙다리는 견디지 못할 걸. 명심해." 그랬지. 클라베리라는 놈 때문에 잘 알고 있었지. 코케, 도대체 무슨 이유로 또 다시 말썽을 일으키려는 거야? 골이 빈 놈이야? 어쩌면. 그러나 불쌍한 섬 원주민들에게서 통행세를 걷겠다는 것은 이치에 닿지 않는 소리였다. 정부는 그 사람들에게 길이라고 생긴 것은 단 한 뼘도 닦아주지 않았다. 아투오나 시만 벗어나면 사방천지가 빽빽한 밀림으로 뒤덮여 있었다. 바에오호와의 결혼을 흥정하기 위해 노새를 타고 하나우페까지 고생고생하며 갔을 때 직접 체험할 수 있었지. 길이 험하다보니 이곳에서 옴짝달싹 못하는 거잖아, 코케. 타아오아 계곡에 있다는 우페케의 티키스 유적지를 보러 가지 못하는 것도 바로 그 때문이잖아. 그저 애간장만 태울 뿐이지. 통행세는 사기나 다름없어. 돈 한 푼 들이지 않고 자기 배만 불리는 놈들은 과연 어떤 놈들이란 말인가? 폴리네시아 식민 정부나 본국 정부에서 자리를 차지하고 앉은 더러운 기생충 놈들이겠지. 니미씹이다! 넌 앞으로도 계속 세금을 내지 말라고 원주민들을 설득하고 다닐 테지. 넌 또 원주민들에게 본을 보이겠다며 당국에 탄원서까지 보냈지. 조목조목 따져가며 너 역시 세금을 내지 않겠다고 했어. 폴, 잘했어! 한때 무정부주의자였던 네 사부 카미유 피사로도 네 행동을 칭찬할 테지. 여자 몸으로 세상을 들쑤시고 다녔던 플로라 할머니도, 천국에 있든 지옥에 있든, 네 행동에 박수를 치고 있을 테지.

　카미유 피사로는 플로라 트리스탄의 책과 팸플릿에 대해 소상히 알고 있었고, 그녀에 대해 대단한 존경심을 품고 있었어. 그래서 넌 그때까지 전혀 모르고 있던 외할머니에 대해 처음으로 관심을 가지게 되었지. 어머니는 할머니 얘기를 단 한 번도 해주지 않았어. 할머니를 원망해서 그랬을까? 그럴 만도 했지. 할머니는 딸내미 알린느를 제대로 보살피지 못했으니까. 딸내미를 유모들 손에 맡겨놓은 채 혁명에만 매달렸으니까. 넌 플로라 할머니에 대해 알아볼 틈도 없었어. 시간이 없었으니까. 낮에는 회사 고객들을 찾아다니며 주식 시세에 대한 정보를 알려주어야 했고, 여유 시간 ─ 특히 주말이면 퐁투아즈의 피사로 집을 찾아가 흥겨운 시간을 보냈지 ─ 이 생긴다 해도 오로지 그림, 그림에만 정신을 팔았으니까. 1878년, 트로카데로 궁의 민속학 박물관이 문을 열었지. 생생히 기억나겠지. 그곳에서 생애 처음으로 고대 페루인들 ─ 모치카나 치무라는 신비스런 이름들 ─ 의 도자기 인물상을 구경할 수 있었으니까 말이야. 넌 그때 처음으로 무슨 예감을 받았고, 그 예감은 몇 년 후 너의 신념으로 발전했지. 그 이국적이고 원시적인 문화는 현대 예술에서는 이미 자취를 감춘 원초적인 힘을, 영적인 투쟁을 보여주고 있었어. 특히 그 미라는 아직도 잊을 수 없어. 1천 년 이상이나 되었다는 미라에는 긴 머리채와 새하얀 이빨과 시커먼 뼈대가 그대로 남아 있었어. 우룸밤바 계곡에서 발굴한 것이라고 했지. 폴, 네가 후아니타라고 이름 붙인 그 유골에 그토록 빠져들었던 이유는 대체 뭐야? 넌 그 유골을 보기 위해 박물관을 뻔질나게 들락거렸어. 그러다 어느 날 오후에는 경비가 잠시 한눈을 파는 사이 유골에 입을 맞추기까지 했잖아.

폴, 그 당시 일이 생각나? 진짜 그랬을까? 그때 넌 그림에 완전히 사로잡혀 있었어. 그런데도 주식 시장에서는 회사 사장들이 널 서로 데려가지 못해 안달이었지. 넌 그야말로 틀림없는 인재였어. 1879년, 넌 제발 좀 와달라는 회사가 있어 직장을 옮겼고, 새로 옮긴 회사에서 이전 회사에서보다 더 열심히 일했어. 대박이 터진 한 해였지. 3만 프랑이나 벌어들였으니까. 바이킹 여자는 좋아 팔짝팔짝 뛰었어. 메트는 결정도 빨랐어. 가구도 몽땅 바꾸고 거실과 식당의 양탄자도 모조리 새 걸로 갈아치웠지. 그해에 넌 카미유 피사로의 제안을 받아들여 네 번째 인상파 전시회에 작품을 하나 출품했어. 아들내미 에밀을 모델로 한 대리석 흉상이었지. 작품 자체는 별 볼일 없는 거였지만, 그때부터 사람들 — 일반인과 비평가 — 은 모두 널 인상파로 여기게 되었지. 대단한 발전이었지. 폴, 그때 만족했었나?

"만족하고 말고 할 여유가 없었어. 정신없이 살아가던 때였으니까." 코케가 말했다. "그래도 그때만 해도 기운은 넘쳤어. 바이킹 여자가 선심이라도 쓰듯 돈을 좀 주더라고. 그래서 그 돈을 털어 친구들의 그림을 사들였지. 내 집은 드가, 모네, 피사로, 세잔의 그림으로 넘쳐났지. 그해 어느 날 극적인 일이 벌어졌지. 거장 드가가 이렇게 제안하는 거였어. 그림을 서로 바꾸자. 나를 자기와 동등하게 취급한 거란 말이야. 정말 날아갈 것만 같았어!"

세 번째 아이 클로비스도 바로 그해에 태어났지. 1880년, 다섯 번째 인상파 전시회에 넌 여덟 점의 그림을 출품했어. 그해에 에두아르 마네는 처음으로 여러 사람 앞에서 네 그림을 호평했어. "나는 휴일 밤낮을 이용해 예술을 공부하는 일개 아마추어일 뿐입니다." 넌 누벨 아테네에서 그렇게 말했어. "그렇지 않아요" 마네는 힘주어 말했어. "아마추어는 그런 그림을 그릴 수 없어요." 넌 송구스러웠지만 행복하기도 했지. 1881년, 사람 좋은 쉬프는 재산과 저금을 털어 미심쩍은 사업에 투자했어. 금을 추출하는 새로운 기술을 개발하는 것이라고 했지. 쉬프는 떼돈을 벌기 시작했어. 쉬프는 돈을 벌자 아름답지만 가난한 루이즈 몬이라는 여자와 결혼했지. 루이즈 몬은 결혼을 괜찮은 사업 정도로 생각했던 거야. 잘 생각한 거지. 사람 좋은 쉬프는 예술에 전념하기 위해 회사를 그만두었어. 메트는 깜짝 놀랐지. 폴, 설마 당신도 그런 터무니없는 짓을 저지르려는 것은 아니겠지요? 그때부터 부부싸움은 일상생활이 되고 말았어.

"무슨 이유로 날 속인 거예요? 그림을 좋아한다는 얘길 왜 안 한 거예요?"

"나 자신도 몰랐으니까."

넌 화가 펠릭스 죠베 뒤발에게서 빌린 비좁은 작업장에서, 회사에 나갈 시간마저 빼먹어가며, 조각과 그림에 전적으로 매달렸어. 죠베 뒤발은 자기 고향 브르타뉴와 그곳 사람들에 대해 얘기를 들려주었지. 넌 그 얘기를 듣고 참을 수가 없었어. 원시적이며 전통적인 마을, 옛것을 충실히 지켜온 마을, '세계적인 산업화'를 거부하는 마을. 그때부터 넌 괴물 같은 도시 파리를 벗어나지 못해 안달이었어. 넌 과거가 여전히 살아 있고 예술이 일상생활과 닿아 있는 그런 땅을 찾아가고 싶었어. 넌 그 비좁은 아틀리에에서 그림을 그렸어. 지금 생각해도 어깨가 으쓱거려지는 그런 그림들을 말이야. 〈화가의 내면〉, 〈코라일 가〉, 〈누드가 있는 아틀리에〉, 〈바느질하는 수잔느〉. 그중에서도 〈꼬마 공상가: 아틀리에〉라는 그림이 최고였지. 1881년, 메트가 네 번째 아이 장 르네를 낳았을 때, 뒤랑뤼엘 화랑은 네 그림 석 점을 천오백 프랑에 구입했고, 유명 작가 조리스 칼 위스망은 칭찬 일색의 글을 발표했어. 운명의 여신이 네게 미소를 보낸 거지, 폴.

"그래, 그랬어. 게다가 말이야, 산업과 은행은 내리막길로 접어들고 있었지." 소리쳤다. 천둥소리에 목소리가 들리지 않을까 싶어 악을 썼다. "프랑스는 파산지경에 처해 있었단 말이야. 증권회사들은 하나둘 문을 닫기 시작했어. 감지덕지할 일이었지. 내 문제가 저절로 해결된 거란 말이지."

친구들은 영문을 모르겠다는 듯 폴을 바라보았다. 폴은 설명했다. 경제위기로 프랑스 사람들 모두가 피해를 입었지만 자신만은

446

예외였다, 경제위기 덕분에 나는 해방될 수 있었다. 경제가 파탄에 이르자 그 결과 정치권도 동요하기 시작했다. 무정부주의자들이 수난을 당하기 시작했고, 크로포트킨은 구속되었다. 카미유 피사로도 잠적했다. 부자든 가난뱅이든 모두 공황 상태에 빠졌다. 하지만 폴, 넌 그 모든 일에 전혀 동요하지 않았어. 넌 미치광이처럼 오로지 그림에만 매달렸어. 리옹 주식 시장이 문을 닫았을 때, 메트는 안절부절 어찌할 바를 몰라 했지. 마치 사랑하는 사람을 잃은 것처럼 하염없이 울기만 했어. 파리 주식 시장이 문을 닫았을 때는 며칠 동안 식음을 전폐했어. 메트는 나날이 여위어갔어. 하지만 넌 기고만장했지. 그해에 열린 일곱 번째 인상파 전시회에 넌 유화 열한 점과 파스텔화 한 점, 조각상 한 점을 출품했어. 1883년 8월, 회사 사장이 널 불렀지. 사장은 떨리는 목소리로 쩔쩔매며 이렇게 말했어. "형편이 여의치 않아 더 이상 붙잡아 둘 수 없겠네." 넌 사장의 손에 입을 맞추었지. 네 뜻밖의 반응에 사장은 기절초풍했어. 넌 기꺼워하며 사장에게 이렇게 말했어. "고맙습니다, 사장님. 사장님 덕분에 이제 진짜 화가가 될 수 있겠습니다." 행복에 겨워 미쳐버릴 것만 같았지. 넌 메트에게 달려가 이렇게 전했어. 지금 이 순간 이후로는 절대 취직하지 않겠다, 이제부턴 오로지 그림만 그리겠다. 메트는 하얗게 질린 채 아무 말 없이 한참 동안 눈만 깜박거리고 있다가 풀썩 쓰러지고 말았지. 정신을 놓고 만 거야.

"그때부터 난 급속도로 변하기 시작했어." 폴은 싱긋 웃으며 덧붙였다. "술도 많이 늘었어. 집에서는 코냑, 누벨 아테네에서는 압생트를 마셨어. 혼자서 오랜 시간 아코디언을 치기도 했지. 오르간을 치면 그림을 그리고 싶은 의욕이 생기는 거야. 또 그때부터 집시처럼 아무렇게나 옷을 걸치기 시작했어. 부르주아 놈들을 자극하기 위해서 말이지. 서른다섯 살 때였어. 그때부터 진짜 삶을 살

447

기 시작한 거란 말이야."

천둥소리가 뚝 그쳤다. 빗줄기도 조금 약해졌다. 우기가 되면 아투오나의 서른 개의 폭포는 장관을 이루곤 했다. 테메티우 봉우리와 페아니 봉우리에서 흘러내린 물로 지금 폭포는 거대한 물줄기를 쏟아내고 있었고, 마케마케 강도 범람해 흘러넘친 물이 집으로 스며들기 시작했다. 벤 바니가 자욱이 긴 물안개를 가리키며 흥얼거렸다. "포경선을 타고 항해하는 것 같구먼." 잠깐 사이에 흙탕물이 발목까지 차올랐다. 물에 빠진 생쥐 꼴로 모두 밖으로 나왔다. 주변은 온통 물에 잠겨 있었다. 새로 생긴 물줄기가 흙탕물을 일으키며 나뭇가지, 통나무, 풀, 깡통 따위를 아투오나 신작로로 쓸어가고 있었다. 쾌락의 집 정원도 물줄기에 휩쓸렸다.

"저기 저 시커먼 덩어리가 뭔지 알겠나들?" 티오카가 아투오나 상공을 시커멓게 뒤덮은 채 슬금슬금 기어가는 구름을 가리키며 물었다. 구름보다 더 시커먼 덩어리가 하늘을 날고 있었다. "바람에 휩쓸려 바다 쪽으로 날아가는 것 말이야. 내 오두막이야. 마누라나 자식놈들은 남아 있어야 할 텐데."

티오카의 말투는 담담했다. 마르키즈 제도 사람다웠다. 삶을 달관한 듯한 저 침착함. 코케는 히바오아에 도착한 첫날부터 사람들의 이런 태도에 깊은 감명을 받았었다. 티오카는 손을 흔들며 멀어져 갔다. 무릎까지 물에 잠겼다. 티오카는 빗줄기와 물안개 속으로 금새 사라져 버렸다. 티오카와는 달리 키 동, 포세이돈 프레보, 벤 바니는 결국 조바심을 치기 시작했다. 공포와 충격에 술기운도 금방 달아나고 말았다. 어떻게 할 것인가? 우선 가족들이 무사한지 서둘러 알아봐야 하겠지. 어쩌면 묘지 언덕으로 대피해야 할지도 몰라. 이곳 벌판은 허리케인이 몰아치면 속수무책이었다. 쓰나미라도 오는 날에는 아투오나는 끝장나는 거야.

"자네도 우리와 함께 올라가야겠네, 폴." 키 동이 고집했다. "자네 오두막은 견디지 못할 거야. 단순한 폭풍우가 아냐. 허리케인이라고, 사이클론! 우리와 함께 저쪽 묘지에 가 있으면 더 안전할 걸세."

"이 병신 다리로 진흙탕을 건너가라고?" 폴은 웃었다. "이보게들, 난 걸을 수조차 없어. 가게들, 자네들이나 가. 난 여기서 기다리겠네. 난 말이야, 세상이 완전히 끝장나버렸으면 좋겠어!"

폴은 친구들이 떠나는 모습을 지켜보았다. 친구들은 어깨를 움츠리고, 무릎까지 차는 흙탕물을 철벙거리며, 덤불 울타리를 지나 길을 찾아 떠났다. 아투오나의 척추라고 할 수 있는 길은 이미 사라지고 없었다. 안전하게 집으로 돌아갈 수 있을까? 그럴 테지. 지랄 같은 기후에는 이골이 난 사람들이니까. 그럼 폴, 넌 어때? 키 동의 얘기가 백 번 옳지. 쾌락의 집은 대나무, 야자나무 잎, 나무토막으로 지은 허름한 집이었다. 비바람을 지금까지 견뎌낸 것만도 기적이라고 할 수 있었다. 이런 날씨가 계속된다면 폭삭 주저앉고 말 것이다. 집과 함께 너도 무너져 내리겠지. 이렇게 죽는 것도 괜찮은 방법이 아닐까? 좀 우습지만 괜찮을 것 같아. 그래도 폐렴에 걸려 죽는 것보다는 양반이지 뭐. 그 입에 담지 못할 병으로 야금야금 죽어 가는 것보다는 한결 낫겠지. 쾌락의 집은 마른자리라고는 한 구석도 없었다. 비바람은 집안 구석구석을 엉망으로 만들어버렸다. 폴은 불편한 다리 — 이제 다리 통증은 극에 달해 있었다 — 를 끌고 가서 압생트를 한 잔 더 따라 마셨다. 폴은 축축이 젖은 아코디언을 집어 들어 무심코 건반을 눌렀다. 폴은 이 다루기 어려운 악기를 젊은 시절에 배웠다. 상선을 타고 다닐 때 배 위에서 배웠던 것이다. 음악은 폴의 정신적 허기를 달래주었고, 극도로 흥분하거나 풀이 죽어 있을 때 마음을 진정시켜주었다. 그림이나 조각이 잘못되어 절망에 빠졌을 때에는 — 이젠 눈도 침침해져 그럴 경우도 드물게 되었지만 — 용기를 돋우어주기도 했다. 폴은 아코디언을 치며 생각을 정리했고 예전에 가졌던 완벽함에 대한 의지를 불태우기도 했다. 폴, 이렇게 허망하게 죽어야 한단 말이야? 아무도 기억하지 못하는 섬 한구석에서? 태평양 한가운데에서? 세상으로부터 버림받은 이 마르키즈 제도에서? 그렇지. 오래 전에 결심했던 거잖아. 원시인으로서 원시인들 틈에서 죽겠노라. 그때 문득 늙은 장님 여자가 생각났다. 폴은 그 여자를 만났을 때 자신이 어쩔 수 없는 외지인이라는 사실을 절감해야했다.

늙은 장님 여자는 몇 주일 전 해질 무렵에 지팡이를 짚고 어디선가 불쑥 나타났다. 코케가 2층으로 올라가 밖을 내다보는 시간이었다. 코케는 침침해진 눈에 힘을 주어 석양에 붉게 물든 무인도 하나키와 배신자들의 만을 둘러보았다. 그때 늙은 장님 여자가 마당으로 들어섰다. 개가 짖고 고양이 두 마리가 야옹야옹 울었다. 노인네는 마오리족 말로 뭐라고 소리를 질렀다. 나와 보라는 모양이었다. 여자라기보다는 무슨 누더기 덩어리 같았다. 노인네는 분명 쓰레기장에서 찾아 입은 듯한 덕지덕지 기운 누더기를 걸치고 있었다. 노인네는 지팡이로 길을 더듬으며 — 지팡이를 잽싸게 좌우로 흔들었다 — 신기하게도 곧장 집을 향해, 폴이 있는 쪽을 향해 걸어왔다. 두 사람은 조각실에서 마주보고 섰다. 지금 코케가 벌벌 몸을 떨며 압생트로 두려움을 달래고 서 있는 바로 그 자리였다. 진짜 장님이었나? 혹은 장님인 척했던 건 아닐까? 가까이서 보니 허연 눈자위가 보였다. 그래, 진짜 장님이었어. 폴은 입을 열려고 했다. 그러자 노인네가 낌새를 채고 손을 들어올려 폴의 벗은 가슴을 만졌다. 노인네는 침착하게 폴의 몸을 더듬었다. 팔을, 어깨를, 배꼽을. 노인네는 이제 폴의 파레오를 들쳐 아랫배를 더듬다가 불알과 자지를 움켜쥐었다. 무게를 재는 듯했다. 감정이라도 하는 모양이었다. 노인네는 얼굴을 찡그리며 못마땅하다는 듯 소리쳤다. "포파아." 코케도 알아들을 수 있는 말이었다. 마오리족 사람들은 유럽 사람들을 그렇게 불렀던 것이다. 그것으로 끝이었다. 폴은 먹을 것이나 뭐 다른 것을 주려고 했으나, 늙은 장님 여자는 곧장 몸을 돌려 더듬더듬 떠나버렸다. 그 사람들에게 넌 그런 존재였어. 오그랑쪼그랑 자지를 달고 다니는 외국놈. 넌 그런 점에 있어서도 실패했던 거야, 코케.

폴은 다음 날 아침 깨어났다. 아코디언을 품에 안고 있었다. 상위에 그대로 엎드린 채 잠이 드는 바람에 컵과 병이 바닥에 떨어져 있었다. 물이 빠져나가고 있었지만 집 안은 엉망진창이었다. 비록 천장이 날아가고 벽도 군데군데 무너져 내렸지만 쾌락의 집은 허리케인을 용케도 견뎌낸 모양이었다. 눈이 시릴 정도로 시퍼런 하늘, 태양은 다시 떠올라 뜨거운 햇살을 뿌리기 시작했다.

19

# 괴물 도시
베지에르, 카르카손느, 1844년 8월/9월

플로라는 잠시 자신의 프랑스 남부 여행과 베르길리우스와 단
테의 지옥 여행을 비교해보았다. 여행을 계속하는 동안 새로 도착
한 도시가 이전 도시에 비해 더 더럽고 추악하고 비겁하다는 점에
서 그 두 여행은 똑같았던 것이다. 예를 들면 이런 식이었다. 역겨
운 냄새가 진동하는 도시 베지에르에서는 지저분하기 그지없는
포스트 호텔에서 밤을 보내야 했다. 두 명밖에 없는 호텔 종업원은
물론이요 심지어 '지배인' 조차 프랑스어를 알지 못했다. 그들은
프랑스 남부 지방 사투리인 오크어만 알고 있었다. 플로라는 공장
이나 작업장을 찾아가 보았지만 단 한 차례의 모임도 가질 수 없
었다. 공장주들과 노동자들은 당국을 두려워하며 플로라 앞에서
매몰차게 문을 닫아버렸다. 어렵사리 여덟 명의 노동자들을 설득
해 말을 나눌 수 있었지만 그들마저도 주저하는 빛이 역력했다. 노
동자들은 한밤에 비밀 문을 통해 플로라의 호텔 방으로 찾아왔다.

노동자들이 직장을 잃을까 너무 걱정하는 바람에 플로라는 노동
조합 조직위원회를 구성해보라는 말을 꺼낼 수도 없었다.

플로라는 베지에르에서 1844년 8월 마지막 이틀을 겨우 머물렀
을 뿐이었다. 카르카손느 행 우편물 수송선을 탔을 때는 감옥에서
빠져나온 느낌이었다. 플로라는 뱃멀미를 피하기 위해 선실을 구
하지 못한 사람들과 함께 뒤섞여 갑판에서 지냈다. 그러는 와중에
주먹다짐으로 끝날 뻔한 말다툼을 달래기도 했다. 알제에서 이제
막 귀국한 식민지 부대 군인 — '스파히'라고 했다 — 과 상선대
의 젊은이 사이에 다툼이 있었던 것이다. 플로라는 두 남자를 달래
두 사람의 직업 중 어느 것이 사회에 더 유익한지 말해보라고 했
다. 젊은 선원은 이렇게 말했다. 배는 사람들과 생산물을 실어 나
르며 상거래를 용이하게 한다, 반면 군인들이란 사람들 죽이는 일
에만 쓸모 있지 않느냐. 이에 화가 난 군인은 자신의 몸에 난 상처
를 보여주며 이렇게 말했다. 군대는 아프리카 북부에서 프랑스보
다 세 배나 넓은 식민지를 프랑스 땅으로 만들었다. 군인이 분통을
터뜨리며 욕을 퍼부으려는 순간 플로라는 군인의 입을 막았다.

"당신은 말이죠, 나폴레옹 시대와 마찬가지로 아직까지도 프랑
스 군대가 신병들을 야수로 만들고 있다는 사실을 보여주는 생생
한 증거로군요."

카르카손느에 도착하기까지 아직 여섯 시간이 남아 있었다. 플
로라는 선미 갑판 의자에 앉았다. 플로라는 뱃전에 웅크리고 기대
앉아 잠깐 졸았다. 플로라는 올랭피아를 꿈에서 보았다. 플로라, 7
개월 전 파리를 떠나온 이후로 올랭피아 꿈을 꾸기는 그때가 처음
이었어.

유쾌하고도 감미롭고, 가볍게 흥분되면서도 안타까운 그런 꿈이
었다. 넌 그 친구에 대해서는 좋은 기억만 간직하고 있었어. 신세

도 많이 진 친구였지. 그래도, 1839년 가을 영국에서 돌아오자마자 갑작스럽게 그녀와 관계를 끊었지만 넌 후회하지 않았어. 이 세상을 변혁시키려는 위대한 사업에는 지성만이 필요했지 사랑은 걸림돌이었으니까. 넌 집시여인처럼 꾸미고 오페라단 가면무도회에 참석했을 때 올랭피아를 처음 만났어. 그 가면무도회에서 눈망울이 초롱초롱하고 몸매가 날씬한 한 여인이 네 손에 입을 맞추었지. 하지만 올랭피아 말레스체브스카와의 우정은 그로부터 몇 달 후에야 시작되었어. 그 여인은 소르본 대학 교수이자 동양학 학자인 어느 저명한 인사의 손녀딸이었어. 러시아 제국의 지배로부터 폴란드를 해방시키기 위해 일하고 있었지. 프랑스에 망명중인 폴란드 국민위원회를 돕고 있었어. 국민위원회 지도자들 중 한 명과 결혼한 상태였지. 레오나르 초드코, 생트 즈느비에브 도서관 직원이며 역사학자에 애국자인 남자. 그러나 뭐니뭐니해도 올랭피아는 상류사회의 귀부인이었어. 올랭피아는 아주 유명한 살롱도 갖고 있었어. 그 살롱으로 문학가, 예술인, 정치인들이 몰려들었어. 플로라, 넌 목요일 밤마다 열리는 연회에 초대받고 그곳으로 달려갔어. 집이 근사했지. 접대도 세련됐고, 유명한 사람들도 아주 많았어. 당시 최고 배우였던 마리 도르발이 소설가 조르주 상드와 다정히 앉아 있었고, 외젠 수는 생시몽주의자들의 우두머리 프로스페르 앙팡탱과 소곤거리고 있었지. 올랭피아는 손님접대에 빈틈이 없었어. 아주 친절하기도 했고. 네겐 또 얼마나 살갑게 굴었는지. 대단한 칭찬을 해가며 친구들에게 널 소개시켜주었어. 올랭피아는 『어느 사생아의 인생 역정』이라는 책도 읽었다고 했지. 그 책에 대한 감탄사도 진심에서 우러나온 소리 같았어.

올랭피아가 하도 조르는 바람에 넌 살롱을 자주 찾아가서 즐거운 시간을 보냈어. 세 번쨰가 네 번째로 찾아갔을 때였지. 올랭피아는 탈의실에서 네 외투를 벗겨주고 네 머리를 빗겨주었어. "플로라, 오늘은 정말 아름다우시네요." 그리고 갑자기 네 허리를 붙잡고 힘껏 껴안으며 네 입에 입을 맞추었어. 전혀 예상치 못한 일이었던지라 넌 온몸이 화끈거렸고, 어떻게 해야 할지 몰랐지. (그런 일은 네 평생 처음 있는 일이었어, 플로라.) 넌 얼굴을 붉힌 채, 갈피를 잡지 못한 채, 아무 말 없이 가만히 올랭피아를 바라보고만 있었지. "조금 전까지 눈치 못 채셨더라도, 이젠 아시겠죠. 당신을 사랑해요, 플로라." 올랭피아는 활짝 웃었어. 올랭피아는 네 손을 붙잡고 다른 손님들이 기다리고 있는 방으로 널 끌고 갔어.

넌 그날 오후의 네 태도에 대해 많이도 생각해보았어. 만일 올랭피아가 아니라 다른 남자가 네게 기습적으로 입 맞춤을 했다면, 넌 그 남자를 그냥 두지 않았을 거야. 뺨따귀를 올려붙이고 즉시 그 집에서 빠져나왔겠지. 그러나 넌 그러지 않았어. 어리벙벙한 채 갈피를 잡지 못하고 그 자리에 남아 있었어. 화도 나지 않았고 떠날 생각도 없었어. 단순한 궁금증이었을까? 아니면 다른 무언가가 있었던 걸까? 안달루시아 아가씨, 대체 왜 그랬을까? 도대체 무슨 일이 일어나려고 그랬던 것이었을까? 두 시간 후, 넌 올랭피아에게 이만 가보겠다고 말했어. 그러자 올랭피아는 네 팔짱을 끼고 탈의실로 데려가 외투를 입고 모자를 쓰는 널 거들어주었지. "나한테 화난 건 아니죠, 그렇죠, 플로라?" 올랭피아는 네 귀에 대고 속삭였어. 숨결이 뜨거웠지. "화가 났는지 안 났는지조차 모르겠어요. 그저 얼떨떨할 뿐이에요. 여자와 입 맞춤을 한 건 이번이 처음이거든요." "난 그날 밤 오페라에서 당신을 처음 봤을 때부터 당신한테 빠졌어요." 올랭피아는 네 눈을 똑바로 쳐다보며 말했어. "단둘이 만나 좀더 사귀어볼 수 있을까요? 부탁해요, 플로라."

넌 올랭피아를 다시 만났어. 같이 차도 마시고, 마차를 타고 뇌

455

이 시를 돌아보기도 했고. 플로라, 넌 올랭피아에게 앙드레 샤잘과의 결혼생활에 대해서도 털어놓았어. 그 얘기를 듣고 올랭피아의 초롱초롱하던 눈망울이 젖어들었지. 넌 고백했어. 결혼 이후로 성생활에 대해서는 본능적으로 혐오감이 인다고, 그래서 지금까지 애인을 사귀어본 적이 없다고. 올랭피아는 더할 나위 없이 부드럽고도 감미롭게 네 손에 입을 맞추었어. 그리고는 간청했지. 서로 사랑하는 여자 친구 둘이 얼마나 달콤하고 흐뭇한 쾌락을 누릴 수 있는지 가르쳐주겠노라고, 그러니 허락해달라고 말이야. 그때 이후는 두 여자는 만나고 헤어질 때면 항상 서로 입을 맞추었다.

그로부터 얼마 후에 두 여자는 처음으로 사랑을 나누었다. 퐁투아즈 근처에 있는 아담한 시골집에서였다. 그 집은 초드코 가문 사람들이 여름철과 주말을 보내는 집이었다. 집 주위에 심어진 포플러나무들이 바람에 흔들리며 두 여자의 비밀을 속살대는 것 같았다. 새들이 지저귀는 소리도 들렸다. 벽난로 불로 훈훈해진 방, 나른하고도 은밀한 분위기 속에서 플로라의 조심성도 서서히 엷어져 갔다. 여자 친구는 샴페인을 입에 머금고 플로라의 입으로 건네주며 플로라의 옷을 벗겨 내렸다. 올랭피아는 스스로 후닥닥 옷을 벗어 던지고 플로라의 팔을 잡아끌었다. 올랭피아는 부드럽게 속삭이며 플로라를 침대에 눕혔다. 올랭피아는 플로라의 몸을 구석구석 살펴본 후, 플로라의 몸을 더듬기 시작했다. 플로라, 넌 그때 희열을 느꼈어. 그래, 대단했지. 처음 느꼈던 당혹스러움과 염려도 잠시뿐이었어. 넌 자신이 아름답고, 남자들이 원할 만하고, 젊고, 특히 여자라는 것을 느낄 수 있었어. 올랭피아가 네게 가르쳐주었던 거야. 섹스를 두려운 것으로, 역겨운 것으로 느낄 이유가 없다는 사실을 말이지. 욕망에 충실하다는 것, 더듬는 손길에 그대로 몸을 내맡긴다는 것, 육체의 쾌락에 잠겨든다는 것, 그것 또한 삶

456

을 치열하게 살아가는 한 가지 방법이었지. 그것이 겨우 몇 시간, 겨우 몇 분 만에 끝나는 일일지라도 말이야. 플로라, 황홀한 이기심이라고나 할까. 육체적 쾌락, 동등한 사람들끼리 폭력 없이 나누는 그 희열을 맛보면서 넌 너 자신이 좀더 완벽하고 좀더 자유로운 여자임을 느낄 수 있었어. 하지만 올랭피아와 함께 지낸 그때 그 시절, 넌 이 세상 그 누구보다 행복했지만 육체적 쾌락에 빠져들 때마다 죄책감을 떨쳐버리지 못했어. 힘을 허투루 낭비하고 있다는 기분, 윤리에 어긋나는 짓을 저지르고 있다는 기분을 말이야.

그러나 그런 관계도 2년을 넘지 못했다. 두 여자는 서로 다툰 적도, 서로 멀어진 적도, 서로를 떨떠름하게 생각해본 적도 없었다. 사실, 자주 만나지는 못했다. 각자 할 일이 산더미 같았던 것이다. 게다가 올랭피아에게는 돌보아야 할 가정과 남편이 있었다. 그래도 두 여자가 만날 때면 모든 일이 기적적으로 순조롭게 진행되었다. 두 여자는 사랑에 빠진 계집아이들인 양 만날 때마다 서로를 탐닉했다. 올랭피아는 플로라에 비해 좀더 경망스럽고 세속적인 여자였다. 올랭피아는 러시아 제국에 점령당한 폴란드의 비극을 제외하고는 사회 문제에 전혀 관심을 갖지 않았고, 여성과 노동자의 처지에 관해서는 눈도 거들떠보지 않았다. 폴란드 문제도 남편 때문에 관심을 갖고 있을 뿐이었다. 올랭피아는 자유분방한 삶을 누리면서도 남편만은 유독 사랑했다. 올랭피아는 생기가 넘치는 여자였고 지칠 줄 모르는 여자였다. 그리고 너에겐 더할 수 없이 다정스런 여자였지. 플로라는 올랭피아가 들려주는 상류사회에 얽힌 음모와 험담을 재미있게 들었다. 올랭피아는 아기자기하게 이야기도 잘했던 것이다. 올랭피아는 공부도 많이 한 여자였다. 책도 많이 읽었는지 역사, 예술, 정치 등 관심을 가진 분야에 대해서는 모르는 게 없었다. 그래서 플로라는 여자 친구로부터 지적인 면에 있어서도 많은 것을 배울 수 있었다. 두 여자는 사랑을 나눌 때면 대부분 퐁투아즈의 집을 이용했지만, 올랭피아의 파리 집이나 뒤박 가에 있는 플로라의 집을 이용하기도 했다. 언제인가는 — 넌 그때 요정으로 분장했고 올랭피아는 꽃으로 분장했었지 — 말리 숲 가장자리에 있는 여관을 찾아들기도 했다. 두 여자는 여관방 창문으로 다람쥐가 도토리를 앞발에 쥐고 먹는 모습을 볼 수 있었다. 1839년, 플로라는 4개월 예정으로 런던으로 출발했다. 자본주의의 요람이라고 할 수 있는 런던에서 가난한 사람들이 어떤 상황에 놓여 있는지 책으로 쓰기 위해서였다. 플로라가 런던에 있는 동안 두 여자는 매주 두세 통의 편지를 주고받았다. 열렬한 연애편지였다. 두 여자는 서로 보고 싶다고, 같이 있었던 순간을 그리워한다고, 서로를 안고 싶다고 고백했다. 다시 만날 날을 고대하며 하루하루를, 한 시간 한 시간을, 일 분 일 초를 꼽고 있다고 토로했다. "밤마다 널 핥고 깨무는 꿈을 꿔, 올랭피아. 네 그 까만 머리카락과 무성한 사타구니 숲이 너무너무 보고 싶어. 널 알고 나서부터는 금발머리 여자들은 쳐다보기도 싫어." 넌 그래, 부자놈들에게는 천국이요, 가난한 사람들에겐 지옥과 다름없는 그 런던에서, 그 가증스러운 도시의 실체를 파악하기 위해 남자로 변장한 채 공장이다 술집이다 빈민굴이다 사창가를 찾아다니는 상황에서도 그따위 낯 뜨거운 글들을 올랭피아에게 써보낼 생각을 했단 말이야? 그래, 한 마디 오차도 없이 그따위 생각을 하고 다녔던 거야. 하지만, 안달루시아 아가씨, 그런데 도대체 무슨 이유로 파리로 돌아오자마자, 파리에 도착한 바로 그날 오후에, 올랭피아를 만나 이젠 관계를 끝내자, 더 이상 서로 만나선 안 된다라고 선언했던 거지? 항상 자신감에 차있던 올랭피아는, 세상 부러울 것 없던 올랭피아는 화들짝 놀라고 말았지. 안색이 싹 변했다니까. 그러나 아무 말도 하지 않았어. 올랭피아는 널 너무나 잘 알고 있었어. 그래서 네 결정이 돌이킬 수 없다는 것도 알아차렸던 거지. 올랭피아는 풀이 죽은 채 입술을 깨물며 널 쳐다보았어.

"올랭피아, 널 사랑하지 않아서가 아냐. 널 사랑해. 내가 이 세상에서 사랑했던 사람은 너 하나밖에 없어. 최근 2년 동안 너 때문에 난 너무 행복했어. 두고두고 고맙게 생각할거야. 하지만 내겐 사명이 있어. 내 감정과 이성이 내가 해야 할 임무와 너 사이에서 갈팡질팡하는 한에는 내 사명을 완수할 수 없어. 내가 하려는 일은 어느 누구에게도 그 무엇에도 한눈을 팔도록 허용하지 않아. 너도 별 수 없어. 난 그 일에 몸과 마음을 다 바쳐야만 해. 올랭피아, 내겐 시간이 별로 없어. 게다가 프랑스에서 나를 대신할 사람은 아직은 아무도 없어. 난 여기 가슴에 박힌 총알 때문에 언제 죽을지도 몰라. 그래서 죽기 전에 적어도 기초만큼은 착실히 닦아놔야 한단 말이야. 날 원망하지 말아 줘. 용서해줘."

너와 올랭피아는 두 번 다시 만나지 않았어. 그 후 넌 영국을 신랄하게 비난한 책 ─ 『런던 나들이』 ─ 과 『노동조합』이라는 책자를 써냈지. 그리고 지금은 피레네 산맥 한자락에 위치한 카르카손느에 와 있는 거야. 전 세계적인 혁명을 일으키기 위해서 말이지. 플로라, 그 사랑스러운 올랭피아를 그따위로 내팽개친 걸 후회하지는 않는지? 아니. 넌 그렇게 할 수밖에 없었어. 핍박당하는 사람들을 위로하고, 노동자들을 단결시키고, 여성들의 평등권을 보장하고, 이 사악한 세상에서 고난당하는 사람들을 위해 정의를 실현시키고 하는 일이 이기주의적인 사랑타령보다, 이웃은 거들떠보지도 않고 쾌락만 추구하는 삶보다 훨씬 중요한 거니까. 지금 네 삶을 송두리째 붙들고 있는 걱정거리는 오직 인류에 대한 사랑이란 말이지. 플로라, 네 딸아이 알린느조차 네 그 노심초사하는 마음에 끼어들 여지가 없을 정도란 말이야. 알린느는 지금 암스테르담의 어느 재봉사 밑에서 일을 배우고 있는 중이지만, 딸아이에게 편지 쓸 생각도 못하고 몇 주일이 훌쩍 지나가는 경우도 종종 있잖아.

플로라는 카르카손느에 도착한 그날 밤 그 지역 푸리에주의자들과 조금 언짢은 과정을 통해 만날 수 있었다. 에스쿠디에 씨가 주도하는 푸리에주의자들은 플로라의 방문에 대비하고 있었다. 그들은 성벽 아래에 있는 본네 호텔에 방을 잡아 주었다. 플로라는 잠을 자고 있었다. 그러나 방문을 두드리는 소리에 잠에서 깨어났다. 호텔 지배인은 안절부절 변명을 늘어놓았다. 몇몇 신사분들께서 부인을 뵙고자 합니다. 너무 늦었으니 내일 다시 오라고 하세요. 그러나 사람들은 도무지 고집을 꺾을 기미를 보이지 않았다. 플로라는 가운을 어깨에 걸치고 사람들을 만나러 갔다. 12명의 지역 푸리에주의자들이 환영인사를 한답시고 와 있었다. 모두 술에 취해 있었다. 불쾌감이 울컥 치밀어 올랐다. 아니 이 작자들은 샴페인과 맥주로 혁명을 하겠다는 거야 뭐야? 그들 중 한 명이 혀 꼬부라진 소리로 눈이 풀린 채 고집을 부렸다. 달빛이 좋습니다, 중세 성곽과 교회를 구경시켜드릴 테니 옷을 입고 나오시지요. 플로라가 대답했다.

"낡아빠진 돌덩이가 나와 무슨 상관이에요? 해결해야할 문제를 안고 사는 사람들이 얼마나 많은데! 알아나 두세요. 난 말이죠, 이 세상에서 가장 아름다운 교회가 내게 있다 해도 똑똑한 노동자 한 사람과 바꾸자고 한다면 즉각 바꿀 겁니다."

사람들은 플로라가 성깔을 부리자 자리를 떴다.

플로라는 카르카손느에서 1주일간 머물렀다. 카르카손느의 사회주의 공동생활주의자들 ─ 변호사, 농업 기사, 의사, 신문기자,

약제사, 관리. 이들은 서로서로를 '기사(騎士) 양반' 이라고 불렀다
— 은 그야말로 문제덩어리들이었다. 그들은 권력에 목말라 프랑
스 남부 지역 전역에서 무력 봉기를 획책하고 있었다. 그들은 수많
은 군대와 지역 수비대 전체를 매수했다고 했다. 플로라는 처음 만
난 날부터 그들을 신랄하게 비난했다. 플로라는 주장했다. 당신네
들의 과격주의는 사회 체제 자체를 변혁한다기보다는 기껏해야
정부 내의 부르주아 세력을 다른 부르주아 세력으로 대체시킬 뿐
이다, 최악의 경우 유혈진압을 부추겨 이제 막 태동하기 시작한 노
동자 운동을 괴멸시키고 말 것이다, 우리에게 중요한 것은 사회혁
명이지 정치권력이 아니다, 당신네들의 음흉한 속셈과 그에 따른
과격한 행동은 노동자들을 혼란에 빠뜨렸다, 노동자들은 목표를
잃고 순전히 정치적인 투쟁에 힘을 허비하고 있다, 노동자들은 정
치 투쟁에 참가했다는 이유로 군대에 의해 박살나고 말 것이다, 명
분도 없는 개죽음이 아니겠는가. 소위 기사 양반이란 작자들은 노
동계에 막강한 영향력을 행사하고 있었다. 플로라가 직물공장 노
동자들, 방적공장 노동자들과 모임을 가질 때 기사 양반들도 참석
했다. 기사 양반들이 참석하자 노동자들은 주눅이 들어 감히 그 부
르주아들 앞에서 입도 제대로 열지 못했다. 플로라, 넌 노동조합의
목표에 대해서는 설명도 할 수 없었지. 넌 그 모리배 놈들의 주장
에 반박하느라 몇 시간 동안이나 진을 빼야 했어. 그 모리배 놈들
은 무장 봉기를 해야 한다며 노동자들을 현혹했지. 놈들은 무장 봉
기를 위해 전략적 요충지에 수많은 총기와 화약통을 비축해놓았
다고 떠벌렸어. 무력으로 권력을 탈취하는 장면은 아주 매력적이
었지. 그래서 노동자들은 거기에 홀딱 넘어가고 말았어.

"푸리에주의자들이 차지한 정부와 지금의 정부가 무슨 차이가
있단 말입니까?" 왈가닥 부인은 화가 치밀어 으르렁거렸다. "당신

461

네들이 착취해 먹는 노동자들이나 지금 이곳에 모인 노동자들을 위해 무엇이 달라질 수 있단 말입니까? 문제는 어떻게 해서든 권력을 잡는 것이 아니라 착취와 불평등을 완전히 제거하는 거란 말입니다."

플로라는 밤마다 녹초가 되어 본네 호텔로 돌아왔다. 하루 종일, 새벽부터 밤늦게까지 종종걸음 치던 1839년 여름 런던에서와 마찬가지였다. 플로라는 의사들의 권유에도 아랑곳하지 않고 런던을 속속들이 알아내기 위해 전력을 다했다. 인구 2백만의 괴물과 같은 도시, 세계 최강제국의 수도, 엄청난 규모의 공장들과 엄청난 양의 부가 집결된 본거지. 플로라는 번영과 사치와 권력으로 대변되는 이 도시의 이면에 얼마나 잔혹한 착취와 얼마나 잔인한 부정이 도사리고 있는지, 한줌밖에 안 되는 귀족과 재산가들의 멀미가 날 것 같은 풍요를 위해 얼마나 많은 사람들이 고통에 시달리며 학대받고 이용당하는지 세상에 알리기 위해 전력투구했다.

플로라, 차이가 있기는 있지. 1839년에는 가슴에 총알이 박혀 있는 상태에서도 한숨 붙이고 나면 기력을 되찾아 다시 런던 거리를 부지런히 돌아다닐 수 있었지. 넌 관광객들이 발도 들여놓지 않을 곳을, 여행객들의 일기에도 기록되지 않은 곳을 구석구석 잘도 돌아다녔어. 여행객들이야 기껏 멋들어진 살롱이나 클럽이랄지, 깨끗한 공원이랄지, 웨스트엔드의 가스등이랄지, 무도회 · 야유회 · 만찬 따위랄지나 끼적거리며 만족해 하니까 말이야. 한가롭게 귀족들 틈에 꼽사리끼는 것으로 그만이잖아. 그런데 이젠 잠을 자고 일어나도 잠자기 전이나 마찬가지로 피곤할 뿐이지. 낮에는 그나마 고집불통 성질 덕에 겨우겨우 버텨나가는 거지. 다행히 성질머리는 아직 죽지 않아 계획을 세우면 반드시 실행해야만 직성이 풀리지. 진짜 고통스러운 것은 가슴에 박힌 총알이 아니야. 복통과 자궁 통증이 정말 참기 힘들어. 진통제를 먹어도 이젠 별로 효과가 없으니 말이지.

플로라, 넌 젊은 시절 스펜스 가에서 일할 때부터 앙심을 품어온 터라 런던과 영국을 지독하게 증오했어. 넌 영국이 아니었으면, 잉글랜드·스코틀랜드·아일랜드 노동자들이 아니었으면, 다음과 같은 사실을 결코 깨닫지 못했을 거야. 여성을 해방시키고 남녀평등을 이끌어낼 수 있는 유일한 방법은 바로 노동자들과 연대하여 투쟁하는 것이다. 인류의 대다수를 차지하고 있는 노동자들이야말로 또 다른 피해자이고 희생양이다. 플로라는 인민헌장 운동 덕분에 런던에서 그런 생각을 갖게 되었다. 인민헌장 운동은 인민헌장을 법령으로 인정할 것을, 보통 선거·비밀 선거 제도를 확립할 것을, 하원의원을 해마다 새롭게 선출할 것을, 하원의원에게 봉급을 지불할 것을 요구했다. 그렇게 되면 노동자들도 하원에서 의석을 차지할 가능성이 있었다. 인민헌장 운동은 1836년부터 시작되었지만 플로라가 런던에 도착한 1839년에는 절정에 달해 있었다. 플로라는 인민헌장 운동 행진에도 따라다녔고 모임에도 참석했고 서명운동에도 동참했다. 그리하여 그 운동이 얼마나 조직적으로 움직이는지 알게 되었다. 마을마다 도시마다 공장마다 위원회가 구성되어 있었던 것이다. 넌 진한 감동을 느꼈지. 너무 흥분되어 밤마다 잠을 이루지 못했지. 넌 런던 거리거리를 누비고 다니던 수많은 인파를 다시금 떠올리곤 했지. 그 사람들이야말로 진정한 시민군이었지. 인민헌장 운동원들처럼 이 세상에서 착취당하는 사람들과 가난한 사람들이 일치단결 한다면 그 누가 그들을 막을 수 있단 말인가? 여성과 노동자들이 힘을 합친다면 아무도 그들을 이길 수 없을 것이다. 총 한 방 쏘지 않고도 인류를 구원해낼 수 있는 막강한 군대가 되는 것이다.

플로라는 인민헌장 운동이 런던에서 인민회의를 개최한다는 소식을 듣고 어디에서 모이는지 알아보았다. 플로라는 일말의 망설임도 없이 곧장 닥터 존슨스라는 선술집으로 달려갔다. 플리트 가막다른 골목에 있는 겉으로 보기에 허름한 선술집이었다. 넓은 실내는 연기로 가득 찼고 공기도 꿉꿉했다. 조명도 침침했고, 싸구려 맥주 냄새와 삶은 양배추 냄새가 진동했다. 운동본부 지도부가 100여 명쯤 모여 있었다. 그들 중에는 오브라이언과 오코너라는 중심인물도 끼어 있었다. 사람들은 인민헌장을 지원하기 위해 총파업을 선언하는 것이 적절한지 아닌지에 대해 토론했다. 그런 와중에 사람들이 네게 물었지. 누구냐, 무슨 일로 여기 왔느냐. 넌 목소리 하나 떨지 않고 대답했지. 영국인 형제들에게 프랑스 노동자들과 여성들의 인사를 전하기 위해 왔노라. 사람들은 황당하다는 표정으로 널 쳐다보았지만 쫓아내지는 않았어. 여직공들도 몇몇 있었지. 그 여자들은 너의 그 화려한 옷차림을 미심쩍은 듯이 훔쳐보곤 했지. 너는 한참 동안 그들이 토론하고, 의견을 나누고, 안건을 표결에 부치는 것을 지켜보았어. 넌 감정이 한껏 북받쳐 오르는 것을 느낄 수 있었어. 그래, 바로 이 힘이야. 온 유럽에 퍼진 이 힘이 세상을 변혁시켜 무산 계급에게 행복을 가져다 줄 것이야. 회의 도중 오브라이언과 오코너가 갑자기 이런 제안을 했어. 프랑스에서 오신 대표자께서도 한 말씀 해주시지요. 넌 잠시도 망설이지 않았어. 넌 연단으로 올라가 변변찮은 영어로 더듬거렸지. 축하드립니다, 오늘 경험한 여러분의 조직력과 투쟁력을 온누리의 가난한 사람들이 본받을 수 있도록 노력하겠습니다. 넌 한 마디 구호를 곁들어 너의 짧은 연설을 끝맺었어. 그런데 그 구호가 청중들을 완전히 혼란에 빠뜨리고 말았지. 그 사람들은 평화적인 수단에 의지하는 사람들이었으니까. "형제 여러분, 모조리 불살라버립시다!"

플로라, 지금 그때 그 구호를 생각해보면 정말 웃기는 일이야. 넌 폭력을 신용하지 않았으니까 말이야. 그때는 단지 널 완전히 사로잡았던 감정을 극적으로 표현하기 위해 그토록 선동적인 발언을 했던 것이었지. 이제 막 고개를 들기 시작한 착취당하는 형제들에게서 무얼 바랄 수 있었겠느냐고. 넌 사랑이랄지 사상이랄지 설득이랄지 하는 것은 옹호했지만 무기나 교수대 같은 것은 반대했잖아. 바로 그런 이유로 카르카손느의 무자비한 부르주아들에게 치를 떨었던 것이잖아. 그 사람들은 군대를 움직이고 광장에 단두대를 세우면 모든 일이 해결될 것이라고 믿는 작자들이잖아. 그렇게나 멍청한 사람들에게서 도대체 뭘 기대할 수 있겠어? 부르주아들에게는 방법이 없어. 그 작자들은 이기심 때문에 보편적인 진리를 보지 못한단 말이지. 반면에 넌, 그 어느 때보다 더 확실하게, 올바른 길로 가고 있다는 확신을 가지고 있었지. 노동자들과 여성들이 서로 다가서도록 만든다, 그래서 둘 사이의 담을 허물어 동맹군을 형성한다, 그러면 경찰도 군대도 정부도 그 동맹군을 진압할 수 없을 것이다. 그렇게만 된다면 하늘 천국이 더 이상 꿈만은 아닐 것이다. 사제들의 강론 속에서나 신자들의 믿음 속에서나 가능했던 그 하늘 천국이 생생한 현실로 나타날 것이다. 모든 사람들이 나날이 체험하는 그런 삶으로. "플로라, 네가 정말 자랑스러워." 플로라는 감격에 겨워 소리쳤다. "오, 주여, 나와 같은 여성을 열 명만 이 세상으로 보내주소서, 그리하시면 이 땅에 정의가 실현될 것입니다."

카르카손느의 푸리에주의자들 중에서 가장 특이한 사람은 위그 베르나르라는 사람이었다. 프랑스 비밀결사 대원이며 이탈리아 카르보나리 당원이었다. 이 사람은 무슨 수를 써서라도 내전을 일으켜야 한다고 주장했다. 말솜씨도 좋고 사람을 끄는 매력도 있었

465

다. 노동자들은 이 사람의 말에 흠뻑 빠져들었다. 플로라는 정면으로 그 사람을 비난했다. 플로라는 그 사람을 '뱀 호리꾼', '몽상가', '세 치 혀로 노동자를 농락하는 자'로 몰아붙였다. 그러나 위그 베르나르는 화도 내지 않고 호텔까지 따라오며 입에 발린 말로 플로라를 귀찮게 했다. 여태껏 알고 지낸 사람 중에 가장 총명한 여인이다, 내가 꼭 결혼하고 싶은 사람이다. 완전히 무시당했다는 확신만 들지 않았다면 플로라를 어떻게든지 손에 넣으려고 들었을 것이다. 플로라는 웃어넘기고 말았지만, 집적거리는 모습에 기가 질려 다시는 상종하지 않기로 결심했다. '기사 양반들'의 수장인 에스쿠디에 역시 플로라의 환심을 사기 위해 애를 썼다. 에스쿠디에는 항상 상복(喪服)을 입고 다니는 약간 신비스럽고 음침한 구석이 있는 남자였지만 번뜩이는 기지도 갖추고 있었다.

"에스쿠디에 씨, 당신은 훌륭한 혁명가가 될 수 있어요. 남을 사랑하는 마음을 조금 더 키우고 식욕을 조금 더 키울 수 있다면 말이죠."

"정곡을 찌르셨습니다, 플로라." 깡마르고 창백한 푸리에주의자는 심각한 표정으로 인정했다. 음산한 분위기였다. "사는 데 애를 먹는 문제지요. 아무리 먹어도 도무지 살이 찌지 않으니."

"에스쿠디에 씨. 살찌는 문제는 잊어버리세요. 혁명은 영혼과 사상만으로도 충분해요. 살은 군더더기일 뿐이죠."

"행동보다는 말이 훨씬 쉽지요, 플로라." 푸리에주의자가 비감한 어조를 대답했다. 플로라는 에스쿠디에의 눈초리에 흠칫했다. "내 몸은 모두 악마 군단으로 이루어져 있습니다. 내 몸 속의 욕구가 밖으로 튀어나온다면, 당신은 아마 까무러치고 말 겁니다. 당신은 너무 순수해 보이오. 혹시 사드 후작의 글을 읽어본 적이 있소?"

플로라는 두 다리가 후들거리는 것을 느낄 수 있었다. 플로라는 다리에 힘을 주었다. 화제를 바꾸고 싶었다. 덜컥 겁이 났다. 에스쿠디에가 도중에 발작을 일으켜 속에 감추어둔 지옥의 형상을 드러내지 않을까 싶었다. 영혼 깊숙이 틀어박힌 음침한 구석에서 수많은 악마들이 똬리를 틀고 있지 않나 싶었다. 희번덕이는 눈초리를 짐작할 수 있었다. 그러나 플로라는 이내 그 음흉한 푸리에주의자에게 속마음을 털어놓기 시작했다. 플로라에게서는 좀처럼 보기 드문 경우였다. 나는 거칠 것이 없는 여자였다. 41년을 살아오는 동안 두려운 것도 두려운 사람도 차츰차츰 사라져 갔다. 하지만, 올랭피아와 잠시 동안 모험을 즐기긴 했지만, 섹스는 아직까지도 종잡을 수 없는 불편한 느낌을 안겨 준다. 살아오는 동안 몇 번이나 경험했다. 육욕은 격정과 환희를 안겨주기도 하지만 심한 불쾌감을 안겨주기도 한다. 남자들은 너무 쉽게 짐승이 되고 만다. 그래서 여성을 너무너무 잔인하게, 너무너무 불공평하게 대하는 것이다. 그런 점은 앙드레 샤잘이라는 사람 덕에 어려서부터 알게 되었다. 그 작자는 처음에는 나를 농락했고 급기야 딸자식까지 농락했다. 많은 일을 겪었지만, 그중에서도 1839년 런던을 여행할 때 직접 경험한 소름끼치는 사건은 영원히 잊지 못할 것이다. 얼마나 혐오스러운 장면이었던지 『런던 나들이』를 출판한 편집인들은 좀더 부드럽게 다듬어달라고까지 요청했었다. 게다가 책이 출판된 후 그 책을 논평한 비평가는 한 사람도 없었다. 『어느 사생아의 인생 역정』이라는 책이 도처에서 높이 평가받았던 것과는 반대로, 런던이라는 거대 도시의 흉부를 고발한 책에 대해 파리 지성인들은 비겁하게도 입을 다물고 말았던 것이다. 플로라, 그래서 뭐가 어쨌다고? 그건 바로 네가 올바른 길로 간다는 표시가 아니겠어? "그럼요, 그럼요. 틀림없습니다." 에스쿠디에가 맞장구쳤다.

플로라는 런던에 도착한 지 얼마 되지 않아 여자는 영국 의회에 들어갈 수 없다는 사실을 알고 낙담했다. 그때 로버트 오언을 추종하던 한 친구가 플로라에게 남장(男裝)을 해보면 어떻겠느냐고 제안했다. 터키 외교관 한 사람이 플로라를 도와주었다. 그는 플로라에게 변장에 필요한 물품을 조달해주었다. 플로라는 옆이 터진 바지와 터번을 조금 손봐야 했다. 그리고 슬리퍼 앞쪽에 종이를 채워 넣었다. 테임즈 강변에 위치한, 대영제국 권력의 심장이라고 할 수 있는 장엄한 건물의 회랑을 지날 때는 가슴이 두근거렸지만, 하원 의원들의 열띤 설전에 귀를 기울이며 자신이 변장했다는 사실을 까맣게 잊어버리고 말았다. 플로라는 대부분의 의원들에게서 잘난척한다는 인상을 받았다. 하나같이 천박해 보였으며 모자를 눌러쓴 채 거만한 자세로 의석에 몸을 파묻고 있었다. 그러나 다니엘 오코늘의 연설을 들었을 때는 감동했다. 다니엘 오코늘은 아일랜드 독립주의자들의 대장이며, 가톨릭계 아일랜드인으로서는 최초로 하원 의석을 차지한 사람이며, 영국의 식민주의에 대항하여 비폭력 투쟁 전략을 수립한 인물이었다. 못생긴 남자였다. 겉모습은 나들이옷을 잘 차려입은 마부로 보였다. 그러나 입을 벌리는 순간 ─ 노예제도 철폐와 보통 선거를 주장했다 ─ 그 모습이 근사해 보였다. 품위와 지성이 넘쳐흘렀다. 기가 막힌 말솜씨였다. 모든 사람이 그 연설을 경청했다. 플로라는 오코늘의 연설을 들으며 생각했다. 민중의 수호자를 노동조합 계획에 포함시키자. 여성·노동자 운동은 의회에 유급 대변인을 파견할 것이다. 그래서 대변인으로 하여금 가난한 사람들의 권익을 지켜내게 할 것이다.

플로라는 런던에 머문 4개월 동안 종종 남장을 했다. 1만여 명에 이르는 길거리 창녀들이 런던 시내를 돌아다닌다고 했다. 플로라는 그 여자들이 어떠한 삶을 꾸려 가는지, 도시 사창가에서 무슨 일이 벌어지는지 알아보고자 했다. 바지를 입고 남성용 코트를 걸치고 해서 남자로 변장하지 않았다면 그런 토굴들은 한 군데도 들어가 보지 못했을 것이다. 그렇다고는 해도 몇몇 구역은 들어가기가 아주 위험했다. 어느 날 밤, 플로라는 워털루 가를 둘러보았다. 플로라는 변두리 지역에서 출발하여 워털루 브리지까지 다녀보았다. 인민헌장 운동원 두 사람이 플로라를 수행했다. 두 사람은 뚜쟁이, 기둥서방, 창녀들 틈에 우글거리는 좀도둑이나 떼강도에 대비해 몽둥이로 무장하고 있었다. 좀도둑이나 떼강도는 거리거리에 넘쳐났다. 놈들은 경찰이 없는 틈을 이용해 여봐란 듯이 혼자 돌아다니는 고객을 습격했다. 창녀들은 천연덕스럽게 고객들과 거래를 텄다. 고객들은 걸어서 혹은 말을 타고 혹은 마차를 타고 다니며 쓸 만한 물건을 골랐다. 원래 몸을 팔 수 있는 최소 연령은 12살이었다. 그러나 플로라는 장담할 수 있을 것 같았다. 뚜쟁이나 기둥서방들이 내세우는 깡마르고, 꾀죄죄하고, 덕지덕지 분을 바르고, 옷까지 반나마 벗어 붙인 '물건'들 중에는 열 살 남짓한 계집아이나 사내아이, 심지어 여덟 살배기도 끼어 있는 것 같았다. 그 꼬맹이들은 자신에게 무슨 일이 벌어지는지도 모르는 듯 멍청히 눈만 끔벅거리고 있었다. 이 꼬맹이들이 제공한다는 서비스 ("이 아이는 똥구멍으로 해도 끝내줍지요, 어르신." "내 아이는 엉덩이에 매질을 해도 끄떡없고, 또 좆 빠는 데는 도사입지요, 손님.") 또한 가관이었다. 플로라는 그 말을 듣고 분통이 터졌다. 곧 쓰러질 것만 같았다. 길은 끝도 없이 이어지는 것 같았지. 색싯집에서 흘러나오는 붉은 불빛만 간혹 깜박일 뿐 주변은 온통 어둠에 싸여 있었어. 쌈박질하는 소리, 고래고래 고함을 질러대는 주정뱅이들. 그야말로 아수라장, 난장판이 따로 없다 싶었지. 이 땅에서 지옥에 가장 근접한 곳이 이곳이 아닐까 싶었어. 그 인간 같지도 않은 놈들의 음욕을 채우기 위해 단돈 몇 푼에 팔려 가는 이 아이들의 운명보다 더 비참한 것이 세상 어디에 또 있을까 싶었다.

그런 곳이 또 있었지, 플로라. 이스트엔드의 사창굴보다 더 험한 곳이 말이야. 전문적인 인신매매범들에 의해 들판이나 마을에서 유괴 당하여 런던의 사창굴에 팔리는 아이들보다 더 험한 꼴을 당하는 사람들이 있었단 말이야. 웨스트엔드의 '피니시(finish)'라는 곳. 런던의 심장부. 고상한 공연의 중심지. 플로라, 넌 그곳에서 인간이 얼마나 악랄해질 수 있는지를 목격했어. 소위 '피니시'라는 곳은 아가씨들이 나오는 일종의 요정이었어. 그곳은 양반-노예(명목상으로는 자유인인) 사회의 부자들, 귀족들, 특권층들이 환락의 밤을 마무리짓는 곳이었지. 넌 멋쟁이처럼 차려입고 그곳을 찾아갔었어. 프랑스 공사관에 근무하는 청년 한 명이 너를 따라갔지. 그 청년은 네 책을 읽어보았고 네게 자기 옷도 빌려주었지. 그 청년은 널 말려보려고 무던히 애를 썼지. 그래도 네가 고집을 꺾지 않자 이렇게 주의를 주었지. 까무러칠지도 모릅니다. 청년의 말이 전적으로 옳았어. 플로라, 넌 인간이 얼마나 짐승과 같은 꼴로 전락할 수 있는지 속속들이 알고 있다고 믿었겠지만, 여자들이 얼마나 처참한 꼴을 당할 수 있는지 아직 그 끝을 보지 못했던 거였어.

'피니시'의 아가씨들은 배가 고파 몸을 파는 여자들이 아니었어. 워털루 가의 아가씨들은 대부분이 결핵 환자들이었지. '피니시'의 아가씨들은 보석에, 진한 화장에, 화려한 옷을 차려입은 고급 매춘부들이었어. 이 아가씨들은 자정 무렵이 되면 뮤직홀의 합창단처럼 길게 줄을 늘어서서 손님들을 맞이하는 거였어. 연극이나 연주회를 감상하고 배를 두둑이 채운 벼락부자들이 술과 춤으로 잔치를 마무리짓기 위해 이곳 화려한 요정으로 찾아드는 거였지. 몇몇 사람들은 한두 명의 아가씨들을 옆에 끼고 2층 예약실로 올라가기도 했지. 성욕을 채우기 위해서 말이야. 아가씨들에게 채찍질을 하거나 채찍질을 해달라고 요구하는 사람들도 있었지. 프랑스에서는 그런 짓거리를 '영국식 놀이'라고 불렀지. 그러나 '피니시'에서 즐기는 진짜 놀이는 성교나 채찍질이 아니라 과시욕과 잔혹함이었어. 그 놀이는 새벽 두세 시경에 시작되었어. 귀족이네 부자네 하는 작자들이 윗도리, 넥타이, 조끼, 멜빵 따위를 벗어 던지고 흥정을 붙이는 그 무렵이었지. 놈들은 여자들 ─ 아가씨, 미성년자, 어린 계집아이 ─ 에게 반짝반짝 빛나는 기니화(貨)를 현금으로 내걸었지. 술을 만들어 줄 테니 마셔보라는 거였어. 놈들은 희희낙락거리며 여자들 입에 술을 들이부었어. 놈들은 여자들을 둘러싸고 요란하게 웃어젖히며 응원까지 해댔어. 처음에는 진, 사과술, 맥주, 위스키, 코냑, 샴페인으로 시작되었어. 그러다 어느 순간 식초, 겨자, 후추, 상상하지도 못한 오물 등을 술에 섞기 시작했어. 여자들은 돈을 벌겠다는 욕심으로 단숨에 들이켰어. 그리고는 바닥으로 거꾸러졌지. 오만상을 찌푸리며, 몸을 비비꼬며, 토악질을 해댔지. 그러자 술에 완전히 맛이 갔거나 변태끼가 있는 놈들이 동료들의 응원에 힘입어 바지 단추를 풀러 여자들에게 오줌을 내갈겼지. 좀더 과감한 놈들은 용두질을 쳐 여자들 몸에 정액을 처발랐어. 아침 예닐곱 시경, 밤을 새워 논 작자들이 장난질에도 식상하고 술에도 취해 완전히 나가떨어지자, 하인들이 들어와 술에 취한 놈들을 끌고 가 마차에 실었지. 그리고 편한 잠을 위해 집으로 모셔 가는 거였어.

플로라 트리스탄, 넌 그때만큼 서럽게 울었던 적은 없었어. 앙드레 샤잘이 알린느를 범했다는 소식을 듣고도 그때처럼 울진 않았으니까. 새벽녘, 런던의 '피니시'에서 울었던 만큼은 말이지. 넌 그때 결심했지. 올랭피아와 끝내자, 오로지 혁명에만 헌신하자. 그렇게나 애절한 동정심, 그렇게나 쓰디쓴 고통, 그렇게나 끓어오르던 분노를 느껴본 적이 없었어. 카르카손느에서 밤을 꼬박 새우고 있다 보니 그때의 감정이 되살아나는군. 열세 살, 열네 살, 고작해야 열다섯 살 먹은 계집아이들. 스펜스 가에서 일할 당시 유괴 당했다면 너도 그런 꼴을 당했을지 모르지. 돈 한 푼을 벌기 위해 더러운 오물을 목구멍에 처넣던 그 아이들. 돈 한 푼을 벌기 위해 독약으로 속을 망가뜨리던 아이들. 돈 한 푼을 벌기 위해 침 세례, 오줌 세례도 마다하지 않고, 급기야 정액까지 처발랐던 아이들. 영국 부자 놈들의 공허하고 어리석은 삶에 한순간의 즐거움을 끼쳐주기 위해 말이지. 달랑 돈 한 푼을 벌기 위해! 주님, 주님, 주님께서 존재하신다면, 주님께서 정의로우시다면, 전 세계적인 노동조합이 설립되어 이 눈물의 계곡에서 악을 완전히 몰아내기까지 이 플로라 트리스탄의 목숨을 앗아가지 마시옵소서. "5년만, 아니 8년만 더 주십시오. 그걸로 충분합니다, 주님."

물론 카르카손느도 예외는 아니었다. 직물공장 ─ 플로라는 공장 안에 들어가볼 수조차 없었다 ─ 에서 일하는 남자들은 하루 일당으로 1프랑 50상팀에서 2프랑까지 받았지만 여자들은 똑같은 일을 하고도 그 절반밖에 받지 못했다. 하루 노동 시간도 열네 시간에서 열여덟 시간으로 늘어나 있었다. 법으로 엄격히 금하고 있었지만, 견직공장과 방적공장에서는 일곱 살짜리 아이들이 일당 80상팀을 받고 일하고 있었다. 사람들은 플로라에게 엄청난 적개심을 품고 있었다. 플로라의 순례여행은 그 지역에 잘 알려져 있었다. 도시 지역에서는 플로라의 적들이 플로라가 도착하기만을 벼르고 있었다. 플로라는 알 수 있었다. 공장주들은 플로라를 비방하는 전단지를 카르카손느 곳곳에 뿌렸다. "사생아, 선동가, 화냥년, 남편과 자식을 저버리고 애인을 둔 년, 생시몽주의자이며 이카리아 공산주의자." 마지막 문구에서 웃음이 비어져 나왔다. 어떻게 생시몽주의자가 이카리아 공산주의자가 될 수 있단 말인가? 그 두 무리는 서로를 못 잡아먹어 안달인데. 생시몽에게 빠졌던 적이 있기는 했다. 그랬다. 그러나 그건 철없던 시절 얘기지. 그래, 에티엔느 카베의 『이카리아 기행』이라는 소설(카베 자신이 증정한 1840년판 초판본이 있지)을 읽기는 했지. 카베는 그 책으로 프랑스에서 많은 추종자들을 얻을 수 있었지. 그러나 넌 카베나 그 제자들에게 일말의 동정심도 느낄 수 없었어. 그들은 소위 '공산주의자'라고 불리는 사회도피자들이었으니까. 넌 말이나 글로 끊임없이 그들을 비판했어. 카베는 선지자로 자처하기 전에는 코르세가에서 카르보나리당의 대변인으로 있었지. 놈들은 그 선동가, 그 모험가의 지도하에 아주 먼 나라 — 아메리카나 아프리카 밀림이나 중국 — 로 떠나기 위해 준비하고 있었지. 이 세상으로부터 멀리 떨어진 곳에 돈도 계급도 세금도 정부도 없는, 『이카리아 여행』에서 묘사된 완벽한 공화국을 세우겠다고 말이야. 그 도피자들의 몽상과 같이 이기적이고 비겁한 것이 어디 또 있겠어? 아니지, 그럴 순 없지. 선택받은 한줌의 사람들을 위한 지상 천국을 세우기 위해 이 불완전한 세상을 저버릴 수는 없는 일이야. 그런 곳은 세상 어디에도 있을 수 없단 말이야. 우리가 사는 이곳에서 이 세상의 불완전함에 맞서 싸워야 하는 거야. 이 세상을 개혁시키기 위해, 모든 사람들이 행복하게 살 수 있는 세상으로 만들기 위해 투쟁해야 하는 거야.

플로라가 카르카손느에 머문 지 사흘째 되던 날, 본네 호텔로 한 남자가 찾아왔다. 중년의 남자는 이름을 밝히려 들지 않았다. 남자는 자신이 경찰이라고 신분을 밝히고 상부의 명령으로 플로라의 뒤를 밟고 있다고 고백했다. 상냥하면서도 약간 수줍어하는 구석

473

이 있는 남자로 프랑스어가 서툴렀다. 놀랍게도 남자는 『어느 사생아의 인생 역정』이라는 책을 알고 있었다. 남자는 플로라를 존경한다고 실토했다. 남자는 카르카손느의 상황을 알려주었다. 이 지역의 모든 당국자들은 플로라가 이곳에 발도 붙이지 못하게 하라는, 이곳 사람들과 어울리지 못하게 하라는 훈령을 받았다, 이곳 사람들은 플로라를 노동계의 질서를 파괴하기 위한 반란을 획책하기 위해 온 선동가로 알고 있다, 하지만 나에 대해서는 걱정하실 필요 없다, 당신을 다치게 할만한 일은 전혀 하지 않겠다. 남자는 우려하는 빛을 역력히 드러내며 이런 말을 꺼냈다. 그래서 플로라는 욱하는 심정으로 남자의 이마에 입을 맞추었다. "당신 말을 들으니 얼마나 마음이 놓이는지 몰라요."

플로라는 몇 시간 동안이나마 기운을 차릴 수 있었다. 그러나 혹독한 현실이 이내 들이닥쳤다. 영향력 있는 변호사와의 만남이 느닷없이 취소된 것이었다. 트렝이라는 변호사가 짤막한 쪽지를 보내왔다. "당신이 충성스런 이카리아 공산당원이라는 사실을 알고 나니 당신과 만날 수 없겠소이다. 만나봐야 얘기가 귀머거리들이 떠드는 소리나 진배없을 것 같소이다." "하지만 내 임무는 귀머거리가 귀를 열고 소경이 눈을 뜨게 하는 것입니다." 왈가닥 부인은 답장을 보냈다.

플로라는 낙담하지 않았다. 그러나 런던의 사창굴과 '피니시'를 찾아다녔던 일을 생각하자 마음이 편치 않았다. 그때의 일들이 뇌리에서 사라지지 않았다. 자본주의 사회의 밑바닥 인생을 두루두루 살펴보았다고는 해도 그때 만난 그 불쌍한 여자들의 처지만큼이나 플로라의 속을 뒤집어놓은 것은 없었다. 잊지 못할 광경은 또 있었다. 플로라는 영국 국교회 직원 한 명과 함께 런던 외곽 공장 지대를 방문했었다. 줄줄이 이어진 움막들은 끊임없이 페달이 돌아가는 방직기계 때문에 더럽기 그지없었다. 전염병으로 뼈가 삭아 가는 벌거벗은 아이들이 집 안에 우글거렸다. 사람들은 하나같이 입을 모아 불평을 늘어놓았다. "우린 서른여덟 내지 마흔만 되면 쓸모없는 것들로 여겨져 공장에서 쫓겨납니다. 부인, 그럼 무얼 먹고살아야 합니까? 교회에서 남은 음식이나 입던 옷을 나눠주긴 해도 아이들 차지도 변변치 못합니다." 호스페리 로드 웨스트민스터 가스 공장에서 넌 숨이 막혀 거의 죽을 뻔했지. 아랫도리만 간신히 가린 노동자들이 화덕에서 골탄을 긁어내는 모습을 좀더 가까이서 보려고 기를 썼을 때 말이야. 넌 그 거대한 화로를 보고 그리스 신화에 나오는 헤파이스토스의 용광로를 떠올렸지. 단지 5분으로 충분했어. 넌 땀에 흠뻑 젖은 채 뜨거워 죽을 것만 같았지. 노동자들은 몸뚱이가 익어가는데도 아랑곳 않고 몇 시간씩 일에 매달렸어. 깨끗이 닦은 화로에 물을 부으면 짙은 김이 피어올랐어. 노동자들은 그 뜨거운 김을 그대로 들이마셔야 했어. 그 김은 노동자들의 살갗을 태운 것만큼 그들의 내장도 시커멓게 태워버릴 게 분명해 보였어. 그토록 힘겨운 일이 끝나고 나서야 노동자들은 둘씩 둘씩 한 조각 방석을 깔고 누워 두어 시간 정도 쉴 수 있었지. 공장장은 이렇게 말했어. 7년 이상 이 일에 매달릴 수 있는 사람은 아무도 없다, 7년 이상 일하면 폐결핵에 걸리게 된다. 웨스트엔드의 중심부, 세상에서 가장 아름다운 거리라는 옥스퍼드 스트리트의 가스등을 밝히기 위해서는 그런 희생을 감수해야 했던 거야.

넌 교도소도 세 군데나 방문했었지. 뉴게이트, 콜드배스 필드, 페니턴시어리. 노동자들의 움막보다는 그래도 형편이 나은 곳이었지. 뉴게이트 교도소 입구에 전시된 중세 고문 도구들을 보고 넌 소름이 끼쳤지. 하지만, 감방 — 독방이든 공동방이든 — 은 깨끗했어. 수감자들 — 대부분이 절도범들이었지 — 은 남자나 여자나 공장 노동자들보다 나은 음식을 먹었어. 뉴게이트 교도소 소장은 살인범 두 명과 얘기를 나눌 수 있도록 허락해주었지. 두 사람 다 교수형에 처해질 운명이었지. 첫 번째 남자는 사람을 싫어해 한사코 입을 열지 않았어. 그래서 한 마디도 들을 수 없었지. 그러나 두 번째 남자는 생글생글 웃으며 날 맞았어. 잠시 동안이나마 함구령에서 벗어날 수 있어 매우 기뻐했지. 그 남자는 파리 한 마리 죽이지 못할 사람 같았어. 하지만 알고 보니 군대 장교를 토막 살인한 남자라고 했지. 저렇게 경우 있고 싹싹한 남자가 어떻게 그런 일을 저질렀단 말인가? 구레나룻을 멋지게 기른 의대 교수 존 엘리스톤 박사 — 골상학을 창시한 프란츠 조세프 갈을 열렬히 추종하는 인물 — 는 이렇게 설명했지.

"왜냐하면 그 청년은 후두부 쪽에 두 개의 돌기가 극도로 발달했기 때문이지요. 각각 자부심과 수치심에 해당되는 돌기들이지요. 한 번 직접 만져보시지요, 부인. 이곳, 이곳입니다. 느껴지십니까? 타고난 살인자라고 할 수 있지요."

플로라는 영국 형벌제도 중에서 두 가지 사항을 자신 있게 비판할 수 있었다. 함구령이라는 것이 있었다. 수감자들은 결코 입을 열 수 없었다. 수감자들이 한 마디라도 큰소리를 내면 혹독한 벌이 가해졌다. 그리고 수감자들은 일을 할 수 없었다. 콜드배스 필드 교도소 소장은 식민지 군대 군인 출신으로 교양 있는 남자였다. 소장은 확신하고 있었다. 수감자들은 침묵을 지키면 하느님께 더 가까이 다가갈 수 있고, 신비스러운 경험을 할 수 있고, 죄를 깊이 뉘우칠 수 있다, 그래서 교도 행정에 유익하다, 노동에 대해서는 의회에서도 논란을 거듭해왔다, 대체로 이런 생각들이다, 수감자들에게 노동을 허용하는 것은 노동자에게 해를 입히는 것이다, 수감자들은 노동자들의 비합법적인 경쟁자가 될 수 있다, 수감자들은 노동자들보다 싼 임금으로 고용될 수 있기 때문이다. 영국에는 형벌에 처할 수 있는 최소연령이라는 개념이 없었다. 플로라는 세 군데 교도소에서 여덟 내지 아홉 살짜리 어린이를 만날 수 있었다. 모두 좀도둑질이나 기타 사소한 범죄로 죗값을 치르고 있었다.

철없는 아이들이 창살에 갇혀 있는 모습이 안쓰럽긴 했지만 오히려 다행이라는 생각도 들었다. 적어도 깨끗한 감방에서 먹고 잘 수는 있을 테니 말이다. 그와 달리, 옥스퍼드 스트리트와 토튼햄 코트 로드 중간에 있는 빈민지역 세인트 질르 구역 중에서 아일랜드인들이 모여 사는 동네 — 베인브리지 스트리트 — 에서는 아이들이 그야말로 굶어 죽어가고 있었다. 아이들은 누더기를 걸치고 살았다. 자는 곳도 노천이나 다름없었다. 마분지나 양철 조각으로 지은 판자집은 소나기에 속수무책이었다. 더러운 물웅덩이 한복판, 시금털털한 냄새가 진동하고 모기 등 온갖 해충 — 플로라는 그날 밤 호텔로 돌아와서야 알 수 있었다. 아일랜드인들 동네를 돌아다니는 동안 옷에 온통 이가 옮겨 붙어 있었다 — 이 바글거리는 진흙탕. 해골만 앙상한 사람들, 짚더미 위에 웅크리고 있는 노인네들, 너덜너덜한 옷을 걸친 여인네들, 플로라는 마치 악몽을 꾸는 것 같았다. 도처에 쓰레기가 널려 있었고, 쥐새끼들이 발치를 설치고 다녔다. 일거리가 있는 사람들조차도 가족들을 먹여 살릴 수 없었다. 가족들을 먹여 살리기 위해서는 모두들 교회에서 나눠주는 먹을거리에 의지할 수밖에 없었다. 아일랜드인들의 비참한 삶과 비교해볼 때 페티코트 레인의 가난한 유대인 동네는 그렇게까지 절망적으로 보이지는 않았다. 그곳도 가난하기 이를 데 없지만, 수없이 널린 구멍가게나 지하 창고 같은 곳에서 헌옷가지들이 활발히 거래되고 있었다. 그 와중에 유대인 창녀들은 몸을 훤히 드러낸 채 백주대낮에 호들갑을 떨어가며 몸을 팔고 있었다. 필드

레인 시장터에서는 런던 거리 곳곳 ── 런던 거리를 돌아다닐 때는 지갑이나 시계나 브로치 따위는 집에 고이 모셔놔야 했다 ── 에서 슬쩍해온 손수건들이 싼값에 팔리고 있었다. 플로라는 그 모습에 인간적인 정을 느낄 수 있었다. 동정심이 일기까지 했다. 야단스럽게 노닥거리는 소리, 상인들과 물건값을 깎아달라고 조르는 손님들이 주고받는 옥신각신 승강이가 정겨웠다.

플로라, 베들레헴 병원 정신병동에서는 피가 얼어붙는 것 같은 사건이 있었지. 넌 정신병이 사회학적으로 살펴보아야 할 질병이다, 정의롭지 못한 사회의 산물이다, 기득권에 대한 반항심이 은밀하게 본능적으로 분출된 것이다라고 주장했지만, 너의 그 인민헌장 운동 친구들이나 로버트 오언을 추종하는 친구들은 전혀 동의하지 않았어. 그래서인지 네가 런던의 정신병동을 돌아다닐 때는 그 누구도 너와 동행하지 않았어. 베들레헴 병원은 아주 오래된 병원이었지만 너무나 깨끗했어. 정원도 잘 가꾸어져 있었지. 네가 병원을 둘러보는데 병원장이 갑자기 이런 말을 했어. 부인과 같은 나라 사람이 한 명 우리 병원에 있습니다, 샤브리에라는 프랑스 뱃사람입니다, 한번 만나보시겠습니까? 숨이 탁 막혔지. 그 사람 좋은 사카리아스 샤브리에? '르 멕시카노' 호의 선장? 아레키파에서 사랑을 고백하는 그 남자를 보기 좋게 딱지 놓았었는데, 그 사람이 결국 미쳐 이곳에 수용되어 있단 말인가? 넌 잠시 동안 세상이 끝장난 것 같은 충격에서 벗어날 수 없었지. 잠시 후 병원 사람들이 그 사람을 데려왔어. 그이가 아니었어. 자신을 신이라고 자처하는 말쑥한 젊은이였어. 젊은이는 신중을 기해 조용조용 설명했어. "나는 이 땅의 노예제도를 뿌리 뽑고, 여성을 남성에게서, 가난한 사람들을 부자들에게서 해방시키기 위해" 이 세상에 보내진 새로운 메시아올시다. "젊은이, 우리 두 사람은 같은 목적을 위해 투쟁하고 있는 거예요." 플로라는 살짝 웃어 보였다. 젊은이도 알았다는 듯 한쪽 눈을 찡긋해 보였다.

1839년의 영국 여행은 힘들기는 했어도 유익한 경험이었지. 넌 그 여행을 바탕으로 『런던 나들이』라는 책을 써낼 수 있었어. 1840년 5월 초에 출판된 책은 지나치게 과격하고 솔직해서 부르주아 계급 신문기자나 비평가들로부터는 외면당했지. 하지만 대중들은 달랐어. 단 몇 달 사이에 책을 두 번이나 찍고도 모자랐으니까. 이 사회의 최대 희생자, 즉 여성과 노동자들이 연대해야 한다는 네 생각은 『노동조합』이라는 책자로 완성되었고, 넌 이번 순례 여행을 나서게까지 되었어. 안달루시아 아가씨, 그 계획을 실현시키기 위해 전심전력으로 매달린 지 어느덧 5년째란 말이야!

성공할 수 있을까? 몸만 성하다면 가능한 일이지. 주님께서 몇 년만 더 허락하신다면 문제없어. 하지만 넌 앞으로 몇 년을 더 살 수 있을지 확신할 수 없었어. 하느님은 존재하지도 않고, 그래서 네 말에 귀를 기울일 수 없을지도 모르는 일이지. 혹은 존재한다고 해도, 하늘나라 사업에 너무 바빠 널 얽매고 있는 사소한 문제 따위에는 신경도 못쓰고 있는지도 모르지. 너의 그 결장염이랄지 생리통 따위에는 말이야. 넌 날이면 날마다, 밤이면 밤마다 몸이 쇠약해지는 걸 느낄 수 있었어. 생전 처음으로 실패할지도 모른다는 불길한 예감에 사로잡혔지.

카르카손느에서의 마지막 모임에서였다. 플로라가 별로 신경 쓰지 않았던 '기사 양반들' 중 한 사람인 테오필 마르코니라는 변호사가 자발적으로 노동조합 위원회를 구성해보자고 제안했다. 테오필 마르코니는 처음에는 플로라의 생각에 회의적이었다. 그러나 플로라의 전략이 동료들이 꾸미는 음모나 내전보다 더욱 확실한 방법임을 마침내 납득하게 되었다. 사회 개혁을 위한 여성과 노동자의 연대야말로 좀더 지적이며 실현 가능한 방법으로 보였던 것이다. 플로라는 마르코니와 헤어진 후 호텔로 돌아왔다. 얼굴에 장난끼가 가득한 라피트라는 청년 노동자가 플로라를 호위해주었다. 라피트는 푸리에주의 부르주아 놈들을 울궈먹을 방법을 모색 중이라고 고백했다. 플로라는 그 말을 듣고 한바탕 웃음을 쏟아냈다. 라피트의 말은 이랬다. 푸리에주의자로 가장해서 '기사 양반들'에게 돈을 두 배로 불려줄 테니 투자하라고 제안하겠다, 훔친 직물을 말도 안 되는 값에 구할 수 있다고 말이다, 돈이 어느 정도 모아지면 놈들을 한껏 비웃어 줄 테다, "이 양반들아, 욕심 부리다 쫄딱 망했지? 이 돈은 노동조합 금고에 들어갈 거야, 그래서 혁명을 위해 사용될 거란 말이지." 라피트는 농담이라고 둘러 붙였다. 하지만 음흉한 눈초리에 플로라는 마음이 걸렸다. 혁명이 몇몇 재주꾼들에 의해 사업으로 전락할 수도 있지 않을까? 헤어질 때, 사람 좋은 라피트는 플로라에게 손에 입을 맞추게 해달라고 부탁했다. 플로라는 손을 내밀었다. 플로나는 웃으며 이렇게 속삭였다. "요런 장난꾸러기 같으니라고."

카르카손느에서의 마지막 밤, 플로라는 꿈속에서 쇠로 만든 물바가지가 덜거덕거리는 소리를 들었다. 저승에서 들려오는 소리 같았다. 도저히 떨쳐낼 수 없는 광경이었다. 어쩌면 그 광경은 영국 방문을 상징하는 것이기도 했다. 런던 구석구석에 우물이 있었고, 우물마다 쇠로 만든 물바가지가 쇠줄에 묶여 있었다. 가난한 사람들은 그 우물에서 갈증을 달랬다. 가난한 사람들이 마시는 물은 오염된 물이었다. 물은 도시 배수관을 지나 우물에 도달했던 것이다. 플로라, 그건 가난한 이들의 노랫가락이었어. 그 소리는 5년 전부터 줄기차게 귓가에 맴돌았어. 죽을 때까지 그 소리가 따라다닐 것만 같다는 생각이 가끔씩 들기도 했지.

# 20

# 히바오아의 무당
### 아투오나, 히바오아, 1903년 3월

"내 자네 살아온 내력을 쭉 들어보았네만, 가장 놀라운 것은 자네 부인이 자네의 그 미친 지랄을 잘도 참아냈다는 거야." 벤 바니가 폴을 쳐다보며 말했다. 별 희한한 놈 다 본다는 듯한 표정이었다.

폴은 건성으로 듣고 있었다. 폴은 허리케인으로 아투오나가 입은 피해를 가늠해보고 있었다. 허리케인이 휩쓸고 가기 전에는 벤 바니 가게 2층에 모여 잡담을 나누다 내다보면 개신교 선교회의 나무 종탑만 볼 수 있었다. 그러나 강풍에 상당수 나무가 뿌리째 뽑혀버렸고, 잎이 떨어지고 가지가 꺾인 나무도 많아, 이제는 교회당뿐만 아니라 폴 베르니에 목사의 깔끔한 사택도 똑똑히 보였다. 게다가 목사 사택을 호위하고 있는 아름다운 타마린드 나무 두 그루도 허리케인에 적잖은 피해를 보고 있었다. 폴은 바깥 풍경을 힐끔거리며 해변으로 통하는 길이 어떻게 됐을지 생각해보았다. 허리케인이 휩쓸고 지나가는 바람에 길은 돌멩이, 나뭇가지, 통나무 등으로 다닐 수 없을 정도로 엉망진창 진흙탕이 돼 있을 것 같았다. 길을 치우려면 한세월 걸리겠지. 배신자들의 만까지의 황혼녘 산책도 한동안은 즐기지 못할 테지. 정말일까? 이 순진한 마르키즈 사람들이 함정을 파서 포경선 선원들에게 복수를 했다는데 그게 정말일까? 정말로 놈들을 잡아먹었을까?

"경제적으로 곤란했을 텐데 계속 자네 곁에 붙어 있었단 말이지? 그러니까 내 말은, 자네가 변덕을 부려 화가가 되겠다고 했으니, 경제적으로 곤란하지 않았겠느냐 말이야." 가게 주인은 집요했다. 가게 주인은 폴의 이야기를 듣고 난 후부터 잠시도 폴을 놓아주지 않고 꼬치꼬치 캐물었다. "어떻게 자넬 참아낼 수 있었을까?"

"오래 참지 못했어. 겨우 2년 정도 참았지." 넌 포기하고 대답했어. "참지 않으면 지가 어쩌겠어? 바이킹 여자는 빠져나갈 구멍이 없었단 말이지. 그러다 빠져나갈 구멍이 생기자마자 날 차버린 거야. 정확히 말해서 내가 먼저 포기하도록 일을 꾸민 거지."

벤의 가게 2층 테라스에서 얘기들을 나누고 있었다. 집 안에서 벤의 아내가 아이들과 마르키즈 말로 도란도란 얘기를 나누는 소리가 들렸다. 히바오아 하늘은 여느 황혼녘과 마찬가지로 수만 가지 색으로 물들어가고 있었다. 지난 12월에 들이닥친 허리케인으로 사상자는 많지 않았지만 재산 피해는 엄청나게 컸다. 오두막들이 무너져 내렸고, 건물 지붕들이 날아갔고, 나무들이 뿌리째 뽑혔고, 마을에 하나밖에 없는 길은 진흙탕으로 변해 푹푹 썩어 들어가며 구더기 천지로 변하고 말았다. 그러나 미국인의 통나무집은 쾌락의 집과 마찬가지로 별반 피해를 입지 않고 멀쩡했다. 피해를 본 곳도 수리를 끝낸 상태였다. 친구들 중에서 피해가 가장 컸던 사람

482

은 코케의 이웃사촌 티오카였다. 범람한 마케마케 강이 오두막을 통째로 휩쓸고 가버린 것이었다. 다행히 가족들은 무사했다. 이제 허연 수염을 기른 건장한 늙은이는 가족들과 힘을 합쳐 코케가 자기 집 마당 한쪽을 떼어준 땅에 부지런히 새로운 오두막을 짓고 있었다.

"난 예술에 대해서는 별로 아는 게 없어." 가게 주인이 입을 열었다. "아니 까놓고 얘기해서 쥐뿔도 몰라. 하지만 자네도 인정할 걸세. 그게 어디 보통 사람들이 쉽게 이해할 수 있는 일이야? 안정되고 전도양양한 삶을 살다가, 서른 살도 넘은 주제에 그 모든 걸 내팽개치고 예술가의 길로 접어들었다니, 그게 말이나 되는 소린가? 마누라에 자식새끼까지 다섯이나 주렁주렁 달렸는데! 이게 미친 지랄이 아니고 뭐야?"

"벤, 자네 이거 아나? 만약 내가 증권회사에 계속 다녔다면 마누라와 자식놈들을 내 손으로 다 죽여버리고 말았을 거야. 단두대에서 모가지가 잘린다 해도 마다하지 않았을 거란 말이야."

벤 바니가 웃었다. 그래 코케, 네 말은 농담이 아니었어. 1883년 8월, 실업자가 되기 바로 직전 넌 한계에 도달해 있었지. 붓 한 번 제대로 잡아보지 못하고 ─ 그때 넌 그림 외에는 아무 생각이 없었지 ─ 그 지긋지긋 일에 대부분의 시간을 빼앗기고 있자니 곧 터져 버릴 것만 같았지. 꼭 그럴 것만 같았어. 자살을 하거나 아니면 끔찍한 짓을 저지를 것만 같았단 말이지. 그래서 직장을 잃게 되자 그렇게 좋아했던 거야. 새로운 삶을 꾸려나가는 일이 만만치 않을 것이라는 점은 잘 알고 있었어. 특히 메트로서는 많은 희생을 감수해야 했지. 정말 그랬어. 코케, 그건 바로 시험이었어. 의심 많고 잔인한 신이 널 시험에 붙인 거야. 네가 예술가로서의 소명의식을 갖추고 있는지 알아보고 싶어한 거지. 그래, 네가 재능이 있는

지를 알아보는 시험은 더 혹독했어. 넌 20년이 넘는 세월 동안 그 시험을 하나하나 통과해왔어. 그런데도 그 끈질긴 신은 아직까지도 널 시험에 들게 하고 있단 말이야. 그래, 이번 시험은 너무 야비한 거야. 세상에 눈을 빼앗아가다니. 장님이나 다름없는 처지에 어떻게 화가 시험을 통과할 수 있겠느냔 말이야. 도대체 무슨 이유로 이렇게 모질게 볶아대는 거냔 말이야.

1883년 12월, 메트가 막내 — 이름을 폴 로용이라고 붙였지만 사람들은 대개 폴라라고 부르게 된다 — 를 낳고 얼마 되지 않아 고갱 가족은 파리를 떠나 루앙으로 이사했다. 이런 생각이 들었던 거지. 그곳이라면 생활비가 적게 들고, 루앙 부자들에게 그림을 팔고 초상화를 그려주면 돈도 쏠쏠하게 벌 수 있을 것이다. 김칫국부터 마신 셈이었어. 그림 한 점 팔지 못했고 초상화 한 점 그리지 못했으니까. 중세 때 조성된 마을에서 콧구멍 만한 방을 빌려 8개월을 살았지. 날이면 날마다 메트의 신세타령에 시달려야 했지. 울고불고 구박이 여간 심하지 않았지. 속았다고, 그 빌어먹을 늦바람 때문에 망했다고 하루 종일 외고 다니는 거였지. 하지만 넌 메트의 잔소리에 눈 하나 깜짝하지 않았어.

"자유로웠고 행복했다네, 벤." 폴이 웃었다. "노르망디의 전원 풍경과 항구에 정박한 어선과 어부들을 그렸지. 하나같이 똥덩어리 같은 그림이었을 거야. 하지만 머지않아 훌륭한 화가가 될 것이라는 확신은 있었어. 한고비만 넘기면 될 것 같았어. 그땐 진짜 의욕이 넘쳤단 말일세, 벤."

"내가 만일 메트였다면 자네 음식에 독이라도 탔을 거네." 한때 포경선을 탔던 남자가 말했다. "좌우지간, 남편 노릇을 착실하게 했다면 자네가 이곳 마르키즈 제도까지 올 일은 없었겠지. 저기 말이지, 여기 꼬물거리고 있는 우리네 인생을 글로 쓰면 책 열 권으로도 모자랄 걸. 자네 인생이나 키 동의 인생이나 내 인생이나 마찬가질 거야."

"내가 보기엔 자네 인생이야말로 이야깃거린데 그래, 벤." 폴이 말했다. "술에 취하는 바람에 배를 놓쳤다고? 그게 사실이야? 정말 그랬어?"

미국인은 고개를 끄덕였다. 벌겋게 달아오른 얼굴이 일그러졌다.

"솔직히 얘기하자면, 동료 놈들이 날 떼어내기 위해 일부러 술을 먹인 거지만." 마치 다른 사람 얘기하듯 담담한 투였다. "뱃놈들은 날 아주 지겨운 놈으로 여겼었나봐. 자네 처지나 마찬가지였지 뭐. 자네나 나나 피차일반일세, 코케. 내 그래서 자넬 좋아하나 보지. 그건 그렇고, 당국과의 싸움은 좀 어때?"

"내 알기로는, 판사 놈들도 처지가 곤란한가봐." 폴은 옆에 늘어선 야자나무를 향해 침을 뱉었다. "허리케인 때문에 관련 서류가 엉망이 돼버린 모양이야. 이젠 내게 뭘 어쩌지 못해. 대자연이 신부 놈들과 경찰 놈들로부터 예술을 보호해준 거지. 허리케인이 날 살려줬단 말일세, 벤."

1884년 7월, 메트 가드는 아이들 중 셋을 데리고 루앙 항구에서 배를 잡아타고 덴마크로 달아나버렸다. 폴은 클로비스와 장과 함께 노르망디 한 구석에 남게 되었다. 바이킹 여자는 코펜하겐에서 잘 살아나갔다. 바이킹 여자는 친정 식구들의 도움을 받아 프랑스어 선생 자리를 구할 수 있었다. 넌 그때 결심했지. 덴마크로 건너가서 인상주의를 덴마크에 전파하자. 하지만 그건 꿈이었어, 코케, 그건 꿈에 불과했어.

"인상주의라는 게 뭔데?" 벤은 알고 싶은 것도 많았다.

브랜디를 마시고 있었다. 가게 주인은 얼큰히 취해 있었다. 그러나 폴은 술은 더 많이 마셨지만 정신은 말짱했다. 뒤쪽, 가톨릭 선교회가 있는 언덕에서 바람이 불어왔다. 산호세 데 클루니회 수녀들이 운영하는 학교에서 부르는 합창소리가 바람결에 실려 왔다. 항상 이 시간에 연습을 하는 모양이었다. 찬송가 같지는 않았다. 마르키즈 제도 특유의 흥겹고도 육감적인 가락이었다.

"예술 운동의 일종인데, 지금은 파리에서 아무도 기억하지 못할 거야." 코케는 어깨를 으쓱했다. "벤, 이 잔으로 그만 끝내지. 어두워지기 전에 돌아가야겠네. 눈이 어두워 집 찾기도 힘들다니까."

계단을 내려갈 때 벤 바니가 도와주었다. 폴은 철책을 두른 마당을 지나 마차에 올랐다. 마차에 올라타자마자 조랑말이 출발했다. 조랑말은 길을 외우고 있었다. 놈은 장애물을 요리조리 피해가며 어둠침침한 길을 조심조심 걸어나갔다. 얼마나 다행이야, 폴. 말에게 잔소리할 필요가 없으니. 그 입에 담지 못할 병 때문에 침침해진 눈으로는 이 어두운 길에 구덩이가 도사리고 있다 해도 알아볼 수 없는 형편이니. 기분 좋았지. 눈은 장님이었으나 만족했단 말이지. 기분을 풀어주는 훈훈한 공기, 박하향을 머금은 산들바람. 네 자존심으로는 정말 견디기 힘든 시험이었지. 넌 프레데릭스버그 29번지에서 살아야 했어. 메트의 친정어머니 집. 너는 그 집에 얹혀살면서 장모와 처삼촌들과 처제와 처남으로부터 갖은 수모를 당해야했어. 심지어 마누라 사촌들까지 널 우습게 봤으니까. 좋은 직장과 안락한 삶을 버리고 날건달이 된 너를 아무도 이해하지 못했고 누구도 용납하지 않았지. 그 사람들에게는 날건달이나 예술가나 별 차이가 없었으니까. 넌 다락방에 갇혀 지내야 했어. 몰골이 흉악했으니까. 그래, 넌 그랬어. 처가 식구들에 대한 반감으로 여봐란 듯이 머리에 붉은 가죽을 뒤집어쓰고 다니기까지 했으니까. 메트가 덴마크 상류사회의 처녀 총각들에게 프랑스어를 가르치는 동안 넌 방구석에 갇혀 있어야 했단 말이야. 너의 그 흉악한 몰골에 처녀들이 기겁하고 총각들이 발끈하면 수업을 그만 둘 위험이 있었으니까. 메트와 너와 자식놈들이 장모 집을 나와 노레가다 51번지 집으로 이사했을 때 — 네가 수집한 인상파 화가 그림하나를 팔아 그 돈으로 집을 구한 거지 — 도 상황은 호전되지 않았지. 그 동네는 바로 코펜하겐의 빈민가였으니까. 메트로서는 새로운 구실거리를 찾은 거지. 메트는 널 못 잡아먹어 안달을 떨며 신세타령만 늘어놓았지.

말도 통하지 않는 나라, 그림을 팔아주는 사람은커녕 친구 하나 없는 나라. 그곳에서 너는 외로움에 몸부림치며 갖은 모욕을 당하며 살아야 했지만, 넌 그 시험도 통과했어. 넌 쉬지 않고 작업했어. 절차탁마. 프레데릭스버그 공원 얼음판에서 스케이트를 타는 사람, 동부 공원에 서 있는 나무들, 그리고 첫 번째 자화상. 도자기, 나무 조각, 그림, 셀 수 없을 정도의 스케치. 덴마크에는 예술가들이 드물었어. 그런데 그중 한 사람이 네 작업에 관심을 보였지. 테오도르 필립센이 네 그림에 호기심을 갖게 된 것이지. 넌 필립센과 한 시간 동안 얘기를 나누었어. 필립센은 문득 이런 얘길 했지. 당신은 이성보다는 감성을 중요하게 생각하는군요. 그런 이론은 대체 어디서 솟아났던 것일까? 그래, 말을 하다보니까 그런 식으로 정리된 거지. 그림은 인간의 총체성을 표현해야 한다. 화가의 지성, 기교, 바탕이 되는 문화가 그림에 나타나야 할 뿐만 아니라 화가의 신념, 본능, 욕망, 증오까지도 표현되어야 한다. "원시인들의 그림에서처럼 말입니다." 필립센은 네 말에 신경도 쓰지 않았지. 북구인들이 흔히 그렇듯 그 사람도 껑충한 키에 친절한 사람이었지. 하지만 넌 네 말을 그냥 흘려버릴 수 없었어. 예상치도 못한 말들이 쏟아져 나왔던 거야. 그래서 넌 곰곰이 생각해보았지.

그래 바로 그거였어. 그 말은 네 예술적 신념의 핵심을 표현한 거였어. 지금까지도 그 생각엔 변함이 없어. 지금까지 살아오면서 예술에 대해 이렇다 저렇다 옳네 그르네 말도 많이 했고 글도 많이 썼지만, 그 핵심만은 변함없이 제자리를 지키고 있는 거야. 서구 예술은 원시 예술에 표현된 인간 존재의 총체성을 상실함으로써 몰락하고 말았다. 원시 문화에서는 달랐어. 예술은 종교와 뗄 수 없는 관계에 있었고, 먹고 화장하고 노래하고 성욕을 채우고 하는 일과 마찬가지로 일상생활의 일부를 이루고 있었지. 넌 그림을 통해 그 중동무이된 전통을 되살려보려고 노력했던 거야.

완전히 어두워져서야 쾌락의 집에 도착할 수 있었다. 12월에 사이클론이 휩쓸고 간 이후로는 집 주변에서 그 실팍했던 풍경을 다시 찾아볼 수 없었다. 꺾이고 쓰러진 나무들, 허허벌판이나 다름없었다. 히바오아의 특징 중 하나. 연극무대에서 장막이 일순간에 무대를 삼켜버리듯 이곳의 어둠도 순식간에 찾아들었다. 신선한 충격이라고나 할까. 하아푸아니가 부인 토호타마와 함께 폴을 기다리고 있었다. 부부는 사이클론을 이겨낸 우스꽝스러운 조각상 〈음탕한 신부〉와 〈테레사〉 발치에 앉아 있었다. 부부는 토호타마처럼 빨강 머리 사람들이 사는 섬 타후아타에서 막 돌아온 모양이었다. 반갑긴 한데, 무슨 일로 찾아온 것일까?

하아푸아니는 머무적거리며 한참 동안 부인과 눈짓을 나누었다. 마침내 하아푸아니는 할 수 없다는 듯 말을 꺼냈다.

"자네 제안을 받아들이기로 했네, 코케. 목구멍이 포도청이라."

폴은 아투오나에 도착한 지 얼마 되지 않아 하아푸아니를 알게 되었고, 그때부터 그 사람을 한 번 그려보고 싶어했다. 강렬한 인상을 받았던 것이다. 하아푸아니는 프랑스 선교사들이 타후아타 섬으로 들이닥치기 전에는 어느 마오리족 마을에서 무당으로 지냈다고 했다. 하아푸아니가 히바오아에 사는지, 고향 섬에 사는지, 아니면 그 두 곳을 왔다 갔다 하며 사는지 확실히 아는 사람은 한 사람도 없었다. 하아푸아니는 한동안 사라졌다가 다시 나타나곤 했는데, 그 동안의 행적에 대해서는 입도 뻥긋하지 않았다. 히바오아 원주민들은 하아푸아니의 과거 경력을 알고 있었기 때문에 그를 영험한 인물로 여겼다. 키 동의 말에 따르면, 마르텡 주교나 베르니에 목사나 클라베리 경찰관의 눈을 피해 아직도 점을 봐준다거나 굿을 치러준다거나 한다는 것이었다. 코케는 하아푸아니의 과감한 성격을 높이 평가했다. 하아푸아니는 나이가 지긋했지만 — 쉰 살은 넘은 것 같았다 — 종종 '마후'와 같이 차려입고, 그러니까 남자인 것도 같고 여자인 것도 같은 모습으로 쾌락의 집을 찾아오곤 했다. 마오리족 사람들이야 신경을 쓰지 않았지만, 교회 측이나 시당국 쪽에서 보면 불벼락이 떨어질 복장이었다. 하아푸아니는 풍만한 몸매에 얼굴까지 반반한 토호타마가 모델을 서는 것 — 토호타마는 자주 모델을 섰다 — 은 한 번도 반대하지 않았지만, 자신의 모습만은 한사코 그리지 못하게 했다. 코케가 요청할 때마다 버럭버럭 화를 냈던 것이다. 그런데 사이클론 때문에 마음이 바뀐 것이다. 히바오아가 사이클론으로 입은 피해는 타후아타가 입은 피해에 비하면 아무것도 아니었다. 타후아타에서는 가옥과 농장이 아예 작살이 났고, 사람들도 수십 명씩이나 목숨을 잃었고, 죽은 사람 중에는 하아푸아니의 친척도 여럿 끼어 있었다고 했다. 하아푸아니는 네게 솔직히 털어놓았지. 돈이 필요하다. 목소리나 표정으로 판단하건대, 망설이고 망설이다 도저히 어쩔 수 없어 찾아온 것 같았지.

그 슬픔에 젖은 눈초리를 차마 외면할 수 없었지.

폴은 두 번 생각할 것도 없이 흔쾌히 받아들였다. 두 사람은 즉시 계약을 체결했다. 폴은 계약이 끝난 직후 얼마간의 돈을 선금조로 내놓았다. 하나푸아니를 그릴 것을 생각하자 가슴이 뛰어 잠을 이룰 수도 없었다. 폴은 들고양이들이 우는 소리를 들으며 밤새 뒤척였다. 구름이 뒤덮은 하늘, 달도 하늘에서 밤새 숨바꼭질 놀이를 하고 있었다. 하아푸아니는 비록 인정하지는 않았지만 많은 것을 알고 있었다. 폴이 토호타마를 그릴 때, 하아푸아니는 종종 토호타마를 따라왔다. 폴은 그림을 그리며 하아푸아니에게 넌지시 물어보았다. 하아푸아니는 무당 생활을 했던 과거에 대해서는 한 마디도 하지 않았다. 여기저기 멀리 떨어진 섬에서는 아직도 사람 고기를 먹지 않느냐. 천만의 말씀. 그러나 온통 그 생각뿐이었던 폴은 하아푸아니의 대답을 곧이듣지 않았다. 폴은 완강하게 버티는 무당을 몰아붙여 몇 가지 얘기를 얻어들을 수 있었다. 마르텡 주교와 베르니에 목사가 완전히 근절시켰다고 믿고 있던 문신에 대한 얘기가 그중 하나였다. 마르키즈 제도 전역에 걸쳐 고립된 마을이나 깊숙한 숲 속에서는 아직까지 문신이 행해지고 있다, 그런 동떨어진 곳에 사는 사람들은 검게 그을은 남자나 여자의 살갗에 선교사들이 말살시켜버린 조상들의 지혜와 신앙과 전통을 새겨두고 있다. 폴은 히바오아 내륙 깊숙이 들어가 본 적이 딱 한 번 있었다. 바에오호와의 결혼을 흥정하기 위해 헤케아니 계곡에 있는 하나우페 마을을 찾아갔던 때였다. 그때 폴은 직접 확인할 수 있었다. 마을 사람들은 남녀불문하고 스스럼없이 문신을 드러내놓고 다녔던 것이다. 통역을 중간에 세워 마을 문신술사와 얘기를 나누기도 했다. 노인네는 생글거리며 예술가로서의 섬세함과 자신감을 유감없이 보여주었다. 인간의 살갗에 그처럼 세밀한 그림을 정확하게 새겨 넣기 위해서는 섬세함과 자신감이 반드시 필요할 것 같았다. 하아푸아니는 폴이 마르키즈 제도의 신앙에 대해 캐물을 때마

490

다 바싹 긴장하곤 했지만 때로는 그림까지 그려가며 문신의 의미를 설명해주기도 했다. 이런 날도 있었다. 하아푸아니가 종이에 능숙한 솜씨로 그림 — 하아푸아니는 그 그림들이 가장 전통이 깊은 문양이라고 했다 — 을 몇 가지 그려놓고 각각의 그림에 감추어진 의미를 하나하나 설명해주었다. 경험 많은 문신술사 같았다. 이것은 전쟁터에 나간 군인들을 보호해주는 문양이다, 이것은 악령의 공격을 이겨낼 수 있는 힘을 주는 문양이다, 이것은 영혼의 순수성을 지켜주는 문양이다.

무당은 다음 날 아침 동이 트고 난 직후에 쾌락의 집에 나타났다. 코케는 아틀리에에서 기다리고 있었다. 아투오나의 하늘은 맑게 개어 있었다. 그러나 저 멀리 수평선 쪽, 양들의 섬이라는 무인도가 있는 쪽에는 시커먼 구름이 겹겹이 층을 이루고 있었고, 날름거리는 뱀의 혓바닥처럼 번갯불이 번쩍거리고 있었다. 폭풍우가 몰려올 조짐이었다. 폴은 빛이 잘 드는 곳에 하아푸아니를 세워 놓고 자세를 잡게 했다. 바로 그 순간 심장이 오그라드는 것 같았다. 이런 젠장! 모든 게 희미했다. 모든 게 덩어리져 뿌옇게 보였다. 희미하고 진하고 하는 정도만 겨우 구별할 수 있었다. 빌어먹을 눈깔이라니, 이젠 색깔마저 구별할 수 없게 된 거로군. 그야말로 오리무중을 헤매는 꼴이 아닌가. 코케, 쓸데없는 짓 아닐까?

"천만에, 이런 빌어먹을, 그렇지 않아!" 폴은 무당에게 바싹 다가가며 소리쳤다. 입을 맞추려는 것 같았다. 아니 물어뜯으려는 것 같았다. "완전히 장님 봉사가 된다고 해도, 속이 끓어 죽는다 해도, 자넬 그리고 말겠어, 하아푸아니."

"좀 진정하게나, 코케." 하아푸아니가 폴을 달랬다. "자네, 마르키즈 사람들이 무슨 생각을 하며 사는지 퍽이나 알고 싶어했지? 우리한테 가장 중요한 신조 하나를 내 가르쳐줌세. 원수 앞이 아니라면 절대 성내지 말라."

토호타마가 어디선가 — 넌 그 여자가 온 것도 몰랐지 — 웃음을 터뜨렸지. 모든 것을 장난으로 여기는 것 같았어. 메트에게도 사람을 슬슬 약올리는 버릇이 있었어. 중요한 얘길 해도 귓등으로 들으며 농담으로 돌리거나 깔깔대고 웃어버렸단 말이야. 넌 덴마크 화가 필립센과는 친구로 지낼 수 없었어. 하지만 필립센은 네게 잘해주었지. 필립센은 노레가다 51번지 집을 찾아와 네 그림을 구경한 후에 친구들을 설득했어. 그래서 덴마크예술동호회가 네 그림 전시회를 준비했던 거지. 전시회는 1884년 5월 1일 열렸어. 찾아온 사람은 많지 않았지만 모두 한가락 하는 사람들이었지. 점잖은 신사 숙녀분들이 진지한 표정으로 네 그림을 둘러보며 깔끔한 프랑스어로 그림에 대해 물어왔지. 그러나 그림을 사주는 사람은 아무도 없었어. 코펜하겐 신문은 네 전시회에 대해 싫다 좋다 한 마디 언급도 없었고, 그래서 전시회는 5일 만에 파장하고 말았지. 넌 나중에 이렇게 떠벌리고 다녔어. 고고하고 보수적인 당국이 너의 대범한 예술에 겁을 집어먹고 전시회를 조속히 끝내도록 강요했다. 그러나 그게 아니었어. 사실은 이래. 네가 코펜하겐에서 단 한 번 열어본 전시회는 구경꾼이 없어서, 장사가 안 돼서 그렇게 허무하게 종치고 말았던 거야.

네가 겪은 실패는 문제도 아니었어. 네 실패로 메트의 친정 식구들이 너를 더 지긋지긋한 인간으로 여기게 되었다는 것이 더 큰 문제였지. 저런 놈이 어디 인간이야? 저 쓸개 빠진 날건달 놈은 말이야 글쎄, 예술을 하겠답시고 좋은 직장 좋은 자리를 다 내팽개친 놈이야, 그런데 그림이라고 끼적거려놓은 걸 좀 보란 말이야! 몰트케 백작 부인은 이렇게 선언했지. 저 볼썽사납게 여자처럼 차려입은 야만인 같은 인간이 코펜하겐에 계속 남아 있는 한, 고갱 집의 장남 에밀의 학비를 더 이상 대지 않겠다. 그 학비는 6개월 전에 사정사정해서 받아낸 자선금이었지. 바이킹 여자는 사색이 되어 울먹이며 끝내 이런 말을 하고 말았지. 당신이 떠나야 한다, 내게서 프랑스어를 배우는 외교부 청년들이 당신이 떠나지 않으면 다른 선생을 찾아보겠다고 공갈을 치더라, 그렇게 되면 나와 새끼들은 굶어죽고 말 것이다. 코케, 넌 개새끼처럼 코펜하겐에서 쫓겨났어! 넌 파리로 돌아올 수밖에 없었어. 3등 열차를 타고, 여섯 살배기 어린 클로비스를 품에 안고. 고생하는 메트에게 입이라도 하나 덜어주고 싶었던 거지. 나머지 자식들이나 잘 먹여 살리라고 말이야. 1885년 6월 초, 넌 그렇게 메트와 헤어졌어. 그야말로 눈 가리고 아웅하는 식이었지. 너와 메트는 일시적인 별거인 것처럼 꾸몄어. 지금 상황에서는 어쩔 수 없는 노릇이다, 상황이 호전되면 다시 합칠 것이다. 하지만 넌 알고도 남았지. 메트도 알고 있었을 거야. 어지간해서는 다시 합칠 수 없을 것이다, 이걸로 끝일지도 모른다. 코케, 정말 완전히 끝난 걸까? 좋아 그래. 일이 그 모양으로 돌아가잖아. 헤어지고 나서 18년이 흐르는 동안 두 사람이 만난 것은 딱 한 번뿐이었고, 그것도 단 며칠간이었어. 그게 어디 마누라야? 건드리지도 못하게 했는데. 그래도 바이킹 여자는 법적으로는 아직 네 마누라야. 그 마누라에게게 편지가 끊긴 지도 벌써 몇 달째야, 코케.

파리에 도착했다. 주머니에 땡전 한 푼 없었다. 폴은 아이를 업고 불라르 가에 있는 사람 좋은 쉬프의 아파트를 찾아갔다. 넌 아파트 창문으로 몽파르나스 묘지에 늘어선 묘비들을 바라보곤 했지. 코케, 그때 넌 서른일곱 살이었어. 그때는 진짜 화가였다고 할 수 있을까? 아직 아니었어. 그 집에는 작업할 공간이 없어 넌 거리로 나와 그림을 그렸어. 뤽상부르의 밤나무에 기대서서, 센 강변

공원 벤치에 앉아서, 사람 좋은 쉬프가 선물한 스케치북이나 캔버스에 그림을 그렸지. 사람 좋은 쉬프는 아내 루이즈가 눈치 채지 못하도록 몇 프랑을 주머니에 슬쩍 찔러주곤 했지. 하루 종일 돌아다니다 지치면 아무 카페에라도 들어가 앉아 잠시 다리를 쉬라고 말이야. 1885년 여름, 넌 종종 잠을 이루지 못했어. 이런저런 생각에 덜컥덜컥 겁이 났던 거지. 하는 일마다 실수투성이로구나, 그림이라고 그려봤자 모두 허섭스레기로구나, 이래봤자 무슨 소용인가. 그때가 가장 비참했던 때였나? 아니야. 진짜 비참했던 때는 그후에 찾아왔어. 그해 7월, 넌 지니고 있던 인상주의 화가 그림 한 점(그림도 몇 점 지니고 있지 않았어. 대부분 메트가 차지했으니까)을 팔아 디에프로 갔어. 넌 디에프에서 안면이 있는 몇몇 화가들과 함께 여름을 보냈어. 그곳에 드가도 있었지. 화가들은 쟈크 에밀 블랑쉬의 저택 샬레 뒤 바 포르 블랑에서 모였어. 좀처럼 보기 드문 으리으리한 저택이었지. 넌 화가들을 찾아갔어. 친구들이 쌍수를 들어 환영해줄 것이라고 믿었던 거지. 그러나 놈들은 널 외면했어. 넌 집사에게 쫓겨나면서 볼 수 있었어. 드가와 블랑쉬가 커튼 뒤에 숨어 널 훔쳐보고 있었던 거야. 그 후로 그 두 놈은 널 상종 못할 인물인양 기피했어. 코케, 넌 그런 놈이었어. 넌 버러지었어. 외톨이었어. 넌 이젤, 캔버스, 스케치북을 지고 항구나 절벽을 돌아다니며 물놀이 나온 사람들이나 모래사장이나 깎아지른 벼랑 따위를 화폭에 담았어. 형편없는 그림들이었어. 넌 비루먹은 강아지 신세였어. 드가나 블랑쉬나 디에프에 모인 다른 화가들이 널 피하는 것이 오히려 당연한 일이었지. 차림새는 완전 거지꼴이었지. 그땐 진짜 거지였으니 당연할밖에.

코케, 그게 다가 아니었어. 갈수록 태산이었지. 진짜 고생은 겨울과 함께 찾아왔어. 넌 이번에도 땡전 한 푼 없이 파리로 돌아왔어. 여동생 마리아 페르난다가 클로비스를 네게 돌려보냈지. 디에프에 가 있는 동안 아이를 보살펴 달라고 억지로 동생에게 떠맡겼던 거였지. 쉬페네커 부부도 더 이상 널 챙겨줄 수 없게 되었어. 넌 가르 드 레스트 근처 켈 가에서 방 하나를 구했지. 가구 하나 없는 쪽방이었어. 넌 중고물품 가게를 뒤져 어린아이용 침대를 클로비스에게 사주었지. 넌 바닥에서 잤어. 달랑 모포 한 장에 추위로 벌벌 떨어야 했지. 네겐 여름옷밖에 없었어. 메트는 코펜하겐에 있는 겨울옷을 절대 보내주지 않았지. 1885년 말과 1886년 초는 엄청나게 추웠어. 눈도 수시로 퍼부었고. 클로비스가 수두에 걸렸지만 넌 약 한 봉지 사줄 수 없었어. 클로비스가 살아남은 것은 아마도 네게서 물려받은 그 들끓는 피와 역경 앞에서 더욱 강해지는 투지 덕분이었을 거야. 한 줌 쌀로 밥을 해 클로비스를 먹였지만, 너 자신은 몇 날 며칠 쫄쫄 굶기도 했지. 넌 그림을 그만두어야만 했어. 둘 다 굶어 죽지 않기 위해서는 어쩔 수 없는 일이었어. 절망이었지. 넌 고민에 고민을 거듭했어. 그래, 아이를 안고 얼어붙은 센 강으로 뛰어들면 그걸로 만사 끝이다. 그런 고민에 빠져 있을 때 일자리가 나타났어. 파리에 있는 역들을 돌아다니며 광고지를 붙이는 일이었지. 축하해, 코케! 아주 힘든 일이었어. 하루 종일 돌아다녀야 했으니까. 머리끝에서 발끝까지 풀을 뒤집어써야 했지. 그래도 몇 주 만에 돈을 좀 모을 수 있었어. 그리고 그 돈으로 파리 외곽 안토니에 있는 싸구려 기숙사에 클로비스를 맡길 수 있었지.

그 겨울, 1885년 말과 1886년 초, 목숨을 끊어버릴 지경에까지 갔던 그때가 가장 비참했던 때였던가? 아니지. 지금 이 순간이야말로 절망 그 자체지. 비록 잠을 잘 집구석도 있고, 많지는 않지만 다니엘 드 몽프레드와 화랑 주인 암브로아즈 보야르가 보내주는 돈으로 먹고 마실 수는 있지만, 지금 이 순간이 가장 비참한 때야.

495

18년 전의 그 혹독했던 겨울도 지금 이 순간에 비하면 새발의 피
란 말씀이지. 붓을 한 번 들 때마다 밀려드는 무기력증. 하아푸아
니가 바로 눈앞에 있는데도 대충 짐작으로 색과 선을 끼적여야 하
는 이 신세. 마치 유령을 상대하는 것 같았지. 눈에 보이는 것이라
고는 흐릿한 그림자뿐이었으니까. 그러나 그건 별로 중요하지 않
았어. 토호타마의 남편 얼굴 — 지긋한 나이에도 불구하고 앳된
얼굴이었어 — 은 선명하게 기억하고 있었으니까. 또 그림을 어
떻게 그려야 할지도 이미 정해 놓고 있었으니까. 여자도 아니고 남
자도 아닌 잘 생긴 무당의 모습. 요사스러우면서도 품위 있는 모
습. 치렁치렁 늘어진 머리채를 장식한 꽃가지, 어깨에 두른 붉은색
망토, 오른손에 들고 있는 나뭇잎 하나, 식물에 대해서는 모르는
것이 없는 그의 불가사의한 지식 — 사랑의 묘약, 치료제, 독약,
주술 — 을 암시하는 거지. 다른 그림들에서와 마찬가지로 배경
에는 숲 속에 숨어 있는 두 명의 여자 — 중세 승려가 입었음직한
신비스러운 남성용 망토를 둘러쓰고 있는 실제 인물 같으면서도
환상적인 인물 같은 — 를 그려 넣는 거야(코케, 항상 그러는 이유
가 뭔데?). 여자들은 무당을 훔쳐보고 있어. 무당의 신비스러우면
서도 조금은 미심쩍은 모습에, 그 자유분방한 차림새에 매혹된 듯
한 혹은 겁을 집어먹은 듯한 표정들이지. 무당 발치에는 개도 한
마리 그려 넣어야지. 마오리족 사람들이 믿는 지옥에서 방금 뛰어
나온 듯한 그런 당당한 모습으로. 검은 수탉 한 마리, 시퍼런 물이
흐르는 강줄기 하나, 나무숲 뒤로 보이는 황혼녘의 하늘. 그래, 머
릿속으로는 생생했지. 하지만 그 모습을 하나하나 화폭에 옮길 때
마다 하아푸아나 토호타마나 가끔씩 구경 오는 티오카에게 일
일이 색에 대해 물어봐야 했지. 어림짐작으로 색을 섞긴 했지만 어
떤 색이 나왔는지 확인해볼 수 없었으니까 말이야. 그 사람들은 열

심히 도와주려고 했지만 네가 묻는 말에 어떻게 대답해야 할지 몰랐어. 말도 지식도 짧았으니까. 어설픈 대답을 따라 하다가는 작품을 망칠지도 모른다는 생각에 넌 애가 끓었어. 작업은 한없이 늘어졌어. 잘 되어나가는지 제자리걸음을 치는지 알 수가 없었지. 한심한 생각에 한숨이 새나오거나 비명이 터져 나오거나 욕지거리가 쏟아져 나오면, 하아푸아니와 토호타마는 네 옆에 꼼짝 않고 앉아 네가 마음을 진정시키고 붓을 잡을 때까지 다소곳이 기다렸지.

폴은 18년 전의 그 혹독했던 겨울을 생각했다. 파리에 있는 기차역을 찾아다니며 광고지를 붙이고 다닐 때였다. 어느 날, 폴은 하루 일을 마치고 술을 한잔 마시기 위해 가르 드 레스트 옆에 있는 단골 주점에 들어가 앉았다. 탁자 위에 책 한 권이 놓여 있었다. 주인이 잊어버렸거나 버리고 간 것 같았다. 책의 저자는 마니 벨리비-줌불-자디라는 터키인으로 예술가 겸 철학자 겸 신학자였다. 책 내용은 저자의 세 가지 직업에 관한 것이었다. 이런 내용이 있었다. 색은 자연 세계보다 좀더 은밀하고 주관적인 어떤 것을 표현한다. 색은 인간의 감성과 신앙과 환상을 표현해준다. 각 시대가 각각의 색을 어떻게 평가하고 사용했는지에 따라 우리는 그 시대의 정신을 가늠할 수 있다. 색은 인간의 선을 나타내기도 하고 악을 나타내기도 한다. 따라서 진정한 예술가는 푸른 숲, 파란 하늘, 잿빛 바다, 하얀 구름 등과 같은 자연 세계를 그대로 모방하려는 노예근성을 과감히 떨쳐버려야 한다. 예술가는 색을 사용하는데 있어 자신의 급박한 욕구에 충실해야 한다. 그것이 한순간의 변덕이더라도 상관없다. 검은 태양, 작렬하는 달, 파란색 말, 벽옥 같은 파도, 푸른색 구름. 마니 벨리비-줌불-자디는 또 이런 말도 했지. 코케, 그때의 가르침이 지금 얼마나 큰 도움이 되는지 몰라. 예술가는 모델은 무시하고 오로지 기억에만 의지해야 한다. 그래야 자신만의 독창성을 유지할 수 있다. 내 예술을 보면 이런 비법을 확인할 수 있을 것이다. 바로 그거야, 코케. 비록 눈이 안 보여서이긴 하지만, 바로 네가 지금 그러고 있는 거잖아. 〈히바오아의 무당〉을 끝으로 다시는 그림을 그릴 수 없게 되는 건 아닐까? 이런 생각이 들자 서글퍼지면서 화가 끓어올랐지.

"자네 초상화를 끝으로 다시는 붓을 잡지 않을 거야, 하아푸아니."

"무슨 소리야? 공연히 그림을 그리게 해서 자네 명을 재촉이라도 한 모양이지?"

"어느 정도는 그래. 자넨 내 명을 재촉하고, 그 반대로 난 자넬 죽지 못하게 하는 거지. 자넨 영원히 잊히지 않을 걸세, 하아푸아니."

"코케, 뭐 하나 물어봐도 괜찮겠어요?" 토호타마는 오전 내내 한 마디 말도 없이 꼼짝 않고 앉아 있었다. 폴은 그녀가 옆에 있는지도 모를 지경이었다. "남편 어깨에 빨강 망토는 왜 씌운 거예요? 하아푸아니는 그런 걸 걸친 적이 전혀 없는데. 히바오아에서도 타후아타에서도 그런 걸 걸치고 다니는 사람은 한 번도 못 봤어요."

"내 눈에는 보이는데, 당신 남편 어깨 위에 걸쳐진 붉은색 망토가." 코케는 토호타마의 걸걸한 목소리를 듣고 힘을 얻었다. 다부진 몸매, 빨강 머리, 풍만한 젖가슴, 암팡진 엉덩이, 윤기 흐르는 단단한 허벅지와 썩 잘 어울리는 목소리였다. 코케는 다른 건 몰라도 그녀의 아름다운 모습만은 잘 기억하고 있었다. "마오리족 사람들이 대대로 흘린 피를 다 볼 수 있어. 먹을 것과 땅을 차지하기 위해 서로 죽자 사자 싸웠을 것이고, 침략자들이나 죽음의 세계에서 건너온 귀신들에 맞서 싸우기도 했겠지. 저 붉은색 망토에 당신 민족 역사가 다 들어 있는 거야, 토호타마."

"내 눈에는 생전 처음 보는 빨강 망토만 보이는데 뭐." 토호타마가 고집스럽게 말했다. "저 사람들이 뒤집어쓰고 있는 것은 또 뭐예요? 코케, 저 사람들 여자예요? 아님 남자들인가? 마르키즈 사람들은 아닌 것 같은데. 저런 것을 머리에 쓰고 있는 사람은 남자든 여자든 생전 보지 못했는데."

폴은 토호타마를 껴안아주고 싶었다. 그러나 엄두도 낼 수 없는 일이었다. 공연히 헛손질만 하고 말겠지. 토호타마는 요리조리 잘도 빠져나갈 테니까. 그러면 또 한심하다는 생각이 들겠지. 그래도, 잠시잠깐이긴 했지만, 욕정을 느꼈다는 것만으로도 넌 위안을 삼을 수 있었지. 그 입에 담지 못할 병이 온몸으로 퍼지면서부터는 욕정마저 느낄 수 없었으니까. 그래 코케, 아직 완전히 죽지는 않았어. 그래 조금만 더 참아보는 거야. 조금만 더 버텨보는 거야. 이놈의 그림이라도 끝을 내야지.

어쨌든 옳은 얘기였다. 어린 시절 오를레앙에 있을 때 다녔던 샤펠 생메스멩 신학교. 뒤팡루 주교는 교리 시간마다 기독교 성인들에 대해 한 소리를 하고 또 하고 했다. 무시무시한 악당으로 살다가 성인이 되어 죽은 악마 로베르토를 보라, 내리막길이 있으면 오르막길도 있는 법이다. 옳은 얘기였어. 네게도 그런 일이 일어났단 말이지. 파리에서 보낸 그 혹독했던 1885~1886년 겨울. 넌 그때 끝 모를 구렁텅이에 빠져있었어. 그러나 그 겨울이 지나면서부터는 한 걸음 한 걸음 서서히 위로 기어오르기 시작했지. 퐁타방, 그건 기적이었어. 많은 화가들과 아마추어 예술가들이 브르타뉴에 대해 얘기했어. 길들여지지 않은 아름다운 전원, 그 고즈넉함과 로맨틱한 기후. 넌 두 가지 이유로 브르타뉴에 끌렸어. 현실적인 것과 이상적인 것. 퐁타방은 브르타뉴 끝자락에 있는 작은 마을이었어. 고풍스러운 문화가 아직까지 남아 있는 곳, 전통적으로 내려오는 종교와 신념과 관습을 고집스럽게 지키고 있는 사람들. 정부와 파리 사람들이 그들을 현대화시키기 위해 백방으로 노력했지만 그곳 사람들은 귓등으로도 듣지 않았지. 다른 이유도 있었어. 그곳에서는 생활비도 덜 들 것 같았지. 넌 퐁타방으로 가기로 결심했어. 그래, 예상했던 대로 딱 맞아떨어지지는 않았어. 하지만 그때의 결심은 네가 그때까지 살아오면서 품은 결심 중에서 가장 훌륭한 것이었지. 1886년 7월 어느 화창한 날에 넌 퐁타방을 향해 출발했어. 13시간이나 걸리는 기차 여행이었지.

화가로서의 경력은 퐁타방에서 시작되었다고 볼 수 있어. 그래 코케, 넌 그때부터 본격적으로 화가의 길을 걷기 시작했던 거야. 그래서 위대한 화가 반열에 오를 수 있었지. 변덕이 죽 끓듯 하는 경박한 파리 놈들은 벌써 널 까맣게 잊고 있었지만 말이야. 폴은 그때의 모습을 생생이 기억하고 있었다. 폴은 장시간 여행으로 파김치가 되어 퐁타방에 도착했다. 그림엽서에서나 볼 수 있는 아름다운 마을 중앙에 세모난 공원이 자리하고 있었다. 마을 주변으로는 나무 울창한 산들이 병풍처럼 둘러쳐져 있었고, 그 산자락 밑으로는 사랑의 신에게 바쳤다는 숲이 펼쳐져 있었다. 오후가 되면 바람결에 소금기가 묻어나 바다가 가까이 있다는 사실을 새삼 깨달을 수 있었다. 부유한 관광객을 위한 숙박시설도 있었다. 돈 많은 미국인이나 영국인들이 지방색을 찾아보겠다며 이곳까지 몰려들었던 것이다. 브아야제 호텔과 리옹 도르 호텔. 그렇지, 네가 잠자리를 구한 곳은 그런 곳이 아니었어. 넌 글로아넥 부인이 운영하는 수수한 하숙집을 찾아갔지. 분별력이 없어서 그랬는지 아니면 마음씨가 착해서 그랬는지는 모르겠지만, 글로아넥 부인은 가난한 예술가들을 자기 하숙집으로 받아들였고, 숙식비를 낼 형편이 안 되는 사람들에게는 그림으로 대신 치르도록 했지. 참 멋진 여자였어. 코케, 넌 생애 처음으로 제대로 된 결정을 내렸던 거야. 넌 글로아넥 하숙집에 자리를 잡자마자 브르타뉴 어부들처럼 차려 입고 다녔어. 나막신, 빵떡모자, 수를 놓은 조끼, 파란색 윗도리. 그리고 글로아넥 하숙집에 진치고 있던 여섯 명의 젊은 예술가들 — 너나 그 젊은 친구들이나 모두 그 마음씨 착한, 아니 셈속이 모자란 과부 글로아넥 부인의 덕을 톡톡히 보고 있었던 거지 — 의 대장 노릇을 하게 되었지. 네 그림 솜씨 때문이 아니었다. 너의 그 장광설, 안하무인격인 태도, 거칠 것 없는 자신감 때문이었다. 나이도 아마 한몫 했을 거야. 넌 이제 구렁텅이에서 빠져나온 거였어, 폴. 이젠 걸작을 그려내기만 하면 되었지.

이삼일 후, 토호타마가 다시 코케의 작업을 방해했다. 토호타마는 마르키즈 마오리족 말로 뭐라고 소리를 질렀다. 코케는 무슨 뜻인지 알아들을 수 없었다. '마후'라는 단어가 섞여 있는 것 같기는 했다. 코케는 이제 빛과 그림자 외에는 아무것도 구별할 수 없는 지경에 이르러 있었다. 하아푸아니는 무슨 일인가 궁금해서인지 자세를 풀고 일어나 그림 쪽으로 다가왔다. 토호타마가 무얼 보고 놀랐는지 알아보고 싶은 모양이었다. 그래, 그걸 보고 놀랐겠지. 그림 속 하아푸아니는 허리에 파레오를 걸친 모습도 벌거벗은 모습도 아니었다. 그림 속 하아푸아니는 붉은색 망토를 어깨에 걸치고, 날렵한 아랫도리는 장갑처럼 몸에 꽉 끼는 옷으로 감싸고 있었다. 아주 짧은 옷이었다. 그래서 꼬고 있는 두 다리가 고스란히 드러나 있었다. 마치 여자 다리 같았다. 하아푸아니는 한 마디 말도 없이 그림만 한참 동안 쳐다보았다. 그러다 다시 제자리로 돌아가 코케가 일러준 자세를 취했다.

"자네 초상화에 대해서는 일절 말이 없구먼." 폴은 다시 붓을 잡으며 말했다. 세부 작업, 도저히 가능할 것 같지 않았다. "어떻게 생각하나?"

"자네에겐 모든 사람이 '마후'로 보이나 보지." 무당은 말머리를 돌렸다. "진짜 '마후'건 아니건 간에 말이야. 자넨 '마후'를 정상인으로 생각하지 않아. 괴물로 보지. 이런 점에서는 자네도 선교사들과 하나 다를 바 없어, 코케."

과연 그랬을까? 글쎄. 한두 달 전에 이상한 일이 있긴 했지. 〈마음씨 착한 수녀〉라는 그림을 그릴 때였지. 넌 토호타마를 모델로 해서 그렸어. 꼭 그래야만 했지. 그러나 다 그리고 나서 보니, 이건 수녀를 주제로 한 그림이 아니라 수녀 앞에 있는 '마후'를 주제로 한 그림이 되고 말았어. 그림을 그리는 동안에는 전혀 생각도 못했는데 말이지. 대체 무슨 이유로 '마후'에게서 헤어나지 못하는 걸까?

"자네 초상화를 어떻게 생각하는지 왜 말이 없는 거지?" 코케가 고집스럽게 물었다.

"내가 확신할 수 있는 건 그림 속 인물이 내가 아니라는 것뿐이야." 하아푸아니가 대답했다.

"이건 자네 속에 감추어진 자네 모습이야." 코케는 주장했다. "신부들이나 경찰들에게 들키지 않기 위해 속에 숨겨둔 자네의 진면목이지. 자넨 설마 하겠지만, 내 자신 있게 말할 수 있네. 그림 속 인물은 바로 자네야. 그래 자네뿐만은 아니지. 점점 사라져가는 알짜배기 마르키즈 사람, 어느새 흔적도 없이 사라져버릴 테지. 앞으로는 말이야, 마오리족 사람들이 어땠을까 알아보기 위해서는 내 그림을 들여다봐야 할 거야."

토호타마가 웃었다. 솔직하고 유쾌하고 근심걱정을 털어버린 듯한 웃음소리였다. 분위기가 한결 풀리는 것 같았다. 하아푸아니도 웃었다. 싱거운 웃음이었다. 저녁 무렵, 하아푸아니와 토호타마가

가고 난 다음에 이웃사촌 티오카가 찾아와 — 티오카는 코케를 도울 일이 없을까 싶어 하루 두세 차례 쾌락의 집을 찾아왔다 — 한참 동안 그림을 들여다보았다. 티오카는 그림을 자세히 보기 위해 집 현관에 밝혀둔 역청 등잔을 가져오기도 했다. 폴은 티오카에게 한 마디도 묻지 않았다. 평소 입이 무거운 이웃사촌은 한참 만에야 의견을 털어놓았다.

"자넨 항상 이 땅의 여자들을 남자들처럼 근육질로 그리지." 표정이 심각했다. "그런데 이번엔 그 반대네. 하아푸아니를 여자처럼 그렸단 말이야."

티오카의 말이 옳다면 〈히바오아의 무당〉은 처음 네가 구상했던 것과 그럭저럭 비슷하게 나온 것이지. 눈뜬장님이나 마찬가지 처지에서 그리긴 했지만 넌 짬짬이 작업에 매달렸지. 햇빛이 들때, 너의 불굴의 투지에 감동한 신이 허락해주어 잠시 눈이 밝아졌을 때, 넌 잠시잠시 세부를 손질하고 색을 더하거나 빼거나 했어. 시력만 나빠진 게 아니었어. 맥박도 불규칙했지. 때로는 손이 엄청 떨리는 바람에 침대에 한참 동안 누워 있어야만 했어. 몸이 진정될 때까지, 근육경련이 잦아질 때까지 말이지. 그런 지랄 같은 상황에 처해야 꼭 걸작이 나온다니까. 〈히바오아의 무당〉도 걸작 축에 낄수 있을까? 단 한 순간만이라도 제대로 볼 수 있다면 알 수 있을텐데. 하지만 넌 절대 그 궁금증을 풀 수 없을 테지.

다음 번 작업 때 토호타마가 폴에게 물었다. 코케, 대체 무슨 이유로 여자도 남자도 아닌 '마후'에게 그리 관심이 많은 거예요? 폴은 바보 같은 설명 — "아름답잖아, 매력적이고, 이국적이고" — 으로 얼버무렸지만, 하루 종일 그 질문이 머리에서 떠나지 않았다. 그날 밤, 폴은 그 생각으로 잠을 이루지 못했다. 폴은 과일 몇 개를 먹고, 다리에 붕대를 갈아주고, 통증을 달래기 위해 아편을 물에 타 마시고 나서 침대에 누워 있었다. 코케, 대체 이유가 뭐야? 그들이 쫓기는 입장이라서? 몸을 숨기고 다니는 처지라서? 그들이 신부들이나 목사들로부터 변태나 죄인처럼 미움을 받는 입장이라서? 유럽 때문에 이제 곧 흔적도 없이 사라져버릴 원시 마오리족의 최후의 야만성을 근근이 이어가는 사람들이라서? 어쩌면. 마르키즈 원시 문화는 서구 기독교 문화에 완전히 잡아먹히고 말겠지. 네가 타히티에 있을 때 『레 게프』와 『라 수리르』라는 잡지를 통해 그 잘난 말솜씨로, 터무니없는 중상모략으로, 물불 가리지 않고 변호했던 그 문화. 코케, 이곳 문화도 타히티에서처럼 잡아먹혀 사라지고 말 테지. 차례차례 사라지겠지. 종교가, 언어가, 도덕성이, 그리고 종국에는 섹스마저. 머지 않았어. 마르키즈 사람들도 이제 곧 유럽 부르주아 신자들처럼 생각하게 되겠지. 인간의 성은 두 가지로 나뉜다, 그것으로 충분하다, 더 이상 있을 수 없다. 건널 수 없는 심연으로 완전히 구별되고 갈라지는 거지. 남성과 여성, 수컷과 암컷, 자지와 보지. 남녀 간의 관계에 있어서도 신앙에서처럼 선이 분명해야 한다, 이것도 저것도 아닌 것은 야만이요 죄악이다, 사람을 잡아먹는 것처럼 문명의 수치다, 남자-여자, 여자-남자라는 것은 이 세상에서 뿌리 뽑아야 할 비정상이다, 하느님 아버지께서도 소돔과 고모라를 심판하시지 않았느냐. 불쌍한 '마후' 들! 이곳 섬에도 이젠 얼마 남지 않았어. 위선에 가득 찬 본국인들과 식민지 당국자들은 집안 일꾼으로 쓰기 위해 '마후' 를 찾아다녔다. '마후' 는 음식도 잘 하고, 빨래도 잘 하고, 아이도 잘 돌보고, 집도 잘 지키는 것으로 유명했던 것이다. 위선자들은 종교계와의 마찰을 없애기 위해 '마후' 가 치장을 하거나 여자처럼 옷을 입는 것은 금지시켰다. 그러나 '마후' 는 사람들 눈에 뜨일 것을 두려워하고 있기는 했지만 머리에 꽃가지를 꽂고, 손목에 팔찌를 끼고, 발목에 발찌를 끼고, 계집애들처럼 옷을 입고 다녔다. 그만 큼 대담했던 것이다. 그들은 자신들의 문화가 이제 곧 숨이 넘어간 다는 사실을 짐작도 하지 못했다. 하지만 자기의 본모습 — 욕망 과 환상 — 을 숨김없이 보여주는 원주민들의 이런 건강하고 자 발적이고 자유로운 태도도 이젠 죽을 날만 꼽고 있는 형편이었다. 〈히바오아의 무당〉은 바로 그들의 묘비인 거야, 코케.

마오리족 늙은 장님 여자가 네 그 오그랑쪼그랑 자지를 만져보 고 한 소리가 있었지만, 넌 마르텡 주교나 짭새 장 폴 클라베리 같 은 놈보다는 마오리족 사람들에게 더 가까웠어. 네가 파피테에 있 을 때 개 노릇을 해준 그 무식하고 자기 욕심밖에 모르는 놈들과 도 넌 한참 달랐어. 넌 그 원시인들을 이해할 수 있었으니까. 그 사 람들을 존경했으니까. 그 사람들을 시샘했으니까. 또 넌 그만큼 네 동포 떨거지들을 증오했으니까.

적어도 넌 그 점만은 확신하고 있었어, 코케. 네 그림은 현대적 이고 문명화된 유럽인이 그린 그림이 아니었단 말이지. 이 점만은 아무도 부정 못할 거야. 그래, 브르타뉴에 있을 때였지. 처음에 퐁 타방에 있을 때는 그저 막연한 느낌일 뿐이었어. 그러나 르 풀뒤에 있을 때는 확신을 가질 수 있었어. 예술은 이 협소한 틀에서 벗어 나야 한다, 파리의 예술가와 비평가들이, 학자들과 수집가들이 예 술을 가두어두고 있는 이 좁은 공간에서 벗어나야 한다, 세상으로 떨치고 나가 다른 문화와 섞여들어야 한다, 다른 풍경, 다른 가치, 다른 종족, 다른 신앙, 다른 형태의 삶과 도덕과 하나로 섞여들어 야 한다, 반드시 그렇게 해야 파리 놈들이 말랑말랑하고 쉽고 경박 하고 상업적인 것으로 바꿔치기한 건강함을 회복할 수 있다. 넌 그 렇게 했어. 넌 세상으로 떨치고 나왔어. 넌 유럽이 무시하고 거부 한 것을 열심히 찾았고, 열심히 배웠고, 정신없이 빠져들었어. 대신 톡톡한 대가를 치러야 했어. 그래도 절대 후회는 없지, 코케, 그렇지 않아?

　넌 후회하지 않았어. 지금 꼴이 말이 아니지만 여기까지 온 것을 오히려 자랑스러워했어. 그럼? 만만한 일이 아냐. 넌 그 대가를 치렀어. 퐁타방에서 여름과 가을을 보내고 난 후 넌 겨울을 나기 위해 파리로 돌아왔어. 사람이 달라져 있었지. 몸과 마음이 완전히 변했던 거야. 건강했고, 자신감에 차 있었고, 마침내 갈 길을 찾았으니 기고만장할 수밖에 없었지. 몹쓸 짓도 많이 했고 이야깃거리도 많이 만들었지. 파리로 돌아오자마자 넌 우선 사람 좋은 쉬프의 예쁜 아내 루이즈를 덮쳤어. 그전까지만 해도 알랑방귀나 뀌던 주제에 말이지. 하지만 이젠 달라진 거야. 새삼스레 솟구쳐 오른 재능으로 의기양양해서 무서울 것이 없었지. 교회도 정부도 안중에 없었으니까. 어느 날, 넌 루이즈와 둘만 있게 되었지. 사람 좋은 쉬프는 학원에서 그림 강의를 하고 있었지. 넌 그 틈을 이용해 루이즈에게 달려들었어. 폴, 루이즈에게 못된 짓을 했다고 볼 수 있을까? 그건 과장일 거야. 넌 그저 달콤한 말로 유혹한 것뿐이었으니까. 루이즈는 처음에만 잠시 반항했을 뿐이었으니까. 확신은 가지 않지만 그렇게 보였단 말이지. 그리고 일을 치르고 난 다음에도 후회하는 기색은 없었지.

　"당신 정말 야만인같이 구네요, 폴. 어떻게 내 몸에 손을 댈 수 있어요?"

　"당신 말마따나 난 야만인이거든. 점잖지 못하다고? 당연하지. 난 그런 거 모르니까. 난 꼴리는 대로 노는 놈이야. 이제부턴 이렇게 살기로 작정했어. 이래야 화가로 성공할 수 있다 이 말이거든."

　네 삶의 원칙을 선언했다고나 할까. 그런데 그게 네 미래에 대한 예언이 되고만 셈이었지. 사람 좋은 쉬프는 네가 한 짓거리를 알고

나 있었을까? 설사 알았다고 해도 널 용서했을 테지. 그 알자스 촌놈은 고상한 놈이었으니까. 문명사회의 도덕률에 있어서는 틀림없이 너보다 한 수 위였으니까. 사람 좋은 쉬프가 형편없는 그림만 그리는 이유도 틀림없이 그래서일 테지.

　다음 날, 코케는 마지막 손질을 끝낸 후에 하아푸아니에게 약속했던 돈을 지불했다. 그림은 완성되어 있었다. 진짜로 완성되어 있었단 말이야? 그렇기만을 바랄 뿐이었지. 어쨌든 더 이상 그림을 붙들고 있을 기력도 정신도 남아 있지 않았으니까.

# 21

# 마지막 전투
## 보르도, 1844년 11월

불길한 기운이 감도는 1844년 9월 24일, 보르도에 갓 도착한 플로라는 프란츠 리스트의 피아노 연주회 초대를 받아들였다. 보르도 귀부인들이 보석과 화려한 의상을 뽐내는 그랑 테아트르의 관람석에 플로라는 앉아 있었다. 플로라는 이번 일이 대중 앞에서의 마지막 행사가 될 줄은 꿈에도 생각지 못하고 있었다. 그날 이후로 플로라는 침대에서 생애 마지막 몇 주를 보내게 되었다. 그것도 엘리사 르모니에와 샤를 르모니에라는 생시몽주의자 부부 집에서 말이다. 1년 전 플로라는 그 부부가 지나치게 부르주아 티를 낸다고 해서 사귀기를 거부한 적이 있었다. 참 얄궂은 일이지, 플로라. 생애 마지막 날까지 온통 얄궂은 일뿐이야.

보르도에 도착했을 때까지만 해도 몸이 불편하지는 않았다. 피곤하고 화가 나고 실망했을 뿐이었다. 카르카손느에서 빠져 나온 이후로 줄곧 지방 지사나 경찰의 시달림을 받아야했기 때문이었다. 툴루즈에서도 아젱에서도 사정은 마찬가지였다. 지사나 경찰은 플로라가 노동자들과 만나지 못하도록 방해했다. 그들은 당최 모임을 허락하지 않았고, 겨우겨우 모일라치면 몽둥이질로 모임을 해산시키기까지 했다. 플로라가 염려했던 것은 자신의 건강이 아니라 권력자들이었다. 놈들은 플로라의 순례여행을 방해하기 위해 수단 방법을 가리지 않았다.

플로라, 5년 전을 생각해봐. 런던에서 돌아왔을 때 말이야. 넌 거대한 여성 · 노동자 연대를 구성해 세상을 변혁시키겠다는 원대한 이상을 품고 의기양양하게 돌아왔었어. 그리고 노동자들과 끈을 맺기 위해 무던히도 애를 썼었지. 그런데 양심적인 평화주의자라고 할 수 있는 너 플로라를 권력자들은 파괴분자로 매도하고 말았어. 넌 꿈과 이상만을 가득 품고 파리로 돌아온 것은 아니었어. 그때 넌 아주 건강하기도 했어. 넌 『라틀리에』와 『라 루쉬 포퓔레르』(네가 『런던 나들이』에서 유일하게 칭찬했던 잡지들)라는 중요한 노동자 잡지를 열심히 읽었어. 넌 세상을 바꾸려는 메시아, 철학자, 이론가, 논객들의 책을 열심히 읽고 또 찾아다니기까지 했어. 그러나 그러한 일들은 네게 유익했다기보다 오히려 혼란만 가중시켜주었지. 사회주의자들이나 무정부주의적 혁신주의자들 사이에는 탁상공론만 일삼는 몽상가들과 괴짜들이 수두룩했으니까 말이지. 예를 들어, 가노라는 이름의 카리스마 넘치던 조각가 — 생각만 해도 웃음이 터져 나오는 작자 — 가 있었지. 묘지기 같은 인상을 풍기던 그 작자는 자신이 '에바디즘(evadism)'을 창시했다고 했지. 양성 간의 평등을 기반으로 여성해방을 추진하는 사상이라고 했어. 넌 순진하게도 몇 주간 그 사람을 진지하게 받아들였어. 그러나 그 작자에 대한 존경심은 어느 날 갑자기 산산조각이 나고 말았지. 눈은 번쩍번쩍하고 수족은 기다란 그 불길한 인상의 남자는 네게 이렇게 설명했지. '에바디즘'이라는 명칭은 인류 최초의 부부 ── 이브(Eva)와 아담(Adam) ── 이름에서 따온 것이다, 나는 제자들을 가족과 같이 생각하기 때문에 나를 '마파'라고 부르게 한다, '마파'라는 명칭은 '마마'와 '파파'라는 이름에서 첫 마디를 따서 만든 것이다. 한 마디로 바보멍청이였지. 완전히 맛이 간 미친놈이었는지도 모르지.

플로라는 9월 8일부터 19일까지 툴루즈를 방문했다. 플로라는 그 기간 동안 좋은 기회를 잡을 수도 있었지만 경찰의 방해로 실패하고 말았다. 툴루즈에 도착한 다음 날, 플로라가 라 퐁프 거리에 있는 데 포르트 호텔에서 20여 명의 노동자들과 모임을 가지고 있을 때, 브라스노라는 경찰이 방으로 뛰어들었다. 배불뚝이에 돼지털 같은 콧수염을 기른 남자. 눈초리를 보니 친구도 별로 없을 것 같았다. 경찰은 모자도 벗지 않고, 인사조차 없이 대뜸 통고부터 했다.

"부인은 툴루즈에 와서 혁명을 선전할 권한이 없습니다."

"나는 혁명을 하기 위해 온 것이 아니라 혁명을 지연시키기 위해 온 겁니다, 경찰 양반. 나를 이렇다 저렇다 판단하기 전에 우선 내 책이나 한 번 읽어보시지요." 플로라는 발끈했다. "언제부터 달랑 여자 하나가 유럽 최강 제국의 경찰이나 지사를 겁나게 했던 가요?"

경찰은 "어쨌든 알려드린 겁니다"라고 차갑게 내뱉고는 인사말도 없이 물러갔다.

플로라는 툴루즈 지사와 얘기를 나눠보려 애써 보았지만 허사였다. 플로라는 툴루즈 사람들과 접촉할 방법이 없었다. 플로라는 겨우겨우 비밀집회를 단 한 차례 가질 수 있었다. 플로라는 생미셸 가에 있는 어느 여관에서 가죽 세공사 여덟 명을 만났다. 사람들은 경찰이 들이닥칠지도 모른다는 불안감에 사로잡혀 겁먹은 표정으로 길가 쪽의 문에 온 신경을 곤두세운 채 플로라의 말을 들었다. 민주공화주의를 표방한다는 『레만시파시옹』이라는 신문사를 찾아가 보았지만 그 또한 실망만을 안겨 주었다. 신문사 사람들은 플로라를 액막이 부적이나 팔러 다니는 여자쯤으로 취급했다. 노동조합의 목적에 대해 누이가 설명했지만 거들떠보지도 않았다. 한 사람이 플로라에게 집시냐고 물었다. 그 소위 '기사 양반들' 중에서 가장 싸가지 없어 보이던 남자 — 리베롤이라는 편집부 기자, 싸래기 나무 같이 바싹 마른 몸뚱이에 눈빛이 음란한 작자 — 가 눈을 찡긋거리며 알쏭달쏭한 말로 수작을 붙여왔을 때, 플로라는 더 이상 참을 수 없었다.

"당신 시방 나한테 수작 부리는 거야? 그 주제에?" 왈가닥 부인은 고래고래 고함을 질렀다. "당신 생전 거울도 안 보나 보지? 이 양반이 어디서!"

플로라는 자리에서 벌떡 일어나 문을 박차고 나왔다. 리베롤이라는 작자가 얼마나 무안해했는지를 생각하자 분이 어느 정도 풀렸다. 멋들어지게 한방 먹인 거지, 플로라. 네 그 당돌한 대꾸에 그 친구, 요절복통 웃어대는 동료들 틈바구니에서, 할 말을 잃고 입을 헤 벌리고 있었지.

플로라는 아젠에서 나흘간 머물렀다. 일은 툴루즈에서보다 나을 것이 없었다. 역시 경찰 때문이었다. 그곳에는 노동자들의 상호협동조합이 상당수 있었다. 파리에 있는 아그리콜 페르디기에르가 조합원들에게 플로라가 도착할 것이라고 미리 연락해두었었다. 사람들은 아그리콜 페르디기에르를 '덕망 있는 아비뇽 사람'이라는 별명으로 불렀다. 그럴 만도 했다. 그는 대범한 사람이었다. 플로라의 생각에는 반대했지만 그 누구보다 플로라를 열심히 도와

511

준 사람이었다. 페르디기에르의 동료들은 다양한 조합원들과의 만남을 준비해놓고 있었다. 그러나 첫 번째 모임만 성사되었을 뿐이었다. 목수들과 인쇄공들이 모임에 참석했다. 모두 열다섯 명이었다. 그들 중 두 사람은 의식이 깨어 있었고 위원회에 참여할 준비도 갖추고 있었다. 플로라는 그 두 사람과 함께 그 지역의 유명 인사를 방문했다. 시를 쓰는 자스멩이라는 이발사였다. 플로라는 그 사람에게 많은 기대를 걸고 있었다. 그러나 예전에 주목받았던 그 시인도 부르주아들의 칭찬의 늪에 빠져 허영심에 찬 바보멍청이로 전락해 있었다. 사필귀정인 것만 같았다. 시인은 자신이 무산자 계급 출신임을 더 이상 인정하지 않았고 오히려 거들먹거리기만 했다. 오동통한 물렁살에 호들갑스럽고 치사한 인간이었다. 시인은 자신이 파리에서 노디에, 샤토브리앙, 생트뵈브와 같은 유명 인사들로부터 얼마나 극진한 대접을 받았는지 자랑을 늘어놓아 플로라를 맥 빠지게 만들었다. 또 루이 필리프 폐하 면전에서 가스코뉴 지방을 다룬 자신의 시를 낭독했을 때 얼마나 가슴이 벅차올랐는지 몰랐다고 늘어놓았다. 폐하께서 내 시에 감동 받아 눈물을 떨어뜨리셨는지도 모르지요. 플로라는 자신이 찾아온 목적을 설명하고 노동조합을 도와달라고 요청했다. 그러자 시를 쓰는 이발사는 깜짝 놀랐다는 듯 인상을 찡그렸다. 무슨 말씀!

"당신의 혁명적인 사상을 결코 지지할 수 없소이다, 부인. 프랑스는 이미 너무나 많은 피를 흘렸소. 대체 날 어떻게 보고 하는 소리요?"

"동료들에게 충실한 건전한 노동자로 생각했습니다만, 자스멩 씨. 내가 잘못 생각한 것 같군요. 이제 보니 당신도 부르주아 계급에 빌붙어 사는 귀염둥이, 얼빠진 어릿광대일 뿐이로군요."

"나가요, 내 집에서 당장 꺼져!" 뚱보 시인이 문을 가리켰다.

"못돼 처먹은 여편네 같으니라고!"

그날 오후 경찰이 호텔로 플로라를 찾아와 그 지역에서는 어떤 모임도 허용할 수 없다고 통고했다. 플로라는 금지명령을 무시해 버리기로 결심했다. 플로라는 뒤 탐플 가에 있는 여관을 찾아갔다. 다양한 직종의 노동자 40여 명 — 구두공과 세공인들이 주류를 이루었다 — 이 플로라를 기다리고 있었다. 플로라가 설명을 시작한 지 채 10분도 지나지 않아 20여 명의 하사관들과 50여 명의 사병들이 여관을 포위했다. 우스꽝스럽게 생긴 확성기를 든 강인한 인상의 사십대 남자가 부대를 지휘하고 있었다. 대장은 쩌렁쩌렁한 목소리로 명령했다. 안에 있는 사람들은 한 사람씩 밖으로 나와 이름과 주소를 대도록 하라. 플로라는 사람들에게 움직이지 말라고 요청했다. "형제 여러분, 경찰들이 안으로 들어와 우릴 끌어내게 만들어야 합니다. 그렇게 되면 소동이 벌어지고, 신문들도 이 무자비한 진압에 대해 알게 될 겁니다." 그러나 대부분의 사람들은 직장을 잃을까 두려워 경찰의 명령에 순종했다. 사람들은 모자를 손에 들고 고개를 숙인 채 줄줄이 밖으로 나갔다. 일곱 명만이 안에 남아 플로라를 둥글게 에워쌌다. 이윽고 하사관들이 안으로 달려들어 욕을 퍼부으며 몽둥이질을 해댔다. 경찰들은 노동자들을 질질 끌고 밖으로 나갔다. 그러나 플로라에게는 손끝 하나 건드리지 않았다. 플로라가 격렬하게 항의해보았지만 대꾸조차 하지 않았다. "나도 때려 봐, 이 비겁한 놈들아!"

"한 번만 더 명령을 어길 때에는 감방에 들어갈 줄 아시오. 아젱의 도둑년들, 갈보년들과 함께 지내게 될 거요." 대장은 확성기를 빙글빙글 돌리며 걸걸한 목소리로 윽박질렀다. "부인, 이제 어떻게 처신해야 할지 아시겠지?"

아젱의 협동조합들은 그날 밤 소동을 교훈으로 삼았다. 계획했던 모임은 모조리 취소되고 말았다. 플로라는 소수 인원으로 비밀리에 모임을 갖자고 제안해보았지만 아무도 받아들이지 않았다. 그래서 플로라는 아쟁에서의 마지막 시간을 고독과 권태와 절망감 속에서 보낼 수밖에 없었다. 플로라는 경찰보다는 노동자들의 비겁함에 더 화가 치밀었다. 경찰이 엄포를 놓자마자 줄행랑치던 꼬락서니라니!

플로라가 보르도로 떠나기 전날 밤에 이상한 일이 있었다. 플로라는 드 프랑스 호텔 침실 책상에서 값이 상당히 나가 보이는 금시계 하나를 발견했다. 손님 누군가가 잊어버리고 간 것 같았다. 관리인에게 시계를 갖다주려고 했을 때, 플로라는 강한 유혹에 사로잡혔다. '그냥 시계를 가져버릴까?' 욕심 때문이 아니었다. 플로라는 지금껏 살아오면서 욕심이라고는 전혀 부려본 적이 없었다. 그냥 알고 싶었다. 도둑질을 하고 난 다음 도둑들은 어떤 심정일까? 두려워할까? 희희낙락거릴까? 양심의 가책을 받을까? 플로라는 순간적으로 답답한 느낌을 받았다. 불쾌했다. 두려움과 어처구니없다는 생각에 몸이 근질근질했다. 플로라는 호텔에서 나갈 때 시계를 건네주기로 했다. 그러나 그때까지 기다릴 수 없을 것 같았다. 저녁 7시, 플로라는 더 이상 참을 수 없었다. 그래서 아래층으로 내려가 지배인에게 시계를 건네주었다. 지금 막 발견했다는 거짓말과 함께. 도둑질도 아무나 할 수 있는 게 아니라네, 안달루시아 아가씨.

플로라, 잘 생각해봐. 그렇게 부질없는 여행은 아니었어. 요 몇 주 동안 네가 노동자들과 만나지 못하도록 경찰과 지사들이 설쳐대던 꼴을 생각해보란 말이야. 그건 네 행동이 점점 열매를 맺기 시작했다는 증거가 아니겠어? 네가 생각하는 것보다 훨씬 많은 추종자들이 생겼을지도 몰라. 네가 한 걸음 한 걸음 옮길 때마다 뿌

514

려놓은 씨앗들이 점점 퍼져나가 조만간 엄청난 규모로 피어오를 거란 말이지. 프랑스에서, 유럽에서, 전 세계에서. 여행에 나선 지 겨우 1년 반 만에 넌 권력자들의 원수요, 이 나라를 위협하는 인물이 된 거야. 대성공이란 말이야, 플로라. 그러니 그렇게 넋 놓고 있어서는 안 돼. 1843년 2월 4일, '대장장이들의 대부' 고세가 파리에서 주도한 모임을 생각해봐. 그 모임에서 넌 파리의 노동자들에게 처음으로 노동조합에 대해 연설할 수 있었어. 그 이후로 얼마나 많이 발전했는지 생각해보란 말이야. 1년 반이라는 시간은 그리 긴 시간이 아냐. 하지만 삭신이 녹아들 정도로 고생한 네게는 그 시간이 마치 한 100년쯤 되는 것 같았지.

최근 18개월 동안 많은 일들을 겪었지만 기억에 남아 있는 것은 별로 없어. 오만가지 일을 다 겪었지. 때로는 흥분하기도 했고 때로는 절망하기도 했어. 그중에서 결코 잊을 수 없는 일이 하나 있지. 고세가 후원하는 상호협동조합에서 처음으로 사람들 앞에서 네 생각을 밝힐 수 있었던 일 말이야. 아시유 프랑수아라는 여자가 모임을 주도했지. 그 여자는 파리 가죽 염색공들 사이에서 전설로 통하는 여자였어. 넌 너무 흥분한 나머지 속옷에 오줌을 지리기까지 했지. 다행히 아무도 눈치 채지 못했지만. 사람들은 네 말을 귀담아듣고 질문을 해댔어. 격렬한 토론이 벌어졌지. 그리하여 마침내, 노동조합 운동 핵심 조직으로 7인 조직위원회가 구성되었어. 플로라, 그때는 모든 것이 손쉬워 보였어. 한마디로 자만심에 빠졌던 거지. 그러나 조직위원회와 차차 모임을 갖기 시작하면서 일은 뒤틀어지기 시작했어. 사람들은 아직 인쇄조차 되지 않은 너의 『노동조합』 책자에 대해 불평을 늘어놓기 시작했던 거야. 넌 프랑스 노동자들의 '열악한 물질적·도덕적 처지'에 대해 얘기하려고 했지. 그런데 사람들은, 자신들의 처지를 뻔히 알고 있었으면서도

자기들을 패배자요 풍기가 문란한 사람들로 묘사했다고 여겼던
거야. 넌 네게 불평을 늘어놓는 사람들을 '구원을 바라지 않는 무
식한 깡패'라고 질타했지. '대장장이들의 대부' 고세는 네 말을
듣고 이렇게 충고했지. 그 후로도 너는 때때로 고세의 충고를 되새
기곤 했지.

"조급하게 생각해서는 안 됩니다, 플로라 트리스탄. 싸움은 지
금부터입니다. 아시유 프랑수아를 본받도록 해요. 그 여자는 가족
을 먹여 살리기 위해 아침 6시부터 밤 8시까지 일합니다. 그리고
밤 8시부터 새벽 2시까지 동료 노동자들을 위해 일합니다. 그런
사람을 '무식한 깡패'라고 부를 수 있겠습니까? 단지 당신과 의견
이 다르다고 해서?"

물론 '대장장이들의 대부'는 깡패도 아니었고 무식쟁이도 아니
었다. 오히려 지혜가 넘쳐나는 사람이었어. 네가 파리에서 활동을
시작할 무렵 그 누구보다 널 열심히 도와준 사람이었지. 마침내 넌
그 사람을 스승으로, 정신적인 아버지로 여기게 되었어. 그러나 고
세 부인은 두 사람 사이의 숭고한 동료애를 이해하지 못했어. 어느
날 밤, 네가 아시유 프랑수아의 집에서 모임을 갖고 있을 때, 고세
부인이 느닷없이 나타나 네 앞에 떡 버티고 서서는 길길이 날뛰며
네게 욕을 퍼부었어. 고세 부인은 침을 튀겨가며, 자기 머리카락을
쥐어뜯으며 널 위협했어. '남편을 낚아채기 위해 계속해서 수작을
부린다면' 경찰에 고발해버리겠다고 말이야. 늙은 고세 부인은 네
가 노동자들의 대부인 노인네와 사랑에 빠졌다고 생각했던 거였
어. 이런 플로라, 정말 웃기는 일이지 그지? 정말 웃기는 일이야.
하지만, 그 우스꽝스러운 장면은 네게 많은 걸 가르쳐주었어. 쉬운
건 하나도 없다, 특히 정의와 인류를 위한 투쟁은 어렵고도 어려운
일이다. 그뿐만이 아니었지. 가난하고 착취당하는 노동자들도, 어

516

떤 면에 있어서는, 부르주아 계급과 다를 게 하나 없다.

1844년 9월 말, 넌 리스트의 연주회에 갔어. 음악을 좋아해서라 기보다는 궁금해서였지(지난 반 년 동안 프랑스 곳곳에서 마주친 그 피아니스트가 과연 어떤 사람일까 몹시도 궁금했었지). 그러나 그 연 주회 역시 우스꽝스러운 장면으로 끝나고 말았어. 넌 연주회 도중 갑자기 정신을 잃고 바닥으로 굴러 떨어졌어. 청중들의 시선이 네 게 집중되었지. 연주를 방해받은 피아니스트도 눈에 독기를 품고 네가 쓰러진 쪽을 쳐다보았어. 그 우스꽝스러운 장면은 어느 얼빠 진 신문기자의 기사로 대미를 장식했지. 그 정신이 나간 기자는 정 신을 잃고 쓰러진 널 지상의 요정인 양 소개했어. '감탄할 정도로 아름다운 여인, 우아하고 경쾌한 자태, 자신감 넘치는 분위기, 동 양의 정열이 가득한 눈동자, 온몸을 감싸는 새카만 긴 머릿결, 올 리브빛이 흐르는 아름다운 얼굴, 희고 가지런한 치아, 양기와 음기 가 절묘하게 조화를 이룬 여인. 작가이며 사회 개혁가인 플로라 트 리스탄 부인이 지난밤 정신을 잃고 쓰러졌다. 거장 리스트의 격정 적인 연주에 휩쓸려 정신을 잃었던 것으로 보인다.' 정신을 차리 고 보니 푹신푹신한 침대에 누워 있었어. 넌 그 어처구니없는 기사 를 읽고는 너무나 부끄러워 온몸이 새빨갛게 타오르는 것 같았지. 플로라, 그곳이 어디였지? 아주 우아한 방이었어. 신선한 꽃향기 에, 세심하게 뜨개질한 커튼 사이로 빛이 잔잔히 흘러들고 있었지. 네가 묵었던 수수한 호텔 방과는 전혀 딴판이었어. 그곳은 샤를 르 모니에 부부의 집이었어. 부부는 네가 전날 밤 그랑 테아트르에서 정신을 잃고 쓰러지자 억지로 우겨 널 자신들의 집으로 데리고 왔 던 거야. 호텔이나 병원보다 네게 더 나을 것이라고 생각했던 거 지. 진짜 그랬어. 샤를은 변호사 겸 철학 교수였고, 샤를의 부인 엘 리사는 청소년 직업학교의 선생이었어. 두 사람 모두 헌신적인 생

517

시몽주의자였고, 프로스페르 앙팡탱 신부의 친구였어. 교양 있고 자상한 이상주의자들로 전 인류의 단결과 생시몽이 주창한 '새로운 기독교'를 위해 온몸을 바쳐 일하는 사람들이었지. 1년 전, 넌 그 사람들을 만나보기도 싫다며 싸가지 없게 군 적이 있었지. 그러나 그 사람들은 네게 악감정을 전혀 품고 있지 않았어. 오히려 네 책을 읽고 널 존경하고 있었지.

르모니에 부부는 그 후 몇 주 동안 플로라를 지극정성으로 보살펴주었다. 집에서 가장 편안한 방을 내주었고, 보르도에서 가장 뛰어난 의사 — 마비 2세 박사 — 를 불러주었고, 밤낮으로 플로라를 간호하도록 알핀느라는 아가씨를 간호사로 채용했다. 진찰비나 약값도 모두 그 부부가 해결했다. 플로라가 비용을 갚겠다고 해보았지만 부부는 말도 꺼내지 못하게 했다.

마비 2세 박사는 플로라가 콜레라에 걸렸을지도 모른다고 진단했다. 다음 날 박사는 재차 진단한 후 이렇게 말했다. 다시 진찰해보니 장티푸스일 가능성이 높습니다. 환자는 완전히 축 늘어져 있었으나 의사는 낙관적이었다. 의사는 처방했다. 식이요법을 행하라, 절대 안정을 취해야 한다, 몸을 자주 문질러주고 마사지를 받도록 하라, 강장제를 제조해줄 테니 30분 간격으로 밤낮으로 마셔야 한다. 처음 이틀 동안은 차도가 양호했다. 그러나 삼 일째 되던 날, 머리가 터질 듯 아파 오며 체온이 급격히 올라갔다. 플로라는 몇 시간 동안이나 인사불성 상태에 빠져 헛소리를 늘어놓았다. 르모니에 부부는 그 지역에서 가장 유명한 의사인 진트락 박사를 필두로 의사들을 있는 대로 다 불러 모았다. 각 분야의 전문의들은 플로라를 진찰하고 내부 토의를 거쳤지만 도무지 원인을 알 수 없다고 털어놓았다. 그러나 환자의 상태가 심각하기는 해도 살아날 가능성은 있다고도 했다. 희망을 잃어서는 안 된다, 환자가 자신의 상태를 알게 해서도 안 된다. 의사들은 사혈(瀉血)과 관장(灌腸)을 시행했고, 강장제를 새로 처방해 15분 간격으로 마시도록 했다. 헌신적으로 플로라를 간호하느라 지쳐버린 알핀느를 위해 르모니에 부부는 야간 근무 간호사를 새로 채용했다. 플로라가 잠시 정신을 차렸을 때 르모니에 부부가 물어보았다. 가족 중 누군가를 불러오면 어떨까요? 알린느라는 따님이 있다고 했지요? 플로라는 망설이지 않았다. "리옹에 있는 엘레오노르 블랑을 불러주세요. 딸이나 다름없는 아이예요." 엘레오노르가 보르도에 도착했다. 그렇게나 보고 싶던 얼굴이, 하얗게 질린 채, 두 눈에 애정을 가득 담고, 침대에 누워 있는 플로라를 내려다보고 있었다. 플로라는 의욕을 되찾았다. 투쟁 의지와 삶에 대한 애착도 회복했다.

1년 반 전, 플로라가 노동조합 투쟁을 개시했을 때, 『라 루쉬 포퓔레르』는 플로라를 우호적으로 대했다. 그러나 또 다른 노동자 잡지인 『라틀리에』는 달랐다. 『라틀리에』는 처음에는 플로라를 무시하다가 나중에는 '치마를 두른 주제에 오코늘 흉내를 내려 한다' 며 플로라를 비웃었다. 그와는 반대로 『라 루쉬』는 두 번의 토론회를 개최했다. 토론회에 참석했던 15명 중 14명이 프랑스 남녀 노동자들을 소집하자는 안건에 찬성표를 던졌다. 그 안건은 플로라가 작성한 것이었다. 플로라는 그 안건을 통해 노동자들에게 노동조합에 가입하라고 호소했다. 플로라는 처음에는 대중 앞에서 연설하는 일을 두려워했으나 이내 그 두려움을 극복해낼 수 있었다. 플로라는 스스로 뻔뻔해지도록 노력했으며 토론에 임해서도 잘 꾸려나갈 수 있게 되었다. 그러나 항상 실패했다는 느낌을 지워버릴 수가 없었다. 여성들은 모임에 거의 참석하지 않았기 때문이었다. 플로라는 여성들의 참석을 위해 무던히 애를 썼지만 성과가 전혀 없었다. 몇몇 여자들을 억지로 끌고 나와봐도 겁을 집어먹고 한쪽에 쭈그리고 앉아 있는 여자들을 보면 동정심을(그와 동시에 분노를) 금할 수 없었다. 감히 입을 여는 여자들은 거의 없었다. 입을 여는 여자들도 입을 열기 전에 동의를 구하듯 참석한 남자들의 눈치를 먼저 살피곤 했다.

『노동조합』은 1843년에 출판되었다. 위대한 업적이었다. 넌 그 일만 생각하면 지금도, 병에 걸려 주변과 완전히 절연된 채 절망에 빠져 있다가 이제 막 빠져나온 지금까지도, 뿌듯한 느낌이 들지. 넌 책을 출판한 거야. 그 책은 벌써 세 번씩이나 찍었어. 그리고 노동자들의 손을 거쳐 사방으로 퍼져 나갔어. 이게 바로 역경을 딛고 일어선 승리가 아니겠어? 그렇지, 안달루시아 아가씨? 네가 알고 지낸 파리의 출판업자들은 하나같이 출판을 거부했어. 꼴같잖은 핑계를 대면서 말이지. 사실상 출판업자들은 당국에 책이나 잡히지 않을까 두려워했던 거였지.

어느 날 아침, 넌 뒤박 가의 언덕머리에서 우뚝우뚝 솟은 생쉴피스 교회의 탑들을 보고 있었지. 그때 장 밥티스트 랑게 드 즈레 신부에 관한 이야기(플로라, 혹시 전설은 아니었을까?)가 떠올랐지. 그 신부는 어느 날 순전히 동냥한 돈만으로 파리에서 가장 아름다운 교회를 세워보겠다고 결심했지. 신부는 지체 없이 동냥질에 나서 집집을 찾아다녔어. 앞으로 전 세계 여성들과 노동자들의 복음서 역할을 할 책을 출판할 수만 있다면 너 자신도 그와 같은 일을 못할 이유가 없지 않겠어? 넌 그런 생각이 들자마자 곧바로 '지성적이고 헌신적이신 모든 분들께 호소합니다'라는 글을 쓰기 시작했지. 넌 그 호소문에 너 자신이 먼저 서명했어. 그리고 네 딸아이 알린느, 네 화가 친구인 쥘 로르, 네 하녀인 마리 마들렌느, 네 집에 물을 대주던 노엘 타파넬의 서명을 차례로 써넣었지. 넌 곧바로 친구들이나 안면이 있는 사람들의 집을 일일이 찾아다니기 시작했어. 출판 자금 마련에 협조를 구하기 위해 말이야. 플로라, 그 당시 넌 진짜 건강하고 강인했는데 말이야. 넌 호소문을 듣고 열두 시간 아니 열다섯 시간 동안이나 파리 시내를 헤매고 다닐 수 있었어. 근 2백 명 이상이나 만났지 싶어. 그래서 베랑제, 빅토르 콩시데랑, 조르주 상드, 외젠 수, 폴린 롤랑, 프레드릭 르메트르, 폴 드 콕, 루이 블랑, 루이즈 콜레와 같은 유명 인사들의 도움을 받을 수 있었지. 하지만 유명인들 중에서 널 문전박대한 사람들도 많았어. 들라크루아, 다빗 당제, 마드모아젤 마스 같은 사람들 말이야. 전 세계 사회 정의를 위한 투쟁을 독점하고 싶어 했던 이카리아 공산주의자 에티엔느 카베도 물론 빼놓을 수 없지.

1843년, 뒤박 가에 있는 플로라의 집을 찾아다니던 사람들의 신분이 완전히 바뀌었다. 플로라는 매주 목요일 오후에 손님을 맞았다. 전에는 지적 호기심을 가진 전문직 계층, 신문기자, 예술가들이 방문객의 주류를 이루었지만, 1843년 초부터는 노동자들의 상호협동조합 지도자들이 주로 플로라를 방문했다. 푸리에주의자들이나 생시몽주의자들도 가끔씩 찾아왔다. 그들은 대개 플로라가 너무 과격하다고 비판했다. 플로라는 손님들이 찾아오면 김이 모락모락 나는 초콜릿 차를 대접했다. 쿠스코에서 가져온 초콜릿이라고 거짓말을 했다. 뒤박 가의 비좁은 집을 찾아오는 사람들은 프랑스 사람들만이 아니었다. 파리를 방문한 영국인 인민헌장 운동원들이나 로버트 오언 추종자들도 간혹 눈에 띄었다. 어느 날 오후, 프랑스로 도피한 독일인 사회주의자 아놀드 루게가 플로라를 방문했다. 신중하고 지적인 남자였다. 루게는 메모까지 해가며 플로라의 말에 귀를 기울였다. 부정과 착취를 끝장내기 위해서는 만방의 노동자와 여성을 하나로 묶는 초국가적인 대운동을 조직할 필요가 있다는 플로라의 주장에 루게는 공감을 표시했다. 루게는 플로라에게 질문을 퍼부었다. 루게는 나무랄 데 없는 프랑스어를 구사했다. 루게는 다음 주에 찾아올 때 독일인 친구를 한 명 데려와도 괜찮을지 플로라의 양해를 구했다. 칼 마르크스라는 사람으로 역시 망명 중인 젊은 철학도라고 했다. 루게는 자신 있게 말했다. 서로 잘 통할 겁니다, 노동자 계급에 대한 그 친구의 생각이 부인의 생각과 유사하답니다, 그 친구도 사회 통합을 위해 노동자들이 구원자 노릇을 해야 한다고 생각하거든요.

아놀드 루게는 그다음 주에 동료 독일인 여섯 명과 함께 플로라를 다시 찾아왔다. 모두가 망명객들이었다. 그들 중에는 파리에서도 유명한 모세스 헤스라는 사회주의자도 끼어 있었다. 칼 마르크스는 없었다. 칼 마르크스는 루게와 함께 출간하는 동인잡지 ─ 『독불연지』 ─ 마감 때문에 오지 못했다고 했다. 그러나 넌 그 후 얼마 있지 않아 어처구니없는 상황에서 칼 마르크스를 만나보게 되었지. 센 강 좌안에 있는 조그마한 인쇄소에서였지. 『노동조합』을 인쇄해주겠다고 나선 유일한 인쇄소였어. 넌 페달로 움직이는 낡은 인쇄기 앞에서 『노동조합』이 제대로 인쇄되고 있는지 살펴보고 있었어. 그때 수염을 덥수룩이 기른 젊은이 하나가 땀을 뻘뻘 흘리며, 기분이 나쁜지 얼굴을 벌겋게 달군 채, 정신없이 불평을 늘어놓기 시작했지. 가래가 들끓는 듯한 걸걸한 프랑스어가 귀에 꽤나 거슬렸지. 인쇄소는 대체 무슨 이유로 약속을 지키지 않느냐, '이제 막 도착한 이 부인의 꼴같잖은 잡동사니 글' 따위를 먼저 인쇄하느라 내 잡지를 뒤로 돌릴 수 있단 말이냐.

왈가닥 부인은 자리에서 벌떡 일어나 젊은이 앞으로 다가갔다. 당연한 일이었다.

"당신 지금 꼴같잖은 잡동사니 글이라고 했어?" 플로라는 소리쳤다. 젊은이에 뒤질세라 한껏 목소리를 높였다. "이봐 당신, 알기나 해? 내 책은『노동조합』이란 말이야. 인류의 역사를 바꿀 수 있는 책이라고. 당신 무슨 권리로 거세된 수탉처럼 꽥꽥거리는 거야?"

으르렁거리던 젊은이가 독일어로 뭐라고 구시렁거렸다. 플로라가 한 말의 뜻을 이해하지 못하는 것 같았다. '거세된 수탉'이라니, 거 무슨 뜻이요?

"가서 사전이나 뒤져보시지. 프랑스어 실력이 꽤나 늘 테니." 왈가닥 부인은 웃으며 충고했다. "그리고 그 산짐승 같은 수염도 좀 깎아버리고. 볼썽사납잖아."

젊은이는 말로는 당해낼 수 없는지라 얼굴만 붉히고 있었다. 젊은이가 말했다. '산짐승'이라는 말도 못 알아듣겠소, 이런 식이라면 서로 다뤄봐야 헛일이겠습니다, 부인. 젊은이는 못마땅한 듯 고개를 까닥하고는 물러났다. 플로라는 나중에 인쇄소 주인을 통해 알게 되었다. 바로 그 길길이 날뛰던 젊은이가 바로 아놀드 루게의 친구인 칼 마르크스였던 것이다. 플로라는 상상해보았다. 가관일 것이다. 그 젊은이, 친구와 함께 목요일에 찾아와 날 보게 되면 기절초풍하겠지, 루게가 소개시키기 전에 내가 먼저 나서 손을 내밀며 이렇게 말하는 거지, '젊은이와는 이미 안면이 있는 사이지요?' 그러나 아놀드 루게는 칼 마르크스를 단 한 번도 데려오지 않았다.

엘레오노르 블랑은 보르도에서 지낸 2주 동안 밤낮으로 플로라의 곁을 지켰다. 의사들은 플로라의 상태가 느리지만 회복의 기미를 보이기 시작한다고 판단했다. 플로라는 형편없이 야윈 데다 육체적인 고통까지 겪고 있었지만 활기차 보였다. 배와 자궁 통증이 극심했다. 때때로 머리와 등 쪽에서도 통증을 느꼈다. 전문의들은 아편을 소량 처방해주었다. 아편은 통증을 진정시켜주기도 했지만 수 시간 동안 계속해서 혼수상태에 빠지게도 했다. 플로라는 가끔씩 깨어나 쾌활하게 얘기를 나누기도 했다. 기억력은 말짱한 것 같았다. ("엘레오노르, 항상 세상만사 이치를 따져보라는 내 충고를 따르고 있는 거지?" "그럼요, 부인. 항상 이치를 따져요, 그래서 많은 것을 배울 수 있어요.") 암스테르담에 있는 딸아이 알린느가 르모니에 부부로부터 플로라가 아프다는 소식을 전해 듣고 놀란 심정을 편지를 통해 전해왔다. 플로라도 정신이 들 때면 구구절절한 사연을 엘레오노르로 하여금 받아 적게 해 알린느에게 보냈다. 플로라는 그런 와중에도 리옹의 노동조합 위원회에 대해 엘레오노르에게 꼬치꼬치 캐물었다. 지금까지 조직된 위원회들 중에서 리옹의 위원회가 주도적인 역할을 해야 한다고 플로라는 고집스럽게 주장했다.

"트리스탄 부인이 회생할 가능성이 얼마나 되는지요?" 샤를 르모니에는 엘레오노르의 면전에서 의사 진트락에게 물었다.

"며칠 전에 물으셨다면 희박하다고 대답했을 겁니다." 의사는 외알 안경을 닦으며 중얼거렸다. "지금은 매우 낙관적입니다. 한 50프로 정도라고 할까요. 내가 우려하는 것은 가슴에 박힌 총알입니다. 몸이 허약해지면 그 이물질이 자리를 옮길 수도 있단 말입니다. 그렇게 되면 치명적이죠."

2주일 후 엘레오노르는 어쩔 수 없이 리옹으로 돌아가야 했다. 가족과 직장이 엘레오노르를 부르고 있었다. 노동조합 위원회 동료들도 엘레오노르를 필요로 하고 있었다. 엘레오노르는 플로라의 권유에 따라 엘레오노르 자신이 위원회에서 주도적인 역할을 맡고 있다고 말했다(이 말을 할 때 잘난척하는 기색은 찾아 볼 수 없었다). 엘레오노르는 플로라와 작별 인사를 나눌 때 전혀 자세를 흐트러트리지 않았다. 엘레오노르는 몇 주 내로 다시 찾아오겠다고 약속했다. 그러나 방을 나서자마자 울음보가 터지고 말았다. 엘리사 르모니에는 갖은 말로 위로하고 달래보았지만 엘레오노르를 진정시킬 수 없었다. 엘레오노르는 반복해서 중얼거렸다. "난 알아요. 트리스탄 부인을 두 번 다시 볼 수 없을 거예요." 얼마나 입술을 잘근잘근 씹었는지 입술이 퉁퉁 부어 있었다.

엘레오노르가 리옹으로 떠나자마자 플로라의 상태는 급격히 악화되었다. 목으로 담즙이 넘어오기 시작했다. 방은 시큼한 냄새로 진동했다. 오로지 알핀느만이 끝없는 인내심을 발휘해 그 냄새를 묵묵히 참아낼 수 있었다. 알핀느는 넘어온 담즙을 닦아내고, 밤이나 낮이나 환자의 몸을 깨끗하게 씻겨주었다. 플로라는 시도 때도 없이 격렬한 발작에 시달렸다. 침대에서 튕겨져 나가는 경우도 종종 있었다. 플로라는 육체가 감당할 수 없는 시달림에 나날이 야위어갔다. 이제 플로라는 눈은 쑥 들어가고 사지는 꼬챙이처럼 마른 해골로 남아 있었다. 플로라가 발작을 일으킬 때면 두 명의 간호사와 르모니에 부부가 한꺼번에 달려들어야 겨우 플로라의 몸을 붙잡을 수 있었다.

그럼에도 아편 덕분에 대부분의 시간은 혼수상태로 지낼 수 있었다. 부릅뜬 두 눈, 유령이라도 본 듯 눈동자에 두려워하는 빛이 스치기도 했다. 때로는 두서없는 넋두리를 내뱉기도 했다. 어린 시절 이야기, 페루 이야기, 런던 이야기, 아레키파 이야기, 아버지에 관한 이야기, 노동조합 위원회에 관한 이야기가 흘러나왔다. 눈에 보이지 않는 적들과 격렬한 말다툼을 벌이는 모습을 보이기도 했다. "나를 위해 울지 말아요." 어느 날 엘리사와 샤를의 귀에 이런 소리가 들렸다. 부부는 침대 발치에 앉아 플로라를 지키고 있었다. "그냥 나를 본받아 행동해주세요"

1843년 6월 『노동조합』이 출판되었다. 그 이후로 플로라는 매일매일 파리 시내나 외곽 지역에서 협동조합 노동자들과 모임을 가졌다. 이제는 노동자 조합을 일일이 찾아다니지 않아도 되었다. 플로라는 노동자들 사이에서 유명 인사가 되어 있었고, 동종조합이나 협동조합이 앞다투어 플로라를 초대했다. 사회주의자 단체, 푸리에주의자, 생시몽주의자들도 플로라를 초대하곤 했다. 당시 에티엔느 카베가 구상한 지상낙원인 '이카리아'를 텍사스에 건설하기 위해 토지 매입 자금을 모금하고 있던 이카리아 공산주의자 단체도 모금을 일시 중단하고 플로라를 초청해 연설을 들었다. 그러나 그 모임은 중구난방 떠드는 소리로 끝나고 말았다.

플로라는 열심히 모임에 쫓아다녔다. 모임은 밤늦게까지 진행되는 경우가 많았다. 그러나 모임은 플로라가 제시한 궁극적인 목적 — 노인·병자·사고를 당한 자 등을 위한 노동자 회관, 평생 무료 교육, 노동권, 민중의 대변인 — 에 대한 토론 대신 하찮은 문제로 시간을 낭비하는 경우가 잦았다. 플로라로서는 안타깝기 그지없는 일이었다. 플로라를 힐책하는 노동자는 어느 모임에나 있기 마련이었다. 플로라가 『노동조합』에서 '노동자들이 술집을 전전하며 자식들을 먹여 살려야 할 돈을 술로 탕진하고 있다'고 묘사한 점이 못마땅하다는 것이었다. 생마르텡 가에서 가까운 뒷골목에 있는 장 오베르의 다락방에서 모임을 가졌을 때였다. 롤리라는 목수가 플로라에게 따지고 들었다. "당신 진짜 우릴 배신한 거야. 부르주아들에게 우리 치부를 고스란히 드러낸 거잖아." 플로라는 대꾸했다. 부르주아 계급은 위선과 거짓을 주무기로 삼지만 우리 프롤레타리아 계급은 진리를 주무기로 삼아야 한다, 누군가 양심의 가책을 받든 말든 나는 악한 것은 악하다고, 어리석은 것은 어리석다고 얘기할 것이다. 플로라의 연설을 듣고 있던 스무 명의 노동자들은 잘 납득하지 못하는 것 같았다. 그러나 이미 파리 시내에 널리 알려진 플로라의 성질머리를 익히 알고 있었던지라 더 이상 따지는 사람은 아무도 없었다. 오히려 억지로 박수를 치며 환호하는 사람들까지 있었다.

플로라는 안개 자욱한 런던 거리와 같은 오리무중을 헤매고 있었다. 플로라, 기억나? 넌 너의 그 위대한 사역을 받쳐줄 노동조합 찬가를 지어야겠다고 생각했잖아? 근사한 생각이었어. 89년 대혁명 당시 〈라 마르세예즈〉가 불렸듯이 말이야. 그래, 희미하게나마 생각나겠지. 그리고 그 생각이 얼마나 별스럽게, 얼마나 비참하게 끝장났는지도 기억나겠지. 네가 처음으로 노동조합 찬가를 써달라고 부탁했던 사람은 베랑제였지. 넌 파시에 있는 그 고명하신 양반의 집을 방문했어. 베랑제는 세 명의 방문객과 함께 점심을 먹다가 널 맞았어. 네 사람은 진지한 척하면서도 장난스럽게 네 말을 들었어. 넌 주장했지. 평화적인 사회 혁명을 개시하기 위해서는 가능한 한 신속하게 찬가를 마련해야 한다, 찬가는 노동자들을 감동시킬 것이고, 유대를 강화할 것이고, 행동을 부추길 것이다. 베랑제는 거절했어. 이렇게 설명했지. 영감이 없이는 글을 쓸 수 없다, 주문만 한다고 해서 다 되는 일이 아니다. 그 유명한 라마르틴 역시 거절했어. 그 사람은 네가 요구하는 내용을 〈평화의 마르세예즈〉라는 글에서 이미 써먹었다고 했지.

플로라, 그때 불현듯 '인류의 우애를 기리는 찬가' 경연대회를 열어보면 어떨까 하는 생각이 들었지. 최우수상으로는 언제나 자상한 외젠 수가 메달을 수여할 것이다. 실수도 그런 실수는 없었어, 이 안달루시아 아가씨야! 프롤레타리아 시인 작곡가들이 백여 명 남짓 몰려들었지. 경연에서 우승해 메달도 차지하고 명성도 얻겠다는 욕심으로 말이지. 그들은 재능이 있든 없든 수단방법을 가리지 않았어. 순진해빠진 넌 상상도 할 수 없는 일이었지. 넌 부르

527

주아 계급만 허영심에 물들어 있을 것이라고 생각했어. 그러나 경연에 참여한 일반 대중들도 허영심에 빠져, 상대방을 헐뜯어 상을 차지하기 위해, 음모에 사기에 중상모략에 뒤통수치는 일을 마다하지 않았어. 넌 그 시인나부랭이, 작곡가나부랭이들 때문에 분통이 터져 목이 쉴 정도로 악다구니를 써대야 했어. 살다 살다 그런 경우는 처음이었지. 진절머리가 난 심사위원들은 마침내 M. A. 티스를 수상자로 결정했지. 그런데 탈락한 지원자들 중에서 앙심을 품은 한 사람이 자신이 아닌 다른 사람이 수상자라는 소식을 듣자마자 상으로 주어질 메달과 책을 훔쳐가버린 사실이 밝혀졌어. 페랑이라는 시인이었지. 얼굴이 희멀건 친절한 남자, 진지한 표정으로 자기 자신을 '성당기사단 음악분과 대기사'라고 소개했던 남자였지. 플로라, 지금 웃는 거야? 그래, 웃을 힘이 아직 남아 있다면 그래도 괜찮은 편이야. 꿈속에서든, 아편에 취해서든 말이지.

무슨 소리가 희미하게 들리는 듯했어. 그러나 정신집중이 되지 않아 무슨 말인지 확실히 알 수 없었지. 1844년 11월 11일의 일이었지. 어느 가톨릭 단체에 속한 스투브넬이라는 뻔뻔한 인간이 네 종부성사를 위해 신부 한 사람을 대동하고 르모니에 부부 집에 나타났어. 그 작자는 네가 신실한 가톨릭 신자이며 과거에 네가 종부성사를 해달라고 부탁했다고 주장했어. 너는 속수무책이었어. 그 엉큼한 작자와 신부를 방에서 내쫓아버릴 수도 없었단 말이지. 넌 이미 말도 할 수 없었고, 기력도 없었고, 정신도 없는 상태였으니까. 종교적인 문제에 있어서는 항상 관대했던 르모니에 부부는 그 작자의 속임수에 깜박 속아 넘어가 두 사람을 맞아들이고, 두 사람이 무기력한 네 몸뚱이를 마음대로 다루도록 허용했어. 그로부터 한참 후에 엘레오노르 블랑이 그 소식을 듣고 화를 벌컥 내며 르모니에 부부에게 알려주었어. 트리스탄 부인이 정신이 멀쩡했더라면 그런 말도 안 되는 헛짓거리를 용납하지 않으셨을 겁니다. 르모니에 부부는 부끄러워하며 분통을 터뜨렸지. 그러나 그때는 이미 그 사이비 스투브넬이라는 작자와 까마귀 복장을 한 신부가 소기의 목적을 달성하고 난 후였지. 그 두 사람은 보르도 거리며 광장이며 곳곳에 거짓말을 퍼뜨렸어. 여성과 노동자들의 사도인 플로라 트리스탄이 임종시에 거룩한 교회의 도움을 요청했다, 그리하여 주님의 품 안에서 영생복락을 누리게 되었다. 플로라, 기가 막힐 노릇이지.

플로라는『노동조합』책자 초판을 손에 넣자마자 노동자들의 동종조합이나 협동조합 주소를 입수해 한 군데도 빼놓지 않고 책자를 보내주었다. 그리고 3천 군데나 되는 프랑스 전역의 아틀리에와 공장에 책에 대한 광고지를 뿌렸다. 플로라, 너의 선언서와 같은 책자를 읽고 얼마나 많은 독자들이 편지를 보내왔는지 기억나? 마흔세 명이었어. 하나같이 용기와 희망을 불러일으키는 내용이었어. 여자라는 조건이 커다란 장애물은 아니었는지 넌지시 물어오는 사람들도 있었지. 플로라, 여자라는 조건이 커다란 장애물이었던가? 사실 그렇게 큰 문제는 아니었어. 조금 불편하기는 했지만 지난 8개월 동안 노동자들과 여성들의 연대를 위해 선전도 많이 할 수 있었고, 또 위원회도 상당수 조직할 수 있었지. 네가 치마가 아니라 바지를 걸쳤다 해도 이보다 형편이 나아지지는 않았을 거야. 제네바에 있는 이카리아 노동자에게서도 편지를 받았지. 그 노동자는 공장 동료들에게 나누어줄 거라며 책자를 스물다섯 부나 요청했었지. 오제르의 피에르 모로라는 자물쇠공으로부터도 편지를 받았지. 그 사람은 협동조합을 조직하는 사람으로 네가 파리를 벗어나 그 위대한 순례여행을 떠나도록 부추긴 최초의 인물이었어. 그 사람은 네가 프랑스 전역을, 유럽 전역을 돌아다니며 너의 생각을 선전하고, 그래서 노동조합 운동에 박차를 가할 수 있도록 하게 만들었지.

너는 그렇게 하기로 했어. 즉시 준비에 착수했지. 아주 멋진 생각이야, 그래 그렇게 해야지. 너는 부지런히 여행을 준비하면서 그 사람 좋은 모로에게, 주변 사람들에게, 또 너 자신에게 이렇게 말했어. "노동자들에 관한 얘기는 의회에서, 교회 강단에서, 이런저런 집회에서 수도 없이 다루어졌다. 그러나 노동자들과 직접 얘기를 나누어 보려는 사람은 한 사람도 없었다. 나는 노동자들과 직접 얘기를 나눌 것이다. 나는 공장으로, 집으로 직접 찾아가 노동자들을 만날 것이다. 필요하다면 술집이라도 마다하지 않겠다. 나는 그들의 불행에 직접 맞서 그들의 처지를 개선시킬 것이다. 그들이 싫다고 해도, 그들을 타락시키고 죽이는 그 가공할 불행에서 강제로라도 그들이 빠져나올 수 있게 만들 작정이다. 그리고 그들이 우리 여성과 연대하도록 노력할 것이다. 그리고 그들을 투쟁으로 이끌 것이다."

플로라, 넌 진짜 그렇게 했어. 심장 근처에 총알이 박혀 있음에도 불구하고, 몸이 불편하고 피곤함에도 불구하고, 네 기력을 갉아먹는 익명의 사악한 무리들의 방해에도 불구하고, 넌 지난 8개월 동안 그 일을 이루어냈어. 성과가 별로 없었다고 치자. 그건 노력이 부족해서, 확신이 부족해서, 용기가 부족해서, 이상이 부족해서 그런 것이 아니었어. 성과가 별로 없었다고 치자. 그건 세상만사란 원래 꿈속에서와는 달리 만만치가 않기 때문이었어. 플로라, 참 유감천만이지.

아편을 처방했음에도 불구하고 플로라는 고통에 시달리며 몸을 뒤틀었다. 1844년 11월 12일, 의사들은 플로라의 복부에 찜질을 하고 등에 흡인기를 붙였다. 그러나 고통은 조금도 수그러들지 않았다. 11월 14일, 의사들은 플로라가 곧 죽을 것이라고 선언했다. 플로라는 반 시간 가량 신음을 토한 후에 체온이 급격하게 상승하자 — 왈가닥 부인, 이게 마지막 전투야 — 혼수상태로 빠지고 말았다. 밤 10시, 플로라는 숨을 거두었다. 이제 마흔한 살이었지만 바싹 늙은 노인네처럼 보였다. 르모니에 부부는 플로라의 머리카락을 두 묶음 잘라냈다. 한 묶음은 엘레오노르 블랑을 위한 것이었고 다른 한 묶음은 알린느를 위한 것이었다.

플로라의 유해를 어떻게 처리할 것인지에 대해 르모니에 부부와 엘레오노르 블랑 사이에 작은 말다툼이 있었다. 세 사람 모두 플로라의 뜻을 조금씩은 알고 있었던 것이다. 엘레오노르는 이렇게 주장했다. 트리스탄 부인은 마지막으로 이런 유언을 남기셨습니다, 머리는 파리 골상학회 회장에게 보내고, 몸은 리스프랑 박사에게 보내 리스프랑 박사가 라 피티에 병원에서 학생들과 함께 해부해볼 수 있도록 하라고 말입니다, 그 후 나머지 유해를 공동묘지에 묻어달라고 했습니다, 아무런 장례절차 없이.

그러나 르모니에 부부는 이렇게 주장했다. 그런 유언을 받아들일 수 없다, 플로라가 지금까지 고군분투해 이룬 업적을 생각해봐라, 여성과 노동자들이 앞으로도 계속 플로라의 무덤을 참배할 수 있도록 허용해야 한다. 엘레오노르는 마침내 르모니에 부부의 의견을 받아들였다. 알린느에게는 의견을 구하지도 않았다.

르모니에 부부는 보르도의 조각가를 한 명 고용해 플로라의 데스마스크를 뜨게 했고, 플로라의 유해를 모시기 위해 라 카르투자의 오래된 공동묘지에 묫자리를 하나 장만했다. 이틀 동안 밤샘을 했지만 종교적인 의식은 전혀 행하지 않았고 어떤 신부도 빈소에 들지 못하게 했다.

11월 16일, 정오 조금 못미처 장례식을 거행했다. 장례행렬은 생피에르 가의 르모니에 부부 집을 출발해 보르도 중심가를 거쳐 라 카르투자를 향해 천천히 나아갔다. 모두들 걸어갔다. 하늘은 비를 머금은 채 잔뜩 흐려 있었다. 작가들, 신문기자들, 상당수의 동네 아낙네들, 백여 명에 이르는 노동자들이 행렬을 이루고 있었다. 노동자들이 번갈아 가며 관을 들고 가는 사람들을 도와주었다. 관은 아무런 무게도 느껴지지 않았다. 목수 한 명, 석수장이 한 명, 대장장이 한 명, 자물쇠공 한 명이 관줄을 잡았다.

르모니에 부부는 묘지에서 장례식이 거행될 때 사람들로부터 멀리 떨어진 곳을 서성이는 스투브넬이라는 작자 — 신부 한 사람을 르모니에 부부 집으로 끌어들인 그 장본인 — 를 발견했다. 온통 까만색 옷을 뒤집어 쓴 비쩍 마른 남자였다. 남자는 아무리 애를 써도 눈물을 참을 수 없는 모양이었다. 완전히 넋이 나간 듯, 고통으로 시달리고 있는 듯했다. 사람들이 흩어지고 나자 르모니에 부부는 그 남자에게 다가가 말을 붙여보았다. 바싹 여윈 데다 시무룩한 모습이 인상적이었다.

"스투브넬 씨, 당신은 우릴 속였어요." 샤를 르모니에는 차갑게 내뱉었다.

"내 이름은 그게 아닙니다." 남자는 몸을 바들바들 떨며 대답했다. 오열이 터져 나왔다. "그 여자에게 좋은 일 한 번 하려고 당신들을 속인 겁니다. 내가 이 세상에서 가장 사랑했던 여자였습니다."

"당신 대체 누구죠?" 엘리사 르모니에가 물었다.

"이름은 중요하지 않습니다." 남자가 말했다. 고통과 고뇌가 목소리에 스며들어 있었다. "그 여자는 날 좋지 못한 별명으로 알고 있었습니다. 당시 그곳 사람들은 그 별명으로 나를 비웃곤 했습니다. 날 불알 발린 성자라고들 불렀어요. 내 등 뒤에서 나를 비웃으셔도 상관없습니다."

# 22

# 장밋빛 말

아투오나, 히바오아, 1903년 5월

1903년 초, 폴은 이제 살날이 얼마 남지 않았다는 사실을 알고
있었다. 그리고 산타 아나 학교의 여학생들을 쾌락의 집으로 끌어
들이기 위해 더 이상 속임수를 쓰거나 입에 발린 소리를 하지 않
아도 된다는 사실도 최근 들어 알게 되었다. 학교 여학생들을 관리
하는 클루니 수녀회 소속 수녀 여섯 명은 아투오나에서 폴과 마주
칠 때면 불안한 기색으로 성호를 그었다. 여학생들은 갈수록 빈번
하게 학교를 빼먹고 몰래 폴을 찾아왔으며, 찾아오는 여학생 수도
갈수록 늘어만 갔다. 물론 계집애들은 너를 보러오는 것은 아니었
어. 하긴 계집애들도 잘 알고는 있었지. 계집애들이 집으로 들어가
네 손이 닿을만한 곳에 이르면, 네가 힘도 제대로 쓰지 못하고 눈
까지 장님이 된 주제에 계집애들의 젖무덤과 엉덩이와 사타구니
를 어루만지며 옷을 벗도록 꼬일 것이라는 사실을 말이지. 이제 그
짓거리도 쾌락을 위한 것은 아니었어. 마치 무슨 의식을 치르는 것

같았지. 그러면 계집애들은 달음질을 치고 소리를 지르며 호들갑을 떨었어. 배신자들의 만에서 마오리족 통나무배를 타고 물살을 가르는 놀이보다 더 아슬아슬한 놀이를 즐기듯 계집애들은 너와 장난질을 쳤다 이 말이지. 사실 계집애들은 도색 사진들을 보기 위해 널 찾아왔어. 도색 사진들은 일종의 경배 대상 내지는 죄의 상징이 되어버렸던 거지. 가톨릭 선교회에서 운영하는 학교나 개신교에서 운영하는 학교의 선생과 학생 그리고 아투오나의 주민들 모두 그렇게 생각하고 있었던 거야. 계집애들은 조세프 마르탱 주교 — '음탕한 신부' — 와 주교의 가정부 겸 애인으로 보이는 '테레사'를 우스갯거리로 만든 정원의 조각상을 구경하기 위해 오기도 했지. 그걸 보고 낄낄대고 야단들이었으니까.

네가 히바오아에 도착한 그해 처음 몇 달 동안 그랬듯이 아직까지 너를 위험인물로 생각했다면, 그 계집애들이 그렇게 스스럼없이 쾌락의 집을 뻔질나게 찾아오거나 했겠어? 넌 이제 꼴이 말이 아니었어. 그런 꼴로는 아무 짓도 할 수 없었어. 넌 이제 마르키즈 처녀들을 따먹을 수도, 임신을 시킬 수도 없었으니까. 계집애들이 몸을 허락했다고 해도 제대로 한 번 안아주지 못했을 테지. 오래 전부터 발기도 되지 않았고 욕정도 느낄 수 없었으니까. 다리는 무지하게 아팠지, 온몸이 쑤시는 듯했지, 심장 발작으로 숨도 제대로 쉴 수 없었지. 그 외의 것은 생각할 수도 없었던 거야.

베르니에 목사는 코케를 설득했다. 당분간만이라도 모르핀 주사를 중단해보라, 몸이 주사에 만성이 되어 이젠 주사로도 고통을 달랠 수 없게 되었다. 코케는 목사의 말에 순종했다. 코케는 행여나 유혹에 넘어갈까 싶어 주사기를 벤 바니에게 맡겼다. 그러나 파피테에서 주문해서 사온 겨자고약으로 찜질요법과 마찰요법을 병행해 보았지만 양쪽 다리 종기로 인한 통증은 가라앉지 않았다. 게다가 썩는 냄새로 파리 떼가 꼬이기까지 했다. 코케는 아편을 물에 타 마셔야 통증을 잊을 수 있었다. 코케는 종일 몽롱한 상태에 빠져 있다가 친구들 — 이제 집을 다 지은 이웃사촌 티오카, 안남 사람 키 동, 베르니에 목사, 프레보, 벤 바니 — 이 찾아오거나 클루니 수녀회 학교 여학생들이 찾아오면 겨우 정신을 차렸다. 계집애들은 눈에 불을 밝히고 지지배배 떠들며 포트사이드에서 사온 도색 사진들을 들여다보았다.

그 깜찍하고 교활한 계집애들이 쾌락의 집으로 몰려들 때면 넌 어느 정도 젊어진 듯한 기분을 느낄 수 있었어. 넌 잠시나마 통증도 잊을 수 있었고 기분도 좋아졌지. 계집애들이 집안을 들쑤시고 다니며 야단법석을 떨어도 넌 그냥 내버려두었어. 오히려 하인들을 시켜 계집애들에게 먹을 것과 마실 것을 대접했지. 클루니 수녀회 수녀들은 아이들을 제대로 교육시켰던 모양이야. 네가 알고 있는 바로는 그 어떤 계집애도 쾌락의 집을 찾아왔다는 기념으로 물건 하나 그림 한 점 훔쳐가지 않았으니까.

어느 날, 날씨도 좋고 다리 통증도 그저 견딜만해서 코케는 하인들의 도움을 받아 조랑말이 끄는 마차에 올라 산책을 나갔다. 코케는 해변까지 내려가 보았다. 태양이 이웃 하나키 섬 — 꼼짝 않고 제자리를 지키는 불멸의 향유고래 한 마리 — 에 걸려 마지막 햇살을 뿌리고 있었다. 코케는 그 모습에 너무나 감격해 눈물까지 찔끔거렸다. 형편없이 망가진 몸, 그 어느 때보다도 아쉽고 서러웠다. 급한 경사에 숲이 우거진 테메티우 봉우리와 페아니 봉우리. 코케, 저 산봉우리들을 기어오를 수 있었다면 얼마나 좋았을까. 그 깊은 계곡을 파고 들어가 꼭꼭 숨은 마을들을 찾아갔겠지. 문신술사들이 몰래 행하는 작업도 지켜볼 수 있었을 테고, 젊음을 회복시켜준다는 사람 고기 축제에도 초대받았을 테지. 넌 알고 있었으니까. 마르텡 주교나 베르니에 목사나 클라베리 경찰관의 손이 닿지 않는 밀림 속으로 꼭꼭 숨어든 마을에서는 아직까지도 그런 것들이 고스란히 남아 있다는 사실을 말이지. 코케는 아투오나의 척추라고 할 수 있는 길을 따라 집으로 돌아오고 있었다. 가톨릭 선교회 건물들 — 남학교, 여학교, 교회, 조세프 마르텡 주교의 사택 — 앞에 있는 운동장을 지나칠 때 흐릿한 코케의 시선을 뭔가가 잡아끌었다. 코케는 마차를 세우고 가까이 다가가 보았다. 가장 저학년에 속하는 어린 계집애들이 수녀들이 지켜보는 가운데 커다란 원을 이루어 재잘거리며 놀고 있었다. 여학생 교복인 선교회 망토를 둘러쓴 계집애들의 모습이 희미하게 보였다. 그러나 그것은 햇살 때문이 아니었다. 눈이 침침해서 아이들이 노는 모습이 제대로 보이지 않았던 것이다. '술래' 아이가 원 중앙에 서서히 원을 이루어 뱅뱅 도는 아이들을 찾아다니며 뭔가를 묻고 또 아이들은 서로서로 자리를 바꾸는 것 같았다. '술래' 아이는 원을 이룬 친구들을 찾아다니며 도대체 뭘 묻는 것이고, 또 친구들은 '술래'를 쫓아내며 뭐라고 대답한단 말인가? 규칙이 정해져 있는 것 같았다. 묻고 대답하는 것이 한결같았던 것이다. 아이들은 프랑스어가 아니라 마르키즈 마오리족 말을 사용하고 있었다. 그래서 코케는 무슨 말인지 제대로 알아듣기 힘들었다. 특히 아이들 말이라 더더욱 힘들었다. 그러나 이내 알아차릴 수 있었다. 바로 그 놀이였던 것이다. '술래' 아이가 원을 이룬 친구들에게 뭘 묻고 다니는지, 친구들은 또 뭐라고 한결같이 대답하며 '술래'를 쫓는지 알 수 있었던 것이다.

"여기가 천국입니까?"

"아닙니다, 아가씨. 여기가 아닙니다. 다른 쪽에 가서 알아보세요."

뜨거운 것이 울컥 치밀어 올랐다. 오늘로 벌써 두 번째였다. 눈시울이 뜨거워졌다.

"천국놀이를 하고 있는 거죠, 수녀님, 그렇죠?" 코케는 수녀에게 물어보았다. 작은 키에 빼빼 마른 여자, 주름이 굵은 커다란 수녀복에 폭 파묻힌 것 같았다.

"이곳은 당신 같은 사람이 들어올 수 없는 곳이에요." 수녀는 코케를 밀어냈다. 수녀는 그 알량한 주먹을 들어 올렸다. 마치 귀신을 쫓는 시늉 같았다. "가세요. 아이들에게 접근하지 마세요. 제발 부탁해요."

"나도 어렸을 때 저 놀이를 했습니다, 수녀님."

코케는 마차를 몰아 쾌락의 집으로 향했다. 집 옆으로 흐르는 마케마케 강의 물소리가 들려왔다. 대체 무슨 이유로 마르키즈 계집애들이 천국놀이를 하는 것을 보고 눈물을 찔끔거린단 말이야? 그 계집애들이 그 놀이를 한다고 해서? 계집애들을 보자 어린 시절 기억이 떠올라서 그랬던 거지. 이젠 세상을 똑똑히 볼 수 없게 되어버렸으니까. 넌 어린 시절 모습을 그려보았어. 반바지에 턱받이를 찬 곱슬머리 아이. 그 아이도 '술래'가 되어 달음박질쳤지. 사촌 계집아이들, 사촌 사내아이들, 산 마르셀로 동네의 또래 친구들이 원을 이루어 뱅뱅 돌면 그 아이도 이쪽저쪽 왔다 갔다 하며 리마 스페인어 사투리로 묻고 다녔지. "여기가 천국이에요?" "아닙니다, 신사님. 다른 곳에 있습니다. 다른 곳에 가서 알아보시죠." 그리고 아이들은 네가 보지 않는 사이에 서로서로 자리를 바꾸었지. 에체니케 가문 사람들과 트리스탄 가문 사람들은 리마 시내에 있는 식민지 시대에 지어진 대저택에서 살았지. 집은 하인들과 집사들과 흑인들과 혼혈인들로 바글바글했어. 그 집의 세 번째 안마당, 어머니는 너와 여동생 마리아 페르난다가 그곳에 가까이 가지

538

도 못하게 했어. 집안의 정신병자 하나를 그곳에 가둬두고 있었던 거지. 정신병자의 비명소리에 집안 아이들이 경기를 일으켰으니까. 하지만 넌 그 소리에 겁을 먹기도 했지만 홀딱 반하기도 했지. 천국놀이라니! 넌 아직 그곳을 찾지 못했어, 코케. 천국은 네 손아귀에서 잘도 빠져나갔지. 천국이 실제로 존재할까? 도깨비불은 아닐까? 신기루는 아닐까? 넌 다음 생에 가서도 천국을 찾지 못할 테지. 왜냐하면 클루니 수녀회 수녀가 예언했듯이 네 자리는 지옥에 준비되어 있을 게 확실하니까 말이야. 너와 마리아 페르난다는 천국놀이를 하다가 땀이 나고 싫증이 나면 응접실로 뛰어들었어. 타원형 거울, 유화 그림, 양탄자, 안락의자가 빽빽이 들어찬 응접실. 작은할아버지 피오 트리스탄은 항상 그곳에 있었어. 작은할아버지는 항상 나무 덧창을 댄 커다란 창문 옆에 앉아 있었지. 사람들 눈에 띄지 않고도 바깥을 내다볼 수 있는 창문. 작은할아버지는 항상 김이 무럭무럭 나는 초콜릿 차를 마시며 비스코텔라라는 리마식 카스텔라를 그 차에 적셔 먹고 있었어. 작은할아버지는 호인다운 미소를 지으며 언제나 네게 권했어. "이리 온, 파블리토 이 장난꾸러기."

1903년 초, 그 입에 담지 못할 병은 급속도로 악화되기 시작했다. 그뿐만이 아니었다. 당국에 대한 폴의 투쟁 ── 구체적으로는 경찰관 장-폴 클라베리와의 신경전 ── 도 심각할 대로 심각해져 언제 법망에 걸려들지 모르게 되었다. 폴은 벤 바니와 키 동의 말이 과장이 아니라는 사실을 알 수 있었다. 하루는 벤 바니와 키 동이 찾아와 이렇게 말했다. 이대로 나가다가는 결국 감옥에 갇히게 되고 그 알량한 재산마저 몰수당하고 말 거야.

1903년 1월, 순회 판사 한 명이 아투오나에 도착했다. 계류중인 소송을 해결하기 위해 식민 당국이 정기적으로 섬으로 파견하는 판사였다. 따분하게 생겨먹은 오비유 판사는 클라베리의 의견과 충고에 따라 우선 원주민 스물아홉 명이 연루된 사건부터 맡았다. 섬 북부 해안 하나이아파 계곡에 있는 작은 해변 마을 사람들이었다. 클라베리와 마르텡 주교는 고발자가 있었다고 주장하며 그 사람들을 음주와 밀주 제조 혐의로 고소했다. 원주민들에게 주류 판매를 금지하는 법을 어겼다는 것이었다. 코케는 피고소인들의 변호를 맡겠다고, 법정에서 그들을 대신해 변호하겠다고 나섰다. 그러나 코케는 변호사로서의 임무를 수행할 수 없었다. 재판이 열리는 날, 코케는 마르키즈 원주민들처럼 차려입고 재판정에 나타났다. 파레오만 걸치고 문신한 상체에는 아무것도 걸치지 않았다. 신발도 신지 않았다. 코케는 도전적인 표정으로 피고소인들과 함께 원주민식으로 땅바닥에 다리를 꼬고 앉았다. 침묵이 흘렀다. 오비유 판사는 한참 동안 코케를 노려보고 있다가, 재판정의 권위를 무시했다는 이유로 끝내 코케를 내쫓고 말았다. 피고들을 변호하기를 원한다면 유럽인처럼 옷을 차려입고 오도록 하시오. 폴은 바지에 셔츠에 넥타이에 재킷에 구두에 모자까지 차려 입고 45분 후에 다시 나타났다. 그러나 그때는 이미 판사가 선고를 내린 후였다. 스물아홉 명의 마오리족 사람들에게 5일간의 징역형과 100프랑의 벌금을 선고했던 것이다. 코케는 울화가 치밀어 올라 재판정 — 우체국 사무소가 재판정으로 사용되었다 — 문 앞에서 피를 토하며 쓰러져 잠시 정신을 잃고 말았다.

　며칠 후, 친구 키 동이 아투오나가 모두 잠든 깊은 밤 시간에 깜짝 놀랄만한 소식을 가지고 쾌락의 집을 찾아왔다. 직접 들은 건 아니고, 우리 친구 있잖아, 에밀 프레보, 그 장사꾼 친구를 통해 들은 거야. 그 친구 클라베리 경찰 놈과도 죽이 잘 맞나봐. 뜨거운 돌과 함께 땅속에 파묻어 익히는 '타마라아' 라는 요리 있잖아, 그

540

요리라면 둘 다 사족을 못 쓴다나 봐. 최근에 둘이 함께 낚시를 갔는데, 경찰 놈이 좋아 죽겠다며 타히티 당국이 보낸 편지 한 통을 보여주더래. 들어봐. "고갱이라는 인간을 조속히 처치하도록 하라, 머리통을 깨도 좋고 병신 불구로 만들어도 상관없다, 놈이 의무교육과 세금징수를 반대하고 나서는 바람에 가톨릭 선교회 업무가 차질을 빚고 있고, 프랑스가 보호해주어야 할 원주민들이 들썩이고 있다." 키 동은 종이에 적어온 문장을 등잔불에 비쳐가며 침착한 목소리로 한 자 한 자 읽어내려갔다. 안남 왕자는 무슨 일을 하든 나긋나긋했다. 코케는 안남 왕자를 볼 때마다 고양이과 동물이 생각났다. 이 사람 좋은 친구가 그래 과거에 테러리스트였단 말인가? 저렇게 부드러운 목소리로 사근사근 얘기하는 남자가 폭탄을 설치하고 다녔다니, 믿어지지가 않았다.

"날 뭐 어쩌기라도 하겠어?" 코케는 어깨를 으쓱하며 말했다.

"있는 대로 걸고넘어지겠지. 아주 지독하게 말이야." 키 동이 느릿느릿 말했다. 말소리가 낮아 코케는 고개를 길게 빼고 들어야 했다. "클라베리는 자넬 철천지원수 보듯 한단 말일세. 그런 명령을 받았으니 기고만장해 있겠지. 놈이 아마 그렇게 되도록 손을 썼을 거야. 프레보 생각도 그렇던데. 조심하게, 코케."

몸은 아프지 영향력은커녕 먹고살기도 빠듯했던 네 처지에 조심하고 말고 할 것이 뭐가 있었겠어? 코케는 멍청히 가수면 상태에 빠져 일이 벌어지기만을 기다렸다. 아편과 병으로 매일 매일이 그런 꼴이었다. 음모에 빠져들 사람은 자기 자신이 아닌 자신의 분신인 것처럼 생각되었다. 얼마 전부터 코케는 갈수록 정신이 깜박깜박하는 것을 느낄 수 있었다. 정신을 놓치고 꿈속을 헤매는 경우가 비일비재했다. 그로부터 이틀 만에 소환장이 날아들었다. 장 폴클라베리는 정부 당국, 즉 자기 자신을 중상 모략했다는 혐의로 코케를 재판에 걸었던 것이다. 코케가 원주민들에게 모범을 보이기 위해 코케 자신도 통행세를 내지 않겠다고 편지에 썼던 적이 있었는데 그걸 걸고넘어진 모양이었다. 프랑스 사법부 역사상 유례가 없을 정도로 일은 신속하게 진행되었다. 오비유 판사는 코케에게 3월 31일에 재판정으로 나오라고 통고했다. 이번 역시 우체국 사무소에서 재판이 열릴 예정이었다. 코케는 폴 베르니에 목사에게 급히 청원서를 받아쓰게 했다. 변호 준비를 위해 시간이 필요하니 기일을 연기해달라. 오비유 판사는 코케의 청을 무시했다. 재판은 3월 31일에 비공개로 진행되었다. 한 시간도 채 걸리지 않았다. 폴은 그 편지가 자신이 쓴 것임을, 경찰관을 언급할 때 사용한 거친 표현을 인정할 수밖에 없었다. 폴은 법적 근거도 없는 횡설수설을 변호랍시고 늘어놓았지만 그것도 잠시뿐이었다. 갑작스러운 위경련으로 입을 다물고 쓰러져버렸던 것이다. 바로 그날 오후 오비유 판사는 폴을 앞에 세워 놓고 선고 내용을 읽었다. 벌금 500프랑에 3개월간의 징역형이 확정되었다. 폴은 상소할 의사를 밝혔다. 오비유 판사는 아니꼽다는 듯 이렇게 공갈을 쳤다. 파피테 재판부가 당신 상소를 심의할 때 내가 손을 쓸 것이다, 벌금 액수도 올리고 형살이 기간도 대폭 늘려주겠다.

"네놈 살날도 이제 얼마 남지 않았어, 이 버러지 같은 인간아." 경찰관 클라베리가 뒤에서 비웃는 소리가 들렸다. 폴이 쾌락의 집으로 돌아오기 위해 안간힘을 쓰며 마차로 기어오르고 있을 때였다.

'이런 빌어먹을, 사실 맞는 말이지 뭐.' 생각했다. 앞으로 어떻게 될까 생각하자 소름이 끼쳤다. 벌금을 물 수 있는 형편이 아니니 당국이, 아니 저 경찰 새끼가 남아 있는 것을 몽땅 차지하게 되겠지. 지금까지 쾌락의 집에 남아 있는 그림과 조각들은 식민 당국

에 의해 압수되어 틀림없이 파피테에서 경매에 부쳐질 것이고 어
중이떠중이들에게 형편없는 값에 함부로 팔려나가게 되겠지. 코
케는 마지막 남은 기력을 짜내 아직 살릴 수 있는 것은 살려보기
로 했다. 그러나 남아 있는 기력으로는 도저히 짐을 꾸릴 수가 없
었다. 폴은 티오카를 보내 베르니에 목사에게 도움을 청했다. 아투
오나 개신교 선교회 대장은 언제나처럼 깊은 이해심과 짙은 우정
을 과시했다. 목사는 끈, 상자, 포장지 등을 들고와 짐을 꾸리는 일
을 도와주었다. 코케는 짐을 꾸리면서 파리에 있는 다니엘 드 몽프
레드에게 보내기 위해 그림 열네 점과 스케치 열한 점을 한몫에
묶어 따로 포장했다. 몇 주 후인 1903년 5월 1일에 히바오아에서
출항할 배편으로 보낼 생각이었다. 폴 베르니에 목사는 야밤에 직
접 사람들 눈을 피해 짐꾸러미를 개신교 선교회로 옮겼다. 티오카
와 티오카의 조카 두 명이 목사를 도와주었다. 목사는 폴에게 약속
했다. 내가 직접 항구까지 짐들을 옮기겠다, 통관 절차도 직접 밟
고, 배 화물창에 잘 들어가는지 직접 확인하겠다. 넌 그 사람 좋은
목사가 약속을 반드시 지킬 것이라고 철저히 믿었지.

　코케, 쾌락의 집에 있던 그림이다 스케치다 조각상이다 하는 것
을 다니엘 드 몽프레드에게 '모두' 보내지 않은 이유는 대체 뭐였
지? 코케는 그 후로 여러 번 그런 생각에 잠기곤 했다. 어쩌면 인
생 막바지에 그런 꼴로 혼자 있고 싶지 않아서였겠지. 하지만 말도
안 되는 소리야. 아틀리에에 그림을 쌓아놓고 대체 뭘 어쩌자는 거
였지? 네 눈으로는 색도 선도 구분할 수 없었잖아. 아무리 들여다
봐도 흐릿한 그림자더미 외에는 아무것도 볼 수 없었잖아. 화가가
장님이라니, 참 어처구니없는 노릇이지. 화가의 직업과 작업에 반
드시 필요한 것이 바로 눈이잖아. 거렁뱅이 야만인으로 죽어 가는
처지라니. 울화통이 터질 일이지. 이런 개좆같은 경우가 있어 그

래! 오십오 년을 살아오면서 이런 벌을 받을 정도로 개망나니로
놀았단 말이야? 좋아, 그랬을지도 모르지 뭐. 메트는 그렇게 믿고
있었지. 작년인가 재작년인가 마지막으로 보낸 편지에 그런 내용
이 있었잖아. 마누라한테도 개망나니, 자식들한테도 개망나니, 친
구들한테도 개망나니. 코케, 진짜 그랬단 말이야? 지금으로부터
몇 달 전, 조금 침침하긴 했지만 지금처럼 눈이 형편없이 나빠지기
전에 그렸던 그림들, 그 그림들은 생생하게 기억하고 있었지. 어떤
구도였는지, 어떤 분위기였는지, 어떤 색을 사용했는지. 그중 가장
마음에 드는 그림은? 당연히 〈마음씨 착한 수녀〉라는 그림이지.
몸집이 왜소한 가톨릭 선교회 수녀가 '마후'와 대조를 이루고 있
는 그림. 수녀는 두건과 수녀복과 덮개로 몸을 감싸고 있지. 수녀
가 걸친 것은 인간의 육체, 자유, 맨몸뚱이, 자연의 본모습을 위협
하는 상징물들이야. 반면에 반벌거숭이 '마후'는 자신만만한 태
도로 솔직하게 자신의 모든 것을 드러내 보이고 있어. 나는 자유로
운 존재다, 남자든 여자든 무슨 상관이야, 내 성은 내가 만들어간
다, 내 상상의 나래에 재갈을 물리지 말라. 서로를 도저히 용납할
수 없는 두 개의 문화, 두 개의 관습, 두 개의 종교를 대비시켜 보
여주는 그림이야. 힘이 없어 굴복 당한 민족의 고상한 예술과 도
덕, 힘이 있어 정복한 민족의 저열한 타락상과 억압. 네가 바에오
호 대신 '마후'와 정을 통했다면 그 '마후'는 여전히 네 곁에 남
아 널 돌보아주었을 것이 틀림없어. 사실이 그렇거든. 남편에게 가
장 충성스러운 여자는 바로 '마후'거든. 코케, 넌 알짜배기 야만
인이 아니었어. 네 문제는 바로 그거였지. 넌 '마후'와 짝을 맺어
야만 했어. 코케는 그때 마타이에아의 나무꾼 조테파를 생각했다.
넌 히바오아에 많이 번식하고 있는 야생 조랑말도 애정을 가지고
스케치도 하고 유화로 남기기도 했지. 말들은 가끔 느닷없이 아투

오나로 몰려와 떼를 지어 거리를 누비곤 했지. 참 씩씩하게도 달렸어. 놀라서 내달리는 모습이 너무나 아름다웠지. 말들은 눈을 부릅뜨고 거칠 것 없이 날뛰었어. 특히 그 그림들 중 하나가 기억나지 않아? 장밋빛 말들을 그린 그림들 말이야. 노을 진 하늘색이 그런 색이었을까? 배신자들의 만에서 경쾌하게 몸을 비틀던 말들. 벌거벗은 마르키즈 아이들, 아이 하나가 말 등으로 뛰어올라 안장도 없이 해변을 따라 잘도 달려 나갔지. 그 모습을 그린 그림 말이야. 파리 떨거지들은 뭐라고들 할까? 말을 장밋빛으로 그리다니, 미쳐도 단단히 미친 모양이로구먼. 놈들은 상상도 못하겠지. 마르키즈 제도의 태양은 바다 속으로 잠겨들기 바로 직전에, 예기치 못한 어느 한 순간에, 이 지표상의 모든 것을, 생명이 있는 것이든 없는 것이든 장밋빛으로 발갛게 물들인다는 사실을 놈들이 무슨 수로 알 수 있겠어.

5월로 접어들면서부터는 기력이 떨어져 자리에서 일어나기도 힘들었다. 코케는 2층 아틀리에에서 한 발짝도 뗄 수 없었다. 몸을 움직일 수도 없었고 시간이 어떻게 흘러가는지도 알 수 없었다. 파리 떼는 이제 다리에 감은 붕대뿐만 아니라 온몸으로, 심지어 얼굴로까지 달려들었지만 손을 들어 쫓을 기력도 남아 있지 않았다. 다리 통증이 다시 심해져 벤 바니에게 주사기를 돌려달라고 했다. 그리고 베르니에 목사에게 모르핀을 구해달라고 부탁했다. 너무나 간절한 부탁이라 목사도 차마 외면할 수 없었다.

"제발 부탁이요. 개새끼처럼 낑낑대는 놈의 심정이 어떻겠소. 산 채로 가죽이 벗겨지는 기분이요. 며칠 내로, 길어야 몇 주 내로 죽을 목숨이 아니요?"

코케는 손수 모르핀 주사를 놓았다. 더듬더듬. 주사 바늘을 소독하고 말고 할 정신도 없었다. 정신이 흐릿해지면서 긴장도 풀어졌고 통증도 가라앉았다. 그러나 상상력만은 어쩌지 못했다. 정신이 흐린 가운데에서도 상상력만은 더욱 생기발랄하게 살아났다. 코케는 상상 속에서 되살아났다. 끝을 보지 못한 비망록에 이것저것 뒤죽박죽 기록해두었던 지난 시절의 꿈들. 예술가로서의 이상적인 삶, 밀림 속의 야만인, 주변을 어슬렁거리는 순한 짐승과 사나운 야수. 말레이시아 밀림의 호랑이 또는 인도의 코브라와 같은 삶. 예술가와 그의 반려자, 둘 다 육감적인 야수다, 느긋하고 나른한 고양이과 짐승들이 그들을 둘러싸고 있다, 한 쌍의 남녀는 창조와 쾌락에 전념한다, 그들은 고립되어 있지만 자긍심에 차 있다, 그들은 멍청하고 겁 많은 도시내기들로부터 멀리 떨어져 자신들만의 삶을 꾸려간다. 안타까운 일이었다. 폴리네시아 밀림에서는 고양이과 맹수들과 뱀들을 좀처럼 볼 수 없었다. 오로지 모기 떼만 극성을 떨 뿐이었다. 때로는 마르키즈 제도를 떠나 일본에 있는 자신의 모습이 보이기도 했다. 코케, 넌 천국을 찾아 일본으로 가야만 했어. 이 어정쩡한 폴리네시아로 오는 게 아니었단 말이야. 태양이 뜨는 그 아름다운 나라 사람들은 1년 중 9개월은 농사를 짓고 나머지 3개월 동안은 모두 예술에 종사한단 말이야. 일본, 그야말로 축복 받은 땅이야. 예술가와 보통 사람을 구분 짓는 그런 비극은 그 땅에서는 벌어지지 않아. 그런 구분 때문에 서구 예술이 몰락한 거잖아. 일본에서는 모두가 하나야. 농부이면서 예술가인 거지. 그곳 예술은 자연을 그대로 모방하지 않아. 한 가지 기술에 도가 통하게 되면 실제 세계와 다른 세계를 창조해내는 거지. 일본 화가들보다 더 훌륭한 작품을 만들어낼 수 있는 사람은 아무도 없어.

"야 이 부자 놈들아, 돈을 좀 모아봐. 기모노 한 벌만 사줘. 제발 날 일본으로 좀 보내줘." 코케는 있는 힘껏 허공에 대고 소리를 질렀다. "내 뼈를 황인종들 사이에 묻어달란 말이야. 이게 내 마지막 소원이야. 그 나라는 언제라도 날 환영해줄 거야. 난 속으로는 일본 사람과 다름없단 말이야."

넌 웃었지. 넌 네가 소리친 것을 곧이곧대로 믿고 있었어. 모르핀 약효가 떨어져 가끔씩 정신을 차리기도 했다. 어느 날, 정신을 차리고 보니 베르니에 목사와 이름을 나눈 형제 티오카가 침대 발치에 서 있었다. 코케는 거만한 목소리로 말했다. 개신교 선교회 대장님, 책 한 권을 드릴 테니 기념으로 받아주시지요. 『목신의 오후』 초판본, 시인 말라르메가 폴에게 직접 선물한 책이었다. 폴 베르니에 목사는 고맙다고 했다. 그러나 목사는 지금 다른 문제로 걱정을 하고 있었다.

"들고양이들 때문에 그러는데, 코케. 놈들이 당신 집을 들락거리며 아무것이나 먹어치우고 있어요. 그래서 걱정입니다. 모르핀 때문에 정신이 없을 때 혹시 당신을 물지 않을까 싶어서 말입니다. 티오카가 당신을 자기 집으로 데려가겠다는군요. 티오카가 식구들과 함께 당신을 돌볼 겁니다."

거절했다. 히바오아의 들고양이들은 오래 전부터 섬에 사는 들닭 야생마들과 함께 코케의 좋은 친구 역할을 해오고 있었다. 들고양이들은 허기를 채우기 위해 먹을 것을 찾아오기도 했지만 코케와 놀아주기 위해, 코케의 건강이 염려스러워 찾아오기도 했다. 게다가 이 들고양이놈들은 너무나 영악해 썩은 고기는 먹지 않을 것이다. 썩은 고기를 먹고 탈이 날 수도 있으니까. 네 말을 듣고 베르니에 목사와 티오카가 빙긋 웃었지. 그래서 넌 기분이 좋아졌어.

몇 시간 후, 아니 며칠 후였나? 아니 그 전이었던가? 눈을 떠보니 벤 바니가 침대 발치에 앉아 있었다(가게 주인은 또 어느새 쾌락의 집을 찾아왔단 말인가?). 벤 바니는 다른 친구들과 얘기를 나누는 중에도 동정이 가득한 눈초리로 코케를 바라보고 있었다.

"날 알아보지 못하네. 날 혼동하나봐. 날 메트 가드라고 부르는데."

"저 친구 부인이야. 스웨덴인가, 스칸디나비아 반도에 있는 나라에서 산다는구면." 키 동이 속삭이는 소리가 들렸다.

저 친구, 분명 잘못 알고 있는 거야. 네 부인 메트 가드는 스웨덴 여자가 아니라 덴마크 여자니까. 아직까지 살아 있다면 스톡홀름이 아니라 코펜하겐에서 살고 있겠지. 번역일을 하면서 프랑스어를 가르치면서 말이지. 코케는 한때 포경선 선원이었던 친구에게 그렇게 설명하고 싶었지만 목소리가 나오지 않았는지 혹은 소리가 너무 작아서였는지 아무도 알아듣지 못했다. 친구들은 자기들끼리만 네 얘기를 하고 있었어. 마치 네가 혼수상태에 빠진 듯, 네가 죽어버린 듯 말이야. 하지만 넌 혼수상태에 빠진 것도 죽어버린 것도 아니었어. 말소리를 들을 수 있었고 모습도 볼 수 있었으니까. 하긴 좀 이상하긴 했지. 너와 친구들 사이에 커다란 강줄기가 가로놓인 듯했어. 그런데 메트 가드 생각은 왜 하게 된 걸까? 메트 가드로부터 소식을 들은 지도 한참 되었고 또 너도 편지를 쓰지 않았는데 말이야. 키가 큰 그녀의 실루엣, 남자 같은 그녀의 얼굴선, 두려움과 절망감에 가득 찬 그녀의 표정이 어른거렸지. 그랬겠지. 자신과 결혼까지 한 청년이 구스타브 아로사 같은 사람이 되기를, 험악한 자본 시장에서 승리자가 되기를, 부유한 부르주아가 되기를 거부하고 앞날이 불투명한 예술가가 되겠다고 나섰으니 두렵기도 했겠고 배신감도 느꼈겠지. 자신을 일개 프롤레타리아 여자 처지로 끌어내린 것으로도 모자라 자식들과 함께 코펜하겐으로 쫓아 보냈고, 남자가 날건달로 지내는 동안 자신은 가족을 부양해야 했으니까. 아직도 옛 모습을 간직하고 있을까? 성질머리 사

548

나운 뚱뚱보 노인네가 되어버린 건 아닐까? 코케는 친구들에게 물어보고 싶었다. 10년, 15년 전의 메트 가드의 모습을 지금의 그녀 모습에서 찾아볼 수 있는지. 그러나 이제 코케 옆에는 아무도 없었다. 친구들은 가버렸어, 코케. 이제 곧 고양이들이 우는 소리가 들리겠지. 닭들이 지붕을 밟고 다니는 소리가 들리겠지. 이제 닭울음 소리가 마르키즈 제도의 울부짖음과 함께 고막을 파고들겠지. 고양이놈들은 네가 외톨토리로 남았다는 것을 알아차리고는 쾌락의 집을 수시로 들락거렸지. 이제 놈들의 희뿌연 그림자가 주변에 깔리게 되겠지. 그 기다란 수염으로 침대 주위를 더듬고 다니겠지. 그러나 베르니에 목사의 염려와는 달리 고양이들은 널 공격하지 않을 거야. 관심이 없어서? 널 동정하는 마음에서? 네 다리에서 나는 냄새가 너무 지독해서?

메트의 모습이 순간순간 첫 번째 마오리족 부인 테하마나의 모습과 섞여들었다. 이상한 일이었지. 테하마나를 생각할 때면 푸른 빛이 도는 그녀의 긴 머리채보다, 아름답고 단단한 젖무덤보다, 땀으로 번쩍이던 허벅지보다 그녀의 뒤틀어진 오른쪽 다리에 달린 일곱 개의 발가락 ― 다섯 개는 정상이었는데 두 개는 아주 작았지. 조그마한 혹 같았어 ― 이 무슨 강박관념처럼 먼저 기억에 떠오른단 말이야. 그래, 넌 그런 그녀의 모습을 〈테 나베 나베 페누아(아름다운 땅)〉라는 그림에 정성껏 그려 넣었어. 지금 그 그림은 누가 가지고 있을까? 좋은 그림이긴 했지만 걸작이라고는 할 수 없었지. 이럴 수가 있단 말이야? 코케, 넌 아직 살아 있었어. 그런데도 친구 녀석들은 널 들여다볼 때마다 마치 네가 죽어버린 듯 군단 말이야. 네 정신은 불타는 화로 같았어. 소용돌이 같았단 말이야. 오만가지 생각, 이미지, 기억이 끊임없이 오락가락했단 말이지. 넌 네 자신이 무슨 생각을 하는지도 몰랐고, 또 어떤 생각이 떠올라도 그 생각을 느긋하게 음미해보지도 못했어. 한 가지 생각이 머리를 빼쭉 내밀다가 금방 사라져버리는 것이었지. 그리고는 새로운 얼굴이, 새로운 생각이, 새로운 모습이 줄달음질을 치는 것이야. 한꺼번에 쏟아져 나오니 그것이 대체 뭔지 제대로 알아볼 수도 없단 말이지. 배가 고프지도 않았고, 목이 마르지도 않았고, 다리 통증도 느낄 수 없었고, 가슴이 벌렁거리는 것도 느낄 수 없었지. 넌 이상한 느낌에 사로잡혀 있었어. 네 몸뚱이가 그 입에 담지 못할 병으로 썩어들어가, 좀이 먹어, 완전히 사라져버린 것 같았어. 파나마 흰개미가 나무를 하나하나 파먹어 들어가 끝내 숲 하나를 완전히 거덜 내듯 말이야. 이젠 넌 정신만 살아 있었어. 형체가 없는 존재. 고통도 느낄 수 없고 썩지도 않는 존재. 대천사처럼 티 없이 맑은 존재.

마음의 평온도 어느새 깨지고 말았지(언제? 그 전에? 그 후에?). 넌 기억해내려고 애썼어. 그게 어디서였더라? 퐁타방에서였나? 르 풀뒤에서였나? 아를에서였나? 파리에서였나? 아니면 마르티니크에서였나? 넌 그림을 좀더 매끄럽고 평평하게 만들기 위해 그림에 다림질을 하기 시작했고, 물감에서 기름기를 빼서 광택을 줄이기 위해 그림을 물로 씻기 시작했지. 친구들과 제자들(누구? 샤를 라발? 에밀 베르나르?)은 네가 하는 꼴을 보고 웃음을 터뜨렸지. 마침내 넌 실패를 인정할 수밖에 없었어. 그 방법은 효과가 없었으니까. 넌 그 실패로 코가 쏙 빠졌지. 그 정신머리 사나운 소용돌이에서 널 구해낸 것이 모르핀이었던가? 네 스스로 주사기를 집어 들고, 약병에 주사바늘을 꽂고, 모르핀 액을 몇 모금 뽑아, 주사바늘을 다리에, 팔에, 배에, 아니 닥치는 대로 몸에 꽂고 주사를 놓았단 말이야? 알 수 없었지. 세상모르게 한숨 푹 잘 잤다는 느낌만은 분명했지. 별도 없는 밤, 아무 소리도 들리지 않는 진짜 평안한 밤이었지. 날이 밝은 것 같았어. 몸이 가뿐했지. 마음도 가라앉았고. "네 신념만은 아무도 어쩌지 못해, 코케." 코케는 갑자기 흥분해서 소리쳤다. 그러나 아무도 듣지 못한 것 같았다. 아무도 네 말에 응답해주지 않았으니까. "나는 숲 속에 사는 이리다. 나는 자유로운 이리다." 소리쳤다. 그러나 너조차 네 목소리를 들을 수 없었어. 목구멍으로 소리를 낼 수 없어서? 아니면 귀가 먹어버려서?

잠시 후, 코케는 확실히 알 수 있었다. 친구 중 누군가가 옆에 앉아 있는 것 같았다. 이름을 나눠 가진 형제 티오카 티모테, 그 신실하고 충실한 친구가 틀림없는 것 같았다. 코케는 친구에게 하고 싶은 얘기가 많았다. 코케는 털어놓고 싶었다. 지난 세기의 일이었다. 폴은 아를로부터, 그 미친 네덜란드 놈으로부터 도망쳐 나와 파리에 도착한 바로 그날 암살범 프라도의 공개 처형 장면을 목격했다. 새벽 여명, 프라도의 모가지가 단두대 칼날에 잘려나갔다. 사람들은 낄낄거리고 있었다. 그때의 광경이 가끔 악몽으로 폴을 찾아왔다. 코케는 들려주고 싶었다. 지금으로부터 12년 전인 1891년 6월, 폴이 타히티에 첫발을 들여놓았을 때였다. 폴은 마오리족 왕가의 마지막 왕 포마레 5세가 죽어 가는 모습을 볼 수 있었다. 몸집이 코끼리만큼 거대했던 왕은 간장이 터져 죽었다고 했다. 왕은 자신이 직접 만든 폭탄주 — 럼주, 브랜디, 위스키, 캘버더스를 섞은 것으로 보통 사람이 마신다면 몇 시간 내로 목숨을 잃을 수도 있는 술이라고 했다 — 를 수개월 동안 밤낮 없이 마신 끝에 죽었다고 했다. 폴은 장례식에도 따라가 보았다. 파피테 전역과 주변 섬에서 몰려온 수천 명의 타히티 원주민들이 곡소리를 높이며 장례행렬을 따랐다. 장엄하면서도 한편으로는 짓궂은 구석이 있는 장례식이었다. 폴은 아무나 붙잡고 이것저것 물어보았지만 어느 한 사람 귀 기울이는 사람이 없었다. 그래서 폴은 왕의 시신을 아주 가까이서 들여다보았다. 무슨 말이나 하지 않을까 싶어서, 아직도 숨을 쉬고 있는 것은 아닐까 싶어서. 아무도 네 말을 알아듣지 못하는 판이니 이러니저러니 변명하고 자시고 할 필요도 없었지. 티오카 티모테는 개신교 신자로 술을 마시지 않았다. 티오카 티모테라면 포마레 5세의 한심스런 버릇을 신랄하게 욕했을 것이다. 코케, 혹시 이 친구, 말은 없지만 너의 그 고약한 버릇도 속으로 욕하고 있지는 않을까?

시간이 한없이 흘러가는 것만 같았다. 자신이 누구인지, 어디에 있는지 도무지 알 수가 없었다. 게다가 지금이 밤인지 낮인지 알 수 없다는 것이 코케의 마음을 더욱 쓰라리게 만들었다. 그때 티오카의 목소리가 또렷하게 들렸다.

"코케! 코케! 내 말 들리나? 정신이 든 거야? 베르니에 목사를 부르러 가야겠네, 지금 당장."

평소에 말이 없던 이웃사촌이 정신없이 떠들고 있었다.

"깜박 정신을 놓았던 모양이지." 코케가 말했다. 이번에는 목구멍에서 소리가 나왔다. 이웃사촌도 코케의 말을 들을 수 있었다.

잠시 후, 티오카와 베르니에 목사가 부랴부랴 사다리를 올라오는 것 같았다. 코케는 겁먹은 표정으로 아틀리에로 들어오는 두 사람을 볼 수 있었다.

"폴, 좀 어떻습니까?" 목사가 물었다. 목사는 코케 옆에 앉아 어깨에 손을 올려놓았다.

"한두 번 정신을 깜박한 모양인데." 코케는 몸을 움직거리며 대답했다. 친구들이 고개를 끄덕이는 것 같았다. 친구들은 억지로 웃어 보였다. 코케는 친구들의 부축을 받아 침대에 일어나 앉았다. 친구들은 물을 몇 모금 마시게 해주었다. 지금이 낮이야? 밤이야? 정오가 지났네. 그러나 해가 비치지 않았다. 하늘은 시커먼 구름더미를 뒤집어쓰고 있었다. 언제라도 비가 쏟아져 내릴 것 같았다. 비가 내리면 히바오아의 나무들과 덤불숲과 꽃송이들은 짙은 향기를 내뿜을 것이고, 초록빛 나뭇잎은 물이 올라 더욱 짙어질 것이고, 붉은빛 부겐빌레아는 더욱 찬란한 빛을 발하겠지. 몸이 가뿐해지는 것 같았지. 친구들이 네 말을 들을 수 있었고 또 너도 친구들의 말을 들을 수 있었으니까. 끝날 것 같지 않던 어둠 속에 갇혀 있다가 마침내 친구들과 얘기를 나눌 수 있게 된 거지. 넌 이 세상이 아름답다는 사실을 새삼 느낄 수 있었어, 코케.

코케는 그림 한 점을 가리키며 친구들에게 좀 가져다 달라고 부탁했다. 오래 전부터 코케가 항상 가지고 다닌 조그마한 그림이었다. 눈에 덮인 브르타뉴 풍경. 친구들이 아틀리에를 돌아다니는 소리가 들렸다. 이젤이 끌리는 소리에 소름이 돋았다. 아, 내가 볼 수 있도록 그 눈에 덮인 풍경을 침대 앞에 고정시켜놓으려고 저러고 있구나. 그러나 보이지 않았다. 흐릿한 덩어리들만 보였다. 저게 바로 언제 몰아닥칠지 모를 눈보라 앞에서 몸을 떨고 있는 브르타뉴 벌판인 모양이지. 비록 눈에는 보이지 않았지만 그 풍경화가 눈앞에 있다고 생각하니 한결 마음이 놓였다. 한기가 느껴졌다. 마치 쾌락의 집 안으로 눈보라가 들이치는 것 같았다.

"목사님, 『살람보』라는 플로베르의 소설을 읽어보셨는지요." 코케가 물었다.

베르니에 목사가 그렇다고 대답하며 덧붙였다. 기억이 희미하긴 하지만, 세속적인 이야기 아닙니까? 카르타고 사람들과 야만인 용병들 얘기를 다룬 소설이지요 아마? 코케는 매우 아름다운 소설이라고 주장했다. 플로베르는 야만인들의 용기와 삶의 의지와 창조 능력을 생생한 색조로 묘사했습니다. 코케는 노랫가락처럼 울리는 소설 첫 문장을 읊었다. "*C'était à Mégara, faubourg de*

*Carthage, dans les jardins d'Hamilcar.*"(카르타고 성 외곽, 하밀카르의 정원에 메가라가 있었다.) "인간은 원래 이국적인 것을 좋아하지 않습니까? 목사님, 그렇지 않아요?"

"몸이 많이 회복된 걸 보니 기쁘기 그지없습니다, 폴." 베르니에 목사가 부드럽게 말했다. "학교에 가서 아이들을 가르쳐야 합니다. 한두 시간 자리를 비워도 괜찮겠지요? 무슨 일이 있어도 오후에는 돌아오겠습니다."

"가세요, 어서 가세요 목사님, 염려하지 마세요. 이젠 끄떡없습니다."

농담을 하고 싶었다("클라베리란 놈을 골탕 먹이기 위해 당장이라도 죽어버릴까요? 벌금을 물지 않아도 되고, 놈은 날 감방에 처넣지도 못할 테지요"). 그러나 주변에 아무도 없었다. 잠시 후, 들고양이들이 돌아와 아틀리에를 누비고 다녔다. 이번에는 들닭들도 몰려와 있었다. 고양이들이 닭들을 잡아먹지 않다니, 대체 그 이유가 뭘까? 놈들이 진짜 이곳에 있는 것인가? 아니면 꿈을 꾸고 있는 것인가? 예전에는 꿈과 현실이 딱 부러지게 구분되었다. 그런데 얼마 전부터 그 경계가 허물어지고 말았던 것이다. 그래 바로 이거야. 지금의 네 상태, 네가 항상 그리고 싶어 했던 거였지.

코케는 시간을 가늠할 수 없는 시간 속에서 되풀이하여 흥얼거리고만 있었다. 불교 중들이 돈을 우려내기 위해 사람 좋은 쉬프에게 읊어주었던 염불소리 같았다.

약오르지롱
클라베리놈
나는 죽지롱
약오르지롱

그래, 넌 놈을 약올려준 거야. 벌금도 물지 않을 것이고 감옥에도 가지 않을 거니까. 네가 이긴 거야, 코케. 비몽사몽. 한동안 쾌락의 집에는 얼씬도 하지 않던 그 게을러터진 하인 놈들 중 하나가 가까이 다가와 코를 킁킁거리며 몸을 만져보는 것 같았다. 카후이란 놈이었던가? 코케는 놈의 비명소리를 들었다. "'포파아'가 죽었다!" 그리고 놈은 사라졌다. 하지만 넌 아직 죽은 게 아니었어. 그때까지 생각에 잠겨 있었으니까. 비록 낮인지 밤인지 몰라 안타까워했지만 마음만은 평온했다.

마침내 바깥에서 웅성거리는 소리가 들려왔다. "코케! 코케! 자네 괜찮아?" 티오카였다. 안 봐도 뻔한 거지 뭐. 코케는 대답할 엄두도 내지 못했다. 목구멍으로는 아무 소리도 낼 수 없다는 사실을 확실히 알고 있었다. 티오카가 사다리를 타고 올라오는 것 같았다. 맨발로 나무 바닥을 밟는 소리가 들렸다. 티오카가 가까이 다가왔다. 코케는 이웃사촌의 얼굴을 들여다보았다. 슬픔에 젖어 완전히 일그러져 있었다. 얼마나 고통스러워할지를 생각하니 가엾기 그지없었다. 코케는 말하고 싶었다. '너무 상심하게 말게나, 티오카. 나 아직 죽지 않았네.' 그러나 입 밖으로 한 마디도 소리가 나오지 않았지. 그럴 수밖에. 머리를, 손을, 다리를 움직여보려고 했다. 하지만 소용없었지. 당연할밖에. 덮인 눈꺼풀 사이로 희미하게나마 눈에 들어오는 게 있었다. 이름을 나눠 가진 형제가 코케의 머리를 두드리기 시작했다. 한 번씩 두드릴 때마다 신음소리가 터져 나왔다. '고마워, 친구.' 내 몸에서 죽음을 몰아내려고 저러나 보지? 마르키즈 사람들은 몰래 이런 의식을 치르나 보지? '소용없네, 티오카.' 너무나 짠한 마음이 들어 눈물이라도 펑펑 쏟고 싶었지. 그러나 네 메마른 눈에서는 눈물 한 방울 내비치지 않았어. 당연지

사. 몽롱했다. 지루하게 이어지는 꿈을 꾸는 것 같았다. 아직은 세상을 느낄 수 있었다. 티오카는 코케를 살려내기 위해 코케의 머리를 한참 두드리다가 머리카락을 한참 잡아당기다가 마침내 손을 놓았다. 티오카는 이제 노래를 부르기 시작했다. 탄식이라고나 할까. 달콤하면서도 시큼한 목소리. 침대 옆에 붙어 서서, 제자리걸음으로, 노래를 부르며 두 다리를 차례로 들었다 내렸다하며 춤을 추기 시작했다. 마르키즈 사람들이 죽은 자를 떠나보낼 때 추는 춤이었다. 티오카, 자네 개신교 신자가 아닌가? 겉으로는 기독교 신자인 척하면서 속으로는 조상들의 종교를 지키고 있었다니, 코케, 넌 너무나 반가웠지. 코케, 넌 아직 죽지 않았어, 그렇지? 티오카가 네 죽음 자리를 지키며 이별 의식을 행하고 있었지만, 넌 그때까지 살아 있었어, 그렇지?

시간을 가늠할 수 없는 시간, 코케는 그런 상태에 있었다. 하인 카후이의 안내를 받아 방으로 들어서는 사람들이 있었다. 히바오아의 주교 조세프 마르텡과 수행원 두 사람이었다. 수행원들은 마르텡 주교의 종단에 소속된 사람들로 플로에멜회 수사들이었다. 가톨릭 선교회 소속 남학생 학교를 좌지우지하는 사람들도 바로 이 작자들이었다. 두 수사는 코케를 보고 성호를 긋는 것 같았지만 주교는 아닌 것 같았다. 주교는 몸을 숙여 코케를 한참 동안 들여다보았다. 주교의 일그러진 표정은 코케를 보고도 조금도 펴지지 않았다.

"돼지우리가 따로 없군." 주교의 말소리가 들렸다. "이 악취라니 원. 한참 전에 죽은 것 같은데. 벌써 썩은 내가 나잖아. 서둘러 묻어야겠어. 고름에 감염될 수 있단 말이야."

아직 죽은 건 아니었다. 이제는 아무것도 보이지 않았다. 누군가가 눈꺼풀을 덮어버려서? 죽음이 화가의 눈부터 치고 들어와서?

556

그러나 소리는 들을 수 있었다. 주변에서 무슨 얘기들을 나누는지 확실히 들을 수 있었다. 티오카가 주교에게 설명하고 있었다. 이 냄새는 다리 상처에서 나오는 냄새지 몸이 썩어서 나는 냄새가 아니다, 방금 전에 숨을 거두었다, 바로 한두 시간 전에 나와 폴 베르니에 목사와 얘기를 나누었다. 개신교 선교회 대장도 아틀리에로 들어왔다. 얼마나 시간이 흘렀는지는 알 수 없었다. 아투오나 주민을 놓고 끝없는 전쟁을 치르는 불구대천의 원수들이 냉랭하게 서로 인사를 나누는 것을 알 수 있었다(코케, 그게 네가 마지막으로 본 환상은 아니었을까?). 코케는 아무것도 느낄 수 없었지만 목사가 인공호흡을 시도하고 있다는 것은 알 수 있었다. 마르텡 주교가 목사에게 핀잔을 주었다.

"저런, 목사 양반, 거 뭐하시는 거요? 벌써 죽은 걸 모르신단 말이요? 부활이라도 시킬 수 있다고 생각한단 말이요?"

"생명을 지키기 위해서라면 무슨 짓이라도 해봐야 하는 게 내 임무요." 베르니에 목사가 대답했다.

주교와 목사 사이에 흐르던 팽팽한 적대감이 이내 치열한 말다툼으로 터져 나왔다. 점점 멀어지고 점점 희미해졌지만(코케, 이젠 의식마저 죽어가기 시작했나 보지), 계속해서 소리를 들을 수 있었다. 무슨 말들을 하는지는 중요하지 않았다. 상황이 달랐다면 네가 희희낙락했을 그런 말다툼이었지. 주교는 씩씩대며 플로에멜회 수사들에게 명령했다. 저 더럽고 야비한 물건들을 집어내 불살라버려라. 이에 베르니에 목사가 대들었다. 저 도색 사진들이 정조와 도덕에 반하는 것이긴 하지만 그래도 죽은 사람의 재산인 것만은 틀림없는 사실이다, 법은 법이다, 어느 누구도, 고위 성직자라 할지라도 사법부의 판결 없이 사유재산을 함부로 처분할 수는 없다. 전혀 뜻밖으로, 경찰관 장 폴 클라베리 — 저 원수 같은 놈은 또

557

어느새 쾌락의 집으로 들어왔단 말인가? ― 의 귀에 거슬리는 목소리가 목사를 지원해왔다.

"각하, 이런 일이 벌어질까 싶어 걱정이었는데요. 저는 죽은 놈의 모든 재산을 기록해야할 의무가 있습니다. 벽에 걸린 저 망측한 사진까지 포함해서 말입니다. 각하께서 불에 태우거나 가져가시게 허락할 수 없습니다. 죄송합니다, 각하."

주교는 아무 말도 하지 않았다. 그러나 예기치 않았던 경찰관의 말에 속이 뒤집힌 것 같았다. 주교는 속으로 분을 삭이는 것 같았다. 그것도 잠시, 다시 말다툼이 벌어졌다. 주교가 장례식에 관해 지시를 내리고 있을 때 베르니에 목사가 발끈하고 나섰다. 신중하고 타협적인 본래 성격에 비추어 볼 때 예사로운 일이 아니었다. 목사는 죽은 자를 히바오아의 가톨릭 묘지에 묻을 수 없다며 이렇게 주장하고 나섰다. 폴 고갱과 가톨릭교회와의 관계는 오래 전에 끝장났다, 이젠 아무 상관없는 관계다, 적대감마저 오래 전에 사라지지 않았느냐. 주교는 고래고래 고함을 질러댔다. 그래, 죽은 사람은 악명 높은 죄인이었다, 이 사회의 골칫덩어리였다, 그렇지만 나면서부터 가톨릭 신자였다, 그러니 무슨 일이 있어도 성스러운 땅에 묻혀야 한다, 하느님을 모르는 놈들 땅엔 묻을 순 없다. 주교는 경찰관 클라베리가 끼어들 때까지 고함을 질러댔다. 경찰관은 이렇게 말했다. 매장지 문제는 이 섬의 행정권과 사법권을 담당하는 자신이 결정하도록 하겠다, 두 분께서는 진정들 하시고 어느 쪽이 나을지 차분히 생각해보시기 바란다, 장례식 전날까지 생각해보고 결정하겠다.

그 후로는 볼 수도, 들을 수도 없었다. 아무것도 알 수 없었다. 그땐 완전히 죽어버렸던 게지, 코케. 알 수도 없었고 볼 수도 없었다. 조세프 마르텡 주교는 아직까지 온기가 남아 있는 폴 고갱의 시체 옆에서 두 가지 이유로 베르니에 목사와 치열한 말싸움을 벌였다. 주교는 마땅히 자신이 해야 할 일을 한 것뿐이었다. 그러나 주교가 자신의 임무를 수행하기 위해 그 후에 사용한 방법은 법적으로도 도덕적으로도 옳지 않은 것이었다. 그날 밤, 쾌락의 집에 코케의 시체 외에는 아무도 없을 때였다. 어쩌면 닭 몇 마리와 들고양이 몇 마리가 들어와 있었는지도 모른다. 주교는 사람을 시켜 아틀리에를 장식하고 있던 마흔다섯 장의 도색 사진을 훔쳐가 버렸다. 주교는 종교재판이 횡행했을 때처럼 화톳불을 피워놓고 그 사진들을 불살라버렸을까? 혹은 몰래 감추어두었을까? 영혼의 강인함과 유혹에 굴복하지 않는 자신의 의지력을 틈틈이 시험해보기 위해?

볼 수도, 들을 수도, 알 수도 없었다. 경찰관 장 폴 클라베리가 매장지를 결정하기 전이었다. 1903년 5월 9일 새벽, 마르텡 주교는 가톨릭 선교회 소속 신부 한 명과 함께 네 명의 원주민 인부들을 보내 시체를 파묻게 했다. 인부들은 시체를 선교회에서 제공한 허술한 목관에 넣어 마케마케 봉우리 쪽으로 내달렸다. 아투오나 주민들이 기지개를 펴고 일어나 아쉬운 잠 끝에 묻어나는 하품을 털어 내고 있을 그런 시간이었다. 인부들은 가톨릭 묘지에 서둘러 구덩이를 파고 관을 묻어버렸다. 이렇게 해서 주교는 개신교 적수와의 경쟁에서 점수 한 점 — 시체 한 구? 영혼 하나? — 을 딸 수 있었다. 베르니에 목사는 코케를 일반 묘지에 묻기 위해 키 동, 벤 바니, 티오카 티모테와 함께 아침 일곱 시에 쾌락의 집을 찾아왔다. 그러나 아틀리에는 텅 비어 있었다. 마르텡 주교가 정한 장소에 이미 코케의 시체를 파묻었다는 소식만 덜렁 들려왔다.

볼 수도, 들을 수도, 알 수도 없었다. 히바오아의 주교가 상관들에게 보낸 편지 한 구절이 코케의 유일한 비문이라고 할 수 있을 것이다. 세월이 흐르면서 코케는 유명인사가 되었다. 코케는 많은 사람들로부터 추앙받았고 또 많은 사람들이 코케를 연구했다. 전 세계의 수집가들과 미술관들이 코케의 그림을 두고 논란을 벌였다. 전기 작가들은 한결같이 코케의 삶을 공평치 못한 것의 상징으로 내세웠다. 코케의 삶은 이 눈물의 계곡에서 천국을 찾으려 애쓰는 예술가들의 운명과 종종 비교되었다. '최근 이 섬에서 일어난 사건 중에서 언급할 만한 가치가 있는 것은 폴 고갱이라는 작자가 급사했다는 것뿐입니다. 유명한 예술가이긴 했지만 하느님의 원수인 동시에 이 땅의 모든 순결한 것들의 대적이기도 했습니다.'